TORRE DEL ALBA

ALFAGUARA

SARAH J. MAAS

TORRE DEL ALBA

——— De la serie TRONO DE CRISTAL ———

Traducción de Carolina Alvarado Graef

ALFAGUARA

Penguin
Random House
Grupo Editorial

Torre del alba

Título original: *Tower of Dawn*

Primera edición: julio 2024

© 2017, Sarah J. Maas

Publicado originalmente por Bloomsbury Children's Book

© 2018, derechos de edición mundiales en lengua castellana:
Penguin Random House Grupo Editorial, S. A. de C. V.
Blvd. Miguel de Cervantes Saavedra núm. 301, 1er piso,
colonia Granada, delegación Miguel Hidalgo, C. P. 11520,
Ciudad de México
© 2024, Penguin Random House Grupo Editorial USA, LLC
8950 SW 74th Court, Suite 2010
Miami, FL 33156

© 2018, Carolina Alvarado Graef, por la traducción
Regina Flath, por el diseño de cubierta

ISBN: 979-88-909815-9-2

Impreso en Colombia – *Printed in Colombia*

24 25 26 27 28   10 9 87 6 5 4 3 2 1

Para mi abuela, Camilla,
quien cruzó montañas y mares;
su historia asombrosa es mi épica favorita.

PARTE UNO
LA CIUDAD-DIOS

CAPÍTULO 1

Chaol Westfall, excapitán de la guardia real y ahora Mano del recién coronado rey de Adarlan, descubrió que odiaba un sonido en particular más que todos los demás: las ruedas. Específicamente, el traqueteo que generaban al avanzar sobre los tablones del barco donde había pasado tres semanas, navegando en aguas tormentosas. Y ahora el traqueteo y golpeteo que iban haciendo al rodar sobre el mármol verde pulido y los mosaicos intrincados del reluciente palacio del khagan en Antica, en el Continente del Sur.

Chaol no tenía otra cosa que hacer salvo permanecer en esa silla de ruedas —que, a su juicio, ya se había convertido en su prisión y al mismo tiempo en su único medio para ver el mundo—, así que prestó atención a cada detalle del enorme palacio situado sobre una de las numerosas colinas de la capital. Todos los materiales provenían y estaban elaborados para honrar alguna parte del poderoso imperio del khagan.

Los pisos verdes pulidos que recorría su silla provenían de canteras del suroeste del continente. De los desiertos arenosos del noreste provenían las columnas rojas de la enorme sala de recepción. Éstas estaban diseñadas para representar árboles majestuosos con las ramas superiores extendidas hacia los domos altos.

Los mosaicos distribuidos entre el mármol verde habían sido elaborados por los artesanos de Tigana, otra de las ciudades más preciadas del khaganato, en la montañosa punta sur del continente. Cada uno representaba una escena del pasado rico, brutal y glorioso del khaganato: los siglos que pasaron como jinetes nómadas entre los pastizales de las estepas al este del continente; el surgimiento del primer khagan, un caudillo que unificó las tribus dispersas y las transformó en una potencia conquistadora que fue adueñándose del continente, parte por parte, con una visión astuta y estratégica que permitió forjar el enorme imperio. Más adelante, las representaciones de los siguientes tres siglos: los diversos khagans que expandieron el imperio y distribuyeron la riqueza de cien territorios por todas sus tierras, que construyeron incontables puentes y caminos para conectarlos a todos y que gobernaron el vasto continente con exactitud y transparencia.

Tal vez los mosaicos representaban un vistazo de lo que Adarlan pudo haber sido, pensó Chaol al avanzar entre el murmullo de la corte ahí reunida y paseando entre las columnas talladas bajo los domos dorados. Claro, eso si Adarlan no hubiera pasado años gobernado por un hombre bajo el control de un rey demonio decidido a hacer del mundo un festín para sus hordas.

Chaol levantó la cabeza para ver a Nesryn, quien iba empujando su silla, y la notó con expresión dura. Sólo sus ojos oscuros —que recorrían con rapidez cada rostro, ventana y columna que pasaba frente a ellos— mostraban alguna señal de interés en la enorme mansión del khagan.

Habían reservado sus ropas más finas para ese día. La recién nombrada capitana de la guardia se veía esplendorosa en su uniforme carmín y dorado. Chaol no tenía idea de dónde lo había sacado Dorian, pues era el mismo uniforme que él alguna vez portó con tanto orgullo.

En un inicio, Chaol tenía la intención de vestir de negro, simplemente porque eso del color... Nunca se había sentido cómodo usando ropa de colores, salvo el rojo y dorado de su reino. Pero el negro ya se había convertido en el color de los guardias de Erawan infestados del Valg, quienes usaron esos uniformes negros cuando aterrorizaron Rifthold, y cuando apresaron, torturaron y después masacraron a sus hombres. Los habían dejado colgados de las rejas del palacio, meciéndose con el viento.

Chaol casi no podía mirar a los guardias de Antica, ni de camino al palacio, ni en las calles ni en esa misma sala, tan orgullosos y alertas, con sus espadas a la espalda y sus cuchillos a los lados. Incluso en ese momento tuvo que controlarse para no mirar hacia los sitios donde sabía que estarían apostados en el salón, exactamente donde él hubiera colocado a sus propios hombres. Donde él mismo estaría, sin duda, monitoreando todo durante la llegada de los emisarios de un reino extranjero.

Nesryn le devolvió la mirada, con sus ojos color ébano, fríos y sin parpadear, el cabello negro a los hombros, que se mecía con cada paso. No se podía ver ni un rastro de nerviosismo en su semblante hermoso y solemne. No se notaba ninguna señal de que estuvieran a punto de conocer a uno de los hombres más poderosos del mundo, un hombre que podría alterar el destino del continente si decidía participar en la guerra que, todo parecía indicar, estaba por estallar en Adarlan y Terrasen.

Chaol se quedó mirando al frente, sin decir palabra. Nesryn le había advertido que los muros, pilares y arcos tenían oídos, ojos y bocas.

Sólo por ese motivo, Chaol evitó ajustarse la ropa que tanto le costó elegir para la ocasión: pantalones color café claro, botas color castaño a la rodilla y camisa blanca de la seda más fina. Sobre ella, traía una chaqueta oscura de tono azul verdoso. Era una chaqueta sencilla: su costo se podía ver en las hebillas de latón fino de la parte delantera y en el brillo del delicado hilo dorado que corría por el cuello y los bordes. No traía la espada colgada del cinturón de cuero. La ausencia del peso tranquilizador de su arma se sentía como la de un miembro fantasma. O unas piernas fantasma.

Dos tareas. Tenía dos tareas mientras estuviera en ese lugar y aún no estaba seguro de cuál de las dos resultaría más imposible: convencer al khagan y a sus seis posibles herederos de que le prestaran sus considerables fuerzas armadas para librar la guerra contra Erawan... O encontrar una sanadora en la Torre Cesme que pudiera descubrir la manera de hacerlo volver a caminar.

Que descubriera, pensó con una oleada considerable de desagrado, una manera de componerlo. Odiaba esa palabra. Casi tanto como el traqueteo de las ruedas. *Componer*. Aunque eso era lo que le venía a suplicar a las sanadoras legendarias, la palabra seguía siendo irritante y le revolvía el estómago.

Intentó apartar la palabra y la idea de su mente durante el camino, mientras iban con el grupo de sirvientes casi silenciosos que los llevaron desde los muelles, por las sinuosas calles empedradas y polvosas de Antica, hasta la avenida empinada que conducía a los domos y a los treinta y seis minaretes del palacio.

De las innumerables ventanas, antorchas y umbrales de las puertas colgaban tiras de tela blanca, desde seda hasta fieltro y lino.

—El motivo, quizá, sea la muerte de algún funcionario o pariente distante de la familia real —murmuró Nesryn.

Con frecuencia, los diversos rituales funerarios eran una mezcla de los que se acostumbran en los numerosos reinos y territorios regidos por el khaganato, pero la tela blanca era una reliquia de la época en que la gente del khagan recorría las estepas y enterraba a sus muertos bajo la mirada del cielo abierto.

A pesar de esto, la ciudad no les había parecido lúgubre durante el recorrido al palacio. La gente iba de un lugar a otro vestida con ropas de diferentes estilos, los vendedores seguían pregonando su mercancía, los acólitos de los templos de madera o piedra seguían convocando a los peatones.

—Todos los dioses tienen un hogar en Antica —le dijo Nesryn.

El conjunto, incluido el palacio, yacía bajo la vigilancia de la Torre brillante de roca clara que se elevaba sobre una colina al sur. Esa Torre alojaba a las mejores sanadoras mortales del mundo. Chaol hizo un esfuerzo por no quedarse viendo el edificio a través de las ventanas del carruaje, aunque la enorme construcción se alcanzaba a ver desde casi cualquier calle y ángulo de Antica. Ninguno de los sirvientes la había mencionado ni había comentado sobre la presencia dominante, la cual parecía incluso rivalizar con el palacio del khagan.

No, la servidumbre no había dicho gran cosa de camino al palacio, ni siquiera sobre las banderas fúnebres que revoloteaban en el aire seco. Todos los sirvientes permanecieron en silencio, hombres y mujeres por igual. Con sus cabelleras brillantes, lacias y oscuras, sus pantalones holgados y sus chaquetas sueltas de color cobalto y rojo sangre, con remates en tono dorado claro. Eran sirvientes asalariados, pero descendían de los esclavos que alguna vez pertenecieron a la familia del khagan. Fueron esclavos hasta el reinado de la khagan previa, una visionaria y rebelde que abolió la esclavitud para la generación anterior, entre muchas otras mejoras que realizó para el imperio. Esa khagan liberó a los esclavos, pero les dio trabajo a ellos y a sus hijos como servidumbre asalariada, y ahora a los hijos de sus hijos.

Ninguno de ellos parecía haber pasado hambre o estar mal remunerado, y tampoco mostraron siquiera un asomo de miedo cuando escoltaron a Chaol y Nesryn desde el barco hasta al palacio. Al parecer, el khagan actual trataba muy bien a sus sirvientes. Se esperaba que también lo hiciera quien resultara elegido como heredero al trono.

A diferencia de Adarlan o Terrasen, el khagan decidía quién heredaría su imperio sin consideraciones de orden de nacimiento o género. Las cosas no se simplificaban mucho con la costumbre de tener tantos hijos como fuera posible para darle al khagan una amplia variedad de donde escoger. Y la rivalidad entre los hijos de la pareja real... era casi un deporte sangriento. Todos sus actos tenían la intención de demostrarle al monarca quién era el más fuerte, el más sabio, el mejor preparado para gobernar.

Por ley, el khagan debía tener un documento sellado que conservaba en una bóveda secreta y oculta: un documento donde designaba a su heredero en caso de que la muerte lo alcanzara antes de poder hacer el anuncio formal. El documento se podía alterar en cualquier momento, pero el sistema estaba diseñado para evitar que se repitiera aquello que el khaganato temía desde que se anexaron los reinos y territorios del continente: el colapso. No existía el temor de que lo provocara alguna potencia extranjera, sino una guerra interna.

Ese primer khagan de la antigüedad fue sabio, pues en los trescientos años del khaganato nunca había estallado la guerra civil.

Nesryn empujó la silla entre los sirvientes refinados que les hacían reverencias y se detuvo entre dos enormes pilares. Pudieron apreciar las dimensiones de la sala del trono, elegante y ornamentada, donde se reunían docenas de personas alrededor de una plataforma dorada reluciente bajo el sol del mediodía. Chaol se preguntó cuál de las cinco personas paradas frente al hombre en el trono sería la elegida para gobernar este imperio.

Lo único que se escuchaba era el movimiento de las ropas de las casi cincuenta personas —las contó rápidamente en el lapso de unos cuantos parpadeos discretos— reunidas a ambos lados de la plataforma deslumbrante y que formaban un muro de seda, carne y joyas, una auténtica avenida por la cual Nesryn lo iba empujando.

El roce de la tela... y el traqueteo y rechinido de las ruedas. Nesryn las había aceitado esa mañana, pero las semanas que pasaron en altamar habían afectado el metal. Cada chirrido y crujido le ponía a Chaol los pelos de punta, pero mantuvo la cabeza en alto y los hombros hacia atrás.

Nesryn se detuvo a una distancia prudente de la plataforma y del muro que formaban frente a su padre los cinco hijos del khagan, todos en la flor de la edad, hombres y mujeres.

La defensa de su emperador: la labor principal de los príncipes y princesas. Ésa era la manera más fácil de demostrar su lealtad, de buscar una ventaja para ser nombrados herederos. Y los cinco que estaban frente a ellos...

Chaol ajustó su expresión para que sólo manifestara neutralidad y volvió a contar. Eran sólo cinco. No los seis que le había descrito Nesryn.

Pero no miró hacia el salón para buscar al príncipe o princesa faltante, en cambio, hizo una reverencia doblándose a la altura de la cintura. Practicó la maniobra una y otra vez durante la última semana en altamar, cuando el clima se empezó a volver más cálido y el aire se sentía seco y tostado por el sol. Las reverencias en la silla seguían sintiéndose poco naturales, pero Chaol se inclinó lo más que pudo, hasta alcanzar a ver sus piernas inertes, sus botas color marrón impecables y esos pies que no podía sentir, que no podía mover.

A su izquierda, el sonido de la ropa al moverse le indicó que Nesryn estaba a su lado y que también hacía una reverencia. Se mantuvieron en esa posición durante tres respiraciones, como Nesryn le había dicho que se debía hacer. Chaol utilizó esas tres respiraciones para tranquilizarse, para bloquear de su mente el peso de la responsabilidad que cargaban.

Alguna vez fue bueno para conservar la compostura sin alterarse. Trabajó al servicio del padre de Dorian durante años y obedecía las órdenes sin siquiera parpadear. Y antes de eso, soportó a su propio padre, cuyas palabras eran tan hirientes como sus puños, el verdadero y actual lord de Anielle.

El título de lord, que ahora precedía al nombre de Chaol, era una burla. Una burla y una mentira que Dorian se había negado a abandonar a pesar de sus protestas.

Lord Chaol Westfall, la Mano del Rey.

Lo odiaba. Más que el sonido de las ruedas. Más que el cuerpo que ahora no podía sentir por debajo de la cadera; el cuerpo cuya quietud seguía sorprendiéndolo, a pesar de que habían pasado ya varias semanas.

Era el lord de Nada. El lord de los que Rompen sus Juramentos. El lord de los Mentirosos.

Y cuando Chaol levantó el torso y vio los ojos rasgados del hombre canoso en aquel trono, cuando la piel morena y maltratada del khagan se frunció para formar una sonrisita astuta... Chaol se preguntó si el khagan también lo sabría.

CAPÍTULO 2

Nesryn suponía que ella estaba formada por dos partes.

La parte que correspondía a la nueva capitana de la guardia real de Adarlan, quien le hizo un juramento a su rey asegurándole que el hombre junto a ella en la silla de ruedas sería curado y que también conseguiría que el hombre del trono frente a ellos les proporcionara un ejército. Esa parte de Nesryn mantuvo la cabeza en alto, los hombros echados hacia atrás y las manos a una distancia poco amenazadora de la espada ornamentada que llevaba en su cadera.

Pero luego estaba la otra parte.

La parte que, cuando el navío empezó a acercarse, vio aparecer las torres, minaretes y domos de la Ciudad de los Dioses en el horizonte; la que reconoció la columna reluciente de la Torre que sobresalía orgullosa y tuvo que tragarse las lágrimas. La parte que olió la paprika ahumada, el característico picor del jengibre y la dulzura atrayente del comino en cuanto llegaron a los muelles y supo, en sus huesos, que estaba en *casa*. Que sí, vivía, servía y moriría por Adarlan, por la familia que aún estaba allá, pero en este sitio, donde su padre alguna vez vivió y donde incluso su madre adarlaniana se sentía más a gusto... estaba su gente.

La piel de diversos tonos de marrón y café. La abundancia de ese cabello negro brillante: *su* cabello. Los ojos que iban de rasgados a redondos y de grandes a delgados, en tonalidades de ébano y pardo o, incluso, algunos castaños y verdes. Su gente. Una mezcla de reinos y territorios, sí, pero... aquí no se siseaban insultos en las calles, aquí los niños no lanzarían rocas, aquí los hijos de su hermana no se sentirían diferentes, no se sentirían no queridos.

Esta parte de ella... que, a pesar de sus hombros firmes y su barbilla levantada, hacía que le temblaran las rodillas al considerar quién, *qué*, estaba delante de ella.

Nesryn no se atrevió a decirle a su padre dónde iría ni qué haría. Se limitó a decirle que tenía un encargo del rey de Adarlan y que estaría fuera por un tiempo. Su padre no le había creído. Ella misma no lo creía.

El khagan era una historia que se contaba en susurros alrededor de la chimenea en las noches invernales, sus hijos eran leyendas cuyas historias se contaban mientras amasaban esas incontables hogazas para la panadería. Eran los cuentos que en las noches sus ancestros contaban para ayudarla a dormir o para mantenerla despierta toda la noche con terror hasta en los huesos.

El khagan era un mito viviente. Era una deidad al igual que los treinta y seis dioses que gobernaban esta ciudad e imperio. Había tantos templos dedicados a esos dioses en Antica como tributos a los diversos khagans. *Más*.

La ciudad recibió el nombre de Ciudad de los Dioses por ellos y por el dios viviente sentado en el trono de marfil sobre esa plataforma dorada. Estaba hecha de oro puro, tal como decían las leyendas que le había susurrado su padre. Y los seis hijos del khagan... Nesryn podía nombrarlos a todos sin que se los presentaran.

Tras la meticulosa investigación de Chaol durante el viaje en barco, sabía que a él tampoco le quedaba ninguna duda.

Pero la reunión resultaría distinta a lo esperado.

Por cada cosa que *ella* le enseñó al excapitán sobre su tierra en esas semanas, Chaol la instruyó en el tema de los protocolos de la corte. Aunque él participó pocas veces directamente, fue testigo de suficientes encuentros mientras estuvo al servicio del rey. Había sido un observador del juego que ahora se convertía en protagonista y que estaba arriesgando mucho.

Esperaron en silencio a que hablara el khagan.

Ella intentó recordar que debía cerrar la boca mientras recorrían el palacio. Nunca había entrado en sus visitas a Antica cuando era niña. Ni su padre, ni el padre de su padre, ni ninguno de sus antepasados. En una ciudad de dioses, éste era el templo más sagrado... y el laberinto más mortífero.

El khagan no se movió de su trono de marfil.

Un trono más reciente, más ancho, de unos cien años de antigüedad, mandado a hacer cuando el séptimo khagan se deshizo del anterior porque no cabía, debido a su corpulencia. Ese khagan comió y bebió hasta morir, decía la historia, pero al menos tuvo la sensatez de nombrar a su heredero antes de llevarse la mano al pecho un día y caer muerto... justo en ese trono.

Urus, el khagan actual, no tenía más de sesenta años y parecía estar en mucho mejor condición física. Aunque su cabello oscuro ya tenía años de estar tan blanco como su trono tallado; aunque tenía cicatrices que le decoraban toda la piel arrugada recordándole al mundo que él había luchado por este trono en los últimos días de vida de su madre... sus ojos de ónix, delgados y rasgados, brillaban como estrellas, claros y omniscientes. En la cima de su cabellera nevada no había corona porque los dioses entre los mortales no necesitaban marcadores de su mando divino.

Detrás de él, las tiras de seda blanca atadas a las ventanas abiertas revoloteaban con la brisa caliente. Éstas provocaban que los pensamientos del khagan y su familia se centraran en el lugar donde el alma del finado, quien fuera, sin duda alguien importante, se reuniría al Eterno Cielo Azul y a la Tierra Durmiente que el khagan y sus ancestros seguían honrando, en vez del panteón de treinta y seis dioses que sus ciudadanos tenían la libertad de adorar. O de cualquier otro dios fuera de ese panteón, en el caso de que los territorios fueran lo suficientemente nuevos para que sus dioses aún no se hubieran incorporado al grupo. Con seguridad había varios de éstos, porque desde que asumió el trono tres décadas atrás, el hombre sentado frente a ellos había anexado un puñado de reinos extranjeros a sus fronteras. Un reino por cada uno de los anillos con resplandecientes rocas preciosas que le adornaban los dedos llenos de cicatrices.

Un guerrero ataviado con ropas finas apoyaba los codos en los brazos del trono de marfil —construido con los colmillos extraídos de las bestias poderosas que recorrían los pastizales centrales—, mientras sus manos bajaban para acomodarse en su regazo, ocultas detrás de tramos de seda azul con bordes dorados. La tela estaba teñida con la tinta índigo proveniente de las tierras calientes y exuberantes del oeste, de Balruhn, de donde provenía originalmente la gente de Nesryn, antes de que la curiosidad y la ambición hicieran que su bisabuelo arrastrara a la familia por las montañas, pastizales y desiertos hacia la Ciudad de los Dioses en el árido norte.

Los Faliq habían sido comerciantes desde siempre, pero no de cosas particularmente finas. Sólo telas simples de buena calidad y especias. Su tío seguía comerciando con ese tipo de bienes y, a través de varias inversiones lucrativas, se había convertido en un hombre moderadamente rico. Su familia ahora vivía en una casa hermosa en esta misma ciudad. Estaba sin duda un peldaño más arriba del panadero, el camino que su padre había elegido al dejar estas costas.

—Que un nuevo rey envíe a alguien tan importante a nuestras costas no es algo que se vea todos los días —dijo al fin el khagan en la lengua de ellos y no en halha, el idioma del Continente del Sur—. Supongo que debemos considerarlo un honor.

Su acento era tan similar al de su padre, pensó Nesryn, pero el tono no tenía la misma calidez, el mismo humor. Este era un hombre que había sido obedecido toda su vida, que peleó para ganarse su corona y que ejecutó a dos de sus hermanos, quienes demostraron ser malos perdedores. De los tres que sobrevivieron... uno estaba exiliado y los otros dos habían jurado lealtad a su hermano e hicieron que las sanadoras de la Torre los dejaran estériles.

Chaol inclinó la cabeza.

—El honor es mío, Gran Khagan.

No *majestad*, eso era para reyes y reinas. No había un término con la importancia o grandeza necesaria para el hombre que estaba frente a ellos. Sólo el título que el primero de sus ancestros usó: Gran Khagan.

—Tuyo —respondió el khagan y sus ojos oscuros se deslizaron a Nesryn—. ¿Qué me dices de tu compañera?

Nesryn se resistió a la tentación de volver a hacer una reverencia. Se dio cuenta de que Dorian Havilliard era lo opuesto a este hombre. Aelin Galathynius, por otro lado... Nesryn se preguntó si la joven reina tenía más en común con el khagan que con el rey Havilliard. O si lo llegaría a tener, si es que sobrevivía para gobernar; si es que llegaba a su trono.

Nesryn se guardó esos pensamientos cuando Chaol la miró con los hombros tensos. Ella sabía que no era por sus palabras, ni por la compañía, sino porque el simple acto de tener que *levantar* la mirada, ver al rey guerrero a la cara desde la silla... El día sería difícil para él.

Nesryn inclinó la cabeza ligeramente.

—Soy Nesryn Faliq, capitana de la guardia real de Adarlan. El mismo puesto que lord Westfall ocupó antes de que el rey Dorian lo designara como su Mano este verano.

Se sintió agradecida de que sus años en Rifthold le habían enseñado a no sonreír, a no achicarse ni mostrar miedo; se sintió agradecida de haber aprendido a mantener la voz fría y estable a pesar del temblor en sus rodillas.

—Mi familia es originaria de aquí, Gran Khagan —continuó Nesryn—. Antica sigue siendo dueña de un pedazo de mi alma —se puso la mano sobre el corazón y sus callos se atoraron un poco en los hilos finos de su uniforme dorado y carmín, los colores del imperio que había hecho que su familia se sintiera muchas veces perseguida e indeseada—. El honor de estar en su palacio es el mayor de toda mi vida.

Tal vez era verdad.

Su familia sin duda así lo consideraría cuando les contara, eso si encontraba el tiempo para visitarlos en el barrio tranquilo y lleno de jardines conocido como Runni, donde habitaban los comerciantes y mercaderes como su tío.

El khagan apenas sonrió.

—Entonces permíteme darte la bienvenida a tu verdadero hogar, capitana.

Nesryn alcanzó a percibir, más que a ver, un parpadeo de molestia en la expresión de Chaol. No le quedó muy claro qué lo provocó: el reconocimiento de su tierra natal o el título oficial que ahora había pasado a ella.

Pero Nesryn inclinó la cabeza otra vez en agradecimiento.

—Asumiré que están aquí para convencerme de que me una a la guerra que están por librar —el khagan le dijo a Chaol.

—Estamos aquí en nombre de mi rey —Chaol respondió con sequedad y se alcanzó a escuchar una nota de orgullo cuando pronunció esa palabra—. Para empezar lo que esperamos es que sea una nueva era de comercio próspero y paz.

Uno de los vástagos del khagan, una joven con el cabello como la noche fluida y ojos de fuego oscuro, intercambió una mirada irónica con el hermano a su izquierda, un hombre unos tres años mayor que ella.

Entonces ésos eran Hasar y Sartaq, la tercera y el segundo hijos, respectivamente. Ambos usaban pantalones holgados similares y túnicas bordadas, con botas de cuero fino a la rodilla. Hasar no era particularmente hermosa, pero esos ojos... la flama que bailaba en ellos cuando miraba a su hermano mayor compensaba lo demás.

Sartaq era comandante de los jinetes de ruk de su padre, los rukhin. La caballería aérea de su pueblo llevaba mucho tiempo viviendo en el norte, en las enormes montañas Tavan. Vivían con sus ruks, pájaros gigantes que eran de forma similar a un águila, pero de tamaño suficiente para llevar ganado y caballos entre las garras. No tenían la masa y peso destructivo de los guivernos de las brujas Dientes de Hierro, pero eran rápidos, ágiles y astutos como zorros. Las monturas eran perfectas para los arqueros legendarios que volaban sobre ellas en la batalla.

Sartaq tenía expresión solemne y la espalda ancha, muy recta. Era un hombre que tal vez se sentía incómodo en sus ropas elegantes, igual que Chaol. Nesryn se preguntó si el ruk de Sartaq, Kadara, estaría posado en uno de los treinta y seis minaretes del palacio, mirando a los sirvientes y guardias asustados, esperando con impaciencia que regresara su amo.

Si Sartaq estaba ahí... tenían que saber, entonces. Y lo supieron con suficiente anticipación, que ella y Chaol venían en camino.

La mirada llena de significado que intercambiaron Sartaq y Hasar le dio suficiente información a Nesryn: cuando menos ellos habían discutido las posibilidades de esta visita.

La mirada de Sartaq pasó de su hermana a Nesryn. Ella le concedió un parpadeo. La piel morena de Sartaq era más oscura que la de los demás, quizá por todo el tiempo que pasaba en los cielos y bajo la luz del sol. Sus ojos eran de un tono ébano sólido, inescrutables y sin fondo. Su cabello negro estaba desatado excepto por una pequeña trenza que se le curvaba por encima de la oreja. El resto de su cabello le llegaba un poco más abajo del pecho musculoso y se le movió ligeramente cuando inclinó la cabeza en un gesto que a Nesryn le pareció burlón.

Adarlan había enviado una pareja poco común y humilde. El excapitán lesionado y la capitana actual de sangre común. Tal vez las palabras iniciales del khagan sobre el *honor* fueron una referencia velada de lo que él percibía como un insulto.

Nesryn se obligó a apartar su atención del príncipe a pesar de que seguía sintiendo la mirada fija de Sartaq, la cual permanecía en ella como un roce fantasma.

—Traemos regalos de su majestad, el rey de Adarlan —afirmó Chaol, quien giró en su silla para indicar a los sirvientes detrás de ellos que avanzaran.

La reina Georgina y su corte prácticamente saquearon las arcas reales antes de huir a sus tierras en la montaña durante la primavera, y el rey anterior sacó mucho de lo que quedaba durante los últimos meses. Pero antes de que Nesryn y Chaol se embarcaran con rumbo a este país, Dorian visitó las bóvedas debajo del castillo. Nesryn todavía recordaba el eco de la palabrota de Dorian, algo más vulgar que todo lo que le había escuchado antes, cuando encontró poco más que unos gramos de oro.

Aelin, como de costumbre, tenía un plan.

Nesryn estaba parada al lado de su nuevo rey en la habitación de Aelin, cuando ella abrió de golpe dos baúles. Tenía joyas dignas de una reina, para una reina de los asesinos, que brillaban dentro.

—Ya tengo suficientes fondos —fue lo único que dijo Aelin cuando Dorian empezó a protestar—. Dale al khagan un poco de lo mejor de Adarlan.

En las semanas posteriores, Nesryn se preguntó en varias ocasiones si Aelin estaría contenta de haberse deshecho de lo que compró con dinero de sangre. Las joyas de Adarlan, al parecer, no viajarían a Terrasen.

Y en ese momento, cuando los sirvientes presentaron cuatro baúles pequeños —por sugerencia de Aelin, dividieron el contenido de sus dos baúles para dar la impresión de que era *más* tesoro— y abrieron las tapas, la corte silenciosa se acercó a ver.

Un murmullo recorrió al grupo cuando vieron las gemas relucientes, el oro y la plata.

—Un regalo —declaró Chaol, mientras el mismo khagan se asomaba a examinar el tesoro— del rey Dorian

Havilliard de Adarlan y de Aelin Galathynius, reina de Terrasen.

En cuanto pronunció el segundo nombre, los ojos de la princesa Hasar voltearon de inmediato hacia Chaol. El príncipe Sartaq sólo miró a su padre. El hijo mayor, Arghun, frunció el ceño al ver las joyas.

Arghun, el político del grupo, amado entre los mercaderes y poderosos del continente, era delgado y alto, un estudioso que no comerciaba con monedas y productos finos, sino con conocimientos.

Príncipe de Espías llamaban a Arghun. Mientras sus dos hermanos se convirtieron en excelentes guerreros, Arghun afinó su mente y ahora estaba a cargo de supervisar a los treinta y seis visires de su padre. Así que ese ceño fruncido al ver el tesoro... collares de diamantes y rubíes; brazaletes de oro y esmeralda; aretes, verdaderos candelabros en miniatura, de zafiro y amatista; anillos tallados de manera exquisita, algunos coronados con joyas tan grandes como un huevo de golondrina; peinetas, prendedores y broches. Todos ganados con sangre, comprados con sangre.

La más joven de los hijos del khagan, una mujer hermosa de huesos delicados, se acercó más. Su nombre era Duva. En la mano delgada que descansaba sobre su vientre, considerablemente grande, traía un anillo grueso de plata con un zafiro de tamaño casi obsceno.

Tal vez tendría unos seis meses de embarazo, a juzgar por la ropa holgada (prefería el morado y el rosa), pero por su complexión delgada no era fácil saber. Era sin duda su primer hijo, el resultado del matrimonio arreglado con un príncipe que provenía de los territorios extranjeros del lejano este, vecinos de Doranelle hacia el sur, y quien había notado que la reina hada empezaba a moverse y quiso conseguir la protección del imperio del sur al otro lado del mar. Nesryn no fue la única que consideró posible que se tratara del primer intento a gran escala del khaganato por expandir su continente, de por sí enorme.

Nesryn no se permitió fijarse demasiado en la vida que crecía debajo de esa mano enjoyada.

Porque si uno de los hermanos de Duva era coronado khagan, la primera tarea de este nuevo gobernante, después de haber producido suficientes hijos propios, sería eliminar cualquier posible rivalidad por el trono, empezando por los hijos de sus hermanos, si se atrevían a disputar su derecho a gobernar.

Se preguntó cómo lo podía soportar Duva. Si ya se habría permitido amar al bebé que crecía en su vientre o si estaba consciente de que no debía permitirse sentir esa emoción. Si el padre de ese bebé haría todo lo que estuviera en su poder para llevarse al niño a un sitio seguro, si las cosas llegarían a eso.

Finalmente, el khagan se volvió a recargar en el respaldo de su trono. Sus hijos se enderezaron de nuevo y la mano de Duva regresó a su costado.

—Joyas —explicó Chaol— elaboradas por los mejores artesanos de Adarlan.

El khagan jugó con el anillo cetrino que tenía puesto.

—Si vienen de parte del Aelin Galathynius, no dudo que lo sean.

Un momento de silencio entre Nesryn y Chaol. Ellos sabían, anticiparon, que el khagan tendría espías en todos los territorios, en todos los mares. Que el pasado de Aelin podría ser un poco difícil de explicar.

—Porque tú no eres sólo la Mano de Adarlan —continuó el khagan—, sino también el embajador de Terrasen, ¿no es así?

—Así es —se limitó a responder Chaol.

El khagan se puso de pie. Sus movimientos apenas delataban un poco de rigidez por la edad. Sus hijos de inmediato se apartaron para abrirle camino y que pudiera bajar de la plataforma dorada.

El más alto de sus hijos, un hombre muy atractivo y quizás menos prudente, comparado con la intensidad silenciosa de Sartaq, miró a todos como si evaluara que alguien pudiera representar una amenaza. Se trataba de Kashin, el cuarto hijo del khagan.

Si Sartaq comandaba los ruks en los cielos del norte y del centro, Kashin controlaba los ejércitos en tierra; soldados de a pie y caballería, principalmente. Arghun tenía influencia sobre los visires y Hasar, según los rumores, contaba con la lealtad de las armadas. Sin embargo, Kashin parecía menos sofisticado, con su cabello oscuro trenzado hacia atrás, que dejaba despejada su cara ancha. Era apuesto, sí, pero daba la impresión de sentirse más cómodo con el estilo de vida de sus tropas y no necesariamente de una mala manera.

El khagan bajó de la plataforma. Su túnica color cobalto susurraba a lo largo del piso. Con cada uno de sus pasos sobre el mármol verde, Nesryn recordaba que ese hombre alguna vez comandó no sólo a los ruks en los cielos, sino también al pueblo de los señores ecuestres y persuadió a las armadas de que se unieran a él. Después, Urus y su hermano mayor lucharon mano a mano a petición de su madre, mientras ella iba muriendo de la enfermedad que la consumió y de la cual ni siquiera las sanadoras de la Torre la pudieron ayudar. El hijo que saliera vivo de la arena sería el siguiente khagan.

La khagan era aficionada al espectáculo. Y para esa pelea final entre sus dos hijos seleccionados, los llevó al gran anfiteatro en el corazón de la ciudad. Las puertas estaban abiertas a todo aquél que quisiera asistir y lograra hacerse de un lugar. La gente estaba sentada sobre los arcos y en las escaleras, mientras que miles más llenaron las calles cercanas al edificio de roca blanca. Los ruks y sus jinetes se posaron sobre los pilares que coronaban el nivel más alto y otros rukhin circulaban por los aires.

Los dos candidatos a herederos pelearon seis horas.

No sólo uno contra el otro, sino también contra los monstruos que su madre liberó para ponerlos a prueba:

grandes gatos que salían disparados desde las esquinas ocultas debajo del suelo arenoso; carretas con picos de hierro y lanzas que atacaban desde la oscuridad de los túneles de entrada para derribarlos.

El padre de Nesryn estuvo entre la multitud febril de las calles, escuchando los informes a gritos que llegaban desde las personas que colgaban de las columnas.

El golpe final no fue un acto de brutalidad ni de odio.

El hermano mayor del ahora khagan, Orda, tenía una lanza clavada en el costado gracias a esos aurigas de las carretas. Después de seis horas de batalla sangrienta y de hacer todo por sobrevivir, esa lesión lo eliminó de la pelea.

Urus ya había dejado su espada a un lado. Un silencio absoluto se apoderó de la arena. En ese silencio, Urus le extendió la mano ensangrentada a su hermano caído para ayudarlo.

Orda lanzó la daga que traía oculta hacia el corazón de Urus.

Falló por cinco centímetros.

Y Urus se arrancó la daga, gritando, y se la enterró de regreso a su hermano.

Pero Urus no falló como lo había hecho su hermano.

El khagan empezó a avanzar hacia ellos y hacia los baúles con las joyas, y Nesryn se preguntó si todavía tendría el pecho marcado por la cicatriz. Si aquella khagan muerta hace tanto tiempo habría llorado por su hijo en privado, por el hijo que murió a manos de quien asumiría su corona en cuestión de días. O si nunca se había permitido amar a sus hijos sabiendo el destino que les aguardaba.

Urus, khagan del Continente del Sur, se detuvo frente a Nesryn y Chaol. Era por lo menos quince centímetros más alto que Nesryn, tenía los hombros anchos y la espalda recta todavía.

Apenas delataba su edad, cuando se agachó para tomar un collar de diamantes y zafiros del baúl. Las piedras brillaban como un río viviente en esas manos repletas de tantas cicatrices como de joyas.

—Mi hijo mayor, Arghun —dijo el khagan con un movimiento de la barbilla en dirección al príncipe de cara alargada que monitoreaba todo—, recientemente me informó sobre algo fascinante relacionado con la reina Aelin Ashryver Galathynius.

Nesryn se preparó para el golpe. Chaol sólo le sostuvo la mirada a Urus.

Pero los ojos oscuros del khagan, iguales a los ojos de Sartaq, pensó Nesryn, bailaron cuando le dijo a Chaol:

—Una reina de diecinueve años pondría nervioso a cualquiera. Dorian Havilliard, por lo menos, ha estado preparándose para asumir la corona desde que nació; él tiene las herramientas para controlar una corte y un reino. Pero Aelin Galathynius...

El khagan lanzó el collar de regreso al baúl. El sonido que hizo al caer fue tan fuerte como el sonido de acero sobre roca.

—Supongo que algunos considerarían sus diez años de asesina profesional como experiencia.

Nuevamente, una oleada de murmullos recorrió el salón del trono. Los ojos brillantes de Hasar casi estaban encendidos. El rostro de Sartaq no se inmutó; tal vez era una habilidad aprendida de su hermano mayor, cuyos espías en verdad debían ser muy hábiles si conocían el pasado de Aelin. Aunque Arghun parecía esforzarse por controlar su sonrisa petulante.

—Tal vez estemos separados por el Mar Angosto —le dijo el khagan a Chaol, quien no cambió su expresión ni un milímetro—, pero incluso nosotros hemos escuchado sobre Celaena Sardothien. Ustedes me ofrecen joyas que sin duda pertenecieron a su colección personal. Sin embargo, son joyas para *mí*, mientras que mi hija Duva —miró en dirección a su hermosa hija embarazada que estaba parada cerca de Hasar— todavía no ha recibido ningún regalo de bodas del nuevo rey ni de la reina resurgida, aunque el resto de los gobernantes del mundo enviaron sus regalos hace casi seis meses.

Nesryn ocultó su vergüenza. Había muchas posibles explicaciones de ese descuido, pero nada que se atrevieran a decir en voz alta, no en ese lugar. Chaol no le ofreció ninguna aclaración y permaneció en silencio.

—Pero —continuó el khagan—, en vez de estas joyas que me lanzaron a los pies como sacos de grano, preferiría que me dijeran la verdad. En especial después de que Aelin Galathynius les destrozó el castillo de cristal, asesinó al rey y tomó la ciudad capital.

—Si el príncipe Arghun ya posee la información —respondió al fin Chaol, con frialdad inmutable—, tal vez ya no sea necesario que yo la proporcione.

Nesryn intentó controlar su sobresalto ante el tono, el desafío, que percibió en la voz de Chaol...

—Tal vez no —dijo el khagan y Arghun entrecerró un poco los ojos—. Pero creo que *ustedes* sí quieren escuchar la verdad de mi parte.

Chaol no había preguntado nada. Ni siquiera se notaba remotamente interesado.

—¿Oh? —es lo único que dijo.

Kashin se tensó. Por lo visto, era el defensor más acérrimo de su padre. Arghun sólo intercambió miradas con un visir y sonrió en dirección de Chaol como serpiente a punto de atacar.

—El motivo por el cual creo que vinieron, lord Westfall, Mano del Rey, es el siguiente...

Sólo las gaviotas que volaban en lo alto, sobre el domo del salón del trono, se atrevieron a hacer ruido.

El khagan cerró bruscamente las tapas de los baúles, una por una.

—Creo que vinieron a convencerme de unirme a su guerra. Adarlan está dividido. Terrasen está desahuciado; además, deberá resolver el asunto de convencer a los lords sobrevivientes de que luchen por una reina sin experiencia que se pasó diez años viviendo entre lujos en Rifthold y que adquirió estas joyas con dinero de sangre. Su lista de aliados es corta y endeble. Las fuerzas del duque Perrington son lo contrario. Los demás reinos de su continente están destrozados y los ejércitos de Perrington los separan de los territorios del norte. Así que viajaron hasta acá, tan rápido como los pudieron transportar los ocho vientos, para rogarme que envíe mis ejércitos a sus costas. Para convencerme de derramar nuestra sangre por una causa perdida.

—Algunos la considerarían una causa noble —respondió Chaol.

—Aún no termino —dijo el khagan y alzó la mano.

Chaol se notaba molesto, pero no volvió a hablar sin que le dieran la palabra. El corazón de Nesryn latía desbocado.

—Muchos dirán —continuó el khagan y movió la mano levantada hacia los visires, hacia Arghun y Hasar— que deberíamos permanecer fuera del asunto. O, mejor aún, aliarnos con la fuerza que sin duda ganará y con quien hemos mantenido una relación comercial lucrativa a lo largo de estos diez años.

Señaló a otros hombres y mujeres ataviados con las túnicas doradas de los visires; así como a Sartaq, Kashin y Duva.

—Algunos dirán que, de aliarnos contra Perrington, nos arriesgaríamos a tener que enfrentar a sus ejércitos en nuestros puertos algún día. Que los reinos destrozados de Eyllwe y Fenharrow podrían recuperar su riqueza con un gobierno distinto y que eso llenaría nuestras arcas al establecer buenos lazos comerciales. No tengo duda de que ustedes me prometerán que así será. Me ofrecerán tratados comerciales exclusivos, quizás incluso desventajosos para ustedes. Pero están desesperados y no poseen nada que yo no tenga ya. Nada que yo no pueda tomar si así lo deseo.

Chaol mantuvo la boca cerrada, por suerte. Aunque sus ojos castaños hirvieron al escuchar la amenaza velada.

El khagan se asomó al cuarto y último baúl. Contenía peines y cepillos enjoyados, elegantes frascos de perfume elaborados por los mejores artistas de cristal soplado de Adarlan. Los mismos que construyeron el castillo que Aelin destrozó.

—Así que vinieron para convencerme de unirme a su causa. Y yo lo consideraré mientras sean mis huéspedes. Porque me queda claro que su viaje tiene también otro propósito.

Hizo un breve ademán con la mano llena de cicatrices y joyas en dirección a la silla de ruedas. Las mejillas bronceadas de Chaol se llenaron de color, pero no se movió, no se amedrentó. Nesryn se obligó a hacer lo mismo.

—Arghun me informó que tus heridas son recientes, que sucedieron cuando estalló el castillo de cristal. Parece ser que la reina de Terrasen no fue tan cuidadosa con sus aliados.

A Chaol le aleteó el músculo de la mandíbula cuando todos, desde los príncipes hasta los sirvientes, centraron la atención en sus piernas.

—Dado que su relación con Doranelle es delicada en este momento, también gracias a Aelin Galathynius, asumo que el único camino disponible hacia la sanación fue éste, en la Torre Cesme.

El khagan se encogió de hombros, el último vestigio del joven guerrero irreverente que fue alguna vez.

—Mi amada esposa se sentiría profundamente decepcionada si yo le negara la posibilidad de sanar a cualquiera —Nesryn se sorprendió entonces de que la emperatriz no estuviera en la habitación—; así que, por supuesto, les otorgaré el permiso de entrar a la Torre. Sin embargo, las sanadoras podrán decidir si les ayudarán o no. Ni siquiera yo controlo la voluntad de la Torre.

La Torre dominaba el borde sur de Antica, acunada en la cima de la colina más alta, con vista a la ciudad que se extendía hacia el mar verdoso. Estaba bajo el dominio de las famosas sanadoras y era, además, un tributo a Silba, la diosa sanadora que las bendecía. De los treinta y seis dioses que este imperio ha acogido en su panteón a lo largo de los siglos, y que pertenecen a religiones de todas partes, en esta Ciudad de los Dioses... Silba era, sin lugar a dudas, la diosa reinante.

Chaol se veía como si estuviera tragando brasas al rojo vivo, pero afortunadamente logró inclinar la cabeza.

—Le agradezco su generosidad, Gran Khagan.

—Descansen esta noche. Les informaré a las sanadoras que estarás listo para recibirlas mañana en la mañana. Como no te es posible ir a la Torre, alguien vendrá al palacio. Si ellas están de acuerdo.

Los dedos de Chaol se movieron en su regazo, pero no apretó los puños. Nesryn seguía conteniendo la respiración.

—Estoy a su disposición —agregó Chaol con sequedad.

El khagan cerró el último baúl de joyas.

—Puedes quedarte con tus regalos, Mano del Rey, embajador de Aelin Galathynius. No me sirven... y no me interesan.

Chaol levantó la cabeza de golpe, como si algo en el tono de voz del khagan lo hubiera sobresaltado.

—¿Por qué? —preguntó Chaol.

Nesryn apenas logró ocultar su reacción. Nadie se atrevía jamás a cuestionar a ese hombre, como delataron la rabia y sorpresa en los ojos del khagan, así como las miradas que intercambiaron sus hijos.

Pero Nesryn alcanzó a notar un destello de algo más en los ojos del khagan. Cierto cansancio. Ella sintió como si algo aceitoso se le deslizara al estómago al ver otra vez las banderas blancas que colgaban de las ventanas por toda la ciudad. Al ver a los seis herederos y contar de nuevo.

No eran seis.

Eran cinco. Sólo había cinco ahí.

Banderas fúnebres en la casa real. En toda la ciudad.

35

El pueblo del khagan no guardaba luto, no como en Adarlan, donde se vestían de negro y se deprimían durante meses. En cambio, aquí, incluso en la familia real, la vida seguía adelante. No acostumbraban tener a sus muertos en catacumbas de roca o ataúdes, sino que los envolvían en una mortaja blanca y los colocaban bajo el cielo abierto en una reserva cerrada y sagrada de las estepas distantes.

Nesryn miró la fila de los cinco herederos y contó. Los cinco mayores estaban presentes. Y cuando se dio cuenta de que Tumelun, la más joven, de apenas diecisiete años, no estaba, el khagan le dijo a Chaol:

—Tus espías son inútiles, en verdad, por si no te has enterado.

Con eso, empezó a alejarse hacia su trono y dejó que Sartaq diera un paso al frente. El segundo hijo del khagan tenía los ojos profundos cubiertos por un velo de pesar. Sartaq inclinó la cabeza hacia Nesryn en silencio. Sí, sí, sus sospechas eran acertadas...

La voz sólida y agradable de Sartaq llenó la sala.

—Nuestra amada hermana, Tumelun, falleció inesperadamente hace tres semanas.

Oh, dioses. Tantas palabras que no se pronunciaron y rituales que se no observaron; tan sólo presentarse en este sitio y exigir que los apoyaran en la guerra era una transgresión, algo de pésimo gusto...

Chaol miró a los ojos a cada uno de los príncipes y princesas de rostros tensos y, finalmente, en el silencio cargado, le dijo al khagan mismo:

—Les ofrezco mis más profundas condolencias.

—Que el viento del norte la lleve a planicies más hermosas —dijo Nesryn con una exhalación.

Sólo Sartaq se tomó la molestia de asentir como agradecimiento; los demás se tornaron fríos y rígidos.

Nesryn le dirigió a Chaol una mirada silenciosa de advertencia para que no hiciera preguntas sobre la muerte de la princesa. Él comprendió la expresión en su rostro y asintió.

El khagan se puso a rascar una imperfección en su trono de marfil y el silencio se hizo tan pesado como los abrigos que los señores ecuestres todavía usaban para protegerse del penetrante viento del norte y de sus sillas de montar de madera.

—Llevamos tres semanas en altamar —Chaol intentó ofrecer una disculpa con voz más suave.

El khagan no se molestó por aparentar comprensión.

—Eso explicaría también por qué están tan poco conscientes de las otras noticias y de por qué estas joyas podrían serles de mayor utilidad a *ustedes* —dijo el khagan con una sonrisa retorcida y carente de alegría—. Esta mañana, los contactos de Arghun me proporcionaron también información proveniente de un barco. Las arcas reales en Rifthold ya no están disponibles. El duque Perrington y su ejército de terrores voladores saquearon Rifthold.

Un silencio, pulsante y hueco, recorrió todo el cuerpo de Nesryn. No le quedaba claro si Chaol seguía respirando.

—No tenemos noticias de dónde está el rey Dorian, pero entregó Rifthold. Huyó hacia la noche, si creemos en los rumores. La ciudad cayó. Todo lo que está al sur de Rifthold le pertenece ahora a Perrington y sus brujas.

Lo primero que vio Nesryn en su mente fueron los rostros de sus sobrinos; luego la cara de su hermana, después a su padre. Vio su cocina, la panadería. Las tartas de pera enfriándose en la mesa larga de madera.

Dorian los había abandonado. Había dejado desamparados a todos para... ¿para qué? ¿Para ir en busca de ayuda? ¿Para sobrevivir? ¿Para huir con Aelin?

¿La guardia real se habría quedado a pelear? ¿Alguien habría luchado para salvar a los inocentes en la ciudad?

Le temblaban las manos. No le importó. No le importaba si esta gente engalanada con sus ropas lujosas se burlaba de ella. Se trataba de los hijos de su hermana, la gran dicha de su vida...

Chaol la miraba. Su rostro permanecía inexpresivo; en él no se veía devastación ni sorpresa. Nesryn empezó a sentirse asfixiada por el uniforme rojo y dorado. La estaba estrangulando.

Brujas y guivernos. En su ciudad. Con esos dientes y uñas de hierro. Rasgando, desangrando y torturando. Su familia... su *familia*...

Sartaq había vuelto a dar un paso al frente. Sus ojos de ónix pasaron de Nesryn al khagan.

—Padre, nuestros huéspedes vienen de un largo viaje. Hagamos a un lado la política —dijo con una mirada de desaprobación a Arghun, que parecía divertido, *divertido* con las noticias que les habían dado y que los hacían sentir como si el piso de mármol verde se hubiera abierto bajo sus botas—, porque seguimos siendo una nación de hospitalidad. Dejemos que descansen unas horas. Y luego cenemos con ellos.

Hasar avanzó al lado de Sartaq sin dejar de fruncir el ceño a Arghun. Tal vez no lo hacía para reprenderlo, como Sartaq, sino sólo porque Arghun no le había dado a *ella* primero la noticia.

—Que ningún huésped pase por nuestro hogar y le falten comodidades.

Aunque las palabras eran de bienvenida, el tono con que Hasar las pronunció fue lo opuesto.

Su padre los miró confundido.

—Así sea —dijo Urus y, con un movimiento de la mano, hizo que se acercaran los sirvientes apostados junto a los pilares al fondo—. Escóltenlos a sus habitaciones. Y envíen un mensaje a la Torre para que nos manden a su mejor sanadora. Hafiza, si está dispuesta a bajar de esa torre.

Nesryn casi no escuchó lo demás. Si las brujas habían tomado la ciudad, entonces no habría quien pudiera hacer frente al Valg que la infestó a principios del verano... No habría nadie para luchar contra ellos. No habría nadie para proteger a su familia.

Eso, si habían sobrevivido.

No podía respirar. No podía pensar.

No debió haberse ido. No debió haber aceptado este cargo.

Podrían estar muertos o sufriendo. Muertos. Muertos.

No se percató cuando una mujer llegó para empujar la silla de Chaol. Apenas se dio cuenta de que Chaol la había tomado de la mano para entrelazar sus dedos con los de ella.

Nesryn ni siquiera recordó hacer una reverencia al khagan cuando se fueron.

No podía dejar de ver sus rostros.

Los niños. Los hijos sonrientes y de vientres redondos de su hermana.

No debía haber venido.

CAPÍTULO 3

Nesryn entró en estado de conmoción y Chaol no podía acercarse a ella ni tomarla en sus brazos y estrecharla.

No lo pudo hacer porque ella se alejó, en silencio y deslizándose como un espectro, directo a su recámara y cerró la puerta —les habían asignado una habitación lujosa en el primer piso del palacio—. Actuaba como si se hubiera olvidado que existían todos los demás en el mundo.

No la culpaba.

Chaol permitió que la doncella de servicio, una joven de huesos delicados con cabello castaño que caía en rizos pesados hasta su cintura estrecha, lo llevara a la segunda recámara. La habitación tenía vista a un jardín con árboles frutales y fuentes borboteantes; también había cascadas de flores rosadas y moradas que colgaban de macetas ancladas al balcón sobre su cabeza. Funcionaban como cortinas vivientes frente a las enormes ventanas de su recámara. Aunque notó que más bien eran puertas.

La doncella murmuró algo sobre llenar la bañera. Su manejo del lenguaje de Chaol era torpe comparado con la habilidad del khagan y sus hijos. Aunque él no estaba en ninguna posición de juzgar: él apenas sabía algo de los otros idiomas de su propio continente.

La doncella desapareció detrás de un biombo de madera tallada, que sin duda ocultaba la entrada a la habitación del baño, y Chaol se asomó por la puerta todavía abierta de su recámara, hacia el otro lado de la sala de mármol, hacia las puertas cerradas de la recámara de Nesryn.

No debieron haberse ido de Rifthold. Él no podría haber hecho nada, pero... sabía el efecto que tendría en Nesryn no saber. El efecto que ya estaba teniendo en él.

Se dijo que Dorian no estaba muerto. Que había logrado salir. Escapar. Si estuviera en manos de Perrington, de Erawan, ya lo sabrían. El príncipe Arghun lo sabría. Su ciudad, saqueada por brujas. Se preguntó si Manon Picos Negros habría sido la líder del ataque.

Chaol intentó sin éxito hacer un recuento de las deudas entre ellos. Aelin le había perdonado la vida a Manon en el templo de Temis, pero Manon les había proporcionado información vital sobre Dorian cuando estaba bajo el yugo del Valg. ¿Eso significaba que estaban a mano? ¿O que eran aliados tentativos?

No valía la pena tener esperanzas de que Manon se volviera en contra de Morath. De todas maneras, Chaol le rezó a cualquier dios que estuviera escuchando para que protegiera a Dorian, para que guiara a su rey a puertos más amigables.

Dorian lograría sobrevivir. Era demasiado astuto, poseía demasiados dones para no hacerlo. Chaol no aceptaría otra alternativa, ninguna. Dorian estaba vivo y a salvo. O en camino a un sitio seguro. Y cuando Chaol tuviera un momento, iba a exprimirle esa información al príncipe primogénito. Con o sin luto. Todo lo que Arghun sabía, él también lo sabría. Y luego le pediría a la doncella que preguntara en todos los barcos comerciales para que le dieran cualquier información que tuvieran sobre el ataque.

No se sabía nada, ni una sola cosa, sobre Aelin. Dónde estaba, qué estaba haciendo. Aelin, quien bien podría ser la responsable de que perdieran esta alianza.

Apretó los dientes, y seguía apretándolos cuando la puerta de la habitación se abrió y un hombre alto de hombros anchos entró como si fuera el dueño del lugar. Chaol se dio cuenta de que sí lo era. El príncipe Kashin venía solo y sin armas, aunque se movía con la seguridad de alguien que confía en la fuerza infalible de su cuerpo.

Chaol probablemente se había movido igual cuando recorría el palacio en Rifthold. Inclinó la cabeza para saludar y el príncipe cerró la puerta del pasillo y lo miró con detenimiento. Era la evaluación de un guerrero, franca y a fondo. Cuando el príncipe al fin detuvo sus ojos castaños en los de Chaol, le dijo en el idioma de Adarlan:

—Las lesiones como la tuya no son raras aquí y he visto muchas, en especial, entre las tribus de jinetes. La gente de mi familia.

Chaol no se sentía con ganas particulares de discutir sobre sus heridas con el príncipe, ni con nadie más, así que sólo asintió.

—Estoy seguro de que así es.

Kashin ladeó la cabeza y volvió a estudiar a Chaol. La trenza oscura se le desplazó frente al hombro musculoso. Tal vez estaba comprendiendo que Chaol no deseaba iniciar esa conversación en particular.

—Mi padre en verdad desea que nos acompañen a cenar. Y más que eso, que nos acompañen todas las noches posteriores, mientras estén aquí. Y que se sienten en la mesa principal.

No era una invitación anormal para un dignatario extranjero y ciertamente era un honor sentarse en la mesa del khagan, pero enviar a su hijo a que se lo comunicara... Chaol consideró sus siguientes palabras con cuidado, pero luego optó por las más obvias:

—¿Por qué?

Sin duda, la familia deseaba mantenerse unida después de perder a su miembro más joven. Invitar a unos desconocidos a acompañarlos...

El príncipe apretó la mandíbula. No era un hombre acostumbrado a ocultar sus emociones como sus tres hermanos mayores.

—Arghun sostiene que el palacio está a salvo de los espías del duque Perrington y que sus agentes no han llegado hasta acá. Yo no comparto su opinión. Y Sartaq... —el príncipe se detuvo, como si no quisiera involucrar a su hermano o aliado potencial. Hizo una mueca—. Por este motivo elegí vivir entre soldados. Las simulaciones de esta corte...

Chaol se sintió tentado a decirle que lo entendía. Él se había sentido así la mayor parte de su vida.

—¿Crees que las fuerzas de Perrington ya se infiltraron en esta corte? —preguntó, sin embargo.

¿Cuánto sabría Kashin, o Arghun, sobre las fuerzas de Perrington, sobre la verdad del rey del Valg que usaba la piel de Perrington? ¿O sobre los ejércitos que comandaba, peores que todo lo que esta familia pudiera imaginar? Pero esa información... se la guardaría. Esperaría para ver si la podía utilizar de alguna manera, en caso de que Arghun y el khagan no supieran de esto.

Kashin se frotó el cuello.

—No sé si sería Perrington o alguien de Terrasen, o de Melisande, o de Wendlyn. Lo único que sé es que mi hermana está muerta.

El corazón de Chaol se detuvo un instante.

—¿Cómo sucedió? —se atrevió a preguntar.

El dolor fulguró en la mirada de Kashin.

—Tumelun siempre fue un poco salvaje, temeraria. Con tendencia a la volubilidad. Un día estaba feliz y risueña, y al siguiente se portaba retraída y desesperanzada. Dicen... —tragó saliva y se le movió la garganta de arriba a abajo—. Dicen que por eso saltó del balcón. Duva y su esposo la encontraron esa noche.

Una muerte en la familia siempre es devastadora, pero un suicidio...

—Lo siento —dijo Chaol en voz baja.

Kashin negó con la cabeza y la luz del sol que entraba desde el jardín se reflejó en su cabello oscuro.

—Yo no lo creo. Mi Tumelun no hubiera saltado.

Mi Tumelun. Las palabras le comunicaron a Chaol la cercanía del príncipe con su hermana menor.

—¿Sospechas que fue un asesinato?

—Lo único que sé es que los cambios de humor de Tumelun no... Yo la conocía. Tanto como conozco mi propio corazón —se colocó la mano sobre el pecho—. Ella no habría saltado.

Chaol de nuevo consideró con cuidado las palabras que usaría.

—Lamento mucho tu pérdida, pero dime ¿tienes algún motivo para pensar que lo podría haber planeado un reino extranjero?

Kashin caminó un poco.

—Nadie dentro de *nuestras* tierras sería tan estúpido.

—Bueno, pues nadie de Terrasen ni de Adarlan haría algo así tampoco, ni siquiera como manipulación para que se unan a esta guerra.

Kashin lo estudio por un instante.

—¿Ni siquiera la reina que fue alguna vez asesina?

Chaol no permitió que sus emociones se reflejaran en su expresión.

—Tal vez fue asesina, pero incluso, entonces, Aelin tenía principios inviolables. Matar o hacer daño a niños era uno de ellos.

Kashin se detuvo frente a la cómoda recargada contra el muro del jardín y acomodó una caja dorada sobre su superficie oscura y pulida.

—Lo sé. Eso también lo leí en los informes de mi hermano. Detalles sobre sus asesinatos —Chaol podría jurar que el príncipe se estremeció—. Te creo.

No cabía duda de por qué el príncipe estaba teniendo esa conversación con él.

Kashin continuó.

—Lo cual nos deja pocos poderes extranjeros que podrían haberlo hecho y Perrington encabeza esa corta lista.

—Pero ¿por qué atacaría a tu hermana?

—No lo sé —Kashin dio otros pasos—. Era joven, sin malicia... cabalgaba conmigo entre los darghan, nuestros clanes madre. Todavía no tenía su propia *sulde*.

Chaol frunció un poco el entrecejo y cuando el príncipe se dio cuenta, le aclaró:

—Es la lanza que portan todos los guerreros darghan. Atamos mechones de pelo de nuestro caballo favorito en el mango de la lanza, debajo de la cuchilla. Nuestros ancestros creían que en la dirección que el viento hiciera revolotear esos mechones, ahí nos aguardaba nuestro destino. Algunos de nosotros todavía creemos en esto, pero incluso quienes piensan que es sólo una tradición... las llevan a todas partes. Hay un patio en este palacio donde están plantadas mi *sulde* y las de mis hermanos, junto a la de mi padre, para sentir el viento mientras estamos aquí. Pero en la muerte... —nuevamente esa sombra de dolor—. En la muerte es el único objeto que conservamos. Contienen el alma de un guerrero darghan por toda la eternidad y se dejan plantadas en la estepa en nuestro reino sagrado —el príncipe cerró los ojos—. Ahora su alma viajará con el viento.

Nesryn le había contado todo eso. Chaol se limitó a repetir:

—Lo siento mucho.

Kashin abrió los ojos.

—Algunos de mis hermanos no me creen lo de Tumelun. Otros sí. Nuestro padre... él sigue indeciso. Nuestra madre ni siquiera sale de su recámara de tanto dolor y hablar con ella sobre mis sospechas podría... No me arriesgaría a mencionárselas a ella —se frotó la mandíbula poderosa—. Así que convencí a mi padre de que nos acompañen a cenar todas las noches como un gesto de diplomacia. Pero me gustaría que observaran con los ojos de alguien externo. Que me informen si notan cualquier cosa extraña. Tal vez ustedes puedan ver algo que nosotros no.

Ayudarlos... y tal vez recibir algo a cambio.

—Si confías en mí, lo suficiente como para pedirme eso, para contarme lo que piensas, ¿entonces por qué no accedes a aliarte con nosotros en la guerra? —le dijo Chaol, sin más rodeos.

—No es mi lugar responderte eso, ni elucubrar —dijo Kashin, fiel a su entrenamiento de soldado. Luego examinó la habitación como si quisiera confirmar que no había enemigos potenciales esperando—. Yo sólo marcho cuando mi padre da la orden.

Si las fuerzas de Perrington ya estaban ahí, si en realidad Morath estaba detrás del asesinato de la princesa... Sería demasiado sencillo. Demasiado fácil convencer al khagan de que se aliara con Dorian y Aelin. Perrington-Erawan era inteligente y no cometería ese error.

Pero si Chaol tenía la intención de ganarse al comandante de los ejércitos terrestres del khagan...

—Yo no soy partícipe de esos juegos, lord Westfall —dijo Kashin al interpretar el brillo de la mirada de Chaol—. Tendrás que convencer al resto de mis hermanos.

Chaol dio unos golpecitos con el dedo en el brazo de la silla de ruedas.

—¿Qué me aconsejas para lograr eso?

Kashin ahogó una risa y sonrió un poco.

—Han venido otros antes que tú, de reinos mucho más ricos que el tuyo. Algunos han tenido éxito, otros no —vio entonces de reojo las piernas de Chaol y se alcanzó a notar un destello de lástima en su mirada. Chaol apretó los brazos de la silla al percibir esa compasión, el sentimiento que provenía de un hombre que lo reconocía como un guerrero, un igual—. Lo único que puedo ofrecer es desearte buena suerte.

Entonces el príncipe empezó a alejarse en dirección a las puertas, dando grandes zancadas con sus piernas largas.

—Si Perrington tiene un agente aquí —dijo Chaol cuando Kashin llegó a la puerta de la habitación—, entonces ya se habrán percatado de que todos en este palacio están en grave peligro. Deben ponerse en acción.

Kashin hizo una pausa con la mano sobre la manija labrada de la puerta y miró por encima de su hombro.

—¿Por qué piensas que pedí el apoyo de un lord extranjero?

Y, con eso, el príncipe se marchó y sus palabras quedaron colgando en el aire dulzón. Su tono de voz no había sido cruel ni insultante, pero la franqueza militar de sus palabras...

Chaol se esforzó por controlar su respiración a pesar de que sus pensamientos se arremolinaban. No había visto anillos ni collares negros, pero tampoco había estado buscándolos. Ni siquiera había considerado que la sombra de Morath ya pudiera haber llegado tan lejos.

Chaol se frotó el pecho. Debía ser cuidadoso. Debía ser cuidadoso en esta corte. Con lo que decía públicamente, con lo que decía también en esa habitación.

Chaol seguía viendo hacia la puerta cerrada, pensando en todo lo que Kashin había dejado implícito, cuando la doncella emergió, vestida ahora con una bata de seda muy delgada y transparente en vez de la túnica y pantalones. No dejaba nada a la imaginación.

Ahogó su instinto por llamar a Nesryn de un grito para que ella lo ayudara.

—Sólo ayúdame a lavarme —dijo con la voz más clara y firme que pudo.

Ella no manifestó nervios ni titubeos trémulos. Y él comprendió que ella ya había hecho esto antes, incontables veces, ya que sólo le preguntó:

—¿No soy de tu agrado?

Fue una pregunta directa y honesta. A ella le pagaban bien por sus servicios... A todos los sirvientes del palacio les pagaban bien. Ella eligió estar ahí y sería fácil encontrar a alguien que la sustituyera sin arriesgar su posición.

—Sí, lo eres —repuso Chaol aunque mentía un poco y se negaba a dejar que su mirada bajara más allá de los ojos de la chica—. Eres muy agradable —aclaró—. Pero sólo quiero un baño —dijo. Luego sintió que debía confirmar—: No necesito nada más de ti.

Pensó que notaría gratitud de parte de la doncella, pero ella sólo asintió sin alterarse. Tendría que ser cuidadoso con sus palabras, incluso con ella. Tendría que estar muy consciente de lo que discutiera con Nesryn en estas habitaciones.

No había escuchado ningún sonido, ni un asomo de movimiento detrás de las puertas cerradas de la recámara de Nesryn. Y así seguía. Le indicó a la doncella que empujara su silla al cuarto de baño; en la habitación de mosaicos blancos y azules ondeaban velos de vapor. La silla se deslizó por encima de la alfombra y las baldosas para luego dar vuelta con facilidad alrededor de los muebles.

Nesryn encontró esa silla en las catacumbas vacías de las sanadoras del castillo de Rifthold, justo antes de que se embarcaran con dirección a este lugar. Al parecer, fue uno de los pocos artículos que las sanadoras dejaron atrás cuando huyeron.

Era más ligera y más estilizada de lo que él esperaba. Las ruedas grandes a los lados del asiento rotaban con facilidad, incluso cuando usaba los delgados aros de metal para propulsarse solo. A diferencia de lo estorbosas y rígidas que eran otras sillas que había visto, ésta tenía dos ruedas pequeñas al frente, justo a ambos lados de los reposapiés de madera, y cada una podía girar en la dirección que él quisiera. Y ahora daban vuelta sin dificultad hacia el vapor ascendente del cuarto de baño.

La mayor parte del espacio estaba ocupado por una bañera por debajo del nivel del piso. La superficie del agua brillaba debido a los aceites que flotaban en ella y tenía una que otra isleta de puñados de pétalos flotantes. Había una pequeña ventana en la parte más alta de la pared, que daba hacia el verdor del jardín, y unas velas, que le proporcionaban tonos dorados al vapor ondulante.

Lujo. Lujo total mientras su ciudad sufría y mientras suplicaban por la ayuda que no llegaba. Dorian hubiera decidido quedarse; sólo la derrota absoluta, sin posibilidad alguna de supervivencia, lo hubiera obligado a irse. Chaol se preguntó si su magia habría servido de algo. Si los habría ayudado.

Dorian encontraría la manera de ponerse a salvo, encontraría aliados. Chaol lo sabía en sus huesos aunque no dejaba de sentir el estómago revuelto. No podía hacer nada para ayudar a su rey desde este lugar, salvo obtener esa alianza. A pesar de que todos sus instintos le reclamaban que regresara a Adarlan, que encontrara a Dorian, permanecería firme en su misión.

Chaol apenas se dio cuenta de que la ayudante estaba quitándole las botas con unos tirones eficientes. Y aunque él podría haberlo hecho solo, apenas dijo algo cuando ella le quitó la chaqueta azul verdosa y luego la camisa que tenía puesta debajo. Pero salió de sus pensamientos por fin cuando ella empezó a quitarle los pantalones, cuando se inclinó al frente para ayudar, apretando los dientes mientras trabajaban en conjunto con un silencio forzado. Cuando ella estiró la mano para quitarle la ropa interior, él la tomó de la muñeca para impedirlo.

Él y Nesryn todavía no se habían tocado. Más allá de un intento fallido hacía tres días, cuando aún iban en el barco, él no transmitía ningún deseo de volver a intentarlo. Sin embargo, quería. Despertaba la mayoría de las mañanas con el deseo de hacerlo; en especial, cuando compartieron esa cama en su camarote. Pero la idea de estar tan quieto y recostado, de no poder tomarla como lo había hecho antes... eso, le había suprimido cualquier lujuria que pudiera empezar a sentir. Aunque se sentía agradecido de que ciertas partes de su cuerpo sin duda siguieran funcionando.

—Puedo meterme yo solo —dijo Chaol, y antes de que la doncella pudiera ayudarle a moverse, se valió de toda la fuerza de sus brazos y su espalda, y empezó a levantarse de la silla. Fue un proceso poco ceremonioso, un proceso que ya había aprendido a dominar durante el largo viaje en altamar.

Primero hacía funcionar el mecanismo que bloqueaba el movimiento de las ruedas. El clic hizo eco en las baldosas y el agua. Con unos cuantos movimientos, se acercó al borde de la silla y luego retiró sus pies de las placas de madera para ponerlos en el piso. Inclinó las piernas hacia su izquierda al hacerlo. Con la mano derecha se cogió del borde de la silla junto a sus rodillas, hizo un puño con la mano izquierda y se agachó para apoyarla en los mosaicos frescos y resbalosos por el vapor. Resbalosos...

La doncella se acercó, colocó una tela gruesa y blanca frente a él y luego retrocedió. Él la miró con una sonrisa tensa de agradecimiento y recargó el puño izquierdo de nuevo en el piso, sobre la tela gruesa, para distribuir su peso en el brazo. Inhaló y, con la mano todavía en la orilla de la silla, bajó su cuerpo con cuidado hacia el piso, alejando su trasero de la silla mientras sus rodillas se doblaban sin que él lo pidiera.

Aterrizó con un golpe seco, pero al menos ya estaba en el piso y no se había caído, como le pasó las primeras veces que lo intentó en el barco.

Con cuidado, se acercó al borde de las escaleras de la piscina hasta que pudo meter los pies en el agua tibia, justo sobre el segundo escalón. La doncella se metió al agua un instante después, con movimientos agraciados de ave, y su bata translúcida se fue volviendo tan insustancial, como el rocío, cuando el agua empezó a ascender por ella. Sus manos eran cuidadosas pero firmes, y lo sostuvo bajo el brazo para ayudarlo a terminar de meterse a la piscina y sentarse en el escalón superior. Luego lo ayudó a bajar uno y otro hasta que el agua le llegó a los hombros. Los ojos de Chaol quedaron al nivel de los grandes senos de la doncella.

Ella no pareció darse cuenta. Y él de inmediato apartó la mirada hacia la ventana cuando ella estiró la mano hacia la pequeña bandeja con artículos de baño que había dejado en el borde de la piscina. Aceites, cepillos y paños de aspecto suave. Chaol se quitó la ropa interior cuando ella se dio la vuelta y la colocó con un tronido fuerte y húmedo en la orilla.

Nesryn seguía sin salir de su habitación.

Así que Chaol cerró los ojos y se dejó atender por la doncella sin dejar de pensar en qué demonios iba a hacer.

CAPÍTULO 4

De todas las habitaciones de la Torre Cesme, ésta era la que más le gustaba a Yrene Towers.

Tal vez porque la habitación, localizada en la punta de la Torre de rocas claras, con el enorme complejo de edificios abajo, tenía vistas inigualables de los atardeceres de Antica.

Tal vez porque era el sitio donde había sentido el primer asomo de seguridad en casi diez años. El sitio donde vio por primera vez a la mujer anciana que ahora se sentaba del otro lado del escritorio lleno de papeles y libros, y donde escuchó las palabras que lo cambiaron todo: "Eres bienvenida aquí, Yrene Towers".

Habían pasado dos años desde aquel día.

Dos años de trabajar en este sitio, de vivir aquí, en esta Torre y en esta ciudad de tantos pueblos, de tantas comidas y de tantos conocimientos ocultos.

Había cumplido con todo lo que soñaba y aprovechó cada oportunidad, cada reto, a manos llenas. Estudió, escuchó, practicó y salvó vidas, las cambió, hasta que llegó a ser la primera de su clase. Hasta que esta hija de una sanadora desconocida de Fenharrow empezó a ser buscada por sanadoras de todas las edades y que habían estudiado toda su vida, para que ella les diera consejos y las ayudara.

La magia ayudaba. Una magia gloriosa y hermosa que podía dejarla sin aliento o tan agotada que no era capaz de levantarse de la cama durante días. La magia tenía un precio, tanto para la sanadora como para el paciente. Pero Yrene estaba dispuesta a pagarlo. Nunca le habían importado las consecuencias de una sanación brutal... si eso implicaba salvar una vida.

Silba le concedió el don y una joven desconocida le dio otro regalo la última noche que pasó en Innish hacía dos años atrás. Yrene no tenía la intención de desperdiciar ninguno de los dos.

Esperó en silencio mientras la mujer delgada al otro lado del escritorio, irremediablemente desordenado, terminaba de leer un mensaje. A pesar de todos los esfuerzos de sus sirvientes, el antiguo escritorio de palo de rosa siempre era un caos y estaba cubierto de fórmulas o hechizos, viales y frascos donde se elaboraba algún tónico.

En ese momento había dos frascos sobre el escritorio. Eran dos esferas transparentes sobre soportes de plata en forma de patas de ibis, que estaban purificándose bajo la interminable luz de sol de la Torre.

Hafiza, Sanadora Mayor de la Torre Cesme, tomó uno de los frascos, agitó su contenido azul claro, frunció el ceño y lo volvió a colocar en su sitio.

—Esta maldita cosa siempre toma el doble de tiempo de lo que anticipo —dijo y luego le preguntó despreocupadamente a Yrene en su idioma—: ¿Por qué crees que sea?

Yrene se acercó para estudiar el tónico, pero no se levantó de la silla mullida y desgastada de su lado del escritorio. Cada reunión, cada encuentro con Hafiza, era una lección, una oportunidad de aprender. Era una ocasión para que le pusiera un reto. Yrene alzó el frasco de su soporte, lo sostuvo frente a la luz dorada del atardecer y examinó el espeso líquido azul que contenía.

—¿Cuál es su uso?

—Una niña de diez años empezó con tos seca hace seis semanas. Vio a los médicos y ellos le recetaron té con miel, descanso y aire fresco. Mejoró un poco, pero luego la tos regresó con más fuerza.

Los médicos de la Torre Cesme eran los mejores del mundo y sólo se diferenciaban de las sanadoras por el hecho de que ellos no poseían magia. Eran la primera línea de revisión para las sanadoras de la Torre y sus habitaciones se encontraban en el gran complejo dispuesto alrededor de la base.

La magia era muy preciada y sus exigencias eran costosas, lo suficiente para que, siglos atrás, la Sanadora Mayor decretara que ellas sólo verían a los pacientes después de que los revisara un médico. Tal vez fue una maniobra política, un hueso que les concedieron a los médicos que con frecuencia eran despreciados por la gente que exigía los remedios absolutos de la magia.

Sin embargo, la magia no podía curarlo todo. No podía detener la muerte ni hacer que la gente regresara luego de morir. Yrene logró comprenderlo tras muchas experiencias a lo largo de los últimos dos años, e incluso antes. Pero a pesar de los protocolos de los médicos, y como siempre había hecho, Yrene todavía caminaba hacia el sonido de la tos en las calles angostas e inclinadas de Antica.

Yrene ladeó el frasco en varias direcciones.

—Tal vez el tónico esté reaccionando al calor. Ha hecho más calor de lo normal, incluso para nosotros.

Por fin, el verano pronto terminaría. Sin embargo, luego de dos años de vivir ahí, Yrene todavía no se acostumbraba del todo al calor seco e implacable de la Ciudad de los Dioses. Por suerte, un genio del pasado inventó las *bidgier*, torres que capturaban el viento y que estaban colocadas sobre los edificios para atraer el aire fresco hacia las habitaciones de abajo. Algunas incluso trabajaban en conjunto con los pocos canales de agua que recorrían el subsuelo de Antica para transformar el viento caliente en brisas frescas. La ciudad estaba llena de esas pequeñas torres, como mil lanzas que emergían hacia el cielo y que brotaban tanto de las casitas hechas de ladrillo horneado como de las grandes residencias abovedadas, con sus patios sombreados y estanques transparentes.

Por desgracia, la Torre se construyó antes de ese invento genial, y aunque los niveles superiores tenían una ventilación ingeniosa que refrescaba las habitaciones de abajo, en muchas ocasiones Yrene deseó que un arquitecto ingenioso se dedicara a instalar los avances más recientes en la Torre. De hecho, con el aumento del calor y las fogatas que ardían en diferentes lugares de la Torre, la habitación de Hafiza era casi un horno.

—Podrías llevarlo a una habitación más abajo, donde esté más fresco —añadió Yrene.

—¿Pero necesita del sol?

Yrene lo pensó.

—Usa espejos. Atrapa la luz del sol a través de la ventana y concéntrala en el frasco. Ajusta su posición unas cuantas veces al día para que el tónico siga en el camino del sol. La temperatura más baja y la luz de sol más concentrada podrían ayudar a que esté listo más rápido.

Hafiza hizo un movimiento breve de la cabeza para indicar su aprobación. Yrene había llegado a apreciar mucho esos movimientos y la luz que reflejaban los ojos color marrón de la Sanadora Mayor.

—Las mentes rápidas con frecuencia salvan más vidas que la magia —fue la única respuesta de Hafiza.

Lo había dicho antes, miles de veces, por lo general, en situaciones en las que estaba involucrada Yrene, para su orgullo eterno; pero esta vez, ella sólo inclinó la cabeza como gesto de agradecimiento y de nuevo colocó el frasco sobre su soporte.

—Entonces —dijo Hafiza y colocó una mano sobre la otra en el escritorio brillante de palo de rosa—, Eretia me comentó que cree que vas a dejarnos.

Yrene se enderezó en su asiento, en la misma silla en la que se había sentado el primer día que subió los mil escalones hasta la parte superior de la Torre para suplicar que la admitieran. Esa súplica fue la menor de sus humillaciones durante esa reunión. El momento culminante fue cuando vació la bolsa con oro sobre el escritorio de Hafiza y le dijo que no importaba cuánto le costara educarse ahí, que se podía quedar con todo el dinero.

No sabía que Hafiza no aceptaba dinero de sus estudiantes. No, ellas pagaban por su educación de otras maneras. Yrene ya había soportado incontables humillaciones y degradaciones durante el año que trabajó en la posada rural llamada Cerdo Blanco, pero nunca se había sentido más mortificada que en el momento en que Hafiza le ordenó que volviera a guardar el dinero en su bolso color café. Mientras recogía el oro del escritorio, como un jugador de naipes que se apresura a recolectar sus ganancias, Yrene se preguntó si no sería preferible cruzar el arco de las ventanas que se elevaban a espaldas del escritorio de Hafiza y saltar al vacío.

Muchas cosas habían cambiado desde aquel día. Ahora ya no usaba ese vestido de harapos y ya no tenía el cuerpo demasiado delgado. Yrene suponía que las interminables escaleras de la Torre le ayudaban a conservar la línea ahora que consumía alimentos sanos de manera regular, gracias a las enormes cocinas de la Torre, los incontables mercados llenos de puestos de comida y los comedores públicos que había en casi todas las calles transitadas y callejones sinuosos.

Yrene tragó saliva una vez e intentó sin éxito dilucidar qué significaba la expresión de la Sanadora Mayor. Hafiza era la única persona de ahí que Yrene no podía leer, que no podía anticipar. Nunca le levantó la voz ni mostró un solo destello de mal humor, cosa que no se podía decir de muchas de las instructoras, en especial de Eretia. Hafiza sólo tenía tres expresiones: complacida, neutral y decepcionada. A Yrene le aterraban las últimas dos.

Pero no era porque la castigara. Eso no sucedía. No le limitaban sus raciones de comida y no la amenazaban con castigos dolorosos; a diferencia de cómo la trataban en el Cerdo Blanco, donde Nolan le condicionaba la paga si hacía algo indebido, si era demasiado generosa con un cliente, o si la descubría por la noche dejando las sobras afuera para los niños casi salvajes que recorrían las calles sucias de Innish.

Cuando llegó a Antica, pensó que las cosas serían iguales: que la gente le quitaría el dinero, que le dificultarían que se marchara. Pasó un año trabajando en el Cerdo Blanco porque Nolan le aumentaba la renta, le disminuía el salario o no le daba sus escasas propinas completas. Por otro lado, sabía que la mayoría de las mujeres en Innish trabajaban en la calle. La posada, por asquerosa que fuera, era una alternativa mucho mejor.

Se dijo a sí misma que nunca más lo volvería a aceptar... hasta que llegó a este lugar. Hasta que dejó caer su oro sobre el escritorio de Hafiza, decidida a empezar de nuevo, a endeudarse y venderse, sólo por tener la oportunidad de aprender.

Hafiza ni siquiera consideró semejante alternativa. Su trabajo se oponía directamente a las personas que hacían eso, a la gente como Nolan. Yrene todavía recordaba la primera vez que escuchó a Hafiza decir, con ese acento fuerte y hermoso, casi las mismas palabras que le había repetido su madre: no le cobrarían, ni a estudiantes ni a pacientes, por lo que Silba, diosa de la sanación, les había concedido sin costo.

En una tierra de tantos dioses, donde Yrene seguía sin estar segura de cuál era cuál, por lo menos Silba permanecía constante.

Esta era otra de las medidas ingeniosas que tomó el khaganato para unir los reinos y territorios que fue anexando a lo largo de los años de conquista: conservar y adaptar los dioses de *todos*. Incluyendo a Silba, cuyo dominio sobre las sanadoras se definió en estas tierras mucho tiempo atrás. La historia, aparentemente, la escribían los victoriosos. Eso le dijo Eretia, su tutora directa, alguna vez. Y era cierto, hasta para los dioses que no gozaban de más inmunidad frente a esto que los simples mortales.

Pero eso no evitó que Yrene dedicara una oración a Silba y a los dioses que estuvieran escuchando cuando respondió al fin:

—Estoy lista, sí.

—Para dejarnos —unas palabras tan simples, pronunciadas con ese rostro neutro, tranquilo y paciente—. ¿O has considerado la otra opción que te presenté?

Yrene la había considerado. No había dejado de pensar en eso desde que Hafiza la llamó a esta oficina, hacía dos semanas, para decirle la única palabra que podía hacerla sentir como si un puño le estrujara el corazón: "Quédate".

Quedarse y aprender más... quedarse y averiguar en qué se convertiría esta vida incipiente que había empezado a construir en Antica.

Yrene se frotó el pecho como si todavía pudiera sentir la presión.

—La guerra está por estallar otra vez en mi hogar, en el Continente del Norte —así lo llamaban aquí. Tragó saliva—. Quiero estar allá para ayudar a quienes luchan contra el control del imperio.

Al fin, después de tantos años, se estaban uniendo fuerzas. Si los rumores eran ciertos, Adarlan había quedado destrozado a manos del mismo Dorian Havilliard en el norte y del lugarteniente del rey muerto, el duque Perrington, en el sur. Dorian tenía el apoyo de Aelin Galathynius, la reina perdida cuyo poder había crecido y quien estaba hambrienta de venganza, a juzgar por lo que había hecho con el castillo de cristal y su rey. Y Perrington, según se decía, contaba con unos monstruos terribles nacidos de una pesadilla oscura.

Pero si ésta era la única oportunidad que tendría Fenharrow para alcanzar la libertad... Yrene estaría ahí para ayudar, con lo que pudiera ofrecer. Todavía podía oler el humo en las madrugadas o cuando una sanación difícil la dejaba agotada. El humo de esa fogata que encendieron los soldados de Adarlan y donde quemaron a su madre. Todavía podía escuchar los gritos y sentir la madera que se le clavaba bajo las uñas cuando, desde su escondite tras un árbol en las orillas del bosque de Oakwald, vio cómo la quemaban viva porque su madre mató a un soldado para que Yrene tuviera tiempo de escapar.

Habían pasado diez años desde entonces. Casi once. Y aunque cruzó montañas y mares... había días en que Yrene se sentía como si todavía estuviera en Fenharrow, oliendo esa fogata, con astillas de madera bajo las uñas, mirando cómo los soldados tomaban las antorchas para quemar también su cabaña.

Esa cabaña que había sido el hogar de generaciones de sanadoras Towers.

Probablemente era apropiado, de alguna manera, que ella terminara *dentro* de una torre. El anillo de su mano izquierda era lo único que le quedaba para recordar que, en el pasado, durante cientos de años, existió una línea de sanadoras con dones prodigiosos al sur de Fenharrow. Ahora, jugueteaba con ese anillo, la última prueba de que su madre, la madre de su madre y todas las madres antes que ellas vivieron y sanaron en paz alguna vez. Era uno de los únicos dos objetos que Yrene se negó a vender, aunque conservarlo implicara venderse a sí misma.

Hafiza no había respondido, así que Yrene continuó hablando mientras el sol se empezaba a ocultar detrás de las aguas color jade en el puerto al otro lado de la ciudad.

—Aunque la magia ya regresó al Continente del Norte, es probable que muchas de las sanadoras no tengan entrenamiento, si es que sobrevivieron. Podría salvar muchas vidas.

—La guerra también podría *quitarte* la vida.

Yrene lo sabía. Alzó la barbilla.

—Estoy consciente de los riesgos.

La mirada en los ojos oscuros de Hafiza se suavizó.

—Sí, sí lo estás.

Esa información salió a la luz durante aquella primera reunión vergonzosa de Yrene con la Sanadora Mayor.

Hacía años que Yrene no lloraba, desde el día en que su madre se convirtió en cenizas al viento; pero en el momento en que Hafiza le preguntó sobre sus padres... ocultó la cara en las manos y lloró. Hafiza se levantó del otro lado del escritorio, la abrazó y la consoló, mientras le acariciaba la espalda.

Hafiza solía hacer eso. No sólo con Yrene, sino con todas las sanadoras. Cuando pasaban largas horas trabajando, cuando ya tenían contracturas en la espalda y la magia las había drenado *por completo* pero seguía sin ser suficiente, su presencia silenciosa y constante les daba fuerza, las tranquilizaba.

Hafiza era lo más parecido a una madre para Yrene, desde que ésta tenía once años. Y ahora, a unas semanas de cumplir veintidós, dudaba de volver a encontrar algún día a alguien como ella.

—Ya hice los exámenes —dijo Yrene, aunque Hafiza ya lo sabía. Ella se los aplicó en persona y supervisó la semana pesada de exámenes que evaluaban su conocimiento, habilidad y práctica con pacientes. Yrene se aseguró de obtener las mejores calificaciones de su grupo. Obtuvo la calificación más cercana a la perfección que se hubiera obtenido en la Torre—. Estoy lista.

—Vaya que lo estás. Y de todas maneras me pregunto cuánto más podrías aprender en cinco o diez años si aprendiste tanto en dos.

Yrene resultó demasiado talentosa para empezar su entrenamiento con las acólitas en los niveles inferiores de la Torre.

Siempre acompañó a su madre, desde que tuvo edad de caminar y hablar. Aprendió poco a poco, a lo largo de los años, igual que todas las sanadoras de su familia. A los once años, Yrene ya había aprendido más de lo que la mayoría aprendería en otra década. Incluso, durante los siguientes seis años, cuando fingía ser una trabajadora ordinaria en la granja de la prima de su madre (la familia no estaba segura de qué hacer con ella; no querían conocerla en realidad porque la guerra y Adarlan podrían destruirlos a todos), siguió practicando en secreto.

Pero no demasiado y no de manera demasiado notoria. Durante esos años, los mismos vecinos podían denunciarla ante la más mínima mención de magia. Y aunque la magia había desaparecido y, con ella, el don de Silba, Yrene fue cuidadosa de aparentar ser solamente un miembro más de la familia de granjeros. Tal vez podía revelar que la abuela le había enseñado algunos remedios naturales para las fiebres, los dolores de parto, las torceduras o los huesos rotos, pero nada más.

En Innish pudo hacer más y aprovechaba el poco dinero que tenía para comprar hierbas y ungüentos. Aunque con frecuencia no se atrevía a usarlos porque Nolan y su camarera predilecta, Jessa, la observaban noche y día. Por ello, estos últimos dos años en Antica *quiso* aprender todo lo posible y, además, había sido un tiempo de liberación tras años de reprimir, mentir y ocultarse.

El día que desembarcó y *sintió* cómo se removía su magia, que sintió cómo ese poder intentaba acercarse a un hombre que cojeaba por la calle... ese día entró en un estado de conmoción continuo hasta que, tres horas después, terminó llorando en la misma silla que ocupaba ahora.

Yrene suspiró.

—Podría regresar un día a continuar mis estudios. Pero, con el debido respeto, *ya* soy una sanadora formada.

Y podía aventurarse donde su don la llamara.

Hafiza arqueó las cejas blancas que tanto contrastaban con su piel morena.

—¿Y qué me dices del príncipe Kashin?

Yrene se reacomodó en la silla.

—¿Qué hay de él?

—Eran buenos amigos. Él sigue apreciándote y eso no es algo para tomar a la ligera.

Yrene le dirigió una mirada a la Sanadora Mayor que pocos se hubieran atrevido a hacer.

—¿Él va a interferir con mis planes de irme?

—Es un príncipe y nunca se le ha negado nada, salvo la corona que desea. Es posible que descubra que no puede tolerar tu partida.

La desesperanza recorrió todo su cuerpo, empezó por su columna y terminó enroscada en el fondo de su estómago.

—Yo no le he dado motivos para pensar otra cosa. El año pasado le dejé muy clara mi opinión.

Había sido un desastre. Repasó sus palabras una y otra vez, lo que le dijo, los momentos que pasaron juntos, todo lo que condujo a esa horrible conversación dentro de la enorme carpa darghan en las estepas azotadas por el viento.

Todo empezó unos meses después de su llegada a Antica, cuando se enfermó uno de los sirvientes predilectos de Kashin. Para sorpresa de Yrene, el príncipe permaneció al lado de la cama del enfermo. Durante las largas horas que Yrene trabajó, la conversación fluyó y luego ella se dio cuenta de que estaba... sonriendo. Curó al sirviente y esa noche el mismo Kashin la acompañó de regreso hasta las puertas de la Torre, y en los meses siguientes surgió una amistad entre ellos.

Tal vez era una amistad más libre, más liviana, que la que también terminó formando con la princesa Hasar después de contribuir a curarla de otros padecimientos. Y aunque fue difícil para Yrene encontrar compañeras en la Torre debido a los conflictos de horarios, hizo amistad con el príncipe y la princesa, al igual que con la amante de Hasar, la dulce Renia, que era igual de hermosa por dentro y por fuera.

Formaban un grupo extraño pero... a Yrene le agradaba esa compañía y las cenas a las que la invitaban Kashin y Hasar, aunque ella sabía que en realidad no tenía razón para estar ahí. Kashin solía encontrar la manera de sentarse junto a ella o lo suficientemente cerca para poder entablar una conversación. Durante meses las cosas marcharon bien, mejor que bien... hasta que Hafiza llevó a Yrene a las estepas, al hogar nativo de la familia del khagan, para supervisar una sanación delicada. Kashin fue su escolta y guía.

La Sanadora Mayor observó a Yrene con el ceño un poco fruncido.

—Tal vez tu falta de incentivo lo ha vuelto más entusiasta.

Yrene se frotó las cejas con el pulgar y el índice.

—Casi no hemos hablado desde entonces.

Era verdad. Aunque se debía sobre todo a que Yrene lo evadía en las cenas a las que todavía la invitaban Hasar y Renia.

—El príncipe no parece ser un hombre que se dé por vencido fácilmente... y menos en los asuntos del corazón.

Ella lo sabía. Eso le gustaba de Kashin. Hasta que él pidió algo que ella no podía darle. Yrene gimió un poco.

—¿Tendré que irme a hurtadillas, entonces?

Hasar nunca la perdonaría, aunque estaba segura de que Renia trataría de calmar y razonar con la princesa. Si Hasar era fuego puro, Renia era agua que fluía.

—Si decides quedarte, no tendrás que preocuparte por esas cosas para nada.

Yrene se enderezó.

—¿De verdad usarías a Kashin para mantenerme aquí?

Hafiza rio, un sonido cálido.

—No, pero tendrás que disculpar a esta vieja que se valdrá de lo que haga falta para convencerte.

El orgullo y la culpa se revolvieron dentro del corazón de Yrene. Pero no dijo nada... no tenía respuesta.

Regresar al Continente del Norte... Sabía que no había nadie ni nada esperándola allá. Nada salvo la guerra cruel y la gente que necesitaría de su ayuda.

Ni siquiera sabía dónde *ir*: dónde navegar, cómo encontrar esos ejércitos y sus heridos. Anteriormente había viajado lejos, había evadido a enemigos decididos a masacrarla, y sólo de pensar en volver a hacer todo eso... Sabía que varios la tacharían de loca. De malagradecida tras la oferta que Hafiza acababa de hacerle. Ya tenía bastante tiempo pensando esas cosas de sí misma.

Sin embargo, no pasaba ni un solo día sin que Yrene mirara hacia el mar al pie de la ciudad y dirigiera su vista al norte.

Como si fuera un imán, el horizonte distante atrajo la atención de Yrene, quien apartó la mirada de la Sanadora Mayor y vio el atardecer por las ventanas a sus espaldas.

—No hay prisa para decidir. Las guerras son largas —dijo por fin Hafiza, con un poco más de delicadeza.

—Pero voy a necesitar...

—Me gustaría que antes me ayudaras con un trabajo, Yrene.

Yrene se quedó inmóvil al escuchar el tono, lo imperativo de su voz, y miró la carta que Hafiza leía cuando ella entró a su oficina.

—Dime.

—Hay un invitado en el palacio, un invitado especial del khagan. Te pido que lo atiendas antes de que decidas si es el momento de dejar estas costas o si es mejor quedarse.

Yrene ladeó la cabeza. Era raro, muy raro, que Hafiza le cediera una petición del khagan a alguien más.

—¿Qué tiene?

Era la pregunta normal y estándar de cualquier sanadora al recibir un caso.

—Es un hombre joven, de veintitrés años. Sano en todos los aspectos, en buena condición física. Pero sufrió una lesión grave en la columna a principios del verano que lo dejó paralizado de la cadera hacia abajo. No puede sentir ni mover las piernas y está en una silla de ruedas. Voy a saltarme la evaluación inicial del médico y te pediré que lo veas directamente.

Yrene sintió que su mente se removía. Sanar ese tipo de lesiones requería de un proceso largo y complejo. Las columnas eran casi tan difíciles como los cerebros; estaban conectadas muy de cerca con ellos. Con ese tipo de curación, no bastaría que su magia inundara la zona dañada, así no funcionaba.

Tendría que encontrar las conexiones y sitios correctos, encontrar la cantidad adecuada de magia que debía usar. Tendría que hacer que el cerebro enviara nuevamente, a través de esas conexiones rotas, las señales a la columna. Tendría que reemplazar los núcleos más pequeños de vida dentro del cuerpo, por unos nuevos y frescos. Y, además, el paciente tendría que volver a aprender a caminar. Semanas. Tal vez *meses*.

—Es un joven activo —dijo Hafiza—. La lesión es similar a la del guerrero que ayudaste el invierno pasado en las estepas.

Yrene ya había deducido eso. Era probable que por eso le estuvieran solicitando que lo atendiera. Había pasado dos meses sanando al jinete que cayó de su montura y se lastimó la columna. Era una lesión bastante común entre los darghan, la tribu de la que descendía la familia del khagan, ya que algunos montaban caballos y otros volaban en ruks. Siempre contaban con las sanadoras de la Torre para que los atendieran. La primera vez que Yrene puso en práctica sus estudios sobre el tema fue cuando trabajó con ese guerrero y, precisamente, por ese motivo Hafiza la acompañó a las estepas. Yrene se sentía bastante segura de que podría realizar esta sanación por su cuenta, pero la manera en que Hafiza miró la carta, sólo una vez, la hizo titubear y preguntarle:

—¿Quién es él?

—Lord Chaol Westfall —un nombre que no pertenecía al khaganato. Hafiza agregó sin retirar la vista de los ojos de Yrene—: Era el capitán de la guardia del rey de Adarlan y ahora es la Mano del nuevo rey.

Silencio.

Yrene se quedó en silencio en su mente y en su corazón. Lo único que se alcanzaba a escuchar en la oficina de Hafiza eran las gaviotas volando sobre la Torre y, al otro lado de los muros altos del complejo, los gritos de los vendedores callejeros que habían terminado su día de trabajo y se marchaban a sus casas.

—No.

La palabra brotó de Yrene como una exhalación.

Los labios delgados de Hafiza formaron una línea apretada.

—No —repitió Yrene—. No lo voy a sanar.

El rostro de Hafiza perdió todo lo maternal y suave cuando le recordó a Yrene:

—Hiciste un juramento al entrar a este recinto.

—No —fue lo único que se le ocurrió responder.

—Estoy consciente de lo difícil que debe ser para ti...

A Yrene le empezaron a temblar las manos.

—No.

—¿Por qué?

—Tú sabes por qué —las palabras le brotaban como de un susurro estrangulado—. T-t-tú lo sabes.

—Si ves soldados adarlanianos sufriendo en esos campos de batalla, ¿pasarás a pisotones por encima de ellos?

Hafiza nunca había sido tan cruel con ella.

Yrene empezó a frotar el anillo que traía puesto.

—Si él era el capitán de la guardia del último rey, entonces él... él trabajó para el hombre que... —las palabras se le salieron a tumbos de la boca—. Recibió órdenes de él.

—Y ahora trabaja para Dorian Havilliard.

—Que disfrutó de las riquezas de su padre... las riquezas de *mi* gente. Aunque Dorian Havilliard no participara, el hecho de que no *interviniera* mientras todo estaba sucediendo... —los muros de roca clara empezaron a cerrarse sobre ella, incluso la torre sólida bajo sus pies pareció tambalearse—. ¿Sabes lo que *hicieron* los hombres del rey estos años? ¿Qué *hicieron* sus ejércitos, sus soldados, sus guardias? ¿Y me pides que sane al hombre que los comandaba?

—Es una realidad de quien eres... de quienes *somos*. Una decisión que deben tomar todas las sanadoras.

SARAH J. MAAS

—¿Y tú la has tomado con frecuencia? ¿En tu reino pacífico?

El rostro de Hafiza se oscureció. No por la ira sino por un recuerdo.

—En una ocasión me pidieron que sanara a un hombre que resultó lesionado al tratar de evadir su captura, luego de haber cometido un delito terrible... Los guardias me dijeron cuál había sido su delito antes de que yo entrara a la celda. Querían que el hombre sobreviviera para poder enjuiciarlo. Sin duda lo iban a ejecutar. Las víctimas estaban dispuestas a atestiguar y había muchas pruebas. Eretia atendió personalmente a la última víctima. La última víctima de ese hombre. Ella reunió toda la evidencia necesaria, se presentó en la corte y lo condenó por lo que había observado —Hafiza tragó saliva—. Lo encadenaron en una celda. Estaba tan mal herido que yo supe... supe que podría usar mi magia para hacer que empeorara la hemorragia interna. Nadie se enteraría. Amanecería muerto y nadie se atrevería a cuestionarme —se quedó mirando con atención el frasco de tónico azul—. Eso fue lo más cerca que estuve de matar. *Quería* matarlo por lo que había hecho. El mundo iba a ser un mejor lugar si lo mataba. Tenía las manos sobre su pecho, estaba lista para hacerlo. Pero recordé. Recordé el juramento que hice y recordé que me habían pedido que lo sanara para que viviera y se hiciera justicia... por las víctimas y sus familias —vio a Yrene a los ojos—. No me correspondía encargarme de esa muerte.

—¿Qué sucedió? —preguntó Yrene con voz temblorosa.

—Intentó alegar inocencia. A pesar de la evidencia que presentó Eretia, a pesar de lo que la víctima estaba dispuesta a decir. Era un monstruo hecho y derecho. Lo condenaron y lo ejecutaron al amanecer del día siguiente.

—¿Viste la ejecución?

—No. Regresé aquí. Pero Eretia, sí. Se quedó de pie frente a la multitud y ahí permaneció hasta que se llevaron

66

el cadáver en una carreta. Se quedó por las víctimas que no pudieron soportar verlo. Luego regresó aquí y ambas lloramos un largo, largo rato.

Yrene se quedó en silencio unos momentos, lo necesario para que se le aquietara el temblor de las manos.

—¿Entonces debo sanar a este hombre... para que enfrente a la justicia en otra parte?

—No conoces su historia, Yrene. Sugiero que la escuches antes de llegar a una conclusión.

Yrene negó con la cabeza.

—No habrá justicia para él, no si estuvo al servicio del viejo rey y ahora del nuevo. No si fue tan astuto como para lograr permanecer en el poder. Sé cómo funciona Adarlan.

Hafiza la miró un rato.

—El día que llegaste a esta habitación, tan terriblemente delgada y cubierta por el polvo de cientos de caminos... Nunca había percibido un don semejante. Miré en tus ojos hermosos y casi no pude contener mi grito al sentir el poder puro que tenías dentro.

Decepción. Lo que se podía notar en el rostro de la Sanadora Mayor, en su voz, era decepción.

—Pensé entonces —continuó Hafiza—, ¿dónde se ha estado ocultando esta joven? ¿Qué dios te crió, te guió, hasta mi puerta? Tenías el vestido todo desgarrado en los tobillos, pero entraste con la espalda recta y el porte de una mujer noble. Como si fueras la mismísima heredera de Kamala.

Eso hasta que Yrene dejó caer el dinero sobre el escritorio para luego derrumbarse. Dudaba que la primera Sanadora Mayor de la historia hubiera hecho algo así en su vida.

—Incluso tu apellido: *Towers*. Un indicio de la asociación antigua de tu línea materna con la Torre, tal vez. Me pregunté en ese momento si al fin habría hallado a *mi* heredera, a quien me reemplazaría.

Yrene sintió esas palabras como un golpe en el estómago. Hafiza nunca había siquiera insinuado...

Quédate, le había pedido la Sanadora Mayor. No sólo para continuar con el entrenamiento, sino también para recibir la estafeta que le estaba ofreciendo.

Pero Yrene nunca había sentido la ambición de ocupar esa habitación. Sobre todo ahora que tenía la mira puesta al otro lado del Mar Angosto. Aunque era una distinción indescriptible, se sentía falsa.

—Te pregunté qué querías hacer con el conocimiento que yo te proporcionaría —continuó Hafiza—. ¿Recuerdas lo que me respondiste?

Yrene sí lo recordaba. No lo había olvidado ni por un instante.

—Dije que quería utilizarlo para hacer el bien en el mundo. Para hacer algo con mi vida inútil y desperdiciada.

Esas palabras la habían guiado esos años, junto con la nota que portaba diario, que cambiaba de bolsillo a bolsillo, de vestido a vestido. Palabras de una desconocida misteriosa, tal vez una diosa que vestía la piel de una joven golpeada, cuyo regalo de oro le había permitido llegar hasta acá... palabras que la habían salvado.

—Y así será, Yrene —dijo Hafiza—. Un día regresarás a casa y harás el bien, harás *maravillas*. Pero antes de hacer eso, haz lo que te pido. Ayuda a este joven. Has hecho este tipo de sanación antes, lo puedes volver a hacer.

—¿Por qué no lo puedes hacer tú?

Yrene nunca había sonado tan negativa, tan... malagradecida.

Hafiza le sonrió triste y brevemente.

—No se necesita mi sanación.

Yrene sabía que la Sanadora Mayor no se refería a la sanación del hombre. Tragó saliva con dificultad porque se le empezaba a cerrar la garganta.

—Tienes una herida en el alma, Yrene. Y dejar que siga carcomiéndote estos años... no puedo culparte. Pero sí te responsabilizaré si permites que se convierta en algo peor. Y lloraré por ti si es así.

A Yrene le temblaron un poco los labios, pero los apretó y parpadeó para evitar que empezaran a resbalársele las lágrimas por la cara.

—Aprobaste los exámenes mejor que cualquier otra persona que haya subido a esta Torre —dijo Hafiza con suavidad—, pero ésta será mi prueba personal para ti. La última. Para que cuando decidas irte pueda despedirme, enviarte a la guerra y saber... —se puso la mano en el pecho—, saber que donde sea que te conduzca tu camino, a pesar de la oscuridad, estarás bien.

Yrene se tragó el pequeño sonido que intentó brotar de sus labios y miró hacia la ciudad, hacia sus rocas resplandecientes bajo los últimos rayos del sol que se ocultaba. A través de las ventanas abiertas detrás de la Sanadora Mayor, la brisa nocturna con olor a lavanda y clavo revoloteó por la ventana, le refrescó el rostro y despeinó un poco la nube de pelo blanco sobre la cabeza de Hafiza.

Yrene metió la mano al bolsillo de su vestido azul claro y sus dedos se envolvieron alrededor de la suavidad familiar del trozo de pergamino doblado. Lo apretó, como lo hacía con frecuencia en el barco de camino a Antica, como lo hacía esas primeras semanas de incertidumbre, incluso después de que Hafiza la admitiera, y también durante las largas horas, los arduos días y los momentos de entrenamiento que casi la destruyeron.

Una nota de la desconocida que le salvó la vida y la liberó en cuestión de horas. Yrene nunca supo su nombre, esa joven que lucía sus cicatrices como otras damas lucen sus joyas más finas. Esa joven asesina profesional que le pagó la educación a una sanadora.

Tantas cosas, tantas cosas buenas habían empezado esa noche. Yrene a veces se preguntaba si en realidad había sucedido. No le sorprendería que todo hubiera sido un sueño, de no ser por la nota que traía en el bolsillo y por el segundo objeto que ella nunca vendió, ni siquiera cuando el oro empezó a terminarse: el prendedor de oro ornamentado con rubí que valía más que todas las casas de varias calles en Antica.

Los colores de Adarlan. Yrene nunca supo de dónde provenía la joven ni quién le había dado esa golpiza que le dejó moretones en su hermoso rostro, pero hablaba de Adarlan de la misma manera que Yrene. De la misma forma que todos los niños que lo perdieron todo en Adarlan: esos niños cuyos reinos habían quedado reducidos a cenizas, sangre y ruinas.

Yrene pasó el pulgar por el papel de la nota, por la tinta que formaba las palabras: "Para donde tengas que ir... y todo lo demás. El mundo necesita más sanadoras".

Yrene inhaló la primera brisa de la noche, el olor de las especias y el agua salada que entraba a la Torre.

Por fin volvió a mirar a Hafiza; la Sanadora Mayor tenía el rostro tranquilo, paciente.

Yrene se arrepentiría si se negaba. Hafiza aceptaría su decisión, pero Yrene sabía que no importaba si decidía quedarse o partir... se arrepentiría. Regresaría a este momento. Se preguntaría si se había comportado malagradecida después de la extraordinaria amabilidad con la que la habían recibido. Se preguntaría qué hubiera pensado su madre de su decisión.

Y aunque ese hombre fuera de Adarlan, aunque hubiera acatado las órdenes de ese carnicero...

—Me reuniré con él. Lo valoraré —concedió Yrene. La voz le tembló ya sólo un poco. Apretó el trozo de papel en su bolsillo—. Y después decidiré si lo voy a sanar.

Hafiza lo consideró.

—Está bien, niña —dijo en voz baja—. Me parece justo.

—¿Cuándo lo veré? —dijo Yrene, con una exhalación temblorosa.

—Mañana —respondió Hafiza e Yrene hizo una mueca—. El khagan pidió que te presentes en las habitaciones de lord Westfall mañana.

CAPÍTULO 5

Chaol apenas durmió. En parte debido al calor inclemente, en parte porque estaban hospedándose en la casa de un aliado potencial, un sitio repleto de tensiones, posibles espías y peligros desconocidos —los cuales incluso podrían provenir de Morath— y, por último, por lo que había ocurrido en Rifthold, donde él había dejado todo lo que valoraba en la vida.

Y también, parcialmente, debido a la cita que tendría en unos minutos.

Con un nerviosismo poco característico en ella, Nesryn iba y venía por la salita que haría las veces de consultorio. El espacio contaba con sillones bajos y montones de cojines por todas partes. Los pisos relucientes estaban salpicados de alfombras de tejidos finos y densos, elaboradas por las mejores artesanas del occidente, le señaló Nesryn a Chaol. El espacio estaba adornado con arte y tesoros de todo el khaganato y había macetas con palmeras algo decaídas por el calor y la luz del sol que entraba por las ventanas y las puertas del jardín.

La hija mayor del khagan, la princesa Hasar, de aspecto ordinario pero mirada fiera, le había dicho anoche que la cita sería a las diez de la mañana. A lado de la princesa se sentaba una hermosa joven, la única a quien ella le sonreía. Era su amante o su esposa, a juzgar por su contacto físico frecuente y las largas miradas.

La sonrisa maliciosa de Hasar, cuando le dijo a Chaol a qué hora llegaría la sanadora, lo hizo preguntarse a quién, exactamente, le estarían enviando para valorar su caso.

Chaol seguía sin saber bien qué pensar de estas personas, de este lugar. Esta ciudad de conocimientos, este crisol de tantas culturas e historias conviviendo pacíficamente... No se parecían en nada a los espíritus enajenados y desgarrados que vivían a la sombra de Adarlan, en el terror, desconfiando unos de otros, soportando los peores crímenes.

Le habían preguntado sobre las masacres de esclavos en Calaculla y en Endovier durante la cena. O, para ser más precisos, se lo había preguntado el servil de Arghun. Si Chaol se hubiera topado con este príncipe entre los reclutas para ingresar a la guardia real, no le hubiera costado ningún trabajo hacerlo entrar en cintura con un simple par de muestras de habilidad y dominio. Pero aquí carecía de autoridad para controlar al príncipe insidioso y altanero.

Arghun quiso saber por qué el anterior rey de Adarlan consideró necesario esclavizar a su gente y luego sacrificarla como animales. Por qué no había tomado como ejemplo el Continente del Sur para educarse sobre los horrores y la sombra de la esclavitud, y así evitar instituirla.

Las respuestas de Chaol fueron cortantes y casi descorteses. Sartaq, el único aparte de Kashin que tal vez podría agradarle a Chaol, al fin se cansó de las preguntas de su hermano mayor y cambió el tema de la conversación. Aunque Chaol ya no prestó mucha atención a la plática, pues estaba demasiado ocupado intentando controlar el rugido que escuchaba en sus oídos, causado por las preguntas penetrantes de Arghun. Luego se entretuvo un buen rato monitoreando cada rostro —de la realeza, de los visires o de los sirvientes— que se aparecía en el gran salón del khagan. No vio señales de anillos ni de collares negros, así como ningún comportamiento extraño que llamara su atención.

Miró a Kashin y negó sutilmente con la cabeza para comunicarle lo que pensaba. El príncipe fingió no ver, pero la alerta brilló en su mirada: "Sigue buscando".

Así que Chaol lo hizo. Prestó poca atención a la comida que se desplegaba frente a él y monitoreó cada palabra, mirada y respiración de quienes lo rodeaban.

A pesar de la muerte de su hermana menor, los herederos se encargaron de que la cena fuera animada. La conversación fluyó principalmente en idiomas que Chaol desconocía o no podía reconocer. Había una gran variedad de reinos en ese salón, representados por visires, sirvientes y acompañantes. La princesa más joven ahora, Duva, estaba casada con un príncipe de cabello oscuro y ojos tristes originario de una tierra lejana. El joven se mantenía cerca de su esposa embarazada y hablaba poco con los que lo rodeaban. Pero cuando Duva le sonreía suavemente... Chaol supo, por la manera en que al príncipe se le iluminaba el rostro, que no estaba fingiendo y se preguntó entonces si el silencio del hombre no se debía tanto a que no quisiera hablar, sino a que aún no dominaba el idioma de su esposa como para mantener una conversación.

Sin embargo, Nesryn no tenía esa excusa, pero se mantuvo callada y distante durante la cena. Chaol se enteró de que se había bañado antes de la cena porque escuchó un grito y una puerta azotarse en la recámara, e inmediatamente después un sirviente salió apresurado de las habitaciones de Nesryn. El hombre no regresó y tampoco fue reemplazado por alguien más.

Kadja, la doncella que estaba asignada a Chaol, lo ayudó a vestirse para la cena y luego a desvestirse antes de dormir. En la mañana, le llevó el desayuno en cuanto él despertó.

El khagan ciertamente sabía comer bien.

Durante la cena sirvieron carnes cocidas con condimentos exquisitos, éstas eran tan suaves que se desprendían del hueso; arroz con hierbas de diferentes colores; panes en forma de tortilla cubiertos de mantequilla y ajo; vinos espesos y licores provenientes de los viñedos y destilerías de todo el imperio. Chaol prefirió no consumir ninguno de éstos y sólo aceptó la copa de vino ceremonial que le ofrecieron antes de que el khagan hiciera un brindis desanimado por sus nuevos huéspedes. Para ser un padre de luto, fue una bienvenida más cálida de lo que Chaol esperaba.

Nesryn dio un sorbo a su bebida, apenas probó bocado de su comida y no esperó siquiera un minuto para anunciar que se iría a sus habitaciones al final del banquete. Él estuvo de acuerdo, por supuesto que estuvo de acuerdo, pero cuando cerraron las puertas de la habitación y le preguntó si quería hablar, ella se negó. Quería dormir y lo vería en la mañana.

Él se atrevió incluso a preguntarle a Nesryn si quería compartir su habitación o la de ella.

Ella azotó la puerta y ésa fue respuesta suficiente.

Así que Kadja lo ayudó a acostarse y él durmió inquieto, sudando y deseando poder patear las sábanas en lugar de tener que quitárselas con las manos. Ni siquiera la brisa fresca que entraba por el ingenioso sistema de ventilación —el viento entraba a través de torres de captura entre los domos y capiteles para enfriarse en los canales que estaban debajo del palacio y luego distribuirse entre las habitaciones y salones— le ofrecía alivio alguno.

Él y Nesryn nunca habían sido buenos para hablar. Lo habían intentado, pero por lo general tenían resultados desastrosos.

Hicieron todo en desorden y él se maldecía una y otra vez por no mejorar las cosas con ella. Por no intentar *ser* mejor.

Estos últimos diez minutos, mientras esperaban a que llegara la sanadora, Nesryn apenas lo había volteado a ver. Tenía el rostro descompuesto, el cabello al hombro le colgaba sin vida. No se puso su uniforme de capitana, sino que optó por su vestimenta usual de túnica azul marino y pantalones negros. Como si no pudiera soportar usar los colores de Adarlan.

De nuevo, Kadja vistió a Chaol con la chaqueta color turquesa y hasta pulió las hebillas al frente. Su trabajo reflejaba un orgullo discreto que contrastaba con la timidez y temor de tantos sirvientes del castillo en Rifthold.

—Ya es tarde —murmuró Nesryn. Y era cierto, en la esquina, el reloj ornamentado de madera anunciaba que la sanadora tenía diez minutos de retraso—. ¿Deberíamos llamar a alguien para que nos indique si va a venir?

—Dale tiempo.

Nesryn se detuvo frente a él y frunció el ceño.

—Necesitamos empezar de inmediato. No hay tiempo que perder.

Chaol inhaló profundamente.

—Comprendo que quieras regresar a casa con tu familia...

—No te apresuraré. Pero incluso un día puede marcar la diferencia.

Él notó las líneas de tensión que le enmarcaban la boca. No dudó que unas iguales se estarían formando en su cara. Esa mañana requirió de toda su fuerza de voluntad para obligarse a dejar de pensar y temer por el lugar en donde podría estar Dorian.

—Cuando llegue la sanadora, ¿por qué no vas a buscar a tu familia en la ciudad? Tal vez hayan recibido noticias de tu familia en Rifthold.

La mano delgada de Nesryn hizo un movimiento cortante.

—Puedo esperar a que termines.

Chaol arqueó las cejas.

—¿Y tenerte aquí caminando por la habitación todo el tiempo?

Nesryn se dejó caer en el sofá más cercano y la seda dorada suspiró bajo su peso ligero.

—Vine a ayudarte... con esto y con nuestra causa. No me iré corriendo a cubrir mis necesidades.

—¿Y si te doy una orden?

Ella se limitó a negar con la cabeza y su cortina de cabello oscuro se meció con el movimiento.

Y antes de que él pudiera darle justo esa orden, se escuchó que alguien tocaba con fuerza en la puerta pesada de madera.

Nesryn gritó una palabra que él asumió que significaba "entre" en halha y se escucharon unos pasos. Se trataba de un persona de pasos silenciosos y ligeros.

Una mano del color de la miel empujó la puerta de la salita que se abrió con suavidad.

Lo primero que notó Chaol fueron sus ojos.

Probablemente, esta chica hacía que la gente se parara en seco con esos ojos de un tono marrón dorado, los cuales parecían iluminados desde el interior. Su cabello era una cascada pesada de marrones oscuros y destellos de oro, curvada un poco en las puntas que casi llegaban a su estrecha cintura.

Se movía con gracia elegante; sus pies, enfundados en zapatillas prácticas color negro, se desplazaban rápidos y seguros al cruzar la habitación. Al parecer no notaba o no le importaba la decoración y el mobiliario ornamentados que en ella había.

Era joven, tal vez uno o dos años por arriba de los veinte.

Pero esos ojos... eran mucho más viejos.

Se detuvo junto a la silla tallada de madera frente al sillón dorado. Nesryn se puso de pie de un salto. La sanadora —porque no podía tratarse de ninguna otra persona a juzgar por esa gracia tranquila, esos ojos despejados y ese vestido azul claro de muselina— los miró a los dos. Era varios centímetros más baja que Nesryn, pero de una delicada complexión similar. Sin embargo, a pesar de su cuerpo delgado... Chaol no quiso concentrarse demasiado en las otras características que la sanadora tenía en abundancia.

—¿Eres de la Torre Cesme? —preguntó Nesryn en la lengua de Chaol.

La sanadora se limitó a verlo a él. Algo similar a la sorpresa y la rabia destellaban de esos ojos sorprendentes.

Metió la mano en el bolsillo de su vestido y él esperó a que sacara algo, pero la sanadora dejó la mano adentro, como si estuviera sosteniendo un objeto.

La sanadora no era como una cervatilla lista para huir, sino como un ciervo adulto que sopesa las opciones de luchar o escapar, de mantenerse firme, con la cabeza agachada y lista para atacar.

Chaol le sostuvo la mirada, sereno y tranquilo. Había lidiado con bastantes jóvenes impulsivos durante sus años como capitán y había logrado que todos ellos obedecieran.

Nesryn hizo una pregunta en halha, sin duda la misma de antes.

La sanadora tenía una cicatriz delgada en la garganta. Tal vez de unos ocho centímetros de largo. Él sabía qué clase de arma le había provocado esa cicatriz. Todas las explicaciones posibles que le llegaron a la cabeza sobre cómo podría haberla adquirido eran desagradables.

Nesryn se quedó en silencio, observándolos.

La sanadora se dio la vuelta, avanzó hacia el escritorio junto a la ventana, se sentó y tomó un trozo de pergamino de la pila que había en la esquina del mueble.

El khagan tenía razón: quienquiera que fueran estas sanadoras, ciertamente no respondían a su trono, ni les impresionaban en lo más mínimo la nobleza ni el poder.

La sanadora abrió un cajón, encontró una pluma de vidrio y la sostuvo sobre el papel.

—Nombre.

No tenía acento o, mejor dicho, no tenía el acento de estas tierras.

—Chaol Westfall.

—Edad.

Ese acento. Era de…

—Fenharrow.

Ella detuvo la pluma.

—Edad.

77

—¿Eres de Fenharrow? —él preguntó mientras pensaba: "¿Qué estás haciendo aquí, tan lejos de casa?"

Ella lo miró fija y fríamente, impasible.

—Veintitrés —Chaol respondió y tragó saliva.

Ella apuntó algo.

—Describe dónde empieza la lesión.

Cada una de sus palabras era cortante y dicha con voz baja.

¿Había sido un insulto que le asignaran su caso? ¿Ella tenía otras cosas que hacer cuando la llamaron aquí? Volvió a pensar en la sonrisa malévola de Hasar la noche anterior. Tal vez la princesa sabía que esta mujer no se distinguía por su buen trato con los pacientes.

—¿Cómo te llamas? —Nesryn preguntó y su expresión ya empezaba a manifestar cierta tensión.

La sanadora se quedó inmóvil y miró a Nesryn. Parpadeó, como si su presencia le hubiera pasado desapercibida hasta ese momento.

—¿Eres... eres de aquí? —formuló la sanadora como respuesta.

—Mi padre era de aquí —respondió Nesryn—. Se mudó a Adarlan, se casó con mi madre y ahora tengo familia allá... y aquí —con un talento admirable logró ocultar toda señal de temor al mencionarlos. Agregó una insinuación—: Me llamo Nesryn Faliq. Soy la capitana de la guardia real de Adarlan.

La sorpresa en la mirada de la sanadora se convirtió en recelo, pero de nuevo miró a Chaol. Ella sabía quién era él, su mirada la delataba, el análisis en sus ojos. Sabía que él había tenido ese cargo y que ahora tenía otro. Así que el nombre, la edad... esas preguntas eran una tomada de pelo... o un trámite burocrático inútil. Chaol dudó que fuera lo segundo.

Una mujer de Fenharrow frente a dos miembros de la corte de Adarlan.

No era complicado leerla y entender lo que ella veía. De dónde podría provenir esa marca en su cuello.

—Si no quieres estar aquí —le dijo Chaol con brusquedad—, que envíen a alguien más.

Nesryn volteó a verlo al instante.

La sanadora le sostuvo la mirada.

—Nadie más puede hacerlo.

Las palabras que no pronunció les comunicaron el resto: "Enviaron a la mejor".

Con ese porte inmutable y seguro, Chaol no lo dudaba. Ella volvió a posicionar la pluma.

—Descríbeme dónde empieza la lesión.

Alguien tocó con fuerza la puerta de la habitación y rompió el silencio. Chaol se sobresaltó y se reprendió por no haber escuchado que alguien se aproximaba.

Era la princesa Hasar, vestida de verde y dorado, con una sonrisa burlona de gato.

—Buenos días, lord Westfall. Capitana Faliq —el cabello trenzado de Hasar se mecía con cada paso altanero que daba. Caminó hacia la sanadora, que la miraba con una expresión que Chaol calificaría como de exasperación, y se inclinó para besarle ambas mejillas—. Por lo regular no estás tan gruñona, Yrene.

Ahí estaba: un nombre.

—Olvidé mi *kahve* esta mañana.

Se refería a la bebida espesa, especiada y amarga que Chaol se bebió a la fuerza con el desayuno. "Era un gusto adquirido", le afirmó Nesryn cuando le preguntó.

La princesa se sentó en la orilla del escritorio.

—No viniste a cenar anoche. Kashin se puso triste.

Yrene tensó los hombros.

—Tenía que prepararme.

—¿Yrene Towers encerrada en la Torre para trabajar? No lo puedo creer. Me voy a morir de la sorpresa.

Por el tono de voz de la princesa, Chaol intuyó lo demás. La mejor sanadora de la Torre Cesme se había ganado esa posición gracias a una agotadora ética de trabajo.

Hasar lo miró.

—¿Sigues en la silla?

—La sanación toma tiempo —le dijo Yrene a la princesa con cordialidad. No se escuchaba nada de servilismo ni respeto en su tono de voz—. Apenas vamos a empezar.

—¿Entonces accediste a hacerlo?

Yrene miró a la princesa con severidad.

—Estamos evaluando las necesidades del lord —movió la barbilla hacia las puertas—. ¿Te busco cuando termine?

Nesryn miró a Chaol con expresión impresionada y recelosa. Una sanadora estaba echando a la princesa del imperio más poderoso del mundo.

Hasar se inclinó para despeinar el cabello castaño dorado de Yrene.

—Si no estuvieras tan bendecida por los dioses, te arrancaría la lengua con mis propias manos —dijo con palabras que derramaban dulce veneno. Yrene sólo respondió con una sonrisa tenue y divertida. Hasar bajó de un salto del escritorio e inclinó la cabeza a modo de burla hacia Chaol—. No te preocupes, lord Westfall. Yrene ha sanado lesiones similares y peores que la tuya. Te tendrá de pie y listo para obedecer a tu señor en un instante.

Con esa despedida tan encantadora, que dejó a Nesryn con la mirada ecuánime, la princesa desapareció.

Esperaron unos momentos hasta asegurarse de escuchar que se cerraba la puerta exterior.

—Yrene Towers —fue lo único que dijo Chaol.

—¿Qué con eso?

Ya no se podía detectar la leve diversión. Muy bien.

—La falta de sensación y movimiento empieza en mi cadera.

La mirada de Yrene se dirigió de inmediato hacia la zona y la recorrió.

—¿Eres capaz de usar tu hombría?

Él intentó no alterarse con la pregunta. Incluso Nesryn parpadeó al escuchar la franqueza.

—Sí —respondió tenso e intentó atajar el calor que empezaba a trepar por sus mejillas.

Ella miró a Chaol y luego a Nesryn, como evaluando.

—¿La has usado hasta terminar?

Él apretó la mandíbula.

—¿Eso qué relevancia tiene?

¿Y cómo había deducido lo que había entre ellos? Yrene sólo se limitó a escribir algo.

—¿Qué estás escribiendo? —exigió saber Chaol y maldijo a la estúpida silla por no permitirle acercarse y arrancarle el papel de las manos.

—Estoy escribiendo un *no* gigante.

Que después subrayó.

Él gruñó.

—Supongo que ahora me vas a preguntar sobre mis hábitos en el baño.

—Era lo siguiente en mi lista.

—Ningún cambio —ladró él—. A menos que necesites que Nesryn lo confirme.

Yrene sólo volteó a ver a Nesryn, sin alterarse.

—¿Has visto que tenga dificultades?

—*No* respondas a eso —le gruñó Chaol a Nesryn.

Nesryn tuvo el tino de quedarse en su silla y permanecer en silencio.

Yrene se puso de pie, dejó la pluma y le dio la vuelta al escritorio. La luz de la mañana se reflejó en su cabello y brilló en su cabeza como una corona.

Ella se arrodilló a los pies de Chaol.

—¿Te quitas las botas o te las quito yo?

—Yo lo haré.

Ella se quedó en cuclillas y lo observó moverse. Otra prueba. Para evaluar qué tan móvil y ágil era. El peso de sus piernas, tener que ajustar su posición constantemente... Chaol apretó los dientes y tomó una de sus rodillas, levantó el pie del reposapiés de madera y se agachó para quitarse la bota con unos cuantos tirones bruscos. Cuando terminó con la otra, preguntó:

—¿Los pantalones también?

Chaol sabía que debía ser amable, que debía suplicarle que lo ayudara, pero...

—Después de unos tragos, creo —respondió Yrene. Luego miró a Nesryn por arriba del hombro—. Perdón —agregó, aunque su tono de voz era apenas un poco menos cortante.

—¿Por qué estás disculpándote con ella?

—Asumo que tiene la desgracia de compartir tu cama estos días.

Chaol tuvo que hacer acopio de todo su autocontrol para no tomarla de los hombros y darle una buena sacudida.

—¿Te *hice* algo?

Eso pareció hacerla titubear. Yrene le quitó las calcetas y las lanzó sobre las botas.

—No.

Una mentira. La pudo oler y saborear.

Pero eso la ayudó a concentrarse y Chaol la observó levantarle el pie con las manos delgadas. La miró porque no podía sentirla más allá del movimiento en sus músculos abdominales. No podía distinguir si lo estaba apretando o sosteniendo con suavidad, si le estaba enterrando las uñas... no sin ver. Así que miró.

Ella tenía un anillo en el cuarto dedo, una argolla de matrimonio.

—¿Tu esposo es de aquí? —o su esposa, supuso.

—No estoy... —Yrene parpadeó y frunció el ceño al ver el anillo. No terminó de responder.

Entonces no estaba casada. El anillo de plata era sencillo, el granate apenas una gota. Probablemente lo usaba para que los hombres no la molestaran, como había visto hacer a muchas mujeres en las calles de Rifthold.

—¿Puedes sentir esto? —preguntó Yrene. Estaba tocando cada dedo.

—No.

Hizo lo mismo con el otro pie.

—¿Y esto?

—No.

Chaol ya había pasado por este tipo de revisiones: en el castillo y con Rowan.

—Su lesión inicial —intervino Nesryn, como si recordara al príncipe también— fue en toda la columna. Un amigo sabía un poco de sanación y lo curó lo mejor que pudo. Recuperó el movimiento del torso, pero no debajo de la cadera.

—¿Cómo se hizo... la lesión?

Yrene movía las manos sobre su pie y su tobillo, dando golpecitos y haciendo pruebas. Como si hubiera hecho esto antes, como dijo la princesa Hasar.

Chaol no respondió de inmediato, pensando en esos momentos de terror, dolor y rabia.

Nesryn abrió la boca, pero él la interrumpió:

—Peleando. Me dieron un golpe en la espalda mientras peleaba. Un golpe mágico.

Los dedos de Yrene iban subiendo poco a poco por las piernas de Chaol, con palmadas y apretones. Él no sintió nada. La sanadora tenía el entrecejo fruncido por la concentración.

—Tu amigo debe ser un buen sanador para que lograras recuperar tanto movimiento.

—Hizo lo que pudo. Luego me dijo que viniera para acá.

Ella empujó y presionó sus muslos y él la miró con un creciente terror mientras iba subiendo sus manos más y más. Estaba a punto de preguntarle si planeaba comprobar por ella misma la información sobre su *hombría*, pero Yrene levantó la cabeza y lo miró a los ojos.

A esa distancia, sus ojos eran como una flama dorada. No como el metal frío de los ojos de Manon Picos Negros, no llenos de un siglo de violencia e instintos depredadores, sino... como una flama que arde largamente en las noches de invierno.

—Necesito ver tu espalda —fue lo único que dijo Yrene. Entonces se separó—. Recuéstate en la cama más cercana.

Antes de que Chaol pudiera recordarle que eso no era tan sencillo, Nesryn de inmediato se puso en movimiento y lo llevó a su habitación. Kadja ya había tendido su cama y le había dejado un ramo de azucenas color naranja sobre la mesa de al lado. Yrene olfateó, como si el olor le pareciera desagradable. Él se guardó sus preguntas.

Cuando Nesryn intentó ayudarle a subirse en la cama, él hizo un ademán para que se apartara. Podía subirse sin ayuda porque no era muy alta.

Yrene permaneció en la puerta, observando: él apoyó una mano en el colchón, la otra en el brazo de la silla y, con un impulso poderoso, se pasó a la cama en posición sentada. Se desabrochó cada uno de los botones recién pulidos de la chaqueta y luego se la quitó, junto con la camisa blanca que traía debajo.

—¿Boca abajo, supongo?

Yrene le asintió con sequedad.

Tomó sus rodillas, apretó los músculos del abdomen, tiró de sus piernas hacia el colchón y se recostó boca arriba.

Durante unos segundos tuvo espasmos en las piernas. No era un movimiento real, controlado... de eso se había dado cuenta cuando le sucedió la primera vez, unas semanas atrás. Todavía podía sentir el desconsuelo terrible que le aplastó el pecho cuando comprendió que era un efecto de la lesión y que, por lo general, ocurría si se movía mucho.

—Los espasmos en las piernas son comunes en este tipo de lesiones —dijo Yrene, mientras observaba cómo iban disminuyendo hasta que se extinguieron del todo—. Puede ser que vayan desapareciendo con el tiempo.

La sanadora hizo un gesto con la mano para recordarle a Chaol que quería que se recostara boca abajo.

Chaol no respondió, pero se sentó y pasó uno de sus tobillos por encima del otro, luego se recostó de espaldas y después, al darse la vuelta, sus piernas lo siguieron.

Si a la sanadora le impresionó que él ya dominara estas maniobras en tan poco tiempo, luego de lesionarse, no se lo dejó saber. Ni siquiera arqueó la ceja.

Chaol puso las manos bajo su barbilla y volteó por encima del hombro para ver a Yrene acercarse. La observó hacerle una señal a Nesryn para que se sentara porque la capitana ya había vuelto a empezar a caminar.

Él se fijó en Yrene para ver si podía notar alguna señal de magia en ella. Aunque no tenía idea de cómo se vería. La de Dorian era hielo, viento y luz brillante; la de Aelin eran llamas ardientes y abrasadoras. Pero... la magia sanadora... ¿Era algo externo, algo tangible? ¿O era algo que sólo podrían atestiguar sus huesos y su sangre?

En el pasado se hubiera negado a considerar estas cuestiones. Tal vez incluso se hubiera opuesto a la noción de permitir que la magia lo tocara. Pero a aquel hombre, al que hacía esas cosas, al que le tenía miedo a esas cosas... afortunadamente lo dejó bajo las ruinas destrozadas del castillo de cristal.

Yrene se paró a su lado por un momento para ver bien su espalda.

Tenía las manos cálidas, como el sol de la mañana, cuando las colocó, palmas abajo, en la piel entre sus omóplatos.

—Aquí fue el golpe —dijo en voz baja.

Tenía una marca. Una palidez tenue y salpicada en la piel donde lo golpeó la magia del rey. Dorian le había mostrado su espalda con un truco de dos espejos antes de marcharse.

—Sí.

Las manos le recorrieron el centro de la espalda, sobre la columna.

—Bajó por aquí, rasgando y rompiendo.

La sanadora no le estaba diciendo esas palabras a él, sino que era como si estuviera hablando sola, perdida en una especie de trance.

Chaol luchó contra el recuerdo de ese dolor, el entumecimiento y la oquedad que acopiaba.

—¿Eso... eso se puede notar? —preguntó Nesryn.

—Mi don me lo dice —la mano de Yrene estaba detenida a la mitad de su espalda, empujando y tocando—. Fue un poder terrible... lo que te golpeó.

—Sí —fue lo único que respondió Chaol.

La sanadora continuó bajando las manos hasta que se las metió por debajo de la cintura de los pantalones unos cuantos centímetros. Él siseó entre dientes y miró por encima de su hombro.

—Me podrías haber advertido.

Yrene no le hizo caso y tocó la parte más baja de su espalda. Él no lo sintió.

Subió de nuevo por toda la columna, como si sus dedos fueran caminando, contando las vértebras.

—¿Aquí?

—Puedo sentirte.

Dio un paso hacia atrás.

—¿Aquí?

—Nada.

Ella frunció el ceño, como si hiciera una nota mental del lugar. Desde los bordes externos de su espalda empezó a subir hacia el centro y le preguntó dónde empezaba a sentir. Luego le tomó el cuello entre las manos y le dio vueltas hacia ambos lados probando y evaluando. Por último, le ordenó que se moviera. No le pidió que se levantara, sino que se volviera a dar la vuelta.

Chaol se quedó viendo hacia la bóveda pintada del techo, mientras Yrene le revisaba los pectorales, los músculos del abdomen y los que rodeaban sus costillas. Sintió la "V" de músculos que terminaba debajo de sus pantalones, siguió moviéndose hacia abajo y él dijo:

—¿En serio?

Yrene lo miró incrédula.

—¿Hay algo en particular que te provoque vergüenza y que no quieres que vea?

Oh, vaya que Yrene Towers de Fenharrow era ruda. Chaol le sostuvo la mirada, el desafío.

Yrene sólo resopló.

—Había olvidado que los hombres del Continente del Norte son tan propios y reservados.

—¿Y aquí no lo son?

—No, aquí los cuerpos se celebran, no se ocultan por vergüenza. Lo hacen tanto hombres como mujeres.

Eso explicaba por qué la doncella no había mostrado ningún pudor.

—Yo los vi bastante vestidos en la cena.

—Espérate a las fiestas —respondió Yrene con desinterés. Pero le sacó las manos de debajo de la cintura de los pantalones, que ya de por sí era baja—. Si no has notado ningún problema ni interno ni externo con tu hombría, entonces no necesito ver.

Él trató de no sentirse como si tuviera trece años y estuviera intentando hablar con una chica bonita por primera vez, y logró responder:

—De acuerdo.

Yrene retrocedió un paso y le dio su camisa. Él hizo fuerza con los brazos y los músculos del abdomen para sentarse y se la puso.

—¿Y bien? —preguntó Nesryn, acercándose con cautela.

Yrene se puso a jugar con un rizo pesado que se le había soltado del peinado.

—Necesito pensar. Hablar con mi superior.

—Pensé que tú eras la mejor —dijo Nesryn con cautela.

—Soy una de las muchas que tienen la capacidad —admitió Yrene—. Pero la Sanadora Mayor me asignó este caso. Me gustaría consultar con ella primero.

—¿Es grave? —exigió saber Nesryn.

Chaol agradeció que ella hiciera la pregunta que él no se atrevía a hacer.

Yrene miró directamente a Chaol, con franqueza y sin temor.

—Tú sabes qué tan grave es.

—Pero ¿le puedes ayudar? —repitió Nesryn con más insistencia.

—He sanado este tipo de lesiones. Pero ésta... aún no lo sé —respondió Yrene y la miró a los ojos.

—¿Cuándo... cuándo lo sabrás?

—Cuando haya tenido tiempo para pensar.

Chaol se percató de que quería tiempo para decidir. Quería *decidir* si lo ayudaría.

Volvió a sostenerle la mirada a Yrene, dejándole ver que él, por lo menos, sí había entendido. Por lo menos, pues Nesryn ni siquiera había contemplado esa idea; de lo contrario, Chaol tenía la impresión de que Yrene ya hubiera terminado de cara contra la pared.

Pero para Nesryn... las sanadoras estaban más allá de todo reproche. Eran tan sagradas como los dioses del lugar. Su ética era incuestionable.

—¿Cuándo regresarás? —preguntó Nesryn.

"Nunca", casi respondió él.

Yrene se metió las manos a los bolsillos.

—Les mandaré avisar —respondió sin más y se marchó.

Nesryn la vio irse y luego se frotó la cara.

Chaol no dijo nada.

Pero Nesryn se enderezó y salió a toda velocidad... hacia la salita de la habitación. Se escuchó que movía unos papeles y luego...

Nesryn se detuvo en la entrada de la recámara de Chaol con el entrecejo arrugado y en las manos el papel donde Yrene había escrito antes.

Se lo dio a él.

—¿Qué significa esto? —le preguntó

El papel tenía cuatro nombres escritos con letra descuidada.

Olgnía.

Marte.

Rosana.

Josefin.

El último nombre estaba escrito varias veces.

El último nombre estaba subrayado una y otra vez.

Josefin. Josefin. Josefin.

—Tal vez sean otras sanadoras de la Torre que podrían ayudar —mintió él—. Tal vez le dio miedo que algún espía la escuchara proponernos a alguien más.

La boca de Nesryn se torció un poco.

—Veamos qué dice... cuando regrese. Al menos sabemos que Hasar la puede localizar si hace falta.

O Kashin, cuya simple mención había tensado visiblemente a la sanadora. No podría forzar a Yrene a que lo sanara, pero... ésa era información útil.

Chaol volvió a estudiar el papel. El subrayado insistente de ese último nombre.

Como si Yrene necesitara recordarlo mientras estuvo con ellos. En su presencia. Como si necesitara que esas personas supieran que ella las recordaba.

Él conoció a otra sanadora talentosa de Fenharrow. Su rey la había amado lo suficiente como para considerar fugarse con ella y buscar juntos una vida mejor. Chaol sabía lo que había sucedido en Fenharrow cuando eran jóvenes. Sabía lo que Sorscha había soportado allá... y lo que había soportado en Rifthold.

También había recorrido a caballo muchos pastizales devastados en Fenharrow a lo largo de los años. Había visto las cabañas de roca, quemadas o abandonadas, sin sus techos de palma desde hacía mucho tiempo. Los dueños estaban esclavizados, muertos o habían huido a otras partes... muy, muy lejos.

Chaol supo entonces, con ese papel en la mano, que no, Yrene Towers no regresaría.

CAPÍTULO 6

Yrene sabía la edad del paciente, pero no anticipaba que el excapitán se viera tan... joven.

No lo había pensado hasta que entró a la habitación y se topó con ese rostro apuesto, con esos rasgos duros y amplios que expresaban una combinación de cautela y esperanza. Esa esperanza le hizo sentir rabia. Le hizo desear provocarle una cicatriz similar a la que le cruzaba la mejilla.

Se había comportado terriblemente poco profesional. Nunca... *nunca* había sido tan grosera y descortés con sus pacientes.

Por fortuna, Hasar los interrumpió y eso la ayudó a tranquilizarse un poco. Pero cuando tocó al hombre, cuando tuvo que pensar en maneras de *ayudarlo*...

No tenía la intención de escribir una lista con los nombres de las mujeres que conforman las últimas cuatro generaciones de la familia Towers. No tenía la intención de escribir el nombre de su madre, una y otra vez, mientras fingía estar anotando información. Nada de eso le sirvió para acallar el rugido en el interior de su cabeza que comenzaba a apoderarse de ella.

Sudorosa y llena de polvo, Yrene entró a la oficina de Hafiza casi una hora después. El recorrido desde el palacio, a través de calles congestionadas y angostas, seguido de la escalera interminable para llegar hasta la punta de la Torre, le tomó una eternidad.

Había llegado tarde con su paciente: ése fue el primer momento poco profesional, en verdad. Jamás había llegado tarde a una cita. Sin embargo, a las diez ya estaba en el pasillo, afuera de la habitación de Chaol, pero tapándose la cara con las manos y respirando con dificultad.

Él no era el bruto que ella anticipaba.

Hablaba con corrección y era más lord que soldado, aunque tenía el cuerpo del segundo. Ella había sanado y remendado a muchos de los guerreros predilectos del khagan y sabía distinguir los músculos bajo sus dedos. Las cicatrices que cubrían la piel bronceada de lord Westfall comunicaban a gritos que se había ganado esos músculos por la vía difícil, y ahora eso le ayudaba a maniobrar la silla por el mundo.

Y la lesión de su columna...

Cuando Yrene llegó a la oficina de la Sanadora Mayor, Hafiza levantó la vista desde donde estaba sentada, junto a una acólita que sollozaba.

—Necesito hablar contigo —dijo Yrene con tono tajante y una mano en el marco de la puerta.

—Te veré en cuanto termine —respondió Hafiza sin más y le dio un pañuelo a la chica llorosa.

Existían sanadores hombres, pero la mayoría de quienes recibían el don de Silba eran mujeres. Casi todas eran como esta chica, apenas de unos catorce años... Yrene estaba trabajando en la granja de su prima cuando tenía esa edad y *soñaba* con llegar a este sitio, pero, ciertamente, no estaba llorándole a nadie sobre su desdichada vida.

Así que Yrene salió, cerró la puerta a sus espaldas y esperó recargada contra la pared en el angosto descanso.

Había otras dos puertas arriba: una estaba cerrada con llave y conducía al taller personal de Hafiza, y la otra llevaba a la recámara de la Sanadora Mayor. La primera tenía tallado un búho remontando el vuelo y la segunda un búho descansando. Ése era el símbolo de Silba y estaba en todas partes. A lo largo y ancho de la Torre había búhos tallados y grabados en la roca y en la madera; a veces estaban en lugares inesperados y con expresiones ridículas, como si en el pasado alguna acólita los hubiera tallado como broma secreta. Pero el búho del taller privado de la Sanadora Mayor estaba parado sobre la herrería en forma de ramas que se extendía por la puerta, con las alas abiertas como si estuviera listo para saltar por los cielos, y lucía... alerta, como consciente de todo aquél que cruzara esa puerta, de todo aquél que viera con demasiado interés en dirección al taller.

Nadie, salvo Hafiza, tenía la llave de esa puerta y la había recibido de las manos de su predecesora. Entre las acólitas corría el rumor de que detrás de esa puerta se escondían conocimientos antiguos y aparatos olvidados: cosas antinaturales que era preferible que permanecieran confinadas ahí que libres por el mundo. Yrene siempre se reía de las cosas que decían en voz baja, pero nunca les dijo que ella y unas cuantas sanadoras selectas habían tenido el placer de entrar con Hafiza a ese taller que, salvo por la *antigüedad* de algunas de las herramientas y el mobiliario, no tenía nada de lo que valiera la pena chismear. Sin embargo, el misterio del taller de la Sanadora Mayor persistía, como probablemente había persistido por siglos: otro de los adorados mitos de la Torre que pasaban de acólita en acólita.

Yrene se abanicó con las manos porque todavía tenía el aliento entrecortado por las escaleras y el calor. Apoyó la cabeza contra la roca fresca y de nuevo metió la mano al bolsillo para tocar el trozo de papel. Se preguntó si el lord se habría dado cuenta de todas las veces que repitió el mismo movimiento de meter su mano en el bolsillo para tocar la nota que él desconocía, o si habría pensado que iba a sacar un arma. Chaol no había perdido detalle y estuvo al pendiente de cada una de sus respiraciones.

Estaba entrenado para eso. Debía estarlo si estuvo al servicio del rey muerto, al igual que Nesryn Faliq, la hija de este continente que trabajaba para el rey de un territorio que no trataba muy bien a los extranjeros.

Yrene no lo podía comprender. Había cierto vínculo romántico, eso lo dedujo por la tensión y la familiaridad que se percibía entre ellos, pero a qué grado... Eso no importaba... salvo por la sanación emocional que el lord necesitaría también. Era un hombre que no estaba acostumbrado a externar sus sentimientos, sus miedos, sus esperanzas y sus angustias... Lo cual era obvio.

Al fin se abrió la puerta de la oficina de Hafiza, la acólita salió, con los ojos todos vidriosos y la nariz roja, y le sonrió a Yrene un poco avergonzada.

Yrene suspiró por la nariz e incluso le devolvió la sonrisa. Ella no era como la persona a la que acababa de interrumpir en la oficina. No, a pesar de lo ocupada que estaba todo el tiempo, Yrene siempre le había dedicado un momento a las acólitas, en especial, a las que extrañaban sus hogares.

Nadie se había sentado con ella en el comedor en esos primeros días. Yrene todavía recordaba aquellas comidas solitarias. Recordaba que después de dos días se dio por vencida y empezó a llevarse la comida a la enorme biblioteca bajo la tierra. Se escondía de las bibliotecarias estrictas, quienes les tenían prohibido hacer cosas así, y su única compañía era una que otra gata baast temperamental y algún búho tallado.

Yrene dejó de comer a escondidas y regresó al comedor cuando ya había conocido a suficientes personas en sus clases, como para sentirse menos intimidada al buscar dónde sentarse. Los rostros conocidos y sonrientes le dieron suficiente valor para dejar de comer en la biblioteca con sus gatas enigmáticas. Empezó a ir a la biblioteca ya sólo cuando tenía que hacer investigaciones.

Yrene le tocó el hombro a la acólita y susurró:

—Cocinera hizo galletas de almendra esta mañana. Las alcancé a oler cuando salí. Dile que quiero seis, pero quédate con cuatro —le guiñó el ojo a la chica—. Deja las otras dos en mi habitación.

La chica sonrió de oreja a oreja y asintió. Cocinera fue quizá la primera amiga que hizo Yrene en la Torre.

La mujer notó que Yrene comía sola y empezó a agregar-le cosas especiales de comer a su bandeja o las dejaba en su habitación, inclusivo en su sitio favorito y secreto de la biblioteca. Yrene le devolvió el gesto de amabilidad a Cocinera hacía un año, cuando salvó a su nieta de una enfermedad pulmonar complicada que le sobrevino de golpe. A Cocinera todavía se le llenaban los ojos de lágrimas cuando se encontraban. Yrene visitaba sin falta, una vez al mes, la casa de la niña para comprobar que todo siguiera bien. Cuando se fuera de Antica tendría que pedirle a alguien que estuviera al pendiente de la niña. Separarse de la vida que había construido ahí... no sería fácil y, además, le provocaba sentimientos de culpa.

Yrene miró a la acólita, todavía un poco llorosa, bajar corriendo por las anchas escaleras espirales, luego inhaló hondo y entró a la oficina de Hafiza.

—¿El joven lord volverá a caminar? —preguntó Hafiza a modo de saludo y con las cejas blancas muy altas en la frente.

Yrene se sentó en su silla habitual, la silla que seguía caliente debido a la chica que acababa de salir.

—Sí, caminará. La lesión es casi idéntica a la que sané el invierno pasado, pero será difícil.

—¿Te refieres a la sanación o a ti?

—Me comporté... mal —Yrene se sonrojó.

—Eso era de esperarse.

—Me da vergüenza confesarte lo mal que me comporté —dijo Yrene, mientras se limpiaba el sudor de la frente.

—Entonces no me lo digas. Hazlo mejor la próxima vez y consideraremos esto otra lección.

Yrene se relajó en la silla y estiró las piernas adoloridas en la alfombra desgastada. A Hafiza no le importaba cuánto le rogaran sus sirvientes, siempre se negaba a cambiar la vieja alfombra roja con verde. Si había sido suficiente para sus cinco predecesoras, sería suficiente para ella.

Yrene se recargó en el respaldo suave de la silla y miró hacia el cielo despejado del otro lado de las ventanas abiertas.

—Creo que puedo sanarlo —dijo más para ella misma que para Hafiza—. Si coopera, podré lograr que vuelva a caminar.

—¿Y va a cooperar?

—Yo no fui la única que se comportó mal —dijo—. Aunque él es de Adarlan, tal vez ésa sea su naturaleza.

Hafiza ahogó una risa.

—¿Cuándo lo volverás a ver?

Yrene titubeó.

—*Vas* a volver a verlo, ¿verdad? —insistió Hafiza.

Yrene empezó a jugar con unos hilos del brazo de la silla que estaban decolorados por el sol.

—Fue difícil... difícil verlo, escuchar su acento y... —dejó de jugar con los hilos y aquietó su mano—. Pero tienes razón, lo... intentaré. Aunque sea sólo para que los de Adarlan nunca me lo vaya a reprochar.

—¿Crees que lo harían?

—Él tiene amigos poderosos que podrían recordarlo. Su compañera es la *nueva* capitana de la guardia. Su familia es de aquí, pero ella está al servicio de ellos.

—¿Qué te dice eso?

Siempre había una lección, siempre un examen.

—Me dice... —Yrene exhaló—. Me dice que no sé tanto como asumía —se enderezó—. Pero eso no los absuelve de sus pecados.

Ella se había topado con bastantes personas malas en la vida. Había vivido con ellos, les había servido, en Innish. Y sólo con ver los ojos castaños de lord Westfall supo, en el fondo, que él no era uno de ellos y su compañera tampoco.

Y con la edad que tenía... Era un niño cuando se cometieron todas esas atrocidades. De cualquier manera, era posible que hubiera participado en otras cosas, porque mucho había sucedido en años más recientes, tanto como para hacerle sentir náuseas, pero...

—La lesión en su columna —dijo Yrene—, me ha dicho que la provocó una magia oscura.

La magia de Yrene se había retraído de inmediato al percibir la marca salpicada; se había enrollado para alejarse.

—¿Ah, sí?

Yrene sintió un escalofrío.

—Nunca... nunca he sentido *nada* como eso. Como si estuviera podrido, pero vacío. Frío como la más larga noche de invierno.

—En ese aspecto tendré que creer en tu palabra.

Yrene resopló con una risa, agradecida por el humor negro. Era verdad, Hafiza nunca había visto siquiera la nieve. Con el clima cálido de Antica todo el año, lo más cerca que habían llegado de tener un invierno en esos dos años fue quizás cuando cayó escarcha una mañana sobre la lavanda y el limonero.

—No se... —Yrene apartó el recuerdo del eco que todavía conservaba esa cicatriz—. No se parece a ninguna otra herida mágica que haya visto antes.

—¿Eso tendrá un impacto en la sanación de su columna?

—No lo sé. No he intentado revisarlo con mi poder, pero... te avisaré.

—Estoy a tus órdenes.

—¿Aunque esto sea mi examen final?

—Una buena sanadora —dijo Hafiza con una sonrisa— sabe cuándo pedir ayuda.

Yrene asintió distraída. ¿Y cuando abordara un barco para regresar a casa, a la guerra y al derramamiento de sangre, a quién consultaría entonces?

—Regresaré —dijo Yrene, al fin—. Mañana. Esta noche quiero investigar en la biblioteca sobre lesiones en la columna y parálisis.

—Le diré a Cocinera dónde te puede encontrar.

Yrene le sonrió con ironía.

—Nada te pasa desapercibido, ¿verdad?

Lo que le transmitió la mirada de Hafiza no fue tranquilizador.

La sanadora no regresó ese día. Nesryn esperó otra hora y luego dos. Chaol pasó el tiempo leyendo en la sala. Después de un rato, Nesryn dijo al fin que iría a visitar a su familia.

Hacía años que no veía a sus tíos ni a sus sobrinos. Rezó porque siguieran viviendo en la misma casa que ella había visitado tiempo antes.

Casi no pudo dormir. Apenas pudo pensar o sentir cosas como hambre o agotamiento debido a todos los pensamientos que se arremolinaban en su interior.

Tampoco le ayudaba la falta de respuestas de la sanadora.

Y como no había ninguna reunión formal programada con el khagan o sus hijos ese día...

—Puedo entretenerme solo, sabes —dijo Chaol y se colocó el libro en las piernas. Nesryn miraba de nuevo hacia la puerta de la sala—. Iría contigo si pudiera.

—Pronto podrás —le prometió.

La sanadora parecía talentosa a pesar de que se negó a darles siquiera un poco de esperanza. Y si esa mujer no podía ayudarlos, entonces Nesryn buscaría otra... y otra... aunque tuviera que rogarle a la Sanadora Mayor para que les ayudara.

—Ve, Nesryn —le ordenó Chaol—. No tendrás paz hasta que lo hagas.

Ella se frotó el cuello, luego se levantó del sillón dorado y caminó hacia Chaol. Apoyó las manos en ambos brazos de la silla, que en ese momento estaba junto a las puertas abiertas del jardín. Le acercó la cara, más cerca de lo que había estado en días. Los ojos de Chaol parecían... más brillantes de algún modo. Apenas una brizna mejor que el día anterior.

—Regresaré en cuanto pueda.

Él le sonrió un poco.

—Tómate tu tiempo. Ve a ver a tu familia.

Chaol le había contado que él tenía años de no ver a su madre y a su hermano. Su padre... Chaol no hablaba de su padre.

—Tal vez —dijo ella en voz baja—, podríamos buscar la respuesta para la sanadora —él solamente parpadeó, pero ella murmuró—: Sobre terminar.

Y de inmediato, el brillo en la mirada de Chaol se apagó.

Ella se apartó de inmediato. Él la había rechazado en aquella ocasión en el barco, cuando ella prácticamente se lanzó sobre él. Y hoy que lo vio sin camisa, con esos músculos que se abultaban en su espalda, en su abdomen... Casi le rogó a la sanadora que le permitiera a *ella* hacer la auscultación.

Patético. Aunque ella nunca había sido muy buena para negarse a los *antojos*, había empezado a acostarse con él en el verano porque no tenía caso resistirse si ella también estaba interesada. Aunque entonces, él no le importaba, no como ahora.

Nesryn se pasó la mano por el cabello.

—Regresaré a la hora de la cena.

Chaol se despidió con un movimiento de la mano y ya estaba leyendo su libro otra vez cuando ella salió de la habitación.

No se habían prometido nada, se dijo Nesryn. Ella sabía que la naturaleza de Chaol lo impulsaba a querer hacer lo correcto, a honrarla, y en el verano, cuando el castillo se colapsó y ella pensó que él había muerto... No había conocido ese tipo de miedo. Nunca había rezado como lo hizo en esos momentos, hasta que la flama de Aelin le salvó la vida y Nesryn rezó para que también se la hubiera salvado a él.

Nesryn apartó de su mente los recuerdos de esos días mientras caminaba por los salones del palacio, con un vago recuerdo de dónde estaban las puertas que daban a la ciudad. Sin embargo, pensaba en sus deseos, en lo que consideraba más importante... o lo que había sido más importante hasta el momento en que el khagan les dio la noticia.

Ella había dejado a su familia. Debió haberse quedado con ellos. Para proteger a los niños, para proteger a su padre, que ya no era ningún joven, y a su hermana ruda y risueña.

—Capitana Faliq.

Nesryn se detuvo al escuchar esa voz agradable que la llamaba con el título que todavía no se acostumbraba a utilizar. Estaba en uno de los cruces de caminos dentro del palacio. Si seguía su andar, el camino frente a ella la conduciría a las puertas principales. Había registrado cada una de las salidas cuando entró al palacio.

Al final de ese pasillo que cruzaba con el suyo estaba Sartaq, quien ya no tenía puestas las ropas elegantes del día anterior. El príncipe ahora vestía ropa de cuero ajustada con una armadura simple pero fuerte en los hombros y con soportes en las muñecas, rodillas y espinillas. No tenía pechera. Su cabello negro y largo estaba trenzado y atado con una tira delgada de cuero.

Ella hizo una reverencia. La hizo más abajo de lo que la hubiera hecho por otros hijos del khagan porque era para quien se rumoraba sería el heredero al trono, quien algún día podría ser aliado de Adarlan... si sobrevivían.

—Tenías prisa —dijo Sartaq y miró hacia el pasillo por el cual ella venía caminando.

—Te-tengo familia en la ciudad e iba en camino a verlos —dijo. Luego agregó sin mucho ánimo—: A menos que Su Alteza me necesite.

Una sonrisa irónica se dibujó en el rostro de él. Y ella se dio cuenta de que había respondido en su propio idioma. El idioma de *ambos*.

—Voy a salir a montar en Kadara, mi ruk —aclaró él, hablando también en su idioma.

—Lo sé —dijo ella—. Conozco las historias.

—¿En Adarlan las conocen? —el príncipe arqueó una ceja. Era todo un guerrero y un seductor. Una combinación peligrosa. Nesryn no recordaba haber escuchado que tuviera esposa. De hecho, no usaba ningún anillo en los dedos.

—Incluso en Adarlan —repuso Nesryn, aunque no mencionó que la persona promedio, probablemente, no conocería esas historias. Pero en su casa... vaya que sí. El Príncipe Alado, lo llamaban.

—¿Puedo acompañarte? Las calles son un laberinto, inclusive para mí —dijo Sartaq.

Era una oferta generosa, un honor.

—No me gustaría alejarte de tu paseo por los cielos —respondió Nesryn, en parte porque no estaba segura de cómo hablarle a este tipo de hombres: nacidos y criados en el poder, acostumbrados a las jóvenes refinadas y a los políticos confabuladores. Aunque sus jinetes de ruk, según la leyenda, podían provenir de cualquier parte.

—Kadara está acostumbrada a esperar —dijo Sartaq—. Al menos permíteme acompañarte a las puertas. Hoy hay nuevos guardias, así que les diré que se fijen en tu rostro para que puedas volver a entrar.

Porque con sus ropas, con su cabello sin adornos... Sí, los guardias tal vez no la dejarían pasar. Lo cual hubiera sido... humillante.

—Gracias —respondió y empezó a caminar a su lado.

Avanzaron en silencio junto a las banderas blancas que colgaban de una de las ventanas abiertas. El día anterior, Chaol le había comentado que Kashin pensaba que la muerte de su hermana menor podría haber sido un asesinato... que uno de los agentes de Perrington podría ser responsable. Era suficiente para sembrar la semilla del miedo en ella. Para hacerla fijarse en todos los rostros que encontraba, asomarse a todas las sombras.

Nesryn caminó rápidamente, al paso del príncipe, y cuando pasaron junto a las banderas ella lo volteó a ver. Sin embargo, el príncipe saludó a unos cuantos hombres y mujeres vestidos con las túnicas doradas de los visires que le hacían una reverencia.

—¿En realidad son treinta y seis? —preguntó Nesryn con cierta sorpresa.

—Tenemos una fascinación con esa cifra, así que sí —rio y produjo un sonido muy poco apropiado para un príncipe—. Mi padre consideró reducirlos a la mitad, pero pudo más su temor de incurrir en la ira de los dioses que en las repercusiones políticas.

Escuchar y hablar en su propia lengua se sentía como un respiro de aire fresco otoñal. Que ésa fuera la norma y que no sorprendiera a nadie. Ella siempre se sentía así cuando venía de visita.

—¿Lord Westfall ya se reunió con la sanadora?

—Sí, con Yrene Towers —respondió, pues le parecía que no había motivos para ocultarlo.

—Ah, la famosa Dama Dorada.

—¿Eh?

—Es hermosa, ¿no?

Nesryn sonrió un poco.

—Veo que te agrada.

Sartaq rio.

—Oh, no me atrevería. No le gustaría a mi hermano Kashin.

—¿Tienen una relación? —preguntó Nesryn y recordó que Hasar lo había implicado.

—Son amigos o lo fueron. No los he visto hablar en meses, pero no sé qué sucedió entre ellos. Aunque supongo que yo estoy igual que los chismosos de la corte por contarte.

—Sigue siendo información útil si estamos trabajando con ella.

—¿Su valoración de lord Westfall fue positiva?

—No quiso confirmar nada —Nesryn contestó, encogiéndose de hombros.

—Muchas sanadoras hacen eso. No les gusta dar esperanzas y luego tener que destrozarlas —se echó la trenza a la espalda—. Aunque también te puedo contar que el invierno pasado Yrene sanó personalmente a uno de los jinetes darghan de Kashin debido a una lesión muy similar. Y las sanadoras han curado este tipo de heridas entre las tribus de jinetes de nuestra gente y de mis propios rukhin. Ellas sabrán qué hacer.

Nesryn ocultó su esperanza incipiente porque ya se podía ver el brillo frente a ellos: habían llegado a la salida del patio principal y a las puertas del palacio.

—¿Cuánto tiempo llevas de ser jinete de ruk, príncipe?

—Pensé que conocías las historias —le respondió con humor en su expresión.

—Sólo chismes. Prefiero la verdad.

Los ojos oscuros de Sartaq se fijaron en ella y su mirada penetrante fue suficiente para que agradeciera no tener que experimentarla con demasiada frecuencia. No por miedo, sino que... era inquietante tener el peso de esa mirada totalmente sobre ella. Era la mirada de un águila, de un ruk: atenta e incisiva.

—Tenía doce años cuando mi padre nos llevó a todos al nido de la montaña. Yo me aparté en secreto para montar el ruk del capitán y me lancé a los cielos. Tuvieron que perseguirme... Mi padre me dijo que si hubiera muerto aplastado entre las rocas, me lo hubiera merecido por mi estupidez. Como castigo, me ordenó vivir entre los rukhin hasta que pudiera probar que no era un perfecto idiota. Me sugirió quedarme toda la vida.

Nesryn controló su risa y parpadeó por el brillo del sol cuando salieron al gran patio. Los arcos y pilares ornamentados con imágenes talladas de flora y fauna quedaron atrás; el palacio a sus espaldas se erigía como un leviatán.

—Afortunadamente no morí de estupidez, empecé a amar montar y todo ese estilo de vida. Al principio no me perdonaban que fuera príncipe, pero pronto demostré mi valía. Kadara salió del huevo cuando yo tenía quince años y yo la crié. No he tenido otra montura desde entonces.

El orgullo y el afecto hacían brillar sus ojos de ónix.

Y sin embargo, Nesryn y Chaol le pedirían, le suplicarían, que llevara a su amada montura a la batalla contra guivernos, que eran muchas veces más pesados y tenían una fuerza bruta infinitamente mayor y veneno en las colas. Se le revolvió el estómago de sólo pensarlo.

Llegaron a las enormes puertas principales, las cuales tenían una pequeña puerta cortada en las placas gigantes de bronce repujado. Esa puerta permanecía abierta para permitir el acceso a los peatones que se apresuraban a realizar alguna tarea en el castillo o salían de él. Nesryn permaneció quieta mientras Sartaq le presentaba a los guardias de turno fuertemente armados. El príncipe les indicó que ella tendría acceso sin restricciones. Los guardias se inclinaron para demostrar su consentimiento, todos con el puño sobre el pecho, y en ese instante el sol brilló sobre las empuñaduras de sus espadas que llevaban cruzadas a la espalda.

Cuando recién llegaron a Antica, ella se percató de que Chaol apenas podía voltear a ver a los guardias del palacio y a los de los muelles.

Salieron por la puerta pequeña, el bronce era de más de treinta centímetros de grueso, y empezaron a avanzar por la avenida amplia y empedrada que bajaba hacia el laberinto de calles de la ciudad. Casas lujosas y más guardias en las calles de alrededor; se trataba de las residencias de los ricos que deseaban vivir a la sombra del palacio. Pero la calle en realidad estaba llena de gente atareada, por trabajo o por placer, e incluso había algunos turistas que subían a admirar el palacio e intentaban en ese momento asomarse por la puerta por la que acababan de salir Nesryn y Sartaq para alcanzar a ver el patio del interior. Nadie parecía reconocer al príncipe que caminaba a su lado, aunque ella sabía que los guardias de la calle y los de la puerta estaban monitoreando cada respiración y cada palabra.

Le bastó echarle una mirada a Sartaq para que ya no le cupiera duda de que el príncipe, en cuanto salieron de las puertas de palacio, también se había vuelto muy consciente de lo que pasaba a su alrededor y, como si fuera un hombre ordinario, estudió las calles llenas de gente y escuchó el clamor. A Nesryn le tomaría una hora a pie llegar a la casa de su familia, del otro lado de la ciudad, pero se tardaría más en un carruaje o a caballo debido al tráfico que atiborraba los caminos.

—¿Estás segura de que no necesitas un acompañante?

Una media sonrisa se dibujó en la boca de Nesryn y vio al príncipe mirándola de reojo.

—Sé cuidarme, príncipe, pero te agradezco el honor.

Sartaq la miró, una apreciación rápida de guerrero. En realidad, al salir de entre los muros del palacio, él era un hombre que no le temía a casi nada.

—Si alguna vez tienes el tiempo o el interés, deberías acompañarme a montar. El aire arriba es abierto, no como el polvo y la sal de acá abajo.

Abierto también en el sentido de que no habría nadie que los pudiera escuchar.

Nesryn hizo una reverencia pronunciada.

—Eso me gustaría mucho.

Sintió que el príncipe seguía observándola cuando se alejó por la avenida soleada, esquivando carruajes y transportes que se peleaban por el paso. Pero no se atrevió a mirar atrás. No estaba del todo segura de por qué.

CAPÍTULO 7

Chaol esperó hasta que Nesryn llevara unos treinta minutos de haber salido para llamar a Kadja. La doncella había estado esperando en el pasillo exterior y entró a la habitación un instante después de que la llamó. Desde la sala, él la vio aproximarse con pasos ligeros y rápidos, y la mirada agachada en espera de sus instrucciones.

—Tengo un favor que pedirte —dijo lenta y claramente. Se maldijo a sí mismo por no aprender halha durante los años que Dorian estudió el idioma.

La única respuesta de ella fue una inclinación de la barbilla.

—Necesito que bajes a los muelles, donde sea que llegue la información al puerto, y que averigües si hay noticias sobre el ataque a Rifthold.

El día anterior, Kadja había estado en el salón del trono y, sin duda, escuchó lo que se dijo. Él consideró pedirle a Nesryn que intentara averiguar algo al recorrer la ciudad de camino a casa de sus parientes, pero, si las noticias eran malas... no quería que ella se enterara sola. Que tuviera que soportar sola, todo el camino de regreso al palacio, una carga como ésa.

—¿Crees poder hacer eso? —le preguntó a la chica.

Kadja levantó al fin la mirada, pero mantuvo la cabeza agachada.

—Sí —respondió con sencillez.

Él sabía que lo más probable era que la doncella estuviera al servicio de uno de los hijos del khagan o de algún visir del palacio. Pero que él le pidiera más información,

aunque fuera algo digno de mencionar a quien la emplea-
ba, no representaba ninguna amenaza a su causa. Y si lo
consideraban débil o estúpido por estar preocupado por
su país, se podían ir al infierno.

—Bien —dijo Chaol y su silla crujió cuando la adelantó unos centímetros; él intentó no fruncir el ceño por
el sonido, por su cuerpo silente—. Y hay otro favor que
también quisiera pedirte.

Que Nesryn estuviera ocupada con su familia, no significaba que él tuviera que permanecer ocioso. Pero cuando
Kadja lo dejó en las habitaciones de Arghun, se preguntó
si debió haberla esperado para esta junta.

La recepción de los aposentos del príncipe primogénito era tan grande como toda la habitación de Chaol. Era un
espacio largo y ovalado, y uno de los extremos se abría hacia
un patio adornado con una fuente brillante y estaba ocupado
por un par de pavorreales blancos. Los vio pasar con la masa
de su plumaje blanco arrastrándose sobre las losetas de teja y
sus coronas delicadas oscilando con cada paso.

—Son hermosos, ¿no? —escuchó desde unas puertas
talladas que se abrieron a su izquierda y vio al príncipe de
rostro delgado y ojos fríos con la atención puesta en las aves.

—Deslumbrantes —admitió Chaol y odió la manera
en que tuvo que mirar hacia arriba para poder ver al hombre a los ojos. Si estuviera de pie, sería unos diez centímetros más alto y podría beneficiarse de su estatura en esta
reunión. Si estuviera de pie...

No se permitió continuar pensando así. No en ese
momento.

—Son mi pareja más preciada —dijo Arghun en la lengua materna de Chaol, con completa fluidez—. Mi casa de
campo está llena de sus crías.

Chaol buscó una respuesta, algo como lo que Dorian o Aelin hubieran contestado sin pensar, pero no se le ocurrió nada. Absolutamente *nada* que no sonara tonto y falso.

—Estoy seguro de que es hermosa —terminó diciendo.

Las comisuras de la boca de Arghun subieron un poco.

—Si logras ignorar sus gritos en ciertas épocas del año...

Chaol apretó la mandíbula. Su gente estaba *muriendo* en Rifthold, si no es que ya estaban muertos, y él estaba perdiendo el tiempo hablando de unos pájaros chillones que se pavoneaban en sus narices... ¿esto era lo que había venido a hacer?

Consideró si debía seguir discutiendo trivialidades o si debía ir al grano, pero Arghun dijo:

—Supongo que estás aquí para preguntar si sé algo sobre tu ciudad.

El príncipe al fin volteó hacia él y Chaol lo miró a los ojos. Esto, el concurso de miradas, sí lo sabía hacer. Había tenido muchos con guardias indisciplinados y cortesanos por igual.

—Le proporcionaste información a tu padre. Quisiera saber quién te dio los detalles del ataque.

Los ojos color café oscuro del príncipe se iluminaron divertidos.

—Un hombre directo.

—Mi gente está sufriendo. Me gustaría poder averiguar tanto como sea posible.

—Bien —respondió Arghun y jaló una pelusa suelta del bordado dorado de su túnica esmeralda—, para ser igual de franco, no puedo decirte absolutamente nada.

Chaol parpadeó, una vez, lentamente.

Arghun extendió la mano hacia las puertas exteriores.

—Aquí hay demasiados ojos observando, lord Westfall, y que me vean contigo envía un mensaje, para bien o para mal, independientemente de lo que discutamos. Así que, aunque agradezco tu visita, te tengo que pedir que te vayas.

Los sirvientes que estaban esperando en la puerta avanzaron, probablemente con la intención de empujar la silla de ruedas hacia la puerta.

Al ver a uno de ellos extender la mano hacia el respaldo de su silla... Chaol mostró los dientes al sirviente y lo detuvo en seco.

—No.

No sabía si el hombre hablaba su lenguaje o no, pero claramente le bastó su expresión para entender la orden. Chaol volteó a ver al príncipe otra vez.

—¿Así que quieres jugar esto?

—No es un juego —Arghun contestó simplemente y se dirigió de regreso a la oficina de donde había salido—. La información es correcta. Mis espías no inventan historias para entretenerse. Buen día.

Y luego se sellaron las puertas de la oficina del príncipe.

Chaol consideró ponerse a aporrear esas puertas hasta que Arghun empezara a hablar; tal vez incluyera su puño sobre la cara del príncipe, pero... los dos sirvientes a sus espaldas estaban esperando... observando.

En Rifthold había conocido suficientes cortesanos para saber cuando alguien estaba mintiendo, aunque su instinto le había fallado de manera espectacular en los meses más recientes. Con Aelin. Con los demás. Con... todo.

Pero no le parecía que Arghun estuviera mintiendo... sobre nada.

Rifthold sí había sido saqueado. Dorian estaba desaparecido. Se desconocía el destino de su gente.

No volvió a oponerse al sirviente cuando se acercó de nuevo para llevarlo de regreso a sus habitaciones. Y eso tal vez lo enfureció más que todo lo demás.

Nesryn no regresó a la hora de la cena.

Chaol no permitió que el khagan, sus hijos o los treinta y seis visires vigilantes se percataran de la preocupación que lo invadía con cada minuto que pasaba sin que Nesryn entrara por uno de esos pasillos para reunirse con ellos en el gran salón. Ya llevaba horas de haberse ido y no se sabía nada de ella.

Incluso Kadja ya había regresado, una hora antes de la cena, y a Chaol le bastó una mirada a su rostro perfectamente tranquilo para saberlo todo: tampoco había averiguado nada nuevo en los muelles sobre el ataque a Rifthold. Sólo confirmó lo que Arghun había dicho: los capitanes y comerciantes tenían información de fuentes confiables que navegaron frente a las costas de Rifthold o que lograron escapar a duras penas. El ataque sí había sucedido, aunque no había una cifra precisa de cuántas vidas se habían perdido ni del estatus de la ciudad. Todo el comercio del continente, de sur a norte, estaba detenido, al menos con Rifthold y con otros poblados que requirieran pasar cerca de la ciudad. No se sabía nada sobre el destino de Dorian.

Todo eso le pesaba, lo agobiaba todavía más, pero se volvió secundario poco después, cuando terminó de vestirse para ir a cenar y se enteró de que Nesryn no había regresado. Después de un rato, le permitió a Kadja que lo llevara al banquete en el gran salón del khagan pero, conforme pasaban los minutos sin saber de Nesryn, tuvo que esforzarse más para aparentar que no estaba preocupado.

Le podría haber sucedido cualquier cosa. Cualquiera. En especial si la teoría de Kashin sobre su hermana era correcta. Si los agentes de Morath ya estaban aquí, no le cabía la menor duda de que empezarían a cazarlos a él y a Nesryn en cuanto se enteraran de su llegada.

Debió haber considerado eso, antes de que ella saliera por la mañana. Debió haber pensado más allá de sus malditos problemas personales. Pero si exigía que enviaran a un guardia para buscarla, eso sólo le comunicaría a los enemigos potenciales qué era lo que él valoraba más. Les estaría diciendo dónde atacar.

Así que Chaol se esforzó en pasar los bocados de comida, pero apenas logró concentrarse en la conversación con los comensales que tenía a su lado. A su derecha estaba Duva, embarazada y serena, preguntando sobre la música y los bailes recientemente predilectos en sus tierras. A su izquierda, Arghun, quien no mencionó la visita de esa tarde y más bien se dedicó a preguntarle sobre rutas comerciales, existentes y propuestas. Chaol inventó la mitad de las respuestas y el príncipe sonreía, como si lo notara.

Y Nesryn seguía sin aparecer.

Aunque Yrene sí llegó.

Entró a media cena, con un vestido color amatista un poco más elegante, aunque seguía siendo sencillo, con el cual hacía lucir su piel dorada. Hasar y su amante se pusieron de pie para saludar a la sanadora, la tomaron de las manos y le besaron las mejillas. La princesa corrió al visir que estaba sentado a su izquierda para que Yrene se pudiera sentar en su lugar.

Yrene le hizo una reverencia al khagan, quien apenas le hizo caso con una mirada rápida, y luego hizo una revencia más para el resto de la realeza que estaba ahí reunida. Arghun no se molestó en reconocer su existencia; Duva le mostró una amplia sonrisa a Yrene y su esposo, taciturno, sonrió con más discreción. Sólo Sartaq inclinó la cabeza y el hermano menor, Kashin, hizo un gesto con los labios apretados, pero la sonrisa no le llegó a los ojos.

No obstante, la mirada de Kashin se quedó tanto tiempo en Yrene, quien se abría paso para llegar de nuevo al lado de Hasar, que Chaol recordó lo que la princesa le había dicho a la sanadora en la mañana.

Yrene no le devolvió la sonrisa al príncipe y sólo inclinó la cabeza como respuesta. Luego aceptó la silla que Hasar le había conseguido. Empezó a platicar con ella y con

Renia, y aceptó la carne que esta última le sirvió en el plato. La amante de la princesa dijo que Yrene se veía demasiado cansada, demasiado delgada, demasiado pálida. Yrene aceptaba toda la comida con una sonrisa entretenida y le agradecía con movimientos de cabeza. Hacía un esfuerzo deliberado por mirar en cualquier dirección salvo hacia Kashin o Chaol, que para el caso eran lo mismo.

—Escuché —dijo una voz masculina a la derecha de Chaol en el lenguaje del norte— que te asignaron a Yrene, lord Westfall.

A él no le sorprendió para nada que Kashin se asomara entre los comensales para hablar con él.

Y no le sorprendió en lo absoluto detectar la advertencia apenas disimulada en la mirada del príncipe. Chaol la había visto con frecuencia: *este territorio tiene dueño.*

Sin importar si Yrene lo aceptaba o no.

Que la sanadora no pareciera prestarle demasiada atención al príncipe tal vez era un punto a su favor, asumió Chaol. Aunque no podía imaginarse por qué, pues Kashin era el más apuesto de los hermanos. Chaol había visto cómo las mujeres literalmente se le lanzaban a Dorian para acaparar su atención cuando vivían en el castillo y Kashin tenía la misma mirada satisfecha que veía con frecuencia en el rostro de Dorian.

Así habían sido las cosas... hacía mucho tiempo. En otra vida. Antes de una asesina, un collar y todo lo demás.

Los guardias, apostados en todo el gran salón, empezaron a llamar su atención, como si fueran llamas encendidas que tiraban de su mirada. Se negó a mirar siquiera al más cercano, que había registrado por hábito, a unos siete metros al costado de la mesa principal. Justo donde él se paraba antes, ante otro rey y otra corte.

—Así es —fue lo único que Chaol pudo responder.

—Yrene es nuestra sanadora más talentosa, salvo por la Sanadora Mayor —continuó Kashin, con una mirada a la mujer que seguía sin hacerle caso y que justo en ese momento pareció involucrarse más a fondo en su conversación con Renia, como para enfatizar su desinterés.

—Eso he escuchado —respondió Chaol, mientras pensaba: "Y ciertamente era también la que tenía la lengua más mordaz".

—Recibió las calificaciones más altas que se han otorgado jamás en los exámenes formales —continuó Kashin, mientras Yrene seguía ignorándolo. Una expresión parecida al pesar revoloteó en el rostro del príncipe.

—Míralo empezar a dar traspiés —le murmuró Arghun a Sartaq y su comentario fue escuchado por todos los que estaban sentados entre los hermanos: Duva, su esposo y Chaol. Duva le dio un manotazo a Arghun en el brazo por haber interrumpido el camino del tenedor hacia su boca.

Kashin aparentemente no escuchó o no le importó la desaprobación de su hermano mayor. Y a Sartaq tampoco porque eligió voltear a ver a un visir de túnicas doradas, mientras Kashin le decía a Chaol:

—Calificaciones que nadie había obtenido antes, mucho menos una sanadora que sólo lleva dos años aquí.

Otro fragmento de información: Yrene no tenía mucho tiempo viviendo en Antica, entonces.

Chaol se percató de que Yrene estaba viéndolo con las cejas fruncidas. Una advertencia que le hacía para que no la metiera a la conversación.

Él sopesó las ventajas de ambas opciones: la venganza trivial por el comportamiento de la sanadora en la mañana o...

Ella lo iba a ayudar o al menos lo estaba pensando. Sería estúpido enemistarse más.

—Supe que, por lo general, vives en Balruhn y estás a cargo de los ejércitos terrestres —Chaol terminó por decirle a Kashin para desviar la conversación.

Kashin se enderezó.

—Así es. La mayor parte del año vivo allá y superviso el entrenamiento de las tropas. Si no estoy allá, entonces estoy en las estepas con nuestra gente: los señores ecuestres.

—Gracias a los dioses —murmuró Hasar del otro lado de la mesa y se ganó una mirada de advertencia de Sartaq. Hasar puso los ojos en blanco y le susurró algo a su amante que la hizo reír, una risa brillante y plateada.

Yrene seguía viéndolo, sin embargo, con un indicio de algo que podría ser irritación en su expresión, como si la mera presencia de Chaol en la mesa fuera suficiente para que ella no pudiera relajar la mandíbula. Mientras tanto, Kashin empezó a explicar sus diversas rutinas en la ciudad de la costa suroeste y la vida contrastante con las tribus de jinetes en las estepas.

Chaol le devolvió a Yrene una mirada de molestia equivalente en cuanto Kashin se distrajo para dar un sorbo a su vino y luego le lanzó al príncipe una serie de preguntas acerca de su vida. Información útil, se empezó a percatar, sobre su ejército.

No fue el único en darse cuenta de eso. Arghun lo interrumpió cuando estaba a media plática sobre las fraguas que habían construido cerca de los climas del norte

—No discutamos de negocios en la cena, hermano —le dijo.

Kashin cerró la boca como buen soldado entrenado.

Y de cierta manera Chaol lo supo, así de rápido: Kashin no estaba siendo considerado para el trono. Eso quedaba claro por su obediencia al hermano mayor, como si fuera un guerrero común. Pero parecía decente y una mejor alternativa que el sarcástico y frío Arghun, o que Hasar, que era como una loba.

Eso no explicaba del todo la necesidad apremiante de Yrene por distanciarse de Kashin, aunque no era asunto suyo ni le interesaba. En especial, al ver que la boca de Yrene se tensaba hasta por voltear en dirección de Chaol.

Podría haberlo comentado, podría haber exigido saber si esto significaba que ella había decidido *no* tratarlo. Pero si Kashin la favorecía, independientemente de los rechazos sutiles de Yrene, sin duda sería una tontería discutir con ella en la mesa.

Se escucharon pasos a sus espaldas, pero sólo era el esposo de una visir que entró para decirle algo al oído y luego desaparecer.

No era Nesryn.

Chaol estudió los platos que estaban sobre la mesa y calculó los tiempos que aún faltaban en la cena. En la celebración de la noche anterior la cena había sido muy larga. Esta noche todavía no traían ninguna de las delicias de postre.

Miró nuevamente hacia las salidas, sin fijarse en los guardias, buscando a Nesryn.

Cuando devolvió la mirada a la mesa, Chaol se dio cuenta de que Yrene lo observaba. Sus ojos dorados seguían oscurecidos por el recelo y el desagrado, pero... también notó en ellos una advertencia.

Ella sabía a quién estaba buscando, qué ausencia lo carcomía.

Para su sorpresa, Yrene negó sutilmente con la cabeza. "No lo reveles", parecía estar diciéndole, "no les pidas que la busquen".

Eso él ya lo sabía, pero le hizo un breve gesto de asentimiento a Yrene y devolvió su atención al banquete.

Kashin intentó involucrar a Yrene en la conversación, pero, cada vez que lo intentaba, ella le respondía con amabilidad y sin dar pie a que continuara la conversación.

Tal vez el desdén de la sanadora hacia Chaol esa mañana era simplemente su naturaleza, más que a un odio engendrado por la conquista de Adarlan. O tal vez sólo odiaba a los hombres. Era difícil no fijarse en la delicada cicatriz que le atravesaba el cuello.

Chaol logró esperar hasta que llegó el postre y entonces fingió estar exhausto para abandonar la mesa. Kadja ya estaba ahí, esperándolo junto a los pilares, en el extremo del salón junto con los demás sirvientes, y no dijo nada cuando se lo llevó en la silla. El sonido del traqueteo de las ruedas hacía que Chaol apretara los dientes constantemente.

Yrene no le dijo nada cuando se fue, ni le ofreció una promesa de regresar al día siguiente. Ni siquiera lo volteó a ver.

Nesryn no estaba en la habitación. Y si la iba a buscar, si atraía la atención hacia la amenaza, hacia su relación, cualquier enemigo podría aprovecharse de eso y usarlo en su contra...

Así que esperó. Escuchó el repiqueteo de la fuente del jardín, el canto del ruiseñor posado en la higuera, el conteo constante del reloj que estaba sobre la chimenea en la sala.

Las once. Las doce. Le dijo a Kadja que se fuera a dormir, que él se alistaría solo y se iría a la cama. La doncella no se fue, pero se sentó a esperar en una silla frente a la pared del recibidor.

La puerta se abrió casi a la una.

Nesryn entró. Él lo supo de inmediato porque conocía el sonido de sus movimientos.

Ella vio las velas encendidas en la sala y entró.

No tenía ninguna herida. Sólo... luz. Tenía las mejillas sonrojadas, los ojos más brillantes que en la mañana.

—Perdón por no llegar a la cena —fue lo único que dijo.

—¿Tienes idea de lo preocupado que estaba? —el respondió con voz grave, gutural.

Ella se detuvo en seco y su cabello se meció por la brusquedad.

—No sabía que tenía que informarte de todos mis movimientos. Tú me dijiste que fuera.

—Saliste en una ciudad extranjera y no regresaste cuando dijiste que ibas a regresar —él le espetó y todas sus palabras fueron hirientes, cortantes.

—No es una ciudad extranjera, no para mí.

Él golpeó el brazo de la silla con la palma de la mano.

—Una de las princesas fue asesinada hace unas semanas. Una *princesa*. En su propio palacio... la sede del imperio más poderoso del mundo.

Ella se cruzó de brazos.

—No sabemos si fue un asesinato. Kashin parece ser el único que piensa eso.

Eso no tenía nada que ver. Y él apenas se había acordado de observar a los comensales esa noche para ver si detectaba alguna señal de presencia del Valg. Le respondió en voz demasiado baja:

—No podía siquiera salir a buscarte. No me *atreví* a decirles que no habías regresado.

Ella parpadeó, larga y lentamente.

—Mi familia se sintió muy contenta de verme, por si te lo estabas preguntando. Y recibieron una carta breve de mi padre ayer. Lograron salir —empezó a desabotonarse la chaqueta—. Podrían estar en cualquier parte.

—Me alegra saberlo —dijo Chaol entre dientes.

Pero sabía que *no* saber dónde estaba su familia carcomería a Nesryn tanto como el terror del día anterior, cuando no sabía si habían sobrevivido. Así que agregó, con toda la calma que logró reunir:

—Esto que tenemos no puede funcionar si no me dices dónde estás o si tus planes cambian.

—Estaba en su casa, cenando. Perdí la noción del tiempo. Me rogaron que me quedara con ellos.

—Sabes que deberías haberme avisado. Después de toda la mierda que hemos pasado.

—No tengo nada que temer en esta ciudad, en este lugar.

El tono hiriente de las palabras de Nesryn implicaba con claridad que en Rifthold... en Rifthold sí tenía algo que temer.

Él odiaba que ella se sintiera así. Lo odiaba, pero...

—¿No estamos luchando justo por eso? ¿Para que nuestras propias tierras puedan volver a ser seguras algún día?

La expresión de ella se cerró.

—Sí.

Terminó de desabotonarse la chaqueta, se la quitó y se quedó sólo con la camisa que traía debajo. Luego se echó la chaqueta al hombro.

—Voy a la cama. Nos vemos en la mañana.

No esperó a que él le respondiera; se fue a su habitación y cerró la puerta.

Chaol se quedó sentado en la sala durante varios minutos, esperando a que ella volviera a salir. Y cuando finalmente dejó que Kadja lo llevara a su habitación y le ayudara a cambiarse para dormir, después de que la doncella apagó las velas y se marchó con sus pasos silenciosos, Chaol siguió esperando que su puerta se abriera.

Pero Nesryn no entró. Y él no podía ir con ella, no sin hacer que la pobre Kadja tuviera que levantarse de donde fuera que durmiera, siempre al pendiente de cualquier sonido que indicara que la necesitaba.

Seguía esperando a Nesryn, cuando el sueño finalmente lo venció.

CAPÍTULO 8

Yrene se aseguró de llegar a tiempo a la mañana siguiente. No mandó avisar antes de presentarse, pero estaba casi segura de que lord Westfall y la nueva capitana estarían esperándola a las diez. Aunque por las miradas de la noche anterior, se preguntó si siquiera debería regresar.

Que él pensara lo que quisiera.

Dudó si esperar hasta las once, porque Hasar y Renia la habían llevado a beber —o más bien, Yrene las miró beber mientras ella se dedicó a dar sorbitos de su copa de vino toda la noche— y no regresó a su habitación en la Torre hasta casi las dos de la mañana. Hasar le ofreció quedarse en una habitación del palacio, pero, como apenas habían logrado eludir a Kashin para evitar que insistiera en acompañarlas a la taberna elegante y silenciosa que visitaron en el concurrido Barrio de la Rosa, Yrene prefirió no arriesgarse a encontrárselo de nuevo.

Honestamente, ya le urgía que el khagan le ordenara a sus hijos que regresaran a sus diversos puestos. Ya se habían quedado demasiado tiempo tras la muerte de Tumelun, tema que Hasar seguía negándose a mencionar siquiera. Yrene casi no conocía a la princesa más joven porque la chica pasaba la mayor parte de su tiempo con Kashin y entre los darghan en las estepas y en las ciudades amuralladas de sus alrededores. Pero en esos primeros días después de que encontraron el cuerpo de Tumelun, cuando Hafiza confirmó en persona que la chica había saltado del balcón, Yrene sintió la necesidad de buscar a Kashin, para ofrecerle el pésame, sí, pero también sólo para ver cómo estaba.

Yrene lo conocía lo suficiente como para saber que, a pesar del estilo sencillo y poco ostentoso que lucía frente a los demás, de aparentar ser el soldado disciplinado que comandaba con valentía a los ejércitos terrestres de su padre y todas sus órdenes... debajo de ese rostro sonriente, se agitaba un mar de pesar. Ella sabía que se estaría preguntando qué podría haber hecho para evitar la muerte de su hermana.

Las cosas se habían puesto incómodas y espinosas entre Yrene y Kashin, pero... a ella todavía le importaba el príncipe. No obstante, no lo había buscado; no había querido abrir esa puerta que pasó meses intentando cerrar.

Se odiaba a sí misma por ello y pensaba en eso al menos una vez al día. En especial cuando veía las banderas blancas que revoloteaban por toda la ciudad y en palacio. En la cena del día anterior, hizo su mejor esfuerzo para que no se le cayera la cara de vergüenza por haberlo ignorado; además, sufrió al escuchar sus palabras de alabanza por el orgullo que todavía se le notaba a Kashin cuando hablaba de ella.

"Tonta", le había dicho Eretia en más de una ocasión después de que Yrene le confesó, durante una sanación particularmente difícil, lo que había ocurrido en las estepas el invierno anterior. Yrene sabía que Eretia tenía razón, pero... bueno, ella tenía otros planes para su vida. Sueños que no quería, que no podía, posponer o abandonar del todo. Así que cuando Kashin y los demás hijos del khagan regresaran a sus puestos de mando... todo volvería a ser más fácil. Mejor.

Pero preferiría que el regreso de lord Westfall a su odioso reino no dependiera tanto de su ayuda.

Yrene intentó controlar su expresión, enderezó los hombros y tocó la puerta de la habitación. La doncella de rostro hermoso le abrió antes de que el eco dejara de resonar en el pasillo.

Había tantos sirvientes en el palacio que Yrene sólo se sabía el nombre de unos cuantos, pero a esta chica la había visto antes, había notado su belleza. Yrene le hizo un gesto a modo de agradecimiento y entró.

Los sirvientes recibían un excelente salario y eran tratados muy bien; tan era así que la competencia por conseguir un puesto en el palacio era feroz, en especial porque los puestos tendían a permanecer dentro de las mismas familias y cualquier vacante solía ser ocupada por sus miembros. El khagan y su corte trataban a sus sirvientes como personas: les otorgaban todos sus derechos y la protección de la ley. Esto a diferencia de Adarlan, donde muchos vivían y morían con grilletes; a diferencia de los esclavizados en Calaculla y Endovier, que no tenían permitido ver el sol ni respirar aire fresco. Lo que se traducía en familias enteras que quedaban destrozadas.

En la primavera, Yrene se había enterado de las masacres en las minas. De la carnicería. El recuerdo fue suficiente para hacerle desaparecer la expresión neutral del rostro al entrar a la sala lujosa. Desconocía cuál sería el asunto que estos huéspedes querían tratar con el khagan, pero sin duda estaban bien atendidos.

Lord Westfall y la joven capitana estaban sentados precisamente en los mismos lugares que habían ocupado el día anterior. Ninguno de los dos se veía contento.

De hecho, ni siquiera se miraban el uno al otro.

Bueno, por lo menos, nadie se molestaría en fingir ser agradable ese día.

El lord ya estaba midiendo a Yrene; sin duda había notado que todavía traía puesto el mismo vestido azul del día anterior y los mismos zapatos.

Yrene tenía cuatro vestidos: el morado que había usado la noche anterior en la cena era el más fino. Hasar siempre prometía conseguirle ropa mejor, pero nunca lo recordaba al día siguiente. A Yrene en realidad no le importaba. Si aceptara la ropa, se sentiría obligada a visitar el palacio con más frecuencia y... Sí, a veces pasaba noches solitarias y en las que se preguntaba en qué demonios había estado pensando cuando rechazó a Kashin y se recordaba a sí misma que la mayoría de las chicas del mundo matarían y se desvivirían por una invitación abierta al palacio. Sin embargo, ella no permanecería en este lugar por mucho tiempo. No tenía caso.

—Buenos días —le dijo la nueva capitana, Nesryn Faliq.

La mujer parecía más concentrada. Más tranquila. No obstante, se percibía una nueva tensión entre ella y lord Westfall...

Eso no era asunto suyo, a menos que llegara a interferir con la sanación.

—Hablé con mi superior.

Era mentira aunque técnicamente *sí* había hablado con Hafiza.

—¿Y?

El lord todavía no pronunciaba palabra. Se le habían formado unas ojeras oscuras bajo los ojos castaños y su piel bronceada se notaba más pálida que el día anterior. La expresión de Chaol no le permitió discernir a Yrene si estaba sorprendido de que ella hubiera regresado.

Yrene se recogió la parte delantera del cabello con una pequeña peineta de madera y dejó suelta la parte de atrás. Esa media coleta era el peinado que más le acomodaba para trabajar.

—Y me gustaría que volvieras a caminar, lord Westfall.

La mirada de Chaol no reflejó ninguna emoción. Sin embargo, Nesryn dejó escapar una exhalación trémula y se recargó contra los cojines del sofá dorado.

—¿Qué tan probable es que tengas éxito?

—He curado lesiones en la columna. Aunque se trataba de un jinete que cayó de su caballo y no de una herida en batalla; ciertamente no era una herida hecha con magia. Haré lo mejor que pueda, pero no les garantizo nada.

Lord Westfall no dijo palabra, ni siquiera se movió en su silla.

"Di algo", le exigió Yrene con la mirada puesta en sus ojos fríos y cansados.

Él miró la garganta de la sanadora: la cicatriz que ella no permitió que Eretia le sanara cuando ésta se ofreció a hacerlo el año anterior.

—¿Será necesario que lo atiendas todos los días durante varias horas? —preguntó Nesryn con palabras serenas, casi sin expresión, y, sin embargo... Esta mujer no era una criatura que pudiera vivir enjaulada. Aunque la jaula fuera de oro, como en la que estaban.

—Recomendaría —le respondió a Nesryn por encima del hombro— que si tienes otras obligaciones, capitana, aproveches estas horas para realizarlas. Te mandaré llamar si te necesito.

—¿Quién lo moverá?

La mirada del lord centelleó al escucharla.

Y aunque Yrene hubiera querido lanzarlos a ambos a los ruks, notó la furia apenas contenida del lord y el autodesprecio que él sentía al escuchar esas palabras, por lo que dijo sin darse cuenta:

—Yo puedo hacer lo que haga falta, pero creo que lord Westfall es perfectamente capaz de transportarse solo.

Algo similar a la gratitud se reflejó en el rostro de Chaol, pero sólo se dirigió a Nesryn:

—Yo puedo hacer mis propias malditas preguntas.

Nesryn pareció sentir algo de culpa por un momento y su cuerpo se tensó; pero asintió, se mordió el labio y le murmuró a Chaol:

—Ayer me hicieron unas invitaciones —la mirada de Chaol le indicó que entendía—. Planeo averiguar bien de qué tratan.

Era prudente... no hablar con claridad sobre cuáles serían sus movimientos.

Chaol asintió con seriedad.

—Mándame un mensaje esta vez.

Yrene lo había notado preocupado durante la cena al ver que Nesryn no regresaba. Era un hombre acostumbrado a que la gente que le importaba permaneciera donde él pudiera verla y ahora su capacidad de protegerlos personalmente era limitada. Se guardó esa información para uso posterior.

Nesryn se despidió de ambos, del lord quizás con mayor sequedad, y se marchó.

Yrene esperó hasta escuchar que la puerta se cerraba.

—Fue inteligente no hablar en voz alta de sus planes.

—Por qué.

Eran las primeras palabras que le dirigía a Yrene.

Ella movió la barbilla hacia las puertas abiertas que daban al recibidor.

—Las paredes oyen... y hablan. Y toda la servidumbre recibe sueldos de los hijos del khagan o de los visires.

—Pensé que el khagan les pagaba a todos.

—Oh, sí, lo hace —dijo Yrene y fue por el pequeño bolso que había dejado junto a la puerta—. Pero sus hijos y los visires compran la lealtad de los sirvientes por otros medios. Favores, lujos y estatus a cambio de información. Yo sería muy cuidadosa con aquella persona que te hayan asignado.

A pesar de lo dócil que aparentaba ser la doncella que le había abierto la puerta, Yrene sabía que hasta las más pequeñas serpientes podían contener el veneno más letal.

—¿Sabes quién... quién es su amo? —preguntó Chaol aunque pronunció la palabra *amo* como si tuviera un mal sabor.

—No —Yrene respondió simplemente.

Buscó en su bolso y sacó dos frasquitos de líquido color ámbar, un trozo de tiza blanca y unas toallas. Él siguió todos sus movimientos con la mirada.

—¿Tienes esclavos en Adarlan? —preguntó ella, fingiendo desinterés. Como si estuviera haciendo plática mientras se preparaba.

—No. Nunca.

Ella colocó un cuaderno empastado en cuero negro sobre la mesa y arqueó la ceja.

—¿Ni uno?

—Al igual que ustedes, creo que la gente debe recibir un salario por su trabajo. Y creo en el derecho intrínseco del ser humano a la libertad.

—Me sorprende que tu rey te haya dejado vivir si así piensas.

—Estas opiniones me las reservo.

—Eso es más sabio. Es mejor salvar tu pellejo a través del silencio que hablar por los miles que están esclavizados.

Él se quedó inmóvil al escuchar esas palabras.

—Los campos de trabajos forzados y el comercio de esclavos ya no existen. Fue uno de los primeros decretos de mi rey. Yo estuve cuando redactó el documento.

—¿Nuevos decretos para una nueva era, supongo?

Las palabras de Yrene eran más agudas que el juego de cuchillos que usaba para las cirugías o para raspar la carne muerta.

Él le sostuvo la mirada sin titubear.

—Dorian Havilliard no es como su padre. Yo le serví a él durante esos años.

—Y, sin embargo, fuiste el capitán de la guardia del rey anterior. Me sorprende que los hijos del khagan no te estén pidiendo a gritos que les cuentes tus secretos y cómo lograste engañar a ambos tan bien.

Él apretó las manos en los brazos de su silla.

—He tenido que tomar decisiones en el pasado —dijo entre dientes— de las cuales me he arrepentido. Pero lo único que puedo hacer es seguir adelante e intentar corregirlas. Luchar para asegurarme de que no vuelvan a ocurrir —movió la barbilla hacia las cosas que ella había sacado—. Lo cual no puedo hacer mientras siga en esta silla.

—Por supuesto que podrías hacerlo desde la silla —dijo ella con aspereza y lo dijo en serio.

Él no le respondió. Bien. Si él no deseaba hablar de esto... ella tampoco. Yrene movió *su* barbilla hacia el sofá largo y dorado.

—Acuéstate ahí. Sin camisa y boca abajo.

—¿Por qué no en la cama?

—La capitana Faliq estaba presente ayer. No entraría a tu recámara si no está ella.

—Ella no es mi... —dijo él y luego se quedó callado—. No sería un problema.

—Y, sin embargo, anoche fuiste testigo de cómo eso sí podría ser un problema para mí.

—Con...

—Sí —lo interrumpió ella con una mirada deliberada hacia la puerta—. En el sofá estará bien.

Ella había visto la mirada de Kashin durante la cena. La hizo querer deslizarse de su silla y ocultarse bajo la mesa.

—¿Tú no tienes interés en ese asunto? —preguntó él y acercó la silla al sofá para luego empezar a desabotonarse la chaqueta.

—No está en mis planes buscar una vida así.

El riesgo era muy alto.

Se arriesgaría a que los ejecutaran, a ella, su esposo y sus hijos si Kashin decidía desafiar al nuevo khagan, si decidía reclamar el trono. En el mejor de los casos, Hafiza la dejaría estéril, cuando el nuevo khagan hubiera producido suficientes herederos para asegurar la continuación de su linaje.

Kashin le restó importancia a las preocupaciones de Yrene aquella noche en las estepas; se negaba a comprender que existiera una barrera infranqueable entre ellos y que siempre existiría.

Pero Chaol asintió, tal vez porque estaba muy consciente del precio de casarse con quien no resultara el heredero. Kashin nunca lo sería porque los probables seleccionados serían Sartaq, Arghun o Hasar.

—Y no es un tema de tu incumbencia —Yrene agregó, antes de que Chaol pudiera hacer más preguntas.

Él la miró lentamente. No de la manera en que a veces lo hacían los hombres, no como Kashin, pero sí... como si estuviera midiendo a su oponente.

Yrene se cruzó de brazos y distribuyó su peso en los pies, justo como le habían enseñado y como ella le enseñaba ahora a otras. Era una posición firme y defensiva; lista para enfrentar a cualquiera.

Incluso a lords de Adarlan. Él pareció darse cuenta de su posición y apretó la mandíbula.

—Camisa —repitió ella.

Con una mirada que apenas disimulaba su enojo, él se sacó la camisa por la cabeza y la colocó encima de la chaqueta doblada en el brazo redondeado del sofá. Luego se quitó las botas y las calcetas con unos tirones rápidos y brutales.

—Los pantalones también esta vez —le dijo ella—. Puedes quedarte con la ropa interior.

Las manos de Chaol se fueron a su cinturón, pero titubeó.

No podía quitarse los pantalones sin un poco de ayuda, no mientras estuviera en la silla.

Ella no mostró ni un rastro de lástima e hizo un ademán hacia el sofá.

—Súbete, te ayudaré a quitarte la ropa.

Él volvió a titubear. Yrene se puso las manos en la cadera.

—Aunque me gustaría poder decir que eres mi único paciente hoy —mintió—, *sí* tengo otras cosas que hacer. Al sofá, por favor.

Un músculo se movió en la mandíbula de Chaol, pero apoyó una mano en el sofá, la otra en la silla y se levantó.

Tan sólo la fuerza de su movimiento era digna de cierta admiración.

Así de fácil, con los músculos de sus brazos, espalda y pecho pudo levantarse y moverse hacia el sofá, como si llevara toda la vida haciéndolo.

—Has seguido ejercitándote desde... ¿Hace cuánto tiempo que te lesionaste?

—Pasó a mediados del verano pasado —respondió con voz inexpresiva y hueca, mientras pasaba sus piernas al sofá, gruñendo por el peso—. Y sí, hacía algo antes de lesionarme y no veo por qué dejarlo de hacer ahora.

El hombre era de piedra... una roca. La lesión lo había resquebrajado un poco, pero no lo había derrotado. Yrene se preguntó si él lo sabría.

—Bien —dijo ella simplemente—, ejercitar tu torso y tus piernas será parte vital de todo esto.

Él miró sus piernas que se sacudían con los espasmos.

—¿Ejercitar mis piernas?

—Te lo explicaré en un momento —dijo ella y le indicó que se diera la vuelta.

Él obedeció con otra mirada de molestia, pero se acomodó boca abajo.

Yrene se tomó un momento para apreciar la estatura de Chaol. Era tan grande que ocupaba casi todo el sofá. Casi dos metros. Si se volvía a poner de pie sería mucho más alto que ella.

Caminó hacia sus pies y le dio tirones breves y fuertes a sus pantalones para quitárselos. La ropa interior ocultaba lo suficiente, aunque sin duda podía distinguir la forma de su trasero firme a través del material delgado. Pero sus muslos... el día anterior le había palpado los músculos que aún tenía, pero ahora, al verlos...

Empezaban a atrofiarse. Ya carecían de la sana vitalidad del resto de su cuerpo, esos músculos que estaban debajo de su piel bronceada parecían más flojos, más delgados.

Puso una mano en la parte de atrás de un muslo y sintió el músculo debajo del vello.

Su magia pasó de su piel a la de él, buscando y moviéndose entre la sangre y el hueso.

Sí, la falta de uso empezaba a notarse.

Yrene retiró su mano y vio que él la estaba observando con la cabeza recargada en el cojín que se colocó debajo de la barbilla.

—Están empezando a atrofiarse, ¿verdad?

Ella mantuvo la cara inexpresiva como piedra.

—Los miembros atrofiados pueden recuperar su fuerza original, pero sí. Tendremos que concentrarnos en mantenerlas tan fuertes como sea posible, ejercitarlas a lo largo de este proceso, para que cuando te pares —se aseguró de que él escuchara el énfasis ligero en el *cuando*— tengas la mayor fuerza posible en las piernas

—Así que esto no será sólo sanación, sino también entrenamiento.

—Dices que te gusta mantenerte activo. Hay muchos ejercicios que se pueden hacer con una lesión de columna y que harán que la sangre y la fuerza se movilicen hacia tus piernas. Eso contribuirá al proceso de sanación. Yo te supervisaré.

Evitó decir las palabras alternativas: *te ayudaré*.

Lord Chaol Westfall no era un hombre que deseara *ayuda* de la gente. De nadie.

Yrene dio unos pasos a lo largo del cuerpo del paciente para fijarse en su columna. En esa marca pálida y extraña justo debajo de su nuca. En ese primer montículo prominente de su espalda.

Desde antes de tocarlo, el poder invisible que le recorría las palmas de las manos pareció retraerse.

—¿Qué tipo de magia te provocó esto?

—¿Importa?

Yrene colocó la mano sobre la cicatriz, sin tocarla, pero no permitió que su magia la rozara. Apretó los dientes.

—Me serviría para determinar qué tipo de daño podría haber hecho en tus nervios y huesos.

Él no respondió. Típica necedad adarlaniana.

Yrene presionó...

—¿Fue fuego...?

—No fue fuego.

Era una lesión provocada por magia. Debió haber sucedido... él le acababa de decir que a mediados del verano pasado. Tal vez el día en que se rumoraba que la magia había regresado al Continente del Norte; cuando la liberó Aelin Galathynius.

—¿Estabas luchando contra las personas con magia que la recuperaron ese día?

—No —respondió él con sequedad.

Ella vio sus ojos, su mirada dura. Lo vio de verdad.

No sabía qué le habría ocurrido, pero había sido horrible. Lo suficiente para dejarle todas esas sombras y esa resistencia.

Ella había sanado a personas que habían soportado horrores; que no respondían a sus preguntas. Y él quizá le había servido a ese carnicero, pero... Yrene intentó no hacer una mueca cuando se hizo consciente de lo que les aguardaba, de lo que Hafiza probablemente había adivinado antes de asignarle al paciente: las sanadoras con frecuencia no sólo sanaban heridas físicas, sino también el trauma asociado... no mediante la magia, sino... hablando, recorriendo junto al paciente esos caminos duros y oscuros.

Y hacer eso con él... Yrene apartó la idea de su mente. Después.... lo pensaría después.

Cerró los ojos y dejó que su magia se empezara a desplegar. Dejó salir un hilo explorador y le colocó la palma de la mano sobre la salpicadura con forma de estrella que tenía en la parte superior de la columna.

El frío la golpeó de inmediato y las astillas heladas se dispersaron por su sangre y sus huesos.

Yrene retrocedió como si le hubieran dado un golpe físico.

Frío y oscuridad, rabia y agonía...

Apretó la mandíbula e intentó traspasar ese eco en el hueso, hacer que su hilo de magia se adentrara un poco más en la oscuridad.

El dolor debió haber sido insoportable cuando recibió el golpe.

Yrene presionó contra el frío... el frío, la penuria y la crasa *maldad* sobrenatural.

No es magia de este mundo, le dijo algo en su interior. Nada natural ni bueno. Nada que ella conociera, nada que ella hubiera enfrentado.

Su magia gritó pidiéndole que retirara ese hilo, que se alejara...

—Yrene —las palabras de Chaol se escucharon a lo lejos y el viento, la negrura y el *vacío* rugían a su alrededor...

Y luego ese eco de nada... pareció despertar.

El frío la invadió, le quemó las extremidades, se extendió más, la rodeó.

Yrene lanzó su magia en una explosión descontrolada, un fulgor tan puro como la espuma de mar.

La oscuridad retrocedió apenas lo suficiente, como una araña que huye hacia las sombras del rincón... Apenas lo suficiente para que ella pudiera retirar su mano, retirarse *ella misma*, y entonces vio que Chaol la miraba con la boca abierta.

Notó que le temblaban las manos. Luego miró esa mancha de palidez en la piel bronceada. Esa *presencia*... Plegó su magia y la guardó en lo más profundo de su ser, permitiendo que le calentara los huesos y la sangre, que la reconfortara. Y ella también tranquilizó a su magia, una mano interior e invisible acarició su poder, lo consoló.

—Dime qué es eso —dijo Yrene con voz ronca.

Porque nunca había visto, sentido o leído sobre *nada* similar.

—¿Está dentro de mí? —preguntó Chaol con miedo, miedo genuino en la mirada.

Oh, claro que él sabía. Sabía qué tipo de poder le había provocado esa lesión, sabía lo que podría estar ocultándose ahí. Sabía lo suficiente como para sentir temor. Si un poder así existía en Adarlan...

Yrene tragó saliva.

—Creo... creo que es sólo el eco de algo mayor. Como un tatuaje o una marca hecha con fuego. No es algo vivo, pero... —abrió y cerró los dedos. Si sólo explorar la oscuridad con su magia había provocado esa respuesta, entonces, ¿qué sucedería con un ataque frontal?—. Dime qué es. Si voy a tener que lidiar con... con *eso*, necesito saber todo lo que me puedas decir.

—No puedo.

Yrene abrió la boca, pero el lord movió los ojos hacia la puerta abierta. Su advertencia fue comprendida.

—Entonces intentaremos trabajar alrededor de eso —dijo—. Siéntate. Quiero revisar tu cuello.

Él obedeció y ella lo observó contraer el abdomen para erguirse y luego mover las piernas con cuidado para ponerlas en el piso. Bien. No sólo porque tuviera toda esa movilidad, sino también la paciencia firme y clara para trabajar con su cuerpo... Bien.

Yrene se guardó esa información y caminó todavía temblorosa hacia el escritorio donde había dejado los frasquitos de fluido ambarino: aceites para masaje de romero y lavanda, cultivados en las fincas de las afueras de Antica, y de eucalipto, proveniente del lejano sur.

Ella seleccionó el eucalipto. El olor fresco y denso se envolvió a su alrededor cuando destapó el frasco y se dirigió al sofá, junto a Chaol. El aroma era tranquilizador para ambos.

Sentados lado a lado en el sofá, él era mucho más alto que ella. La masa de sus músculos bastaba para que ella dedujera por qué era tan bueno en su puesto. Estar sentada junto a él era distinto, de algún modo, que estar parada junto a él, tocándolo. Sentada junto a un lord de Adarlan...

Yrene no permitió que ese pensamiento siguiera y se puso un poco de aceite en la palma de la mano. Luego se frotó las manos para calentarlo. Él inhaló profundamente, como si quisiera llevar el aroma a cada rincón de sus pulmones. Yrene ya no dijo nada y le puso las manos en la nuca.

Usó movimientos amplios y largos alrededor y hacia abajo de la columna ancha de su cuello y en sus hombros.

Él soltó un gemido profundo cuando ella pasó por encima de un nudo entre su cuello y su hombro, y el sonido del gemido le vibró a Yrene en las palmas de las manos. Entonces el lord se volvió a tensar.

—Perdón.

Ella no hizo caso de la disculpa y presionó los pulgares en esa área. Otro sonido brotó de él. Tal vez no decirle nada, no restarle importancia a su ligera vergüenza era cruel; pero Yrene sólo se recargó con más fuerza y bajó las palmas de las manos por su espalda, evitando acercarse a esa horrenda marca.

Tenía su magia bien controlada y no le permitió a su poder volver a aproximarse a la marca.

—Dime lo que sabes —le murmuró al oído con la mejilla tan cerca que alcanzaba a sentir la barba incipiente que le cubría la mandíbula—. Ahora.

Él esperó un momento, atento a quien pudiera estar cerca. Y cuando las manos de Yrene volvieron a pasar sobre su cuello, para masajearle los músculos que estaban tan tensos que la hacían encogerse un poco, lord Westfall empezó a hablar.

Había que reconocerle a Yrene Towers que sus manos nunca vacilaron mientras Chaol le murmuró al oído todos los horrores que ni siquiera un dios oscuro podría conjurar.

Puertas del wyrd, piedra del wyrd y mastines del wyrd. El Valg y Erawan; y sus príncipes y sus collares. Incluso para él todo esto sonaba como un cuento, algo que quizá su madre le podría haber contado en voz baja en las largas noches de invierno en Anielle, cuando los vientos salvajes aullaban alrededor de la fortaleza de roca.

Él no le dijo nada sobre las llaves. Sobre el rey que había sido esclavizado durante dos décadas. Sobre la esclavización de Dorian. No le dijo quién lo había atacado ni la verdadera identidad de Perrington. Sólo le contó del poder que tenía el Valg, la amenaza que representaba. Que se había aliado con Perrington.

—Entonces el... agente de esos... demonios... Su poder te golpeó aquí —dijo Yrene en un susurro con la mano sobre el punto de su columna. No se atrevía a tocarlo, había evitado el área por completo durante el masaje, como si le diera miedo hacer contacto con ese eco oscuro otra vez. Entonces, movió la mano hacia el hombro izquierdo y reinició su glorioso masaje. Él apenas pudo contener un gemido cuando ella liberó la tensión de su espalda y hombros adoloridos, de sus brazos, su cuello y la parte de abajo de su cabeza.

No se había percatado de lo tensos que estaban esos músculos, de cuánto los había hecho trabajar al entrenar.

—Sí —respondió al fin con voz todavía baja—, la intención era matarme, pero... me salvé.

—¿Qué te salvó? —el miedo ya había desaparecido de su voz. No le quedaba ningún temblor en las manos. Pero tampoco los había reemplazado por calidez.

Chaol ladeó la cabeza y le permitió que trabajara con un músculo tan tenso que lo hacía rechinar los dientes.

—Un talismán que me protegió contra ese mal y un poco de suerte.

Un poco de piedad, en realidad, de un rey que intentó controlar ese último golpe. No como un gesto de consideración hacia él, sino hacia Dorian.

Las manos milagrosas de Yrene se detuvieron. Retrocedió y escudriñó el rostro de Chaol.

—Aelin Galathynius destruyó el castillo de cristal. Por eso lo hizo, por eso tomó Rifthold. ¿Para derrotarlos?

¿Y dónde estabas tú?, era lo que tácitamente exigía saber.

—Sí —respondió él y luego le dijo al oído, con voz apenas perceptible—, ella, Nesryn y yo trabajamos juntos. Con muchos otros.

De los cuales no tenía noticias ni idea de dónde estaban. Luchando, peleando para salvar sus tierras, su futuro, mientras él estaba aquí. Incapaz de conseguir siquiera una audiencia privada con un príncipe, mucho menos con el khagan.

Yrene especuló:

—Ésos son los horrores que se aliaron con Perrington —dijo en voz baja—. Contra los cuales lucharán los ejércitos.

El temor regresó e hizo palidecer su rostro, pero él le respondió con la verdad.

—Sí.

—¿Y tú... tú estarás luchando contra ellos?

Él le sonrió con amargura.

—Si tú y yo podemos resolver esto.

Si logras hacer lo imposible.

Pero ella no le devolvió la sonrisa. Yrene sólo se recargó en el sofá, evaluándolo, precavida y distante. Por un momento, él pensó que diría algo, que le preguntaría algo, pero ella se limitó a sacudir la cabeza.

—Tengo mucho que investigar antes de atreverme a seguir adelante —Yrene hizo un ademán hacia su espalda y él se dio cuenta de que seguía ahí sentado en ropa interior, y tuvo que controlarse para no estirar la mano y recoger su ropa.

—¿Es arriesgado... para ti?

Si era así...

—No lo sé. Yo... En realidad nunca me he topado con algo como esto. Tengo que investigar antes de empezar a tratarte y de diseñar un régimen de ejercicio. Necesito investigar un poco en la biblioteca de la Torre esta noche.

—Por supuesto.

Si esa maldita lesión hacía que ambos salieran perjudicados en el proceso, rechazaría su ayuda. No sabía qué demonios haría, pero no le permitiría que lo tocara... por el riesgo que ella corría, por su esfuerzo...

—No me dijiste cuál era tu cuota... por tu ayuda.

Debía ser exorbitante. Si le habían enviado a la mejor, si tenía semejante habilidad...

Yrene frunció el ceño.

—Si así lo deseas, puedes hacer un donativo para el mantenimiento de la Torre y su personal, pero no hay cuota, no se espera nada de los pacientes.

—¿Por qué?

Ella metió la mano a su bolsillo cuando se puso de pie.

—Este don me lo concedió Silba. No es correcto cobrarle a los demás por algo que yo recibí gratuitamente.

Silba, la diosa de la sanación.

Él conocía a otra joven que tenía la bendición de los dioses. No le cabía duda de por qué ambas tenían ese fuego incontrolable en la mirada.

Yrene recogió el frasco del aceite de olor encantador y empezó a empacar sus cosas.

—¿Por qué decidiste regresar a ayudarme?

Yrene se detuvo y su cuerpo esbelto se tensó. Luego volteó a verlo.

Una ráfaga de viento entró desde el jardín y le voló los mechones de cabello que todavía tenía medio recogido sobre el pecho y los hombros.

—Pensé que tú y la capitana Faliq en algún momento podrían usar mi negativa en contra mía.

—No planeamos vivir aquí para siempre —respondió Chaol, sin hacer caso de lo que ella dejaba implícito.

Yrene se encogió de hombros.

—Yo tampoco.

Terminó de guardar el resto de sus cosas en el bolso y se dirigió hacia la puerta.

—¿Planeas regresar? —con esa pregunta él logró detenerla.

¿A Fenharrow? ¿Al infierno?

Yrene miró hacia la puerta, hacia los sirvientes que escuchaban, en espera, en el vestíbulo del otro lado.

—Sí.

No sólo deseaba regresar a Fenharrow, sino también ayudar en la *guerra*. Porque en esta guerra se necesitarían sanadoras de manera desesperada. Además, no era de sorprenderse que ella hubiera palidecido ante los horrores que él le susurró al oído. No sólo por lo que enfrentaría, sino por aquello que podría intentar matarla también.

Y aunque tenía el rostro todavía pálido, cuando vio que él arqueaba las cejas, añadió:

—Es lo correcto. Con todo lo que se me ha concedido... toda la amabilidad que se ha derramado sobre mí.

Él pensó en aconsejarle que se quedara, que no saliera de ahí, que permaneciera a salvo y protegida. Pero detectó el recelo en su mirada mientras esperaba su respuesta. Chaol sabía que era muy probable que ya le hubieran advertido que no se fuera. Tal vez ya la habían hecho dudar un poco.

—La capitana Faliq y yo no somos del tipo de personas que guardan rencor, que intentarían castigarte por esto —terminó, en cambio, por decirle.

—Pero tú le serviste a un hombre que sí hacía esas cosas. *Y probablemente actuabas en su nombre.*

—¿Me creerías si te dijera que él le daba el trabajo sucio a otros que no estaban bajo mi mando y que con frecuencia no me informaba?

La expresión del rostro de la sanadora fue su respuesta. Ella extendió la mano hacia la manija de la puerta.

—Yo sabía —dijo él en voz baja— que había hecho y estaba haciendo cosas innombrables. Sabía que había fuerzas que habían luchado contra él cuando yo era niño y que las había hecho pedazos. Yo... para convertirme en capitán tuve que ceder ciertos... privilegios. Bienes. Y lo hice de forma voluntaria porque estaba concentrado en proteger el futuro. En Dorian. Desde que éramos niños, yo sabía que no era como su padre. Sabía que tenía un mejor futuro por delante, siempre y cuando yo pudiera asegurarme de que viviera. Y no sólo que viviera, sino que sobreviviera emocionalmente... si Dorian tenía un aliado, un verdadero amigo, en esa corte de serpientes. Ninguno de nosotros tenía edad suficiente, fuerza suficiente para desafiar a su padre.

Vimos lo que le sucedió a quienes murmuraban sobre rebeliones. Yo sabía que si yo, si *él*, se desviaba un poco de lo establecido, su padre lo mataría aunque fuera su heredero. Así que busqué la estabilidad, la seguridad del *statu quo*.

El rostro de Yrene no se había alterado; no se suavizó ni se endureció.

—¿Qué sucedió?

Chaol al fin buscó su camisa. Por supuesto, pensó, había desnudado una parte de sí mismo mientras estaba sentado ahí, sin ropa.

—Conocimos a alguien. Alguien que nos puso sobre un camino que no dejé de rechazar hasta que me costó demasiado, a mí y a otros. Demasiado. Así que puedes mirarme con resentimiento, Yrene Towers, y no te culparé por eso. Pero créeme cuando te digo que no hay nadie en Erilea que me odie más de lo que yo me odio a mí mismo.

—¿Por el camino que te viste obligado a seguir?

Él se puso la camisa y estiró la mano para tomar sus pantalones.

—Por oponerme a tomar ese camino, por los errores que cometí al hacerlo.

—¿Y qué camino quieres recorrer ahora? ¿Cómo dará forma la Mano de Adarlan a su futuro?

Nadie le había preguntado eso; ni siquiera Dorian.

—Sigo aprendiendo... sigo... decidiendo —admitió—. Pero empezaré con erradicar a Perrington y el Valg de nuestra patria.

Ella notó la palabra que usó: *nuestra*. Se mordió el interior del labio, como si estuviera saboreándolo dentro de su boca.

—¿Qué sucedió exactamente a mediados del verano?

Él no había sido claro. No le había contado sobre el ataque, los días y meses que le precedieron, las consecuencias.

Esa habitación regresó a su mente, la cabeza que rodó por el mármol. El grito de Dorian. Se fundió con otro momento, de Dorian junto a su padre, con el rostro frío como la muerte y más cruel que cualquier nivel del reino de Hellas.

—Te dije lo que sucedió —respondió él sin más.

Yrene lo miró mientras jugueteaba con la correa de su pesado bolso de cuero.

—Enfrentar las consecuencias emocionales de tu lesión será parte de este proceso.

—No necesito enfrentar nada. Sé lo que sucedió antes, durante y después.

Yrene se quedó perfectamente inmóvil y sus ojos demasiado ancianos permanecieron inamovibles también.

—Ya veremos.

El desafío se quedó colgando en el aire entre ellos, el temor se acumuló en el estómago de Chaol y las palabras se coagularon en su boca cuando ella se dio la media vuelta y se marchó.

CAPÍTULO 9

Dos horas después, Yrene recargaba la cabeza en el borde de la bañera excavada en el suelo de roca de la enorme caverna bajo la Torre y miraba hacia la oscuridad escondida en las alturas.

El Claustro Materno estaba casi vacío a media tarde. La única compañía de Yrene era el sonido del agua que brotaba de los manantiales termales, y fluía entre las doce bañeras construidas en el suelo de la cueva, y el goteo del agua que caía de las estalactitas, el cual hacía repiquetear las numerosas campanas que colgaban de cadenas de entre los pilares de piedra clara que emergían de la roca antigua.

Había velas en los nichos naturales de la roca y dispuestas en racimos en los extremos de cada bañera. Su luz volvía dorado el vapor sulfuroso y hacía que los búhos tallados en todas las paredes y pilares resaltaran en sus relieves parpadeantes.

Yrene había colocado una tela gruesa como almohada en el borde de la bañera y ahí recargaba la cabeza. Respiró el vapor espeso del Claustro y vio cómo se elevaba y desaparecía en la oscuridad clara y nítida de arriba. A su alrededor se escuchaba el eco del tañido suave y dulce de las campanas que ocasionalmente era interrumpido por una nota solitaria y definida.

Nadie sabía quién había empezado a llevar las campanas de plata, vidrio y bronce a la cámara abierta del Claustro Materno de Silba. Algunas campanas llevaban tanto tiempo ahí que estaban incrustadas de depósitos minerales y el sonido que producían cuando el agua caía de las estalactitas era sólo un ligero *plop*. Pero era una tradición, una en la que la misma Yrene había participado, que todas las nuevas acólitas eligieran y llevaran una campana; le grabaran su nombre y su fecha de ingreso a la Torre, y que luego encontraran un sitio para colocarla, antes de sumergirse por primera vez en las bañeras borboteantes del Claustro. La campana colgaría ahí por toda la eternidad, ofreciendo música y orientación a todas las sanadoras futuras: las voces de sus hermanas amadas que les cantarían por siempre.

Y si consideramos cuántas sanadoras habían pasado por los pasillos de la Torre; si consideramos todas las campanas, grandes y pequeñas, que colgaban ahora en este espacio... Todo el recinto, casi del tamaño del gran salón del khagan, estaba lleno de los tañidos que rebotaban haciendo ecos y mezclándose. Un sonido constante que le llenaba la cabeza y los huesos a Yrene, mientras descansaba en el calor delicioso.

Un arquitecto de la antigüedad había descubierto los manantiales termales debajo de la Torre y construyó una red de bañeras en el suelo de modo que el agua circulara entre ellas con un flujo constante de calidez y movimiento. Yrene puso la mano contra una de las entradas de agua en el costado de la bañera y la sintió correr entre sus dedos en su camino hacia la tubería de salida, por donde regresaría al cauce en sí y sería devuelta al corazón dormido de la tierra.

Yrene inhaló profundamente otra vez y se apartó el cabello húmedo que tenía pegado en la frente. Antes de entrar a la bañera se había lavado, como se requería que hicieran las sanadoras, en una de las pequeñas antecámaras fuera del Claustro, para limpiarse el polvo, la sangre y la suciedad del mundo exterior. Después de lavarse, una acólita la recibió con una bata color lila, el color de Silba, para que Yrene la usara dentro del Claustro Materno. La había dejado junto a la bañera para sumergirse totalmente desnuda, salvo por el anillo de su madre.

Entre los vapores humeantes, Yrene levantó la mano frente a su rostro y observó el anillo, la manera en que la luz se doblaba en el oro y resplandecía en el granate. A su alrededor, las campanas sonaban, tarareaban y cantaban; su música se mezclaba con los sonidos del agua. Yrene al fin se dejó llevar por el arroyo de sonido viviente.

Agua es el elemento de Silba. Bañarse en las aguas sagradas de este sitio, aguas que no habían sido tocadas por el mundo exterior, era adentrarse en la sangre vital de la misma Silba. Yrene sabía que no era la única sanadora que había entrado a estas aguas y se había sentido acunada en la calidez de la matriz de Silba. Como si este espacio hubiera sido creado sólo para ellas.

Y la oscuridad que se extendía sobre ella... era distinta a lo que había visto en el cuerpo de lord Westfall. Lo opuesto a esa negrura. La oscuridad encima de ella era la de la creación, el descanso y el pensamiento sin formar.

Yrene se quedó mirándola, mirando hacia el seno materno de la misma Silba. Y podría haber jurado que sintió que algo la miraba de regreso. Escuchando, mientras ella meditaba sobre todo lo que le había dicho lord Westfall. Cosas que provenían de antiguas pesadillas. Cosas de otros reinos. Demonios. Magia oscura. Lista para ser liberada en su hogar. Incluso en esas aguas tranquilizadoras y cálidas, a Yrene se le heló la sangre.

En esos campos de batalla al norte había anticipado que tendría que tratar heridas por armas punzocortantes y flechas o huesos rotos. Había anticipado tener que tratar las enfermedades que solían propagarse en los campamentos militares, en especial en los meses fríos. Pero no había considerado tener que lidiar con heridas provocadas por criaturas que destruían el alma, además del cuerpo. Que usaban garras, dientes y veneno. El poder malvado que estaba enroscado alrededor de la lesión en la columna de lord Chaol... No era un hueso fracturado ni nervios enredados.

Bueno, técnicamente sí lo *era*, pero esa magia nefasta estaba atada a ella. Enlazada con la lesión.

Todavía no lograba deshacerse de esa sensación aceitosa, la sensación de que algo ahí dentro se había movido. Había despertado.

El sonido de las campanas iba y venía, e incitaba a su mente a descansar, a abrirse.

Iría a la biblioteca en la noche. Buscaría información sobre todo lo que el lord le había contado, averiguaría si alguien había escrito algo sobre las lesiones provocadas con magia.

Pero esa herida no dependería sólo de ella para sanar.

Ella se lo sugirió antes de marcharse. Pero luchar contra eso que estaba en su interior... ¿Cómo?

Yrene movió los labios para formar la palabra entre el vapor y la oscuridad, entre el silencio de las campanas y el borboteo.

Todavía podía ver cómo había retrocedido su hilo de magia, todavía podía sentir la repulsión que le había provocado ese poder nacido de demonios. Era lo opuesto a ella, lo opuesto a su magia. En la oscuridad que flotaba sobre ella podía verlo todo. En la oscuridad a lo lejos, en el fondo de la matriz terrenal de Silba... la llamaba.

Como si dijera: "Debes adentrarte por donde temes caminar".

Yrene tragó saliva. Entrar en ese agujero podrido de poder que se había afianzado en la espalda del lord...

"Debes adentrarte", susurró la dulce oscuridad y el agua cantó con ella mientras fluía a su alrededor para luego alejarse. Como si estuviera nadando en las venas de Silba.

"Debes adentrarte", murmuró de nuevo y la oscuridad sobre ella pareció extenderse, acercarse.

Yrene lo permitió. Y se permitió mirar, moverse hacia las profundidades de esa oscuridad.

Luchar contra esa fuerza podrida dentro del lord, arriesgarse por esa prueba que le había puesto Hafiza, por el hijo de Adarlan, mientras su propia gente estaba siendo atacada o luchaba en esa guerra distante, y cada día que pasaba la retrasaba... "No puedo."

"No quieres", le respondió la oscuridad hermosa.

Yrene se sorprendió. Le había prometido a Hafiza que se quedaría, que lo sanaría, pero lo que acababa de percibir en el lord... Le podría tomar cualquier cantidad de tiempo. Eso si acaso encontraba la manera de ayudarlo. Le había prometido que lo sanaría y aunque algunas de las lesiones requerían que la sanadora recorriera el camino con su paciente, *esta* lesión que tenía él...

La oscuridad pareció retroceder.

"No puedo", insistió Yrene.

No le volvió a responder. A la distancia, como si ella estuviera muy lejos, sonó una campana, clara y pura.

Yrene parpadeó al escuchar el sonido y el mundo recuperó su nitidez. Sus extremidades y su respiración regresaron, como si se hubiera alejado de ellas.

Se asomó a la oscuridad y sólo encontró un espacio negro suave y velado, hueco y vacío, como si lo hubieran desocupado. Estaba y luego no. Como si ella lo hubiera repelido, como si lo hubiera decepcionado.

Yrene sintió que la cabeza le daba vueltas ligeramente cuando se sentó y estiró las extremidades, que se le habían entumido un poco, incluso en esas aguas llenas de minerales. ¿Cuánto tiempo había estado ahí?

Se frotó los brazos. El corazón le latió con fuerza mientras escudriñaba la oscuridad, como si todavía le pudiera ofrecer otra respuesta de qué debía hacer, qué le aguardaba. Una alternativa.

No llegó ninguna.

Se escuchó un sonido en la caverna que obviamente no era ni el tañido, ni el goteo, ni el movimiento del agua. Una inhalación silenciosa y trémula.

Yrene volteó. El agua le escurría de los mechones de cabello que se le habían escapado del moño de su cabeza y se dio cuenta de que otra sanadora había entrado al Claustro en algún momento y estaba en una bañera del otro lado de las hileras que corrían a lo largo de las paredes. Los velos de vapor le hacían casi imposible identificarla, aunque Yrene no conocía a todas las sanadoras de la Torre por su nombre.

El sonido volvió a recorrer el Claustro e Yrene se enderezó más. Apoyó las manos en el piso fresco y oscuro para ponerse de pie y salir del agua. Los rizos de vapor se elevaban de su piel y extendió la mano para tomar la bata delgada y envolverse en ella. La tela se le quedó pegada al cuerpo empapado.

El protocolo del Claustro estaba bien establecido. Era un lugar para la soledad, para el silencio. Las sanadoras entraban a las aguas para reconectarse con Silba, para centrarse. Algunas buscaban orientación, otras absolución, algunas sólo relajarse después de un día difícil lleno de emociones que no podían mostrar frente a sus pacientes, que tal vez no podían mostrar frente a nadie.

Y aunque Yrene sabía que la sanadora del otro lado del Claustro tenía derecho a su espacio, y consideró irse y concederle su espacio para llorar...

Los hombros de la mujer se sacudían y se alcanzó a escuchar otro sollozo apagado.

Con pasos casi silenciosos, Yrene se acercó a la sanadora en la bañera. Vio los riachuelos que corrían por su joven rostro, su piel morena y cabello color ocre con destellos dorados, casi idéntico al de Yrene. Vio la desolación en los ojos amarillentos de la mujer que miró hacia la oscuridad en lo alto. Las lágrimas goteaban de su mandíbula delgada y caían al agua ondeante.

Algunas lesiones no se podían sanar. Algunas enfermedades no se podían detener, ni siquiera con los poderes de las sanadoras, si ya habían echado raíces demasiado profundas. Si la sanadora llegaba demasiado tarde. Si no reconocía las señales correctas.

La sanadora no miró a Yrene cuando se sentó en silencio junto a su bañera, con las rodillas pegadas al pecho, y luego la tomó de la mano y entrelazó sus dedos con los de ella.

Así que Yrene se quedó ahí sentada, sosteniendo la mano de la sanadora que lloraba en silencio, mientras el vapor se elevaba lleno del tañido límpido y dulce de esas campanas.

—Tenía tres años —la mujer de la bañera murmuró, después de varios minutos.

Yrene le apretó la mano húmeda. No había palabras que la pudieran consolar, tranquilizar.

—Desearía —dijo la mujer con la voz entrecortada mientras todo su cuerpo se sacudía y la luz de la vela rebotaba por su piel morena clara—. A veces desearía no haber recibido este don.

Yrene se quedó inmóvil al escuchar esas palabras.

La mujer al fin volteó a verla y buscó en la cara de Yrene, buscó un destello de reconocimiento en su mirada.

—¿Tú te has llegado a sentir así?

Era una pregunta cruda y franca.

No. No se había sentido así. Nunca. Ni siquiera cuando el humo de la inmolación de su madre le quemaba los ojos y supo que no podría hacer nada para salvarla. Nunca había odiado el don que le había sido concedido porque, en todos esos años, nunca había estado sola gracias a él. Incluso cuando la magia desapareció en su tierra, Yrene la podía sentir, como una mano cálida sobre su hombro. Un recordatorio de quién era, de dónde provenía, un lazo viviente que la unía con incontables generaciones de mujeres Towers que habían recorrido ese mismo camino antes que ella.

La sanadora buscó la respuesta que quería en los ojos de Yrene. La respuesta que Yrene no le podía dar. Así que Yrene sólo le apretó la mano de nuevo y miró hacia la oscuridad.

"Debes adentrarte por donde temes caminar."

Yrene supo lo que tenía que hacer. Y deseó no saberlo.

—¿Y bien? ¿Yrene ya te sanó?

Sentado en la mesa de honor en el salón del khagan, Chaol volteó a ver el lugar donde estaba sentada la princesa Hasar, a cierta distancia. Una brisa fresca que anunciaba la lluvia entró por las ventanas abiertas y removió las banderas blancas que colgaban de la parte superior de los marcos.

Kashin y Sartaq los voltearon a ver; el segundo miró a su hermana con un gesto desaprobatorio.

—Por muy talentosa que sea Yrene —dijo Chaol con cautela, consciente de que muchos los estaban escuchando aunque él no los pudiera ver—, apenas estamos en las primeras etapas de un proceso que probablemente será largo. Esta tarde se fue a investigar algunas cosas en la biblioteca de la Torre.

Los labios de Hasar se enroscaron en una sonrisa envenenada.

—Qué suerte para ti que vayamos a contar con el placer de tu compañía durante un buen rato.

Como si él quisiera quedarse voluntariamente más tiempo ahí.

—Cualquier oportunidad para que nuestras tierras construyan vínculos es bienaventurada —Nesryn respondió, todavía con buen ánimo luego de las horas que había pasado con su familia esa tarde.

—Vaya que sí —fue lo único que dijo Hasar y devolvió su atención con desgana al platillo frío de ocra y tomate frente a ella. La amante de Hasar no estaba, Yrene tampoco.

El miedo que había sentido la sanadora ese día... Chaol casi lo había podido saborear en el aire. Pero ella se había logrado controlar por su pura fuerza de voluntad... fuerza de voluntad y temperamento, supuso Chaol y se preguntó cuál de los dos ganaría al final. En realidad, una pequeña parte de él conservaba la esperanza de que Yrene no regresara, aunque fuera sólo por evitar lo que le había dicho que harían también: *hablar*. Discutir cosas. Discutir sobre él. En su siguiente sesión, le aclararía a Yrene que él podía sanar perfectamente bien sin necesidad de hablar.

Durante varios minutos, Chaol permaneció en silencio, observando a todos los comensales y a los sirvientes que iban y venían, y a los guardias en las ventanas y en los arcos.

El cordero picado se convirtió en plomo en su estómago cuando vio sus uniformes, su porte erguido y orgulloso. ¿En cuántas comidas había ocupado él la misma posición junto a las puertas, o en el patio, monitoreando a su rey? ¿Cuántas veces había reprendido a sus hombres por pararse encorvados, por platicar entre ellos, y les había asignado guardias de menor importancia?

Uno de los guardias del khagan notó su mirada y le asintió.

Chaol apartó la vista de inmediato y sintió sudorosas las palmas de sus manos; pero se obligó a seguir observando los rostros a su alrededor, la ropa que usaban y cómo se movían y sonreían.

No había ninguna señal, ninguna, de una fuerza malvada, ni de Morath ni de ninguna otra parte. No había ninguna señal aparte de las banderas blancas para honrar a su princesa caída.

Aelin decía que el Valg tenía una pestilencia particular y él había visto cómo corría sangre negra por sus venas mortales más veces de las que podía contar, pero no podía exigirle a todos en este salón que se hicieran un corte en la mano...

De hecho no era una mala idea, si lograba hablar a solas con el khagan para convencerlo de que diera la orden. De ese modo, podrían registrar a los que huyeran o dieran excusas.

Una audiencia con el khagan para convencerlo del peligro y quizá para hacer *algún* progreso en su alianza; para evitar que los príncipes y las princesas sentados a su alrededor tuvieran que usar un collar del Valg, y para que sus seres amados nunca supieran lo que significaba verlos a la cara y no encontrar nada salvo crueldad antigua sonriéndoles de regreso.

Chaol inhaló hondo para tranquilizarse y luego se inclinó al frente, en dirección al sitio donde el khagan cenaba a unos cuantos lugares, inmerso en conversación con un visir y la princesa Duva.

La que ahora era la hija más joven del khagan parecía observar más que participar en la plática, pero, aunque su rostro hermoso se suavizaba con una sonrisa dulce, sus ojos no perdían detalle. Cuando el visir hizo una pausa para darle un sorbo a su vino, Duva volteó hacia su esposo a su izquierda, Chaol se aclaró la garganta y le dijo al khagan:

—Me gustaría volverle a agradecer, Gran Khagan, por ofrecerme el servicio de sus sanadoras.

El khagan deslizó sus ojos duros y cansados hacia él.

—No son más mías que tuyas, lord Westfall —y devolvió la atención al visir que le frunció el ceño a Chaol por haberlo interrumpido.

—Tenía la esperanza de que me concediera el honor de reunirme con usted en privado —Chaol continúo.

Nesryn le enterró el codo como advertencia y el silencio recorrió la mesa en una onda expansiva. Chaol se negó a apartar su vista del hombre que estaba frente a él.

—Podrás discutir estas cosas con mi primer visir, quien coordina mi agenda diaria —el khagan se limitó a decir y con un movimiento señaló al hombre de ojos astutos que monitoreaba todo desde el extremo de la mesa. Una mirada a la delgada sonrisa del primer visir le indicó a Chaol que esa junta nunca sucedería.

—Mi enfoque principal sigue siendo apoyar a mi esposa durante su luto.

El brillo de pesar en los ojos del khagan no era fingido. De hecho, no había señal de la esposa del khagan en la mesa, ni siquiera había un lugar para ella.

Un trueno distante retumbó en el silencio denso que se escuchó tras ese comentario. No era ni el sitio ni el momento para insistir. Un hombre de luto que había perdido a su hija... Chaol sería un tonto imprudente si siguiera presionando, además de un patán insuperable.

Chaol inclinó la barbilla.

—Discúlpeme por entrometerme en estos momentos difíciles.

Hizo caso omiso de la sonrisa burlona que se retorcía en el rostro de Arghun, quien lo observaba desde su asiento a un lado de su padre. Duva, al menos, le esbozó una sonrisa compasiva que parecía querer decirle: "No eres el primero a quien le habla así. Dale tiempo".

Chaol le asintió a la princesa y luego devolvió la atención a su propio plato. Si el khagan estaba decidido a no hacerle caso, con o sin luto... tal vez habría otros caminos para obtener información. Otras maneras de conseguir apoyo.

Miró a Nesryn. Ella le había informado antes de la cena que no había tenido suerte para encontrar a Sartaq esa mañana. Pero en ese momento el príncipe estaba sentado frente a ellos, bebiendo de su vino, así que Chaol decidió preguntarle fingiendo desenfado:

—Escuché que tu ruk legendaria, Kadara, está aquí, príncipe.

—Bestia horrenda —murmuró Hasar de mala gana hacia su ocra, lo cual le ganó una media sonrisa de Sartaq.

—Hasar sigue molesta porque Kadara intentó comérsela cuando se conocieron —les confió Sartaq.

Hasar puso los ojos en blanco, aunque se alcanzaba a ver un destello de diversión al fondo de su mirada.

—Deberías haberla oído gritar desde el puerto —dijo Kashin desde su lugar, a unos asientos de distancia.

—¿A la princesa o al ruk? —Nesryn preguntó, para sorpresa de Chaol.

Sartaq rio, un sonido sorprendido y brillante, y sus ojos fríos resplandecieron. Hasar sólo miró a Nesryn con un gesto de advertencia antes de voltearse hacia el visir sentado a su otro lado.

—Ambas —Kashin susurró y le sonrió a Nesryn.

A Chaol se le escapó una risa desde la garganta, aunque la controló al ver la mirada que le lanzó Hasar. Nesryn sonrió e inclinó la cabeza como disculpa de buena fe a la princesa.

Sartaq los observaba de cerca por encima del borde de su copa dorada.

—¿Puedes volar en Kadara cuando estás aquí? —preguntó Chaol.

—Tanto como puedo, por lo general al amanecer. Hoy salimos justo después del desayuno y regresé justo a tiempo para la cena, afortunadamente —Sartaq no tardó en responder.

—Nunca se ha perdido una comida en toda su vida —Hasar le murmuró a Nesryn, sin separarse del visir que le exigía atención.

Kashin ladró con una risa que hizo que hasta el khagan mirara en su dirección y que Arghun frunciera el ceño con desaprobación. ¿Cuándo había sido la última vez que habían reído desde la muerte de su hermana? Por el aspecto hosco del rostro del khagan, tal vez un buen rato.

Pero Sartaq se echó la trenza hacia atrás y luego se dio unos golpes en el abdomen firme debajo de su fina vestimenta.

—¿Por qué crees que vengo a casa tan seguido, hermana, si no es por la buena comida?

—¿Para maquinar y tramar? —preguntó Hasar con dulzura.

La sonrisa de Sartaq se disipó un poco.

—Si tan sólo tuviera tiempo para esas cosas.

Una sombra pareció pasar por el rostro de Sartaq y Chaol se fijó hacia dónde se movía la mirada del príncipe. Las banderas blancas seguían colgando de las ventanas que se abrían en lo alto de los muros del salón y ahora estaban revoloteando con el viento que sin duda anunciaba una tormenta. Sartaq era un hombre que probablemente deseaba tener tiempo adicional para los aspectos más importantes de su vida.

—Entonces, ¿vuelas todos los días, príncipe? —preguntó Nesryn con más suavidad.

Sartaq arrastró la mirada de las banderas fúnebres de su hermana menor hacia Nesryn, a quien vio con atención. Era más guerrero que cortesano, pero asintió: en respuesta a la solicitud no mencionada.

—Así es, capitana.

Cuando Sartaq volteó para responder una pregunta de Duva, Chaol intercambió miradas con Nesryn, lo único que necesitaba para comunicarle su orden.

"Ve al nido en la mañana. Averigua cuál es su posición en lo que respecta a esta guerra."

CAPÍTULO 10

Una tormenta veraniega entró galopando desde el Mar Angosto justo antes de la medianoche.

Aunque estaba refugiada en la enorme biblioteca en la base de la Torre, Yrene sentía cada temblor que provocaban los relámpagos. De vez en cuando, los destellos de los relámpagos recorrían los corredores angostos entre los libreros y pasillos, perseguidos por el viento que se filtraba por las ranuras entre las rocas claras y que apagaba las velas a su paso. La mayoría estaban protegidas dentro de linternas de vidrio, porque los libros y pergaminos eran demasiado valiosos como para arriesgarse a la flama abierta. Pero el viento también las lograba apagar, además de hacer que las linternas que colgaban de los techos arqueados se mecieran y crujieran.

Sentada frente a un escritorio de roble, empotrado en un nicho alejado de las luces brillantes y las áreas más transitadas de la biblioteca, Yrene observaba la linterna de metal que colgaba del arco sobre ella y que se mecía con los vientos de la tormenta. La linterna tenía cortes en forma de estrellas y lunas, rellenos de vidrio de colores, y proyectaba figuras azules, rojas y verdes en la pared de piedra. Las figuras subían y bajaban, un mar viviente de color.

Se escuchó otro trueno, tan fuerte que ella se encogió y la silla antigua en la que estaba sentada crujió en protesta.

Unos cuantos gritos femeninos respondieron al sonido, seguidos de risitas. Eran las acólitas que estudiaban hasta tarde para sus exámenes de la semana entrante.

Yrene rio en voz baja, principalmente se rio de ella misma, y sacudió la cabeza para luego volver a concentrarse en los textos que Nousha le había conseguido unas horas antes.

Yrene y la bibliotecaria en jefe nunca habían sido cercanas, e Yrene ciertamente nunca había sentido ganas de acercarse a ella si se la encontraba en el comedor, pero... Nousha hablaba quince lenguas, algunas muertas, y se había entrenado en la famosa Biblioteca Parvani que se encontraba en la costa oeste, acunada en las tierras de vegetación exuberante y ricas en especias de las afueras de Balruhn. Incluso el gran camino que unía a Balruhn con la enorme Carretera Hermana —la arteria principal que cruzaba el continente y que corría de Antica hasta Tigana— recibía su nombre por la biblioteca: el Camino del Estudioso.

A Balruhn la llamaban la Ciudad de las Bibliotecas. Si la Torre Cesme era el dominio de las sanadoras, la Parvani era el dominio del conocimiento.

Yrene no sabía por qué Nousha había llegado a la Torre hacía tantas décadas, o qué le habían ofrecido para que se quedara, pero era un recurso invaluable. Y a pesar de que no sonreía por naturaleza, Nousha siempre le encontraba a Yrene la información que necesitaba, sin importar qué tan extravagante fuera su petición.

Esta noche, la bibliotecaria no lucía contenta cuando Yrene se le acercó en el comedor, disculpándose profusamente por interrumpir su comida. Yrene podría haber esperado a la mañana, pero tenía clases y después tenía que ir a ver a lord Westfall.

Nousha se reunió con Yrene después de comer y, con los dedos largos doblados frente a su túnica gris, escuchó su historia y lo que ella necesitaba.

Información, lo que pudiera encontrar acerca de heridas provocadas por demonios; heridas provocadas por magia oscura; heridas de fuentes no naturales; heridas que dejaran ecos, pero que no parecieran continuar dañando a la víctima; heridas que dejaran marcas, pero no tejido de cicatrización.

Nousha encontró la información. Montones sobre montones de libros y pergaminos. Los apiló en silencio sobre el escritorio. Algunos estaban en halha. Algunos en el lenguaje de Yrene. Algunos en Eyllwe. Algunos...

Yrene se rascó la cabeza mientras estudiaba un pergamino frente a ella. Le había colocado una piedra suave de ónix en cada esquina para mantenerlo extendido. Había un frasco lleno de estas piedras sobre cada escritorio de la biblioteca.

Incluso Nousha admitió que no reconocía las marcas extrañas: eran runas de algún tipo. Tampoco tenía idea de dónde provenían, sólo sabía que los pergaminos estaban metidos entre los tomos de Eyllwe en uno de los niveles más profundos de la biblioteca, donde Yrene nunca había entrado.

Yrene pasó el dedo sobre la marca que tenía enfrente y trazó sus líneas rectas y arcos curvados.

El pergamino era tan viejo que Nousha la amenazó con desollarla viva si le caía comida, agua o bebida encima. Cuando Yrene preguntó exactamente qué tan viejo, Nousha sólo negó con la cabeza.

—¿Cien años? —preguntó Yrene.

Nousha se encogió de hombros y le dijo que, a juzgar por el lugar donde lo había encontrado, el tipo de pergamino y el pigmento de la tinta, era más de diez veces eso. Yrene sintió miedo de tocar tan insolentemente ese papel y le quitó los pesos de las esquinas. Sin embargo, ninguno de los libros en su propio lenguaje le había proporcionado nada de valor, sólo eran supersticiones antiguas que advertían sobre las personas que deseaban el mal y los espíritus del aire y la podredumbre.

Nada se parecía a lo que lord Westfall había descrito.

Un *clic* débil y distante hizo eco desde la oscuridad a su derecha e Yrene levantó la cabeza. Buscó en la oscuridad, lista para saltar sobre su silla a la primera señal de un ratón.

Parecía que ni siquiera las amadas gatas baast de la biblioteca —treinta y seis hembras, ni una más, ni una menos— podían eliminar todas las plagas, a pesar de que portaban el nombre de la diosa guerrera.

Yrene volvió a buscar en la penumbra a su derecha, con algo de temor, deseando poder llamar a una de las gatas de ojos color berilo para que fuera de cacería. Pero nadie podía llamar a una gata baast. Nadie. Aparecían cuando y donde querían y nunca un momento antes.

Las gatas baast habían vivido en la biblioteca de la Torre desde que ésta empezó a existir, pero nadie sabía de dónde venían o cómo eran reemplazadas cuando la edad se llevaba a alguna. Cada una era tan individual como cualquier humano, salvo por esos ojos color berilo y el hecho de que todas eran igual de capaces de enroscarse sobre las piernas de alguien o de evitar completamente la compañía. Algunas de las sanadoras, viejas y jóvenes por igual, juraban que las gatas podían entrar a una sombra y aparecer en otro nivel de la biblioteca. Otras juraban que habían visto a las gatas pasando las páginas de los libros abiertos, *leyendo*.

Bueno, ciertamente, sería útil si leyeran menos y cazaran *más*. Pero las gatas no obedecían a nada ni a nadie, excepto, tal vez, a la diosa que les daba su nombre, o al dios que había encontrado un hogar tranquilo en la biblioteca, bajo la sombra de Silba. Ofender a una gata baast era ofenderlas a todas e Yrene, aunque amaba a casi todos los animales, con excepción de algunos insectos, siempre se aseguraba de tratar a las gatas con amabilidad. A veces les dejaba trocitos de comida, o les rascaba la panza o la oreja cuando se dignaban a exigirlo.

Pero en ese momento no había señal de esos ojos verdes brillando en la oscuridad, ni de un ratón huyendo, así que Yrene exhaló y colocó con cuidado el antiguo pergamino en la orilla del escritorio antes de tomar un tomo de Eyllwe.

El libro estaba empastado en cuero negro y era pesado como un tope para puerta. Ella hablaba un poco el lenguaje de Eyllwe gracias a que vivió muy cerca de su frontera con una madre que lo dominaba. No obstante, no lo había aprendido de su padre, quien era originario de esas tierras.

Ninguna de las mujeres Towers se había casado y preferían tener amantes que les dejaran un regalo que nacía nueve meses después, o que a veces se quedaban un par de años antes de irse. Yrene nunca conoció a su padre, nunca supo nada sobre él, más allá de enterarse de que fue un viajero que se detuvo en la cabaña de su madre para pasar la noche, para resguardarse de la tormenta fuerte que atravesaba la planicie.

Yrene pasó los dedos sobre el título dorado y pronunció las palabras del lenguaje que no había hablado ni escuchado en años.

—El... El... —dio golpecitos con el dedo sobre el título. Debía haberle preguntado a Nousha. La bibliotecaria ya le había prometido traducir algunos de los otros textos que le llamaron la atención, pero... Yrene suspiró de nuevo—. El... —poema, oda, lírica— la *canción* —exhaló—. *La canción de...* —el inicio, la iniciación— *el principio*.

La canción del principio.

Lord Westfall le había dicho que los demonios, el Valg, eran antiguos. Habían esperado una eternidad para atacar y eran parte de mitos casi olvidados, considerados poco más que cuentos para dormir.

Yrene abrió la portada y se encogió al ver el enredijo poco familiar de escritura en el índice. La letra en sí era vieja, el libro ni siquiera se había hecho en una imprenta. Estaba escrito a mano. Con algunas variantes de palabras que ya habían caído en desuso.

Volvió a verse un rayo e Yrene se frotó las sienes mientras seguía hojeando las páginas polvosas y amarillentas.

Un libro de historia. Eso era.

Algo llamó su atención en una página y retrocedió hasta que encontró de nuevo la ilustración. Estaba hecha con pocos colores: negros, blancos, rojos y una que otra mancha de amarillo. Todo había sido pintado por la mano de un maestro, sin duda era la ilustración de lo que estaba escrito debajo.

La ilustración mostraba un peñasco yermo y un ejército de soldados con armadura oscura arrodillados frente a él. Arrodillados frente a lo que estaba *sobre* el peñasco. Era un portal enorme. No tenía muros a los lados, no tenía una fortaleza detrás. Era como si alguien hubiera construido un portal de roca negra de la nada. No había puertas en el arco. Sólo la *nada* ondulante y negra. Del vacío surgían rayos, una corrupción enferma del sol, que caían sobre los soldados hincados.

Yrene entrecerró los ojos para distinguir las figuras en el primer plano. Tenían cuerpos humanos, pero las manos que sostenían las espadas... tenían garras, estaban retorcidas.

—Valg —susurró Yrene.

Un trueno sonó como respuesta.

Yrene frunció el ceño, dirigió la mirada hacia la linterna que se mecía y sintió las vibraciones del trueno bajo sus pies, subiéndole por las piernas.

Pasó las páginas hasta que encontró la siguiente ilustración. Había tres figuras paradas frente al mismo portal, pero estaban demasiado lejos como para distinguir sus facciones, más allá de que eran cuerpos masculinos, altos y poderosos. Pasó el dedo por el pie de la ilustración y tradujo:

Orcus. Mantyx. Erawan.

Tres reyes del Valg.

Portadores de las llaves.

Yrene se mordió el labio inferior. Lord Westfall no había mencionado esas cosas. Pero si había un portal... entonces necesitarían una llave para abrirlo. O varias. Si el libro tenía información correcta...

El gran reloj del atrio principal de la biblioteca marcó la medianoche.

Yrene pasó las páginas hasta llegar a otra ilustración. Estaba dividida en tres paneles.

Todo lo que el lord le había dicho, ella le había creído, por supuesto, pero... era verdad. Si su lesión no fuera prueba suficiente, estos textos no dejaban otra alternativa.

Porque ahí, en el primer panel, atado sobre un altar de roca oscura... un joven desesperado se esforzaba por liberarse al ver que se acercaba una figura oscura con corona. Algo se arremolinaba alrededor de la mano de esta figura, una especie de serpiente de vapor negro y pensamiento malvado. No era una criatura real.

El segundo panel... hizo que Yrene se encogiera, porque estaba el joven, con los ojos abiertos como platos por la súplica y el terror, y la boca abierta a la fuerza, mientras la criatura de vapor negro entraba por su garganta.

Sin embargo, el último panel fue el que le heló la sangre.

Volvió a verse un rayo que iluminó la última ilustración.

La cara del joven estaba inmóvil, sin emociones. Sus ojos... Yrene miró las dos ilustraciones previas y luego la final. Los ojos eran color plateado en las primeras dos. En la última... se habían puesto negros. Podían pasar por ojos humanos, pero lo plateado había desaparecido y sólo quedaba el impío color obsidiana.

No estaba muerto. Porque lo mostraban levantándose ya sin las cadenas. Ya no era una amenaza.

No... Eso que se le había metido...

El trueno volvió a crujir y se escucharon más gritos y risitas, junto con el sonido de golpes y el traqueteo de las acólitas que ya se iban a dormir.

Yrene estudió el libro que tenía ante ella y los otros montones que Nousha le había dejado.

Lord Westfall había descrito collares y anillos que hacían que los demonios del Valg permanecieran dentro de sus huéspedes humanos. Pero incluso, cuando se los quitaban, dijo, los demonios podían permanecer. Eran simplemente dispositivos de implantación y si se quedaban puestos demasiado tiempo, alimentándose de su huésped...

Yrene negó con la cabeza. El hombre en la ilustración no estaba esclavizado, estaba infestado. La magia provenía de alguien *con* ese tipo de poder. Poder del demonio en el interior.

Se escuchó otro rayo seguido de inmediato por un trueno. Y luego otro *clic*, débil y hueco, proveniente de los estantes poco iluminados a su derecha; más cerca ahora, que momentos antes.

Yrene miró de nuevo hacia la penumbra y se le erizó el vello de los brazos. No era el movimiento de un ratón. Ni siquiera el sonido de uñas felinas en la roca o en los libreros.

Nunca había temido por su seguridad, nunca desde el momento en que la recibieron dentro de estos muros, pero Yrene se quedó inmóvil y miró hacia la penumbra a su derecha. Luego lentamente miró hacia atrás.

El corredor lleno de repisas terminaba en un pasillo más grande que, con una caminata de tres minutos, la llevaría de regreso al atrio principal que siempre estaba vigilado. Cinco minutos, cuando mucho.

Estaba rodeada sólo de sombras, cuero y polvo; la luz se mecía y rebotaba con el movimiento de las linternas.

La magia de sanación no proporcionaba defensas. Lo había descubierto por las malas. Pero durante ese año en la Posada del Cerdo Blanco, había aprendido a escuchar. Había aprendido a leer una habitación, a *percibir* cuando había un cambio en el aire. Los hombres también podían desencadenar tormentas.

El eco vibrante del trueno empezó a desvanecerse y sólo dejó silencio detrás. Silencio y el tronido de las antiguas linternas en el viento. No se volvió a escuchar otro *clic*.

Tonta... tonta por estar leyendo estas cosas tan tarde y durante una tormenta.

Yrene tragó saliva. Las bibliotecarias preferían que los libros permanecieran en la biblioteca, pero...

Cerró el libro de *La canción del príncipe* y lo metió a su bolso. Ya había decidido que la mayoría de los libros que tenía ahí eran inútiles, pero tal vez unos seis, escritos en una mezcla de Eyllwe y otros idiomas, podrían servirle. Yrene los metió todos a su bolso y luego ocultó los pergaminos con cuidado en los bolsillos de su túnica.

No dejaba de ver por encima de su hombro, hacia el pasillo detrás de ella, hacia los estantes a su derecha.

"No me deberías nada si hubieras usado un poco de sentido común." La joven desconocida le había dicho eso aquella noche, después de salvarle la vida. Sus palabras habían permanecido con ella y la seguían afectando. Al igual que las otras lecciones que esa chica le había enseñado.

Y aunque Yrene sabía que se reiría de esto en la mañana, aunque probablemente *sí* se trataba de una gata baast que acechaba algo en las sombras, Yrene decidió hacerle caso a ese miedo, a esa sensación en su espalda.

Aunque podría haber tomado un camino más corto cruzando entre libreros oscuros para llegar al pasillo más rápido, se mantuvo en la luz, con los hombros hacia atrás y la cabeza en alto. Justo como le había dicho esa chica. "Aparenta que darás pelea, que provocarás demasiados problemas para que valga la pena."

Su corazón latía tan rápido que lo podía sentir en los brazos, en la garganta. La boca de Yrene formaba una línea apretada y sus ojos eran brillantes y fríos. Se veía más furiosa que nunca y sus pasos eran cortos y rápidos, como si hubiera olvidado algo o alguien no le hubiera conseguido el libro que necesitaba.

Más y más cerca, se aproximaba a la intersección de ese amplio pasillo principal, donde estarían las acólitas camino a sus camas en sus dormitorios acogedores.

Se aclaró la garganta, lista para gritar.

"No hay que gritar violación ni robo, no hay que gritar nada de lo cual se esconderían los cobardes. Grita: '¡Fuego!'"

—le había instruido la desconocida—. Una amenaza para todos. Si te atacan, grita: '¡Fuego!'"

Yrene había repetido las instrucciones muchas veces, en los últimos dos años y medio, a muchas mujeres. Justo como la desconocida le había ordenado hacer. Pero nunca pensó que fuera a necesitar recitarlas para ella misma.

Apresuró el paso con la mandíbula apretada. No traía armas, salvo por un pequeño cuchillo que utilizaba para limpiar heridas o cortar vendajes... y que en ese momento estaba hasta el fondo de su bolso.

Pero el bolso, lleno de libros... Se enroscó las correas de cuero alrededor de la muñeca y lo sostuvo con fuerza.

Un buen golpe con eso podría tirar a alguien al piso.

Cada vez estaba más y más cerca de la seguridad de ese pasillo...

Por el rabillo del ojo, lo vio. Lo percibió.

Alguien en el librero de al lado, caminando en paralelo a ella.

No se atrevió a voltear. A reconocer su presencia.

Le ardían los ojos y luchaba contra el terror que empezaba a subirle por dentro, arañándola.

Vistazos de sombras y oscuridad que la acechaban, que la cazaban... que se apresuraban para atraparla... para atajar su paso en ese corredor y llevársela hacia la oscuridad.

Sentido común. Sentido común.

Si corría, esa cosa lo sabría. Sabría que ella ya estaba consciente. Podría atacar. Quien quiera que fuera.

Sentido común.

Le quedaban unos treinta metros para llegar al pasillo, las sombras se acumulaban entre las linternas tenues que formaban valiosas islas de luz en un mar de oscuridad.

Podría haber jurado que escuchó unos dedos tamborilear sobre los lomos de los libros del otro lado de la repisa.

Así que Yrene levantó la barbilla y sonrió, riendo alegremente y con la mirada al frente, hacia el pasillo.

—¡Maddya! ¿Qué haces aquí tan tarde?

Apresuró el paso, en especial porque quien la seguía frenó un poco por la sorpresa. Titubeó.

El pie de Yrene chocó contra algo suave, suave y duro a la vez, y tuvo que morderse la lengua para no gritar.

No había visto a la sanadora tirada en posición fetal en las sombras al pie del librero.

Yrene se agachó, tomó a la mujer de los brazos delgados y le dio la vuelta a su cuerpo demacrado...

Las pisadas empezaron a sonar de nuevo justo cuando le dio la vuelta a la sanadora... cuando se tragó el grito que intentó salir despavorido de su garganta.

Mejillas color moreno claro que se habían convertido en un cascarón hueco, manchas moradas debajo de los ojos, los labios pálidos y partidos. El vestido simple de las sanadoras, que probablemente le quedaba bien en la mañana, ahora estaba demasiado holgado, su forma esbelta ahora estaba emaciada, como si algo le hubiera succionado la vida...

Reconoció el rostro, a pesar de su delgadez. Reconoció el cabello con destellos dorados, casi idéntico al suyo. Era la sanadora del Claustro, la que había consolado apenas unas horas antes...

A Yrene le temblaron los dedos mientras le buscaba el pulso debajo de esa piel seca y acartonada.

Nada. Y su magia... No había vida a la cual pudiera acercarse. Nada de vida.

Las pisadas del otro lado de los estantes empezaron a acercarse. Yrene se puso de pie con las rodillas temblorosas, respiró hondo para calmarse un poco y se obligó a seguir caminando. Se obligó a dejar a la sanadora muerta en la oscuridad. Se obligó a levantar su bolso como si nada hubiera pasado, como si le estuviera mostrando su contenido a alguien frente a ella.

Con el ángulo de las repisas, la persona del otro lado no podía saberlo.

—Apenas estoy terminando mi lectura de esta noche —le dijo a su salvación invisible frente a ella. Rezó en silencio para agradecer a Silba que su voz se mantuvo firme y alegre—. Cocinera me está esperando para tomarnos una última taza de té. ¿Quieres acompañarnos?

Aparentar que alguien la estaba esperando: otro truco que había aprendido.

Yrene avanzó otros cinco pasos antes de darse cuenta de que quien la seguía se había detenido de nuevo.

Se había creído su engaño.

Yrene se apresuró para recorrer los últimos metros hacia el pasillo, vio un grupo de acólitas que acababan de salir de otro pasillo de libreros y corrió directamente hacia ellas.

Las chicas abrieron los ojos como platos al ver a Yrene acercarse y lo único que les alcanzó a susurrar fue: "Corran".

Las tres chicas, de apenas unos catorce años, vieron las lágrimas de terror en sus ojos, la palidez de su rostro, y no miraron hacia el sitio de donde había salido. No desobedecieron.

Eran chicas que tomaban su clase. Llevaba ya meses entrenándolas.

Se percataron de que traía las correas de su bolso enredadas en el puño y cerraron filas a su alrededor. Sonrieron ampliamente, como si no pasara nada.

—Vamos con Cocinera por té —les dijo Yrene esforzándose para evitar que le brotara el grito de terror de la garganta. Muerta. Una sanadora estaba *muerta*—. Me está esperando y sonará la alarma si no llego.

Había que reconocerles a las chicas que no temblaran ni mostraran rastro alguno de temor mientras caminaban por el pasillo principal. Tampoco mientras avanzaban hacia el atrio, con su chimenea encendida, sus treinta y seis candelabros, y sus treinta y seis sillones y sillas.

Una gata baast negra y brillante estaba descansando sobre una de esas sillas bordadas junto a la chimenea. Cuando las vio aproximarse, se paró de un salto y bufó con la misma ferocidad que la diosa que les daba el nombre. No les bufó a Yrene ni a las chicas... No, esos ojos color berilo estaban entrecerrados mirando hacia la biblioteca *detrás* de ellas.

Una de las chicas le apretó el brazo a Yrene, pero ninguna se apartó de su lado y se acercaron juntas al enorme escritorio que compartían la bibliotecaria en jefe y su heredera. Detrás de ellas, la gata baast se mantuvo en su sitio, en espera. La bibliotecaria heredera, que tenía el turno de la noche, levantó la vista de su libro al notar todo el movimiento.

—Alguien atacó gravemente a una sanadora entre los libreros cerca del pasillo principal. Saca a todas y llama a la guardia real. *Ahora* —Yrene le murmuró a la mujer de edad mediana que vestía una túnica gris.

La mujer no hizo preguntas. No titubeó ni tembló. Sólo asintió e hizo tañer la campana pegada al borde del escritorio. La bibliotecaria la hizo sonar tres veces. Para alguien de fuera, no representaría nada más que la última llamada. Pero para quienes vivían ahí, para quienes sabían que la biblioteca estaba abierta día y noche...

Primer tañido: Escuchen.

Segundo tañido: Escuchen *ahora*.

La bibliotecaria heredera la hizo sonar una tercera vez, fuerte y clara, y los tañidos hicieron eco por toda la biblioteca y se adentraron a todos los rincones y pasillos oscuros.

Tercer tañido: Salgan.

Yrene había preguntado en una ocasión por qué era necesario y quién lo había instaurado, cuando Eretia le explicó sobre la campana en su primer día, después de haber hecho el juramento de nunca repetir su significado a nadie del exterior. Todas habían hecho ese juramento.

Mucho tiempo atrás, antes de que el khaganato hubiera conquistado Antica, la ciudad pasó de mano en mano, víctima de una docena de conquistas y gobernantes. Algunos de los ejércitos invasores fueron amables; otros no.

Todavía existían túneles debajo de la biblioteca, los cuales se habían utilizado para evadir a los invasores, pero que desde hacía mucho tiempo estaban clausurados. No obstante, la campana de advertencia para los que estaban dentro de la biblioteca continuó existiendo y durante mil años la Torre la conservó. De vez en cuando tenían simulacros, por si acaso... por si algo sucedía.

El eco del tercer tañido rebotó en la roca, el cuero y la madera. Yrene podría haber jurado que escuchó cómo incontables cabezas de levantaron de golpe de donde estaban inclinadas sobre los escritorios. Escuchó el sonido de sillas que se movían y libros que caían.

"Corran —suplicó—. Manténganse en la luz."

Pero Yrene y las demás permanecieron en silencio, contando los segundos... los minutos. La gata baast dejó de bufar y se quedó mirando al pasillo más allá del atrio, con la cola negra moviéndose sobre el cojín de la silla. Una de las chicas al lado de Yrene salió corriendo para advertirle a los guardias de las puertas de la Torre, quienes probablemente habían escuchado los tañidos y ya venían corriendo.

Yrene temblaba cuando escuchó que se aproximaban los pasos apresurados y el roce de sus ropas. Junto con la bibliotecaria heredera, se fijó en cada rostro que iba saliendo, cada rostro de ojos muy abiertos que salía a toda prisa de la biblioteca.

Acólitas, sanadoras, bibliotecarias. Nadie que no debiera estar ahí. La gata baast parecía estar revisando a todas también: esos ojos de berilo veían cosas que tal vez estaban más allá de la comprensión de Yrene.

Armaduras y pasos fuertes. Yrene intentó controlar el alivio sollozante que sintió al escuchar que se aproximaba media docena de guardias de la Torre y que entraban por las puertas abiertas de la biblioteca con la acólita corriendo detrás.

La acólita y sus dos compañeras se quedaron con Yrene mientras ella explicaba. Entre tanto, los guardias pedían refuerzos y la bibliotecaria heredera llamaba a Nousha, Eretia y Hafiza. Las tres chicas se quedaron y dos de ellas sostuvieron las manos temblorosas de Yrene.

No la soltaron.

CAPÍTULO 11

A Yrene se le había hecho tarde.

Chaol la esperaba a las diez, aunque ella nunca le había dicho que llegaría a esa hora. Nesryn se había ido mucho antes de que él se despertara; había ido en busca de Sartaq y su ruk, y lo dejó para que él se bañara y... esperara.

Y esperara.

Después de una hora, Chaol empezó con los ejercicios que podía hacer solo, pero incapaz de soportar el silencio, el calor pesado, el continuo sonido del agua de la fuente de afuera. Sus pensamientos constantemente regresaban a Dorian y se preguntaba hacia dónde estaría dirigiéndose su rey en ese momento.

Ella había mencionado ejercicios, algunos incluirían el movimiento de sus piernas, los cuales quién sabe cómo pensaba lograr; pero si Yrene no se molestaba en llegar a tiempo, entonces él tampoco se molestaría en esperarla.

Le temblaban los brazos cuando el reloj del aparador sonó para indicar que era mediodía: pequeñas campanas de plata sobre la madera labrada que llenaron el espacio con su tañido claro y brillante. El sudor le corría por el pecho, la columna y el rostro cuando logró subirse a la silla. Los brazos le temblaban por el esfuerzo. Estaba a punto de llamar a Kadja para que le trajera una jarra de agua y un trapo fresco, cuando apareció Yrene.

En la sala, escuchó cuando Yrene entró por la puerta principal y luego se detuvo. Le dijo a Kadja, quien esperaba en el vestíbulo:

—Tengo un asunto discreto que necesito que supervises personalmente —silencio obediente—. Lord Westfall requiere de un tónico para una erupción que le está saliendo en las piernas. Es probable que sea una reacción a algún aceite que le pusiste en el baño —hablaba con calma, pero algo no andaba bien. Chaol frunció el ceño y se miró las piernas. No había visto nada en la mañana, pero en realidad no podía percibir el escozor o el ardor—. Necesitaré corteza de sauce, miel y menta. Todo lo puedes encontrar en las cocinas. No le digas a nadie por qué. No quiero que se corra el rumor.

Silencio de nuevo y después se oyó una puerta que se cerraba.

Él vio las puertas abiertas de la sala y la escuchó a *ella* escuchando a Kadja marcharse. Luego un gran suspiro e Yrene entró un momento después.

Lucía fatal.

—¿Qué pasó?

Las palabras se le salieron antes de pensar que no tenía ningún derecho a preguntarle esas cosas. Pero el rostro moreno de Yrene se veía cenizo, sus ojos tenían manchas moradas debajo, su cabello se veía sin vida.

—Hiciste ejercicio —ella sólo repuso.

Chaol miró su camisa empapada en sudor.

—Me pareció una buena opción para pasar el tiempo; no tengo nada mejor que hacer —cada uno de los pasos de Yrene hacia el escritorio era lento, pesado. Chaol repitió—: ¿Qué pasó?

Pero ella llegó al escritorio y siguió dándole la espalda. Él apretó los dientes y pensó si debería ir con la silla hasta donde ella estaba sólo para poder verla a la cara, como en otros tiempos hubiera hecho de inmediato, para entrometerse en su espacio hasta que le dijera qué demonios había sucedido.

Yrene sólo colocó su bolso sobre el escritorio con un golpe seco.

—Si deseas ejercitarte, tal vez sería mejor que lo hicieras en las barracas —dijo mientras lanzaba una mirada irónica a la alfombra—, en vez de sudar encima de las alfombras invaluables del khagan.

Él apretó las manos a sus costados.

—No —fue lo único que respondió. Lo único que *podía* responder.

Ella arqueó la ceja.

—Fuiste capitán de la guardia, ¿no? Tal vez entrenar con los guardias de palacio sería benéfico para...

—*No*.

Ella lo miró por encima del hombro y lo estudió con sus ojos dorados. Él no se inmutó, aunque la cosa que todavía tenía desgarrada en el pecho pareció retorcerse y rasgarse más.

No le cabía duda de que ella se había dado cuenta, no le cabía duda de que ella se había guardado esa información. Una parte de él la odió por eso, pero también se odió a sí mismo porque su testarudez le había revelado esa herida a la sanadora, aunque ella sólo se dio la vuelta y caminó hacia él con expresión indescifrable.

—Me disculpo si empieza a correr el rumor de que tienes una erupción desafortunada en las piernas —sus pasos seguros y con gracia habían sido reemplazados por pies pesados—. Si Kadja es tan lista como creo, le preocupará que la erupción haya sido consecuencia de *sus* cuidados y que eso le pueda provocar problemas, por lo cual no le dirá a nadie. O por lo menos se dará cuenta de que, si se corre la voz, nosotros sabremos que *ella* era la única que lo sabía.

Bien. Seguía sin querer contestar su pregunta.

—¿Por qué querías que se fuera Kadja? —insistió, entonces.

Yrene se dejó caer en el sofá dorado y se frotó las sienes.

—Porque alguien mató a una sanadora en la biblioteca anoche... y luego me persiguió a mí también.

Chaol se quedó inmóvil.

—¿Qué?

Él miró hacia las ventanas, las puertas abiertas del jardín, las salidas. No había nada salvo calor, borboteo de agua y canto de aves.

—Estaba leyendo... sobre lo que tú me contaste —dijo Yrene. Las pecas de su rostro contrastaban mucho contra su piel pálida—. Y sentí que alguien se acercaba.

—¿Quién?

—No lo sé. No lo vi. La sanadora... La encontré cuando estaba huyendo —tragó saliva y su garganta se movió—. Sacamos a todas de la biblioteca y buscamos de arriba abajo después de que... retiramos el cuerpo, pero no encontramos nada.

Negó con la cabeza sin dejar de apretar la mandíbula.

—Lo siento —dijo él, y en verdad lo sentía. No sólo por la pérdida de vida, sino también por lo que parecía ser la pérdida de paz y serenidad de las que habían gozado mucho tiempo. Pero preguntó, porque le era igual de difícil seguir esperando una respuesta, seguir sin evaluar los riesgos, que dejar de respirar—. ¿Qué tipo de lesiones tenía la sanadora?

Una buena parte de él no quería saber la respuesta.

Yrene se recargó en los cojines del sofá. El relleno de pluma suspiró y ella miró el techo dorado.

—La había visto antes. Era joven, un poco mayor que yo. Y cuando la encontré en el piso, parecía como un cadáver disecado hace mucho tiempo. No tenía sangre ni señal de lesiones. Sólo estaba... drenada.

El corazón de Chaol se detuvo por un segundo cuando escuchó la descripción demasiado familiar. Valg. Apostaría todo lo que le quedaba, lo apostaría todo a que tenía razón.

—¿Y quien sea que hizo esto dejó el cuerpo ahí nada más?

Ella asintió. Las manos le temblaban cuando se las pasó por el cabello y cerró los ojos.

—Creo que se dieron cuenta de que habían atacado a la persona equivocada y se retiraron rápidamente.

—¿Por qué?

Ella volteó y abrió los ojos. Se podía ver en ellos un gran cansancio y miedo puro.

—Se parece... se *parecía* a mí —dijo con voz ronca—. Nuestra complexión, nuestro color de piel. Quien haya sido... creo que me estaba buscando a *mí*.

—¿Por qué? —repitió Chaol, mientras se apresuraba para organizar toda la información que ella le había dado.

—Por lo que estaba leyendo anoche, sobre la fuente potencial del poder que te lastimó... Dejé algunos libros sobre el tema en la mesa. Y cuando los guardias buscaron en el área, los libros ya no estaban —volvió a tragar saliva—. ¿Quién sabía que vendrías para acá?

A Chaol se le heló la sangre a pesar del calor.

—No era un secreto —por instinto colocó la mano en la espada que no estaba ahí, la espada que había lanzado al Avery meses atrás—. No lo anunciamos, pero cualquiera podría haberlo averiguado. Mucho antes de que llegáramos aquí.

Estaba sucediendo de nuevo. Aquí. Un demonio del Valg había venido a Antica. En el mejor de los casos, un demonio menor; en el peor, un príncipe. Podría ser cualquiera.

El ataque que describió Yrene concordaba con lo que Aelin le había contado sobre los restos de las víctimas de los príncipes del Valg que ella y Rowan encontraron en Wendlyn. Gente que estaba llena de vida y terminaba convertida en cascarones cuando el Valg se bebía sus mismas almas.

—El príncipe Kashin sospecha que alguien mató a Tumelun —dijo en voz baja.

Yrene se enderezó y el poco color que le quedaba en el rostro desapareció.

—El cuerpo de Tumelun no estaba drenado. Hafiza, la Sanadora Mayor en persona, declaró que había sido un suicidio.

Por supuesto, existía la posibilidad de que las dos muertes no estuvieran conectadas, la posibilidad de que Kashin estuviera equivocado sobre Tumelun. En parte,

Chaol rezó porque así fuera. Pero aunque las muertes no estuvieran relacionadas, lo que había sucedido la noche anterior...

—Tienes que advertirle al khagan —dijo Yrene, quien por lo visto le leyó la mente.

—Por supuesto... por supuesto que lo haré —él asintió, a pesar de lo terrible de toda la situación... Tal vez ésta era la oportunidad que había estado esperando para hablar con el khagan. Pero luego estudió el rostro demacrado de Yrene, el miedo que expresaba y agregó—: Perdón por haberte involucrado en esto. ¿Aumentó la seguridad alrededor de la Torre?

—Sí —contestó ella con una exhalación y se talló la cara.

—¿Y tú? ¿Viniste aquí con un guardia?

Ella le frunció el ceño.

—¿A plena luz del día? ¿En medio de la ciudad?

Chaol se cruzó de brazos.

—Creo que el Valg es capaz de cualquier cosa.

Ella ondeó la mano.

—No pasearé sola por ningún corredor oscuro en el futuro cercano. Nadie en la Torre lo hará. Los guardias ya están apostados en todos los pasillos y hay uno cada pocos metros en la biblioteca. Ni siquiera sé de dónde los sacó Hafiza.

Los Valg de menor rango podían tomar el cuerpo que quisieran, pero sus príncipes eran vanidosos y Chaol dudaba que se molestaran en adoptar la forma de un guardia cualquiera. Preferían jóvenes hermosos.

Un collar y una sonrisa muerta y fría le vinieron a la mente. Chaol exhaló.

—De verdad lamento lo de la sanadora... —en especial si el ataque había sido provocado por su llegada, si estaban persiguiendo a Yrene sólo porque lo estaba ayudando. Luego agregó—: Deberás estar alerta, constantemente.

Ella no le hizo caso a su advertencia y miró alrededor de la habitación, en las alfombras, las palmeras.

—Las chicas, las acólitas jóvenes... Están asustadas. "¿Y tú?"

En el pasado, él se hubiera ofrecido como voluntario para vigilar, para hacer guardia frente a su puerta, para organizar a los soldados, porque él *sabía* cómo operaban estas cosas. Pero ya no era capitán y, de todas maneras, dudaba de que el khagan o sus hombres estuvieran dispuestos a escuchar a un lord extranjero.

—¿Qué puedo hacer para ayudar? —preguntó sin poder evitarlo y sin dejar de lado esa parte de él.

Yrene lo miró y evaluó su oferta. La sopesó. Sin embargo, Chaol percibió que no estaba considerando nada que tuviera que ver con él, sino algo dentro de ella misma. Así que permaneció quieto, no desvió la mirada y esperó a que ella mirara en su interior. Luego de un par de minutos, por fin, inhaló y respondió:

—Doy una clase una vez a la semana. Después de lo de anoche, todas estaban muy cansadas, así que hoy las dejé dormir. Esta noche tendremos una vigilia por la sanadora que... que murió. Pero mañana... —se mordió el labio y dudó por un instante antes de continuar—. Me gustaría que asistieras.

—¿Qué tipo de clase?

Yrene jugó con uno de sus rizos.

—Aquí no se le cobra a las estudiantes, pero pagamos por nuestros estudios de otras maneras. Algunas ayudan en la cocina, con la lavandería, la limpieza. Pero cuando yo llegué, Hafiza... Le dije que yo era buena en todas esas cosas. Las hice por... un tiempo. Me preguntó qué otra cosa sabía hacer aparte de sanar y le dije... —se mordió el labio—, que alguien me había enseñado técnicas de defensa personal. Qué hacer contra los atacantes. Por lo general, del sexo masculino.

Chaol tuvo que esforzarse por no mirar la cicatriz que le cruzaba el cuello a la sanadora. No le sorprendería que hubiera aprendido a defenderse después de eso, o tal vez, ni siquiera eso había sido suficiente.

Yrene suspiró por la nariz.

—Le dije a Hafiza que sabía un poco de eso y que... le había prometido a alguien, a la persona que me enseñó a *mí*, que le enseñaría a tantas mujeres como fuera posible. Así que eso he hecho. Una vez a la semana, le enseño a las acólitas y a otras estudiantes mayores, sanadoras, doncellas o bibliotecarias que tengan ganas de aprender.

Esta mujer delicada de manos suaves... Recordó que él ya había aprendido que la fortaleza podía ocultarse tras los rostros menos probables.

—Las chicas están muy inquietas. No había habido un intruso en la Torre desde hace mucho tiempo. Creo que sería de mucha utilidad que me acompañes mañana para enseñarles lo que sabes.

Él se quedó viéndola un largo rato. Parpadeó.

—Sí te das cuenta de que estoy en una silla, ¿verdad?

—¿Y? La boca todavía te funciona.

Palabras ácidas y duras. Él volvió a parpadear.

—Tal vez no les parezca el instructor más tranquilizador...

—No, probablemente se la pasen embelesadas y suspirando tanto por ti que se les *olvidará* sentir temor.

El tercer parpadeo de Chaol hizo que Yrene sonriera un poco. Una sonrisa sombría. Él se preguntó cómo se vería esa sonrisa si de verdad estuviera divertida, feliz.

—La cicatriz añade un toque de misterio —le dijo antes de que él pudiera recordar que la tenía en la mejilla.

La miró atentamente cuando ella se levantó del sofá y regresó al escritorio para sacar las cosas de su bolso.

—¿De verdad quieres que vaya mañana?

—Tendremos que pensar cómo te *llevaremos* allá, pero no debe ser tan difícil.

—Sólo tienes que embutirme en un carruaje.

Ella se tensó y miró por encima de su hombro.

—Guarda ese enojo para *nuestro* entrenamiento, lord Westfall —sacó un frasquito de aceite y lo colocó sobre la mesa—. Y no irás en ningún carruaje.

—¿Una litera cargada por sirvientes, entonces? —aunque preferiría irse arrastrando.

—Un caballo. ¿Has oído de ellos?

Él apretó los brazos de la silla.

—Se necesitan piernas para montar.

—Entonces es una ventaja que todavía tengas ambas —devolvió su atención a los frascos que traía en su bolso—. Hablé con mi superiora esta mañana. Ha visto personas con lesiones similares que ya montan a caballo, antes de venir a vernos, con la ayuda de correas y arneses especiales. Te están haciendo uno en los talleres en este momento.

Pasaron unos instantes antes de que él terminara de comprender esas palabras.

—Así que asumiste que te acompañaría mañana.

Yrene volteó al fin con el bolso en la mano.

—Asumí que ibas a querer montar de todas maneras.

Él sólo pudo observarla bien hasta que se acercó con el frasco en la mano. Su expresión ya era sólo una ligera irritación petulante; mejor que el miedo descarnado de hace unos momentos.

—¿Crees que será posible? —le preguntó con la voz un poco ronca.

—Sí. Llegaré en la madrugada para que nos dé tiempo de averiguar cómo hacerlo. La clase empieza a las nueve.

Montar... aunque no pudiera caminar, *montar*...

—Por favor, no me generes ilusiones que luego terminarás quitándome —dijo él con voz ronca.

Yrene colocó el bolso y el frasco en la mesa baja que estaba frente al sofá y le indicó a Chaol que se acercara.

—Las buenas sanadoras no hacen eso, lord Westfall.

Él no se había molestado en ponerse la chaqueta ese día y había dejado su cinturón en la recámara. Se quitó la camisa empapada en sudor y empezó a desabotonarse los pantalones.

—Llámame Chaol —dijo después de un momento—. Mi nombre es Chaol, no lord Westfall —gruñó al levantarse para pasar de la silla al sofá—. Lord Westfall es mi padre.

—Bueno, pero tú también eres un lord.

—Sólo Chaol.

—Lord Chaol.

Él volteó a verla, mientras acomodaba sus piernas en el sofá; ella no intentó ayudarle ni ajustarlo.

—Y yo que pensaba que todavía albergabas un resentimiento contra mí.

—Si le ayudas a mis chicas mañana, lo reconsideraré.

A juzgar por el brillo en esos ojos dorados, él dudaba de que eso ocurriera, pero esbozó el principio de una sonrisa.

—¿Hoy hay otro masaje?

"Por favor", estuvo a punto de añadir. Los músculos ya le dolían por el ejercicio y por moverse tanto entre la cama, el sofá, la silla y el baño...

—No —dijo Yrene y le indicó que se recostara boca abajo en el sofá—. Voy a empezar hoy.

—¿Encontraste información sobre esto?

—No —repitió ella y le quitó los pantalones con esa eficiencia fría y rápida—. Pero después de anoche... no quiero esperar más.

—Yo... yo puedo... —apretó los dientes—. Encontraremos la manera de protegerte mientras investigas.

Odiaba esas palabras, las sentía enroscarse como leche agria en su lengua, a lo largo de su garganta.

—Creo que lo saben —respondió ella en voz baja y le puso puntos de aceite a lo largo de la columna—. Pero no estoy segura de que sea la información... lo que quieren evitar que yo encuentre.

Él sintió que el estómago se le contraía, mientras ella recorría su espalda con las manos calmantes. Éstas se quedaron cerca de la mancha en la parte superior.

—¿Qué crees que quieran, entonces?

Él sospechaba, pero quería escucharla decirlo; quería saber si ella pensaba lo mismo, si entendía los riesgos igual que él.

—Me pregunto —dijo ella al fin— si no fue sólo lo que estoy investigando, sino también que te estoy sanando a *ti*.

Él levantó la cabeza para verla cuando terminaron de resonar esas palabras entre ambos. Ella se quedó mirando la marca en la espalda con el rostro cansado y tenso. Probablemente no había dormido.

—Si estás demasiado cansada...

—No lo estoy.

Él apretó la mandíbula.

—Puedes dormir aquí. Yo te vigilaré —por inútil que eso fuera—. Luego puedes seguir trabajando en mí.

—Voy a trabajar ahora. No voy a permitir que me asusten —la voz no le temblaba ni titubeaba. Luego agregó, en voz más baja, pero con igual determinación—: Alguna vez viví con miedo a otras personas. Permití que los demás me pisotearan sólo porque me daban demasiado miedo las consecuencias de rehusarme. No sabía *cómo* rehusarme —lo empujó de la columna con la mano, a modo de orden silenciosa, para que volviera a recargar la cabeza—. El día que llegué a estas costas me deshice de esa chica. Y primero muerta que permitirle volver a salir. O permitir que alguien me *diga* qué hacer con mi vida o mis decisiones de nuevo.

El vello de los brazos de Chaol se erizó al escuchar la rabia latente de su voz. Una mujer hecha de hierro y brasas. En verdad sintió que el calor radiaba de la palma de su mano cuando la deslizó por su columna en dirección a esa mancha blanca.

—Veamos si disfruta que lo maltraten a él para variar... —exhaló.

Yrene colocó la mano directamente sobre la cicatriz. Chaol abrió la boca para hablar... Pero lo que le salió fue un grito.

CAPÍTULO 12

Un dolor quemante y afilado le recorrió la espalda como garras brutales.

Chaol se arqueó aullando de agonía.

La mano de Yrene se apartó de inmediato y se escuchó un golpe fuerte.

Chaol jadeó y, con la respiración entrecortada, se levantó sobre los codos y vio a Yrene sentada en la mesa baja de la sala. El frasco de aceite se había volcado y estaba goteando sobre la madera. Ella se quedó viendo su espalda con la boca abierta, viendo el sitio donde había colocado la mano.

Él no tenía palabras... ninguna más allá del dolor que aún hacía eco en su interior.

Yrene levantó las manos frente a su rostro, como si nunca antes las hubiera visto.

Las volteó hacia un lado y hacia el otro.

—No sólo le desagrada mi magia —exhaló.

A Chaol se le doblaron los brazos y volvió a recostarse en los cojines sin dejar de sostenerle la mirada a Yrene.

—*Odía* mi magia —declaró ella.

—Dijiste que era un eco, que no estaba conectado con la lesión.

—Tal vez estaba equivocada.

—Rowan me sanó sin que tuviéramos este tipo de problemas.

Ella frunció el ceño al escuchar ese nombre y él se maldijo por haber revelado esa parte de su historia en este palacio de oídos y bocas.

—¿Estabas consciente?

Él lo pensó.

—No. Estaba... casi muerto.

En ese momento, ella notó el aceite derramado y dijo una mala palabra en voz baja... fue una palabra mucho menos fuerte que las que salían de otras bocotas con las que él había tenido el placer de convivir.

Yrene empezó a moverse rápido hacia su bolso, pero él fue más veloz y tomó la camisa sudada del brazo del sofá para lanzarla sobre el charco creciente de aceite y evitar que llegara a la alfombra invaluable.

Yrene miró la camisa, luego el brazo estirado de Chaol que tenía casi sobre las piernas.

—Puede ser que tu estado inconsciente durante esa sanación inicial haya evitado que sintieras este tipo de dolor, o tal vez esta cosa todavía no se había... instalado.

A él se le cerró la garganta.

—¿Crees que estoy poseído?

Por esa *cosa* que vivía dentro del rey, que había hecho tantas cosas indescriptibles...

—No, pero el dolor puede sentirse *vivo*. Tal vez eso sea. Y tal vez no quiera soltarte.

—¿Mi columna ni siquiera está lesionada? —apenas alcanzó a pronunciar la pregunta.

—Sí —respondió ella y a él se le aplastó un poco el corazón—. Pude sentir las partes rotas, los nervios cortados y enredados. Pero para sanar esas cosas, para hacer que se vuelvan a comunicar con tu cerebro... necesito pasar sobre ese eco. O someterlo a golpes para que me dé el espacio que requiero para trabajar en tu cuerpo —apretó los labios hasta que formaron una línea severa—. Esta sombra, esta cosa que te está aquejando, que aqueja tu cuerpo, se resistirá en cada una de las etapas de la sanación, luchará para *convencerte* de que me pidas que me detenga... a través del dolor —la mirada de Yrene se volvió despejada, dura—. ¿Entiendes lo que te estoy tratando de decir?

—Que para que tengas éxito, yo tendré que soportar este tipo de dolor. En repetidas ocasiones —él respondió con voz baja y áspera.

—Tengo hierbas que te pueden dormir mientras lo hago, pero con una lesión de este tipo... Creo que yo no seré la única que deberá luchar contra esto. Y si estás inconsciente... Me da miedo lo que esta cosa podría intentar hacerte si estás atrapado ahí dentro. En tus sueños... en tu psique.

El rostro de la sanadora pareció palidecer aún más.

Chaol quitó la mano de encima de la camisa convertida en trapo, la puso sobre la de Yrene y apretó.

—Haz lo que tengas que hacer.

—Dolerá. Así. Constantemente. Es probable que peor. Tendré que ir trabajando vértebra por vértebra antes de llegar a la base de tu columna. Tendré que ir luchando y sanando al mismo tiempo.

Él le apretó la mano y sintió cuánto más pequeña era comparada con la de él.

—Haz lo que tengas que hacer —repitió.

—Y tú... —dijo ella en voz baja—. Tú también tendrás que pelear —él se quedó inmóvil al escuchar esas palabras. Yrene continuó—: Si estas cosas por naturaleza se alimentan de nosotros... Si se están alimentando, pero tú estás sano... —hizo un ademán hacia su cuerpo—. Entonces debe estarse alimentando de otra cosa. Algo en tu interior.

—No percibo nada.

Ella miró sus manos unidas y retiró sus dedos. No le aventó la mano a Chaol, pero su movimiento fue lo bastante deliberado como para dejarlo claro.

—Tal vez deberíamos discutirlo.

—Discutir qué.

Ella se pasó el cabello por encima del hombro.

—Lo que sucedió... de lo que se esté alimentando esta cosa dentro de ti.

Las palmas de las manos de Chaol se pusieron sudorosas.

—No hay nada que discutir.

Yrene lo miró un rato con ojos francos. A él le tomó todo su esfuerzo no apartar la mirada.

—Por lo que entiendo, hay bastantes cosas que discutir acerca de lo que ha sucedido los últimos meses. Parece ser que recientemente has pasado por una época bastante turbulenta. Tú mismo dijiste ayer que nadie te odia más que tú mismo.

Y eso era ponerlo con palabras suaves.

—¿Y de repente estás muy interesada en enterarte?

Ella ni siquiera se inmutó.

—Si eso es lo que se necesita para que sanes y te vayas.

Él arqueó las cejas.

—Vaya, vaya. Al fin sale la verdad a la luz.

El rostro de Yrene era una máscara ilegible que podría competir con las que mostraba Dorian.

—Asumo que no quieres quedarte aquí para siempre, con eso de que la guerra está estallando en *nuestra* patria, como tú la llamaste.

—¿No es tu patria?

En silencio, Yrene se puso de pie para tomar su bolso.

—No tengo interés en compartir nada con Adarlan.

Él comprendía. En verdad. Tal vez por eso todavía no le había dicho a quién, exactamente, le pertenecía esa oscuridad persistente.

—Y tú —continuó Yrene— estás evadiendo el tema —buscó en su bolso—. Tendrás que hablar de lo que sucedió tarde o temprano.

—Con todo respeto, eso no es asunto tuyo.

Los ojos de Yrene se movieron rápidamente hacia él al escuchar esas palabras.

—Te sorprendería qué tan relacionada está la sanación de las heridas físicas con la de las heridas emocionales.

—Ya enfrenté lo que sucedió.

—¿Entonces de qué se está alimentando esa cosa en tu columna?

—No lo sé.

No le importaba.

Ella sacó al fin algo del bolso y cuando regresó a él se le hizo un nudo en el estómago al darse cuenta de qué era.

Era una mordedera. Elaborada con cuero oscuro y fresco. Sin usar.

Se la ofreció sin titubear. ¿Cuántas veces se la había ofrecido a sus pacientes para sanar heridas mucho peores que ésta?

—Ahora es el momento de pedir que me detenga —dijo Yrene con el rostro endurecido—, en caso de que prefieras discutir lo que ha sucedido los últimos meses.

Chaol se recostó boca abajo y se metió la mordedera en la boca.

Nesryn vio el amanecer desde el cielo.

Encontró al príncipe Sartaq esperándola en el nido antes del amanecer. El minarete estaba abierto en el nivel superior y, detrás del príncipe vestido de cuero... Nesryn apoyó la mano en el arco de la escalera mientras recuperaba el aliento.

Kadara era hermosa.

Todas las plumas de la ruk dorada brillaban como metal bruñido, el blanco de las plumas de su pecho resplandecía como nieve fresca. Con sus ojos dorados, de inmediato inspeccionó a Nesryn, incluso antes de que siquiera volteara Sartaq, que estaba abrochándole la silla de montar en la espalda ancha.

—Capitana Faliq —dijo el príncipe a modo de saludo—. Te levantaste temprano.

Palabras pensadas para no levantar sospechas.

—La tormenta de anoche no me dejó dormir. Espero no importunar.

—Por el contrario —dijo en la penumbra con una sonrisa en la boca—. Estaba a punto de salir en un vuelo... para permitir que esta gorda cace su desayuno por una vez en la vida.

Kadara esponjó las plumas con indignación y chasqueó con el pico enorme. Era perfectamente capaz de arrancarle la cabeza a un hombre de un bocado. No le sorprendía que la princesa Hasar todavía tuviera cuidado cuando estaba alrededor del ave.

Sartaq rio y le dio unas palmadas en las plumas.

—¿Quieres acompañarme?

Al escuchar esas palabras, Nesryn de inmediato se hizo consciente de qué tan alto estaba el minarete y de que Kadara, probablemente, volaría más alto. No habría nada entre ella y la muerte, salvo el jinete y la silla que acababa de colocar.

Pero montar un ruk... Mejor, montar un ruk con un príncipe que tal vez tendría información para ellos...

—No soy muy buena para las alturas, pero sería un honor para mí, príncipe.

En cuestión de unos minutos, Sartaq le ordenó que se quitara la chaqueta color azul marino y se pusiera la de cuero que estaba doblada en el cajón del mueble al fondo. Le dio la espalda, amablemente, mientras se cambiaba también de pantalones. Como el cabello le llegaba apenas a los hombros, no le era fácil trenzárselo; pero el príncipe buscó en sus propios bolsillos y le dio una tira de cuero para que pudiera atárselo en un moño.

—Siempre hay que traer un lazo extra —le dijo—. Si no, yo pasaría semanas enteras desenredándome el cabello.

El príncipe montó primero en la muy atenta ruk. Kadara se sentó como una gallina gigante en el piso. Él se subió por uno de sus costados con dos movimientos fluidos y después extendió la mano para ayudar a Nesryn. Ella tocó las costillas de Kadara con suavidad, maravillada por las plumas frescas y suaves, como si fueran la más fina de las sedas.

Nesryn pensó que la ruk se inquietaría, o que le dirigiría una mirada de recelo a Sartaq, cuando el príncipe la ayudó a subirse a la silla delante de él; pero el ave permaneció dócil, paciente.

Sartaq los aseguró y abrochó los arneses en la montura. Revisó tres veces las correas de cuero, luego hizo un sonido con la lengua y...

Nesryn sabía que no era educado apretarle los brazos al príncipe con tanta fuerza, pues podría romperle un hueso. Pero no pudo evitarlo cuando Kadara extendió las alas doradas y brillantes, y saltó.

Saltó hacia *abajo*.

El estómago se le fue de inmediato a la garganta. Le lloraron los ojos y su vista se puso borrosa.

El viento la azotó, como si quisiera arrancarla de esa montura y ella apretó tanto los muslos que le dolieron. Se sostuvo con tanta fuerza de los brazos de Sartaq, quien llevaba las riendas, y él rio en su oído.

Pero los edificios pálidos de Antica se estaban acercando a ellos, casi azules en la luz tenue del amanecer, a toda velocidad. Kadara caía y caía, una estrella que descendía de los cielos...

Luego abrió las alas en toda su extensión y salió disparada hacia arriba.

Nesryn agradeció no haber desayunado, porque sin duda toda la comida habría salido disparada de su boca debido a lo que su estómago opinaba de la maniobra.

Kadara batió las alas un par de veces y dio vuelta a la derecha, hacia el horizonte que empezaba a verse rosado.

Antica se extendía frente a ellos y se iba haciendo cada vez más pequeña conforme iban ascendiendo a los cielos, hasta que llegó a ser sólo un camino empedrado que se extendía debajo en todas direcciones. En ese instante, Nesryn pudo ver los huertos de olivo y los campos de trigo de las afueras de la ciudad; las casas de campo y los poblados pequeños que salpicaban el paisaje; las dunas ondulantes del desierto del norte, a su izquierda; y el serpenteo brillante de los ríos que se tornaban dorados bajo el sol naciente, que empezaba a asomarse por encima de las montañas, a su derecha.

Sartaq no habló. No le mostró los puntos de interés. Ni siquiera la línea pálida de la Carretera Hermana que corría hacia el horizonte del sur.

No, en la luz creciente, dejó que Kadara decidiera el rumbo. La ruk los llevó más alto y el aire se puso frío; el cielo azul que despertaba iba encendiéndose más con cada movimiento de las alas.

Abierto. Tan abierto.

No se parecía al mar infinito, a las olas tediosas o a la falta de espacio en el barco.

Esto era... esto era *aliento*. Esto era...

No podía fijarse en todo, absorberlo todo. No podía fijarse más que en lo pequeño que se veía, lo hermoso e impoluto. Una tierra que tomó la nación conquistadora, pero que era amada y procurada.

Su tierra. Su hogar.

El sol, la maleza y los pastos ondulantes los llamaban a la distancia. La jungla exuberante y los arrozales al oeste; las dunas de arenas pálidas del desierto, al noreste. Más de lo que podría ver en toda una vida... más de lo que Kadara podría volar en un día. Todo un mundo, esta tierra. Todo el mundo contenido aquí.

No podía comprender por qué se había marchado su padre. Por qué ella se había quedado cuando toda esa oscuridad se apoderó de Adarlan. Por qué los había mantenido en esa ciudad podrida donde ella rara vez levantaba la vista al cielo o sentía una brisa que no apestara al Avery salado o a la basura que se descomponía en las calles.

—Estás callada —le dijo el príncipe, más como una pregunta que una afirmación.

—No tengo palabras para describirlo —Nesryn aceptó en halha.

Sintió que Sartaq sonreía cerca de su hombro.

—Así me sentí yo, la primera vez. Y todas las veces desde entonces.

—Entiendo por qué te quedaste en el campamento hace años y por qué quieres regresar.

Un momento de silencio.

—¿Soy tan fácil de leer?

—¿Cómo podrías *no* querer regresar?

—Algunos consideran que el palacio de mi padre es el más lujoso del mundo.

—Lo es —el silencio de Sartaq fue suficiente pregunta y Nesryn continuó—: El palacio de Rifthold no era tan elegante, tan hermoso ni tan integrado al paisaje.

—La muerte de mi hermana ha sido muy difícil para mi madre. Me he quedado por ella —dijo Sartaq en voz muy baja, casi en un murmullo, y el sonido le vibró a Nesryn en la espalda. Ella sintió que se encogía un poco de vergüenza.

—Lo siento tanto.

El viento rápido fue el único que habló por un rato.

—Dijiste *era*. Sobre el palacio real en Rifthold, ¿por qué? —Sartaq le preguntó.

—Supiste lo que le sucedió... las partes de cristal.

—Ah —otro momento de silencio—. Destrozado a manos de la reina de Terrasen. Tu... aliada.

—Mi amiga.

Él se acercó por un costado para poder verla a la cara.

—¿De verdad?

—Es una buena mujer —dijo Nesryn con sinceridad—. Sí, es difícil, pero... muchos dirían lo mismo de cualquier miembro de la realeza.

—Por lo que dicen, el anterior rey de Adarlan le pareció tan difícil que lo mató.

Palabras cuidadosas.

—El hombre era un monstruo y una amenaza a todos. Su segundo, Perrington, sigue siendo así. Ella le hizo un favor a Erilea.

Sartaq inclinó un poco las riendas y Kadara empezó a descender lenta y suavemente hacia un valle atravesado por un río.

—¿En verdad es tan poderosa?

Nesryn dudó si debía decirle la verdad o si debía restar importancia al poder de Aelin.

—Ella y Dorian tienen una magia considerable; pero en mi opinión su arma más fuerte es la inteligencia. El poder bruto es inútil sin ella.

—Es peligroso sin ella.

—Así es —dijo Nesryn y tragó saliva—. ¿Hay...? —titubeó porque no estaba entrenada en la manera enredada de hablar de la corte—. ¿Existe una amenaza en tu corte que requería que habláramos en el cielo?

Él bien podría ser la amenaza, recordó.

—Ya has cenado con mis hermanos. Puedes darte cuenta de cómo son. Si yo programara una reunión con ustedes, eso les enviaría un mensaje a ellos: que estoy dispuesto a escuchar lo que vienen a plantear; tal vez, incluso, a presentarle su caso a mi padre. Ellos considerarían los riesgos y los beneficios de restarme autoridad; o pensarían si sería mejor intentar unirse a... mi lado.

—¿Y estás dispuesto? ¿A escucharnos?

Sartaq no respondió durante un rato. El único sonido era el aullar del viento.

—Los escucharía, a ti y a lord Westfall. Escucharía lo que saben, lo que les ha sucedido a los dos. Yo no tengo tanta influencia sobre mi padre, como los demás, pero sabe que los jinetes de ruk son leales a mí.

—Yo pensaba...

—¿Que yo era su favorito? —una risa grave y amarga—. Tal vez exista la posibilidad de que me designe como su sucesor, pero el khagan no selecciona a su heredero con base en el amor. Y de todas maneras, de ser así, ese honor particular le corresponde a Duva y a Kashin.

Duva con su rostro dulce era comprensible, pero...

—¿Kashin?

—Es leal a mi padre a un grado imprudente. Nunca ha maquinado, nunca ha traicionado. Yo lo he hecho, he tramado y maniobrado contra todos ellos para conseguir lo que quiero. Pero Kashin... Puede ser el comandante de los ejércitos terrestres y los jinetes, puede ser brutal cuando hace falta, pero con mi padre es ingenuo. No existe un hijo más amoroso o leal. Me preocupa qué sucederá cuando muera nuestro padre. Qué le harán los demás a Kashin si no obedece, o peor, qué le pasará a Kashin personalmente.

—¿Qué le harías? —Nesryn se atrevió a preguntar.

"¿Destruirlo, si no jura lealtad?"

—Falta ver qué tipo de amenaza o alianza representa. Los únicos casados son Duva y Arghun, y él todavía no tiene hijos. Aunque Kashin, si se saliera con la suya, probablemente elegiría a esa joven sanadora.

Yrene.

—Es extraño que ella no tenga ningún interés en él.

—Eso es un punto a su favor. No es fácil amar a los hijos del khagan.

Los pastos verdes, todavía cubiertos de rocío bajo el sol fresco, ondulaban debido al vuelo de Kadara, que se dirigía al río rápido. Con esas garras enormes, podría hacerse fácilmente de puñados de peces.

Pero Kadara no buscaba peces al volar por encima del río, sino otra cosa...

—Alguien entró a la biblioteca de la Torre anoche —dijo Sartaq, mientras monitoreaba la cacería de su ruk sobre las aguas azul oscuro. El rocío de la superficie le besaba el rostro a Nesryn, pero la frialdad de las palabras del príncipe era mucho más profunda—. Mataron a una sanadora. A través de un poder vil que la convirtió en un cascarón. Nunca se había visto algo similar en Antica.

A Nesryn se le revolvió el estómago. Con esa descripción...

—¿A quién? ¿Por qué?

—Yrene Towers hizo sonar la alarma. Buscamos durante horas y no encontramos ningún rastro, aparte de que faltaban los libros que ella estaba consultando en el sitio donde la acechaban. Yrene estaba alterada, pero se encuentra bien.

Investigaba... Chaol le había dicho la noche anterior que Yrene planeaba investigar sobre las heridas provocadas con magia, hechas por demonios.

—¿Sabes qué estaría buscando Yrene que generó un interés tan oscuro y el robo de los libros? —preguntó Sartaq, como si no tuviera importancia.

Nesryn lo pensó. Podría tratarse de un truco el hecho de que él le revelara algo personal de su familia, de su vida, para hacer que ella le confesara sus secretos. Nesryn y Chaol todavía no le habían dado nada de información sobre las llaves, el Valg o Erawan, al khagan o a sus hijos. Estaban esperando para decidir en quién podían confiar. Porque si sus enemigos se enteraban de que estaban buscando las llaves para cerrar el portal del wyrd...

—No —mintió Nesryn—. Pero tal vez sean nuestros enemigos no declarados los que desean asustarla a ella y a las demás sanadoras para que no ayuden al capitán. Digo... a lord Westfall.

Silencio. Pensó que él la presionaría y esperó, mientras Kadara se acercaba a la superficie del río, como si estuviera a punto de pescar a su presa.

—Debe ser extraño, tener un nuevo título, si el portador anterior está justo a tu lado.

—Llevaba pocas semanas de haber sido nombrada cuando salimos hacia acá. Supongo que tendré que acostumbrarme cuando regrese.

—Si Yrene tiene éxito. Entre otras posibles victorias.

Como regresar con un ejército.

—Sí —fue lo único que logró responder Nesryn.

Kadara descendió con un movimiento repentino y veloz, el cual hizo que Sartaq la abrazara con más fuerza y presionara los muslos con los de él.

Nesryn dejó que él la guiara y que los mantuviera erguidos en la montura cuando Kadara metió las patas al agua, se agitó un poco y luego lanzó algo hacia la orilla del río. Un instante después ya estaba sobre el animal y lo abría con las garras y el pico. El ser que se encontraba debajo del ruk luchó, retorciéndose y tratando de escapar.

Un crujido. Luego... silencio.

La ruk se tranquilizó y esponjó las plumas. Después las volvió a acomodar; su color contrastaba con la sangre que tenía salpicada en el pecho y el cuello. Algo de sangre también había caído en las botas de Nesryn.

—Ten cuidado, capitana Faliq —dijo Sartaq, mientras ella observaba a la criatura que estaba comiendo la ruk.

Era enorme, de unos cinco metros, cubierta de escamas gruesas como armadura. Como las criaturas de los pantanos de Eyllwe, pero más ancha, más gorda por el ganado que sin duda arrastraba el agua a lo largo de estos ríos.

—Hay belleza en las tierras de mi padre —dijo el príncipe, mientras Kadara seguía desgarrando ese cadáver monstruoso—, pero también hay muchas cosas ocultas debajo de la superficie.

CAPÍTULO 13

Yrene jadeaba con las piernas extendidas al frente, sentada sobre la alfombra y la espalda recargada en el sofá, donde lord Chaol estaba intentando recuperar el aliento también.

Tenía la boca seca como arena y las extremidades le temblaban con tal violencia que apenas lograba mantener las manos sobre su regazo.

Se escuchó el sonido de alguien que escupía y el pequeño golpe le indicó que Chaol ya se había quitado la mordedera.

Había rugido a pesar de la mordedera. Sus aullidos fueron casi tan horribles como la magia en sí.

Era un vacío. Era un infierno nuevo y oscuro.

Su magia fue como una estrella pulsante que brillaba contra los muros que había construido la oscuridad entre la parte superior de la columna y todo lo demás. Ella sabía, sabía sin necesidad de hacerle pruebas, que si lograba circunvalar la zona y llegar hasta la base de la columna... también la encontraría ahí.

Pero empujó... Empujó y empujó hasta que terminó sollozando e intentando recuperar el aliento. Y de todas maneras, el muro no se movió. Sólo parecía reír, de forma silenciosa y sibilante, con un sonido aderezado con hielo antiguo y malicia.

Ella lanzó su magia contra el muro y dejó que su cascada de luces blancas brillantes atacara en una oleada tras otra, pero... nada.

Y hasta casi terminar, cuando su magia no pudo encontrar ninguna cuarteadura, ninguna grieta por la cual entrar... Hasta que empezó a retirarse, el muro oscuro pareció transformarse.

Transformarse en algo... diferente.

La magia de Yrene se volvió quebradiza al enfrentarlo. Toda chispa de desafío tras la muerte de la sanadora desapareció. Y no podía ver, no se atrevía a ver lo que sentía que se estaba acumulando ahí, lo que llenaba la oscuridad con voces como si estuvieran haciendo eco en un pasillo largo.

Pero aquello la acechaba y ella echó un vistazo por arriba del hombro.

El muro oscuro estaba vivo. Estaba lleno de imágenes, una tras otra. Como si estuviera viendo a través de los ojos de alguien más y supo por instinto que no eran los de lord Chaol.

Una fortaleza de roca oscura se elevaba en las montañas estériles color ceniza. Las torres eran afiladas como lanzas, y sus bordes y parapetos, duros y cortantes. Más allá, en los valles y planicies, entre las montañas, ondeaba un ejército hasta perderse a la distancia, con más fogatas de campamento de las que podía contar.

Y supo el nombre de ese lugar, del grupo ahí reunido. Escuchó cómo el nombre resonaba como un trueno por su mente, como al ritmo del martillo sobre el yunque.

Morath.

Sacó su magia. Salió bruscamente de regreso a la luz y el calor. Morath: podría ser un recuerdo real que había dejado ahí el poder que atacó a Chaol o, bien, podía ser algo que la oscuridad había conjurado a partir de los temores más oscuros de la sanadora...

No era real. Al menos no en esta habitación llena de rayos de luz y fuentes borboteantes en el jardín de al lado. Pero si de verdad era una representación de los ejércitos que lord Chaol había mencionado el día anterior...

Eso sería lo que tendría que enfrentar. A las víctimas de ese ejército; posiblemente, incluso, a soldados de ese ejército si las cosas salían muy mal.

Eso era lo que la estaba esperando en casa.

Ahora no... no pensaría en eso en este momento, con él presente. No se preocuparía por eso para no recordarle lo que tendría que enfrentar, lo que podría estar acabando con sus amigos, mientras ellos estaban ahí sentados... Eso no sería útil para ninguno de los dos.

Así que Yrene se quedó sentada sobre la alfombra, obligándose a dejar de temblar con cada respiración profunda que entraba por su nariz y salía por su boca. Permitió que su magia se asentara y se recuperara, mientras ella calmaba su mente. Lord Chaol jadeaba en el sofá detrás de ella y ninguno de los dos dijo palabra.

No, esta sanación no sería normal.

Tal vez retrasaría su regreso, se quedaría aquí para sanarlo el tiempo que hiciera falta... Podría haber otros como él en esos campos de batalla, con lesiones similares. Aprender a enfrentar esto ahora, sin importar lo desgarrador que resultara... Sí, este retraso podría rendir frutos. Si la podía soportar... si lograba tolerar esa oscuridad nuevamente y encontrar una manera de terminar con ella.

"Debes ir donde te da miedo caminar."

Vaya que sí.

Se le cerraban los ojos. En algún momento, la doncella había regresado con los ingredientes que le había inventado que necesitaba. Los vio y desapareció.

Eso había sido hacía horas. Días.

Sentía el hambre como un nudo apretado en el estómago: una sensación extrañamente mortal comparada con las horas que había pasado atacando esa negrura; sólo consciente a medias de la mano que le había puesto en la espalda a Chaol y de los gritos que salían de él cada vez que su magia chocaba contra ese muro.

Él no le pidió ni una sola vez que se detuviera. No le suplicó que descansaran ni un momento.

Unos dedos temblorosos le rozaron el hombro.

—¿Tú... estás... —cada una de las palabras era un sonido desgarrado. Le tendría que conseguir té de menta con miel. Debería llamar a la doncella, si pudiera recordar cómo hablar, cómo recuperar su propia voz— ... bien?

Yrene abrió los párpados en el momento en que él le dejaba caer la mano sobre el hombro. No como muestra de afecto o preocupación, sino, le pareció, porque estaba tan agotado que no podía volver a levantar la mano.

Ella estaba también exhausta y drenada, tanto que no podía reunir la fuerza necesaria para quitarle la mano, como había hecho un rato antes.

—Debería preguntarte a *ti* si estás bien —logró decir con la garganta irritada—. ¿Alguna diferencia?

—No.

La absoluta falta de emoción detrás de esa palabra le dijo lo suficiente sobre los pensamientos de Chaol, sobre su decepción. Él dejó pasar otro par de segundos y luego repitió:

—No.

Ella volvió a cerrar los ojos. Esto podría llevar semanas. Meses. En especial si no encontraba una manera de abrirse paso en ese muro de oscuridad.

Intentó, sin éxito, mover las piernas.

—Debería traerte...

—Descansa... —la mano se apretó en su hombro—. Descansa —repitió Chaol.

—Es todo lo que haremos en el día —dijo ella—. No habrá ejercicio adicional...

—Tú también debes hacerlo. *Descansar* —le respondió él con dificultad. Cada palabra le costaba trabajo.

Yrene se obligó a mirar el reloj en el rincón. Parpadeó una vez. Luego dos.

Cinco.

Habían estado ahí *cinco* horas.

Él había soportado todo ese tiempo. Cinco *horas* de esta agonía.

El simple hecho de pensarlo la hizo acercar las rodillas al pecho. Gimió y se apoyó en la mesa de centro para reunir fuerzas; se impulsó hacia arriba, un poco más, hasta que terminó de pie. Estaba inestable pero de pie.

Él acomodó los brazos debajo de su cuerpo y los músculos de su espalda dejaron ver cómo intentaba levantarse.

—No lo hagas —dijo ella.

De todas maneras lo hizo. Los músculos considerablemente fuertes de sus brazos y pecho no le fallaron, y logró enderezarse hasta terminar sentado. Se quedó mirándola con ojos vidriosos.

—Necesitas... té —dijo Yrene con voz áspera.

—Kadja.

El nombre apenas le salió como una exhalación suave. La doncella apareció de inmediato. Demasiado rápido. Yrene la miró detenidamente cuando entró. Había estado escuchando. Esperando.

—Té de menta con mucha miel —le dijo Yrene, sin molestarse en sonreír.

—Dos tés —agregó Chaol.

Yrene le lanzó una mirada, pero no dijo nada y se dejó caer en el sofá a su lado. Los cojines estaban un poco húmedos. Era por el sudor, ella se dio cuenta al ver cómo le brillaba en los contornos del pecho bronceado.

Cerró los ojos, sólo por un momento.

No se dio cuenta de que fue mucho más que eso, hasta que Kadja empezó a colocar dos delicadas tazas frente a ellos y una tetera de hierro al centro. La mujer puso grandes cantidades de miel a ambas tazas, pero la boca de Yrene estaba demasiado seca, su lengua demasiado pesada, como para molestarse en decir que no le pusiera tanta o que se sentirían mal de tanto dulce.

La doncella agitó las bebidas en silencio y luego le dio la primera taza a Chaol.

Chaol se la pasó a Yrene.

Ella estaba demasiado cansada para protestar, así que recibió la taza con las dos manos y la sostuvo ahí, intentando reunir fuerzas para llevársela a los labios.

Él pareció percibirlo.

Le dijo a Kadja que dejara la otra taza sobre la mesa y que se fuera.

Como si estuviera viendo la escena desde el otro lado de un vidrio, Yrene notó que Chaol le quitaba la taza de las manos y se la ponía en los labios. Consideró empujarle la mano para alejarla de su rostro.

Sí, trabajaría con él. No, no era el monstruo que inicialmente había pensado que era, no como había visto que podían ser los hombres. Pero permitirle estar tan cerca, permitirle *atenderla* así.

—Puedes tomártelo —dijo él con un gruñido bajo— o podemos quedarnos así sentados las siguientes horas.

Ella movió los ojos para verlo. Se dio cuenta de que la mirada del lord era tranquila, despejada, a pesar del agotamiento.

Así que no dijo nada.

—Entonces ésta es la línea —murmuró Chaol, más para sí mismo que dirigiéndose a ella—. Puedes soportar ayudarme, pero yo no puedo devolverte el favor. Ni hacer nada que se aleje de tu idea de qué soy o de quién soy.

Era más astuto de lo que la gente probablemente pensaba.

A ella le dio la sensación de que la dureza en esos ojos color marrón profundo se repetía en los de ella.

—Bebe —dijo él con una voz que derramaba autoridad; un hombre acostumbrado a que lo obedecieran, a dar órdenes—. Puedes odiarme lo que quieras, pero tómate la maldita cosa.

Ella notó una leve chispa de preocupación en sus ojos.

Sí, era un hombre acostumbrado a que le obedecieran, pero también un hombre que tendía a ser quien cuidaba de los demás; quien protegía. Lo movía una compulsión que no podía controlar; que era incapaz de dejar de hacer, por mucho que lo intentara. No se acostumbraría nunca a no hacerlo.

Yrene abrió los labios, una concesión silenciosa. Con cuidado, él le colocó la taza de porcelana contra la boca y la inclinó. Ella dio un trago. Él murmuró algo para animarla. Lo volvió a hacer.

Estaba tan cansada. Nunca había estado tan cansada en la *vida*...

Chaol volvió a empujar la taza contra su boca una tercera vez y Yrene dio un gran trago. Suficiente. Él lo necesitaba más que ella... Y cuando percibió que ella estaba a punto de ladrarle, le retiró la taza de la boca; ahora era su turno de tomar un poco. Un trago. Dos.

Vació esa taza y tomó la otra. Volvió a ofrecerle a ella los primeros sorbos antes de tomarse lo que quedaba. Hombre insufrible. Debió haber dicho eso en voz alta porque una media sonrisa se asomó en un lado del rostro de Chaol.

—No eres la primera persona en llamarme así —dijo con voz más suave, menos ronca.

—Ni seré la última, estoy segura —murmuró ella.

Chaol simplemente le sonrió a medias de nuevo y extendió el brazo para rellenar las dos tazas. Les puso miel; menos que Kadja. La cantidad correcta. Agitó los tés con mano firme.

—Yo puedo hacerlo —Yrene intentó decir.

—Yo también —fue lo único que él respondió.

Ella logró sostener la taza esta vez. Él se aseguró de que estuviera bebiendo antes de llevarse la suya a la boca.

—Debo irme —dijo ella.

Sólo de pensar en salir del palacio, eso sin mencionar el recorrido hasta la Torre, y luego subir las escaleras hasta su habitación...

—Descansa. Come, debes estar muriéndote de hambre.

Ella lo miró.

—¿Y tú no?

Él había hecho ejercicio antes de que ella llegara; tenía que estar muerto de hambre sólo por eso.

—Sí, pero no creo poder esperar a la cena —dijo y luego agregó—: Podrías comer algo conmigo.

Una cosa era sanarlo, trabajar con él, dejar que le sirviera té; pero comer con él, con el hombre que había trabajado al servicio de ese carnicero, el hombre que había trabajado para él, mientras ese ejército oscuro se reunía en Morath... Ahí estaba. El humo en su nariz, el crujido de las flamas y los gritos.

Yrene se acercó a la mesa para dejar su taza. Luego se puso de pie. Todos sus movimientos eran difíciles, sentía todos los músculos adoloridos.

—Tengo que regresar a la Torre —dijo con las rodillas temblorosas—. La vigilia empieza a la puesta del sol.

Todavía faltaba como una hora, afortunadamente.

Él la vio tambalearse y se estiró para sostenerla, pero ella se quitó de su alcance.

—Dejaré mis cosas —dijo Yrene. Porque sólo de pensar cargar ese bolso pesado de regreso...

—Déjame conseguirte un carruaje.

—Puedo conseguirlo en la puerta —respondió Yrene. Si alguien la estaba cazando, prefería la seguridad del carruaje.

Tuvo que sostenerse de los muebles que encontraba a su paso para mantenerse erguida. La distancia hasta la puerta le pareció eterna.

—Yrene —ella apenas podía mantenerse de pie cuando llegó a la puerta, pero se detuvo para voltear—la clase de mañana —agregó Chaol y ella notó que la concentración ya había regresado a sus ojos color marrón—. ¿Dónde nos vemos?

Ella consideró si debería cancelarla. Se preguntó qué habría estado pensando para pedirle a él, de toda la gente, que la acompañara.

Pero... cinco horas. Cinco horas de agonía y él no se había dejado vencer.

Tal vez esa había sido la razón para no aceptar su invitación a acompañarlo a comer. Si él no se daba por vencido, ella tampoco lo haría: lo vería como lo que era y nada más. Como esa cosa a la que él le había servido.

—Nos vemos en el patio principal al amanecer.

Reunió la fuerza necesaria para caminar y lo logró; con dificultad, pero lo logró. Puso un pie delante del otro.

Lo dejó solo en esa recámara, todavía viéndola.

Cinco horas de agonía y ella sabía que no todo había sido físico. Había percibido, al empujar contra esa pared, que también la oscuridad le había mostrado a él cosas que había del otro lado. Destellos que a veces tiritaban a su paso junto a ella. Nada que lograra definir, pero se sentían... se *sentían* como recuerdos. Pesadillas. Tal vez ambos. Pero él no le pidió que se detuviera.

Y una parte de Yrene se preguntó, mientras caminaba con pesadez por el castillo, si acaso lord Chaol no había pedido que se detuviera no porque supiera cómo controlar el dolor, sino porque de cierta manera sentía que lo merecía.

Todo le dolía.

Chaol no se permitió pensar en lo que había visto. Lo que había aparecido en su mente como imágenes rápidas, mientras el dolor lo hacía pedazos, lo quemaba, lo desollaba y lo desgarraba. Qué y a quiénes había visto. El cuerpo en la cama. El collar en la garganta. La cabeza que rodó.

No podía escapar de ellos. No, mientras Yrene trabajaba.

Así que el dolor lo desgarró; así que lo vio todo, una y otra vez. Así que rugió, gritó y aulló.

Ella no se detuvo hasta que se deslizó al suelo.

Él se sentía hueco. Vacío.

Ella todavía no quería pasar ni un instante más de lo necesario con él. No la culpaba. No importaba en realidad.

Aunque recordó que ella le había pedido ayuda para el día siguiente... En lo que pudiera ayudar.

Chaol comió en el sitio donde Yrene lo había dejado, todavía en ropa interior. Kadja no pareció notarlo ni le importaba, y a él le dolía todo y estaba demasiado cansado para preocuparse por ser discreto.

Aelin se reiría si lo viera en este momento. El hombre que había salido de su habitación después de que ella le dijera que estaba en su ciclo. Ahora, sentado en esta habitación lujosa, estaba prácticamente desnudo y no importaba un comino.

Nesryn regresó antes de que se pusiera el sol; venía con la cara ruborizada y el cabello despeinado por el viento. Sólo ver su sonrisa precavida fue suficiente. Al menos ella había tenido algo de éxito con Sartaq. Tal vez lograría hacer lo que al parecer él no estaba logrando: conseguir un ejército y llevarlo de regreso a casa.

Él tenía la intención de hablar con el khagan ese día, sobre la amenaza que representaba el ataque de la noche anterior. Era su intención, pero ahora ya era demasiado tarde y no podría lograr que se programara esa reunión.

Casi no oyó a Nesryn, cuando ella le susurró sobre la posible ayuda de Sartaq y su salida en la magnífica ruk. El cansancio le pesaba tanto que apenas podía mantener los ojos abiertos, ni siquiera mientras se imaginaba a los ruks enfrentando a brujas dientes de hierro y sus guivernos, ni siquiera mientras consideraba quién saldría vivo de esas batallas.

Pero logró dar la orden que se le coaguló en la lengua: "Ve de cacería, Nesryn".

Si uno de los ayudantes del Valg de Erawan había llegado a Antica, no tenían tiempo que perder. Cada paso, cada petición podría estar siendo transmitida de regreso a Erawan. Y si estaban persiguiendo a Yrene, por leer sobre el Valg o por sanar a la Mano del Rey de Adarlan... No confiaba en nadie en este lugar como para pedir que lo hicieran; nadie, salvo Nesryn.

Nesryn asintió cuando él se lo pidió. Entendió por qué él casi tuvo que escupirlo. Dejarla ir hacia el peligro, a *cazar* ese tipo de peligro...

Pero era algo que ella ya había hecho en Rifthold. Ella se lo recordó, con gentileza. El sueño empezó a reclamar su atención y a hacer que su cuerpo se sintiera extraño y pesado, pero logró pronunciar su petición final: "Ten cuidado".

Chaol no opuso resistencia cuando ella lo ayudó a subirse a la silla y luego lo empujó hasta su recámara. Intentó sin éxito subirse a la cama y apenas recordaba que ella y Kadja lo levantaron para acostarlo, como si fuera un trozo de carne.

Yrene: ella nunca hacía esas cosas. Nunca empujaba su silla cuando él podía hacerlo solo. Constantemente le decía que se moviera solo.

Se preguntó por qué. Estaba demasiado cansado para preguntarse por qué.

Nesryn dijo que se disculparía por él en la cena y fue a cambiarse. Él se preguntó si los sirvientes alcanzaban a escuchar el rechinido de la piedra de afilar de Nesryn, quien preparaba sus armas en su recámara.

Se quedó dormido antes de que ella se fuera y a la distancia el reloj de la salita tocó para anunciar que eran las siete.

Nadie le hizo mucho caso a Nesryn esa noche. Y nadie le prestó atención después, cuando se puso los cuchillos de pelea, la espada, el arco y la flecha, y salió hacia las calles de la ciudad.

Ni siquiera la esposa del khagan.

Cuando Nesryn pasó al lado de un gran jardín de rocas, de camino a la salida del palacio, algo blanco llamó su atención y la hizo ocultarse rápidamente detrás de uno de los pilares que rodeaban el patio.

En cuestión de un segundo, retiró la mano del cuchillo a su costado.

Vestida de seda blanca y con la cortina larga de su cabello oscuro suelto, la gran emperatriz caminaba, silenciosa y seria, como un espectro, por un camino que se retorcía entre las formaciones rocosas del jardín. El espacio estaba iluminado sólo por la luna: luz de luna y sombras. La emperatriz caminaba sola y desapercibida: su vestido sencillo fluía detrás de ella como si la acompañara un viento fantasma.

Blanco por el dolor, por la muerte.

El rostro de la gran emperatriz no tenía adornos. El color de su piel era mucho más claro que el de sus hijos. Sus facciones no revelaban ninguna dicha, ninguna vida. Ningún interés en eso, tampoco.

Nesryn se quedó en las sombras del pilar, mirando a la mujer alejarse más, como si estuviera recorriendo los caminos de un sueño. O tal vez un infierno vacío y estéril.

Nesryn se preguntó si serían similares a los que ella misma transitó durante los meses iniciales tras la muerte de su madre. Se preguntó si los días también se habían fusionado unos con otros para la gran emperatriz, si la comida era como ceniza en su boca y si el sueño era tan anhelado como evasivo.

Nesryn no salió de su escondite hasta que la esposa del khagan se alejó detrás de una roca grande y desapareció de su vista, pero al marcharse notó que sus pasos eran un poco más pesados.

Antica bajo la luna llena era una mezcla de azules y plateados, interrumpidos por el brillo dorado de las linternas que colgaban de los salones públicos para cenar y las carretas de vendedores que ofrecían *kahve* y bocadillos. Unos cuantos artistas tocaban melodías en laúdes y tambores; algunos eran tan talentosos que Nesryn deseaba poder detenerse, pero la rapidez y el sigilo eran sus aliados esa noche.

Caminó entre las sombras, estudiando los sonidos de la ciudad.

Había varios templos distribuidos a lo largo de las avenidas principales: algunos estaban hechos con columnas de mármol, algunos debajo de tejados de madera de dos aguas con columnas pintadas, algunos eran simples patios llenos de estanques o jardines con rocas o animales dormidos. Treinta y seis dioses vigilaban esta ciudad y había tres veces esa cantidad de templos repartidos por todas partes.

Y con cada uno que pasaba Nesryn, se preguntaba si esos dioses estarían asomados entre las columnas o detrás de las rocas talladas; si observaban desde los techos o desde los ojos del gato moteado que dormitaba en los escalones del templo.

Le rogó a todos ellos que la ayudaran a que sus pies fueran rápidos y silenciosos; que la guiaran hacia donde necesitaba ir mientras recorría las calles.

Si un agente del Valg había llegado a este continente, o peor aún, si era un príncipe del Valg... Nesryn buscó en las azoteas y el pilar enorme de la Torre. Lucía de un blanco brillante, como el hueso bajo la luz de la luna, como un faro que vigilaba la ciudad y a las sanadoras dentro.

Chaol e Yrene no habían progresado ese día, pero no había problema. Estas cosas tomaban tiempo, incluso si Yrene... Le quedaba muy claro que la sanadora tenía sus reservas personales sobre el legado de Chaol. Su rol anterior en el imperio.

Nesryn se detuvo cerca de la entrada de un callejón para dejar pasar a un grupo de jóvenes que venían celebrando algo, cantando canciones obscenas que sin duda harían que su tía les llamara la atención... Y que luego ella misma tararearía.

Al estar viendo el callejón, con los techos planos que daban a él, le llamó la atención un grabado burdo en el muro de ladrillos horneados. Era un búho descansando, con las alas pegadas al cuerpo y sus enormes ojos sobrenaturales muy abiertos y perpetuamente sin parpadear. Tal vez sólo era vandalismo, pero pasó la mano enguantada sobre él, trazando las líneas talladas en el costado del edificio.

Los búhos de Antica estaban por todas partes en esta ciudad y eran tributos a la diosa tal vez más venerada que cualesquiera de los treinta y seis dioses. El Continente del Sur no tenía un dios principal que lo gobernara, pero Silba... Nesryn de nuevo miró hacia la Gran Torre que brillaba más que el palacio del otro lado de la ciudad. Silba reinaba en este lugar, sin duda. Para que alguien entrara a la Torre, para que *matara* a una de las sanadoras, tenía que estar desesperado o completamente loco.

O ser un demonio del Valg, sin miedo a los dioses, sólo a la ira de sus amos en caso de fracasar en su misión.

Pero si hubiera Valg en esta ciudad, ¿dónde se ocultarían?, ¿desde dónde espiarían?

Había canales debajo de algunas de las casas, pero no eran como la enorme red de alcantarillado de Rifthold. Sin embargo, tal vez si se fijaba en las paredes de la Torre...

Nesryn se dirigió a la brillante Torre, la cual se veía más grande e imponente con cada paso que daba. Se detuvo junto a una casa al otro lado de la calle, frente al muro sólido que rodeaba el complejo de toda la Torre.

Había antorchas en soportes a lo largo de la pared y guardias a cada pocos metros y sobre el muro también. Guardias reales, a juzgar por sus colores, y guardias de la Torre con sus uniformes color azul aciano y amarillo; tantos que nadie podría pasar sin ser visto. Nesryn se fijó en las rejas de hierro que ya estaban cerradas por la noche.

—Lo que ningún guardia quiere decirme es si estaban abiertas anoche.

Nesryn se dio la vuelta rápidamente, con el cuchillo listo.

El príncipe Sartaq estaba recargado contra la pared del edificio a unos metros detrás de ella, con la mirada en la Torre que se alzaba ante ellos. Se alcanzaban a ver unas espadas gemelas sobre sus hombros anchos y unos cuchillos largos que colgaban de su cinturón. Ya no traía la ropa fina de la cena y otra vez vestía su ropa de cuero para volar:

de nuevo sus prendas estaban reforzadas con acero en los hombros, guanteletes de plata en las muñecas y una mascada negra en el cuello. No, no era una mascada, sino un trapo para cubrirse la boca y la nariz cuando se ponía la capucha de su capa pesada, para permanecer anónimo, invisible.

Ella enfundó el cuchillo.

—¿Me seguías?

El príncipe la miró con ojos tranquilos.

—No estabas precisamente intentando pasar desapercibida si saliste por la puerta principal, armada hasta los dientes.

Nesryn volteó hacia las paredes de la Torre.

—No tengo motivo para ocultar lo que estoy haciendo.

—¿Crees que quien atacó a las sanadoras va a andar caminando por ahí?

Las botas de Sartaq apenas produjeron sonido contra las antiguas rocas cuando se acercó a ella.

—Pensé investigar cómo podrían haber entrado. Para tener una mejor idea de cómo están distribuidas las cosas y dónde sería más probable que se estuvieran ocultando.

Una pausa.

—Suenas como si conocieras íntimamente a tu presa.

"Y no pensaste en mencionar esto durante nuestro vuelo en la mañana", fue lo que dijo sin decirlo. Nesryn lo miró de soslayo.

—Me gustaría poder decir lo contrario, pero sí. Si el ataque lo cometió quien sospechamos... Pasé gran parte de esta primavera y verano cazando a sus semejantes en Rifthold.

—¿Son terribles? —dijo Sartaq con voz baja, luego de mirar la pared un largo rato. Nesryn tragó saliva y recordó las imágenes: los cuerpos y las alcantarillas, y la explosión del castillo de cristal, el muro de muerte que volaba en su dirección...

—Capitana Faliq... —la llamó con un impulso amable; un tono más suave de lo que esperaría de un príncipe guerrero.

—¿Qué te dijeron tus espías?

Sartaq apretó la mandíbula y las sombras recorrieron su rostro antes de empezar a hablar.

—Me informaron que Rifthold estaba lleno de terrores. Gente que no era *gente*, sino bestias de los sueños más oscuros de Vanth.

Vanth, la diosa de la muerte. Su presencia en esta ciudad era anterior a la de las sanadoras de Silba. Sus devotos eran una secta secreta que hasta el mismo khagan y sus predecesores temían y respetaban, a pesar de que sus rituales eran completamente distintos a los del Cielo Eterno en el que creían el khagan y los darghan. Nesryn había pasado rápidamente junto al templo de roca oscura de Vanth ese día. La entrada estaba marcada solamente por unos escalones de ónix que bajaban a una cámara subterránea alumbrada por velas blancas como el hueso.

—Puedo ver que nada de esto te sorprende —dijo Sartaq.

—Hace un año, tal vez sí me hubiera alarmado.

Sartaq miró sus armas.

—Entonces, sí te enfrentarse a estos horrores.

—Sí —aceptó Nesryn—, aunque no sé si sirvió de algo, considerando que ellos ya tomaron la ciudad.

Las palabras le salieron más amargas de lo que las sentía.

Sartaq lo pensó.

—Muchos hubieran huido en vez de enfrentarlos.

Ella no se sentía con ánimo de confirmar o negar ese comentario que sin duda tenía la intención de consolarla. Era un esfuerzo amable de un hombre que no tenía ninguna necesidad de comportarse así. Empezó a hablar sin pensar:

—Vi... vi a tu madre hace rato. Caminando sola por un jardín.

Sartaq cerró los ojos.

—¿Ah, sí? —una pregunta cautelosa.

—Sólo lo menciono en caso de que... en caso de que sea algo que tú necesitaras o quisieras saber —Nesryn continuó, pero se preguntó si tal vez debería haber permanecido callada.

—¿Había guardias? ¿Una doncella con ella?

—No vi a nadie.

El rostro del príncipe se contrajo por la preocupación y se recargó en el muro del edificio.

—Gracias por tu informe.

Ella no estaba en ninguna posición de preguntarle más a nadie y, mucho menos, a un miembro de la familia más poderosa del mundo. Sin embargo, Nesryn agregó en voz baja:

—Mi madre murió cuando yo tenía trece años —levantó la mirada hacia la Torre brillante—. El viejo rey... ya sabes lo que le hacía a la gente con magia. A las sanadoras que tenían ese don. Así que nadie pudo salvar a mi madre de una enfermedad que la fue acabando a un ritmo sorprendente. La sanadora que logramos conseguir admitió que probablemente se debía a un crecimiento en el seno de mi madre. Que tal vez la podría haber curado antes de que la magia desapareciera. Antes de que la prohibieran.

Nunca le había dicho esto a nadie salvo a su familia. No estaba segura de por qué se lo estaba diciendo a él en ese momento, pero continuó:

—Mi padre quería subirla a un barco y traerla acá. Estaba desesperado por hacerlo. Pero había estallado la guerra por todas nuestras tierras. Los barcos estaban dedicados al servicio de Adarlan y mi madre estaba demasiado enferma para arriesgarse a hacer un recorrido por tierra hasta Eyllwe para intentar cruzar ahí. Mi padre estudió todos los mapas, todas las rutas comerciales. Para cuando encontró un comerciante que estuvo dispuesto a llevarlos, sólo a ambos, a Antica... mi madre ya estaba tan enferma que no podía moverse. No hubiera llegado de cualquier manera, aunque hubieran podido abordar ese barco.

Sartaq la miró, con expresión ilegible, mientras ella habló. Nesryn se metió las manos a los bolsillos y continuó:

—Así que se quedó. Y nosotros estuvimos ahí cuando... cuando todo terminó —el viejo dolor se envolvió a su alrededor y le ardió en los ojos—. Me tomó varios años volverme a sentir bien —dijo después de un momento—. Dos años antes de volver a notar cosas como el sol en la cara, el sabor de la comida... todo ese tiempo tardé en volver a disfrutarlas. Mi padre... él nos mantuvo unidos. A mi hermana y a mí. Él se reservó su dolor y no nos permitió verlo. Llenó la casa con toda la alegría que pudo.

Se quedó en silencio porque no estaba segura de cómo explicar lo que había querido decir cuando empezó a hablar del tema.

—¿Dónde están ahora? ¿Después del ataque a Rifthold? —dijo Sartaq, al fin.

—No lo sé —susurró ella y exhaló—. Lograron salir, pero... no sé dónde huyeron o si lograrán llegar hasta acá con todos los horrores que pululan por el mundo.

Sartaq se quedó en silencio un largo rato y Nesryn pasó cada segundo de la espera deseando haber mantenido la boca cerrada. Luego el príncipe dijo:

—Pediré discretamente —se apartó del muro— que mis espías estén al pendiente de la familia Faliq y que, si los ven, les ayuden de todas las maneras posibles a llegar a puerto seguro.

—Gracias —ella logró decir, pues sintió que el pecho se le apretaba hasta casi sentir dolor. Era una oferta generosa; más que generosa.

—Lo siento... lamento tu pérdida —Sartaq agregó—, a pesar de que fue hace bastante tiempo. Yo... como guerrero, crecí de la mano de la Muerte. Sin embargo, ésta... ha sido más difícil de manejar que otras. Y el dolor de mi madre tal vez es más difícil de enfrentar que el mío —negó con la cabeza y la luz de la luna bailó en su cabello negro. Luego continuó con ligereza forzada—: ¿Por qué piensas que estaba deseoso de salir tras de ti esta noche?

Nesryn, a pesar de sus intenciones, le sonrió un poco en respuesta. Sartaq arqueó la ceja.

—Aunque me ayudaría saber exactamente qué se supone que estamos buscando.

Nesryn dudó si decirle o no, dudaba incluso que la presencia del príncipe en este sitio fuera algo bueno. Él rio en voz baja cuando el titubeo de Nesryn duró un instante más de lo normal.

—¿Piensas que yo ataqué a la sanadora? ¿Después de que fui yo quien te lo dijo en la mañana?

Nesryn inclinó la cabeza.

—No es mi intención faltarte al respeto —aunque había visto a un príncipe esclavizado en la primavera y le había disparado una flecha a una reina para mantenerlo con vida—. Tus espías están en lo correcto. Rifthold estaba... No quisiera que Antica tuviera que sufrir algo similar.

—¿Y estás convencida de que el ataque en la Torre fue sólo el comienzo?

—Aquí estoy, ¿no? —luego de un silencio Nesryn agregó—: Si alguien, local o extranjero, te ofrece un anillo o un collar negro, si ves a alguien usando algo similar... no titubees, ni por un segundo. Tu ataque deberá ser rápido y certero. La decapitación es lo único que los derrota. La persona que estaba en el interior ya está perdida. No intentes salvarla porque terminarás esclavizado tú también.

Sartaq desvió su atención hacia la espada que colgaba al costado de Nesryn, así como al arco y las flechas en su espalda.

—Cuéntame todo lo que sepas —le dijo en voz baja.

—No puedo.

Esa negativa por sí sola podría costarle la vida, pero Sartaq asintió pensativo.

—Entonces dime lo que puedas.

Así que eso hizo. Entre las sombras de los muros de la Torre, le explicó al príncipe todo lo que pudo, salvo lo de las llaves y los portales, y la esclavización de Dorian y del rey anterior.

Cuando terminó, el rostro de Sartaq seguía inmutable, aunque se frotó la mandíbula.

—¿Cuándo planeaban decirle esto a mi padre?

—En cuanto nos concediera una reunión en privado.

Sartaq maldijo en voz baja pero muy creativamente.

—Con la muerte de mi hermana... Le ha costado más trabajo, de lo que está dispuesto a admitir, regresar a nuestros ritmos normales. No aceptará mi consejo. Ni el de nadie más —el tono del príncipe reflejaba preocupación y pesar.

—Lo siento mucho —dijo Nesryn.

Sartaq sacudió la cabeza.

—Tengo que pensar en lo que me dijiste. Hay lugares en este continente, cerca del sitio donde vive mi gente... —se frotó el cuello—. Cuando era niño, contaban historias en los nidos sobre horrores similares... —dijo y luego agregó más para sí mismo que para ella—: Tal vez es momento de visitar mi madre-hogar. Escuchar de nuevo sus historias y cómo lidiaron con esa amenaza antigua en aquel entonces. En especial si está empezando a movilizarse otra vez.

¿Un registro del Valg... aquí? Su familia nunca le había dicho eso, pero su propia gente venía de lugares muy distantes en el continente. Si los jinetes de ruk se habían enterado del Valg o si los habían incluso enfrentado...

Se escucharon pasos en la calle cercana y ellos se pegaron a la pared del callejón con las manos en las empuñaduras de las espadas. Sólo se trataba de un borracho que regresaba a dormir a casa y que saludó a todos los guardias de la Torre a lo largo del muro, lo cual le ganó unas cuantas sonrisas de vuelta.

—¿Existen canales debajo de la ciudad? ¿Alcantarillado que pudiera conectarse con la Torre? —Nesryn exhaló con voz apenas audible.

—No lo sé... —admitió Sartaq en el mismo volumen. Sonrió con seriedad al señalar una rejilla antigua entre las rocas empinadas del callejón—, pero sería un honor acompañarte a descubrirlo.

CAPÍTULO 14

A Yrene no le importó si alguien llegaba en la noche a asesinarla mientras dormía.

Para cuando terminó la vigilia solemne a la luz de las velas en el patio de la Torre, para cuando Yrene emprendió el regreso a su recámara en una de las partes más altas de la Torre, dos acólitas la tuvieron que terminar de subir porque se colapsó en la base de las escaleras. Ya no le importaba nada.

Cocinera le llevó la cena a la cama. Yrene logró tomar un bocado y luego se quedó perdida.

Despertó después de la media noche, con el tenedor en el pecho y el platillo de pollo con especias derramado en su vestido azul favorito.

Gimió, pero se sentía ligeramente más viva. Lo suficiente para sentarse en la oscuridad casi total de su recámara de la Torre. Se levantó a hacer sus necesidades y colocó su pequeño escritorio frente a la puerta. Apiló los libros y todos los objetos que encontró sobre el escritorio, revisó dos veces las cerraduras y regresó a la cama con la misma ropa que traía puesta.

Despertó al amanecer.

Justo a la hora en que había quedado de reunirse con lord Chaol.

Yrene soltó una palabrota, apartó los libros, el escritorio, abrió las cerraduras y bajó corriendo las escaleras de la Torre.

Había ordenado que llevaran el arnés para Chaol directo al patio del castillo y sus cosas se habían quedado en el cuarto de Chaol, así que no tenía nada que llevar salvo su histérica persona que bajaba corriendo la espiral interminable de la Torre. Iba frunciéndole el ceño a los búhos tallados que la juzgaban en silencio, mientras pasaba volando junto a las recámaras de las acólitas y sanadoras que empezaban a despertar y que sólo parpadearon soñolientas al verla correr.

Yrene le dio las gracias a Silba por los poderes restauradores del sueño profundo y pesado, mientras se apresuraba por los campos del complejo, por los pasillos bordeados de lavanda y hacia las puertas que acababan de abrirse.

Antica empezaba a despertar y las calles todavía seguían silenciosas. Yrene corrió hacia el palacio al otro lado de la ciudad. Llegó al patio treinta minutos tarde, sin aliento y sudando en todos los rincones de su cuerpo.

Lord Westfall había empezado sin ella.

Las sombras todavía eran oscuras porque el sol estaba apenas asomándose por el horizonte, cuando Yrene se detuvo en las enormes puertas de bronce, dando bocanadas para recuperar el aliento, y observó cómo marchaba el proceso de la montura.

Como ella había especificado, la yegua ruana de aspecto paciente era de estatura menor al promedio: la altura perfecta para que Chaol alcanzara el cuerno de la silla al levantar la mano. Y eso era justo lo que estaba haciendo, observó Yrene con bastante satisfacción. Pero lo demás...

Por lo visto, Chaol había decidido *no* utilizar la rampa de madera que Yrene también había pedido que construyeran en lugar del escalón normal para montar. La rampa estaba abandonada entre las sombras junto a los establos, recargada contra la pared este del patio, como si él se hubiera negado categóricamente a usarla y les hubiera ordenado que le trajeran a la yegua para montarla sin ayuda.

No le sorprendió en lo más mínimo.

Chaol no se permitía ver a ninguno de los guardias que se conglomeraban a su alrededor, al menos no más de lo estrictamente necesario. El grupo le estaba dando la espalda a ella y sólo podía identificar a uno o dos por nombre, pero...

Uno se acercó en silencio para permitir que Chaol apoyara su otra mano en la armadura de su hombro y el lord se enderezó con un empujón poderoso. La yegua esperó con paciencia, mientras él se sostenía del cuerno de la silla para equilibrarse...

Yrene avanzó al frente justo cuando lord Westfall estaba empujándose del hombro del guardia para subir a la silla. El guardia se acercó al mismo tiempo que él se impulsaba. Esto lo dejó sentado de lado en la silla, pero Chaol de todas maneras sólo hizo un movimiento breve con la cabeza para agradecerle al guardia.

Se puso a estudiar la silla de montar que tenía frente a él en silencio, pensando cómo haría que una de sus piernas pasara al otro lado del caballo. Tenía las mejillas enrojecidas y la mandíbula apretada. Los guardias se quedaron a su alrededor y él se tensó cada vez más y más...

Pero entonces volvió a moverse. Se inclinó hacia atrás en la silla y tiró de su pierna derecha para pasarla por encima del cuerno. El guardia que le había ayudado se acercó rápidamente para sostenerle la espalda y otro corrió al otro lado para evitar que se cayera, pero el torso de Chaol permaneció firme. Inamovible.

Tenía un control muscular extraordinario. Era un hombre que había entrenado su cuerpo para que lo obedeciera bajo cualquier circunstancia, incluso ésta.

Y... ya estaba montado en la silla.

Chaol les murmuró algo a los guardias que los hizo retroceder y él se agachó a ambos lados para abrochar las correas del arnés alrededor de sus piernas. El arnés estaba empotrado a la silla y se ajustaba perfectamente gracias a las medidas estimadas que Yrene le había proporcionado a la mujer del taller; estaba diseñado para estabilizar sus piernas y reemplazar el sitio donde sus muslos harían presión para mantenerlo erguido, sólo hasta que se acostumbrara a montar. Tal vez ni siquiera necesitaría esos soportes, pero... era preferible excederse en las medidas de seguridad para su primera salida.

Yrene se limpió la frente sudorosa y se acercó. Le dio las gracias a los guardias que empezaron a regresar a sus puestos. El que le había prestado el hombro a lord West-fall volteó a verla. Yrene le sonrió ampliamente y le dijo en halha:

—Buenos días, Shen.

El joven guardia le devolvió la sonrisa y continuó hacia los pequeños establos en las sombras del patio. Le guiñó el ojo al pasar a su lado.

—Buenos días, Yrene.

Chaol ya estaba erguido sobre la silla de montar cuando ella devolvió la vista al frente. La postura rígida y la mandíbula apretada desaparecieron cuando la vio acercarse.

Yrene se acomodó el vestido y en el momento en que llegó con Chaol se dio cuenta de que todavía traía la ropa del día anterior. Ahora con una enorme mancha roja en el pecho.

Chaol vio la mancha, luego su cabello... oh, dioses, su *cabello*... y se limitó a decir:

—Buenos días.

Yrene tragó saliva aunque seguía jadeando un poco por la carrera.

—Perdón por llegar tarde.

De cerca, el arnés se disimulaba bastante bien y la mayoría de la gente ni siquiera lo notaría. En especial por la manera en que Chaol se conducía.

Estaba sentado muy erguido y orgulloso sobre el caballo, los hombros hacia atrás, el cabello todavía húmedo por el baño de la mañana. Yrene volvió a tragar saliva e inclinó la cabeza en dirección a la rampa para montar descartada al otro lado del patio.

—Se suponía que ibas a usar eso, sabes.

Él arqueó las cejas.

—Dudo que haya una rampa disponible en el campo de batalla —le contestó con la boca un poco torcida—. Así que será mejor que aprenda a montar por mi cuenta.

Vaya que sí. Pero a pesar del amanecer dorado y fresco a su alrededor, a Yrene le vino a la mente lo que había visto en la herida de Chaol, el ejército que tal vez deberían enfrentar ambos y las sombras largas parecieron estirarse...

Un movimiento le llamó la atención y se puso alerta de nuevo cuando vio que Shen salía con una yegua blanca y pequeña de entre las sombras, ensillada y lista para ella. Yrene frunció el ceño mirando su vestido.

—Si yo voy a montar —dijo Chaol simplemente—, tú también.

Tal vez *eso* le había murmurado a los guardias antes de que se dispersaran.

—No... hace mucho tiempo que no monto a caballo —soltó Yrene, sin pensarlo.

—Si yo puedo permitir que cuatro hombres me ayuden a subirme a este maldito caballo —dijo él con las mejillas todavía enrojecidas por el esfuerzo—, entonces tú también puedes montar.

Por su tono de voz ella comprendió que el proceso le debió resultar... vergonzoso. Lo *notó* en la expresión de su rostro unos momentos antes. Pero él se había armado de valor y lo había hecho.

Además, con la ayuda de los guardias... Ella sabía que por varios motivos él casi no podía voltear a verlos. Que el recordatorio de lo que alguna vez había sido no era la única razón que lo hacía tensarse en su presencia, que lo hacía negarse a siquiera considerar entrenar con ellos.

Pero ésa no era una conversación que pudieran tener en ese momento: no aquí y no mientras el brillo comenzaba a regresar a su mirada.

Así que Yrene se levantó un poco el vestido y permitió que Shen la ayudara a montar al caballo.

La falda se le subió tanto que dejaba a la vista casi todas sus piernas, pero ella sabía que en ese mismo patio se enseñaba mucho más. Así que ni Shen ni ninguno de los otros guardias siquiera voltearon a verla. Ella miró a Chaol para indicarle que se adelantara, pero notó que él tenía la vista puesta en ella.

La pierna que le quedaba expuesta del tobillo a medio muslo estaba más pálida que la mayor parte de su piel bronceada. Ella se bronceaba con facilidad cuando estaba bajo el sol, pero hacía muchos meses que no iba a nadar ni a asolearse.

Chaol notó su atención y la miró de inmediato a los ojos.

—Tienes una buena posición —le dijo él con el mismo tono clínico que ella usaba con frecuencia cuando hablaba sobre los cuerpos de sus pacientes.

Yrene lo miró exasperada, pero le agradeció a Shen e hizo que su caballo empezara a avanzar. Chaol chasqueó las riendas e hizo lo mismo.

Ella mantuvo su atención sobre él, mientras avanzaban hacia las puertas del patio. El arnés estaba funcionando. La silla estaba funcionando.

Él estaba viendo el arnés... y después su mirada se dirigió a las puertas, a la ciudad que despertaba al fondo, hacia la Torre que se elevaba por encima de todo como si fuera una mano levantada en franca bienvenida.

La luz del sol empezó a entrar por el arco del patio y los bañó a ambos de tonos dorados, pero Yrene juraría que lo que brillaba en los ojos castaños del capitán era mucho más que la aurora cuando salieron rumbo a la ciudad.

No era lo mismo que volver a caminar, pero era mucho mejor que la silla.

Mejor que mejor.

El arnés era un poco difícil de usar, iba en contra de todos sus instintos como jinete, pero lo sostenía con firmeza. Además, le permitió salir frente a Yrene por las puertas del palacio; la sanadora se sostenía del borrén delantero de vez en cuando y olvidaba las riendas por completo. Bueno, al fin había encontrado algo en lo que ella no se sentía tan segura.

Le salió una pequeña sonrisa al pensarlo. En especial porque ella no dejaba de ajustarse la falda. Para haberle dicho tantas cosas sobre su modestia a la hora de quitarse la ropa, a ella no le encantaba traer las piernas expuestas.

Los hombres en la calle, trabajadores, vendedores y guardias, la volteaban a ver. La veían todo lo que querían. Hasta que notaron la mirada de Chaol y apartaron la vista. Y él se aseguró de que lo hicieran. De la misma manera en que se aseguró de que la atención de los guardias en el patio permaneciera respetuosa en el momento en que ella entró corriendo, resoplando, asoleada y sonrojada. A pesar de la mancha en la ropa, a pesar de que traía el mismo vestido del día anterior y venía cubierta por una capa brillante de sudor.

Fue mortificante que lo tuvieran que ayudar a subirse a la silla de montar, como si fuera una pieza de equipaje, después de que se negó a usar la rampa. Fue mortificante ver a esos guardias con sus uniformes impecables, la armadura en sus hombros y las empuñaduras de las espadas brillando bajo la luz del sol, todos atentos a las dificultades que estaba teniendo para montar. Pero se aguantó. Y se olvidó por completo de sí mismo al percatarse de las miradas de admiración que le dirigían los guardias a Yrene. Ninguna dama, hermosa o promedio, joven o vieja, merecía que se le quedaran viendo así. E Yrene...

Chaol mantuvo a su yegua junto a la de ella. Miraba fijamente a cualquier hombre que la volteara a ver de camino a la enorme Torre de rocas de crema pálida bajo la luz matinal. Cada uno de ellos encontró de inmediato otro lugar donde concentrar su atención. Algunos, incluso, parecían apenados.

No sabía si Yrene se daba cuenta o no. Estaba demasiado ocupada sosteniéndose del cuerno de la silla con cualquier movimiento inesperado del caballo, demasiado ocupada haciendo cara de susto cuando la yegua aceleraba el paso en alguna calle empinada y la hacía bambolearse y resbalar en la silla.

—Inclínate al frente —le dijo él—. Equilibra tu peso.

Él hizo lo mismo, lo que alcanzaba a hacer con el arnés.

Los caballos subieron lentamente por las calles. Las cabezas se les movían de arriba a abajo por el esfuerzo.

—Sí sé esas cosas —Yrene lo miró molesta.

Él arqueó las cejas con una mirada que decía: "Me tenías engañado".

Ella frunció el ceño, pero miró al frente y se inclinó como él le había indicado.

La noche anterior, Chaol dormía como piedra cuando Nesryn regresó, ya bien entrada la noche. Sin embargo, lo despertó el tiempo suficiente para decirle que no había descubierto nada sobre la posible presencia del Valg en la ciudad. No había alcantarillas conectadas a la Torre y, con tantos guardias alrededor de sus muros, nadie podría entrar por ese lado. Chaol logró mantenerse despierto el suficiente tiempo para agradecerle y para escuchar su promesa de que al día siguiente volvería a salir a cazar.

Pero este día sin nubes y brillante... definitivamente no era la oscuridad que prefería el Valg. Aelin le había dicho cómo los príncipes del Valg podían atraer la oscuridad hacia ellos, oscuridad que atacaba a cualquier ser vivo a su paso y los drenaba hasta dejarlos secos. Pero aunque sólo hubiera un agente del Valg en la ciudad, ya fuera un príncipe o un soldado ordinario...

Chaol apartó la idea de su mente. Frunció el ceño al ver la estructura monumental que se iba volviendo más imponente con cada calle que cruzaban.

—Towers —dijo pensativo y volteó a ver a Yrene—. ¿Es una coincidencia que tengas ese nombre o tus ancestros provienen de la Torre?

Ella se sostuvo del borrén delantero con tanta fuerza que los nudillos se le veían blancos, como si sólo por voltear a verlo se fuera a caer del caballo.

—No lo sé —admitió—. Mi... Fue conocimiento que nunca adquirí.

Él consideró las palabras, se dio cuenta de que ella prefirió que el brillo de la Torre la deslumbrara en lugar de mirarlo a los ojos. Era una digna representante de su tierra natal, Fenharrow. Él ya no se atrevió a preguntarle por qué no conocía la respuesta y dónde estaba su familia.

En vez de eso, movió la barbilla hacia el anillo que ella traía en el dedo.

—¿El anillo falso de matrimonio funciona de verdad? —ella prestó atención a su anillo antiguo y desgastado.

—Me gustaría poder decirte que no, pero sí, sí funciona.

—¿Te topas con ese tipo de comportamiento aquí? —"¿en esta ciudad maravillosa?", pensó solamente.

—Muy, muy raramente —dijo ella y movió los dedos un poco para luego volverlos a envolver alrededor del borrén—. Pero es un viejo hábito de casa.

Por un instante, recordó a una mujer que había sido asesinada y a quien encontraron con un vestido blanco ensangrentado y colapsada en la entrada de las barracas. Recordó el cuchillo envenenado que el hombre usó para atacarla y que había usado con tantas otras personas.

—Me alegra —dijo después de un momento— que no le teman a estas cosas aquí.

También los guardias, a pesar de todo lo que intentaron verla, se habían portado respetuosos. Ella incluso se había dirigido a uno de ellos por su nombre y la respuesta cálida del guardia fue auténtica.

Yrene apretó de nuevo el cuerno de la silla.

—El khagan se encarga de que todos los habitantes se apeguen a la ley, sean servidumbre o realeza.

Eso no debía ser un concepto tan novedoso, pero... Chaol parpadeó.

—¿De verdad?

Yrene se encogió de hombros.

—Hasta donde yo he escuchado y observado. Los lords no pueden pagar para evitar ser castigados si cometen un delito, ni pueden aprovecharse de sus apellidos para evadir problemas. Además, los posibles criminales en las calles están conscientes de cómo funciona la mano de la justicia y es raro que intenten desafiarla — hizo una pausa—. ¿Tú...?

Él supo lo que ella no se atrevió a preguntar.

—Me ordenaban liberar o fingir que no me daba cuenta cuando los nobles cometían delitos. Al menos, en los casos de quienes eran de valor para la corte o para los ejércitos del rey.

Ella clavó la vista en el borrén que tenía enfrente.

—¿Y tu nuevo rey?

—Él es distinto.

Si estaba vivo. Si había logrado salir de Rifthold. Chaol se obligó a añadir:

—Dorian ha estudiado y admirado el khaganato desde hace mucho tiempo. Tal vez instaure algunas de sus políticas.

Una mirada larga y escrutadora.

—¿Crees que el khagan se aliará con ustedes?

Él no le había dicho eso, pero supuso que resultaba bastante obvio para qué habían venido.

—Tengo la esperanza.

—¿Sus ejércitos harán mucha diferencia contra... los poderes que mencionaste?

—Tengo la esperanza —repitió Chaol.

No podía obligarse a pronunciar la verdad: que sus ejércitos eran pocos y estaban desperdigados... eso, si acaso existían... Comparados con el poder que se reunía en Morath...

—¿Qué sucedió en estos meses?

Una pregunta discreta y cuidadosa.

—¿Estás intentando hacerme hablar?

—Quiero saber.

—No es nada que valga la pena contar.

No valía la pena contar su historia para nada. Ninguna de las partes.

Ella se quedó en silencio y el único sonido que se escuchó mientras avanzaron por esa cuadra fueron los cascos de sus caballos.

—Tendrás que hablar del tema. En algún momento. Ayer yo... alcancé a entrever en tu interior unas escenas de lo sucedido.

—¿No te bastó?

La pregunta fue tan tajante como el cuchillo que colgaba de su cintura.

—No, si de eso se alimenta la cosa en tu interior. No, si asumir la parte que te corresponde pudiera ayudar.

—¿Y te sientes muy segura de eso?

Debería controlar su lengua, lo sabía, pero...

Yrene se enderezó en la silla.

—El trauma de cualquier lesión requiere reflexión interna durante la sanación y también después, para tratar las secuelas.

—No quiero. No lo necesito. Sólo quiero volverme a poner de pie... volver a caminar —ella sacudió la cabeza, mientras él continuó al ataque—: ¿Y qué hay de ti, eh? ¿Qué te parece si hacemos un trato, Yrene Towers? Tú me cuentas todos tus secretos profundos y oscuros, y yo te contaré los míos.

La indignación se apoderó de la mirada de Yrene y lo vio fijamente. Él le devolvió la mirada. Al final, Yrene resopló y sonrió un poco.

—Eres necio como un burro.

—Me han dicho cosas peores —le respondió y una sonrisa incipiente empezó a formarse en su boca.

—No me sorprende en lo más mínimo.

Chaol rio y alcanzó a distinguir el esbozo de una sonrisa en el rostro de Yrene, antes de que ella inclinara la cabeza para ocultarla; como si compartir una sonrisa con un hijo de Adarlan fuera un delito terrible.

Él siguió viéndola un rato más: el humor que permanecía en su rostro, el cabello pesado y de rizos suaves que la brisa del mar matutino movía de vez en cuando. Y se dio cuenta de que estaba sonriendo todavía, como si algo inextricable en su pecho al fin empezara a aflojarse.

Cabalgaron en silencio el resto del camino a la Torre y Chaol inclinó la cabeza hacia atrás cuando llegaron más cerca y empezaron a subir la colina por una avenida amplia y soleada que conducía al complejo en la cima.

La Torre era todavía más imponente de cerca.

Era ancha, más fortaleza que otra cosa, pero conservaba su forma redondeada. Tenía edificios en los flancos que se conectaban en los niveles inferiores. Todo estaba bordeado por unos enormes muros blancos; las puertas de hierro, hechas para asemejarse a un búho con las alas extendidas, estaban abiertas de par en par y dejaban ver los arbustos de lavanda y los sembradíos de flores a ambos lados de los pasillos de grava color arena. No eran sembradíos de flores; eran de hierbas.

Los olores de las hierbas que empezaban a abrirse a la luz del sol le llenaron la nariz: albahaca, menta, salvia y más lavanda. Hasta sus caballos, con sus cascos que crujían en los pasillos, parecieron suspirar al acercarse.

Los guardias, que vestían lo que él asumió eran los colores de la Torre, azul aciano y amarillo, los dejaron pasar sin hacerles ninguna pregunta e Yrene inclinó la cabeza para agradecerles. Ellos no le miraron las piernas. Ni siquiera se atrevieron ni mostraron interés ni se les ocurrió faltarle al respeto. Chaol apartó la mirada antes de tener que enfrentar sus expresiones inquisitivas.

Yrene tomó la delantera y los condujo por un arco al interior del complejo del patio. Las ventanas del edificio de tres pisos alrededor del patio brillaban con la luz del sol naciente. Pero dentro del espacio en sí...

Más allá del murmullo de Antica despertando en las afueras del complejo, más allá de los cascos de sus caballos en la grava clara, sólo se escuchaba el borboteo de las fuentes gemelas ancladas en los muros paralelos del patio. El agua brotaba de bocas en forma de picos de búhos ululando y caía en las cuencas profundas que había debajo. Flores de color rosa claro y morado crecían a lo largo de todas las paredes, entre los limoneros; los jardines eran limpios, pero las plantas tenían la libertad de crecer como quisieran.

Era uno de los lugares más serenos que jamás hubiera visto. Y entonces las vio acercarse... veinticuatro mujeres vestidas de todos los colores, aunque la mayoría con vestidos simples, como los que usaba Yrene.

Se formaron en hileras ordenadas en la grava. Algunas apenas eran unas niñas y otras ya estaban entradas en años. Algunas eran ancianas; incluyendo a una mujer, de piel oscura y cabello blanco, que se separó de la fila delantera y le sonrió ampliamente a Yrene. No era un rostro que alguna vez hubiera poseído belleza, pero la mirada de la mujer tenía cierta luz, cierta amabilidad y serenidad, que hicieron parpadear maravillado a Chaol.

Todas las demás la observaron, como si fuera el eje alrededor del cual estaban ordenadas. Incluso Yrene, quien le sonrió a la mujer mientras desmontaba con una mirada de agradecimiento por haberse bajado al fin de la yegua. Uno de los guardias que los había seguido desde la entrada se acercó para llevarse el caballo, pero titubeó al ver que Chaol permanecía en su montura.

Chaol no le hizo caso al hombre. Yrene se desenredó el cabello con los dedos y habló con la mujer anciana en la lengua de Chaol.

—¿Supongo que la buena asistencia esta mañana es gracias a ti? —palabras triviales, tal vez su intento por conservar algo de normalidad, considerando lo que había ocurrido en la biblioteca.

La anciana sonrió con gran calidez. Era más luminosa que el sol que se asomaba tras los muros del complejo.

—Las chicas escucharon el rumor de que un apuesto lord vendría a darles una clase. Casi me atropellaron en la estampida para bajar las escaleras.

Les sonrió divertida a tres chicas de rostros enrojecidos, de no más de quince años, que no levantaron la vista de sus zapatos mostrando cierta culpa. Pero luego, las chicas lo miraron sin levantar del todo la cabeza, pero con absoluto descaro.

Chaol intentó no reír.

Yrene lo volteó a ver y se fijó en el arnés y la silla de montar, cuando escuchó el crujido de ruedas que se aproximaba por la grava que llenaba el patio.

La diversión desapareció. Desmontar delante de estas mujeres...

Era suficiente.

La palabra resonó por todo su cuerpo.

Si no podía soportarlo frente a un grupo de las mejores sanadoras del mundo, entonces merecía sufrir. Él había ofrecido su ayuda. Se las daría. Porque sí había un grupo de chicas muy jóvenes al fondo del patio que se veían pálidas. Que se movían con inquietud. Nerviosas.

A este santuario, a este lugar hermoso... lo había invadido una sombra.

Él haría lo posible para ahuyentarla de ahí.

—Lord Chaol Westfall —le dijo Yrene e hizo un gesto hacia la mujer anciana— te presento a Hafiza, la Sanadora Mayor de la Torre Cesme.

Una de las chicas ruborizadas suspiró al escuchar el nombre de Chaol.

La mirada de Yrene bailó. Pero Chaol inclinó la cabeza en dirección a la anciana y ella le tendió las manos. Tenía la piel como cuero curtido y tan cálida como su sonrisa. Ella le apretó los dedos con fuerza.

—Tan apuesto como dijo Yrene.

—Yo no dije semejante cosa —protestó Yrene.

Una de las chicas rio, pero Yrene la miró con expresión de advertencia y Chaol arqueó las cejas para luego decirle a Hafiza:

—Es un honor y un placer, mi señora.

—Tan apuesto —murmuró una de las chicas detrás de él.

"Espera a verme desmontar", casi añadió él.

Hafiza le apretó las manos una vez más y luego se las soltó. Miró a Yrene, en espera. Yrene sólo aplaudió una vez y les indicó a las chicas que se formaran.

—Lord Westfall sufrió una lesión grave en la espalda y no puede caminar. Ayer, en el taller, Sindra le diseñó este arnés que está inspirado en los diseños de las tribus de jinetes de las estepas, quienes desde hace mucho tiempo han lidiado con este tipo de lesiones entre su gente.

Movió la mano hacia sus piernas, hacia el arnés. Con cada palabra, él sentía cómo se iban tensando sus hombros. Más y más.

—Si un día tienen un paciente con una situación similar —continuó Yrene—, la libertad de montar puede ser una alternativa agradable al carruaje o palanquín. En especial si antes estaban acostumbrados a cierto nivel de independencia —luego lo pensó un poco y siguió hablando—. O incluso si han enfrentado dificultades de movilidad a lo largo de toda su vida, esto puede proporcionarles una opción positiva mientras los sanan.

Poco más que un experimento; incluso las chicas que se habían sonrojado ya habían perdido las sonrisas y estaban estudiando el arnés y sus piernas.

—¿Quién quiere ayudar a Lord Westfall a bajar de su montura y subirse a su silla? —les preguntó Yrene.

Una docena de manos salieron disparadas al aire. Él intentó sonreír. Lo intentó y fracasó. Yrene señaló a algunas chicas y ellas se acercaron rápidamente. Ninguna lo miró por arriba de la cintura ni le dieron los buenos días. Yrene levantó la voz cuando se congregaron a su alrededor para asegurarse de que la escucharan las demás que estaban reunidas en el patio.

—Para los pacientes que están totalmente inmovilizados, ésta tal vez no sea una buena alternativa, pero lord Westfall conservó el movimiento por arriba de la cintura y puede dirigir el caballo con las riendas. El equilibrio y la seguridad, por supuesto, siguen siendo temas a cuidar; pero, además, se debe considerar que él conserva el uso y sensación de su hombría, lo cual agrega unas cuantas dificultades al tema de la comodidad del arnés en sí mismo.

Una de las chicas dejó escapar una risita al escuchar eso, pero la mayoría sólo asintió y miró directamente el área mencionada, como si él estuviera desnudo. Chaol sintió que la cara le quemaba y luchó contra el impulso de cubrirse.

Dos sanadoras jóvenes empezaron a desabrochar el arnés. Algunas examinaron las hebillas y las varillas. Seguían sin verlo a los ojos, como si él fuera su juguete nuevo, una nueva lección. Una rareza.

—Por favor, tengan mucho cuidado y no lo sacudan demasiado cuando... *cuidado* —continuó Yrene.

Él hizo un esfuerzo por mantener la expresión distante y empezó a extrañar a los guardias del palacio. Yrene les dio a las chicas instrucciones firmes y sólidas, mientras tiraban de él para bajarlo de la silla.

Él no intentó ayudar a las acólitas ni resistirse a ellas cuando lo jalaron de los brazos, mientras otra más intentaba sostener su cintura. El mundo se inclinó cuando tiraron de él hacia abajo. Pero el peso de su cuerpo era demasiado y sintió cómo se iba escurriendo más y más de la silla. Vio el piso acercarse y sintió el sol que le quemaba la piel.

Las chicas gruñeron. Alguien se pasó al otro lado para ayudar a pasar la otra pierna por arriba del caballo... o eso le pareció. Supo que eso hacían porque vio una cabeza con rizos que se asomaba al lado del caballo. Ella empujó y la pierna de Chaol salió apuntando hacia arriba. Él se mantuvo en su sitio. Las tres chicas apretaban los dientes mientras intentaban bajarlo y las demás las veían en silencio observador...

Una de las chicas dejó escapar un "Uf", y le soltó el hombro. El mundo se acercó a él de golpe...

Unas manos fuertes y firmes lo atraparon. Tenía la nariz a menos de quince centímetros de la grava. Las demás chicas se acomodaron y gruñeron intentando levantarlo de nuevo. Se había soltado del caballo, pero ahora tenía las piernas extendidas debajo de él, tan distantes como la parte superior de la Torre en las alturas.

Un rugido le inundó la cabeza.

Una especie de desnudez lo invadió. Fue peor que estar sentado en ropa interior durante horas. Peor que el baño con la doncella.

Yrene, con la mano en su hombro donde apenas había logrado atraparlo a tiempo, le dijo a las sanadoras:

—Lo podrían haber hecho mejor, chicas. Mucho mejor. Por varias razones —un suspiro—. Después discutiremos lo que hicieron mal, pero por lo pronto, siéntenlo en la silla.

Él apenas podía soportar oírla, escuchar sus palabras, mientras colgaba entre esas chicas, que probablemente pesaban la mitad que él. Yrene se hizo a un lado para permitir que la chica que lo había tirado volviera a ocupar su lugar y silbó con fuerza.

El sonido de las ruedas en la grava se escuchó cerca. Él no se molestó en ver la silla de ruedas que la acólita le había acercado. No se molestó en hablar cuando lo acomodaron y la silla tembló bajo su peso.

—*Cuidado* —volvió a advertir Yrene.

Las chicas se quedaron un poco más a su alrededor. Las demás seguían observando. ¿Habían pasado segundos o minutos desde que empezó esta odisea? Él apretó los brazos de la silla, mientras Yrene seguía dando instrucciones y hacía observaciones. Apretó los brazos con más fuerza cuando una de las chicas se agachó para tocar sus botas y *acomodarle* los pies.

Las palabras le subieron a la garganta y él supo que se le iban a salir; supo que poco podría hacer para detener su grito de "Déjame en paz", cuando los dedos de la acólita se acercaron al cuero negro y polvoso...

Unas manos marchitas y morenas se posaron en la muñeca de la chica y la detuvieron a unos centímetros de distancia.

—Permíteme —dijo Hafiza con tranquilidad. Las chicas se apartaron y ella se agachó para ayudarlo—. Prepara a las chicas, Yrene —dijo, sobre su hombro delgado.

Yrene obedeció y formó a las chicas de nuevo.

Las manos de la anciana se quedaron un momento en sus botas, en sus pies que apuntaban en direcciones opuestas.

—¿Lo hago yo, lord, o lo prefieres hacer tú?

Él no supo qué decir y no estaba seguro de poder usar las manos sin que le temblaran, así que asintió como gesto para que lo hiciera ella. Hafiza le enderezó un pie y esperó a que Yrene se alejara un poco para empezar a darles instrucciones de estiramientos a las chicas.

—Éste es un lugar de aprendizaje —murmuró Hafiza—. Nuestras estudiantes mayores les enseñan a las menores —a pesar de su acento, él le entendía perfectamente—. El instinto de Yrene, lord Westfall, fue mostrarle a las chicas cómo funciona el arnés, dejarlas aprender por ellas mismas lo que significa tener un paciente con dificultades similares. Para aprender esto, la misma Yrene tuvo que aventurarse a las estepas. Muchas de estas chicas tal vez no tengan esa oportunidad. Al menos no en varios años.

Al fin Chaol miró a Hafiza a los ojos y la comprensión que vio reflejada en ellos fue peor que haber sido bajado del caballo por un grupo de chicas que pesaban la mitad que él.

—Tiene buenas intenciones, mi Yrene.

Él no respondió. No estaba seguro de tener las palabras correctas. Hafiza le enderezó el otro pie.

—Hay muchas más cicatrices, mi lord, aparte de la del cuello.

Él quería decirle a la anciana que eso lo sabía muy bien; pero controló esa desnudez, ese rugido creciente que sentía en la cabeza.

Les había hecho una promesa a estas damas de enseñarles, de ayudarles.

Hafiza pareció leer eso... percibirlo. Le dio unas palmadas en el hombro, se puso de pie y se enderezó por completo con un gemido. Luego caminó de regreso a su sitio en la hilera del frente.

Yrene volteó a verlo. Ya habían terminado los estiramientos. Lo observó, como si la presencia prolongada de Hafiza le hubiera indicado que había pasado algo por alto.

Lo miró a los ojos y sus cejas se juntaron: "¿Qué pasa?"

Él no hizo caso de la pregunta que planteaba su mirada y decidió ignorar el destello de preocupación. Se guardó lo que sentía muy en el fondo e hizo rodar la silla hacia ella. Centímetro a centímetro. La grava no era lo ideal, pero él apretó los dientes y aguantó. Les había dado su palabra a estas chicas. No les quedaría mal.

—¿En qué nos quedamos en la clase pasada? —preguntó Yrene a la chica que estaba al frente.

—Cómo sacar los ojos —respondió ella con una sonrisa amplia.

Chaol casi se ahoga.

—Correcto —dijo Yrene y se frotó las manos—. Alguien que me demuestre.

Él observó en silencio y vio varias manos que se elevaron rápidamente. Yrene seleccionó una chica de talla pequeña. Yrene asumió la posición del atacante y tomó a la chica del frente con sorprendente intensidad.

Pero las manos delgadas de la chica se fueron directamente a la cara de Yrene, con los pulgares hacia los bordes de sus ojos.

Chaol casi se aventó de su silla, o lo hubiera hecho, de no ser porque la chica retrocedió.

—¿Y después? —preguntó Yrene.

—Engancho los pulgares así —dijo la chica con un movimiento en el aire para que todos vieran— y *pop*.

Algunas de las chicas rieron en voz baja por el *pop* que había hecho la chica con la boca.

Aelin estaría encantada de la vida.

—Bien —le dijo a la chica que regresó a su sitio en la fila. Entonces Yrene lo volteó a ver y la preocupación volvió a asomarse en sus ojos cuando percibió algo en la mirada de Chaol, pero le dijo—: Ésta es nuestra tercera lección del trimestre. Ya cubrimos los ataques frontales. Por lo general, le pido a los guardias que se ofrezcan como víctimas voluntarias —se oyeron unas risitas cuando dijo eso—, pero el día de hoy me gustaría que tú nos dijeras lo que *tú* piensas que pueden hacer las damas, jóvenes y viejas, fuertes y frágiles, contra cualquier tipo de ataque. Tu lista resumida de maniobras y consejos principales, si fueras tan amable.

Él entrenaba jóvenes para derramar sangre, no para sanar; pero la defensa fue la primera lección que él aprendió y la primera que le enseñaba a los jóvenes guardias... Antes de que terminaran colgados de las rejas del castillo.

En ese instante, el rostro golpeado y ciego de Ress le vino a la mente.

¿De qué les había servido a ellos todo esto cuando las cosas se pusieron difíciles?

Ninguno. Ninguno de los jóvenes del grupo en los que él confiaba y que había entrenado, con quienes había trabajado por años... ninguno sobrevivió. Brullo, su mentor y predecesor, le había enseñado todo lo que sabía, pero ¿de qué les sirvió? Toda la gente que él se encontraba, toda la gente que tocaba... terminaba sufriendo. Las vidas que él había jurado proteger...

El sol se volvió cegador y el borboteo de las fuentes gemelas era una melodía distante.

¿De qué había servido *algo* de lo que había hecho por su ciudad, por su gente, cuando la saquearon?

Levantó la mirada y notó que las filas de mujeres lo observaban con curiosidad en sus rostros.

Esperando.

Hubo un momento, cuando lanzó su espada al Avery. Cuando no fue capaz de soportar su peso en su costado, en su mano... cuando la tiró junto con todo lo que había sido el capitán de la guardia, todo lo que había representado, a las aguas oscuras y arremolinadas.

Desde entonces no había dejado de hundirse y ahogarse. Mucho antes del percance de su columna.

No estaba seguro de haber intentado nadar. No desde ese momento en que la espada terminó en el río. No desde que dejó a Dorian en esa habitación con su padre y le dijo a su amigo, a su hermano, que lo amaba y supo que era una despedida. Se... fue. En todos los sentidos de la palabra.

Chaol se obligó a respirar... a intentar.

Yrene se acercó a su lado al notar que el silencio de Chaol se prolongaba. De nuevo, parecía tan confundida como preocupada. Como si no pudiera entender por qué... *por qué* él podría haberse... Él apartó esa idea de su mente. Junto con las demás.

Las enterró hasta el fondo de los sedimentos del Avery, donde yacía esa espada de empuñadura de águila, olvidada y oxidándose.

Chaol levantó la barbilla y miró a cada una de las chicas, mujeres y ancianas a la cara. Eran sanadoras, doncellas, bibliotecarias y cocineras, le había dicho Yrene.

—Cuando un atacante se acerque a ustedes —dijo al fin—, probablemente intentará llevárselas a otra parte. *Nunca* permitan que lo haga. Si lo permiten, el sitio donde las lleve será el último que vean —él había visto suficientes escenas de crimen, de asesinatos en Rifthold, había leído y estudiado suficientes casos, para conocer la verdad—. Si las intentan mover de su posición, ésta la tienen que convertir en su campo de batalla.

—Eso ya lo sabemos —dijo una de las chicas que se habían ruborizado—. Ésa fue la primera lección de Yrene.

Yrene asintió con seriedad. Él no se permitió verle el cuello.

—¿Pisada en el empeine? —apenas lograba dirigirle la palabra a Yrene.

—También, en la primera lección —respondió la misma chica, en vez de Yrene.

—¿Qué tal lo debilitador que resulta recibir un golpe en la entrepierna?

Todas a su alrededor asintieron. Yrene en verdad conocía sus maniobras. Chaol sonrió sin humor.

—¿Qué me dicen de cómo lograr que un hombre de mi tamaño, o mayor, termine tirado de espaldas con menos de dos movimientos?

Algunas de las chicas sonrieron y negaron con la cabeza. No era tranquilizador.

CAPÍTULO 15

Yrene sintió que Chaol hervía de rabia, podía percibir el calor que emitía como si fuera una tetera.

No con las chicas y las mujeres. Ellas lo adoraban. Sonreían y reían, mientras se concentraban en su lección detallada y precisa, a pesar de que lo ocurrido en la biblioteca se cernía sobre ellas, sobre la Torre, como un manto gris. Yrene vio muchas lágrimas la noche anterior, durante la vigilia, y todavía notó algunos ojos rojos en los pasillos esa mañana cuando pasó corriendo.

Por fortuna, ya no quedaba ninguna señal de eso cuando lord Chaol llamó a tres guardias para ser voluntarios y las chicas pudieran tirarlos de espaldas sobre la grava una y otra vez. Los hombres aceptaron, tal vez porque sabían que cualquier lesión sería atendida y curada por las manos de las mejores sanadoras fuera de Doranelle.

Chaol incluso les devolvió las sonrisas tanto a las chicas como, para su sorpresa, a los guardias. Pero Yrene... ella no recibió ninguna. Ni una sola.

El rostro de Chaol se ponía duro y sus ojos se cubrían de escarcha cada vez que ella intervenía con una pregunta o cuando lo miraba dirigir a una acólita para que siguiera todos los pasos. Él sabía usar su autoridad y, además, su concentración constante le permitía darse cuenta de todo. Si dejaban un pie en la posición incorrecta, él se daba cuenta antes de que se movieran un centímetro.

La clase de una hora terminó y todas las alumnas pudieron tirar a un guardia y dejarlo de espaldas. Los pobres hombres se fueron cojeando, pero con grandes sonrisas.

Principalmente porque Hafiza les prometió un barril de cerveza a cada uno y su tónico de sanación más fuerte, el cual era mejor que cualquier alcohol.

Las mujeres se dispersaron cuando sonaron las campanas que indicaban las diez de la mañana. Algunas se fueron a sus clases, otras a realizar sus tareas, otras más a ver a sus pacientes; incluso, algunas chicas se quedaron a coquetear con lord Westfall. Una casi se le sentó en las piernas, pero Hafiza le recordó secamente que tenía un montón de ropa sucia que lavar.

Antes de que la Sanadora Mayor se alejara rengueando detrás de la acólita, le dirigió a Yrene una mirada llena de significado y algo que podría ser una advertencia.

—Bueno —le dijo Yrene a Chaol cuando se volvieron a quedar solos, aunque un grupo de chicas se asomaba desde una ventana de la Torre. Se dieron cuenta de que Yrene las había descubierto y volvieron a meterse para luego cerrar la ventana de golpe y alejarse entre risas.

Que Silba la protegiera de las chicas adolescentes.

Nunca había sido una... no así. No tan libre. Ella ni siquiera había besado a un hombre hasta el otoño pasado. En verdad, nunca se había reído de uno. Deseaba haberlo hecho; deseaba muchas cosas que no ocurrieron por aquella pira y aquellas antorchas.

—Eso salió mejor de lo esperado —le dijo Yrene a Chaol, quien fruncía el ceño mirando hacia la Torre—. Estoy segura de que me van a rogar que regreses la semana entrante. Si es que estás interesado, claro.

Él no respondió nada.

Yrene tragó saliva.

—Si estás dispuesto, hoy me gustaría volver a intentar trabajar en tu lesión. ¿Preferirías que busque una habitación aquí o quieres que regresemos al palacio?

Él finalmente la miró a los ojos. Su mirada era oscura.

—Al palacio.

A ella se le hizo un nudo en el estómago al escuchar el tono helado de su voz.

—De acuerdo —logró decir y se alejó para buscar a los guardias y a sus caballos.

Cabalgaron de regreso en silencio. De ida habían ido callados a ratos, pero esto era... deliberado. Pesado.

Yrene escarbó en su memoria para ver qué podría haber dicho durante la lección, qué podría haber olvidado. Tal vez estar en presencia de los guardias tan activos le había recordado lo que él no tenía. Tal vez sólo ver a los guardias lo había puesto de ese humor.

Lo fue pensando todo el camino de regreso al palacio y, mientras Shen y otro guardia lo ayudaban a regresar a la silla que lo estaba esperando, él sólo les sonrió brevemente como agradecimiento.

Lord Chaol la miró por encima del hombro. El calor de la mañana era suficiente para convertir el patio en un horno.

—¿Vas a empujarla o yo lo hago?

Yrene parpadeó.

—Puedes hacerlo tú, perfectamente —le respondió a Chaol porque el tono de su voz la hizo enfurecer.

—O tal vez podrías pedirle a alguna de tus acólitas que lo haga. O a cinco o a las que consideres necesarias para lidiar con un lord de Adarlan.

Ella volvió a parpadear lentamente y no le respondió nada antes de alejarse caminando a toda prisa. Ni siquiera se molestó en fijarse si él la seguía o qué tan rápido lo hacía.

Las columnas, pasillos y jardines del palacio pasaron a su lado a toda velocidad. Yrene estaba tan decidida a llegar a la habitación de Chaol que casi no se percató de que alguien la estaba llamando por su nombre.

Hasta que lo escuchó por segunda vez lo reconoció y se encogió un poco.

Para cuando volteó, Kashin, con armadura y sudando tanto que quedaba claro que estaba ejercitándose con los guardias del palacio, ya iba llegando a su lado.

—Te he estado buscando —le dijo y sus ojos color café de inmediato se fueron al pecho de Yrene. No... lo que veían era la mancha que todavía tenía en el vestido. Kashin arqueó las cejas—. Si quieres puedes mandar eso a la lavandería, estoy seguro de que Hasar te podría prestar algo limpio mientras tanto.

Ya había olvidado que seguía con el mismo vestido manchado y arrugado. No se había sentido tan sucia hasta este momento. Nunca se había sentido como un animal de granja.

—Gracias por la oferta, pero me las arreglaré.

Retrocedió un paso, pero Kashin dijo:

—Escuché sobre el atacante de la biblioteca. Conseguí guardias adicionales que llegarán a la Torre después de la puesta del sol todas las noches y se quedarán hasta el amanecer. Nadie podrá entrar sin que nos demos cuenta.

Era una oferta generosa... amable. Como siempre había sido con ella.

—Gracias.

El rostro de él permaneció serio y tragó saliva. Yrene se preparó para las palabras que le diría, pero Kashin sólo dijo:

—Por favor, ten cuidado. Ya sé que me dejaste claro lo que opinas, pero...

—Kashin.

—... eso no cambia el hecho de que somos, o éramos, amigos, Yrene.

Yrene se obligó a verlo a los ojos; se obligó a decir:

—Lord Westfall me comentó lo que pensabas... sobre Tumelun.

Por un instante, Kashin volteó a ver las banderas blancas que ondeaban de la ventana más cercana. Ella volvió a abrir la boca, tal vez para ofrecerle al fin el pésame, para intentar arreglar este asunto que había fracturado su relación, pero el príncipe dijo:

—Entonces entiendes lo seria que puede ser esta amenaza.

—Sí, y seré cuidadosa —ella asintió.

—Bien —dijo él, simplemente. Su rostro cambió y sonrió con sencillez. Por un instante, Yrene deseó poder sentir algo por él más allá de la amistad. Pero nunca había sido ése el caso con él, al menos no de parte de ella—. ¿Cómo va la sanación de lord Westfall? ¿Han avanzado?

—Un poco —respondió Yrene para evadir el tema. Insultar a un príncipe dándole la espalda y yéndose, aunque hubiera sido su amigo en el pasado, no era buena idea, pero mientras más se extendiera esta conversación... Inhaló—. Me gustaría poder quedarme a platicar...

—Entonces, quédate.

Su sonrisa se hizo más amplia. Era apuesto... Kashin era un hombre verdaderamente apuesto. Si fuera cualquier otra persona, si tuviera cualquier otro título...

—Lord Westfall me está esperando —dijo ella, mientras negaba con la cabeza y sonreía tensa.

—Me enteré de que fueron esta mañana a la Torre a caballo. ¿No regresó contigo?

Ella intentó ocultar la expresión de súplica de su cara e hizo una pequeña reverencia.

—Debo irme. Gracias de nuevo por tu preocupación... y por los guardias, príncipe.

El título quedó colgando entre ellos, repicando como campana, mientras Yrene comenzó a caminar, aunque sintió la mirada de Kashin sobre ella hasta que dio la vuelta en una esquina.

Se recargó contra la pared, cerró los ojos y exhaló profundamente. Tonta. Tantas otras personas la llamarían tonta y, sin embargo...

—Casi me siento mal por el pobre hombre.

Abrió los ojos y vio a Chaol, sin aliento y con los ojos todavía encendidos, que venía dando la vuelta por la esquina.

—Por supuesto —continuó—, yo venía muy atrás y no alcancé a escucharte, pero lo que sí pude ver fue *su* cara cuando se marchó.

—No sabes de qué hablas —dijo Yrene con tono inexpresivo y siguió caminando con más lentitud hacia la habitación de Chaol.

—No avances más lento por mí. Hiciste la primera parte del recorrido en tiempo récord.

Ella lo miró molesta.

—¿*Hice* algo hoy para ofenderte? —La mirada de Chaol no le reveló nada, pero sus brazos poderosos continuaron empujando las ruedas de su silla para seguir avanzando—. ¿Entonces?

—¿Por qué rechazas al príncipe? Parece que fueron cercanos.

No era ni el momento ni el lugar para tener esa conversación.

—Ése no es asunto de tu incumbencia.

—Dame por mi lado.

—No.

Él no tuvo dificultades para seguirle el paso, aunque ella aceleró durante todo el camino hasta llegar a la puerta de su habitación.

Kadja estaba afuera e Yrene le hizo un pedido inútil:

—Necesito tomillo seco, limón y ajo.

Esos ingredientes podrían pertenecer a la vieja receta de su madre para preparar trucha fresca.

La doncella desapareció con una inclinación de la cabeza. Yrene abrió la puerta de la habitación y dejó pasar a Chaol.

—Para que sepas —le siseó cuando empezó a cerrar la puerta detrás de él—, tu actitud de mierda no ayuda a nada ni a nadie.

Chaol frenó en seco en medio del vestíbulo y ella casi pudo sentir el dolor que eso debió provocarle en las manos. Él abrió la boca para decir algo, pero luego la volvió a cerrar. Justo en ese momento, se abrió la puerta de la otra recámara y salió Nesryn con el cabello mojado y brillante.

—Me preguntaba adónde habían ido —le dijo a él y le asintió a Yrene a modo de saludo—. ¿Empezaron temprano?

A Yrene le tomó unos instantes reajustar la habitación, la dinámica, ahora que Nesryn se había integrado. Yrene no era la persona... primaria. Era la ayudante, la secundaria... como fuera.

Chaol se sacudió las manos —en efecto tenía marcas rojas—, pero le respondió a Nesryn:

—Fui a la Torre a ayudar a las chicas con una clase de defensa personal.

Nesryn miró la silla.

—A caballo —dijo él.

Nesryn volteó a ver a Yrene con los ojos muy abiertos y brillantes:

—¿Tú... cómo?

—Un arnés —le aclaró Yrene—. Estábamos a punto de empezar nuestro segundo intento de sanación.

—¿Y pudiste montar de verdad?

Yrene percibió la crispación y la incredulidad internas de Chaol, principalmente, porque ella también las sintió.

—No intentamos nada más que una marcha rápida, pero, sí —respondió con calma. Sin alterarse. Como si hubiera anticipado estas preguntas de Nesryn. Como si se hubiera acostumbrado a ellas—. Tal vez mañana intentaré un trote.

Aunque sin el apoyo de las piernas, el rebote... Yrene repasó sus archivos mentales de lesiones en la ingle, pero guardó silencio.

—Iré contigo —dijo Nesryn con un destello en sus ojos oscuros—. Puedo mostrarte la ciudad... tal vez la casa de mi tío.

—Me gustaría —fue lo único que Chaol respondió.

Nesryn le dio un beso en la mejilla.

—Voy a ir a verlo un par de horas —dijo Nesryn—. Luego me reuniré con... ya sabes. Regreso en la tarde y retomaré mis... deberes después de eso.

Palabras cuidadosas. Yrene no la culpaba. No con las armas que estaban acumuladas en el escritorio de la habitación de Nesryn, apenas visibles del otro lado de la puerta entreabierta. Cuchillos, espadas, múltiples arcos y aljabas... La capitana tenía un pequeño arsenal en su recámara.

Chaol sólo gruñó para indicar su aprobación y sonrió un poco cuando vio a Nesryn caminar hacia las puertas de la habitación. La capitana se detuvo cerca de la puerta con una sonrisa más grande que todas las que le había visto Yrene.

Esperanza. Estaba llena de esperanza.

Nesryn cerró la puerta con un *clic*.

De nuevo solos y en silencio; e Yrene, quien todavía tenía la sensación de que ella era la intrusa, se cruzó de brazos.

—¿Te puedo traer algo antes de que empecemos? —dijo él y sólo siguió avanzando en la silla, hacia su recámara.

—Prefiero estar en la sala —dijo ella y tomó su bolso de trabajo de la mesa del vestíbulo donde Kadja lo había dejado, probablemente, después de revisarlo.

—Y yo preferiría estar en la cama mientras agonizo —le respondió, por encima del hombro—. Y espero que en esta ocasión no te desmayes en el piso.

Se pasó con facilidad de la silla a la cama y luego empezó a desabrocharse la chaqueta.

—Dime —dijo Yrene desde la puerta—. Dime qué hice que te molestó.

Él se quitó la chaqueta.

—¿Te refieres a qué más hiciste aparte de exhibirme como un muñeco roto frente a tus acólitas y hacer que me bajaran de ese caballo como un pescado muerto?

Ella sintió cómo su cuerpo se quedaba rígido. Sacó la mordedera antes de dejar caer el bolso al suelo.

—Mucha gente te ayuda aquí en el palacio.

—No tanta como tú crees.

—La Torre es un lugar para aprender y no es frecuente que tengamos pacientes con lesiones como la tuya. Por lo general, nosotras debemos ir donde están ellos. Estaba mostrándoles a las acólitas ejemplos que les podrían servir para ayudar a incontables pacientes en el futuro.

—Claro, tu preciado caballo destrozado. Mira qué bien amaestrado me tienes. Qué dócil.

—Eso no era lo que quería decir y lo sabes.

Él se arrancó la camisa y casi la rasgó de las costuras al sacársela por la cabeza.

—¿Era una especie de castigo? ¿Por servirle al rey? ¿Por ser de Adarlan?

—*No* —que él la creyera capaz de ser tan cruel, tan poco profesional—. Era precisamente lo que te acabo de decir: quería *mostrarles*.

—¡*Yo* no quería que les mostraras!

Yrene se enderezó.

Chaol jadeaba con los dientes apretados.

—*Yo* no quería que me estuvieras exhibiendo. Que las dejaras *manipularme* —su pecho subió y bajó, los pulmones debajo de esos músculos estaban trabajando como fuelles—. ¿Tienes *idea* de cómo se siente esto? ¿Pasar de *eso* —hizo un ademán hacia ella, su cuerpo, sus piernas, su columna— a *esto*?

Yrene sintió que el piso desaparecía debajo de sus piernas.

—Sé que es difícil...

—Lo es, pero tú lo hiciste *más* difícil hoy. Haces que me siente en esta habitación casi desnudo y, sin embargo, *nunca* me había sentido más exhibido que esta mañana.

Chaol parpadeó, como si él mismo estuviera sorprendido de haberlo verbalizado, sorprendido de haberlo admitido.

—Lo... lo siento —fue lo único que se le ocurrió responder a Yrene.

Él tragó saliva.

—Todo lo que pensaba, todo lo que había planeado y todo lo que quería... ya no existe. Lo único que me queda es mi rey y esta ridícula brizna de esperanza de que sobreviviremos a esta guerra y encontraré la manera de *sacar* algo de todo esto.

—¿De qué?

—De *todo* lo que se me desmoronó en las manos. *Todo*.

La voz se le quebró al decir la última palabra.

A ella le empezaron a picar los ojos. Por vergüenza o por dolor, no lo sabía.

Y no quería saber qué era o qué le había pasado a él. Qué hacía que el dolor se acumulara en la mirada de Chaol. Sabía, sabía que él tendría que enfrentarlo, que tendría que hablar de eso, pero...

—Lo siento —repitió—. Debí tomar en cuenta cómo te sentías tú al respecto —agregó con dificultad.

Él la miró un momento y luego se quitó el cinturón. Luego, las botas, las calcetas.

—Puedes dejarte puesto el pantalón, si... si lo prefieres.

Él se lo quitó. Luego, esperó.

Seguía furioso. Seguía viéndola con gran resentimiento en la mirada.

Yrene tragó saliva una vez. Dos. Tal vez debería haber conseguido algo para desayunar.

Pero alejarse, aunque fuera sólo para eso... Yrene tenía la sensación, aunque no sabía bien por qué, de que si se alejaba de él, si él la veía darle la espalda...

Las sanadoras y sus pacientes requieren de confianza, de un vínculo.

Si le daba la espalda y se marchaba, probablemente el daño ya no podría repararse.

Así que le indicó que se moviera al centro de la cama y se recostara boca abajo y ella se sentó en el borde.

Yrene puso una mano sobre la columna de Chaol, sobre el canal pronunciado que formaban los músculos a lo largo de su espalda.

No había considerado... los sentimientos de él. Los que tal vez tendría. Las cosas que lo atormentaban...

La respiración de Chaol era rápida, superficial. Entonces, dijo:

—Sólo para que me quede claro: ¿tu resentimiento es contra mí o contra Adarlan en general? —dijo, pero se quedó viendo la pared a la distancia, la entrada al baño cubierta con ese biombo de madera tallada.

Yrene mantuvo la mano firme, estaba preparada ya sobre la espalda de Chaol, cuando sintió que la vergüenza la recorría.

No, ella no había tenido el mejor de los comportamientos en los últimos días. Ni siquiera se le acercaba.

La cicatriz que Chaol tenía en la parte superior de su columna resaltaba más con la luz de la media mañana; la sombra que proyectaba la mano de Yrene sobre la piel parecía una marca gemela.

La cosa que aguardaba dentro de esa cicatriz... Yrene sintió que su magia retrocedía de nuevo al sentir su cercanía. La noche anterior había estado demasiado cansada y esta mañana demasiado ocupada para siquiera pensar en volver a enfrentarla. Para contemplar lo que podría ver, contra lo que podría tener que luchar... lo que él tendría que soportar también.

Pero él había cumplido con su palabra, le había dado la clase a las chicas a pesar de los errores tontos e insensibles que ella había cometido. Supuso que la única manera de devolverle el favor sería cumpliendo también con lo que le había prometido hacer.

Yrene inhaló hondo para tranquilizarse. No había manera de prepararse para esto y lo sabía. No había respiración que la pudiera preparar para que esto fuera menos terrible para alguno de los dos.

Yrene le dio la mordedera a Chaol en silencio. Él se la metió entre los dientes y mordió suavemente. Ella lo miró, su cuerpo preparado para el dolor, el rostro ilegible y volteado hacia la puerta.

—Un grupo de soldados de Adarlan quemó viva a mi madre cuando yo tenía once años —dijo Yrene con suavidad.

Y antes de que Chaol pudiera responder, colocó su mano sobre la marca en la espalda.

CAPÍTULO 16

Sólo había oscuridad y dolor. Chaol rugió contra ella, vagamente consciente de la mordedera en su boca y del daño a su garganta.

Quemada viva quemada viva quemada viva

El vacío le mostró el fuego. Una mujer de cabello castaño dorado y piel del mismo tono, gritando en agonía hacia los cielos.

Le mostró un cuerpo roto en una cama sangrienta. Una cabeza que rodaba por el piso de mármol.

Tú hiciste esto tú hiciste esto tú hiciste esto

Le mostró una mujer con ojos de flama azul y cabello de oro puro sobre él, con la daga levantada apuntando hacia su corazón.

Si tan sólo... A veces deseaba que nadie la hubiera detenido.

La cicatriz en su rostro, provocada por las uñas que le enterró en la piel cuando lo atacó por primera vez... En ese deseo lleno de odio era en lo que pensaba cuando se veía al espejo. El cuerpo en la cama, esa habitación fría y ese grito.

El collar en esa garganta bronceada y la sonrisa que no le pertenecía al rostro amado. El corazón que él ofreció, pero que cayó abandonado en los tablones del muelle junto al río. Una asesina que se fue y una reina que regresó. Una hilera de hombres admirables colgando a la entrada del castillo.

Todo contenido en esa cicatriz delgada. Donde se concentraba todo lo que no podía perdonar ni olvidar.

El vacío se lo mostraba, una y otra vez.

Le azotaba el cuerpo con látigos ardientes llenos de púas. Y le mostraba esas cosas incansablemente.

Le mostraba a su madre. Y a su hermano. Y a su padre.

Todo lo que había dejado. En lo que había fracasado. Lo que odiaba y en lo que se había convertido.

Las líneas entre esas dos últimas cosas se habían vuelto borrosas.

Y él había intentado. Había intentado estas semanas, estos meses.

El vacío no estaba dispuesto a aceptar eso.

Un fuego negro le recorrió la sangre, las venas, intentando ahogar esos pensamientos.

La rosa ardiente que se quedó en una mesa de noche. El último abrazo de su rey.

Lo había intentado. Había intentado albergar *esperanzas*, pero...

Un grupo de mujeres, casi unas niñas, que lo bajaron de un caballo. Lo tocaron y lo examinaron.

El dolor lo atacó, en la parte más baja y profunda de su columna, y no podía respirar para soportarlo, no podía gritar más fuerte que el dolor...

Vio un destello de luz blanca.

Un parpadeo. A la distancia.

No era el dorado ni el rojo ni el azul del fuego. Sino luz del sol blanca, clara y limpia.

Un parpadeo en la oscuridad, haciendo chispas como relámpago en la noche...

Y luego el dolor convergió de nuevo.

Los ojos de su padre... los ojos furiosos de su padre cuando le anunció que se marcharía para unirse a la guardia. Los puños. Las súplicas de su madre. La angustia en su rostro la última vez que la vio, cuando se fue de Anielle a caballo. La última vez que vio su ciudad, su hogar. Su hermano, pequeño y asustado, oculto en la sombra larga de su padre.

Un hermano que intercambió por otro. Un hermano que había dejado atrás.

La oscuridad apretó más y le aplastó los huesos para hacerlos polvo.

Lo mataría.

Lo mataría, este dolor, este... este agujero interminable y agitado de *nada*

Tal vez sería una bendición. Él no estaba completamente seguro de que su presencia... su presencia *más allá* tuviera algún efecto. No estaba seguro de que valiera la pena intentarlo, o acaso regresar.

A la oscuridad le gustó eso. Parecía alimentarse de eso.

Y al mismo tiempo iba apretándose más alrededor de sus huesos. Al mismo tiempo hacía hervir la sangre de sus venas y él aulló y aulló...

Una luz blanca chocó contra él. Lo dejó ciego.

Llenó ese vacío.

La oscuridad gritó, se replegó y luego se alzó como ola de tormenta a su alrededor...

Pero sólo rebotó contra el cascarón de luz blanca que lo envolvía, una roca en contra de la cual la oscuridad se quebró.

Una luz en el abismo.

Era cálida, silenciosa y amable. No se asustaba de la oscuridad.

Como si hubiera vivido en esa oscuridad durante mucho, mucho tiempo y entendiera cómo funcionaba.

Chaol abrió los ojos.

La mano de Yrene se había resbalado de su columna.

Ella ya se estaba apartando de él, se abalanzaba por la camisa tirada en la alfombra de la recámara.

Él vio la sangre antes de que ella pudiera ocultarla.

Escupió la mordedera y tomó a Yrene de la muñeca. Jadeaba con fuerza.

—Estás herida.

Yrene se limpió la nariz, la boca y la barbilla antes de voltear a verlo; pero no pudo ocultar las manchas que tenía en el pecho y que empapaban el cuello de su vestido. Chaol se enderezó de inmediato.

—Santos dioses, Yrene...

—Estoy bien.

Sonaba como si tuviera la nariz congestionada, las palabras se deformaban por la sangre que todavía le salía de la nariz.

—¿Esto... es común? —Chaol llenó sus pulmones con aire para gritar y que alguien trajera a *otra* sanadora...

—Sí.

—Mentirosa.

Pudo escuchar la falsedad en su pausa. La notó porque se rehusó a mirarlo a los ojos. Chaol abrió la boca, pero ella le puso la mano en el brazo y apartó la camisa sangrienta de su cara.

—Estoy bien. Sólo necesito... descansar.

Ella no parecía estar para nada bien con la sangre que la había manchado toda y que empezaba a secarse en su barbilla y boca.

Yrene volvió a presionar la camisa contra su nariz al sentir que volvía a salir un poco de sangre.

—Por lo menos —le dijo mirando la tela y la sangre— la mancha de antes ahora hace juego con el resto de mi vestido.

Un triste intento de ser graciosa que sólo provocó en él una sonrisa sombría.

—Yo pensaba que así era el diseño del vestido.

Ella lo miró agotada, pero ligeramente divertida.

—Dame cinco minutos y puedo volver a entrar y...

—Recuéstate. Ahora.

Él se deslizó un poco en el colchón para enfatizar su punto.

Yrene estudió las almohadas; la cama era tan grande que podrían dormir cuatro personas sin molestarse unos a otros. Con un gemido, presionó la camisa contra su cara y se dejó caer en las almohadas. Se quitó las zapatillas y dobló las piernas hacia el pecho. Inclinó la cabeza hacia arriba para detener el sangrado.

—Qué puedo traerte —preguntó él, mientras la veía con la mirada perdida en el techo. Ella había hecho esto, lo había hecho mientras le ayudaba, probablemente por el mal humor que él tenía antes de que empezaran...

Yrene sólo negó con la cabeza.

En silencio, él vio cómo ella presionaba su nariz con la camisa. Vio cómo la sangre manchaba el otro lado de la tela una y otra vez. Hasta que finalmente empezó a detenerse. Hasta que se detuvo por completo.

Su boca, nariz y barbilla estaban rojas debido a los restos de la sangre, sus ojos estaban vidriosos por el dolor o el cansancio. Probablemente por ambos.

—¿Cómo? —él le preguntó.

Ella sabía a qué se refería. Intentó limpiarse un poco la sangre del pecho.

—Entré ahí, en el sitio de la cicatriz, y fue igual que antes. Un muro que ningún ataque de mi magia podía romper. Creo que me mostró...

Sus dedos apretaron la camisa cuando la presionó contra la sangre que le empapaba todo el frente.

—¿Qué?

—Morath —exhaló ella y él podría haber jurado que hasta el canto de las aves se detuvo un instante en el jardín—. Me mostró una especie de recuerdo que se quedó en *ti*. Me mostró una gran fortaleza negra llena de horrores. Un ejército esperando en las montañas a su alrededor.

A él se le heló la sangre cuando se dio cuenta de a quién podría pertenecer ese recuerdo.

—¿Era algo real o era una manipulación contra ti?

De la misma manera que habían sido usados sus propios recuerdos.

—No lo sé —admitió Yrene—, pero entonces te escuché gritar. No aquí afuera, sino... ahí adentro —volvió a limpiarse la nariz—. Y me di cuenta de que atacar ese muro sólido era... Creo que era una distracción. Algo para engañarme. Así que seguí el sonido de tus gritos. Para llegar contigo —dijo, para llegar a ese sitio en las profundidades de él—. Esa cosa estaba tan concentrada en destrozarte que no vio cuando me acercaba —tiritó—. No sé si le hice algo, pero... no pude so-portarlo. Ver y escuchar. Lo sorprendí cuando entré de un sal-to, pero no sé si estará esperando la próxima vez. Si recordará. Tiene una especie de... conciencia. No es algo vivo, sino como si un recuerdo hubiera sido liberado en el mundo.

Chaol asintió y el silencio se acomodó entre ambos. Ella volvió a limpiarse la nariz. La camisa de Chaol ya es-taba completamente cubierta de sangre. Yrene la colocó en la mesa de noche junto a la cama.

Durante varios minutos el sol viajó por el piso y el viento hizo sonar las hojas de las palmas.

—Lo siento mucho, lo de tu madre —dijo Chaol luego de un rato.

Si hacía memoria sobre las fechas... lo de la madre de Yrene tendría que haber ocurrido pocos meses después de la propia historia de terror y pérdida de Aelin.

Tantos... tantos niños en quienes Adarlan había dejado unas cicatrices muy profundas. Eso, en el caso de que Adar-lan los haya dejado vivir.

—Ella era todo lo bueno del mundo —dijo Yrene y se recostó en posición fetal para mirar hacia las venta-nas abiertas que daban al jardín, más allá de los pies de la cama—. Ella... Yo logré escapar porque ella...

Yrene ya no dijo lo demás.

—Hizo lo que cualquier madre haría —Chaol terminó la frase por ella.

Yrene asintió.

Como sanadoras, ellas habían sido de las primeras víc-timas. Y continuaron ejecutándolas mucho tiempo des-pués de que la magia desapareciera. Adarlan siempre había perseguido sin piedad a las sanadoras con don de magia. Era posible que la gente de su propio pueblo las hubie-ra vendido a Adarlan para ganarse unas monedas fáciles.

Chaol tragó saliva. Después de un momento, dijo:

—Yo vi al rey de Adarlan asesinar frente a mí a la mujer que Dorian amaba y no pude hacer nada para evitarlo. Para salvarla. Y cuando el rey intentó matarme por planear derrocarlo... Dorian intervino. Él se enfrentó a su padre y consiguió tiempo para que yo huyera. Y huí... huí porque... porque no había nadie más que pudiera hacerse cargo de la rebelión. Para informarle a la gente que necesitaba saberlo. Le permití enfrentarse a su padre, enfrentar las consecuencias y *huí*.

Ella lo miró en silencio.

—Pero ahora está bien.

—No lo sé. Está libre... está vivo. ¿Pero está bien? Sufrió. Mucho. De maneras que ni siquiera puedo empezar a... —se le cerró la garganta, tanto que sintió dolor—. Debería haber sido yo. Siempre había planeado que sería yo.

Una lágrima se deslizó por el puente de la nariz de Yrene. Chaol la atrapó con el dedo antes de que pudiera deslizarse al otro lado.

Yrene le sostuvo la mirada por un largo rato. Las lágrimas hacían que sus ojos se vieran casi radiantes con la luz del sol. Él no supo cuánto tiempo había pasado. Cuánto tiempo le había tomado a ella siquiera intentar romper esa oscuridad... tan sólo un poco.

La puerta de la habitación se abrió y se cerró, con un silencio que a él le indicó que era Kadja. Pero eso hizo que Yrene lo dejara de ver. Sin esa mirada, Chaol tuvo una sensación de frío... Silencio y frío.

La piel de Chaol absorbió la lágrima cuando él apretó el puño para obligarse a no hacer que ella volteara a verlo... para leer sus ojos. Pero ella levantó la cabeza tan rápido que casi se rompe la nariz y al mismo tiempo el dorado de sus ojos destelló.

—Chaol —exhaló y él pensó que tal vez era la primera vez que lo llamaba así.

Pero ella miró hacia abajo e hizo que él bajara la mirada con ella; que recorriera su torso desnudo, sus piernas desnudas... hasta llegar a los dedos de sus pies... Los cuales estaban enroscándose y desenroscándose lentamente. Como si estuvieran intentando recordar el movimiento.

CAPÍTULO 17

Los primos de Nesryn estaban en la escuela cuando ella llegó a tocar la puerta exterior de la hermosa casa de sus tíos en el barrio Runni. Desde la calle polvosa, lo único que se podía ver de la casa, más allá de los muros altos y gruesos, era la puerta de roble tallada y reforzada con placas de hierro.

Cuando los dos guardias le abrieron e, instantáneamente, le indicaron que entrara, el interior dejó ver un patio sombreado y amplio de roca clara, flanqueado por columnas llenas de buganvilias color magenta y una fuente alegre con incrustaciones de vidrio marino que borboteaba en el centro.

La casa era típica de Antica y de la gente balruhni, de quienes descendían Nesryn y su familia. Estaban muy acostumbrados a la vida en el desierto y por ello todo el edificio estaba diseñado alrededor del sol y del viento: las ventanas exteriores nunca eran colocadas cerca de la exposición del calor solar del sur; además, las torres angostas, que servían para atrapar la brisa sobre el edificio, siempre veían en dirección opuesta al viento del este, el cual venía lleno de arena, esto era para evitar que se infiltrara a las habitaciones que refrescaba. Su familia no era tan afortunada como para tener un canal que corriera debajo de la casa, como lo tenían muchas de las personas más adineradas de Antica, pero con las plantas enormes y los techos de madera tallada, la sombra mantenía los pisos de la planta baja, alrededor del patio, lo suficientemente frescos durante el día.

De hecho, Nesryn inhaló profundamente al entrar al hermoso patio y su tía la encontró a medio camino para darle la bienvenida.

—¿Ya comiste?

—Esperé a llegar a tu mesa, tía —respondió Nesryn, aunque ya había comido.

Era un saludo común en halha entre familiares. *Nadie* se iba de una casa, en especial una casa de la familia Faliq, sin comer. Al menos una vez.

Su tía, que todavía era una mujer corpulenta y hermosa que nunca paraba, ni siquiera después de tener cuatro hijos, asintió de manera aprobatoria.

—Esta mañana le dije a Brahim que nuestra cocinera es mejor que las que tienen en ese palacio.

Un resoplido divertido se escuchó un piso más arriba, desde la ventana con postigos de madera que veía al patio. Ahí estaba el estudio de su tío. Una de las pocas habitaciones comunes que había en el segundo piso, por demás privado.

—Cuidado, Zahida, o el khagan podría escucharte y llevarse a nuestra querida cocinera al palacio.

La tía le puso los ojos en blanco a la figura que apenas se alcanzaba a distinguir a través de los postigos ornamentados de madera y tomó a Nesryn del brazo.

—Es un metiche. Siempre entrometiéndose en nuestras conversaciones de acá abajo.

Su tío rio, pero no hizo más comentarios.

Nesryn sonrió y permitió que su tía la llevara hacia el interior espacioso de su casa, tras la estatua de la voluptuosa Inna, diosa de los hogares tranquilos y del pueblo balruhni. La figura tenía los brazos levantados en una simultánea bienvenida y defensa.

—Tal vez el cocinero inferior del palacio es la razón por la cual los hijos del khagan son tan delgados —dijo Nesryn.

Su tía resopló y se dio unas palmadas en el estómago.

—Y sin duda es la razón por la que yo he adquirido tanto relleno estos años —le guiñó el ojo a Nesryn—. Tal vez yo *debería* deshacerme de la vieja cocinera, entonces.

Nesryn besó la mejilla de su tía, suave como un pétalo.

—Eres más hermosa ahora que cuando yo era niña —le dijo a su tía con sinceridad.

Su tía fingió restarle importancia, pero sonreía feliz cuando ingresaron al interior sombreado y fresco de la casa. Los techos altos del largo pasillo se sostenían sobre columnas. Las vigas de madera y los muebles tallados estaban inspirados en la flora y fauna exuberantes de sus antiguas tierras distantes. Su tía la llevó hacia el fondo de la casa, una parte que la mayoría de los huéspedes no vería jamás, hasta llegar al segundo patio, más pequeño, en la parte trasera. Ése era sólo para la familia y la mayor parte estaba ocupada por una mesa larga y sillas de asientos cómodos bajo la sombra de un toldo. A esta hora, el sol estaba del lado opuesto de la casa, precisamente el motivo por el cual su tía lo había escogido.

Su tía la llevó a una silla junto a la cabecera, el lugar de honor, y se fue para pedirle a la cocinera que trajera un refrigerio.

En el silencio, Nesryn escuchó el viento que suspiraba entre los jazmines que trepaban por el muro hasta el balcón de arriba. Era el hogar más sereno que había visto, en especial, si lo comparaba con el caos de la casa de su familia en Rifthold.

Un dolor le oprimió el pecho y Nesryn se frotó la zona para aliviarlo. Ellos estaban vivos, habían logrado salir.

Pero eso no le revelaba dónde estaban en ese momento. Ni lo que podrían enfrentar en ese continente lleno de tantos terrores.

—Tu padre hace la misma cara cuando está pensando demasiado —le dijo su tío a sus espaldas.

Nesryn volteó y sonrió un poco al ver a Brahim Faliq entrar al patio. Su tío era menos alto que su padre, pero era más delgado, principalmente, porque *no* se ganaba la vida horneando pasteles. No, su tío seguía siendo un hombre delgado para su edad, pero su cabello oscuro estaba salpicado de canas. Era probable que ambas cosas se debieran a que la vida de comerciante lo mantenía muy activo.

Pero la cara de Brahim... Era la cara de Sayed Faliq. Era el rostro de su padre. Menos de dos años separaban a los hermanos, por lo que cuando eran chicos algunas personas los consideraban gemelos. Pero ese rostro amable y aún apuesto le provocó un nudo en la garganta a Nesryn.

—Una de las pocas características que heredé de él, al parecer.

Era verdad. Nesryn era silenciosa y tendía a la contemplación, mientras que la risa escandalosa de su padre había sido tan constante en su casa como las canciones alegres y las risas de su hermana.

Nesryn sintió que su tío estaba estudiándola cuando llegó a sentarse frente a ella y dejó la cabecera para Zahida. Los hombres y las mujeres gobernaban la casa juntos y, para los hijos, el mandato conjunto de sus padres era la ley. Nesryn sí era obediente, pero su hermana... Todavía podía escuchar las peleas a gritos entre su hermana y su padre, cuando Delara creció y anheló tener más independencia.

—Para la capitana de la guardia real —dijo su tío, pensativo—, en verdad, me sorprende que tengas el tiempo para visitarnos con tanta frecuencia.

En ese momento entró su tía cargando una bandeja con té helado de menta y vasos.

—Silencio. No te quejes, Brahim, o va a dejar de venir.

Nesryn sonrió y miró a sus tíos, mientras su tía les repartía un vaso de té a cada uno. La mujer colocó la bandeja sobre la mesa entre ellos y ocupó su lugar en la cabecera.

—Pensé venir ahora, mientras los niños están en la escuela.

Otro de los muchos decretos maravillosos del khaganato: todos los niños, sin importar qué tan pobres o ricos fueran, tenían el derecho a asistir a la escuela. Sin costo. Como resultado, casi todos en el imperio sabían leer; mucho más de lo que Nesryn podía decir de Adarlan.

—Y yo que estaba esperando —dijo su tío con una sonrisa irónica— que regresaras para cantarnos más. Desde que te fuiste el otro día, los niños han estado maullando tus canciones como gatos de callejón. No tengo el corazón para decirles que sus voces no necesariamente son tan buenas como la de su estimada prima.

Nesryn rio y sintió que se ruborizaba. Ella sólo cantaba frente a poca gente, sólo la familia. Nunca le había cantado a Chaol ni a los demás, ni siquiera les había mencionado que su voz era... mejor que buena. No era algo que surgiera con facilidad en las conversaciones y los dioses sabían que los últimos meses no habían sido muy inspiradores de canto. Pero la otra noche de pronto se descubrió cantándoles a sus primos una de las canciones que su padre le había enseñado. Era una canción de cuna de Antica. Para cuando terminó de cantarla, su tía y su tío estaban con ellos, y Zahida se estaba secando los ojos y... bueno, ahora ya no podía deshacer lo hecho, ¿o sí?

Probablemente le harían bromas sobre esto hasta que nunca más volviera a abrir la boca. Pero qué daría por haber venido a este lugar sólo para cantar. Suspiró un poco, preparándose.

En el silencio, sus tíos intercambiaron miradas. Su tía le preguntó en voz baja:

—¿Qué sucede?

Nesryn dio un sorbo a su té y pensó bien sus palabras. Al menos sus tíos le concedieron el tiempo que necesitó para empezar a hablar. Su hermana ya estaría sacudiéndola de los hombros y exigiendo una respuesta.

—Hubo un ataque en la Torre el otro día. Un intruso mató a una joven sanadora. Todavía no se ha encontrado al asesino.

A pesar de que ella y Sartaq habían recorrido las pocas alcantarillas y canales debajo de Antica la noche anterior, no encontraron ningún camino hacia la Torre ni otra señal de un nido de Valg. Lo único que descubrieron fueron los típicos olores horribles de la ciudad y ratas corriendo entre sus pies.

Su tío dijo una mala palabra y su tía le reprochó con la mirada. Pero incluso su tía se frotó un poco el pecho antes de preguntar:

—Escuchamos los rumores, pero... ¿vienes a advertirnos?

Nesryn asintió.

—El ataque se asemeja a las técnicas que usaban nuestros enemigos en Adarlan. Si están aquí, en esta ciudad, me temo que puede estar relacionado con mi llegada.

Todavía no se había atrevido a decirles demasiado a sus tíos. No por falta de confianza, sino por temor a que alguien pudiera escucharlos. Así que ellos no sabían del Valg ni de Erawan ni de las llaves.

Sabían sobre su misión para conseguir un ejército, porque eso no era un secreto, pero... Ella no se arriesgó a contarles sobre Sartaq. Que él y sus rukhin podrían ser el camino para conseguir el apoyo del khagan; que su gente podría saber algo sobre el Valg, que ni siquiera habían descubierto al lidiar con ellos en Adarlan. Ni siquiera se arriesgó a decirles que había montado la ruk del príncipe. De todas maneras, no le creerían. Aunque su familia tuviera dinero, había diferencias entre la riqueza y la realeza.

—¿Podrían atacar a la familia para llegar a ti? —dijo su tío.

Nesryn tragó saliva.

—No lo creo, pero no descartaría nada. Yo... sigue sin saberse si este ataque *está* relacionado con mi llegada o si estamos adelantándonos, pero por si es verdad... vine a advertirles que si pueden contraten más guardias —miró a los dos y colocó las manos sobre la mesa con las palmas hacia arriba—. Lamento haber traído esto a su hogar.

Otra mirada entre sus tíos y después cada uno la tomó de una mano.

—No tienes que disculparte por nada —le dijo su tía.

—Verte tan inesperadamente ha sido una gran bendición —agregó su tío.

A ella se le cerró la garganta. Esto... esto era lo que Erawan estaba dispuesto a destruir.

Ella encontraría la manera de conseguir un ejército para rescatar a su familia de la guerra o para evitar que alcanzara estas costas.

—Contrataremos más guardias —dijo su tía—, enviaremos una escolta para que acompañe a los niños a la escuela —asintió dirigiéndose a su esposo— y que vaya con nosotros a todas partes en esta ciudad.

—¿Y qué hay de ti? Paseando por la ciudad a solas —agregó el tío de Nesryn.

Ella hizo un ademán para desestimar sus preocupaciones, aunque la hacían sentir bien. Evitó contarles que había cazado Valg en las alcantarillas de Rifthold durante semanas y que había estado recorriendo las alcantarillas de Antica la noche anterior. Y, en verdad, evitó decirles qué tan involucrada había estado en la desaparición del castillo de cristal. No tenía ningún deseo de ver cómo su tío se caía de la silla ni de ver cómo el hermoso cabello de su tía se ponía blanco.

—Puedo cuidarme sola.

Sus tíos no parecían tan convencidos, pero asintieron de todas maneras. Justo en ese momento, apareció la cocinera con pequeños platos de ensaladas frías que traía en sus ancianas manos y le sonrió ampliamente a Nesryn.

Durante varios minutos, Nesryn comió de todas las cosas que sus tíos le pusieron en el plato, y en verdad que la comida era igual de buena que la del palacio. Cuando estaba a punto de explotar, después de beberse hasta la última gota de su té, su tía le dijo con picardía:

—Tenía la esperanza de que trajeras un invitado, sabes.

Nesryn resopló y se apartó el cabello de la cara.

—Lord Westfall está muy ocupado, tía —pero si Yrene había logrado subirlo a ese caballo en la mañana... tal vez sí podría traerlo al día siguiente, presentarle a su familia, a los cuatro hijos que llenaban esa casa de caos y dicha.

Su tía dio un sorbo al té.

—Oh, no me refería a él —Zahida y Brahim intercambiaron una sonrisa de complicidad—. Me refería al príncipe Sartaq.

Nesryn se alegró de ya no tener té en la boca.

—¿Qué con él?

La sonrisa pícara no desapareció.

—Los rumores dicen que *alguien* —miró deliberadamente a Nesryn— fue vista ayer en la madrugada montando en ruk con el príncipe.

Nesryn intentó controlar su mueca.

—Sí... era yo.

Rezó para que nadie la hubiera visto con él la noche anterior. Los agentes del Valg no podían enterarse de que los estaban cazando.

Su tío rio.

—¿Y cuándo planeabas decirnos? Los chicos estaban emocionadísimos de que su amada prima hubiera montado en la mismísima Kadara.

—No quería presumir —dijo a manera de excusa patética.

—Hmm —fue lo único que respondió su tío, pero se podía ver la picardía bailándole en la mirada.

Sin embargo, la tía de Nesryn le dedicó una mirada llena de significado, con acero en sus ojos color castaño, como si ella tampoco hubiera olvidado por un momento a la familia que seguía en Adarlan y que tal vez en esos momentos estaba intentando escapar a estas costas.

—Los ruks no le tendrán temor a los guivernos —dijo simplemente su tía.

CAPÍTULO 18

El corazón de Yrene latió con fuerza cuando se arrodilló al lado de Chaol en la cama y vio cómo se movían los dedos de sus pies.

—¿Puedes... sentir eso?

Chaol seguía viéndolos como si no pudiera creerlo.

—Yo... —las palabras se le atoraron en la garganta.

—¿Puedes controlar el movimiento?

Él pareció concentrarse y entonces sus dedos se detuvieron.

—Bien —dijo ella y se sentó más erguida para verlo de cerca—. Ahora muévelos.

De nuevo, él pareció concentrarse y concentrarse, y entonces... Dos dedos se enroscaron; luego tres del otro pie. Yrene sonrió, amplia y largamente. Seguía sonriendo cuando volteó a verlo de nuevo.

Él no podía dejar de verla. Su sonrisa. Una especie de concentración intensa se apoderó de las facciones de Chaol y ella se quedó inmóvil.

—¿Cómo? —preguntó él.

—El... tal vez cuando te encontré, cuando mi magia empujó un poco esa oscuridad...

Había sido terrible. Encontrarse dentro de toda esa oscuridad. El frío, el vacío, los gritos de dolor y de horror.

Ella se negó a reconocer lo que ese muro le quería mostrar una y otra vez: la terrible fortaleza, el destino que le aguardaba cuando regresara. Se había negado a reconocerlo cuando atacó la pared, aunque su magia le rogaba que se detuviera, que se alejara. Hasta... hasta que lo escuchó a él. A lo lejos y muy adentro.

Se lanzó a ciegas, como una lanza disparada en dirección a ese sonido. Y ahí estaba él, o esa parte *de* él. Como si *eso* fuera el centro de lo que ataba al hombre con la lesión, y no el muro junto a los nervios mucho más arriba.

Ella se envolvió alrededor de *eso* y apretó con fuerza aunque la oscuridad golpeaba sin parar para entrar. En respuesta, ella lanzaba su magia para cortar, como una hoz de luz en la oscuridad, una antorcha que ardía sólo un instante.

Pero al parecer todo ese esfuerzo fue apenas suficiente.

—Esto es bueno —declaró Yrene, tal vez inútilmente—. Esto es maravilloso.

—Lo es —Chaol le respondió, mientras seguía viéndola.

Ella se hizo consciente de la sangre que la cubría, del estado en el que estaba.

—Empecemos con esto —dijo—. Haz unos cuantos ejercicios antes de que terminemos por hoy.

Lo que le había dicho sobre su madre... Sólo se lo había dicho a Hafiza al entrar a la Torre. A nadie más. No le había dicho a nadie; no desde que llegó tambaleándose a la granja de la prima de su madre y le suplicó por santuario y cobijo.

Se preguntó cuánto tiempo llevaría la historia de Chaol encerrada en su pecho.

—Déjame pedir algo de comer primero —decidió Yrene. Miró el biombo de madera que separaba el cuarto de baño y luego su pecho y su vestido cubiertos de sangre—. Mientras esperamos... ¿puedo pedirte tu baño? Y algo de ropa prestada.

Chaol seguía viéndola con esa misma expresión concentrada y tranquila. Era una mirada distinta a todas las que le había visto antes. Como si al quitar un poco de la oscuridad hubiera quedado a la vista otra faceta debajo.

No estaba segura de qué hacer con este hombre que todavía no había conocido. Con él.

—Toma lo que quieras —le respondió Chaol con voz grave y ronca.

Yrene se mareó al bajar de la cama. Tomó la camisa arruinada y se apresuró a la habitación del baño. Seguramente era la pérdida de sangre, se dijo.

Y sonrió durante todo el tiempo que pasó en el baño.

—No puedo evitar sentirme abandonada, sabes —dijo Hasar lentamente, mientras estudiaba unos mapas sobre los cuales Yrene no se atrevió a preguntar. Desde el otro lado del recibidor lujoso de la princesa, no alcanzaba a verlos bien y sólo distinguía que Hasar movía figuras de marfil de un lado a otro con las oscuras cejas fruncidas por la concentración—. Renia, por supuesto —continuó, mientras movía una figura cinco centímetros a la derecha con expresión molesta—, dice que no debo esperar que me dediques tanto tiempo, pero tal vez me has mal acostumbrado estos dos años.

Yrene sorbió su té de menta y no dijo nada sobre el tema. Hasar la había llamado al enterarse de que había estado sanando a lord Westfall todo el día, y envió a un sirviente para que la trajera a sus habitaciones con la promesa de refrigerios muy necesarios. Y en efecto, las galletas de algarrobo y el té habían logrado hacer que la marea de agotamiento retrocediera un poco.

Su amistad con la princesa era puramente accidental. En una de las primeras lecciones de Yrene en la ciudad, Hafiza la llevó a atender a la princesa, quien había regresado de su palacio, situado en el noreste a la orilla del mar, para tratarse un dolor de estómago que no se le quitaba. Eran más o menos de la misma edad y, durante las horas que Hafiza pasó quitándole una lombriz horrenda de los intestinos, Hasar le ordenó a Yrene que le platicara algo.

Así que Yrene le contó sobre sus clases y mencionó algunos de los momentos más asquerosos del año que pasó trabajando en la Posada del Cerdo Blanco. A la princesa le gustaron más las historias sobre las peleas horrorosas de la taberna. La historia que más le gustó escuchar, la que le ordenó a Yrene que le narrara tres veces durante los días que Hafiza trabajó para extraerle por la boca la lombriz que había matado con magia —era un orificio o el otro, le dijo la Sanadora Mayor a la princesa—, fue la de la joven desconocida que le salvó la vida a Yrene, que le enseñó a defenderse y que le dejó una pequeña fortuna en oro y joyas.

Yrene consideró que la plática había sido sólo para pasar el rato y nunca pensó que la princesa recordaría su nombre después de que Hafiza le sacó del cuerpo los últimos centímetros de la lombriz. Pero dos días después, recibió un llamado para ir a las habitaciones de la princesa, donde encontró a Hasar muy ocupada comiendo toda clase de delicias para reponer el peso que había perdido.

Demasiado delgada, le dijo a Yrene como saludo. Necesitaba un trasero más grueso para que su amante tuviera de dónde sostenerse en las noches.

Yrene soltó una carcajada; fue la primera vez que rio sinceramente en mucho, mucho tiempo.

Hasar sólo sonrió un poco y le ofreció a Yrene un bocado de pescado ahumado de las tierras bajas, donde abundaban los ríos. Y eso fue todo. Tal vez no era una amistad entre iguales, pero Hasar parecía disfrutar de su compañía e Yrene no estaba en posición para negársela.

Así que siempre que la princesa estaba en Antica, se aseguraba de que Yrene la visitara. Eventualmente, llevó a Renia al palacio para que conociera a su padre y a Yrene. Renia, si Yrene era honesta, era mucho más agradable que la princesa exigente y de lengua mordaz. Sin embargo, como Hasar tenía cierta tendencia a los celos y a la territorialidad, muchas veces se aseguró de que Renia estuviera apartada de la corte y de cualquiera que pudiera competir con ella por su afecto. Renia nunca le había dado motivos para hacer eso. No, la mujer era un mes mayor que Yrene y sólo tenía ojos para la princesa. La amaba con una devoción inmutable.

Hasar le dio título de lady y le cedió tierras dentro de su propio territorio. No obstante, Yrene había escuchado a las otras sanadoras rumorar que, cuando Renia entró por primera vez en la órbita de Hasar, se le había pedido a Hafiza discretamente que la sanara de las... cosas desagradables de su vida anterior. Su profesión anterior, aparentemente. Yrene nunca le pidió detalles a Hasar, pero dado que Renia era tan leal a la princesa, la sanadora solía preguntarse si a Hasar le encantaba la historia de su salvadora misteriosa porque ella, también, vio una mujer sufriendo en una ocasión y le ayudó... y luego se la quedó.

—Hoy también estás muy sonriente —dijo Hasar y dejó su pluma de vidrio—, a pesar de esa ropa horrenda.

—La mía terminó sacrificada en honor a la sanación de lord Westfall —dijo Yrene y se frotó el dolor pulsante que sentía en la sien y que ni siquiera el té y las galletas de algarrobo pudieron quitarle—. Tuvo la amabilidad de prestarme algo de su ropa.

Hasar sonrió con malicia.

—Algunos podrían verte y asumir que perdiste tu ropa por un motivo mucho más placentero.

El rostro de Yrene se calentó.

—Espero que no olviden que soy una sanadora profesional de la Torre.

—Eso le añade valor al chisme.

—Creo que tienen mejores cosas que hacer que estar hablando de una sanadora insignificante.

—Eres la heredera no oficial de Hafiza. Eso te hace ligeramente interesante.

Yrene no se sintió insultada por las palabras francas. Ella no le había dicho a Hasar que probablemente se marcharía y que Hafiza tendría que encontrar a alguien más. Dudaba de que la princesa estuviera de acuerdo y ni siquiera estaba totalmente segura de que Hasar le *permitiera* irse. Tenía tanto tiempo preocupándose por la reacción de Kashin que no había considerado la de Hasar...

—Bueno, como sea, no tengo ningún interés en lord Westfall.

—Deberías. Es distractoramente apuesto. Hasta *yo* estoy tentada.

—¿En serio?

—Para nada —Hasar rio—. Pero podría entender que *tú* sí.

—Él y la capitana Faliq tienen una relación.

—¿Y si no la tuvieran?

Yrene dio un sorbo largo a su té.

—Él es mi paciente y yo soy su sanadora. Hay muchos hombres guapos en el mundo.

—Como Kashin.

Yrene le frunció el ceño a la princesa por encima del borde negro y dorado de su taza de té.

—Tú sigues intentando juntarme con tu hermano. ¿No será que *tú* lo estás alentando?

Hasar se puso una mano en el pecho y sus uñas con manicura brillaron bajo la luz del sol poniente.

—Kashin no tenía problemas con las mujeres hasta que tú llegaste. Y ustedes eran muy amigos. ¿Por qué no debería desear que mi querida amiga y mi hermano formaran un vínculo más profundo?

—Porque si te designan a ti como khagan, es muy probable que nos mates a ambos si él no se somete.

—A él posiblemente, si no obedece. Y si tú demuestras que no estás embarazada de su hijo, podría permitir que te hicieras la purificación cuando ya haya establecido mi propio linaje y que conserves tu riqueza.

Palabras tan descaradas pronunciadas como si fueran cualquier cosa, pero que designaban algunos de los métodos terribles que se acostumbraban para evitar que este reino maravilloso y enorme se fracturara. Deseó que Kashin estuviera ahí para escuchar, para entender.

—¿Y qué harías tú... para producir descendencia? —preguntó Yrene.

Con Renia como la posible futura Gran Emperatriz, Hasar necesitaría encontrar *alguna* manera de producir un heredero que llevara la sangre real.

Hasar empezó de nuevo a mover sus figuras en el mapa.

—Ya le dije a mi padre y eso no es de tu incumbencia.

Claro. Porque si hubiera seleccionado a un hombre para hacer el trabajo... esa era información peligrosa. Sus hermanos bien podrían intentar destruir a la persona en quien Hasar y Renia confiaban lo suficiente para que les ayudara de ese modo. O podrían pagar mucho dinero para saber que Hasar y Renia siquiera ya estaban *considerando* tener hijos.

—Escuché que el asesino de la biblioteca te estaba cazando a ti —dijo entonces Hasar y una voluntad implacable se le dibujó en el rostro—. ¿Por qué no te acercaste primero a mí?

Antes de que Yrene pudiera responder, Hasar por suerte continuó:

—Dijeron que fue una muerte extraña, atípica.

Yrene intentó sin éxito bloquear el recuerdo del rostro delgado y curtido como cuero.

—Lo fue.

Hasar dio un sorbo a su té.

—No me importa si el ataque fue un atentado deliberado contra tu vida o si fue una coincidencia terrible —dejó la taza en la mesa con precisión delicada—. Cuando averigüe quién fue, lo decapitaré personalmente.

La princesa dio unas palmadas a la espada envainada que había dejado en el borde de su escritorio de roble.

—Me han dicho que el peligro es... considerable —dijo Yrene, aunque no dudaba de las palabras de Hasar.

—Yo no tomo a la ligera que persigan a mis amigas como si fueran bestias —ésa no era la voz de una princesa, sino la de una reina guerrera—. Y no tomo a la ligera que estén matando y aterrorizando a las sanadoras de la Torre.

Hasar tal vez fuera muchas cosas, pero era leal hasta la médula con las pocas personas que favorecía. Eso siempre le había provocado una sensación de calidez a Yrene. Que alguien verdaderamente hiciera lo que decía. Hasar *sí* decapitaría al asesino si el pobre tuviera la desgracia de encontrársela. No haría preguntas, tampoco.

Yrene consideró todo lo que sabía sobre el asesino en potencia y le costó trabajo no decirle a la princesa que la decapitación, en efecto, era la manera adecuada de enfrentar a un demonio del Valg.

A menos que estuvieras enfrentándote a los restos de un demonio dentro de una persona. En cuyo caso... A pesar de lo horrible y agotador de la sesión de ese día con lord Westfall, ya había catalogado y guardado los pequeños fragmentos de información que pudo conseguir. No sólo para su sanación, sino por si volvía a enfrentarlos de nuevo, en esos campos de batalla. Aunque la idea de ver a esos demonios del Valg en vivo...

Yrene le dio un trago a su té para calmarse un poco y preguntó:

—¿No te preocupa que tal vez no sea coincidencia que la guerra haya estallado en el Continente del Norte y que ahora tengamos enemigos aquí?

No se atrevió a mencionar la muerte de Tumelun.

—Tal vez lord Westfall y la capitana Faliq trajeron sus propios espías para seguirte —contestó Hasar.

—Eso no es posible.

—¿Cómo puedes estar tan segura? Están desesperados. Y la desesperación da lugar a gente dispuesta a hacer lo que sea para conseguir lo que necesita.

—¿Y qué necesitarían de mí aparte de lo que ya les estoy dando?

Hasar llamó a Yrene con un movimiento de sus dedos. Yrene dejó su taza de té y cruzó la alfombra azul marino hacia el escritorio frente a las ventanas. La habitación de Hasar tenía una vista imponente de la bahía verdiazul: los

SARAH J. MAAS

barcos, las gaviotas y la extensión brillante del Mar Angosto al fondo.

Hasar hizo un ademán hacia el mapa que tenía enfrente.

—¿Qué ves aquí?

A Yrene se le cerró la garganta cuando reconoció las tierras. Era el Continente del Norte: su hogar. Y todas las figuras que estaban ahí, rojas, verdes y negras...

—¿Ésos son... ejércitos?

—Éstas son las fuerzas del duque Perrington —dijo Hasar y señaló la fila de figuras negras que se extendían como un muro dividiendo el continente a la mitad. Había otros grupos en el sur.

Y en el norte: un grupo pequeño color verde. Y una figura roja solitaria justo a las afueras de las costas de Rifthold.

—¿Qué son los demás?— Hay un pequeño ejército en Terrasen —dijo Hasar y rio un poco de las figuras verdes congregadas alrededor de Orynth.

—¿Y en Adarlan?

Hasar tomó la figura roja y la hizo girar entre sus dedos.

—No tiene un ejército conocido. Dorian Havilliard sigue desaparecido. ¿Huirá al norte o al sur? O tal vez vaya por tierra, aunque ciertamente no hay nada más allá de las montañas, salvo tribus medio salvajes.

—¿Qué es esa figura? —preguntó Yrene al ver el peón dorado que Hasar tenía fuera del mapa.

Hasar lo tomó en sus manos.

—Es Aelin Galathynius. Que *tampoco* ha sido localizada.

—¿No está en Terrasen? ¿Con su ejército?

—No —dijo Hasar y dio unas palmadas al documento que estaba leyendo mientras hacía ajustes a sus propios mapas. Yrene se dio cuenta de que eran informes—. Las últimas noticias indican que la reina de Terrasen no está localizable en su propio reino. Ni en ningún otro —una ligera sonrisa—. Tal vez deberías preguntarle a tu lord sobre ella.

—Dudo que me diga algo —dijo—. No mencionó que él no era su lord.

—Entonces tal vez deberías obligarlo.

—¿Por qué? —preguntó Yrene con cautela.

—Porque me gustaría saberlo.

Yrene leyó entre líneas. Hasar quería la información antes que su padre o sus hermanos.

—¿Con qué fin?

—Cuando desaparece una persona poderosa de los reinos, no es motivo de celebración. En especial alguien que destruye palacios y toma ciudades por capricho.

Miedo. Bien escondido, pero Hasar estaba considerando al menos la posibilidad de que Aelin Galathynius pudiera mirar más allá de sus propias tierras.

Pero hacerla de espía de Hasar...

—¿Piensas que el ataque en la biblioteca tiene algo que ver con esto?

—Creo que tal vez lord Westfall y la capitana Faliq saben cómo se juega este juego. Y si ellos hacen que parezca que Perrington amenaza nuestras tierras, ¿por qué no consideraríamos aliarnos con ellos?

Yrene no pensaba que ellos se prestaran a ese tipo de juegos para nada.

—¿Crees que están haciendo esto para ayudar a Aelin Galathynius? ¿O porque está desaparecida y temen perder a esa aliada poderosa?

—Eso es lo que me gustaría averiguar. Junto con la ubicación de la reina. O que me digan dónde es probable que esté con la información que tienen.

Yrene se obligó a sostenerle la mirada a la princesa.

—¿Y yo por qué debería ayudarte?

Una sonrisa de gata baast.

—¿Aparte de que somos amigas cercanas? ¿Puedo hacer algo para endulzar el trato, hermosa Yrene?

—Tengo todo lo que necesito.

—Sí, pero recuerda que las armadas son mías. El Mar Angosto es mío. Y cruzarlo puede ser muy, muy difícil para quienes lo olviden.

Yrene no se atrevió a ceder. No se atrevió a apartar la mirada de los ojos oscuros de la princesa.

Hasar sabía. Sabía o adivinaba que Yrene quería irse de Antica. Y si no le ayudaba a la princesa... Yrene sabía que la misma ferocidad del amor de Hasar impulsaba su necesidad de tomar represalias. No dudaría en asegurarse de que Yrene nunca dejara estas costas.

—Veré qué puedo averiguar —dijo Yrene, pero se negó a suavizar su tono de voz.

—Bien —declaró Hasar y barrió todas las figuras del mapa con la mano. Cayeron en un cajón que ella cerró de golpe—. Para empezar, ¿por qué no vienes al banquete de Tehome pasado mañana? Puedo mantener ocupado a Kashin, si eso te facilita las cosas.

Ella sintió que se le hacía un nudo en el estómago. Había olvidado que el día de la diosa del mar se celebraría pasado mañana. Francamente, había días feriados cada dos semanas e Yrene participaba en los que podía, pero éste... Con su flota, con el Mar Angosto y varios más bajo su jurisdicción, Hasar sin duda honraría a Tehome. Y el khaganato tampoco dejaría de honrar a la Dama de las Profundidades, ya que los océanos habían sido generosos con ellos durante siglos.

Así que Yrene no se atrevió a objetar. No se permitió siquiera titubear ante la mirada penetrante de Hasar.

—Siempre y cuando no te importe que use el mismo vestido de la otra noche —dijo con el mayor desenfado que pudo y tiró un poco de la camisa enorme que traía puesta.

—No hace falta —le respondió Hasar con una amplia sonrisa—. Ya tengo algo seleccionado para ti.

CAPÍTULO 19

Chaol siguió moviendo los dedos de los pies mucho tiempo después de que Yrene se fuera. Los movió dentro de sus botas, sin *sentirlos* de verdad, apenas lo suficiente para saber que se *estaban* moviendo.

No sabía cómo lo había logrado Yrene...

No le dijo nada a Nesryn cuando regresó antes de la cena sin informes sobre el Valg. Y él sólo le explicó en voz baja que estaba progresando bastante con Yrene, lo suficiente como para posponer la visita con su familia hasta otro día.

Ella pareció un poco decepcionada, pero estuvo de acuerdo. Esa máscara eficiente regresó a su rostro en cuestión de unos cuantos parpadeos.

Él la besó cuando pasó a su lado para vestirse para la cena. La tomó de la muñeca y tiró de ella hacia abajo para besarla. Una vez. Breve pero a fondo. Ella se sorprendió tanto que ni siquiera le había puesto una mano encima cuando él se apartó.

—Ve a vestirte —le dijo con un gesto hacia su recámara.

Nesryn obedeció y lo volteó a ver, mientras se alejaba con una media sonrisa en la boca. Chaol se quedó viendo en su dirección unos minutos mientras movía los dedos dentro de las botas.

No hubo pasión... en el beso. Ninguna emoción verdadera.

Eso lo anticipaba. Prácticamente la había rechazado estas semanas. No podía culparla por la sorpresa.

Seguía moviendo los dedos en las botas cuando llegaron a la cena. Esta noche le pediría audiencia al khagan. De nuevo. Estuviera o no de luto, dijera lo que dijera el protocolo. Y luego le advertiría al hombre sobre todo lo que sabían.

Solicitaría la reunión temprano, antes de la hora habitual de llegada de Yrene, en caso de que se les fuera el tiempo. Parecía sucederles con frecuencia. Hoy habían estado tres horas. Tres.

Todavía sentía irritada la garganta, a pesar del té con miel que Yrene lo había obligado a beber hasta casi vomitar. Luego lo hizo ejercitarse; muchos de los movimientos eran de los que requerían que ella le ayudara: rotaciones de la cadera, giros de cada pierna de lado a lado, rotaciones de los tobillos y los pies. Todo estaba diseñado para hacer que la sangre fluyera a los músculos que empezaban a atrofiarse, todo diseñado para volver a crear las conexiones entre su columna y su cerebro, le dijo.

Ella repitió las series de ejercicios una y otra vez, hasta que pasó una hora. Hasta que ella terminó de nuevo tambaleándose y con la mirada vidriosa.

Agotamiento. Porque mientras estaba rotándole las piernas, ordenándole que moviera los dedos de los pies de vez en cuando, mandaba cosquilleos de su magia por sus piernas sin que las señales pasaran por la columna. Pequeños piquetes en los dedos, como si enjambres de luciérnagas aterrizaran sobre él. Era lo único que él sentía, a pesar de que Yrene seguía intentando reparar las conexiones en su cuerpo. Era lo que podía hacer por el momento, con el ligero progreso que habían logrado unas horas antes.

Pero toda esa magia... Cuando Yrene quedó tambaleándose después de la última serie de ejercicios, él llamó a Kadja. Pidió que trajeran un carruaje armado para la sanadora.

Para su sorpresa, Yrene no protestó. Aunque probablemente le sería difícil protestar porque estaba casi dormida de pie cuando se marchó apoyada en Kadja. Yrene sólo murmuró algo sobre montarlo en el caballo nuevamente después del desayuno y se fue.

Pero tal vez la suerte de esa tarde sería la última que tendría.

Horas después, el khagan no se presentó a la cena. Estaba cenando en privado con su amada esposa, le dijeron. Lo demás quedó implícito: el duelo seguiría su cauce natural y la política se dejaría de lado. Chaol trató de verse lo más comprensivo que pudo.

Al menos Nesryn parecía estar progresando con Sartaq, aunque los demás miembros de la familia real ya estuvieran aburridos de la presencia de sus visitantes.

Así que cenó y siguió moviendo los dedos en las botas, pero no le dijo a nadie, ni siquiera a Nesryn, ni siquiera horas después cuando ya estaban en la habitación y él se fue a la cama.

Despertó al amanecer y se dio cuenta de que sentía... entusiasmo por lavarse y vestirse. Desayunó tan rápido que Nesryn arqueó las cejas en respuesta.

Pero ella también salió temprano para reunirse con Sartaq en lo alto de uno de los treinta y seis minaretes del palacio.

El día siguiente era un día feriado que honraba a una de las treinta y seis diosas y dioses que representaban los minaretes: la diosa del mar, Tehome. Habría una ceremonia al amanecer, junto a los muelles, a la que asistirían todos los miembros de la familia real, incluido el khagan, para colocar coronas de flores en el agua. Obsequios para la Dama de las Profundidades, le explicó Nesryn. Luego habría un gran banquete en el palacio al caer la noche.

A él le eran indiferentes los días feriados en Adarlan, le parecían ritos anticuados para honrar fuerzas y elementos que sus ancestros no podían explicar. Sin embargo, el alboroto de la actividad, las coronas de flores y las conchas que se estaban colocando en el palacio para sustituir al fin las banderas blancas, y el aroma a mariscos que se cocían en mantequilla y especias... lo intrigaban. Hacía que todo se viera con mayor claridad, mayor nitidez, mientras se abría paso en la silla por el palacio lleno de gente para llegar al patio.

El patio estaba convertido en un ajetreo de comerciantes, que entraban y salían con comida y decoraciones, y lo que parecían ser grupos de artistas. Toda esa celebración era para suplicarle misericordia a la diosa del mar en este momento de finales del verano, cuando iniciaba la temporada anual de tormentas tan violentas que podían destrozar barcos y poblaciones enteras en las costas.

Chaol buscó a Yrene en el patio sin dejar de mover los dedos. Localizó sus yeguas, que estaban juntas en los pocos establos del muro del lado este, pero... no encontró señal de la sanadora.

El día anterior ella había llegado tarde, así que él esperó hasta que hubo un momento de paz entre las entregas de mercancía para pedirle a un mozo de cuadra que lo ayudara a montar. Pero el guardia del día anterior, el que lo había ayudado más, fue quien se acercó cuando le llevaron a la yegua. Shen, lo había llamado Yrene, pues lo había saludado como si lo conociera bien.

Shen no dijo nada y se limitó a saludarlo con un movimiento de cabeza, aunque Chaol sabía que todos los guardias del palacio hablaban varios idiomas además de halha. Chaol le devolvió el saludo y luego montó el caballo en silencio. Le costó un gran esfuerzo elevar el cuerpo con los brazos para llegar a la silla de montar. No obstante, lo logró, tal vez con un poco más de facilidad que el día anterior y se ganó lo que podría jurar fue un guiño de aprobación de Shen, quien entonces regresó con calma a su puesto.

Chaol bloqueó las sensaciones que ese comportamiento le provocaba en el pecho, se abrochó las correas del arnés y escudriñó el patio caótico y las puertas abiertas al fondo. Los guardias estaban inspeccionando cada carruaje, cada trozo de papel que confirmara la existencia de una orden real para entregar los bienes que traían.

Bien. A pesar de que no había hablado con el khagan personalmente, al menos alguien le había advertido a la guardia que fueran cuidadosos, tal vez Kashin.

El sol empezó a remontar en los cielos y con eso el calor aumentó. Yrene seguía sin llegar.

Un reloj sonó en las profundidades del palacio. Ya se había retrasado una hora.

La yegua se empezó a inquietar, impaciente bajo el peso de Chaol, y él le dio unas palmadas en el cuello grueso y sudoroso, y le murmuró unas palabras.

Pasaron otros quince minutos. Chaol miro hacia las puertas y hacia la calle.

No había llegado ninguna señal de alarma de la Torre, pero eso de quedarse inmóvil, esperando...

Hizo chasquear las riendas y le dio unos golpecitos al flanco del caballo para que empezara a caminar.

El día anterior se fijó en la ruta que había recorrido con Yrene. Tal vez se encontraría con ella en el camino.

Las calles de Antica estaban repletas de comerciantes y personas que se estaban preparando para el gran día feriado. También había quienes ya brindaban por la Dama de las Profundidades, por lo que las tabernas y comedores estaban llenos de clientes y había músicos tocando en cada uno de los establecimientos.

Le tomó el doble de tiempo llegar a las puertas de la Torre adornadas con búhos, aunque su lentitud se debía en parte a que venía buscando a Yrene en cada calle atiborrada y en cada callejón que pasaba. Pero no vio rastro de la sanadora.

Tanto él como su caballo iban sudando al entrar por las puertas de la Torre. Los guardias le sonrieron; eran rostros que él había registrado el día anterior.

¿Cuántas veces había presenciado ese saludo en Adarlan? ¿Cuántas veces lo dio por sentado?

Siempre entraba por las puertas negras de hierro de la parte trasera del palacio de cristal sin titubear, sin hacer realmente otra cosa que fijarse en quiénes estaban en sus puestos y quién no parecía estar en condiciones óptimas para hacer su trabajo. Había entrenado con esos hombres, sabía sobre sus familias y sus vidas.

Sus hombres. Habían sido *sus* hombres.

Así que la sonrisa que Chaol usó para responder al saludo fue sombría y no soportó ver los ojos brillantes de los guardias por más de un instante cuando entró al patio de la Torre y sintió que lo envolvía el olor de la lavanda.

Sin embargo, se detuvo apenas a un par de metros de la entrada, le dio la vuelta a su yegua y le preguntó al guardia que estaba más cerca:

—¿Has visto salir hoy a Yrene Towers?

Al igual que los guardias del palacio del khagan, todos los guardias de la Torre sabían hablar bien al menos tres idiomas: halha, el lenguaje del Continente del Norte y el lenguaje de las tierras al este. Tenían visitantes de todas partes de Erilea, por lo cual los guardias a la entrada de la Torre *debían* hablar bien al menos esas tres lenguas comunes.

El guardia frente a él negó con la cabeza. El sudor le escurría por la piel oscura debido al calor intenso.

—Aún no, lord Westfall.

Tal vez era de mala educación ir a buscarla cuando probablemente ella estaría demasiado ocupada con otros asuntos y no podría atenderlo de inmediato. Después de todo, ella le había comentado que tenía otros pacientes.

Con un movimiento de cabeza, Chaol le agradeció al guardia y volvió a darle la vuelta a la yegua ruana para dirigirse a la Torre. Estaba a punto de avanzar hacia el patio de la izquierda, cuando escuchó una voz antigua desde abajo.

—Lord Westfall. Me da gusto ver que ya andas en la calle.

Hafiza, la Sanadora Mayor, estaba a un par de metros de él. Traía un canasto colgado del brazo delgado y la acompañaban dos sanadoras de edad mediana. Los guardias hicieron una reverencia y Chaol inclinó la cabeza.

—Estaba buscando a Yrene —repuso él a modo de saludo.

Hafiza arqueó las cejas blancas.

—¿No fue contigo esta mañana?

La ansiedad se apoderó del estómago de Chaol.

—No, aunque es posible que no la haya visto...

Una de las sanadoras al lado de Hafiza dio un paso al frente y le murmuró a la Sanadora Mayor:

—Está en cama, mi señora.

Hafiza arqueó las cejas ahora a la mujer.

—¿Todavía?

La mujer sacudió la cabeza.

—Está agotada. Eretia fue a verla hace una hora... seguía dormida.

Hafiza apretó los labios, aunque Chaol adivinó lo que diría. Empezó a sentirse culpable desde antes de que hablara la anciana:

—Nuestros poderes pueden hacer grandes cosas, lord Westfall, pero también tienen un gran precio. Yrene venía... —hizo una pausa para encontrar las palabras, tal vez porque no estaba usando su idioma natal o tal vez porque no quería que él se sintiera más culpable—. Venía dormida en el carruaje anoche cuando llegó. Tuvieron que llevarla cargando a su habitación.

Él se encogió un poco.

Hafiza le dio unas palmadas en la bota y él juraría que las sintió en los dedos de los pies.

—No hay de qué preocuparse, mi lord. Con un día para dormir se recuperará y estará de vuelta en el palacio mañana por la mañana.

—Si mañana es un día festivo —dijo él—, puede tomarse el día.

Hafiza rio.

—No conoces bien a Yrene si crees que ella considera estos días feriados motivo para *no trabajar* —lo señaló—. Aunque si *tú* quieres el día libre, ciertamente deberías decírselo porque si no la encontrarás tocando a tu puerta al amanecer.

Chaol sonrió y miró hacia arriba, a la Torre que se elevaba sobre ellos.

—Es un sueño restaurador —le dijo Hafiza—. Es completamente natural. No te sientas culpable.

Con una última mirada a la Torre de color pálido, él asintió y le dio la vuelta a su caballo para regresar a las puertas.

—¿Puedo acompañarte a donde vas? —le preguntó a la Sanadora Mayor.

La sonrisa de Hafiza fue tan brillante como el sol del mediodía.

—Claro que puedes, lord Westfall.

La gente detenía a la Sanadora Mayor en cada cuadra. Algunos querían simplemente tocarle la mano, otros que ella *los* tocara.

Sagrada. Bendita. Amada.

Les tomó treinta minutos recorrer media docena de cuadras después de salir de la Torre. Y a pesar de que él ofreció esperar a que Hafiza y sus compañeras salieran de una casa modesta que estaba en una calle tranquila, ellas le indicaron que se fuera.

Las calles estaban tan llenas que se olvidó de su intención de explorar, así que Chaol pronto regresó al palacio.

Pero mientras dirigía a su caballo entre las multitudes, se dio cuenta de que varias veces había volteado hacia aquella Torre blanca: el gigante en el horizonte. Hacia la sanadora que dormía dentro.

Yrene durmió un día y medio.

No había sido su intención. Apenas se había logrado levantar el tiempo necesario para usar el baño y para decirle a Eretia que se fuera, cuando ella llegó a moverla para confirmar que siguiera con vida.

La sanación del día anterior —o más bien de hacía dos días, pensó mientras se vestía con la luz grisácea del amanecer— la había dejado muy diezmada. Ese pequeño progreso, y la hemorragia nasal posterior, la habían agotado.

Pero él pudo mover los dedos. Y los caminos por los que avanzó flotando su magia, puntos de luz que se movían dentro de él... Estaban dañados, sí, pero si ella podía empezar a reemplazar poco a poco esas diminutas conexiones desgastadas en su interior... Sería largo, y difícil, pero...

Yrene sabía que la culpa no era lo único que la hacía despertarse tan temprano el día de Tehome.

Él era de Adarlan, dudaba de que a él le importara tener el día libre.

Apenas estaba amaneciendo cuando Yrene salió al patio de la Torre y se detuvo.

El sol empezaba a trepar por los muros del complejo y algunos rayos de luz dorada ya perforaban las sombras violáceas. En uno de esos rayos de luz, con destellos dorados en el cabello castaño...

—Ha despertado... —dijo lord Chaol.

Yrene se dirigió a él. Sus pasos crujían con fuerza en la grava en esa mañana adormilada.

—¿Llegaste a caballo?

—Yo solito.

Ella sólo arqueó una ceja y miró la yegua blanca junto a la de él.

—¿Y trajiste el otro caballo?

—Soy un caballero hecho y derecho.

Ella se cruzó de brazos y lo miró sobre su caballo.

—¿Has tenido más movimiento?

La luz del sol le alumbró los ojos y convirtió el color marrón casi en dorado.

—¿Cómo te sientes?

—Contesta mi pregunta, por favor.

—Tú contesta la mía.

Ella lo miró boquiabierta. Dudó si debía fruncir el ceño.

—Estoy bien —respondió Yrene con un ademán para restar importancia a la pregunta—. Pero ¿tú has tenido más...?

—¿Descansaste todo lo que necesitabas?

Yrene se quedó de verdad con la boca abierta por su pregunta.

—*Sí* —frunció el ceño también—. Y no es asunto tuyo...

—Por supuesto que lo es.

Él lo dijo con tanta *calma*. Con tanta seguridad en su derecho *masculino*.

—Ya sé que en Adarlan las mujeres acatan lo que los hombres dicen, pero aquí, si yo digo que no es tu asunto, *no lo es*.

Chaol le sonrió un poco.

—Así que hoy ya regresamos a las hostilidades.

Ella tuvo que controlar el grito que amenazaba con salírsele.

—No *regresamos* a nada. Soy tu sanadora y tú eres mi paciente, y yo te pregunté sobre el estado de tu...

—Si no descansaste bien —dijo él como si fuera lo más racional del mundo—, entonces no permitiré que te me acerques.

Yrene abrió y cerró la boca.

—¿Y *cómo* vas a decidir eso?

Lentamente, él le recorrió el cuerpo con la mirada. Cada centímetro. El corazón de Yrene se aceleró por la mirada larga. La concentración implacable.

—Tienes buen color —dijo él—. Buena postura. Ciertamente, buena insolencia.

—No soy un caballo preciado, como *tú* dijiste ayer.

—Antier.

Ella se puso las manos en la cadera.

—Estoy bien. Ahora, ¿cómo estás *tú*?

Enfatizó cada una de las palabras. Chaol la miró divertido.

—Me siento bastante bien, Yrene. Gracias por preguntar.

Yrene. Si no sintiera tantas ganas de treparse a su yegua para estrangularlo, podría considerar cómo se le enroscaban los dedos de los pies al oírlo decir su nombre.

—No confundas mi amabilidad con estupidez —le siseó—. Si avanzaste o empeoraste, me *voy* a enterar.

—Si esta es tu amabilidad, odiaría conocer tu lado malo.

Ella sabía que lo estaba diciendo en broma, pero... Su espalda se puso rígida. Él pareció darse cuenta y se inclinó en la silla de montar.

—Era broma, Yrene. Has sido más generosa que... Era broma.

Ella se encogió de hombros y se dirigió al caballo blanco. Quizás para llevar la conversación nuevamente a un campo más neutral, él dijo:

—¿Cómo están las otras sanadoras después... después del ataque?

Ella sintió que un escalofrío le recorría la espalda. Tomó las riendas de la yegua en su mano, pero no se movió para montarse. Yrene había ofrecido ayudar con el entierro, pero Hafiza se negó y le indicó que ahorrara sus fuerzas para la sanación de lord Westfall. No obstante, eso no impidió que visitara la cámara mortuoria debajo de la Torre hacía dos días. No evitó que viera el cuerpo disecado que yacía en una losa de piedra al centro de la cámara llena de rocas: el rostro drenado, los huesos que sobresalían de la piel curtida y delgada como papel. Ofreció una oración a Silba antes de marcharse y no estuvo despierta para cuando enterraron el cuerpo en las catacumbas debajo de la Torre.

Yrene frunció el ceño hacia la Torre que se elevaba sobre ellos, su presencia siempre era un consuelo, y sin embargo... Desde aquella noche en la biblioteca, a pesar de los mejores esfuerzos de Hafiza y Eretia, los pasillos y la Torre estuvieron muy silenciosos. Como si se hubiera apagado la luz que siempre la llenaba.

—Están intentando mantener una sensación de normalidad —dijo Yrene al fin—. Creo que como desafío en contra de... en contra de quien sea que lo haya hecho. Hafiza y Eretia han puesto el ejemplo. Permanecieron tranquilas, concentradas, sonrientes cuando fue posible. Creo que eso le ayudó a las demás chicas a no quedarse demasiado petrificadas.

—Si quieres que te ayude con otra clase —ofreció él—, cuenta con mis servicios.

Ella asintió sin prestar mucha atención y pasó el pulgar por la brida. Se hizo un silencio largo, lleno del olor a lavanda y de los limoneros en macetas. Después...

—¿Realmente pensabas llegar a mi recámara a estas horas de la madrugada?

Yrene apartó la vista de la yegua blanca y volteó.

—No me pareces el tipo de persona que se queda en la cama a descansar —le respondió con las cejas arqueadas—. Aunque si tú y la capitana Faliq están...

—Puedes llegar al amanecer, si quieres.

Ella asintió. Aunque en realidad ella por lo general *amaba* dormir.

—Iba a ver a un paciente antes de ir contigo. Porque tenemos una tendencia a... perder la noción del tiempo —él no dijo nada, así que ella continuó—. Puedo alcanzarte en el palacio en dos horas, si tú...

—Puedo acompañarte. No me importa.

Ella soltó las riendas. Lo miró con cuidado. Sus piernas.

—Antes de irnos, me gustaría hacer unos ejercicios contigo.

—¿En el caballo?

Yrene avanzó hacia él y la grava crujió bajo sus pies.

—En realidad es una terapia exitosa para muchos, no sólo para los que tienen lesiones de la columna. Los movimientos del caballo pueden mejorar el procesamiento sensorial del jinete, entre otros beneficios —desabrochó el arnés y sacó el pie de Chaol del estribo—. Cuando estuve en las estepas el invierno pasado, sané a un joven guerrero que se cayó del caballo durante una cacería extenuante. La lesión era muy similar a la tuya. Su tribu le diseñó el arnés antes de que yo llegara, porque él se sentía peor que tú de tener que permanecer encerrado.

Chaol resopló y se pasó la mano por el cabello. Yrene le levantó el pie y empezó a rotarlo, cuidando de no molestar al caballo bajo Chaol.

—Lograr que hiciera los ejercicios, la terapia, fue una verdadera odisea. Él odiaba estar encerrado en su *gír* y ansiaba sentir el aire fresco en su rostro. Así que, sólo para conseguir un momento de paz, le permití subir a la silla, montar un rato. Haríamos algunos ejercicios mientras él estaba sobre el caballo. Le propuse eso a cambio de hacer ejercicios *más* exhaustivos en su carpa. Pero avanzó tanto mientras estuvo sobre el caballo que eso se convirtió en la parte principal del tratamiento —Yrene dobló y estiró la pierna con suavidad—. Sé que no puedes sentir mucho aparte de los dedos...

—Nada.

—... pero quiero que te concentres en moverlos. *Todo lo que puedas.* Junto con el resto de la pierna, pero concéntrate en los pies mientras hago esto.

Él guardó silencio y ella no se molestó en voltear a verlo mientras le movía la pierna, realizando todos los ejercicios que se podían hacer con él montado en la yegua. El peso sólido de su pierna la hizo sudar, pero continuó estirándola y doblándola, girándola y moviéndola de lado a lado. Y, debajo de sus botas, ella podía notar que el cuero negro se movía... estaba moviendo y presionando con los dedos de los pies.

—Bien —le dijo Yrene—. Sigue haciéndolo.

Los dedos de Chaol empujaron el cuero otra vez.

—Las estepas.... De ahí proviene la gente del khagan originalmente.

Ella siguió con otra serie de ejercicios y se aseguró de que él moviera los dedos todo el tiempo antes de responderle. Volvió a colocar la pierna en el arnés y en el estribo, con cuidado de no molestar al caballo, dio la vuelta por enfrente del animal y desabrochó el arnés del otro lado.

—Sí, son tierras hermosas y vírgenes. Los pastizales de las colinas se extienden hasta el infinito y sólo las interrumpen algunos bosques de pinos y montañas sin vegetación —Yrene gruñó por el peso de la pierna cuando empezó con la misma serie de ejercicios—. ¿Sabías que el primer khagan conquistó el continente tan sólo con cien mil hombres? ¿Y que lo hizo en cuatro años? —miró la ciudad que despertaba a su alrededor, maravillada—. Yo conocía la historia de su gente, sobre los darghan, pero cuando fui a las estepas, Kashin me contó... —guardó silencio y deseó poder retirar la última parte de lo que había dicho.

—¿El príncipe fue contigo?

Era una pregunta tranquila y desinteresada. Ella le dio unos golpes en el pie como orden no verbal para que siguiera moviendo los dedos. Chaol obedeció con una risa.

—Kashin y Hafiza fueron conmigo. Estuvimos allá más de un mes —Yrene le movió el pie, de arriba abajo, trabajando con los movimientos repetitivos con cuidado lento y deliberado. La magia ayudaba para sanar, sí, pero el elemento físico tenía un rol igual de importante—. ¿Estás moviendo los dedos todo lo que puedes?

Un resoplido.

—Sí, señora.

Ella ocultó su sonrisa y le estiró la pierna lo más que le permitió la cadera, luego empezó a rotarla en círculos pequeños.

—Asumo que en ese viaje a las estepas el príncipe Kashin te confesó todo lo que había en su corazón.

Yrene casi dejó caer la pierna de Chaol y lo miró con molestia. Se topó con unos ojos castaños llenos de humor sarcástico.

—No es asunto tuyo.

—Te encanta decir eso, para alguien que parece tan interesada en exigirme que le diga todo.

Ella puso los ojos en blanco y volvió a empezar a doblarle la pierna a la altura de la rodilla, estirando y doblando.

—Kashin fue uno de los primeros amigos que hice aquí —respondió ella después de una pausa larga—. Uno de mis primeros amigos en cualquier parte.

—Ah —dijo él e hizo una pausa—. Y cuando él quiso algo más que amistad...

Yrene bajó finalmente la pierna de Chaol y la volvió a colocar en el arnés. Se limpió el polvo que sus botas habían dejado en su mano. Con las manos en la cadera, lo miró, aunque tuvo que entrecerrar los ojos porque la luz del sol era cada vez más fuerte.

—Yo no quería nada más. Se lo dije. Y eso fue todo.

Los labios de Chaol empezaron a formar una sonrisa e Yrene al fin se acercó a la yegua que la esperaba. Subió a la silla. Cuando se enderezó y acomodó la falda de su vestido para cubrirse un poco las piernas, le dijo:

—Mi meta es regresar a Fenharrow para ayudar donde más me necesitan. No sentía nada tan fuerte por Kashin como para justificar abandonar ese sueño.

La mirada de Chaol se llenó de comprensión y abrió la boca, como si fuera a decir algo al respecto. Pero sólo asintió, volvió a sonreír y dijo:

—Me alegra que haya sido así —ella arqueó la ceja para cuestionar sus palabras y él sonrió más—. ¿Dónde estaría yo si no me estuvieras ladrando órdenes?

Yrene frunció el ceño, tomó las riendas y guió a su caballo hacia las puertas. Le dijo con sequedad:

—Avísame si sientes incomodidad o cosquilleo en esa silla, y sigue tratando de mantener los dedos en movimiento todo el tiempo que puedas.

Había que reconocer que el lord no protestó. Sólo dijo con esa media sonrisa:

—Te sigo, Yrene Towers.

Y aunque ella no quiso hacerlo... una pequeña sonrisa tiró de las comisuras de sus labios en el camino hacia la ciudad que despertaba.

CAPÍTULO 20

La mayor parte de la ciudad estaba reunida en los muelles para la ceremonia en honor a Tehome que se llevaría a cabo al amanecer, por lo que las calles estaban muy tranquilas. Chaol supuso que los únicos que permanecerían en cama ese día serían los que estuvieran muy enfermos. Por eso, cuando se acercaron a una casa estrecha en una calle soleada y polvosa, no le sorprendió para nada que los recibiera una tos violenta antes de que siquiera pudieran llegar a la puerta.

Más bien, antes de que Yrene pudiera llegar a la puerta. Como él no traía la silla, se quedó montado en la yegua e Yrene no comentó nada al desmontar. Ató su yegua al poste que había en la calle y se dirigió a la casa. Él siguió moviendo los dedos, todo lo que podía hacerlo dentro de las botas. Ese movimiento por sí solo, lo sabía, era un regalo, pero requería más concentración de la que pensaba; más energía, también.

Chaol seguía moviéndolos cuando una anciana abrió la puerta. Suspiró al ver a Yrene y habló lentamente con ella en halha. Para que Yrene entendiera, al parecer, porque la sanadora le respondió con lentitud y torpeza mientras entraban a la casa, aunque lo hablaba mejor que él. Dejaron la puerta de la casa entreabierta.

Desde la calle, por las ventanas abiertas y por la puerta, Chaol alcanzaba a ver la cama pequeña debajo del alféizar pintado, como si el paciente estuviera ahí para que le entrara aire fresco.

Un anciano, la fuente de la tos, estaba recostado sobre la cama.

Yrene habló con la mujer antes de aproximarse al viejo y acercó un banco pequeño de tres patas al lado de la cama.

Chaol le acarició el cuello a su caballo y continuó moviendo los dedos. Con una mano, Yrene sostuvo la mano arrugada del hombre y con la otra le tocó la frente.

Cada uno de sus movimientos era suave, tranquilo. Y su rostro...

Tenía una sonrisa suave. Una que él nunca le había visto antes.

Yrene dijo algo que él no alcanzó a escuchar, pero la anciana se retorcía las manos y luego levantó la manta que cubría al hombre.

Chaol no pudo evitar crisparse un poco al ver las lesiones que el hombre tenía en el pecho y el abdomen. Hasta la anciana retrocedió un poco. Pero Yrene ni siquiera parpadeó. Su semblante sereno no se alteró en lo más mínimo cuando levantó la mano y una luz blanca le brilló en los dedos y la palma.

El anciano, aunque estaba inconsciente, inhaló con fuerza cuando ella le puso la mano en el pecho, justo encima de las peores lesiones. Durante varios minutos dejó la mano ahí, con el ceño fruncido. La luz fluía de la palma de su mano al pecho del hombre. Y cuando levantó la mano... la anciana lloró. Le besó las manos a Yrene, una después de la otra. Yrene sólo sonrió y le besó la mejilla flácida a la mujer. Luego se despidió de ella y le dio instrucciones que parecían ser muy precisas sobre los cuidados que debía tener el paciente.

Cuando Yrene cerró la puerta al salir de la casa, la sonrisa hermosa desapareció. Se concentró en las piedras polvosas de la calle con la boca tensa. Como si se hubiera olvidado de que él estaba ahí.

La yegua de Chaol relinchó y el sonido hizo que ella levantara la cabeza rápidamente.

—¿Estás bien? —preguntó él.

Ella se limitó a desatar a su caballo y lo montó. Cuando empezaron a avanzar lentamente, ella iba mordiéndose los labios y empezó a hablar.

—El hombre tiene una enfermedad que no se curará fácilmente. Llevamos cinco meses luchando contra ella. Que esta vez haya tenido un brote tan agresivo...

Negó con la cabeza, decepcionada. Con ella misma.

—¿No tiene cura?

—Se ha podido vencer en otros pacientes, pero a veces el huésped... Es muy anciano. Y cada vez que creo que ya logré erradicar la enfermedad, regresa —exhaló—. En este momento, siento que sólo estoy alargando su vida sin darle una solución.

Él estudió la tensión que le notaba en la mandíbula. Yrene era alguien que se exigía excelencia, aunque tal vez no esperaba lo mismo de los demás. Ni siquiera albergaba esperanza de encontrarla.

—¿Tienes otros pacientes que ver? —dijo Chaol sin pensar.

Ella le miró las piernas con el ceño fruncido. Vio el dedo gordo de su pie que empujaba contra la superficie de la bota y cómo se movía el cuero.

—Podemos regresar al palacio...

—Me gusta estar afuera —dijo él rápidamente—. Las calles están vacías. Déjame...

No pudo terminar, pero Yrene pareció entender lo que él quería decir.

—Hay una madre joven al otro lado de la ciudad —sería una cabalgata larga—. Se está recuperando de un parto difícil desde hace dos semanas. Me gustaría visitarla.

Chaol trató de no verse demasiado aliviado.

—Entonces, vayamos.

Así que fueron. Las calles seguían vacías. La ceremonia, le explicó Yrene, duraba hasta media mañana. Aunque los dioses del imperio estaban todos revueltos, la mayoría de la gente participaba en los festejos.

El primer khagan promovió la tolerancia religiosa, le dijo. Y todos los que le siguieron también lo hicieron. Reprimir las distintas creencias sólo conducía a la discordia dentro de su imperio, así que él las había incorporado todas. Algunas de manera literal, combinando varios dioses en uno solo, pero sin dejar de permitir que los que querían poner en práctica la libertad lo hicieran sin temor.

Chaol, a su vez, le contó a Yrene sobre otra ventaja, de la cual se enteró al leer sobre la historia del régimen del khagan: en otros reinos, donde se trataba mal a las minorías religiosas, el khagan encontraba *muchos* espías dispuestos a informar. Eso ella ya lo sabía, pero le preguntó si él llegó a usar espías alguna vez desde su... posición.

Él le respondió que no. Aunque no le confesó que en una ocasión había ordenado que un grupo de sus hombres realizara un trabajo en secreto; sin embargo, no eran como los espías que empleaban Aedion y Ren Allsbrook. Tampoco le dijo que él mismo había trabajado en Rifthold esa primavera y verano. Pero en lugar de hablar de sus exguardias... se quedó callado.

Ella permaneció en silencio después de eso, como si percibiera que Chaol había dejado de hablar por algo que no estaba relacionado con la conversación.

Lo llevó a un barrio de la ciudad que estaba lleno de pequeños jardines y parques, con casas modestas pero bien conservadas. Eran de clase media. Le recordaba un poco a Rifthold y, sin embargo... Era más limpio. Más brillante. Incluso en las calles tranquilas de esa mañana, estaba repleto de vida.

En especial en la casita elegante donde se detuvieron. Una joven de mirada alegre los vio desde la ventana del piso superior. Le gritó a Yrene en halha y luego desapareció en el interior.

—Bueno, ahí tengo mi *respuesta* —murmuró Yrene cuando la puerta principal se abrió y apareció la mujer con una bebé regordeta en brazos.

La madre se detuvo al ver a Chaol, pero él asintió con cortesía. La mujer le sonrió con amabilidad, pero su expresión se volvió descaradamente pícara cuando movió las cejas de manera sugerente hacia Yrene. Ésta rio y el soni-do... Aunque era hermoso, no se comparaba con la sonrisa en su rostro. El deleite. Chaol nunca había visto una cara tan hermosa.

Yrene desmontó y recibió a la bebé, prototipo de la salud neonatal, de los brazos extendidos de su madre.

—Oh, es hermosa —dijo Yrene y canturreó un poco, mientras le acariciaba su mejilla redonda con el dedo.

La madre sonreía muy orgullosa.

—Gorda, como larva en la tierra —dijo en el idioma de Chaol. Tal vez porque Yrene hablaba en ese idioma con ella o porque vio las facciones de Chaol, tan distintas a lo que era normal en Antica—. Glotona como un cerdito, también.

Yrene movió y meció a la bebé, y le habló con voz ca-riñosa.

—La alimentación, ¿va bien?

—Estaría pegada a mi pecho todo el día y toda la noche si se lo permitiera —se quejó un poco la madre, sin ninguna vergüenza de estar discutiendo esas cosas frente a Chaol.

Yrene rio y su sonrisa se hizo más grande cuando vio que la manita se envolvió alrededor de su dedo.

—Se ve muy sana —dijo. Luego miró a la madre—. ¿Y tú?

—He estado siguiendo el régimen que me indicaste. Los baños han ayudado.

—¿Tienes sangrado?

La madre negó con la cabeza. Luego pareció recordar que él estaba ahí porque empezó a hablar en voz más baja y Chaol, repentinamente, se interesó *mucho* en los edificios que estaban en el extremo opuesto de la calle.

—¿Cuánto tiempo tengo que dejar pasar antes de... ya sabes? Con mi esposo.

Yrene resopló.

—Dale otras siete semanas.

La mujer dejó escapar un gritito de indignación.

—Pero tú me *sanaste*.

—Y tú casi te desangraste antes de que yo pudiera curarte —esas palabras no admitían ningún argumento—. Dale tiempo a tu cuerpo de reponerse. Otras sanadoras te dirían que ocho semanas como mínimo, pero... puedes intentarlo a las siete. Si sientes *cualquier* incomodidad...

—Lo sé, lo sé —dijo la mujer con un movimiento de la mano—. Es que... ya pasó algo de tiempo.

Yrene volvió a reír y Chaol la miró mientras decía:

—Bueno, pues a estas alturas creo que puedes esperar un poco más.

La mujer le sonrió irónicamente a Yrene y tomó a la bebé que gorgoteaba en sus brazos.

—Pues espero que *tú* te puedas divertir, ya que yo no.

Chaol notó la mirada deliberada en su dirección antes que Yrene. Y se sintió bastante satisfecho al ver que ella parpadeaba, luego se tensaba y después se sonrojaba.

—Qué... ah. Oh, *no.*

La manera en que escupió ese *no*... *Eso* no le provocó ninguna satisfacción. La mujer rio y levantó un poco a su bebé antes de regresar a la encantadora casa.

—Yo sin pensarlo lo haría —dijo y cerró la puerta.

Yrene seguía ruborizada cuando volteó a verlo. Estaba haciendo un esfuerzo por no mirarlo a los ojos.

—Es de opiniones fuertes —dijo.

Chaol rio.

—No me había percatado de que yo era un firme *no.*

Ella lo miró molesta y se montó en la yegua.

—Yo no comparto cama con mis pacientes. Y tú estás en una relación con la capitana Faliq —añadió rápidamente—. Y tú no...

—¿No estoy en la condición necesaria para darle placer a una mujer?

Se sorprendió a sí mismo por haber dicho esas palabras; pero otra vez sintió algo de orgullo al ver que a ella se le abrían un poco los ojos.

—No —respondió Yrene, quien se puso todavía más roja—. Realmente no es eso. Pero tú eres... tú.

—Estoy haciendo un esfuerzo por no sentirme insultado.

Ella hizo un gesto con la mano y miró en todas direcciones salvo donde estaba él.

—Ya sabes a qué me refiero.

¿Que era un hombre de Adarlan, que le había servido al rey? Eso sin duda era cierto. Pero le dijo, porque decidió mostrar compasión:

—Era broma, Yrene. Yo... estoy con Nesryn.

Ella tragó saliva y siguió sonrojándose aún más.

—¿Dónde está ella hoy?

—Fue a la ceremonia con su familia.

Nesryn no lo había invitado y él le había dicho que prefería posponer el paseo por la ciudad. Sin embargo, ahí estaba ahora.

Yrene asintió distraída, luego volvió a cuestionarlo:

—¿Vas a ir a la fiesta esta noche en el palacio?

—Sí, ¿tú?

Ella volvió a asentir. El silencio se sentía incómodo. Luego agregó:

—Siento temor de trabajar hoy contigo, porque si perdemos nuevamente la noción del tiempo nos perderemos de la celebración.

—¿Sería tan malo que eso ocurriera?

Estaban dando vuelta en una esquina y ella lo miró.

—Algunos se ofenderían. Si no es que la misma Dama de las Profundidades. No sé qué me da más miedo —él rio e Yrene siguió hablando—. Hasar me prestó un vestido, así que tengo que ir o me arriesgo a enfrentar su ira.

Una sombra le pasó por el rostro y él estaba a punto de preguntarle sobre eso, cuando ella agregó:

—¿Quieres que te dé un recorrido por la ciudad? —le dijo Yrene. Él la volteó a ver por la oferta que le acababa de hacer—. Admito que no sé *tanto* sobre la historia, pero mi trabajo me ha llevado a todos los barrios, así que por lo menos no nos perderíamos...

—Sí —exhaló él—, sí.

La sonrisa de Yrene fue cautelosa. Tranquila.

Lo llevó por las calles que ya empezaban a llenarse de gente porque las ceremonias habían terminado y empezaba la celebración. La gente alegre iba regresando por la avenida y los callejones, la música salía de todas partes, el olor de la comida y las especias iba envolviendo a Chaol.

Él se olvidó del calor, del sol abrasador, se olvidó de seguir moviendo los dedos de vez en cuando, y cabalgaron por los barrios sinuosos de la ciudad. Él se maravilló al ver los domos de los templos y las bibliotecas gratuitas, e Yrene le enseñó el papel moneda que usaban, de corteza de morera con fondo de seda, en vez de las monedas difíciles de manejar.

Le mostró a Chaol sus golosinas favoritas, un dulce hecho de algarrobo, y le sonrió a todos los que se cruzaban con ella. Pero rara vez a él.

No le daba temor ninguna de las calles, ninguno de los barrios o callejones. Antica era la ciudad de los dioses, en efecto, pero también una ciudad de aprendizaje, luz, comodidad y riqueza.

Cuando el sol llegó a su cenit, ella lo llevó a un jardín público exuberante. Las ramas de los árboles y las enredaderas evitaban el paso de los rayos brutales del sol. Recorrieron el laberinto de caminos. El jardín estaba casi vacío porque todos estaban disfrutando de la comida del mediodía.

Había macizos que se desbordaban de flores cultivadas, helechos colgantes que se mecían en la brisa fresca del mar, aves que se llamaban entre sí desde sus escondites entre las ramas.

—¿Crees —preguntó Yrene después de varios minutos de silencio— que algún día —se mordió el labio inferior— podríamos tener un sitio así?

—¿En Adarlan?

—En cualquier parte —dijo ella—. Pero sí, en Adarlan, en Fenharrow. Sé que las ciudades de Eyllwe eran así antes...

Antes de la sombra que los separaba. Antes de la sombra en su corazón.

—Así eran —dijo Chaol y apartó de su mente el recuerdo de la princesa que vivía en esas ciudades, que las había amado. Sintió que la cicatriz de su cara le punzaba. Pero consideró la pregunta que ella le hizo. Y desde las tinieblas de sus recuerdos, escuchó la voz de Aedion Ashryver:

"¿Qué supones que la gente de otros continentes, del otro lado de todos esos mares, piensa de nosotros? ¿Crees que nos odien o sientan compasión por nosotros, por lo que nos hacemos? Tal vez sea igual de malo allá. Tal vez sea peor. Pero... debo pensar que es mejor en otro lado, que en alguna parte, las cosas son mejores que esto."

Se preguntó si alguna vez llegaría a decirle a Aedion que había encontrado ese sitio. Tal vez le diría a Dorian lo que había encontrado aquí. Le ayudaría a reconstruir las ruinas de Rifthold, de su reino, para erigir algo como esto.

Se dio cuenta de que no había concluido su idea. Que Yrene esperaba, mientras apartaba una enredadera con pequeñas flores moradas.

—Sí —dijo al fin, al percibir la cautela que ocultaba una brizna ardiente de esperanza en su mirada—. Creo que podremos construir esto para nosotros algún día —dijo—. Si sobrevivimos a la guerra —agregó.

Si podía salir de este lugar acompañado de un ejército para enfrentar a Erawan...

El tiempo lo presionaba, lo asfixiaba. Más rápido. Tenía que moverse *más rápido* en todo...

Yrene observó su expresión en el calor denso del jardín.

—Amas a tu gente.

Chaol asintió, incapaz de encontrar las palabras adecuadas. Ella abrió la boca, como si fuera a decir algo, pero la volvió a cerrar. Luego dijo:

—Incluso la gente de Fenharrow tiene algo de culpa por sus acciones en la última década.

Chaol intentó no fijarse en la delgada cicatriz que le cruzaba la garganta. ¿Uno de sus propios compatriotas sería el que le habría provocado...?

Ella suspiró y miró el jardín de rosas que empezaban a marchitarse por el calor quemante.

—Deberíamos regresar. Antes de que las multitudes se pongan imposibles.

Él se preguntó qué habría estado a punto de decir Yrene. Qué habría causado la sombra de su mirada. Pero Chaol se limitó a seguirla y todas esas palabras quedaron colgando entre los dos.

Se separaron al llegar al palacio. Los salones estaban repletos de sirvientes que preparaban el festejo de esa noche. Yrene se dirigió directamente con Hasar, para el vestido y el baño que le había prometido. Chaol regresó a su propia habitación para quitarse el polvo y el sudor, y para encontrar algo decente que ponerse.

No había señales de Nesryn, pero la escuchó llegar cuando se estaba bañando. Le gritó que ella también se bañaría y cerró la puerta de su habitación.

Él decidió usar su chaqueta color azul verdoso y esperó en el pasillo a que saliera Nesryn. Cuando salió, él se quedó impresionado al ver su chaqueta y pantalones de color amatista y corte elegante. Para nada le había visto su uniforme de capitana en varios días. Y no le iba a preguntar. Le dijo:

—Te ves hermosa.

Nesryn le sonrió. Tenía el cabello sedoso, todavía húmedo por el baño.

—Tú no te ves nada mal tampoco —le respondió. Entonces pareció notar el color de su cara y le preguntó—: ¿Hoy saliste al sol? —su acento era más pronunciado y le agregaba un arremolinamiento a ciertos sonidos.

—Le ayudé a Yrene con unos pacientes en la ciudad.

Nesryn sonrió y se dirigieron al pasillo.

—Me alegra escuchar eso.

Ella no le mencionó nada sobre el caballo ni la visita que habían pospuesto... Chaol se preguntó si ella siquiera lo recordaría.

Todavía no le había dicho sobre los dedos de sus pies, pero ya estaban llegando al gran salón del palacio... Después. Hablarían de eso después.

El gran salón del palacio lucía majestuoso. Ésa era la única palabra que lo podía describir.

La fiesta no era tan grande como se podía haber pensado, sólo unas cuantas personas más que la reunión habitual con los visires y la realeza. Sin embargo, no habían escatimado en las decoraciones y en el banquete.

Chaol se quedó boquiabierto; Nesryn, también. Los acompañaron a sus lugares en la mesa de honor, distinción que a él todavía le sorprendía. El khagan y su esposa no estarían presentes, les dijo Duva. Su madre tenía unos días de no encontrarse bien de salud y deseaba celebrar en privado con su esposo.

Sin duda, le había sido difícil ver que al fin estaban quitando las banderas fúnebres. Y, de cualquier manera, esa noche probablemente no sería el mejor momento para presionar al khagan sobre la alianza.

Llegaron unos cuantos invitados más, junto con Hasar y Renia, tomadas del brazo con Yrene.

Cuando Chaol y Yrene se separaron, en uno de los salones principales del palacio, brillaba por el sudor y el polvo, tenía las mejillas rosadas y el cabello se le rizaba un poco alrededor de las orejas. Tenía el vestido arrugado por cabalgar todo el día y con el dobladillo lleno de polvo. Su ropa era muy distinta a lo que traía puesto ahora.

Chaol notó que la atención de la mitad de los hombres de la mesa se dirigió a Hasar —y a Yrene— cuando entraron seguidas por dos de las doncellas de la princesa. La sonrisa de Hasar era burlona, Renia se veía espectacular con su atuendo color rubí, pero Yrene...

Para ser una mujer hermosa vestida con las mejores prendas y joyas que se podían conseguir en el imperio, su aspecto era un poco resignado. Por supuesto, iba con la espalda recta y los hombros hacia atrás, pero esa sonrisa que le había visto en la mañana y que le había provocado algo en el estómago ya no estaba presente.

Hasar le había prestado a Yrene un vestido color cobalto que resaltaba la calidez de su piel y hacía relucir su cabello castaño, como si estuviera cubierto de oro. La princesa incluso le había puesto cosméticos en el rostro. Tal vez el toque de color en sus mejillas con pecas se debía al escote pronunciado del vestido que revelaba la voluptuosidad de su figura. El escote era bajo y el corpiño ajustado.

Los vestidos habituales de Yrene no ocultaban su cuerpo, pero este vestido de noche... Chaol no se había dado cuenta de lo estrecho de su cintura, de la curva de su cadera, del volumen de sus otros atributos arriba.

No fue el único que la vio con detenimiento. Sartaq y Arghun se asomaron desde sus lugares cuando Hasar llevó a Yrene a la mesa de honor.

La sanadora traía el cabello casi suelto. Tenía unas peinetas de oro y rubí que le apartaban el cabello un poco hacia atrás. Los aretes a juego rozaban la delgada columna de su garganta.

—Se ve regia —le murmuró Nesryn.

Yrene en verdad parecía una princesa, aunque esta princesa parecía dirigirse a la horca por lo solemne de su rostro cuando llegaron a la mesa. La placidez que lucía cuando llegaron al palacio había ya desaparecido, luego de estar dos horas con Hasar.

Los príncipes se pusieron de pie para saludar a Yrene en esta ocasión. Kashin fue el primero en levantarse.

Era la heredera no oficial de la Sanadora Mayor; una mujer que probablemente tendría poder considerable en el reino. Todos parecían darse cuenta de eso, del peso de esa implicación. Arghun en especial, a juzgar por la mirada astuta que le dirigió a Yrene. Una mujer de poder y belleza considerables.

Chaol vio la palabra en la mirada de Arghun: *trofeo*.

Apretó la mandíbula. No le cabía duda de que Yrene no deseaba la atención del príncipe más apuesto, por lo que Chaol no podía concebir que estuviera buscando ganarse el afecto de los otros dos.

Arghun abrió la boca para decirle algo a Hasar, pero la princesa se dirigió directamente a Chaol y a Nesryn, y le dijo a Nesryn al oído:

—Muévete.

CAPÍTULO 21

Nesryn le parpadeó a Hasar.

La princesa sonrió, fría como una serpiente, y le aclaró:

—No es amable sentarse solamente con tu compañero. Debimos separarlos desde hace tiempo.

Nesryn lo miró. Todos los estaban viendo. Chaol no tenía idea, absolutamente ni idea, de qué debía responder. Yrene tenía aspecto de querer fundirse con el piso de mármol verde.

Sartaq se aclaró la garganta:

—Ven a sentarte conmigo, capitana Faliq.

Nesryn se puso de pie rápido y Hasar le sonrió ampliamente. La princesa dio unas palmadas en el respaldo de la silla que Nesryn acababa de desocupar y le dijo a Yrene, que estaba a un par de metros de distancia, con voz cantarina:

—Siéntate aquí. En caso de que te necesiten.

Yrene miró a Chaol con una expresión que se podría considerar suplicante, pero él mantuvo su rostro neutral y le sonrió con los labios apretados.

Nesryn encontró su sitio junto a Sartaq, quien le pidió a un visir que se recorriera un lugar, y Hasar, satisfecha de ver que los ajustes se habían hecho a su gusto, decidió que sus lugares usuales no le gustaban y corrió a dos visires que estaban junto a Arghun. El segundo lugar era para Renia, que miró a su amante con un ligero gesto de desaprobación, pero sonrió para sí misma, como si fuera típico.

El banquete siguió adelante y Chaol le cedió su atención a Yrene. El visir que estaba del otro lado de la sanadora ni siquiera la volteó a ver. Los sirvientes pasaron platones y la comida y la bebida se sirvieron en abundancia. Chaol dijo en voz baja:

—¿Acaso quiero saber?

Yrene empezó a comer el cordero cocido a fuego lento y el arroz con azafrán que llenaban su plato dorado.

—No.

Él estaba seguro de que las sombras que detectó en su mirada en la mañana, lo que se había arrepentido de decirle... Que eso se relacionaba con lo que estaba sucediendo en ese momento.

Miró hacia el otro extremo de la mesa, donde Nesryn los observaba, escuchando a medias a Sartaq, quien hablaba sobre algo que Chaol no alcanzaba a oír por el sonido de los cubiertos y la conversación.

Intentó disculparse con Nesryn con la mirada; pero ella le respondió con una mirada de advertencia dirigida a Hasar: "Ten cuidado."

—¿Cómo siguen los dedos de tus pies? —preguntó Yrene y dio un bocado pequeño de su comida. Él la había visto devorar la caja de dulces de algarrobo que compraron mientras cabalgaban por la ciudad. Esto de comer con delicadeza era una actuación.

—Activos —respondió con una media sonrisa. No importaba que apenas hubieran transcurrido dos horas desde la última vez que se vieron.

—¿Sensación?

—Un cosquilleo.

—Bien —respondió ella y tragó saliva. La cicatriz se movió con su garganta.

Él sabía que los estaban observando, que los estaban escuchando; ella, también.

Yrene tenía los nudillos blancos por la fuerza con que sostenía los cubiertos y la espalda derecha y rígida. No sonreía. Sus ojos delineados con *kohl* no tenían su luz habitual.

¿La princesa había maniobrado para sentarlos juntos y que hablaran o para manipular a Kashin y obligarlo a hacer algo? El príncipe sí estaba viéndolos, aunque fingía conversar con dos visires ataviados con sus túnicas doradas.

—El rol de peón no te queda bien —Chaol le murmuró a Yrene y sus ojos color café dorado centellearon.

—No sé de qué estás hablando —le dijo.

Pero sí sabía. Las palabras no eran para ella. Él se dedicó toda la comida a buscar temas de conversación para pasar el tiempo.

—¿Cuándo será la siguiente clase de las chicas?

La tensión en los hombros de Yrene disminuyó un poco y respondió:

—Dos semanas. Normalmente nos reunimos una vez a la semana, pero muchas van a tener exámenes y estarán concentradas en sus estudios.

—Algo de ejercicio y aire fresco les podría servir.

—Yo pienso lo mismo, pero para ellas los exámenes son de vida o muerte. Recuerdo que yo pensaba igual.

—¿Te quedan más exámenes pendientes?

Ella negó con la cabeza y las joyas de sus aretes reflejaron la luz.

—Yo terminé mi examen final hace dos semanas. Ya soy una sanadora oficial de la Torre.

En su mirada se alcanzó a notar que se burlaba un poco de ella misma. Él levantó la copa.

—Felicidades.

Ella se encogió de hombros, pero asintió como agradecimiento.

—Aunque Hafiza tiene pensado ponerme una última prueba.

Ah.

—Así que sí soy realmente un experimento.

Era un mal intento para restarle importancia a su discusión de días antes, a esa crudeza que lo había desgarrado.

—No —respondió Yrene rápidamente y en voz baja—, tú no tienes mucho que ver en esto. Este último examen no oficial... tiene que ver conmigo.

Él quería preguntarle, pero tenían demasiadas miradas encima.

—Entonces te deseo suerte —dijo con formalidad.

Su trato era completamente distinto a la manera en que conversaron cuando iban a caballo por la ciudad. La comida se hizo muy lenta, pero a la vez rápida. Su conversación fue forzada y esporádica. Cuando llegaron los postres y el *kahve*, Arghun aplaudió para llamar a los artistas.

—Como nuestro padre está en sus habitaciones —Chaol escuchó que Sartaq le decía a Nesryn en privado—, nuestras celebraciones tienden a ser más... informales.

Un grupo de músicos vestidos de gala, con instrumentos conocidos y desconocidos, ingresó al salón entre las columnas que quedaban frente a la mesa. Se escucharon tambores, flautas y cornos que anunciaban la llegada del acto principal: los bailarines. Un círculo de ocho bailarines, entre hombres y mujeres —un número sagrado, le explicó Sartaq a Nesryn que sonreía vacilante—, salió de entre las cortinas junto a las columnas.

Chaol intentó no atragantarse. Estaban pintados de dorado y enjoyados, y vestían túnicas transparentes, de la seda más delgada, ceñidas con un cinturón, pero debajo de eso... nada.

Tenían cuerpos ágiles y jóvenes, en la cúspide de la juventud y la virilidad. Las caderas giraron, las espaldas se arquearon, las manos se movieron en el aire y empezaron a dar vueltas unos alrededor de otros en círculos y líneas.

—Te lo dije —le murmuró Yrene.

—Creo que a Dorian le gustaría esto —respondió él y le sorprendió sentir que se empezaba a formar una sonrisa en su boca al pensarlo.

Yrene lo miró divertida, nuevamente con algo de luz en su mirada. La gente volteaba en sus asientos para poder ver mejor a los bailarines con sus cuerpos esculpidos y sus pies descalzos y ágiles.

Los movimientos eran perfectos, precisos. Sus cuerpos, simples instrumentos de la música. Hermosos, etéreos y, sin embargo... tangibles. Chaol pensó que Aelin también habría disfrutado de esto. Mucho.

Mientras los bailarines hacían su espectáculo, los sirvientes acomodaron sillas y sofás, cojines y mesas. Sobre ellas pusieron tazones de hierbas humeantes. El olor era dulce y empalagoso.

—No te acerques demasiado si quieres que tus sentidos permanezcan intactos —le advirtió Yrene cuando vio pasar a un sirviente con los recipientes humeantes de metal de camino a una mesa de madera tallada—. Es un opiáceo ligero.

—De verdad que se sueltan el pelo cuando no están sus padres.

Algunos de los visires se estaban retirando, pero muchos se pararon de la mesa y se fueron a sentar a las sillas acojinadas. Todo el gran salón quedó transformado en cuestión de momentos para dar espacio a la relajación y...

De atrás de las cortinas salieron sirvientes impecables, con sus ropas de seda transparente también. Hombres y mujeres, todos hermosos, que se acercaron a los regazos de los asistentes, se sentaron en los brazos de los sillones o se acurrucaron a los pies de los visires y la nobleza.

Chaol había visto fiestas bastante desenfrenadas en el castillo de cristal, pero siempre había cierta rigidez. Era una especie de formalidad y una sensación de que esas cosas debían ocultarse tras las puertas cerradas. Era verdad, Dorian siempre había reservado esos comportamientos para su propia recámara... o la de alguien más. O simplemente arrastraba a Chaol a Rifthold o a Bellhaven, donde la nobleza tenía fiestas mucho más desinhibidas que las de la reina Georgina.

Sartaq permaneció en la mesa junto a Nesryn, que veía a los talentosos bailarines con gran admiración, pero los demás hijos del khagan... Duva, con una mano en el vientre, se despidió y se fue junto con su esposo, silencioso como siempre.

—El humo no es bueno para el bebé —dijo Duva, e Yrene asintió en aprobación, aunque nadie la había volteado a ver.

Arghun se apropió de uno de los sillones cerca del baile, se acomodó e inhaló el humo que se desprendía de las brasas dentro de los pequeños tazones de metal. Varios cortesanos y visires compitieron por ocupar los lugares más cercanos al príncipe primogénito.

Hasar y su amante ocuparon un sofá pequeño y las manos de la princesa pronto estaban enredadas en el cabello negro y grueso de su amante. Su boca encontró un punto en el cuello de la mujer un instante después. Renia respondió con una sonrisa lenta y amplia... los ojos se le cerraron cuando Hasar le susurró algo en la piel.

Kashin pareció esperar unos minutos, mientras Yrene y Chaol veían la decadencia desplegarse desde la mesa casi vacía del banquete.

Estaba esperando, sin duda, a que Yrene se levantara.

La sanadora tenía las mejillas enrojecidas y la mirada fija en su *kahve*, el vapor se elevaba de la pequeña taza.

—¿Habías visto esto antes? —le preguntó Chaol.

—Espera un par de horas y todos se irán a sus habitaciones... acompañados, por supuesto.

Al parecer, el príncipe Kashin ya había alargado su conversación con el visir a su lado lo más que podía tolerar. Abrió la boca con la mirada en Yrene y Chaol intuyó la invitación en su mirada, antes de que el hombre pudiera hablar.

Chaol tuvo, si acaso, una fracción de segundo para decidir. Y para darse cuenta de que Sartaq había invitado a Nesryn a sentarse con él, ya no en la mesa, pero tampoco en uno de los sillones, sino en un par de sillas al fondo de la habitación, donde no había humo y las ventanas estaban abiertas, pero desde donde podían seguir observando. Ella movió la cabeza en un gesto de asentimiento dirigido a Chaol, para hacerle saber que las cosas iban bien y avanzó con el príncipe a paso tranquilo.

Así que, cuando Kashin se inclinó al frente para invitar a Yrene a ir con él a uno de los sillones, Chaol volteó a ver a la sanadora y le dijo:

—Me gustaría sentarme contigo.

Ella abrió un poco los ojos.

—Dónde.

Kashin cerró la boca y Chaol tuvo la sensación de que acababa de colocarse una diana en el pecho. Sin embargo, miró a Yrene a los ojos y le respondió:

—Donde sea más silencioso.

Quedaban pocos sillones libres: casi todos cerca del sitio donde había más humo y baile. Pero había uno un poco oculto entre las sombras, cerca de un nicho al otro lado del salón. Tenía una mesita baja enfrente con un pequeño sahumerio lleno de las hierbas.

—Si se supone que nos deben ver juntos esta noche —le dijo en voz baja a Yrene para que sólo ella lo escuchara—, entonces quedarnos aquí un rato será mejor que irnos juntos —vaya mensaje que enviaría *eso* dado el cambio de atmósfera de la celebración—. Y no quiero que camines sola.

Yrene se puso de pie en silencio con una sonrisa sombría.

—Entonces relajémonos, lord Westfall.

Hizo un ademán hacia el sillón sombreado más allá del borde de la luz. Ella le permitió que impulsara la silla de ruedas por su propia cuenta. Mantuvo la barbilla en alto y avanzó hacia ese nicho con la falda de su vestido arrastrándose detrás de ella. La parte trasera del vestido era casi totalmente descubierta y dejaba a la vista la piel tersa y suave alrededor del surco de su columna. El escote de la espalda era pronunciado y él alcanzaba a distinguir los hoyuelos gemelos de su espalda baja, como si un dios hubiera presionado ahí sus pulgares.

Sintió demasiados ojos centrados en ellos cuando Yrene se acomodó en el sillón. La falda de su vestido serpenteaba en el piso detrás de sus tobillos. Yrene extendió uno de sus brazos desnudos sobre los cojines mullidos.

Chaol miró sus ojos entrecerrados cuando llegó al sillón, más rápido que los sirvientes que se aproximaban, y se pasó de la silla a los cojines. Con unos cuantos movimientos quedó volteado hacia ella y le agradeció al sirviente que le apartó la silla. Desde ese lugar alcanzaban a ver a los bailarines y el área donde los demás estaban sentados: los sirvientes y los nobles que ya empezaban a pasar manos y bocas sobre piel y tela, mientras seguían disfrutando del entretenimiento incomparable.

Algo se retorció, de manera no desagradable, en el interior de Chaol al ver todo lo que tenían enfrente.

—Aquí no obligan a ningún sirviente —le dijo Yrene en voz baja—. Eso fue lo primero que pregunté cuando asistí por primera vez a una de estas reuniones. Los sirvientes desean subir de posición y los que están aquí saben qué privilegios podrían conseguir si salen acompañados esta noche.

—Pero si son empleados —le rebatió Chaol—, si les preocupa que sus posiciones puedan verse afectadas al negarse, ¿cómo puede entonces ser un consentimiento real?

—No lo es. No, si lo pones de esa manera. Pero el khaganato se ha asegurado de que se mantengan otros límites, como restricciones de edad, consentimiento verbal y castigos para quienes, aunque sean miembros de la realeza, violen estas reglas.

Eso ya se lo había dicho ella hacía unos días.

Una joven y un hombre se habían acomodado a ambos lados de Arghun. Una le mordisqueaba el cuello y el otro trazaba círculos en sus muslos. Mientras tanto, el príncipe continuaba su conversación con el visir que estaba en una silla a su izquierda, sin inmutarse.

—Pensé que tenía esposa —dijo Chaol.

Yrene siguió su mirada.

—La tiene. Ella está en su casa de campo. Sin embargo, los sirvientes no son considerados como infidelidades; ellos se ocupan de ciertas necesidades... Esto podría ser equivalente a que les dieran un baño —sus ojos se tornaron pícaros—. Estoy segura de que descubriste eso el primer día.

Él se ruborizó.

—Me sentí... sorprendido por la atención a los detalles y el involucramiento.

—Kadja probablemente fue seleccionada para complacerte.

—Yo no tiendo a ser infiel. Ni siquiera con una doncella dispuesta.

Yrene miró a Nesryn, que estaba muy metida en su conversación con Sartaq.

—Nesryn tiene suerte de tener un compañero tan leal, entonces.

Él anticipaba sentir un tirón de celos al ver que Nesryn le sonreía al príncipe, cuyo lenguaje corporal transmitía una total relajación. Tenía el brazo apoyado en el respaldo del sillón detrás de ella y la pierna cruzada con el tobillo sobre la rodilla. Tal vez sería que confiaba en Nesryn, pero no sintió nada de celos al verlos.

Chaol se dio cuenta de que Yrene lo miraba, sus ojos como topacios entre las sombras y el humo.

—La otra noche me reuní con mi amiga —le dijo con un aleteo de las pestañas; aparentaba ser tan sólo una mujer adormecida por los opiáceos incandescentes. Él mismo empezaba a sentir extraña la cabeza, y el cuerpo caliente y cogedor—. Y de nuevo esta noche, antes de la cena.

Hasar.

—¿Y?

Chaol se percató de que estaba observando el suave rizo que se formaba en las puntas del cabello largo de Yrene. Sintió que sus dedos se movían, como si se estuviera imaginando cómo se sentiría ese cabello entre sus dedos.

Yrene esperó a que pasara a su lado un sirviente cargando una bandeja de frutas cristalizadas.

—Me dijo que *tu* amigo sigue desaparecido. Y que ya se extendió una red en el centro de la mesa.

Él parpadeó e intentó abrirse paso entre el humo y las palabras.

Ejércitos. Los ejércitos de Perrington ya estaban distribuidos por todo el continente. No le sorprendió que ella no hubiera querido discutir el tema en la calle; así como tampoco las sombras que eso le provocaba en la mirada.

—¿Dónde?

—De las montañas a... tus rumbos usuales.

Él imaginó un mapa del lugar. Del Abismo Ferian a Rifthold. Santos dioses.

—¿Estás segura?

Ella asintió.

Él percibió que algunas miradas se dirigían a ellos de vez en cuando. Yrene también lo sentía. Él intentó no sobresaltarse cuando ella le puso la mano en el brazo, cuando ella lo miró con los ojos entrecerrados y adormilados, invitantes.

—Me pidieron algo el otro día, y hoy otra vez, de una manera que no pude negarme.

La estaban amenazando. Él apretó la mandíbula.

—Necesito un lugar, una región... —murmuró—, que nos indique dónde podría dirigirse tu *otra* amiga.

Aelin.

—¿Dónde... dónde está ella?

—No lo saben.

Aelin estaba... desaparecida. No la habían encontrado ni siquiera los espías del khaganato.

—¿No está en su casa?

Yrene negó con la cabeza y eso hizo que el corazón de Chaol empezara a latir desbocado. Aelin y Dorian, ambos desaparecidos. No se sabía el paradero de ninguno de los dos. Si Perrington atacara...

—No sé adónde podría ir. Qué planearía hacer —Chaol dijo, mientras ponía su mano sobre la de ella e intentaba no distraerse con la suavidad de su piel—. Su plan era regresar a casa. Reunir un equipo.

—No lo ha hecho. Y no dudo de la pericia de los *ojos* de aquí... y de allá.

Los espías de Hasar y otros. Aelin no estaba en Terrasen. No había llegado a Orynth.

—Quita esa cara —le ronroneó Yrene y aunque le rozó el brazo con la mano, su mirada era dura.

A él le costó, pero logró sonreírle con expresión soñolienta.

—¿Tu amiga piensa que cayeron en manos de alguien más?

—No lo sabe —dijo Yrene y subió los dedos por su brazo, con suavidad y sin prisa. Ese anillo sencillo seguía en su mano—. Ella me pidió que te preguntara. Que te sacara la información.

—Ah —la mano hermosa y delgada se deslizó por su brazo—. Por eso la nueva distribución de asientos.

Y por qué Yrene estuvo tantas veces a punto de decirle algo ese día, pero optó por el silencio.

—Me hará la vida muy difícil si no parece que logré hacer que te abrieras a mí.

Él le detuvo la mano a la altura de su bíceps y sintió que los dedos le temblaban un poco. Tal vez era el humo dulce y empalagoso que se enroscaba a su alrededor, tal vez era la música, los bailarines con su piel desnuda y sus joyas, pero Chaol dijo:

—Creo que ya lograste eso, Yrene Towers.

Él vio cómo se sonrojaba su rostro. Vio cómo el oro de sus ojos se volvía más brillante, peligroso. Peligroso y estúpido y...

Sabía que los demás los estaban observando. Sabía que Nesryn estaba sentada con el príncipe.

Ella entendería que esto era por el espectáculo. La presencia de Nesryn con Sartaq era solamente otra parte de la misma puesta en escena. Otra exhibición.

Se lo repitió a sí mismo mientras miraba a Yrene a los ojos y sin dejar de presionarle la mano contra su brazo. Continuó viendo el color que le iluminaba las mejillas. Yrene se humedeció los labios con la punta de la lengua.

Eso también lo vio Chaol y una calidez pesada y tranquilizante lo invadió.

—Necesito un lugar. Cualquier lugar.

Le tomó unos segundos entender qué era lo que ella le estaba pidiendo. La amenaza que la princesa había dejado implícita si no lograba sacarle información.

—¿Por qué mentir? Te hubiera dicho la verdad —dijo y sintió como si su boca estuviera muy lejos.

—Después de la clase con las chicas —murmuró ella—, te debía algo.

Y esta revelación sobre los intereses de Hasar...

—¿Se le puede convencer a tu amiga de que se sume a nuestra causa?

Yrene estudió la habitación y Chaol sintió que su mano se separaba de la de ella. Se deslizó luego hacia su hombro desnudo y terminó apoyada en su cuello.

Su piel era tan suave como terciopelo tibio bajo el sol. Le acarició el cuello con el pulgar, muy cerca de la cicatriz, y ella lo volteó a ver bruscamente.

En su mirada había una advertencia... una advertencia, pero... Él se dio cuenta de que la advertencia no iba dirigida a él, sino a ella misma. Yrene exhaló:

—Ella...

Él no pudo resistir acariciarle el cuello con el pulgar otra vez. Su garganta le rozó la mano cuando volvió a tragar saliva.

—Ella está preocupada por la amenaza de fuego.

Y el miedo podía ser la motivación que impulsara la posibilidad de una alianza o bien que la arruinara por completo.

—Ella piensa... —continuó Yrene—, piensa que ustedes podrían estar detrás del ataque en la biblioteca. Una especie de manipulación.

Él resopló, pero su pulgar se quedó quieto, justo sobre el pulso acelerado de Yrene.

—Ella nos sobreestima —él pudo ver que la alarma empezaba a reavivarse en los ojos de Yrene—. ¿Qué crees tú, Yrene Towers?

Ella puso la mano sobre la de él, pero no intentó hacer que se la quitara del cuello.

—Creo que tu presencia podría haber detonado la acción de otras fuerzas, pero no creo que tú seas el tipo de hombre que se preste a este tipo de juegos —aunque su posición en ese momento implicara lo contrario—. Tú vas por lo que quieres —continuó Yrene—, pero lo haces de manera directa. Con honestidad.

—Yo solía ser ese tipo de hombre —le respondió Chaol. No podía apartar la mirada de ella.

—¿Y ahora? —preguntó ella sin aliento y con el pulso aún más acelerado batiéndose bajo la palma de la mano de Chaol.

—Y ahora... —dijo Chaol y le acercó más la cabeza, tanto que su aliento le rozaba la boca—, me pregunto si debería haberle hecho caso a mi padre cuando intentó enseñarme.

Los ojos de Yrene se posaron entonces en su boca y todos sus instintos, toda su concentración se enfocó en ese movimiento. Todas las partes de su ser se pusieron en alerta anhelante.

Y la sensación, cuando se reacomodó la chaqueta disimuladamente sobre las piernas, fue mejor que un baño helado.

El humo... los opiáceos. Era una especie de afrodisíaco, algo que atontaba el sentido común.

Yrene seguía viendo su boca como si fuera un trozo de fruta. Su respiración agitada elevaba esos senos voluptuosos atrapados en su vestido.

Él se obligó a quitar la mano del cuello de Yrene. Se obligó a retroceder para recargarse en el respaldo del sillón.

Nesryn seguro los estaba viendo. Debía estarse preguntando qué demonios hacía él. Él no debía hacerle esto. Tampoco a Yrene. Lo que fuera que acababa de hacer, esa locura...

—Bahía de la Calavera —dijo de pronto—. Dile que el fuego se puede encontrar en la Bahía de la Calavera.

Era tal vez el único sitio al cual Aelin nunca iría, a los dominios del Señor de los Piratas. Había escuchado su historia una vez, sobre sus *peripecias* con Rolfe. Como si destruir su ciudad y arruinar sus preciados buques hubiera representado sólo un poco de diversión. Dirigirse allá sería en verdad lo último que haría Aelin, ya que el Señor de los Piratas había prometido asesinarla en cuanto la viera.

Yrene parpadeó, como si recordara dónde estaba, la situación que los había colocado en esa posición, en ese sillón, rodilla con rodilla y casi nariz con nariz.

—Sí —respondió ella y se alejó del rostro de Chaol, parpadeando con furia. Luego frunció el ceño mirando las brasas humeantes de la jaula de metal que estaba sobre la mesa—. Eso será suficiente.

Dispersó un tentáculo de humo que intentaba abrirse paso entre los dos.

—Debo irme.

Un pánico salvaje y agudo brillaba en sus ojos. Como si ella también se hubiera dado cuenta... hubiera *sentido*...

Se puso de pie y alisó las faldas de su vestido. Ya no era la mujer tranquila y sensual que caminó a ese sillón. Ahora era... era la chica de unos veintidós años, sola en una ciudad extranjera, presa de los caprichos de los hijos del khagan.

—Espero... —dijo ella y miró a Nesryn avergonzada. Era... vergüenza y culpa lo que le pesaba sobre los hombros—. Espero que tú nunca aprendas a jugar ese tipo de juegos.

Nesryn seguía sumida en su conversación con Sartaq y no daba señales de haberse alterado, de haberse enterado de... de lo que fuera que hubiera sucedido ahí.

Era un infeliz. Un maldito infeliz.

—Te veré mañana —fue lo único que se le ocurrió decirle a Yrene; pero luego añadió cuando se empezaba a alejar—: Déjame conseguirte un acompañante.

Porque Kashin los estaba observando desde el otro lado del salón, con una doncella sentada en sus piernas que le pasaba la mano por el cabello. Y lo que se veía... oh, lo que se veía en la cara de Kashin era violencia fría cuando notó la atención de Chaol.

Los otros podrían pensar que lo que había entre él e Yrene había sido un acto, pero Kashin... Ese hombre no era tan estúpidamente leal como pensaban los demás. No, estaba bien consciente de quienes lo rodeaban. Sabía leer a las personas. Evaluarlas.

Y no fue la excitación lo que hizo que el príncipe se percatara de que la atracción era genuina; sino la culpabilidad que ambos dejaron ver y que Chaol no notó hasta que fue demasiado tarde.

—Le pediré a Hasar... —dijo Yrene y se dirigió hacia el sofá donde estaban la princesa y su amante sentadas, recorriéndose lentamente con las bocas, con atención a cada detalle.

Él se quedó en el sillón, mirando a Yrene cuando se acercó a las mujeres. Hasar levantó la vista un poco adormilada. Pero la lujuria que nublaba el rostro de la princesa se despejó al ver que Yrene asintió con seriedad. Misión cumplida. Yrene se inclinó y le dijo algo a Hasar al oído, mientras le besaba ambas mejillas para despedirse. Chaol leyó el movimiento de sus labios desde el otro lado de la habitación. *Bahía de la Calavera.*

Hasar sonrió lentamente y luego tronó los dedos para que se acercara uno de los guardias. El hombre se aproximó de inmediato. Chaol la vio darle una orden al hombre, la vio amenazarlo de muerte, o peor, si Yrene no regresaba a salvo a la Torre.

Yrene sólo le sonrió exasperada a la princesa, luego les dio las buenas noches a ella y a Renia, y siguió al guardia al exterior. Miró atrás desde el arco de la salida.

A treinta metros de distancia, detrás de todo ese mármol pulido y esas columnas enormes, el espacio que la separaba de Chaol se tensó. Como si esa luz blanca que había visto en su interior dos días antes fuera una cuerda viviente. Como si ella de alguna manera se hubiera plantado en su interior esa tarde.

Yrene ni siquiera hizo un gesto de despedida antes de irse con las faldas ondeando a su alrededor.

Cuando Chaol volvió a mirar a Nesryn, notó que ella lo veía con atención. Vio su rostro inexpresivo, tan cuidadosamente inexpresivo, que sólo mostró lo que él asumió era comprensión. El juego había terminado por esa noche. Ella estaba esperando para escuchar el marcador final.

El humo seguía aferrado a las fosas nasales, el cabello y la chaqueta de Chaol cuando entró con Nesryn a su habitación una hora después. Cuando se fue Yrene, él se sentó con ella y Sartaq en su zona silenciosa, y observó cómo se empezaron a ir los invitados, uno a uno, a sus habitaciones o a las de alguien más. Sí, Dorian sin duda estaría fascinado en esta corte.

Sartaq los acompañó de regreso a su recámara y se despidió un poco más serio. Fue más mesurado comparado con las palabras y sonrisas que externó durante la fiesta. Chaol no lo culpó. Probablemente había miradas por todas partes.

La ojos del Sartaq permanecieron en Nesryn cuando ella se despidió y entró a la habitación con Chaol.

El cuarto estaba casi a oscuras, salvo por una linterna de vidrio de colores que Kadja había dejado encendida en la mesa del vestíbulo. Las puertas de sus recámaras parecían como entradas a cavernas.

La pausa en el vestíbulo en penumbras fue un poco más larga de lo necesario.

Nesryn empezó a avanzar hacia su recámara en silencio. Chaol la tomó de la mano antes de que pudiera alejarse. Lentamente, ella lo volteó a ver por encima del hombro y su cabello se movió como seda de medianoche.

A pesar de la oscuridad, él supo que Nesryn podía leer lo que le decían sus ojos.

Chaol sintió cómo la piel se le tensaba alrededor de los huesos y el corazón le latía con fuerza, pero esperó.

Ella dijo al fin:

—Creo que en este momento me necesitan más en otro lugar que en este palacio.

—No deberíamos discutir esto aquí en el pasillo —él no le soltó la mano.

La garganta de Nesryn subió y bajó un poco, pero asintió. Intentó empujar su silla, pero él se movió antes de que ella pudiera ayudarlo y se dirigió a su recámara para que ella lo siguiera. Para que ella cerrara la puerta a sus espaldas.

La luz de la luna se filtraba por las ventanas del jardín y se derramaba en la cama. Kadja no había encendido las velas, ya fuera porque anticipaba que la habitación sería utilizada después de la fiesta para propósitos distintos a dormir o porque pensaba que él no regresaría. Pero en la oscuridad, con el murmullo de las cigarras en los árboles del jardín...

—Te necesito aquí —dijo Chaol.

—¿En verdad? —ella lanzó una pregunta directa y honesta.

Él le concedió a Nesryn el respeto de considerar su pregunta.

—Yo... Se suponía que haríamos esto juntos. Todo.

Ella negó con la cabeza y su cabellera corta se movió.

—Los caminos cambian. Tú sabes eso mejor que nadie.

Así era. En verdad así era. Pero de todas maneras...

—¿Dónde piensas ir?

—Sartaq mencionó que desea buscar respuestas entre su gente para averiguar si el Valg ya había estado antes en este continente. Yo... yo me siento tentada a ir con él, si él me lo permite. Para averiguar si en realidad hay otras respuestas por encontrar y si puedo convencerlo de que tal vez actúe en contra de las órdenes de su padre. O que por lo menos interceda a nuestro favor.

—Pero ¿ir con él hacia dónde? ¿Con los jinetes de ruks en el sur?

—Tal vez. En la fiesta mencionó que se iría en unos días. Pero aquí nosotros casi no tenemos probabilidades. Tal vez pueda aumentarlas con el príncipe, encontrar información de valor entre los rukhin. Si uno de los agentes de Erawan está en Antica... Confío en que la guardia del khagan protegerá el palacio y la Torre, pero tú y yo tenemos que reunir todas las tropas que podamos antes de que Erawan pueda mandar más agentes contra nosotros —hizo una pausa—. Y tú... tú estás progresando. No quiero interferir con eso.

Su oferta implicaba palabras que no pronunció.

Chaol se frotó la cara. Que ella se fuera, simplemente aceptarlo, esta desviación en el camino frente a ellos... Exhaló.

—Esperemos a la mañana antes de tomar cualquier decisión. Nada bueno puede surgir de las decisiones que se toman a altas horas de la noche.

Nesryn se quedó callada y él se subió a la cama antes de empezar a quitarse la chaqueta y las botas.

—¿Te sientas conmigo? Cuéntame sobre tu familia, sobre la celebración de hoy con ellos.

Sólo había escuchado unos cuantos detalles y tal vez la culpa lo motivaba en ese momento, pero...

Sus miradas se cruzaron en la oscuridad y escucharon el himno de un ruiseñor que entraba por las puertas cerradas. Podría jurar que notó cómo en el rostro de Nesryn destelló una comprensión que luego se asentó, como piedra que cae al estanque.

Nesryn se acercó a la cama con pasos silenciosos. Se desabotonó la chaqueta y la colgó sobre la silla antes de quitarse las botas. Se subió al colchón y una almohada suspiró cuando se recargó en ella.

"Lo vi todo", Chaol podría jurar que se leía en su mirada. "Lo sé."

Pero Nesryn habló de la ceremonia en los muelles, cómo sus cuatro primos pequeños lanzaron coronas de flores al mar y luego corrieron dando gritos porque las gaviotas querían robarles los pastelillos de almendras de las manos. Le contó sobre su tío, Brahim, y su tía, Zahida, y su hermosa casa con sus patios y enredaderas floreadas y postigos de celosía.

Con cada mirada, seguían resonando esas palabras que no pronunció. "Lo sé. Lo sé."

Chaol dejó que Nesryn hablara, la escuchó hasta que su voz empezó a arrullarlo, porque él también lo sabía.

CAPÍTULO 22

Yrene dudó si debía presentarse al día siguiente o no. Lo que había sucedido en ese sillón la noche anterior...

Regresó a su recámara sobreexcitada y frenética, incapaz de tranquilizarse. Se quitó el vestido y las joyas de Hasar, dobló la ropa con cuidado y la puso sobre la silla con manos temblorosas. Luego puso el baúl frente a su puerta, por si ese demonio asesino la había visto inhalando cantidades indecibles de ese humo y eso lo inspiraba a ir por ella, aprovechando que no estaba en sus cinco sentidos.

Porque no lo estaba. Estaba totalmente enloquecida. Lo único que le importó fue el calor, el olor y el tamaño tranquilizante de él, cómo sus manos con callos raspaban contra su piel y cómo quería sentirlas en otras partes. Cómo había mantenido la vista en su boca y cómo tuvo que hacer acopio de todas sus fuerzas para no recorrerle los labios con sus dedos. Con sus propios labios.

Odiaba esas fiestas. El humo hacía que uno abandonara todo sentido común, toda inhibición. Precisamente por ese motivo a la nobleza y a los ricos les encantaba usarlo, pero...

Yrene caminó inquieta de un lado a otro en su habitación de la Torre. Se pasó las manos por la cara tantas veces que los cosméticos que personalmente le había puesto Hasar terminaron todos embarrados.

Se lavó la cara tres veces. Se puso el camisón más ligero que tenía y luego estuvo dando vueltas en la cama sin lograr conciliar el sueño. La tela se le quedaba pegada y rozaba contra su piel sudorosa y ardiente.

Contó las horas, los minutos que faltaban para empezar a dejar de sentir los efectos del humo. Para que se despejaran.

No cedieron fácilmente. Y ya en las horas más silenciosas y oscuras de la noche, Yrene al fin decidió terminar el asunto por su propia mano.

Esa noche, la dosis había sido más fuerte de lo normal. Se arrastraba por todo su cuerpo y sus garras le recorrían la piel. Y ella veía un rostro, se imaginaba unas manos que le estaban acariciando la piel.

Cuando llegó el momento de la liberación, se sintió hueca, insatisfecha.

Amaneció e Yrene frunció el ceño al ver su reflejo desaliñado en el trozo de espejo que tenía sobre el lavabo.

El efecto del opiáceo se había desvanecido en las pocas horas de sueño que logró conciliar, pero... Algo se retorció en la parte baja de su abdomen.

Se lavó y se vistió. Empacó la ropa y las joyas de Hasar en un bolso adicional. Era preferible pasar el trago de una vez. Le devolvería la ropa y las joyas a la princesa después. Hasar lucía muy satisfecha, como gata baast, con la información que Yrene le había conseguido, con la mentira que Chaol le había dado para que ella se la dijera a la princesa.

Había dudado de si debía decirle a él o no, pero incluso lo dudó antes del humo, antes de esa locura... Cuando él le ofreció sentarse con ella para que no tuviera que rechazar a Kashin, después de pasar el día paseando por la ciudad sin prisas, lo había decidido. Confiar en él. Y luego perdió la cabeza por completo.

Yrene apenas soportó ver a los guardias a la cara, a los sirvientes, a los visires y los nobles, cuando regresó al palacio y se dirigió a las habitaciones de lord Westfall. Sin duda, varios la habían visto en el sillón con él; algunos otros no, aunque podrían haberse enterado.

Ella nunca se había comportado así en el palacio. Debería decirle a Hafiza. Que la Sanadora Mayor se enterara de su descaro antes de que la información llegara a la Torre en labios de alguien más.

Hafiza no le llamaría la atención, pero... Yrene no podía deshacerse de la sensación de que necesitaba confesar. Arreglar el asunto.

La sesión de hoy sería breve, o tan breve como pudieran, porque perdía toda conciencia del tiempo y del lugar en ese infierno oscuro y furioso de la lesión.

Tenía que ser profesional.

Yrene entró a la habitación y le dijo a Kadja:

—Jengibre, cúrcuma y limón.

Luego se dirigió a la recámara de Chaol. Kadja pareció intentar objetar, pero Yrene no le hizo caso y abrió la puerta de la recámara.

Se detuvo tan rápido que casi se cayó.

Lo primero que notó fueron las sábanas y las almohadas revueltas. Luego el pecho desnudo de Chaol y su cadera apenas cubierta por un trozo de seda blanca.

Después, la cabeza oscura, boca abajo en la almohada a su lado. Todavía dormida. Exhausta.

Los ojos de Chaol se abrieron al instante y lo único que Yrene pudo decir fue un "Oh" en voz baja.

Sorpresa y... algo más se alcanzaba a ver en la mirada de Chaol cuando abrió la boca. Nesryn se movió a su lado y frunció el ceño; tenía la camisa arrugada. Chaol tomó la sábana y los músculos de su pecho y abdomen se contrajeron cuando se incorporó y se apoyó en los codos...

Yrene simplemente se salió de la recámara.

Esperó en el sofá dorado de la sala. Estaba rebotando la rodilla mientras miraba al jardín; en las columnas que flanqueaban las puertas de vidrio, las flores de las enredaderas empezaban a abrir.

Ni siquiera el borboteo de la fuente podía bloquear del todo los sonidos de Nesryn, quien estaba despertando, y luego el sonido suave de sus pisadas que iban de la recámara de Chaol a la suya, seguidas de la puerta que se cerraba.

Un momento después se escuchó el crujir de ruedas y él salió. Con camisa y pantalones. Todavía despeinado. Como si se hubiera pasado las manos por el cabello. O como si Nesryn lo hubiera hecho. Repetidamente.

Yrene se abrazó y de repente la habitación le pareció muy grande. El espacio entre ellos demasiado abierto. Debió haber desayunado. Debió haber hecho algo para evitar este mareo. El hueco que se le formaba en el estómago.

—No sabía que vendrías tan temprano —dijo él con suavidad. Ella podría jurar que detectaba algo de culpa en el tono de su voz.

—Me dijiste que viniera al amanecer —respondió ella con voz igual de silenciosa, pero odió el tono de acusación perceptible en su voz y agregó rápidamente—: Debería haber avisado.

—No, yo...

—Puedo regresar después —dijo ella y se puso de pie de un salto—. Para que ustedes puedan desayunar.

Juntos. Solos.

—No —dijo él con brusquedad y se detuvo de camino al sillón donde trabajaban normalmente—. Está bien en este momento —ella no podía verlo; no podía mirarlo a los ojos ni explicar por qué—. Yrene.

Ella no le hizo caso al tono autoritario que usó al pronunciar su nombre y se dirigió al escritorio, se sentó tras el mueble y agradeció tener un muro de madera tallada entre ellos. Agradeció contar con la estabilidad del escritorio bajo sus palmas cuando abrió el bolso que había dejado en el borde y empezó a desempacar sus cosas con precisión cuidadosa. Frascos de aceites que no necesitaba. Diarios.

Libros... los que había sacado de la biblioteca. *La canción del príncipe*, entre ellos, junto con esos pergaminos antiguos y valiosos. No había podido pensar en un lugar más seguro para ellos más que aquí... que él.

—Puedo prepararles un tónico —dijo Yrene en voz muy baja—. Para ella. Si lo necesitan. Digo, si no desean eso.

Un hijo... No pudo obligarse a pronunciar las palabras. Como la bebé que notó le había sacado una gran sonrisa a él el día anterior. Como si fuera una bendición, una dicha que él podría desear algún día...

—Y puedo hacer uno diario para ti —agregó, pero cada una de esas palabras torpes le salió a tropezones de la boca.

—Ella ya toma uno —le dijo él—, desde los catorce años.

Probablemente desde que empezó a sangrar. Para una mujer en una ciudad como Rifthold, probablemente era sabio. En especial, si ella también planeaba divertirse.

—Bien —fue lo único que se le ocurrió decir a Yrene, mientras seguía apilando sus libros—. Inteligente.

Él se acercó al escritorio hasta que sus rodillas se deslizaron debajo del lado opuesto.

—Yrene —ella colocó con fuerza un libro sobre otro—, por favor —le dijo él.

La palabra hizo que ella levantara la mirada. Lo vio a los ojos, esos ojos del color de la tierra tibia bajo el rayo del sol.

Y la formación de esas dos palabras que vio agitarse en su mirada —*lo lamento*— hizo que de nuevo se levantara rápidamente del escritorio. La hizo irse al otro lado de la habitación. Abrir las puertas del jardín de par en par.

No tenía nada que lamentar. Nada.

Ellos eran amantes y ella...

Yrene se quedó en las puertas del jardín hasta que escuchó que la puerta de la recámara de Nesryn se abrió y se cerró. Hasta que escuchó que Nesryn se asomó a la sala, le murmuró una despedida a Chaol y se marchó.

Yrene intentó mirar por encima de su hombro a la capitana Faliq para ofrecerle una sonrisa amable, pero fingió no haber escuchado su breve encuentro. Fingió estar muy ocupada examinando las flores color lila que se abrían bajo la luz de la mañana.

Intentó resistirse a esa sensación hueca. No se había sentido tan pequeña, tan... insignificante en mucho, mucho tiempo.

"Eres la heredera de Hafiza, la Sanadora Mayor. No eres nada para este hombre y él no es nada para ti. Mantente en tu camino. Recuerda Fenharrow, tu hogar. Recuerda a aquéllos que están allá, que necesitan tu ayuda. Recuerda todo lo que prometiste hacer. Ser."

Metió la mano al bolsillo y sus dedos se apretaron alrededor de la nota.

"El mundo necesita más sanadoras."

—No es lo que tú piensas —dijo Chaol a sus espaldas.

Yrene cerró los ojos un momento.

"Lucha, lucha por tu vida miserable, inútil y desperdiciada."

Se dio la vuelta y se obligó a esbozar una sonrisa amable.

—Es algo natural. Algo sano. Me alegra que te estés sintiendo... listo para hacerlo.

Por la ira que vibraba en su mirada, por lo tenso de su mandíbula, Chaol tal vez no lo estaba.

"El mundo necesita más sanadoras. El mundo necesita más sanadoras. El mundo necesita más sanadoras."

Cuando terminara con él, cuando lo sanara, podría dejar a Hafiza y dejar la Torre con la cabeza en alto. Podría regresar a su hogar, a la guerra y al derramamiento de sangre, y cumplir con su promesa. Cumplir lo que le había prometido a esa desconocida que le dio el regalo de la libertad aquella noche en Innish.

—¿Empezamos?

Lo atendería aquí este día. Porque sólo de pensar en sentarse en esa cama arrugada, que probablemente todavía olía a ellos...

Sentía un nudo en la garganta, en su voz, del que no podía liberarse, sin importar cuántas veces respirara.

Chaol la observó. Consideró el tono de su voz. Sus palabras. Su expresión.

Ella lo vio, lo escuchó. Esa tirantez, esa fragilidad.

"No esperaba nada", quería decir ella. "Yo... yo no soy nada. Por favor, no preguntes. Por favor, no presiones. Por favor."

Chaol también pareció leer eso y dijo en voz baja:

—No la llevé a la cama —ella se resistió a mencionar que todas las pruebas parecían indicar lo contrario. Chaol continuó—: Hablamos hasta altas horas de la noche y nos quedamos dormidos. No pasó nada.

Yrene intentó no fijarse en cómo el pecho se le vació y se le llenó simultáneamente al escuchar esas palabras. No confiaba en lo que diría mientras la información se asentaba.

Como si Chaol percibiera que ella necesitaba un momento, empezó a avanzar hacia el sillón, pero los libros que ella había puesto sobre la mesa atrajeron su atención. Los pergaminos.

El rostro del lord palideció.

—Qué es eso —gruñó.

Yrene se dirigió al escritorio, tomó un pergamino y lo desenrolló con cuidado para mostrarle los símbolos extraños.

—Nousha, la bibliotecaria en jefe, los encontró esa noche, cuando le pedí información sobre... sobre las cosas que te lastimaron. Con todo el... movimiento, los olvidé. Éste estaba en la sección cercana a los libros de Eyllwe, así que ella lo incluyó, por si acaso. Creo que es viejo. Al menos ochocientos años —estaba hablando por hablar, pero no podía parar, agradecida de tener cualquier otro tema que no fuera el que él estaba a punto de tocar—. Creo que son runas, pero nunca había visto algo así. Nousha tampoco.

—No son runas —dijo Chaol con voz ronca—. Son marcas del wyrd.

Y por lo que él le había contado, Yrene supo que había mucha, mucha más información que él aún no le había compartido. Pasó la mano sobre la portada oscura de *La canción del principio*.

—Este libro... menciona un portal. Y llaves. Y tres reyes que las poseen.

Parecía como si él hubiera dejado de respirar. Luego Chaol dijo en voz baja:

—Tú leíste eso. En ese libro.

Yrene abrió las páginas y buscó la ilustración de las tres figuras frente a ese portal de otro mundo. Se acercó a él con el libro abierto para mostrárselo.

—No pude leer mucho, está escrito en eyllwe antiguo, pero... —pasó las hojas hacia la otra ilustración, la del joven en el altar infestado por ese poder oscuro—. ¿Eso es... eso es lo que realmente hacen?

Él colgó las manos a los costados de su silla y miró y miró el recuadro del joven con los ojos fríos y oscuros.

—Sí.

Su respuesta estaba cargada de más dolor y miedo de lo que ella esperaba. Yrene abrió la boca, pero él le lanzó una mirada de advertencia e intentó controlar su reacción.

—Escóndelo, Yrene. Esconde *todo*. Ahora.

Ella sintió que el corazón se le iba a salir del pecho, lo sintió latirle en todas sus extremidades, pero recogió los libros, los pergaminos. Él vigiló las puertas, las ventanas, mientras ella los iba escondiendo bajo cojines y dentro de los floreros más grandes. Pero ese pergamino... era demasiado valioso. Demasiado antiguo para tratarlo con tanto descuido. El papel y la tinta se podrían maltratar tan sólo con estirarlo.

Él notó que ella buscaba desesperada a su alrededor con el pergamino en las manos.

—Mis botas, por favor, Yrene —dijo tranquilamente—. Tengo un segundo par que preferiría usar hoy.

—De acuerdo, sí.

Yrene se dirigió de inmediato a la recámara. No pudo evitar su reacción otra vez cuando vio la ropa de cama desacomodada, lo que ella tan estúpidamente había asumido y que la hizo verse como una gran tonta...

Entró al pequeño vestidor, encontró las botas y metió el pergamino en una de ellas. Luego las tomó, las metió a un cajón y las cubrió con varias toallas. Regresó a la sala un momento después.

—No las encontré. Tal vez Kadja las llevó a limpiar.

—Qué mal —dijo él distraído.

Ya se había quitado las botas y la camisa también. A ella el corazón seguía latiéndole a toda velocidad, cuando él se pasó al sofá dorado, pero no se acostó.

—¿Sabes leer? —le preguntó ella, arrodillada frente a él con su pie desnudo en las manos. "¿Las marcas del wyrd?"

—No —respondió él y movió los dedos cuando ella empezó a rotar su tobillo con cuidado—, pero sí conozco a alguien que lo hace por mí cuando es importante.

Palabras cuidadosas y veladas por si alguien los estaba escuchando.

Yrene siguió ejercitándole las piernas, estirando y doblando, repitiendo los movimientos una y otra vez, mientras él movía los dedos lo más que podía.

—Debería llevarte a la biblioteca un día —le ofreció ella—. Podrías encontrar algo a tu gusto, para que tu lector te lo narre.

—¿Hay muchos textos igual de interesantes?

Ella bajó una pierna y empezó a trabajar con la otra.

—Podría preguntar... Nousha sabe todo.

—Cuando terminemos. Después de que descanses. Hace mucho tiempo que no encuentro un libro que me... intrigue.

—Sería un honor para mí escoltarlo, mi lord.

Él hizo una mueca al escuchar el título formal, pero Yrene continuó trabajando con su pierna derecha, haciendo los mismos movimientos, y luego le ordenó que se recostara en el sofá. Trabajaron en silencio: ella le rotaba la cadera y lo instaba a que intentara moverla solo, y le doblaba y estiraba la pierna lo más que podía.

Después de un momento, con voz apenas perceptible, dijo:

—Sólo has mencionado a Erawan —dijo y la mirada de él fue de advertencia—. ¿Pero qué hay de Orcus y Mantyx?

—¿Quiénes?

Yrene empezó con otra serie de ejercicios en sus piernas, cadera y espalda baja.

—Los otros dos reyes. Los mencionan en ese libro.

Chaol dejó de mover los dedos. Ella le dio un garnucho para recordarle que lo siguiera haciendo. Él exhaló con fuerza y empezó a moverlos de nuevo.

—Los derrotaron en la primera guerra. Los mandaron de regreso a su reino o los mataron, no recuerdo.

Yrene dijo, mientras le acomodaba la pierna en el sillón y le indicaba que se recostara boca abajo:

—Estoy segura de que tú y tus compañeros son expertos en este tema de salvar el mundo —con esas palabras se ganó un resoplido de Chaol—, pero me gustaría estar segura de que lo saben con certeza. Cuál de esas opciones es la verdadera.

El cuerpo de Chaol ocupaba prácticamente todo el sofá dorado, pero ella alcanzó a sentarse en el borde del cojín.

Chaol volteó la cabeza para verla y los músculos de su espalda se tensaron.

—¿Por qué?

—Porque si simplemente los desterraron de regreso a su reino, ¿cómo podemos estar seguros de que no están esperando para que los vuelvan a dejar entrar?

CAPÍTULO 23

La mirada de Chaol se tornó ausente tras la pregunta que Yrene dejó colgando en el aire entre ambos. El color volvió a desaparecer de su rostro.

—Mierda —murmuró—. *Mierda*.

—¿No puedes recordar qué fue de los otros dos reyes?

—No... no. Asumí que habían sido destruidos, pero... ¿por qué se hace mención de ellos *aquí*, de todos los lugares?

Ella negó con la cabeza.

—Podríamos ver... investigar más.

—Entonces eso haremos —exhaló Chaol y un músculo se le movió en la mandíbula.

Extendió la mano hacia ella con una exigencia silenciosa. Para que le diera la mordedera, entendió ella. Yrene estudió de nuevo su mandíbula y su mejilla, la rabia y el miedo que reflejaban. No era el estado adecuado para empezar una sesión de sanación. Así que intentó:

—¿Quién te provocó esa cicatriz?

Pregunta equivocada. Él tensó la espalda y sus dedos se clavaron en el cojín que tenía bajo la barbilla.

—Alguien que merecía provocármela.

Eso no era una respuesta.

—¿Qué pasó?

Él volvió a extender la mano para que le pasara la mordedera.

—No te la voy a dar —le dijo ella con el rostro convertido en una máscara inamovible, cuando él la miró con ojos asesinos—. Y no voy a empezar esta sesión si estás furioso.

—Cuando esté furioso, Yrene, lo vas a saber.

Ella puso los ojos en blanco.

—Dime qué pasa.

—Lo que pasa es que apenas puedo mover los dedos de los pies y resulta que tal vez no tenga que enfrentar a un rey del Valg, sino a *tres*. Si fallamos, si no podemos... —se detuvo antes de seguir diciendo lo demás. Yrene sabía sin lugar a dudas que el plan que tenía era tan secreto que apenas se atrevía a pensar en él.

—Ellos destruyen todo, a todos los que se cruzaban en su camino —dijo Chaol, al fin, sin apartar su vista del brazo del sillón.

—¿Ellos te provocaron esa cicatriz? —le preguntó Yrene y apretó los dedos para formar un puño y resistir la tentación de tocársela.

—No.

Pero ella se inclinó al frente para tocarle una cicatriz pequeña que apenas alcanzaba a esconder el pelo de su sien.

—¿Y ésta? ¿Quién te hizo ésta?

El rostro de Chaol se volvió duro y distante. Pero la rabia, la energía impaciente y frenética... se calmó. Su actitud se volvió fría e indiferente, pero lo centró. Esa ira antigua, lo que fuera que la hubiera provocado, lo estabilizaba.

—Mi padre me provocó esa cicatriz —respondió Chaol en voz baja—. Cuando era niño.

El horror la recorrió, pero le había dado una respuesta. Era una admisión. No lo siguió presionando. No exigió saber más. No, Yrene sólo dijo:

—Cuando entre a tu lesión... —tragó saliva, mientras observaba su espalda—. Intentaré volverte a encontrar. Si esa cosa me está esperando, tal vez tenga que buscar otra manera de alcanzarte —pensó un poco—. Y tal vez me vea obligada a diseñar un plan de ataque que no sea una emboscada, pero ya veremos.

Y a pesar de que la boca de Yrene se movió para formar una especie de sonrisa tranquilizadora, de sanadora, se dio cuenta de que él alcanzó a notar que su respiración se aceleraba.

—Ten cuidado —fue lo único que le dijo Chaol.

Yrene se limitó a entregarle por fin la mordedera y se la acercó a los labios. Su boca le rozó los dedos cuando se la metió entre los dientes. Durante unos segundos, él examinó el rostro de Yrene.

—¿Estás listo? —dijo ella con una exhalación ante la idea de volver a enfrentar esa oscuridad insidiosa..

Él levantó la mano para apretarle los dedos en respuesta silenciosa, pero Yrene lo soltó y dejó caer su mano de vuelta sobre los cojines.

Él seguía estudiándola, seguía viéndola inhalar para prepararse, cuando ella le colocó la mano sobre la marca de la espalda.

Había nevado el día que le dijo a su padre que se iría de Anielle. Que abdicaría a su título como heredero y que se enlistaría en la guardia del castillo en Rifthold.

Su padre lo corrió. Lo sacó a empujones por las escaleras de la fortaleza.

Se laceró la sien al chocar contra las rocas grises y se abrió el labio con sus propios dientes. Los gritos suplicantes de su madre hicieron eco en las rocas cuando él se resbaló en el hielo del descanso de la escalinata. No sentía el dolor en su cabeza. Sólo cómo el hielo afilado le rebanaba las palmas de las manos, le cortaba los pantalones y le desgarraba las rodillas.

Sólo escuchaba las súplicas a su madre y el aullido del viento que nunca cesaba, ni siquiera en el verano, alrededor de la fortaleza de la montaña que veía hacia el Lago de Plata.

Ese viento ahora tiraba de él, de su cabello, más largo de lo que lo había tenido desde entonces. Le lanzaba copos de nieve a la cara desde el cielo gris. Los lanzaba a la ciudad sombría que se extendía a sus pies, hasta las orillas del gran lago y se curvaba alrededor de sus costas, al oeste, hacia las grandes cascadas o hacia el fantasma de ellas. La presa las había silenciado hacía mucho tiempo, junto con el río que fluía desde las Montañas Colmillos Blancos y que terminaba en su puerta.

Siempre hacía frío en Anielle, incluso, en el verano. Siempre frío en esa fortaleza construida en la ladera de la montaña.

—Patético —le espetó su padre y ninguno de los guardias con rostros petrificados se atrevió a ayudarlo a ponerse de pie.

La cabeza le daba vueltas y vueltas y le punzaba. Sentía la sangre caliente que brotaba y se le congelaba en la cara.

—Entonces, lárgate tú solo a Rifthold.

—Por favor —le susurraba su madre—. *Por favor.*

Lo último que vio Chaol de su madre fue cómo se la llevaba su padre cogida del brazo, por arriba del codo, y la arrastraba hacia la fortaleza de roca y madera pintada. Tenía el rostro pálido y angustiado, y sus ojos, que eran iguales a los de él, ya se veían delineados de plata tan brillante como el lago a la distancia.

Sus padres pasaron junto a una sombra pequeña que los había observado desde la puerta abierta de la fortaleza. Terrin.

Su hermano menor se atrevió a dar un paso hacia él. A arriesgarse a bajar por las escaleras peligrosas cubiertas de hielo para ayudarlo.

Su padre ladró una palabra fuerte desde la oscuridad y Terrin se detuvo.

Chaol se limpió la sangre de la boca y negó con la cabeza mirando a su hermano. Alcanzó a distinguir el terror, el terror puro, en la cara de Terrin cuando se puso de pie.

No estaba seguro de que supiera que el título acababa de pasar a él...

No podía soportarlo. Ese miedo en la cara redonda y joven de Terrin.

Así que Chaol se dio la vuelta, con la mandíbula apretada por el dolor en la rodilla, que ya estaba hinchada y tiesa. La sangre y el hielo se mezclaban y le escurrían de las palmas de las manos.

Logró cruzar el descanso cojeando y bajar las escaleras. Uno de los guardias al pie de las escaleras le dio una capa de lana gris; una espada y un cuchillo. Otro le dio un caballo y una brújula. Un tercero le dio un paquete de provisiones, que incluía comida, una carpa, vendas y ungüentos.

No le dijeron ni una sola palabra. No lo detuvieron más de lo necesario.

Él no sabía sus nombres. Y se enteró, años y años después, que su padre estaba observando desde una de las tres torres de la fortaleza. Los había visto. Fue su padre quien, años después, le dijo personalmente a Chaol lo que les había sucedido a esos tres hombres que lo ayudaron.

Los despidieron. A la mitad del invierno. Los desterraron, junto con sus familias, a las Montañas Colmillos Blancos. Así que tres familias fueron enviadas a esa zona desolada. Para el verano, sólo se tenía noticia de dos.

Pruebas. Se dio cuenta de que era una prueba cuando se convenció de no asesinar a su padre. Prueba de que su reino estaba invadido por la corrupción, por hombres malvados que castigaban a la gente por ser decente. Era una prueba de que había tomado la decisión correcta al irse de Anielle para quedarse al lado de Dorian y mantenerlo a salvo.

Para proteger esa promesa de un mejor futuro.

De todas maneras, él envió un mensajero, el más discreto, a buscar a esas familias familias restantes. No le importó cuántos años habían pasado. Envió al hombre con oro. El mensajero nunca las encontró y regresó a Rifthold meses después con el oro intacto.

Él había tomado una decisión y le había costado caro. Había elegido y había tenido que soportar las consecuencias.

Un cuerpo sobre la cama. Una daga sobre su corazón. Una cabeza que rodaba sobre la piedra. Un collar alrededor de un cuello. Una espada hundiéndose hasta el fondo del Avery.

El dolor de su cuerpo era secundario.

Despreciable. Inútil. Siempre que intentaba ayudar... hacía que las cosas empeoraran.

El cuerpo sobre la cama... Nehemia.

Ella había perdido la vida. Y aunque tal vez ella lo había organizado un poco... Él no le advirtió a Celaena, Aelin, que estuviera alerta. No le advirtió a los guardias de Nehemia que el rey sabía. Prácticamente, la había matado. Aelin tal vez lo había perdonado, había aceptado que él no tenía la culpa, pero él lo sabía. Podía haber hecho más. Ser mejor. Ver mejor.

Y cuando murió Nehemia, esos esclavos se levantaron en armas. Un grito de unidad cuando la luz de Eyllwe se apagó.

El rey también los apagó a ellos.

Calaculla. Endovier. Mujeres, hombres y niños.

Y cuando él actuó, cuando eligió partido...

Sangre y roca negra y magia aullante.

Tú sabías tú sabías tú sabías.

Nunca serás mi amigo mi amigo mi amigo.

La oscuridad entró por su garganta, lo ahogaba, lo estrangulaba.

Él lo permitió. Sintió que abría la mandíbula lo más posible, para permitir que entrara más.

"Tómalo", le dijo a la oscuridad.

"Sí", le ronroneó en respuesta. "Sí."

Le mostró Morath con sus horrores incomparables. Le mostró ese calabozo debajo del castillo de cristal, donde esos rostros conocidos rogaban por clemencia que no llegaría. Le mostró las jóvenes manos doradas que habían provocado esas agonías, como si hubieran estado lado a lado para hacerlo...

Lo sabía. Había adivinado quién había sido forzado a torturar a sus hombres, a matarlos. Ambos lo sabían.

Sintió cómo creció la oscuridad, lista para saltar sobre él. Para hacerlo gritar de verdad. Pero entonces desapareció.

Un campo dorado y ondulante se extendía a lo lejos bajo el cielo azul despejado. Lo surcaban pequeños riachuelos brillantes que se curvaban alrededor del ocasional roble. Árboles que se habían apartado del verdor enredado y enorme del bosque de Oakwald a su derecha.

A sus espaldas, una cabaña con techo de paja. Las rocas grises de sus muros estaban cubiertas de liquen verde y anaranjado. Vio un pozo antiguo a unos pocos metros con un balde que se balanceaba peligrosamente en el borde de roca.

Más allá, pegado a la casa, había un pequeño redil con gallinas gordas concentradas en el piso frente a éste.

Y más allá... Un jardín.

No era un espacio diseñado y formal. Pero era un jardín lo que estaba detrás de ese muro de poca altura con la puerta de madera abierta.

Había dos figuras agachadas entre las hileras verdes cuidadosamente plantadas. Se dirigió hacia ellas.

La reconoció por el cabello castaño dorado, mucho más claro bajo el sol del verano. Su piel era de un hermoso tono café y sus ojos...

Era el rostro de una niña, iluminado por la dicha, que miraba atenta a la mujer arrodillada en la tierra y que le enseñaba una planta color verde claro con delgados conos morados de flores que se mecían en la brisa cálida. La mujer preguntó:

—¿Y ésa?

—Salvia —respondió la niña que no tenía más de nueve años.

—¿Y qué hace?

La niña sonrió y recitó con la barbilla en alto:

—Es buena para mejorar la memoria, el estado de alerta, el humor. También sirve para la fertilidad, la digestión y en un ungüento sirve para adormecer la piel.

—Excelente.

La sonrisa amplia de la niña dejó a la vista que le faltaban tres dientes.

La mujer, su madre, tomó la cara redonda de la niña entre sus manos. Tenía la piel más oscura que su hija, el cabello con unos rizos más gruesos y más cerrados. Pero sus complexiones... La complexión de la mujer era la que la niña tendría al crecer. Tenía las pecas que le heredaría. La nariz y la boca.

—Has estado estudiando, mi niña sabia.

La mujer besó la frente sudorosa de su hija. Él sintió el beso, el amor que éste tenía, incluso como fantasma en la puerta. Porque lo que cubría todo en ese lugar, lo que lo bañaba en oro, era amor. Amor y dicha.

Felicidad. Del tipo que él nunca conoció en su propia familia. Ni en nadie más.

La niña había sido amada. Profunda e incondicionalmente. Éste era un recuerdo feliz, uno de pocos.

—¿Y qué es ese arbusto, junto a la pared? —le preguntó la mujer a la niña.

Ella frunció el ceño, concentrada.

—¿Grosella?

—Sí. ¿Y qué hacemos con las grosellas?

La niña se puso las manos en la cadera y su vestido sencillo voló con la brisa seca y cálida.

—Hacemos... —su pie dio unos golpecitos en el piso con impaciencia, impaciencia con su propia mente por no recordar. La misma irritación que él había percibido afuera de la casa del anciano en Antica.

Su madre se acercó detrás de ella, la tomó en sus brazos y le besó la mejilla.

—Hacemos tarta de grosella.

El grito de deleite de la niña hizo eco en los pastizales de ámbar y los ríos cristalinos, y llegó hasta el corazón antiguo y enredado de Oakwald.

Tal vez hasta las mismas Montañas Colmillos Blancos, y hasta la ciudad que estaba a sus pies.

Abrió los ojos y vio que todo su pie estaba presionado contra los cojines del sofá.

Sintió la seda y el bordado que le raspaban el arco desnudo de su pie. Sus dedos.

Sintió.

Se enderezó de golpe, pero no encontró a Yrene a su lado. No estaba por ahí.

Miró sus pies. Debajo del tobillo... Se movió e hizo girar su pie. *Sintió* los músculos.

Las palabras se le atoraron en la garganta. El corazón se le quería salir del pecho.

—Yrene —dijo con voz ronca, buscándola.

Ella no estaba en la habitación, pero...

Los reflejos de castaño dorado bajo el sol le llamaron la atención. En el jardín.

Ella estaba sentada allá afuera. Sola. En silencio.

A él no le importó que sólo estuviera medio vestido. Se subió a la silla, maravillado de la sensación de los reposapiés de madera tersa. Podría jurar que incluso sus piernas... que sentía el fantasma de un cosquilleo.

Se transportó en la silla hacia el pequeño jardín cuadrado; iba sin aliento y con los ojos muy abiertos. Ella había reparado otro fragmento, otro...

Estaba sentada en una sillita muy ornamentada frente al reflejo circular del estanque, con la cabeza apoyada en el puño.

Al principio él pensó que estaba durmiendo bajo el sol.

Pero se acercó y vio el reflejó de la luz en su rostro. Notó la humedad que había ahí. No era sangre... eran lágrimas. Se derramaban en silencio, sin parar, mientras ella mantenía la vista en el estanque, los lirios rosados y las hojas color esmeralda que cubrían casi todo.

Miraba como si no viera. No escuchó cuando Chaol se acercaba.

—Yrene.

Otra lágrima le rodó por la mejilla y cayó en su vestido color morado claro. Otra.

—Estás lastimada —le preguntó Chaol con voz ronca y las ruedas de su silla crujieron en la grava blanca del jardín.

—Lo había olvidado —susurró ella con los labios temblorosos, sin dejar de mirar el estanque y sin mover la cabeza—. Cómo se veía. Cómo olía. Había olvidado... su voz.

Él sintió una tensión en el pecho al ver que el rostro de ella se contraía. Se acercó a ella, pero no la tocó.

—Hacemos juramentos... —dijo Yrene en voz baja—, de nunca quitar una vida. Ella rompió ese juramento el día que llegaron los soldados. Tenía una daga oculta en su vestido. Vio que un soldado me había atrapado y ella... ella lo atacó —cerró los ojos—. Lo mató. Para darme tiempo de escapar. Y lo hice. La dejé. Corrí y la dejé y luego vi... vi desde el bosque cómo hacían la fogata. Y la oí gritando y gritando... —su cuerpo temblaba—. Era buena —le susurró Yrene—. Era buena y era amable y me amaba —seguía sin enjugarse las lágrimas—. Y ellos me la quitaron.

El hombre a quien él le había servido... él se la había quitado.

—¿Adónde fuiste después? —preguntó Chaol con suavidad.

El temblor empezó a disminuir. Se limpió la nariz.

—Mi madre tenía una prima en el norte de Fenharrow. Corrí hacia allá. Me tomó dos semanas, pero llegué.

A los once años. Fenharrow estaba en medio de una conquista y ella lo logró... a los *once años*.

—Tenían una granja y trabajé con ellos durante seis años. Fingí que no tenía poderes. Traté de no llamar la atención. Sanaba a la gente con hierbas si eso no generaba sospechas. Pero no fue suficiente. Tenía... tenía un agujero. En mí. Yo no estaba terminada.

—¿Así que viniste acá?

—Me marché. Quería venir acá. Crucé todo Fenharrow caminando. Todo Oakwald. Luego crucé... crucé las montañas... —empezó a hablar en un susurro—. Me tomó seis meses, pero llegué... al puerto de Innish.

Él nunca había escuchado hablar de Innish. Probablemente estaba en Melisande, si ella había cruzado... Había cruzado las montañas. Esta mujer delicada a su lado... Había cruzado las montañas para llegar aquí. Sola.

—Me quedé sin dinero para cruzar. Así que me quedé ahí. Encontré trabajo.

Él se resistió a la tentación de mirar la cicatriz de su cuello. Preguntarle qué tipo de trabajo...

—La mayoría de las chicas trabajaban en las calles. Innish no era... no es un buen lugar. Pero encontré una posada junto a los muelles y el dueño me contrató. Trabajé como cantinera y sirvienta y... me quedé. Tenía la intención de trabajar sólo un mes, pero me quedé un año. Le permití a él que se quedara con mi dinero, con mis propinas. Que me aumentara la renta. Que me obligara a dormir en una habitación bajo las escaleras. No tenía dinero para cruzar y pensé... Pensaba que además tendría que pagar por mi educación aquí. No quería irme de Innish sin antes reunir los fondos para pagar la escuela, así que me quedé.

Él le miró las manos que ahora tenía apretadas en su regazo. Se las imaginó con un balde y un trapeador, con trapos y platos sucios. Se las imaginó lastimadas y adoloridas. Se imaginó la posada sucia y sus habitantes... lo que sin duda esa gente notó y deseó al contemplar a Yrene.

—¿Cómo llegaste hasta acá?

Yrene apretó los labios y sus lágrimas empezaron a desaparecer. Exhaló.

—Es una historia larga.

—Tengo tiempo para escuchar.

Pero ella negó con la cabeza y al fin lo volteó a ver. Tenía una nueva... luminosidad en la cara. Esos ojos. Y no dudó cuando le dijo:

—Yo sé quién te provocó esa herida en la espalda.

Chaol se quedó completamente inmóvil.

El hombre que le había robado a la madre que tanto amaba; el hombre que la había obligado a huir al otro lado del mundo.

Él logró asentir.

—El viejo rey —exhaló Yrene y miró al estanque de nuevo—. ¿Él estaba... también estaba poseído?

Las palabras eran apenas más que un susurro, apenas audibles, incluso para él.

—Sí —logró responder—. Durante décadas. Lamento... lamento no habértelo dicho. Consideramos que esa información era... delicada.

—Por lo que podría decir sobre la idoneidad de tu nuevo rey.

—Sí, y porque abre la puerta a preguntas que es mejor que no se hagan.

Yrene se frotó el pecho con expresión atormentada y sombría.

—No me sorprende que mi magia retroceda así.

—Lo lamento —repitió él. Era lo único que se le ocurría ofrecer.

Los ojos de Yrene lo voltearon a ver y lo que aún los nublaba se despejó.

—Esto me da otro motivo para luchar contra él. Para eliminar hasta la última mancha de él, de *eso*, para siempre. Hace un momento, me estaba esperando. Se estaba riendo nuevamente de mí. Logré encontrarte, pero luego la oscuridad a tu alrededor se hizo demasiado espesa. Había hecho un... caparazón. Pude verlo, todo lo que te mostraba. Tus recuerdos y los de él —se frotó la cara—. Supe entonces. Lo que era... quién te había provocado la lesión. Y vi lo que te estaba haciendo y lo único que pude pensar para detenerlo, para volarlo en pedazos...

Apretó los labios como si temiera que le fueran a temblar de nuevo.

—Un poco de bondad —terminó de decir él por ella—. Un recuerdo de luz y bondad.

A él le faltaban las palabras para transmitirle su gratitud por ese recuerdo, por lo que ella debió haber sentido al ofrecer ese recuerdo de su madre contra el demonio que la había destruido.

Yrene pareció leerle el pensamiento y dijo:

—Me alegra que un recuerdo de ella hiciera retroceder un poco más la oscuridad.

Él sintió un nudo en la garganta y tragó saliva.

—Vi tu recuerdo —dijo Yrene en voz baja—. El... hombre. Tu padre.

—Es un infeliz del más alto calibre.

—No fue tu culpa. Nada.

Él se abstuvo de comentar lo contrario.

—Tuviste suerte de no fracturarte el cráneo —dijo ella y miró su frente. La cicatriz apenas era visible y quedaba cubierta por su cabello.

—Estoy seguro de que mi padre piensa lo contrario.

Una sombra le pasó por la mirada a Yrene y dijo simplemente:

—Te merecías algo mejor.

Las palabras se encontraron con algo doloroso y putrefacto; algo que él había encerrado y no había examinado en mucho, mucho tiempo.

—Gracias —logró decir.

Se quedaron sentados en silencio por muchos minutos.

—¿Qué hora es? —preguntó él después de un rato.

—Las tres.

Chaol se sobresaltó. Y los ojos de Yrene se dirigieron de inmediato a sus piernas. A sus pies. Cómo los había movido al sobresaltarse.

Abrió la boca en silencio.

—Un poco más de avance —dijo él.

Ella sonrió con languidez, pero... con sinceridad. No como la sonrisa de su rostro hacía unas horas. Cuando entró a su recámara y lo encontró con Nesryn y él sintió que el mundo se le escapaba bajo los pies al ver la expresión de su rostro. Y cuando se negó a verlo a los ojos, cuando se abrazó a sí misma...

Deseaba poder caminar. Para que lo pudiera ver arrastrarse hacia ella.

No sabía por qué. Por qué se sentía lo más bajo de lo bajo. Por qué apenas había podido ver a Nesryn. Aunque sabía que Nesryn era demasiado observadora como para no darse cuenta. Era el acuerdo tácito que habían formulado la noche anterior... silencio sobre ese tema. Y tan sólo por ese motivo...

Yrene le tocó el pie descalzo.

—¿Sientes esto?

Chaol enroscó los dedos de los pies.

—Sí.

Ella frunció el ceño.

—¿Estoy presionando con fuerza o con suavidad?

Le enterró el dedo.

—Con fuerza —gruñó él.

Ella aligeró la presión del dedo.

—¿Y ahora?

—Suave.

Ella repitió la prueba en el otro pie. Le tocó cada uno de los dedos.

—Creo —dijo Yrene— que lo empujé hacia abajo, a algún lugar al centro de tu espalda. La marca sigue igual, pero se *siente* como... —sacudió la cabeza—. No sé cómo explicártelo.

—No lo tienes que hacer.

Su dicha, la dicha concentrada de ese recuerdo, le había permitido a él ganar ese movimiento. Lo que ella abrió, lo que ofreció, había logrado empujar la mancha de la lesión un poco más.

—Me muero de hambre —le dijo Chaol con un codazo suave—. ¿Comerías conmigo?

Y, para su sorpresa, ella aceptó.

CAPÍTULO 24

Nesryn sabía. Ella sabía que Chaol le había pedido que hablaran la noche anterior no por simple interés, sino por culpa.

Ella no tenía problema con eso, se dijo a sí misma. Ella había reemplazado no a una, sino a dos mujeres en su vida. Una tercera... Estaba bien con eso, se repitió cuando volvía de recorrer las calles de Antica, sin encontrar ni un rastro del Valg, y regresaba al palacio.

Nesryn se preparó para lo que le esperaba cuando alzó la vista hacia el palacio. Todavía no estaba del todo lista para regresar a la habitación y esperar a que pasara el calor brutal de la tarde.

Una figura masiva en la punta de un minarete le llamó la atención y sonrió un poco. Ya iba sin aliento cuando llegó al nido hasta arriba, pero, afortunadamente, Kadara era la única que estaba ahí como testigo.

La ruk hizo un sonido con el pico, a manera de saludo, cuando vio a Nesryn y luego continuó descuartizando lo que parecía ser un trozo de vaca completa. Costillas y todo.

—Me enteré de que venías para acá —dijo Sartaq desde las escaleras a sus espaldas.

Nesryn se dio la vuelta rápidamente.

—Yo... ¿cómo?

El príncipe le sonrió divertido y entró al nido. Kadara esponjó las plumas con emoción y empezó a comer más rápido, como si estuviera ansiosa por terminar para salir a volar.

—Este palacio está lleno de espías. Algunos son míos. ¿Necesitas algo?

Él la miró con cuidado. Vio el rostro que un día antes los tíos de Nesryn le habían dicho que se veía cansado. Desgastado. Desdichado. La atiborraron de comida y luego insistieron que llevara a sus cuatro sobrinos de nuevo a los muelles para que escogieran el pescado que comerían en la noche. Luego le dieron más comida antes de que regresara al banquete del palacio. "Sigues desmejorada", le dijo Zahida. "Tienes los ojos pesados."

—Yo... —Nesryn miró hacia el paisaje que los rodeaba, la ciudad que hervía en el calor de la tarde— sólo estaba buscando algo de silencio.

—En ese caso, te dejaré a solas —dijo Sartaq y se dio la media vuelta para regresar al arco que conducía a las escaleras.

—No —exclamó ella demasiado rápido y extendió la mano hacia él. Cuando se dio cuenta, la dejó caer de inmediato porque estuvo a punto de detener al príncipe de la chaqueta de cuero. No se debe detener a un príncipe de la ropa. A nadie—. No quise decir que tú te fueras. No... no me molesta tu compañía —dijo y luego agregó rápidamente—: Su Alteza.

La boca de Sartaq empezó a esbozar una sonrisa.

—Es un poco tarde para empezar a usar ese título, ¿no crees?

Ella lo miró suplicante. Pero sus palabras habían sido sinceras.

La noche anterior, cuando estuvieron hablando en la fiesta, y cuando hablaron en el callejón frente a la Torre unas noches antes... Ella no se había sentido reservada ni indiferente ni extraña. No se había sentido fría ni distante. Él le había concedido el honor de brindarle su atención, de escoltarlos a ella y a Chaol de regreso a sus habitaciones. A ella no le molestaba la compañía. Aunque podía ser callada, *disfrutaba* de estar con otros. Pero a veces...

—Pasé casi todo el día de ayer con mi familia. Pueden ser... agotadores. Exigentes.

—Sé cómo te sientes —dijo el príncipe con sarcasmo. Ella sonrió un poco.

—Supongo que sí —dijo Nesryn.

—Pero los amas.

—¿Tú no?

Su pregunta era atrevida y descarada. Sartaq se encogió de hombros.

—Kadara es mi familia. Los rukhin son mi familia. Los que comparten mi sangre... Es difícil amarnos los unos a los otros cuando sabemos que algún día competiremos a muerte. El amor no puede existir sin la confianza —le sonrió a su ruk—. Le confío mi vida a Kadara. Moriría por ella y ella por mí. ¿Puedo decir lo mismo de mis hermanos? ¿Mis propios padres?

—Es una pena —admitió Nesryn.

—Al menos la tengo a ella —dijo de la ruk—. Y a mis jinetes. Siento pena por mis hermanos que no tienen esas bendiciones.

Era un buen hombre. El príncipe... era un buen hombre.

Ella se dirigió al arco abierto con vista a la caída mortífera hasta la ciudad muy, muy por debajo.

—Voy a irme pronto, a las montañas de los rukhin —dijo Sartaq con suavidad—. A buscar las respuestas que comentamos la otra noche en la ciudad.

Nesryn lo miró por encima del hombro, tratando de encontrar las palabras adecuadas. Tratando de armarse de valor. El rostro del príncipe permaneció neutral y agregó:

—Estoy seguro de que tu familia va a pedir mi cabeza por ofrecerte esto, pero... ¿te gustaría acompañarme?

"Sí", quería exhalar ella, pero se obligó a preguntar:

—¿Cuánto tiempo?

Porque el tiempo no estaba a su favor. A favor de ellos. Y salir a buscar respuestas cuando tantas amenazas se empezaban a reunir cerca...

—Unas semanas. No más de tres. Me gusta mantener a los jinetes en línea y si me voy por demasiado tiempo, empiezan a tirar de la correa. Así que el viaje tendrá dos propósitos, supongo.

—Necesitaría... necesitaría discutirlo con lord Westfall.

Le había prometido eso la noche anterior. Que considerarían esta opción, sopesando las ventajas y las desventajas. Seguían siendo un equipo en eso, seguían sirviendo bajo la misma bandera.

Sartaq asintió con solemnidad, como si pudiera leer todo en su rostro.

—Por supuesto, pero me iré pronto.

Entonces ella lo escuchó, el gruñido de sirvientes que subían las escaleras. Traían provisiones.

—Te marcharás *ahora* —aclaró Nesryn y notó que había una lanza recargada en la pared más alejada, junto a los estantes de provisiones. Su *sulde*. El pelo de caballo color rojizo atado debajo de la cuchilla se agitaba con el viento que soplaba por el nido y el cuerpo de la lanza, de madera oscura, estaba pulido y suave.

Los ojos de ónix de Sartaq parecieron oscurecerse más cuando avanzó hacia su *sulde*. La tomó y sintió el peso de la bandera del espíritu en sus manos para luego colocarla a su lado. La madera hizo un sonido hueco al chocar contra el piso de roca.

—Yo... —era la primera vez que Nesryn lo veía titubear al hablar.

—¿No te ibas a despedir?

No tenía derecho a exigirle semejantes cosas, a esperar eso, fueran o no posibles aliados. Pero Sartaq recargó su *sulde* contra la pared de nuevo y empezó a trenzarse el cabello negro.

—Después de la fiesta de anoche, pensé que estarías... ocupada.

Con Chaol. Ella arqueó las cejas.

—¿Todo el día?

El príncipe sonrió con mirada traviesa y terminó de hacer su trenza. Luego volvió a tomar su lanza.

—Yo ciertamente me tomaría todo el día.

Gracias a que un dios se apiadó de ella, Nesryn se salvó de responder, pues aparecieron los sirvientes, jadeando y con las caras enrojecidas. Venían cargando los paquetes entre los dos. Se alcanzaban a ver armas, además de comida y mantas.

—¿Qué tan lejos está?

—Hoy hasta unas horas antes de que anochezca, luego todo el día de mañana, luego otro medio día de viaje para llegar al primer nido en las Montañas Tavan —respondió Sartaq y le dio su *sulde* al sirviente que pasaba a su lado. Kadara permitió pacientemente que la cargaran con todos los paquetes.

—¿No vuelas de noche?

—Yo me canso. Kadara no. Algunos jinetes tontos han cometido ese error y han caído entre las nubes en sus sueños.

Ella se mordió el labio.

—¿En cuánto tiempo sales?

—Una hora.

Una hora para pensar...

No le había dicho a Chaol que lo había visto mover los dedos la noche anterior. Lo vio doblarlos y estirarlos mientras dormía.

Ella lloró, lágrimas silenciosas de felicidad que caían en la almohada. No le había dicho. Y cuando despertó...

"Vayamos a la aventura, Nesryn Faliq" le había propuesto Chaol en Rifthold. Ella también había llorado entonces.

Pero tal vez... tal vez ninguno de los dos había alcanzado a ver el camino que estaba delante; las bifurcaciones que tendría.

Ella podía ver con claridad hacia uno de los caminos.

Honor y lealtad, intactos. Aunque lo asfixiaran. Aunque la asfixiaran a ella. Y ella... ella no quería ser un premio de consolación. Provocar lástima o ser una distracción.

Pero ese otro camino, esa bifurcación que había aparecido y que se desviaba entre pastizales y junglas, ríos y montañas... Este camino hacia respuestas que les podrían ayudar, tal vez no significara nada, o tal vez podría cambiar el rumbo de la guerra, todo sobre las alas doradas de una ruk...

Se iría en esta aventura. Por ella misma. Esta única vez. Vería su tierra, la olería y la respiraría. La vería desde las alturas, la vería pasar tan rápido como el viento.

Se merecía eso como mínimo. Y Chaol también.

Tal vez ella y este príncipe de ojos oscuros podrían encontrar algo que los salvara contra Morath. Y tal vez podría regresar con un ejército.

Sartaq la seguía viendo con el rostro deliberadamente neutral cuando el último de los sirvientes le hizo una reverencia y desapareció. Su *sulde* estaba atada justo debajo de la silla de montar, donde la podría alcanzar con facilidad si la necesitaba, con sus pelos de caballo que volaban con el viento. Que volaban hacia el sur.

Que volaban hacia esa tierra distante y salvaje de las Montañas Tavan. Llamando, como hacían todas las banderas del espíritu, hacia un horizonte desconocido para reclamar lo que ahí aguardara.

—Sí... —Nesryn respondió en voz baja. El príncipe parpadeó—. Iré contigo —le aclaró ella.

Una sonrisa apareció en las comisuras de la boca del príncipe.

—Bien —respondió Sartaq y movió la barbilla hacia el arco por donde acababan de desaparecer los sirvientes para descender por las escaleras del minarete—. Empaca poco. Kadara ya casi llegó al límite de lo que puede cargar.

Nesryn sacudió la cabeza y notó que la ruk ya llevaba un arco y una aljaba atados a su espalda.

—No tengo nada que llevar.

Sartaq la miró un momento.

—Seguro querrás despedirte...

—No tengo nada —repitió ella y algo se agitó en la mirada del príncipe al escuchar eso, pero ella agregó—: Dejaré... dejaré una nota.

El príncipe asintió con solemnidad.

—Puedo conseguirte ropa cuando lleguemos allá. Hay papel y tinta en el gabinete junto a la pared del fondo. Deja la carta en la caja que está junto a las escaleras y un mensajero vendrá a revisar en la noche.

Las manos le temblaban un poco, pero obedeció. No le temblaban de miedo, sino por... la libertad.

Escribió dos notas. La primera, a sus tíos, estaba llena de amor, advertencias y buenos deseos. La segunda nota... fue rápida y al grano:

"Me fui con Sartaq a ver a los rukhin. Me iré tres semanas. No te pediré que te atengas a ninguna promesa. Y yo no tendré que atenerme a las mías."

Nesryn guardó ambas notas en la caja, la cual sin duda se revisaba con frecuencia por si había mensajes de los cielos, y se vistió con la misma ropa de cuero que había usado la última vez que voló.

Encontró a Sartaq esperándola ya montado en Kadara. El príncipe le extendió la mano llena de callos para ayudarla a subir a la silla. Ella no titubeó antes de tomar su mano. Los dedos fuertes se envolvieron sobre los de ella y Nesryn dejó que la subiera a la silla frente a él.

Sartaq los abrochó, ajustó las correas y revisó todo tres veces. Tiró de las riendas de Kadara cuando se disponía a saltar del minarete.

Sartaq susurró al oído de Nesryn:

—Estaba rezándole al Cielo Eterno y a los treinta y seis dioses para que dijeras que sí.

Ella sonrió aunque sabía que él no podía verla.

—Yo también —exhaló Nesryn y saltaron hacia los cielos.

CAPÍTULO 25

Yrene y Chaol se apresuraron para llegar a la biblioteca de la Torre inmediatamente después del almuerzo. Chaol se montó en el caballo con relativa facilidad. Shen le dio una buena palmada en la espalda para demostrarle su aprobación. Una pequeña parte de Yrene quería sonreír cuando se dio cuenta de que Chaol miró al hombre a los ojos y le sonrió con los labios apretados para agradecerle.

Y cuando atravesaron los muros blancos, cuando la grandeza de la Torre se elevó sobre ellos, y el olor del limón y la lavanda llenó la nariz de Yrene... una parte de ella se relajó en su presencia. Al igual que le había ocurrido cuando vio la Torre que se elevaba sobre la ciudad desde el barco que la transportó a estas costas, como si fuera un brazo pálido, extendido hacia el cielo, a modo de saludo.

Como si quisiera proclamar: "Bienvenida, hija. Te hemos estado esperando".

La biblioteca de la Torre estaba localizada en los niveles inferiores. La mayoría de sus salas tenía rampas para que pudieran avanzar los carritos de las bibliotecarias, donde ellas transportaban los libros y recolectaban los tomos que las acólitas descuidadas hubieran olvidado devolver. Sin embargo, había unas cuantas escaleras en las que Yrene se vio forzada a apretar los dientes y ayudarle a Chaol.

Él la miró fijamente cuando lo hizo. Y cuando ella le preguntó por qué, él le respondió que era la primera vez que ella tocaba la silla, que la movía. Probablemente él tenía razón, pero Yrene le advirtió que no se acostumbrara a su ayuda y lo dejó moverse solo por los pasillos muy iluminados de la Torre.

Algunas chicas de su clase de defensa personal los vieron y se detuvieron para admirar al lord. Él les concedió una sonrisa torcida que provocó risitas cuando se alejaban. Yrene también les sonrió cuando se fueron, pero movió un poco la cabeza de lado a lado.

Tal vez el buen ánimo se debía a que Chaol empezaba a recuperar sensación y movimiento en todo el pie, por debajo del tobillo. Ella lo había obligado a soportar otra serie de ejercicios antes de salir. Chaol se tendió en la alfombra mientras ella le ayudaba a mover el pie en círculos una y otra vez, a estirarlo, a rotarlo. Todo estaba diseñado para hacer que la sangre fluyera y para ayudar a despertar sus piernas.

El avance en su recuperación fue suficiente para que Yrene siguiera sonriendo hasta que llegaron al escritorio de Nousha, donde la bibliotecaria estaba metiendo unos tomos en su bolso pesado. Estaba guardando sus cosas para irse.

Yrene miró la campana que había sonado sólo unas noches antes, pero se negó a asustarse. Chaol había traído una espada y una daga. En el palacio, ella lo miró hipnotizada mientras se las colgaba a la cintura con gran eficiencia. Él ni siquiera tenía que ver lo que hacía; sus dedos se movían por pura memoria muscular. Ella se lo podía imaginar, todas las mañanas y noches, poniéndose y quitándose el cinturón con sus armas.

Yrene se recargó sobre el escritorio y le dijo a Nousha, quien miraba a Chaol mientras él también la evaluaba a ella.

—Me gustaría ver el sitio donde encontraste esos textos de Eyllwe y los pergaminos.

Nousha frunció el ceño y juntó las cejas canosas.

—¿Eso nos provocará problemas?

La mirada de la bibliotecaria se deslizó hacia la espada que Chaol traía sobre las piernas para evitar hacer ruido contra la silla.

—No, si puedo evitarlo —respondió Yrene en voz baja.

Detrás de ellos, acurrucada en un sillón de la gran sala frente a la chimenea crepitante, una gata baast, blanca como la nieve, dormitaba con la cola larga meciéndose como péndulo colgante de la orilla del cojín. Sin duda estaba escuchando cada palabra y probablemente le informaría a sus hermanas.

Nousha suspiró con exageración, de un modo que Yrene había visto cientos de veces, pero les indicó que avanzaran hacia el pasillo principal. Le ladró una orden en halha a la bibliotecaria más cercana para que atendiera el escritorio y empezó a caminar.

Ellos la siguieron y la gata baast blanca entreabrió un ojo verde. Yrene se aseguró de hacerle una reverencia respetuosa con la cabeza. La gata simplemente se volvió a dormir, satisfecha.

Durante varios minutos, Yrene observó a Chaol que iba atento a las linternas de colores, los cálidos muros de roca y los estantes interminables.

—Esto podría competir con la biblioteca real de Rifthold —dijo.

—¿Es así de grande?

—Sí, pero tal vez ésta sea más grande. Más antigua, definitivamente.

Unas sombras bailaron en sus ojos: fragmentos de recuerdos que ella se preguntó si podría vislumbrar la próxima vez que trabajaran.

El encuentro de hoy... la había dejado tambaleante y con los sentimientos a flor de piel; pero la sal de sus lágrimas fue purificadora, de un modo que ni siquiera ella era consciente que necesitaba.

Bajaron más y más por la rampa principal que se envolvía alrededor de todos los niveles. Pasaron al lado de bibliotecarias que acomodaban libros en los estantes; acólitas solas o en grupos de estudio alrededor de mesas; sanadoras estudiando tomos polvosos en habitaciones sin puerta, y una que otra gata baast tirada sobre los estantes, caminando hacia las sombras o, simplemente, sentada en el cruce de pasillos, como si estuviera esperando algo.

Siguieron bajando a las profundidades.

—¿Cómo supiste que estaban acá abajo? —le preguntó Yrene a Nousha.

—Tenemos buenos registros —fue lo único que respondió la bibliotecaria.

La mirada de Chaol a Yrene le dijo: "En Rifthold también tenemos bibliotecarias malhumoradas". Yrene se mordió el labio para no sonreír. Nousha podía detectar risas y diversión, como un sabueso detecta un rastro y también podía ponerles fin con la misma furia.

Al fin, llegaron a un pasillo oscuro que olía a roca y polvo.

—Segunda repisa de arriba abajo. No maltraten nada —dijo Nousha como explicación y despedida, para luego marcharse sin mirar atrás.

Chaol arqueó las cejas con ironía e Yrene se tragó su risa. Pero pronto volvieron a estar serios, cuando se aproximaron a la repisa que la bibliotecaria les había indicado. En ella había montones de pergaminos, guardados debajo de los libros con lenguaje eyllwe en los lomos.

Chaol dejó escapar un silbido entre los dientes.

—¿Qué tan antigua es la Torre, exactamente?

—Mil quinientos años.

Él se quedó pasmado.

—¿Esta biblioteca lleva todos esos años aquí?

Yrene asintió.

—La construyeron toda de un tirón hasta terminar. Fue el regalo de una reina antigua a la sanadora que salvó la vida de su hijo. Un lugar para que la sanadora estudiara y viviera, cerca del palacio, y para invitar a otras sanadoras a estudiar también.

—Así que precede al khaganato por mucho tiempo.

—Los khagans son los últimos en una larga fila de conquistadores desde aquella época. Los más benévolos después de esa primera reina, eso sin duda. Ni siquiera el palacio de aquella reina sobrevivió tan bien como la Torre. El lugar donde te estás hospedando... está construido sobre las ruinas del castillo de la reina. El palacio actual se erigió después de que los conquistadores previos al khaganato arrasaran con el anterior.

Chaol pronunció una serie creativa de malas palabras en voz baja.

—Las sanadoras —continuó Yrene, mientras examinaba los estantes— son muy solicitadas, ya seas el gobernante actual o el invasor. Todos los demás cargos... pueden salir sobrando. Pero una torre llena de mujeres que pueden salvarte de la muerte, aunque tu vida penda de un hilo...

—Es algo más valioso que el oro.

—Es inevitable preguntarse por qué el último rey de Adarlan... —casi dijo *tu* rey, pero la palabra le sonaba extraña ahora—. Por qué sintió la necesidad de destruir a quienes tenían ese don en su propio continente.

"Por qué esa cosa dentro él sintió esa necesidad", fueron las palabras que ella ya no pronunció.

Chaol no la miró a los ojos y no fue por vergüenza. Él sabía algo... algo más.

—¿Qué? —preguntó ella.

Él miró los estantes en penumbras y luego se fijó que no hubiera nadie a su alrededor.

—Él sí estaba... tomado. Invadido.

Para ella fue una sorpresa darse cuenta de a quién pertenecía el poder oscuro con el que luchaba en su lesión. Fue una sorpresa, pero al mismo tiempo un grito de batalla para su magia. Como si se hubiera despejado una niebla, un velo de miedo, y lo único que quedara fueran la ira y el dolor cegadores que ella sentía, que no titubearon cuando se lanzó hacia la oscuridad. Pero... entonces el rey realmente había estado poseído... todo ese tiempo.

Chaol sacó un libro del estante y lo hojeó, sin leer en realidad las páginas. Ella estaba casi segura de que él no leía eyllwe.

—Sabía lo que le estaba ocurriendo. El hombre dentro de él peleó lo mejor que pudo contra el demonio. Sabía que los de su especie... —el Valg—. Que les atraía la gente con *dones* —los que tenían magia—. Sabía que los de su especie querían conquistar a los que tenían dones. Por su poder.

Infestarlos, como al rey. Como se representaba en esa ilustración de *La canción del príncipe*.

A Yrene se le revolvió el estómago.

—Entonces el hombre que quedaba en su interior le quitó el control al demonio el tiempo suficiente para dar la orden de ejecutar a todos los que tuvieran magia. Tomó la decisión de ejecutarlos en vez de que fueran utilizados contra él. Contra nosotros.

Convertidos en huéspedes para esos demonios y convertidos en armas.

Yrene se recargó contra la repisa a sus espaldas y se llevó la mano a la garganta. Sintió su pulso latir bajo sus dedos.

—Fue una decisión por la cual se odió a sí mismo. Pero lo consideró una decisión necesaria. Además de encontrar una manera de asegurarse que quienes estaban bajo su control no pudieran *usar* la magia ni encontrar a quienes la tuvieran. No sin una lista o gracias a personas que estuvieran dispuestas a venderlos por una moneda a los hombres a los que él les ordenó que los cazaran.

La desaparición de la magia no había sido natural en lo absoluto.

—¿Él... encontró una manera de desaparecer...?

Chaol asintió.

—Es una historia larga, pero él la detuvo. Detuvo su flujo. Para evitar que esos conquistadores se apropiaran de los huéspedes que querían. Y luego cazó a los demás para asegurarse de que fueran menos todavía.

¿El rey de Adarlan había detenido la magia, matado a sus portadores, enviado a sus fuerzas a ejecutar a su madre y a incontables otros... no por odio ciego e ignorancia, sino motivado por un deseo retorcido de *salvar* a los suyos?

El corazón de Yrene latía con fuerza dentro de su cuerpo.

—Pero las sanadoras... no tenemos poderes para usar en batalla. Nada más allá de lo que ves en mí.

Chaol se quedó muy quieto mientras la veía.

—Creo que tú debes tener algo que ellos desean de verdad.

Ella sintió que el vello de los brazos se le erizaba.

—O quieren evitar que averigües demasiado.

Yrene tragó saliva y sintió cómo la sangre se le escapaba de la cara.

—Como... en tu lesión.

Él asintió.

Con una exhalación trémula, Yrene avanzó hacia la repisa que tenía enfrente. Los pergaminos.

Él le rozó los dedos con la mano.

—No permitiré que nadie te lastime.

Yrene sintió que él estaba esperando que ella lo contradijera, pero en realidad le creía.

—¿Y lo que te mostré antes? —preguntó e inclinó la cabeza hacia los pergaminos. Las marcas del wyrd, las había llamado.

—Es parte de lo mismo. Un tipo de poder más antiguo y distinto. Aparte de la magia.

Y él tenía una amiga que podía leerlas. Usarlas.

—Será mejor que nos apresuremos —dijo ella todavía atenta a posibles personas que los estuvieran escuchando—. Estoy segura de que el libro que necesito para esos hongos crónicos que tienes en los dedos del pie está acá abajo y me está empezando a dar hambre.

Chaol la miró con incredulidad. Ella le ofreció un gesto de disculpa a cambio, pero se podía ver la risa que le bailaba en los ojos a Chaol cuando empezó a ponerse libros en el regazo.

La cara y las orejas de Nesryn estaban completamente entumidas por el frío para cuando Kadara aterrizó en un risco rocoso en la cima de una pequeña cordillera de roca gris. Sus extremidades estaban apenas mejor, a pesar de la ropa de cuero, y estaba tan adolorida que se le escapó un gesto de dolor cuando Sartaq la ayudó a desmontar.

El príncipe hizo una mueca.

—Olvidé que no estás acostumbrada a volar tanto tiempo.

No era tanto la rigidez de sus músculos lo que la estaba brutalizando, sino su vejiga...

Con las piernas apretadas, Nesryn miró alrededor del lugar que había elegido la ruk para que su amo acampara. Estaba protegido por rocas y columnas de piedra gris en tres de sus lados y tenía una saliente amplia arriba para protegerlos contra las inclemencias del tiempo, pero no había ningún lugar donde ocultarse. Y preguntarle al príncipe dónde podía hacer sus necesidades...

Sartaq simplemente señaló un grupo de rocas.

—Hay espacio privado en esa dirección, si lo necesitas.

Nesryn sintió que la cara se le calentaba y sólo asintió. No logró verlo a los ojos, pero se apresuró al sitio que él le había indicado. Se metió entre dos rocas y encontró otra saliente que se abría hacia una caída pronunciada que terminaba en rocas y riachuelos muy, muy abajo. Eligió una pequeña roca que daba en dirección opuesta al viento y no desperdició ni un momento para desabrocharse los pantalones.

Cuando volvió a salir, todavía con gesto de dolor, Sartaq ya le había quitado casi todo el cargamento a Kadara, pero le había dejado la silla puesta. Nesryn se acercó al ave poderosa, quien la observó atenta, y levantó la mano hacia el primer broche...

—No —le dijo Sartaq con tranquilidad desde donde estaba colocando los últimos paquetes debajo de la saliente. Su *sulde* estaba recargada contra el muro a sus espaldas—. Les dejamos puestas las sillas mientras viajamos.

Nesryn bajó la mano y miró al ave.

—¿Por qué?

Sartaq sacó dos colchonetas, las acomodó contra la pared de roca y se apropió de una.

—Si nos emboscan, si hay algún peligro, necesitamos poder salir volando.

Nesryn miró la cordillera que los rodeaba, el cielo manchado de rosado y anaranjado con la puesta del sol. Se trata de las Montañas Asimil, una cordillera pequeña y solitaria, si su memoria de la zona era correcta. Todavía estaban muy, muy al norte de las Montañas Tavan de los rukhin. No habían pasado por ningún poblado ni señal de civilización en más de una hora, pero entre estos picos desolados supuso que existían varios peligros: avalanchas, inundaciones... Además, supuso que los únicos que podrían alcanzarlos en este sitio serían otros ruks o guivernos.

Sartaq sacó unas latas de carnes curadas y fruta, y dos pequeñas hogazas de pan.

—¿Los has visto... las monturas de Morath? —preguntó él, pero sus palabras casi le fueron arrancadas por el aullido del viento al otro lado del muro de roca. Nesryn no sabía cómo pudo adivinar hacia dónde se había dirigido su mente.

Kadara se acomodó cerca de una de las tres paredes de roca que cerraban el espacio y se envolvió en sus alas. Ya se habían detenido una vez para que Kadara comiera y para que ellos atendieran sus necesidades, de ese modo la ruk no tendría que buscar su comida en estas montañas estériles. Con el estómago todavía lleno, Kadara se empezó a quedar dormida.

—Sí —admitió Nesryn y se soltó la correa de cuero que sostenía su pequeña trenza; luego empezó a acomodarse el cabello. Con sus dedos todavía congelados sintió nudos y empezó a desenredarlos, agradecida de tener esa actividad para distraerse y no empezar a temblar por el recuerdo de las brujas y sus monturas.

—Kadara probablemente es de dos tercios del tamaño de un guiverno. Tal vez. ¿Es grande o pequeña, para un ruk?

—Pensé que habías escuchado todas las historias sobre mí.

Nesryn resopló con una risa y se sacudió el cabello una última vez antes de acercarse a su colchoneta y a la comida que él había dispuesto para ella.

—¿Sabes que te llaman el Príncipe Alado?

Sartaq mostró un fantasma de sonrisa.

—Sí.

—¿Te gusta ese título? —preguntó ella, mientras se acomodaba en la colchoneta y se sentaba con las piernas cruzadas.

Sartaq le pasó la lata con fruta y le hizo una señal para que comiera. Ella no se molestó en esperarlo y empezó a comer. Las uvas estaban frescas gracias a las horas que pasaron en el aire helado.

—¿Si me gusta el título? —repitió él. Arrancó un trozo del pan y se lo pasó a ella. Ella lo aceptó y asintió en agradecimiento—. Es extraño, supongo. Convertirte en una historia mientras sigues vivo —la miró de soslayo y empezó a comer su pan—. Tú estás rodeada de historias vivientes. ¿Cómo se sienten *ellos* al respecto?

—Aelin ciertamente lo disfruta —nunca había conocido a otra persona con tantos nombres y títulos, y que disfrutara tanto presumiéndolos por todas partes—. Los demás... No sé si los conozco tan bien como para adivinar. Aunque Aedion Ashryver... él se parece a Aelin —se metió otra uva a la boca. Su cabello se meció cuando se agachó para poner más en la palma de su mano—. Son primos, pero parecen más hermanos.

Una mirada pensativa.

—El Lobo del Norte.

—¿Has oído de él?

Sartaq le dio la lata de carne curada y le permitió elegir las rebanadas que ella quisiera.

—Te dije, capitana Faliq, mis espías son buenos en su trabajo.

Nesryn sabía que caminaba por una cuerda floja... animarlo a interesarse en una alianza potencial exigía que mantuviera un equilibrio precario. Si se veía demasiado entusiasta, si alabada demasiado a sus compañeros, eso sería muy transparente, pero no hacer nada... Iba en contra de su misma naturaleza. Incluso como guardia de la ciudad, el día de descanso casi siempre lo usaba buscando *algo* que hacer, ya fuera una caminata por Rifthold o ayudarle a su padre y hermana a preparar el pan para el día siguiente.

"Cazadora del viento", la llamó alguna vez su madre. "Eres incapaz de estar quieta, siempre vas donde te llama el viento. ¿Dónde te llamará a viajar algún día, mi rosa?"

Qué lejos la había llamado el viento ahora.

—Entonces espero que tus espías te hayan contado que el Flagelo de Aedion es una legión muy talentosa —dijo Nesryn.

Él asintió distraído y ella comprendió entonces que Sartaq podía adivinar todos sus planes. Pero él terminó su parte del pan y preguntó:

—¿Y qué historias cuentan de ti, Nesryn Faliq?

Ella masticó su carne de puerco salada.

—Nadie tiene historias sobre mí.

No le molestaba ni la fama ni la notoriedad... Ella valoraba más otras cosas, supuso.

—¿Ni siquiera la historia de cómo esa flecha le salvó la vida a una metamorfa? ¿Ese tiro imposible lanzado desde un tejado?

Ella volteó a verlo al instante. Sartaq sólo dio un trago a su agua con una mirada que decía: "Te dije que mis espías eran buenos".

—Pensé que Arghun era el que trataba con información secreta —dijo Nesryn con cautela.

Él le pasó la cantimplora.

—Arghun es el que lo presume. Yo no llamaría a eso un secreto.

Nesryn dio varios tragos de agua y arqueó la ceja.

—¿Pero esto sí?

Sartaq rio.

—Supongo que tienes razón.

Las sombras empezaron a alargarse, a hacerse más profundas, y el viento empezó a soplar con más fuerza. Ella miró las rocas a su alrededor, los paquetes.

—No te arriesgarás a encender una fogata.

Él negó con la cabeza y su trenza oscura se meció.

—Sería como un faro —frunció el ceño al ver la ropa de cuero de Nesryn, los paquetes acumulados a su alrededor—. Tengo mantas gruesas... Ahí, en alguna parte.

Se quedaron en silencio y siguieron comiendo mientras el sol desaparecía y las estrellas empezaban a parpadear para despertar en el último listón de azul intenso. La luna también apareció y bañó el campamento con suficiente luz para ver mientras terminaban. El príncipe cerró las latas y las volvió a guardar en los paquetes.

Del otro lado, Kadara empezó a roncar, un sonido profundo que retumbaba por la roca. Sartaq rio.

—Disculpa si te mantiene despierta.

Nesryn sólo negó con la cabeza. Compartir campamento con una ruk, en las montañas muy por arriba de los pastizales, con el Príncipe Alado junto a ella... No, su familia no le creería.

Vieron las estrellas en silencio, pero ninguno de los dos hizo nada para irse a dormir. Una por una, fueron apareciendo el resto de las estrellas, más brillantes y nítidas de lo que las había visto desde que venían en el barco hacia este continente. Eran estrellas distintas a las del norte y se sobresaltó de pronto al percatarse de eso.

Distintas y, sin embargo, estas estrellas habían ardido durante incontables siglos sobre sus ancestros, sobre su mismo padre. ¿Habría sido extraño para él dejarlas atrás? ¿Las extrañaría? Nunca había hablado de eso, de lo que significó mudarse a una tierra con estrellas desconocidas... si se sentía a la deriva en las noches.

—La Flecha de Neith —le dijo Sartaq después de varios minutos, recargado contra la roca.

Nesryn apartó la mirada de las estrellas y vio el rostro del príncipe, bañado en luz de luna, la plata que bailaba en el ónix puro de su trenza. Él apoyó los antebrazos en las rodillas.

—Así te llamaban mis espías, así te llamaba yo hasta que llegaste. La Flecha de Neith —la diosa de la arquería y de la cacería. Originalmente provenía de un reino antiguo y arenoso al oeste, pero ahora estaba incluida en el vasto panteón del khaganato. Una de las comisuras de la boca del príncipe tiró hacia arriba—. Así que no te sorprendas si ahora hay una o dos historias sobre ti que ya van recorriendo el mundo.

Nesryn lo observó un largo rato, el viento aullante de la montaña se fundía con los ronquidos de Kadara. Ella siempre había destacado en la arquería, y se sentía orgullosa de su puntería inigualable, pero no lo había aprendido porque le gustara el reconocimiento. Había aprendido porque lo disfrutaba, porque le daba una dirección donde apuntar, tenía esa inclinación por seguir el viento. Y sin embargo...

Sartaq recogió el resto de la comida y revisó rápidamente que el campamento estuviera seguro antes de dirigirse al sitio entre las rocas. Cuando Nesryn se quedó sola con las estrellas desconocidas como testigos, sonrió.

CAPÍTULO 26

Chaol cenó en la cocina de la Torre. Ahí, una mujer delgada como palo, conocida sólo como Cocinera, lo atiborró de pescado frito, pan fresco, tomates asados con queso suave y estragón, y luego lo convenció para que se comiera un pastelillo ligero y hojaldrado que chorreaba miel y estaba cubierto de pistaches.

Yrene se sentó a su lado y ocultó su sonrisa al ver que Cocinera seguía poniéndole más y más comida en el plato hasta que él literalmente le *suplicó* que se detuviera. Él ya estaba tan lleno que la idea de moverse le parecía una labor monumental e incluso Yrene le rogó a Cocinera que se apiadara de ellos.

La mujer cedió al fin, aunque entonces concentró su atención en las trabajadoras de su cocina. Supervisó que se sirviera la cena en el salón del nivel superior con un don de mando tan digno de un general, tanto que Chaol tomó notas.

Yrene y él se quedaron sentados en un silencio agradable, viendo el caos desenvolverse a su alrededor, hasta que se dieron cuenta de que el sol ya llevaba mucho tiempo de haberse ocultado tras las ventanas de la cocina.

Él empezó a decir que iba a pedir que ensillaran a su caballo, pero Yrene y Cocinera le dijeron que iba a dormir ahí y que no se molestara en insistir. Así que se quedó. Mandó un mensaje al palacio con una sanadora, quien se dirigía hacia allá para atender a un paciente en las habitaciones de la servidumbre, quería avisarle a Nesryn dónde estaba y decirle que no lo esperara.

Cuando al fin pudieron hacer que sus estómagos repletos se asentaran, Chaol siguió a Yrene a la recámara donde dormiría. La Torre estaba conformada básicamente por escalones, le dijo ella sin un ápice de lástima, y de todas maneras en ella no había habitaciones para huéspedes. Sin embargo, en el complejo adyacente de los doctores, hizo un ademán al edificio por el que habían pasado, lleno de ángulos y cuadrados en contraste con la redondez de la Torre, por lo regular había algunas habitaciones disponibles en la planta baja, casi siempre para que pasaran la noche los familiares de los pacientes.

Abrió la puerta de una de las habitaciones que tenía vista al patio con jardín. El espacio era pequeño, pero limpio. Sus muros blancos se sentían acogedores y cálidos después del calor del día. Tenía una cama angosta a lo largo de la pared, una silla y una pequeña mesa frente a la ventana. Apenas el espacio suficiente para que él pudiera maniobrar.

—Déjame ver otra vez —le dijo Yrene y señaló sus pies.

Chaol levantó la pierna con las manos y la estiró. Luego giró los tobillos, gruñendo por el peso considerable de sus piernas.

Ella le quitó las botas y las calcetas, y se arrodilló frente a él.

—Bien. Necesitamos seguir con eso.

Él vio, tirado junto a la puerta, el bolso lleno de libros y pergaminos que ellos se habían robado de la biblioteca. No sabía qué demonios dirían, pero se llevaron todos los que pudieron. Si la persona o la cosa que se había robado los otros libros no había tenido oportunidad de regresar por más... No se arriesgarían a que eventualmente regresara por los que le faltaban.

Yrene pensaba que el pergamino que había ocultado en su habitación tenía ochocientos años. Pero a esa profundidad en la biblioteca, considerando la antigüedad de la Torre...

Él no le dijo que pensaba que el pergamino era mucho, mucho más antiguo, y que tal vez estaba lleno de información que ni siquiera había sobrevivido en sus propias tierras.

—Te puedo traer algo de ropa —le dijo Yrene mirando la pequeña habitación.

—Estaré bien con lo que tengo —dijo Chaol sin verla—. Duermo... sin ropa.

—Ah.

Se hizo un silencio porque ella, sin duda, recordó cómo lo había encontrado en la mañana.

Esa mañana. ¿En realidad eso había ocurrido apenas unas horas antes? Tenía que estar exhausta.

Yrene señaló la vela que ardía sobre la mesa.

—¿Necesitas más luz?

—Estoy bien.

—Puedo traerte agua.

—Estoy bien —repitió él, pero las comisuras de sus labios empezaban a tirar hacia arriba.

Ella le señaló el orinal de porcelana en la esquina.

—Entonces, por lo menos déjame acercarte el...

—Eso también lo puedo hacer solo. Es cosa de puntería.

Ella sintió que se ruborizaba.

—Bien —se mordisqueó el labio inferior—. Bueno... Pues, buenas noches, entonces.

Él podría jurar que ella estaba intentando hacer tiempo. Y la hubiera dejado, pero...

—Es tarde —le dijo—. Deberías regresar a tu recámara mientras todavía haya gente afuera.

Porque a pesar de que Nesryn no había encontrado rastro del Valg en Antica, aunque habían pasado varios días desde el ataque en la biblioteca, él no se arriesgaría.

—Sí —respondió Yrene y apoyó la mano en el umbral de la puerta. Extendió el brazo hacia la manija para tirar de la puerta y cerrarla al salir.

—Yrene.

Ella se detuvo y ladeó la cabeza. Chaol la miró a los ojos y esbozó una pequeña sonrisa.

—Gracias —tragó saliva—. Por todo.

Ella sólo asintió y salió. Cerró la puerta a sus espaldas, pero mientras lo hacía, él alcanzó a distinguir el brillo que le bailaba en la mirada.

A la mañana siguiente, una mujer de expresión severa llamada Eretia apareció en su puerta para informarle que Yrene tenía una reunión con Hafiza y que lo alcanzaría en el palacio a la hora del almuerzo. Así que Yrene le había pedido a Eretia que lo escoltara de regreso al palacio. Chaol no entendía bien por qué le había encargado a ella esa tarea, pues la anciana movía el pie con desesperación mientras él recogía sus armas y el bolso pesado con los libros, y además chasqueaba la lengua con cada detalle que los retrasaba, por mínimo que fuera.

Pero el recorrido por las calles empinadas al lado de Eretia no fue terrible. La mujer era una jinete sorprendentemente buena que no toleraba ninguna tontería de su montura; pero tampoco tuvo ninguna cortesía con él y se despidió con poco más que un gruñido cuando lo dejó en el patio del palacio.

Los guardias apenas estaban cambiando de turno y los del turno matutino se quedaron a conversar un poco. Ya reconocía a suficientes como para ganarse varios saludos, así que les pudo devolver el saludo mientras uno de los mozos de cuadra le traía su silla.

Apenas había sacado los pies de los estribos y empezaba a prepararse para la todavía intimidante tarea de desmontar, cuando escuchó unos pasos ligeros que corrían hacia él. Volteó y vio que Shen se aproximaba con una mano en el antebrazo...

Chaol parpadeó y para cuando Shen llegó frente a él, éste ya se había vuelto a poner el guante en la mano. O lo que Chaol había supuesto que era su mano; porque lo que vio debajo del guante y la manga del uniforme de Shen, y que le llegaba hasta el codo, era una obra maestra: un antebrazo y una mano de metal.

Y hasta ese momento fue que se fijó lo suficiente como para notar algo en realidad... pues sí alcanzó a ver unos bordes levantados en el bíceps de Shen, donde se fijaba en brazo metálico. Shen notó que lo estaba observando. Lo notó cuando vio que Chaol titubeaba para apoyarse en el brazo y el hombro que Shen le ofrecía para ayudarle a desmontar.

—Te ayudaba sin problemas antes de que supieras, lord Westfall —dijo el guardia en el idioma de Chaol.

Algo similar a la vergüenza, tal vez algo más profundo, le resonó en el cuerpo.

Chaol se obligó a apoyar la mano en el hombro del guardia, el mismo que sostenía el brazo de metal. La fuerza que encontró bajo su mano no flaqueó mientras Shen lo ayudaba a bajar a la silla que lo aguardaba. Y cuando Chaol se sentó en ella, miró al guardia en lo que los mozos de cuadra se llevaban al caballo y Shen le explicó:

—Lo perdí hace año y medio. Hubo un atentado contra el príncipe Arghun cuando estaba de visita en la propiedad de un visir. Fue una banda solitaria de un reino donde hay descontento. Lo perdí en la pelea. Yrene me sanó cuando regresé. Yo fui una de sus primeras sanaciones importantes. Logró reparar todo lo que pudo de aquí hacia arriba —señaló su codo y luego su hombro.

Chaol observó la mano que parecía tan real dentro del guante que no se notaba la diferencia, salvo por el hecho de que no la movía.

—Las sanadoras pueden hacer maravillas —dijo Shen—, pero no pueden hacer crecer extremidades de la nada... —una risa suave—. Eso está más allá de sus capacidades, incluso para alguien como Yrene.

Chaol no sabía qué decir. Sentía que disculparse no era lo correcto, pero...

Shen le sonrió sin rastro de lástima.

—Me ha tomado mucho tiempo llegar a donde estoy ahora —dijo en voz más baja.

Chaol sabía que no se refería a la habilidad para usar su brazo artificial.

—Pero debes saber que no llegué solo —agregó Shen.

La oferta implícita brilló en la mirada del guardia. Este hombre que estaba frente a él estaba entero. No era menos hombre por su lesión, por encontrar una nueva manera de moverse en el mundo. Y... Shen siguió trabajando como guardia. Como uno de los guardias reales más exclusivos del mundo. No gracias a la lástima de los demás, sino por su propio mérito y voluntad.

Chaol seguía sin encontrar las palabras correctas para transmitirle lo que estaba pensando; pero Shen sólo asintió como si eso, también, lo entendiera.

El recorrido de regreso a su habitación se le hizo largo. Chaol no registró los rostros que pasaban a su lado, ni los sonidos, los olores o las corrientes de viento que soplaban por los pasillos.

Llegó a su habitación y encontró la nota que le había enviado a Nesryn. Estaba dentro de un sobre sin abrir. Eso fue suficiente para ahuyentar todos los demás pensamientos de su mente. Tenía el corazón desbocado cuando levantó con dedos temblorosos el sobre que tenía su nombre escrito con la letra de Nesryn.

Rompió el sobre y leyó las pocas líneas de la nota.

La leyó dos veces. Tres.

La colocó sobre la mesa y se quedó mirando la puerta abierta de la recámara de Nesryn. El silencio que emanaba de ahí.

Era un infeliz. Él la había arrastrado a este sitio. Casi había logrado que la mataran en Rifthold en varias ocasiones, había supuesto muchas cosas sobre ellos como pareja, y sin embargo...

No se permitió continuar con ese pensamiento. Debía haber sido una mejor persona. La debía haber tratado mejor. No le sorprendió que se hubiera escapado montada en un ruk para ayudar a Sartaq a encontrar información sobre la historia del Valg en estas tierras, o en las de ellos.

Mierda. *Mierda*.

Tal vez ella no podría exigirle que se atuviera a sus promesas, pero él... Él sí se lo exigiría a sí mismo.

Ya había permitido que esa relación continuara todo ese tiempo, la había utilizado como una especie de muleta...

Chaol exhaló y arrugó la nota de Nesryn dentro de su puño.

Tal vez no había dormido bien en esa diminuta habitación en el complejo de los médicos porque estaba acostumbrado a habitaciones mucho más grandes y elegantes, se dijo Yrene esa tarde. Eso explicaría sus pocas palabras. Que no sonriera.

Ella llegó sonriendo a la habitación de Chaol después del almuerzo. Le había explicado su progreso a Hafiza, quien quedó muy complacida y hasta le dio un beso en la frente. Yrene prácticamente llegó dando saltos al palacio.

Hasta que entró a la recámara de Chaol y la encontró en silencio. Lo encontró a él en silencio.

—¿Te sientes bien? —preguntó Yrene despreocupada, mientras escondía los libros que él se había traído en la mañana.

—Sí.

Ella se apoyó en el escritorio para ver a Chaol, quien estaba sentado en el sillón dorado.

—No has hecho ejercicio en varios días —ladeó la cabeza—. Del resto de tu cuerpo, digo. Deberíamos hacerlo ahora.

Para las personas acostumbradas a realizar actividad física todos los días, dejarla durante tanto tiempo podía sentirse como si le quitaran sus drogas a un adicto. Podían estar desorientados, inquietos. Él había continuado con los ejercicios de las piernas, pero el resto... tal vez eso era lo que lo tenía tenso.

—Muy bien —respondió él con la mirada vidriosa y distante.

—¿Aquí o en las instalaciones de entrenamiento de los guardias? —se preparó para escuchar su negativa impetuosa.

—Aquí está bien —contestó Chaol sin emoción.

Ella lo volvió a intentar.

—Tal vez estar con otros guardias podría ser benéfico para...

—Aquí está bien —repitió Chaol y se movió al piso, deslizó su cuerpo del sillón y se pasó a la alfombra—. Necesito que me detengas los pies.

Yrene controló su irritación ante el tono de voz, la cerrazón total. Pero de todas maneras dijo, al arrodillarse frente a él:

—¿En serio, ya volvemos a este lugar?

Él no le hizo caso y empezó a hacer series de abdominales. Su cuerpo poderoso subía y luego bajaba. Uno, dos, tres... Yrene perdió la cuenta en sesenta.

Él no la miraba a los ojos cuando se levantaba y su cabeza se asomaba por encima de las rodillas dobladas.

Era natural que la sanación emocional fuera tan difícil como la física. Había días difíciles, *semanas* difíciles incluso. Pero él había estado sonriendo la noche anterior cuando lo dejó, y...

—Dime qué pasó. Algo pasó hoy —dijo ella con un tono tal vez no *tan* amable como debía ser el de una sanadora.

—No pasó nada.

Las palabras fueron apenas un soplido mientras él seguía en movimiento. El sudor le corría por el cuello y se metía en su camisa blanca. Yrene apretó la mandíbula y contó en su mente. Enojarse no le haría bien a ninguno de los dos.

Chaol eventualmente se colocó boca abajo y empezó otra serie que requería que ella le sostuviera los pies en una posición que lo mantenía ligeramente elevado. Arriba y abajo, abajo y arriba. Los músculos brillantes de su espalda y brazos se contraían y se movían. Hizo otros seis ejercicios y luego empezó la serie completa de nuevo.

Yrene lo ayudó, lo sostuvo y lo miró en silencio, él seguía irritado.

"Le daré su espacio. Que lo piense, si eso es lo que quiere. Al diablo con lo que quiere."

Chaol terminó una serie, con la respiración entrecortada y el pecho agitado, y se quedó mirando al techo. Algo repentino y provocador cruzó por su cara, como respuesta silenciosa a algo. Se levantó rápidamente para empezar la siguiente serie...

—Es suficiente —dijo ella.

Los ojos de Chaol se encendieron y al fin la miró. Yrene no se molestó en portarse agradable ni comprensiva.

—Te vas a lastimar.

Él miró molesto hacia el lugar donde ella había estabilizado sus rodillas dobladas y volvió a empezar a ejercitarse.

—Yo conozco mis límites.

—Y yo también —le respondió ella con tono golpeado y un movimiento de la barbilla hacia sus piernas—. Te podrías lastimar la espalda si sigues así.

Él mostró los dientes... con tal agresividad que ella le soltó los pies. Él extendió los brazos para sostenerse, pero se deslizó hacia atrás. Ella se abalanzó y lo sostuvo de los hombros para evitar que cayera al suelo con todo su peso.

La camisa empapada de sudor le mojó los dedos e Yrene pudo sentir la respiración agitada de Chaol en el oído cuando le confirmó que no iba a caerse.

—Yo puedo —le gruñó él al oído.

—Perdóname por no creerte —le respondió ella, cortante.

Se aseguró de que él pudiera sostenerse bien, luego lo soltó y se sentó a poco más de un metro de distancia sobre la alfombra. Se miraron en silencio, furiosos.

—Ejercitar el cuerpo es vital —le dijo Yrene con palabras secas—, pero te harás más daño que bien si te exiges demasiado.

—Estoy bien.

—¿Crees que no sé lo que estás haciendo?

El rostro de Chaol se convirtió en una máscara endurecida. El sudor le escurría por las sienes.

—Éste era tu santuario —le dijo con un ademán hacia su cuerpo esculpido, el sudor corría por él—. Cuando las cosas se ponían complicadas, cuando las cosas salían mal, cuando estabas alterado, o molesto, o triste, te perdías en el entrenamiento. En sudar hasta que el sudor te ardiera en los ojos, en practicar hasta que te temblaran los músculos rogándote que te detuvieras. Y ahora no puedes... no como antes.

Al escuchar eso, la ira le hirvió a Chaol en el rostro. Ella se mantuvo tranquila, pero firme y le preguntó:

—¿Cómo te hace sentir eso?

A él se le ensancharon las fosas nasales.

—No creas que puedes provocarme para obligarme a hablar.

—¿Cómo se siente eso, *lord* Westfall?

—Tú sabes bien cómo se siente, *Yrene*.

—Dímelo.

Él se negó a responder, así que ella empezó a canturrear.

—Bueno, como pareces decidido a terminar una rutina completa de ejercicio, aprovecharé para trabajar un poco en tus piernas.

La mirada de Chaol fue como un hierro ardiente. Ella se preguntó si él podía percibir la tensión que le apretaba el pecho, el agujero que se había abierto en su estómago, mientras él permanecía en silencio. Sin embargo, Yrene se puso de rodillas y se movió a lo largo de su cuerpo. Empezó la serie de ejercicios diseñados para promover la generación de conexiones entre su mente y su columna. Las rotaciones de tobillo y de pie las podía hacer solo, aunque empezó a apretar los dientes después de la décima serie.

Yrene lo presionó para que siguiera. No hizo caso a su molestia creciente y mantuvo una sonrisa falsa en su rostro mientras le movía las piernas para que hiciera los ejercicios. Cuando llegó a la parte superior de sus muslos, Chaol la detuvo poniéndole una mano en el brazo. Él la miró a los ojos y luego apartó la vista con la mandíbula apretada y dijo:

—Estoy cansado. Es tarde. Veámonos mañana en la mañana.

—No me importaría empezar ahora con la sanación —dijo ella.

Tal vez con el ejercicio, esas conexiones destrozadas podrían empezar a activarse más de lo normal.

—Quiero descansar.

Era mentira. A pesar del ejercicio, tenía buen color en el rostro y los ojos todavía le brillaban con rabia.

Ella consideró su expresión, su petición.

—Descansar no es tu estilo.

Él apretó los labios.

—Vete.

Yrene resopló al escuchar su orden.

—Tal vez puedas mandar a hombres y sirvientes, lord Westfall, pero yo no te tengo que obedecer —de cualquier manera, se puso de pie porque ya estaba harta de su actitud. Se puso las manos en la cadera y miró hacia el lugar donde él seguía tirado en la alfombra—. Haré que te envíen tu comida. Cosas para que hagas más músculo.

—Yo sé qué comer.

Por supuesto que lo sabía. Había estado perfeccionando ese cuerpo magnífico por años. Pero ella se limitó a alisarse las faldas del vestido.

—Sí, pero yo estudié el tema.

Chaol reaccionó con clara irritación, pero no dijo nada. Devolvió la mirada a las espirales y las plantas del tejido de la alfombra.

Yrene le esbozó otra sonrisa melosa.

—Nos vemos mañana muy temprano, lord...

—No me *digas* así.

Ella se encogió de hombros.

—Creo que te voy a llamar como me dé la gana.

Él levantó la cabeza con el rostro furioso. Ella se preparó para el ataque verbal, pero él logró controlarse. Tensó los hombros y se limitó a decir:

—Vete —señaló la puerta con su largo brazo al decirlo.

—Debería patearte ese maldito dedo con el que señalas —explotó Yrene y empezó a caminar hacia la puerta—. Pero la mano rota solamente haría que pasaras más tiempo aquí.

Chaol volvió a enseñarle los dientes. La ira le brotaba en oleadas y la cicatriz de su mejilla contrastaba con su piel enrojecida.

—*Vete*.

Yrene sólo le sonrió nuevamente con dulzura asquerosa y cerró la puerta a sus espaldas. Caminó por el palacio rápidamente, con los dedos formando puños a sus costados, intentando controlar su rugido. Los pacientes tenían días malos. Tenían el derecho a tenerlos. Era natural y parte del proceso. Pero... habían trabajado tanto en eso. Él empezaba a decirle cosas, y ella le había dicho cosas a él que muy pocos sabían, y se había divertido el día anterior...

Repasó cada una de las palabras que habían intercambiado la noche anterior. Tal vez él se había molestado con Eretia por algo que le dijo de camino al palacio. Esa mujer no era famosa por su buen trato con los pacientes. A Yrene sinceramente le sorprendía que la mujer no tolerara a cualquiera y no entendía cómo podía siquiera sentir el *deseo* de ayudar a los seres humanos. Tal vez lo había hecho enojar. Tal vez lo había insultado.

O tal vez él había empezado a depender de la presencia constante de Yrene y la interrupción de esa rutina le había resultado confusa. Ella había escuchado sobre pacientes y sanadoras que estaban en esa situación. Pero él no mostraba ningún indicio de dependencia. No, él tenía lo opuesto, una veta de independencia y orgullo que le resultaba tan perjudicial como benéfica.

Con la respiración entrecortada y muy alterada por el comportamiento de Chaol, Yrene buscó a Hasar. La princesa acababa de salir de su clase de esgrima. Renia había ido de compras a la ciudad, le dijo Hasar y la tomó del brazo. Yrene sintió el brazo húmedo de sudor de la princesa, mientras la llevaba a sus habitaciones.

—Todos están muy ocupaditos hoy —se lamentó Hasar y se echó la trenza sudorosa por encima del hombro—. Hasta Kashin se fue con mi padre a una reunión con sus tropas.

—¿Hay un motivo para esa reunión? —preguntó Yrene con cautela.

Hasar se encogió de hombros.

—No me dijo. Aunque probablemente sintió deseos de hacerlo porque Sartaq se nos adelantó a todos y regresó a su nido en las montañas para pasar allá unas cuantas semanas.

—¿Se fue?

—Y se llevó a la capitana Faliq —una sonrisa irónica—. Me sorprende que no estés consolando a lord Westfall.

Oh. *Oh.*

—¿Cuándo se fueron?

—Ayer por la tarde. Al parecer, ella no dijo nada. Ni siquiera se llevó sus cosas. Sólo dejó una nota y desapareció con él hacia el atardecer. No pensaba que Sartaq pudiera ser tan encantador.

Yrene no le devolvió la sonrisa. Podría apostar a que Chaol había llegado en la mañana y se había encontrado con la nota. Se había topado con la noticia de que Nesryn ya se había ido.

—¿Cómo sabes que dejó una nota?

—Ah, el mensajero le dijo a todo el mundo. No nos supo informar qué decía, pero sí que había una nota para lord Westfall en el nido. Junto con otra para la familia de Nesryn en la ciudad. Fue el único rastro que dejó.

Yrene tomo nota de nunca volver a enviar correspondencia al palacio. Al menos no cartas importantes.

Por esa razón Chaol estaba inquieto y enojado al haberse enterado de que Nesryn había desaparecido así.

—¿Sospechas que tenga motivos sucios?

—¿De *Sartaq*? —rio Hasar. Esa pregunta fue respuesta suficiente.

Llegaron a las habitaciones de la princesa y unos sirvientes les abrieron en silencio para que pasaran. Eran poco más que sombras hechas de carne. Pero Yrene se detuvo en la puerta y no quiso entrar a pesar de que Hasar trató de convencerla.

—Olvidé llevarle su té —mintió y se soltó del brazo de Hasar.

La princesa le dirigió una mirada de complicidad.

—Si te enteras de algo interesante, sabes dónde encontrarme.

Yrene asintió y se dio la media vuelta.

Pero no fue a la habitación de Chaol. Dudaba de que su humor hubiera mejorado en los diez minutos que llevaba recorriendo furiosa los pasillos del palacio. Y si lo veía, sabía que no podría evitar preguntarle sobre Nesryn. No podría evitar presionarlo hasta que su control se resquebrajara. Y no quería averiguar adónde los conduciría eso. Tal vez a un lugar que ninguno de los dos estaba preparado para conocer.

Pero ella tenía un don. Y un *tamboríleo* implacable ahora le rugía en la sangre gracias a ese don. No podía estar quieta. No quería regresar a la Torre a leer ni a ayudar a otras sandadoras con su trabajo.

Yrene salió del palacio y se dirigió a las calles polvosas de Antica. Conocía el camino. Los barrios bajos nunca cambiaban de ubicación. Sólo crecían o se encogían, dependiendo del gobernante.

Bajo el sol brillante, había poco que temer. No eran malas personas; sólo pobres... algunos desesperados. Muchos olvidados y desalentados.

Así que hizo lo que siempre había hecho, incluso en Innish. Yrene siguió el sonido de las toses.

CAPÍTULO 27

Yrene ya había sanado a seis personas para cuando se puso el sol y hasta entonces decidió regresar de los barrios pobres.

Una mujer tenía un crecimiento peligroso en los pulmones que la hubiera matado, y había estado demasiado ocupada trabajando para consultar a una sanadora o a un doctor. Tres niños ardían en fiebre en una casa demasiado pequeña y su madre lloraba de pánico, y luego lloró de gratitud cuando la magia de Yrene calmó, tranquilizó y purificó a sus hijos. Un hombre se había roto la pierna la semana anterior y había visitado a un pésimo médico en los barrios bajos porque no podía pagar un carruaje que lo llevara a la Torre. Y la sexta paciente...

La chica no podía tener más de dieciséis años. Yrene la notó porque tenía un ojo morado; luego vio que tenía una laceración en el labio. Su magia se sentía tambaleante, junto con sus rodillas, pero Yrene llevó a la niña a un portal y le curó el ojo. El labio. Las costillas rotas. Sanó los moretones enormes en forma de mano que tenía en el antebrazo.

Yrene no hizo preguntas. Leyó todas las respuestas en la mirada temerosa de la chica. Además, vio cómo la chica consideró si sería peor regresar a casa curada porque eso podría provocarle más lesiones. Así que Yrene le dejó el color. Dejó la apariencia de los moretones, pero sanó todo el tejido debajo. Dejó sólo la capa superior de la piel tal vez un poco adolorida, para ocultar el daño reparado.

Yrene no intentó decirle que se marchara de la situación en la que estaba metida. No sabía si había sido algún familiar o un amante o algo distinto, pero sabía que nadie salvo la chica podría decidir si se marchaba o no. Lo único que hizo fue informarle que, si lo necesitaba, la puerta de la Torre siempre estaría abierta. Sin preguntas. Sin cuotas. Y que ellas se encargarían de que nadie pudiera sacarla a menos que ella lo quisiera. La chica le besó los nudillos a Yrene y corrió a casa en la tarde que llegaba a su fin. Yrene se apresuró también y empezó a seguir el brillo de la columna brillante de la Torre, su faro que la guiaba a casa.

El estómago le gruñía. La cabeza le punzaba por la fatiga y el hambre. Drenada. Se sentía bien estar así. Ayudar. Sin embargo... Esa energía insistente, incansable, seguía tamborileando en su interior. Seguía presionando. *Más más más.*

Sabía por qué. Sabía porque seguía inquieta. Porque seguía furiosa. Así que cambió de rumbo y se dirigió hacia el edificio brillante del palacio.

Se detuvo en uno de sus puestos favoritos de comida y se dio el lujo de comer cordero rostizado a fuego lento, el cual devoró en unos minutos. Era raro que comiera fuera del palacio o de la Torre, por su horario tan saturado, pero cuando lo hacía... Yrene se dio unas palmadas en el estómago satisfecho y empezó a avanzar hacia el palacio. Pero entonces se topó con una tienda de *kahve* abierta y encontró espacio en su estómago para tomarse una taza y un pastelillo sumergido en miel.

Estaba haciendo tiempo. Se sentía inquieta y enojada y estúpida. Se sentía asqueada con ella misma, pero finalmente llegó al palacio. El sol del verano se ponía muy tarde, así que ya pasaban de las once de la noche cuando entró a los pasillos oscuros.

Él tal vez ya estaba dormido. Tal vez eso sería una bendición. No sabía por qué se había molestado en regresar. Podía esperar al día siguiente para arrancarle la cabeza de un mordisco.

Probablemente estaría dormido. Esperaba que estuviera dormido. Tal vez sería preferible que su sanadora no entrara a su recámara para darle una buena sacudida.

Definitivamente, eso no era un comportamiento que aprobaran en la Torre. Ni Hafiza.

Pero continuó caminando, más rápido, y sus pasos iban azotando el piso de mármol. Si él quería retroceder en su tratamiento, estaba bien. Pero ella no tenía por qué permitírselo, no sin intentar.

Yrene avanzó furiosa por el pasillo largo en penumbras. No era cobarde, no se amedrentaría en esta pelea. Esa joven se había quedado en un callejón en Innish. Y si él quería seguir lamentándose por lo de Nesryn, entonces estaba en todo su derecho. Pero cancelar su *sesión* por ese motivo...

Inaceptable. Simplemente le diría eso y se marcharía. Con calma. Racionalmente.

Yrene iba apretando más el ceño con cada paso, murmurando la palabra entre dientes. *Inaceptable*. Y ella le había *permitido* correrla, aunque quisiera convencerse a sí misma de lo contrario. Eso era aún *más* inaceptable.

"Tan tonta", murmuró eso también. Lo dijo con volumen suficiente para casi no escuchar el sonido.

El paso, el raspar de zapatos sobre roca, justo detrás de ella. A esta hora, los sirvientes probablemente estarían de vuelta en las habitaciones de sus amos, pero... Ahí estaba. Esa sensación, algo que le erizaba la piel.

En el pasillo flanqueado por columnas sólo había sombras y rayos de luna. Yrene apresuró el paso. Los volvió a escuchar, los pasos a sus espaldas. Un andar desenfadado, acechante. Se le secó la boca y sintió que el corazón se le salía del pecho. No traía bolso, ni siquiera su cuchillito. Nada en sus bolsillos aparte de la nota.

"Apresúrate", le murmuró una vocecita suave en el oído. En su *cabeza*.

Ella nunca antes había escuchado esa voz, pero a veces sentía su calidez, la cual le recorría el cuerpo cuando su magia salía. Era tan conocida para ella como su propia voz, su propio corazón.

"Apresúrate, niña."

Cada una de las palabras estaba empapada de urgencia.

Yrene aceleró más; casi empezó a correr. Delante había una esquina, sólo tenía que dar la vuelta ahí, recorrer los diez metros que le restaban a ese pasillo y llegaría a la habitación de Chaol.

¿La habitación tenía cerradura? ¿Estaría cerrada para que ella no entrara o sería suficiente para que eso que recorría el pasillo detrás de ella se quedara afuera?

"¡Corre, Yrene!"

Y esa voz... Era la voz de su madre que le gritaba en la cabeza, en el corazón.

No se detuvo a pensar. No se detuvo a considerarlo. Se echó a correr. Sus zapatos se resbalaban en el mármol y la persona, la *cosa* que la perseguía, esos pasos, también empezaron a correr.

Yrene dio la vuelta en la esquina y se resbaló. Chocó con la pared opuesta con tanta fuerza que su hombro protestó por el dolor. Logró reacomodar sus pies, luchó para recuperar el impulso, no se atrevió a mirar atrás...

"¡Más rápido!"

Yrene podía ver la puerta. Podía ver la luz que se asomaba por debajo.

Sintió que un sollozo le brotaba de la garganta. Esos pasos rápidos se iban acercando a ella. No se atrevió a arriesgar su equilibrio volteando a ver.

Siete metros. Tres. Dos.

Yrene se abalanzó sobre la manija, la sostuvo con toda su fuerza para que no se le resbalara y empujó. La puerta se abrió y ella entró a toda velocidad. Las piernas se le resbalaron cuando lanzó todo su peso contra la puerta buscando el cerrojo. Había dos.

Acababa de cerrar el primero cuando la persona que estaba del otro lado chocó contra la puerta.

La puerta se estremeció entera.

A ella le temblaban los dedos, el aliento se le escapaba en sollozos cortos mientras luchaba por cerrar el segundo cerrojo, el más grande.

Lo cerró justo cuando la puerta volvió a cimbrarse.

—Qué *demonios*...

—Vete a tu recámara —le dijo a Chaol, pero no se atrevió a apartar la vista de la puerta que se sacudía. De la manija que se agitaba.

—Ve a tu recámara... *ahora*.

Yrene volteó y lo vio en la puerta de su recámara con la espada en la mano. Con la mirada en la puerta.

—Quién demonios es.

—Métete —le dijo ella con la voz quebrada—. *Por favor*.

Él leyó el terror en su cara. Lo leyó y comprendió.

Regresó a su recámara y le sostuvo la puerta abierta para que ella pudiera entrar y la cerró. La puerta principal tronó. Chaol cerró su recámara con un *clic*. Sólo tenía un cerrojo.

—El baúl —dijo con voz firme—. ¿Puedes moverlo?

Yrene giró hacia el baúl que estaba junto a la puerta. No le respondió a Chaol, pero se lanzó contra el mueble y sus zapatos volvieron a resbalarse en el mármol pulido...

Se quitó los zapatos de una patada y su piel le permitió apoyarse bien en la roca. Empujó, gruñó y se esforzó...

El baúl se deslizó frente a la puerta de la recámara.

—Las puertas del jardín —ordenó Chaol que estaba terminando de cerrarlas.

Eran sólo de vidrio. El temor y el pánico se agitaron en el estómago de Yrene y le arrancaron el aliento de la garganta.

—Yrene —dijo Chaol con calma. Tranquilo. La miró a los ojos. Le ayudó a tranquilizarse—. ¿Qué tan lejos está la entrada más cercana al jardín desde el pasillo exterior?

—Dos minutos caminando —respondió ella en automático. Sólo tenía acceso desde las habitaciones interiores, y como la mayoría estaban ocupadas... Tendrían que ir hasta el fondo del pasillo. O arriesgarse a cruzar por las habitaciones ocupadas—. O uno.

—Haz que rinda.

Ella buscó en la recámara. Había un armario junto a las puertas de vidrio. Era alto. Demasiado alto, demasiado pesado.

Pero el biombo del baño... Yrene se lanzó al otro lado de la recámara, mientras Chaol buscaba un juego de dagas en su mesa de noche.

Ella tomó el biombo pesado, lo jaló y lo empujó. Maldijo cuando se atoró en la alfombra. Pero lo movió hasta donde ella quería. Abrió las puertas del armario y atoró el biombo entre el armario y la pared. Lo sacudió para ver si aguantaba. Sí, estaba firme.

Corrió al escritorio y tiró los libros y floreros que estaban encima. Se rompieron contra el suelo.

"Permanece tranquila; no te desconcentres."

Yrene arrastró el escritorio de madera hasta el biombo y lo volteó de lado con un gran estruendo. Lo empujó contra la barricada que había hecho.

Pero la ventana... Había otra del lado opuesto de la recámara. Era alta y pequeña, pero...

—Déjala —le ordenó Chaol y se colocó frente a las puertas de vidrio con la espada lista y una daga en la otra mano—. Si intentan entrar por esa ventana, el tamaño hará que tengan que frenar —suficiente tiempo para matar a quien estuviera intentando entrar—. Ven acá —le dijo Chaol en voz baja.

Ella obedeció. Su mirada pasaba rápidamente de la puerta de la recámara a las puertas del jardín.

—Respira hondo —le dijo él—. Céntrate. El miedo te matará con la misma facilidad que un arma.

Yrene hizo caso.

—Toma la daga que está en la cama.

Yrene titubeó al ver el arma.

—Hazlo.

Ella tomó la daga, sintió el metal frío y pesado en su mano. Era difícil de manejar. La respiración de Chaol era tranquila y su concentración implacable mientras monitoreaba ambas puertas y la ventana.

—El baño —susurró ella.

—Las ventanas son demasiado altas y angostas.

—¿Qué tal si no está en un cuerpo humano?

Las palabras le rasgaban la garganta con un murmullo ronco. Las ilustraciones que había visto en ese libro...

—Entonces yo lo mantendré ocupado en lo que tú corres.

Con los muebles frente a las salidas... Ella entendió sus palabras.

—No harás tal...

La puerta de la recámara se sacudió con un fuerte golpe. Seguido de otro. La manija se sacudía sin parar.

Oh, dioses.

No se había molestado en intentar entrar por el jardín. Simplemente había entrado por las puertas principales.

Otro golpe que la hizo retraerse con un salto. Otro.

—Calma —murmuró Chaol.

La daga temblaba en la mano de Yrene y él se preparó para atacar en dirección de la puerta de la recámara con las armas firmes en sus manos.

Otro golpe, furioso y feroz.

Luego... una voz.

Suave y sibilante, no era ni de hombre ni de mujer.

—Yrene —susurró por las rendijas de la puerta. Ella alcanzaba a distinguir la sonrisa de su voz—. Yrene.

Se le heló la sangre. No era una voz humana.

—Qué quieres —dijo Chaol con voz de acero.

—*Yrene*.

Ella sintió que las rodillas se le doblaron con tal violencia que apenas logró mantenerse de pie. Todo su entrenamiento se le escapó de la cabeza.

—*Vete* —gruñó Chaol hacia la puerta—. Antes de que te arrepientas.

—Yrene —siseó con una risita—. *Yrene*.

Valg. Eso era lo que había estado intentando cazarla aquella noche y hoy había regresado por ella...

Ella se puso la mano sobre la boca y se dejó caer en el borde de la cama.

—No desperdicies ni un segundo asustándote de ese cobarde que ataca a las mujeres en la oscuridad —le dijo Chaol con brusquedad.

La cosa del otro lado de la puerta gruñó. La manija se sacudió.

—Yrene —repitió.

Chaol se quedó viéndola a los ojos.

—Tu miedo le da poder sobre ti.

—*Yrene*.

Él se acercó a ella y bajó su daga y su espada hacia su regazo. Yrene se encogió un poco y estuvo a punto de advertirle que no bajara las armas. Pero Chaol se detuvo frente a ella. Le tomó la cara entre las manos y le dio la espalda a la puerta, aunque ella sabía que estaba al pendiente de cada sonido y movimiento a sus espaldas.

—No tengo miedo —le dijo en voz baja, pero sin debilidad—. Y tú tampoco deberías tenerlo.

—*Yrene* —dijo la cosa del otro lado de la puerta con brusquedad y volvió a lanzarse contra ella.

Yrene se alejó un poco, pero Chaol le sostuvo la cabeza con firmeza. No apartó la mirada de sus ojos.

—Vamos a enfrentar esto —le dijo—. Juntos.

Juntos. Vivirían o morirían aquí: juntos.

Ella sintió que se calmaba su respiración. Tenían los rostros tan cerca que el aliento de Chaol le rozaba los labios.

Juntos.

Ella no había pensado en utilizar esa palabra, *sentir* su significado... No lo había sentido desde...

Juntos.

Yrene asintió. Una, dos veces. Chaol buscó sus ojos y su aliento le soplaba en la boca. Le levantó la mano que todavía sostenía la daga y ajustó sus dedos para que la sostuviera bien.

—Inclínala hacia arriba, no hacia el frente. Tú sabes dónde —se puso una mano en el pecho. Sobre el corazón—. Los otros lugares.

Cerebro. Por la cuenca del ojo. Garganta, cortar para dejar salir la sangre vital. Todas las arterias que podían cortarse para asegurar un desangrado rápido. Cosas que había aprendido para salvar. No para... destruir... Pero esta cosa...

—La decapitación funciona mejor, pero intenta que caiga primero. Eso nos dará suficiente tiempo para cortarle la cabeza.

Yrene se dio cuenta de que él lo había hecho antes. Había matado a estas cosas. Había triunfado contra ellas. Las había enfrentado sin magia salvo su propia voluntad implacable y su valentía. Y ella... había cruzado montañas y mares. Lo había hecho sola.

Le dejaron de temblar las manos. Su respiración se regularizó. Chaol le apretó los dedos con la mano y ella sintió el metal fino de la empuñadura que presionaba contra la palma de su mano.

—Juntos —dijo él una última vez y la soltó para volver a tomar sus armas y enfrentar la puerta.

Sólo había silencio.

Él esperó, calculando. Percibiendo. Un depredador listo para atacar. Yrene sostenía la daga con firmeza y se puso de pie detrás de él. Se escuchó un estruendo en el recibidor, seguido de gritos. Ella se sobresaltó, pero Chaol dejó escapar una exhalación; una de alivio trémulo.

Reconoció los sonidos antes que ella. Los gritos de los guardias. Hablaban en halha. Se escuchaban gritos en la puerta de la recámara preguntándoles sobre su estado. ¿A salvo? ¿Heridos?

Yrene respondió con su mal halha que no estaban heridos. Los guardias dijeron que la doncella de servicio había visto la puerta rota y había ido corriendo por ellos.

No había nadie más en la habitación.

CAPÍTULO 28

El príncipe Kashin llegó a toda velocidad. Lo llamaron los guardias a petición de Yrene. Llegó antes de que ella o Chaol siquiera se atrevieran a quitar los muebles que bloqueaban la puerta. El resto de la familia real requeriría de demasiadas explicaciones, pero Kashin... Él entendía la amenaza.

Chaol ya reconocía la voz del príncipe e Yrene también, así que cuando la voz se escuchó en el vestíbulo, él asintió para que ella empezara a quitar los muebles que bloqueaban la puerta.

Chaol se sintió agradecido, aunque sólo por un instante, de estar en la silla. El alivio le podría haber doblado las rodillas.

Sin embargo, no había podido discernir una ruta viable para escapar. No una para ella. En su silla, contra un demonio del Valg, él ya era carroña, aunque calculaba que una daga bien lanzada y la espada podrían salvarlos. Ésa había sido su mejor opción: *lanzar*.

No le importó, no en realidad. No por lo que significaba para él. Más bien estaba pensando en cuánto tiempo le conseguiría a ella con ese lanzamiento.

Alguien la estaba *cazando*. Querían matarla. Aterrorizarla y atormentarla. Tal vez algo peor si se trataba de un agente de Morath infestado por el Valg. Ciertamente había sonado así. No había logrado reconocer la voz. No sabía si era masculina o femenina. Sólo sabía que era uno de ellos.

Yrene permaneció tranquila mientras abría la puerta para encontrarse al fin con Kashin, quien tenía la mirada enloquecida y jadeaba con fuerza. El príncipe la miró de la cabeza a los pies, miró rápidamente a Chaol y luego devolvió la atención a la sanadora.

—¿Qué pasó?

Yrene se quedó detrás de la silla de Chaol y dijo, con sorprendente calma:

—Venía de regreso para asegurarme de que lord Westfall se hubiera tomado su tónico.

Mentirosa. Mentirosa astuta y hermosa. Probablemente venía a darle los gritos que Chaol había estado esperando toda la tarde. Yrene salió de detrás de la silla para pararse a su lado, tan cerca que el calor de su cuerpo le entibiaba el hombro.

—Y estaba por llegar aquí cuando percibí que alguien me venía siguiendo.

Luego, Yrene explicó el resto. De vez en cuando miraba por la habitación, como si creyera que lo que la había atacado pudiera saltarle desde las sombras. Y cuando Kashin preguntó si ella sospechaba por qué alguien podría querer hacerle daño, Yrene miró a Chaol y tuvieron una conversación en silencio: probablemente había sido alguien que quería asustarla por ayudarle o por algún motivo oscuro de Morath. Pero ella sólo le dijo al príncipe que no lo sabía.

El rostro de Kashin se tensó con furia cuando vio la puerta resquebrajada del cuarto de Chaol. Les dijo por encima del hombro a los guardias que estaban revisando la habitación:

—Quiero que haya cuatro guardias afuera de esta habitación. Otros cuatro al final del pasillo. Una docena en el jardín. Seis más en los cruces de los pasillos que conducen hacia acá.

Yrene dejó escapar una exhalación que bien podría ser de alivio. Kashin la escuchó y, con una mano en la empuñadura de la espada, dijo:

—Este palacio está siendo revisado. Voy a ir con ellos.

Chaol sabía que no lo hacía sólo por Yrene. Sabía que el príncipe tenía buenos motivos para unirse a la cacería, pues probablemente aún había una bandera blanca colgando de sus ventanas.

Era galante y dedicado; tal vez así debían ser todos los príncipes, y tal vez sería un buen amigo de Dorian si todo salía a su favor. Kashin pareció respirar para prepararse a hacer la pregunta, luego le dijo a Yrene en voz baja:

—Antes de irme... ¿por qué no te acompaño de regreso a la Torre? Con un guardia armado, por supuesto.

La mirada del príncipe reflejaba tanta preocupación y esperanza que Chaol deliberadamente concentró su atención en supervisar a los guardias que seguían examinando cada centímetro de las recámaras.

—Me siento más segura aquí —contestó Yrene, mientras cruzaba sus brazos.

Chaol trató de no parpadear al escucharla. Sus palabras. Con él. Se sentía más segura aquí con él. Por eso hizo un esfuerzo para no recordarle que estaba en silla de ruedas.

La mirada de Kashin se posó en él, como si hubiera recordado que seguía ahí. Y lo que endureció su mirada en ese momento fue la decepción... decepción y advertencia al mirar a Chaol a los ojos. Chaol se controló para no advertirle al príncipe Kashin que dejara de verlo así y se fuera a revisar el palacio.

Él no intentaría nada. No había podido dejar de pensar en la carta de Nesryn en todo el día. Y el resto del tiempo estuvo rumiando todo lo que Shen le había demostrado; lo que él había sentido al ver lo que estaba debajo de la manga de ese guardia orgulloso.

Pero el príncipe sólo inclinó la cabeza con la mano en el pecho.

—Avísenme si necesitan cualquier cosa.

Yrene apenas pudo asentir en dirección a Kashin. Su gesto fue lo bastante displicente como para que Chaol casi se sintiera mal por él.

El príncipe salió y le dirigió una última mirada a Yrene. Algunos guardias salieron con él y otros se quedaron.

Chaol miró por las puertas del jardín en lo que ellos se apostaban justo afuera.

—La habitación de Nesryn está vacía —dijo él cuando al fin se quedaron solos en su recámara.

Esperó a que ella le preguntara por qué, pero entonces se dio cuenta de que ella ni siquiera había mencionado a Nesryn cuando huyó a su habitación. No había intentado despertarla. Había ido directamente con él. Así que no le sorprendió cuando Yrene contestó:

—Lo sé.

Espías de palacio o chismes, a Chaol no le importó. No le importó porque Yrene estaba diciendo:

—¿Puedo... puedo quedarme aquí? Dormiré en el piso...

—Puedes dormir en la cama. Dudo que yo pueda descansar esta noche.

Incluso con los guardias afuera... Él había visto lo que un Valg podía hacer contra varios hombres. Había visto a Aelin moverse, una asesina por un campo de hombres, y segarlos en segundos.

No, no podría dormir esa noche.

—No puedes quedarte sentado en esa silla toda la noche...

La mirada de Chaol le dijo lo contrario.

Yrene tragó saliva y dijo que iría al baño. Mientras ella se lavaba rápidamente, él comprobó que los guardias del exterior estuvieran en su sitio y revisó la integridad del cerrojo de la recámara. Ella salió todavía con el vestido puesto, con la tela alrededor del cuello mojada y la cara nuevamente pálida. Titubeó antes de meterse a la cama.

—Cambiaron las sábanas —dijo Chaol suavemente.

Ella no lo miró al subirse a la cama. Sus movimientos eran menos amplios que lo normal, parecían quebradizos.

Todavía estaba invadida por el terror. Aunque había actuado de maravilla, Chaol no estaba seguro de que siquiera él hubiera podido mover ese baúl, pero el terror puro le había dado a ella una dosis de fuerza. Él había escuchado historias sobre madres que levantaban carruajes enteros para sacar a sus hijos de abajo.

Yrene se metió entre las mantas, pero no hizo ningún movimiento para acomodar la cabeza en la almohada.

—¿Cómo es... matar a alguien?

Chaol vio el rostro de Caín en su mente.

—Yo... yo soy nuevo en esto —admitió Chaol y ella ladeó la cabeza—. La primera vida que tomé... fue apenas después de Yulemas el año pasado.

Ella frunció el entrecejo.

—Pero... tú...

—Entrené para hacerlo. Había peleado antes. Pero nunca había matado a nadie.

—Eras el capitán de la guardia.

—Te dije —le respondió él con una sonrisa amarga— que era complicado.

Yrene finalmente se acomodó.

—Pero sí lo has hecho desde entonces.

—Sí, pero no tanto como para acostumbrarme. En contra del Valg, sí, pero los humanos que infestan... Algunos ya están perdidos para siempre. Algunos siguen ahí, debajo del demonio. Decidir a quién matar, a quién dejar con vida... Todavía no sé cuál decisión es peor. Los muertos no hablan.

Ella acomodó la cabeza en la almohada.

—Yo hice un juramento ante mi madre. A los siete años. Juré que nunca mataría un ser humano. Algunas sanaciones... ella me explicó que concederles la muerte era lo más misericordioso. Pero eso es distinto a asesinar.

—Lo es.

—Creo... creo que podría haber intentado matar a quien estaba afuera esta noche. Así de... —él esperaba que dijera "asustada. Asustada porque mi único defensor estaba en una silla"—. Así que decidida estaba a no correr. Tú me dijiste que me conseguirías algo de tiempo, pero... No puedo hacerlo. No de nuevo.

Él sintió que su pecho se apretaba.

—Lo entiendo.

—Me alegra no haberlo hecho. Pero... el atacante escapó. Tal vez no debería sentirme tan aliviada.

—Es posible que Kashin tenga éxito en su búsqueda.

—Lo dudo. Ya se había ido antes de que llegaran los guardias.

Él se quedó callado. Tras un momento, dijo:

—Espero que nunca tengas que usar esa daga, ni ninguna otra, Yrene. Ni siquiera por misericordia.

La pena en los ojos de ella lo dejó sin aliento.

—Gracias —le respondió con suavidad—. Por estar dispuesto a encargarte tú mismo de esa muerte.

Nadie le había dicho algo semejante. Ni siquiera Dorian. Pero eso era de esperarse. Celaena, *Aelín*, le agradeció cuando mató a Caín para salvarla, pero ella esperaba que Chaol matara algún día.

Aelin había matado a más de los que podía contar para ese entonces, y a él su propia falta de muertes le parecía... vergonzosa. Como si eso fuera posible.

Había matado bastante desde entonces, en Rifthold, con esos rebeldes en contra del Valg. Pero Yrene... ella hizo que la cifra fuera menor. No lo había visto de esa manera. Con orgullo. Alivio.

—Siento que Nesryn se haya marchado —le murmuró Yrene en la penumbra.

"No te pediré que te atengas a ninguna promesa. Y yo no tendré que atenerme las mías."

—Le prometí una aventura —admitió Chaol—. Ella merecía salir a buscar una.

Yrene guardó silencio tanto tiempo que él apartó la vista de las puertas del jardín. La vio acurrucada en la cama con la atención fija en él.

—¿Qué hay de ti? ¿Qué mereces tú? —le preguntó ella.

—Nada. Yo no merezco nada.

Yrene lo observó.

—No estoy de acuerdo para nada —murmuró y los párpados empezaron a cerrársele.

Él revisó las salidas nuevamente. Después de unos minutos, dijo:

—Recibí bastante y lo desperdicié.

Chaol la volteó a ver, pero el rostro de Yrene ya estaba suavizado por el sueño, su respiración ya se escuchaba constante.

La observó un largo rato.

Yrene seguía durmiendo cuando amaneció. Chaol dormitó unos cuantos minutos aquí y allá; fue lo más que se permitió. Pero al ver que el sol empezaba a avanzar por la recámara, se fue a lavar la cara. A quitarse el sueño de los ojos.

Yrene no se movió cuando Chaol salió de la habitación hacia el pasillo. Los guardias estaban justo donde Kashin les había ordenado que permanecieran. Y le dijeron precisamente dónde dirigirse cuando él los miró a los ojos y pidió que le indicaran cómo llegar adonde quería ir. Luego les informó que si a Yrene le pasaba cualquier cosa mientras él no estaba, les rompería todos los huesos del cuerpo.

Minutos después, encontró el patio de entrenamiento que Yrene le había mencionado el día anterior. Éste ya estaba lleno de guardias. Algunos lo voltearon a ver y otros no le prestaron ninguna atención. Reconoció a algunos del turno de Shen y ellos asintieron como gesto de saludo.

Uno de los guardias, a quien no conocía, se acercó. Tenía el pelo canoso y era mayor que los demás. Se parecía a Brullo, su exinstructor y maestro de armas. Muerto... colgado de las rejas.

Chaol apartó la imagen de su mente. La reemplazó con la sanadora que seguía dormida en su cama. Cómo se veía cuando le declaró al príncipe, al mundo, que se sentía más segura ahí... con él.

Él reemplazó el dolor que lo invadía en oleadas al ver a los guardias ejercitándose —este espacio de entrenamiento era tan similar al sitio donde él pasó tantas horas de su vida— y al recordar la imagen del brazo artificial de Shen, la fuerza inquebrantable y silenciosa que lo apoyó cuando se montó en el caballo. No era menos hombre sin ese brazo, no era menos guardia.

—Lord Westfall —dijo el guardia de cabello canoso en el lenguaje del norte—. ¿En qué puedo ayudarle a estas horas?

El hombre parecía ser bastante astuto, lo suficiente para saber que, si fuera algo relacionado con el ataque, ése no era el lugar para discutirlo. No, el hombre sabía que Chaol estaba ahí por otro motivo y leyó la tensión de su cuerpo no como algo digno de alarma, sino de curiosidad.

—Entrené muchos años con los hombres de mi continente —respondió Chaol y levantó la espada y la daga que traía—. Aprendí tanto como ellos —el guardia mayor arqueó un poco las cejas. Chaol no apartó la mirada—. Me gustaría aprender todo lo que tú sabes.

El guardia mayor, Hashim, entrenó con él hasta que Chaol apenas pudo respirar. Incluso entrenaron estando en la silla y fuera de ella también.

Hashim, que tenía un rango debajo del de capitán y supervisaba el entrenamiento de los guardias, encontró maneras para que Chaol pudiera hacer los ejercicios, ya fuera que alguien le detuviera los pies o con versiones modificadas para la silla de ruedas.

Él había trabajado con Shen el año anterior... muchos guardias lo habían hecho. Se habían unido para apoyar a

Shen de todas las maneras posibles y ayudarlo a reorientar su cuerpo, su manera de pelear, durante esos largos meses de su recuperación.

Así que ninguno de ellos se le quedó viendo ni rio. Ninguno susurraba. Todos estaban demasiado ocupados, demasiado cansados, como para que les importara.

El sol brilló sobre el patio y ellos siguieron trabajando. Hashim le mostró nuevas maneras de atacar con una espada y cómo desarmar al oponente. Se trataba de una manera distinta de pensar, de defender, de matar. Un lenguaje de la muerte diferente.

Tomaron un descanso a la hora del desayuno, casi todos iban temblando por el agotamiento. Aunque estaba sin aliento, Chaol podría haber continuado. No porque tuviera una reserva de fuerza, sino porque *quería*.

Yrene ya lo estaba esperando cuando regresó a la habitación y se bañó.

Después, pasaron seis horas perdidos en la oscuridad. Al terminar, el dolor lo tenía destrozado e Yrene temblaba de agotamiento, pero una especie de conciencia había despertado en los pies de Chaol. Subía más allá de sus tobillos. Como si el adormecimiento fuera una marea que iba retrocediendo.

Esa noche, Yrene regresó a la Torre rodeada de muchos guardias y él durmió más profundamente que nunca en su vida.

Antes del amanecer, Chaol ya estaba esperando a Hashim en la pista de entrenamiento.

También al día siguiente.

Y el siguiente.

PARTE DOS

MONTAÑAS Y MARES

CAPÍTULO 29

Varias tormentas retrasaron la salida de Nesryn y Sartaq de la parte norte de las Montañas Asimil.

Al despertar, el príncipe le echó un vistazo a las nubes color amoratado y le ordenó a Nesryn que asegurara todo lo que pudiera en el refugio rocoso. Kadara se movía de una garra a la otra, agitando las alas, mientras sus ojos dorados monitoreaban la tormenta que venía galopando hacia ellos.

A esa altura, el tronido de los relámpagos hacía eco en cada roca y ranura. Nesryn y Sartaq se quedaron sentados lo más cerca posible del muro de roca debajo de la saliente azotada por los vientos. Nesryn juraría que hasta la montaña temblaba bajo sus pies. Pero Kadara se mantuvo firme ante la tormenta y se colocó frente a ellos, una verdadera pared de plumas blancas y doradas.

De todas maneras, la lluvia helada logró encontrarlos y congeló a Nesryn hasta los huesos, a pesar de la ropa de cuero gruesa y la pesada manta de lana, en la que Sartaq insistió que se envolviera. Le castañeteaban los dientes con tanta violencia que le dolía la mandíbula, y tenía las manos tan adormecidas y rojas que no las sacó de sus axilas para aprovechar todo el calor posible.

Desde antes de la desaparición de la magia, Nesryn nunca deseó tener dones mágicos. Y cuando desapareció, tras los decretos que la prohibían y las cacerías terribles de sus portadores, Nesryn ni siquiera se había atrevido a *pensar* en la magia. Se conformó con practicar su arquería, aprender cómo usar cuchillos y espadas, y a dominar su cuerpo hasta que éste también se convirtió en un arma. La magia había fallado, le dijo a su padre y a su hermana cuando le preguntaban. El buen acero no fallaría.

Sin embargo, sentados en ese risco, azotados por el viento y la lluvia hasta olvidar por completo cómo se sentía el calor, Nesryn en ese instante deseó tener una chispa de flama en las venas. O al menos que cierta Portadora de Fuego apareciera detrás de las rocas, con su actitud fanfarrona, para calentarlos.

Pero Aelin estaba lejos; desaparecida, si se podía creer en el informe de Hasar, en el cual Nesryn sí creía. La verdadera pregunta era si la desaparición de Aelin y su corte se debía a algún acto terrible por parte de Morath o a un plan de la reina misma.

Habiendo visto en Rifthold lo que Aelin era capaz de hacer, los planes que elaboraba y ejecutaba sin que ninguno de ellos se enterara... Nesryn apostaba por Aelin. La reina se presentaría en el momento y el lugar que ella decidiera... en el instante preciso que quisiera. Nesryn supuso que por eso le agradaba la reina: hacía planes a plazos tan largos que, para ser alguien considerada como impetuosa y desenfrenada, Aelin debía mostrar mucho control para mantenerlos ocultos.

Mientras esa tormenta soltaba su furia sobre Nesryn y Sartaq, ella se preguntó si Aelin Galathynius todavía tendría un as bajo la manga que ni siquiera su corte conociera. Rezó para que así fuera, por el bien de todos.

Pero la magia había fallado antes, recordó Nesryn, mientras sus dientes chocaban unos con otros. Y haría todo lo posible por encontrar la manera de luchar contra Morath sin ella.

Pasaron horas para que la tormenta al fin se alejara a aterrorizar otras partes del mundo. Sartaq no se puso de pie hasta que Kadara extendió las plumas para sacudirse la lluvia. Los salpicó en el proceso, pero Nesryn no estaba en ninguna posición para quejarse, ya que la ruk había enfrentado lo peor de la tormenta para protegerlos.

Por supuesto, la silla se había quedado húmeda, lo que hizo que el viaje fuera bastante incómodo cuando volaron con los vientos frescos y limpios de las montañas hacia los enormes pastizales debajo.

Con el retraso, se vieron obligados a acampar otra noche, en esta ocasión en un pequeño bosquecillo y, de nuevo, sin siquiera una brasa para calentarse. Nesryn no abrió la boca sobre el tema: el frío que no se desprendía de sus huesos, las raíces que se le enterraban en la espalda a través de la colchoneta, el agujero en su estómago que no se podía llenar con fruta, carne seca y pan duro.

Sartaq, había que reconocerlo, le cedió sus mantas y le preguntó si quería un cambio de ropa. Sin embargo, ella pronto se hizo consciente de que apenas lo conocía. Este hombre con quien había salido volando, este príncipe con su *sulde* y su ruk de ojos astutos... era poco menos que un desconocido.

Esas cosas, por lo general, no le molestaban a ella. En su trabajo con la guardia de la ciudad había tenido que lidiar diariamente con desconocidos en diversos estados de horror o pánico. Los encuentros agradables los podía contar con los dedos de una mano; en particular en los últimos seis meses, cuando el manto de oscuridad cubrió la ciudad para cazar bajo su resguardo.

Pero con Sartaq... Mientras tiritaba toda la noche, ella se preguntó si quizá su decisión de acompañarlo no habría sido un poco acelerada, hubiera o no alianza.

Le dolían las extremidades y le ardían los ojos cuando vio que la luz grisácea del amanecer empezaba a filtrarse entre los pinos delgados. Kadara ya se estaba moviendo, ansiosa por salir, y Nesryn y Sartaq intercambiaron menos de seis frases antes de volver a remontar el vuelo para el último tramo de su viaje.

Llevaban dos horas volando. Los vientos se sentían más frescos, mientras más al sur volaban. Sartaq le dijo al oído:

—Por allá —señaló hacia el este—. Si vuelas medio día en esa dirección, llegarás al extremo norte de las estepas. Las tierras de los darghan.

—¿Los visitas con frecuencia?

Una pausa. Luego dijo con el viento de fondo:

—Kashin es quien tiene su lealtad. Y... Tumelun —la manera en que pronunció el nombre de su hermana lo comprometió suficiente—. Pero los rukhin y los darghan alguna vez fueron el mismo pueblo. Perseguimos a los ruks sobre caballos muniqi, los rastreamos hasta las profundidades de las Montañas Tavan —señaló hacia el sureste. Kadara cambió un poco de rumbo y se dirigió a las enormes montañas escarpadas que arañaban el cielo. Estaban salpicadas de bosques y algunas tenían nieve en la cima—. Y cuando domesticamos a los ruks, algunos de los señores ecuestres decidieron quedarse y ya no regresar a las estepas.

—Por eso tantas de sus tradiciones siguen siendo iguales —comentó Nesryn y miró la *sulde* atada a la silla. Muy, muy abajo se veían los pastos secos que ondulaban como un mar dorado surcado por ríos estrechos y sinuosos.

Ella pronto levantó la vista, hacia las montañas. Aunque ya se había acostumbrado a la idea de lo poco que la separaba de la muerte mientras volaba sobre esta ruk, tenerlo tan presente no le ayudaba a tranquilizar su estómago.

—Sí —respondió Sartaq—. También es el motivo por el cual nuestros jinetes suelen aliarse con los darghan en las guerras. Nuestras técnicas de batalla son distintas, pero en general sabemos trabajar juntos.

—Una caballería abajo y cobertura aérea arriba —dijo Nesryn tratando de no sonar demasiado interesada—. ¿Alguna vez han peleado en una guerra?

El príncipe se quedó callado un minuto. Luego dijo:

—No de una escala comparable a la que está desatándose en tus tierras. Nuestro padre se asegura de que los territorios dentro de nuestro imperio estén muy conscientes de que la lealtad es premiada. Y la oposición se castiga con la muerte.

Ella sintió cómo el hielo le recorría la columna. Sartaq continuó:

—Así que en dos ocasiones me han enviado a recordarle a ciertos territorios inquietos esa fría realidad —sintió un aliento cálido en su oído—. Por otro lado, hay distintos clanes dentro de los mismos rukhin. Rivalidades antiguas que he aprendido a navegar y conflictos que tengo que resolver —"Por el camino difícil", aunque no lo dijo. En vez de eso, agregó—: Como guardia de la ciudad, seguramente habrás tenido que lidiar con este tipo de cosas.

Ella resopló al pensar en eso.

—Yo estaba básicamente patrullando, no en puestos más altos.

—Considerando tu habilidad con el arco, yo hubiera pensado que eras la líder de todo el lugar.

Nesryn sonrió. Era un conquistador. Debajo de ese exterior tan seguro de sí mismo, Sartaq era un seductor descarado. Pero ella consideró la pregunta que quedó implícita en las palabras del príncipe, aunque conocía la respuesta desde hace varios años.

—Adarlan no es... tan abierto como el khaganato en el tema de aceptar el rol de las mujeres entre sus guardias o sus ejércitos —admitió—. Aunque tal vez yo tenga ciertas habilidades, por lo general, los que recibían los ascensos eran hombres. Así que a mí me dejaron a mi suerte en el patrullaje alrededor de los muros del palacio o en las calles transitadas. El manejo del inframundo o de la nobleza era responsabilidad de guardias más importantes, y de los que eran de familias originarias de Adarlan.

Su hermana se enfurecía cada vez que sucedía, pero Nesryn sabía que si explotaba frente a sus superiores, si los enfrentaba... Eran el tipo de hombres que le responderían que debía estar agradecida de que siquiera la hubieran admitido y luego exigirían que les entregara la espada y el uniforme. Así que había decidido que era mejor quedarse callada, que la pasaran por alto, no sólo por el salario, sino por el hecho de que había muy pocos guardias como ella, que en verdad ayudaran a quienes más lo necesitaban. Por ellos permanecía y mantenía la cabeza agachada, mientras veía que hombres con menos talentos recibían cargos de mayor importancia.

—Ah —otra pausa de silencio del príncipe—. Yo había escuchado que no son tan abiertos a recibir personas de otras tierras.

—Por decir lo menos —respondió ella.

Sus palabras sonaron más frías de lo que quería. Sin embargo, su padre había insistido en que vivieran ahí, pensando que de algún modo les proporcionaría una mejor calidad de vida. Incluso cuando Adarlan emprendió las guerras para conquistar el Continente del Norte, él decidió quedarse, aunque su esposa intentó convencerlo de regresar a Antica, la ciudad de su corazón. Pero por la razón que fuese, tal vez terquedad, tal vez en desafío a las personas que querían echarlo, se quedó.

Y Nesryn intentaba no culparlo por ello, de verdad; pero su hermana no podía entender la rabia latente de Nesryn, la cual se asomaba de vez en cuando por esa situación. No, Delara siempre había amado Rifthold, amaba el ajetreo de la ciudad y era feliz al ganarse a su gente dura. A nadie le sorprendió que se casara con un hombre nacido y criado en la ciudad. Una verdadera hija de Adarlan: eso era su hermana. Al menos, de lo que esas tierras fueron una vez y de lo que tal vez volverían a ser algún día.

Kadara aprovechó una rápida corriente de aire para planear. El mundo debajo pasaba a toda velocidad como un borrón y las enormes montañas se iban acercando más y más. Sartaq preguntó en voz baja:

—¿A ti alguna vez...?

—No vale la pena hablarlo —respondió ella. No valía la pena porque a veces todavía podía sentir esa roca chocar con su cabeza, escuchar los insultos de esos niños. Tragó saliva y añadió—, Su alteza.

Una risa baja.

—Ya veo que mi título vuelve a aparecer —dijo, pero no la presionó más. Sólo agregó—: Te voy a suplicar que no me llames príncipe ni su alteza frente a los demás jinetes.

—¿Me vas a suplicar o me estás suplicando?

Él apretó los brazos alrededor de su cuerpo para advertirle en broma que no se burlara.

—Me tomó años lograr que dejaran de preguntarme si me hacían falta mis zapatillas de seda o si necesitaba un sirviente que me cepillara el cabello —Nesryn rio—. Entre ellos, soy simplemente Sartaq —dijo—, o capitán.

—¿Capitán?

—Otra cosa que tenemos en común, por lo visto.

En verdad era un seductor descarado.

—Pero tú gobiernas los seis clanes de los jinetes de ruks. Todos te responden a ti.

—Así es, y cuando nos reunimos todos, soy el príncipe. Pero entre el clan de mi familia, los eridun, soy el capitán de sus fuerzas y obedezco la palabra de mi madre-hogar —volvió a apretar los brazos alrededor de ella para enfatizar—, lo cual te aconsejo que hagas también, si no quieres que te desnuden y te aten a un peñasco en medio de una tormenta.

—Santos dioses...

—Así es.

—¿Ella te...?

—Sí, y como ya dijiste, no vale la pena hablarlo.

Pero Nesryn volvió a reír y se sorprendió al darse cuenta de que la cara le dolía de tanto sonreír en los últimos minutos.

—Agradezco la advertencia, capitán.

Las Montañas Tavan se volvieron gigantescas, eran un muro de roca gris más alto que todo lo que ella había visto en sus tierras; aunque no había visto muchas montañas de cerca. Su familia rara vez se aventuraba tierra adentro en Adarlan o los reinos circundantes, principalmente porque su padre estaba muy ocupado, pero también porque la gente en esos lugares rurales no era tan abierta a recibir gente de fuera. Aunque ellas habían nacido en tierras de Adarlan y su madre era de Adarlan, a veces eso sólo enfurecía más a la gente.

Nesryn rezó para que los rukhin fueran más abiertos y amigables.

En todas las historias que le contaba su padre, sus descripciones de los nidos de los rukhin no le habían logrado transmitir a Nesryn la verdadera verosimilitud de lo que estas tribus habían construido en los lados y las puntas de esos tres picos altos aglomerados en el corazón de las Montañas Tavan.

No era una colección de *gír* —las carpas amplias con un marco para sostenerlas— que usaban los clanes de jinetes para moverse por las estepas. No, el nido de los eridun estaba tallado en la roca, casas, salones y recintos, que en muchos casos habían sido originalmente los nidos de los propios ruks.

Algunos de esos nidos aún existían, por lo general, cerca de un jinete de ruk y su familia, para poder llamar a las aves con rapidez. Las llamaban con un silbido o alguien subía las incontables escaleras de cuerda ancladas a la roca y que permitían el movimiento entre las diversas casas y cuevas; aunque también había escaleras interiores construidas dentro de los picos, principalmente para los ancianos y los niños.

Los hogares en sí estaban conformados por una entrada amplia a la cueva, donde podía aterrizar el ruk, y una zona habitable en la parte del fondo, labrada dentro de la roca. Los muros de piedra tenían una que otra ventana que indicaba que ahí detrás se ocultaba una habitación; ésta servía para que el aire fresco circulara a las cámaras interiores.

Aunque no se necesitaba mucho aire fresco. El viento era un río que corría entre los tres picos cercanos que albergaban el clan-hogar de Sartaq. Las corrientes de aire estaban llenas de ruks de diversos tamaños que volaban o aleteaban o se lanzaban en picada. Nesryn intentó sin éxito contar las casas talladas en la montaña. Debían ser cientos. Y tal vez había más dentro de las montañas.

—¿Esto... esto es sólo *un* clan? —fueron las primeras palabras que Nesryn pronunció en horas.

Kadara se elevó por la cara frontal del pico central. Nesryn se deslizó en la silla y sintió el cuerpo cálido de Sartaq en su espalda, cuando él se inclinó al frente y la guió para que hiciera lo mismo. Le apretaba los muslos con los suyos y ella podía sentir cómo se movían sus músculos para mantener el equilibrio con los estribos.

—Los eridun son uno de los más grandes; el más antiguo, si crees en las historias.

—¿Tú no crees?

El nido que los rodeaba en verdad parecía haber existido por eternidades.

—Todos los clanes dicen ser el más antiguo y el primero entre los jinetes —una risa vibró detrás del cuerpo de Nesryn—. Siempre que hay una Convención, deberías escuchar las discusiones que se generan. Es menos grave insultar a un hombre sobre su esposa que decirle a la cara que tu clan es el más antiguo.

Nesryn sonrió y cerró los ojos con fuerza por la caída brutal que les quedaba a las espaldas. Kadara apuntó, rápida y certera, a la saliente más ancha. Cuando la ruk giró hacia el lugar notó que era una veranda. Ya había varias personas reunidas justo debajo del enorme arco de entrada a la cueva con los brazos levantados en bienvenida.

Ella sintió que Sartaq le sonreía en el oído.

—Ahí está el Salón de Montaña de Altun, el hogar de mi madre-hogar y mi familia.

Altun... la traducción aproximada era *refugio del viento*. En verdad era más grande que cualquier otra morada entre los tres picos, conocidos como los Dorgos o los Tres Cantantes. La cueva medía al menos doce metros de alto y tres veces eso a lo ancho. En las profundidades, Nesryn alcanzaba a distinguir columnas y lo que parecía ser un salón enorme.

—La corte de recepción: donde organizamos nuestras reuniones y celebraciones —le explicó Sartaq y apretó los brazos a su alrededor, justo cuando Kadara aleteó y frenó un poco para aterrizar. Cerrar los ojos con fuerza frente a la gente que aguardaba ciertamente no le ganaría la admiración de nadie, pero...

Nesryn se aferró al cuerno de la silla con una mano y con la otra se sostuvo de la rodilla de Sartaq detrás de la de ella... con tanta fuerza que tal vez le dejaría una marca.

El príncipe rio en voz baja.

—Puedo ver que la famosa arquera sí tiene su punto débil, entonces.

—Pronto encontraré el tuyo —le respondió Nesryn y se ganó otra risa suave como respuesta.

La ruk afortunadamente aterrizó con suavidad en la roca oscura pulida del casi-balcón y las personas que aguardaban en la entrada se sostuvieron para resistir las corrientes que generaban sus alas.

Cuando Kadara se detuvo por completo, Nesryn se enderezó rápidamente y se soltó tanto de la silla de montar como del príncipe. Miró hacia el salón lleno de columnas de madera tallada y pintada. Los braseros que ardían en todo el interior hacían que la pintura dorada destellara entre los verdes y los rojos. Las alfombras gruesas de patrones llamativos cubrían gran parte del suelo de piedra. Lo único que las interrumpía era una mesa redonda y lo que parecía ser una pequeña plataforma contra el muro al fondo. Y más allá, la oscuridad se iluminaba con antorchas empotradas en la pared y se alcanzaba a ver un pasillo que se perdía en el interior de la montaña, flanqueado por puertas.

Justo al centro del Salón de Montaña de Altun: una fogata.

Había una concavidad tallada en el piso. Era tan profunda y amplia que a su alrededor tenía varios conjuntos de escalones anchos que llevaban al fondo; era como un pequeño anfiteatro, sólo que el centro no había un escenario, sino la flama misma. El hogar.

Era un dominio propio del Príncipe Alado.

Nesryn enderezó los hombros cuando el grupo de personas, jóvenes y viejos, se adelantó hacia ellos, todos con grandes sonrisas. Algunos estaban vestidos con la ropa de cuero típica para volar, otros portaban abrigos de lana pesada teñida de colores hermosos que les llegaban hasta las rodillas. La mayoría tenía el cabello color ónix, como el de Sartaq, y la piel color dorado oscuro maltratada por el viento.

—Vaya, vaya —dijo lentamente una joven con abrigo de cobalto y rubí que alzó la vista hacia ellos, mientras daba golpecitos con su bota en el piso de roca lisa. Nesryn se obligó a mantenerse quieta y soportar la mirada penetrante. Las trenzas gemelas de la joven, atadas con tiras de cuero rojo, caían bastante más abajo de sus senos. La mujer se echó una por encima del hombro y luego dijo—: Miren quién decidió renunciar a su manguito de piel y sus baños con aceites para regresar con nosotros.

Nesryn se esforzó para que su rostro se mantuviera cuidadosamente sereno. Sartaq sólo dejó caer las riendas de Kadara y miró a Nesryn como diciendo: "Te lo dije", antes de responderle a la chica:

—No finjas que no has estado rezando para que te traiga de regreso más de esas lindas zapatillas de seda, Borte.

Nesryn se mordió el labio para no sonreír, aunque los demás ciertamente no se controlaron porque las risas retumbaron en las rocas oscuras.

Borte se cruzó de brazos.

—Supongo que tú sabrías dónde comprarlas, ya que eres tan aficionado a usarlas.

Sartaq rio, con un sonido profundo y alegre. Era difícil no sorprenderse: en el palacio no se había reído así ni una sola vez.

¿Y cuándo había sido la última vez que ella, Nesryn, había producido un sonido así de brillante? Incluso con sus tíos, su risa era controlada, como si trajera puesto un silenciador invisible. Tal vez mucho antes que eso, tal vez databa de aquellos días en que era sólo una guardia de la ciudad sin noción de lo que se escondía en las alcantarillas de Rifthold.

Sartaq desmontó con suavidad de Kadara y le ofreció la mano a Nesryn para ayudarla a bajar. Esa mano extendida de Sartaq fue lo que hizo que los diez o doce reunidos ahí voltearan a verla... a estudiarla. Ninguno con más detenimiento que Borte, quien lanzó otra mirada astuta y evaluadora. Observó además la ropa de cuero, pero no vio ninguna de las otras características que identificarían a Nesryn como uno de ellos.

Desde hacía mucho tiempo, Nesryn había tenido que lidiar con los juicios de desconocidos: no era nada nuevo para ella. Aunque ahora estuviera en los recintos dorados de Altun, entre los rukhin.

Nesryn no hizo caso de la mano extendida de Sartaq y forzó su cuerpo rígido a deslizar la pierna suavemente por encima de la silla y desmontar sola. Las rodillas le tronaron cuando cayó al suelo, pero logró aterrizar con suavidad y no se permitió llevarse las manos al cabello, que estaba segura debía parecer un nido de ratas a pesar de su corta trenza.

Un brillo ligero de aprobación se pudo notar en los ojos oscuros de Borte, justo antes de que moviera la barbilla en dirección a Nesryn:

—Una mujer balruhni vestida con el cuero de los rukhin. Eso es inusual.

Sartaq no respondió. Sólo miró a Nesryn. Una invitación. Un desafío.

Así que Nesryn se metió las manos a los bolsillos de los pantalones ajustados y se acercó al lado del príncipe.

—¿Y qué dirías si te contara que descubrí a Sartaq limándose las uñas esta mañana?

Borte miró a Nesryn un instante y parpadeó una vez; luego echó la cabeza hacia atrás y aulló de risa. Sartaq miró a Nesryn con aprobación, aunque un poco preocupado, y luego dijo:

—Te presento a mi hermana-hogar, Borte. Es nieta y heredera de mi madre-hogar, Houlun —se acercó a Borte y tiró de una de sus trenzas. Ella le dio un manotazo—. Borte, te presento a la capitana Nesryn Faliq —dijo. Dio un respiro antes de agregar—, de la guardia real de Adarlan.

Silencio. Las cejas oscuras de Borte se arquearon.

Un hombre mayor con ropa de cuero avanzó al frente.

—Pero ¿qué es menos común: que una mujer balruhni sea su capitana o que una capitana de Adarlan se haya aventurado tan lejos?

Borte no hizo caso al hombre.

—Tú siempre con tus comentarios inútiles y tus preguntas —lo reprendió. Y, para sorpresa de Nesryn, el hombre hizo una mueca de arrepentimiento y cerró la boca—. La verdadera pregunta es... —una sonrisa maliciosa a Sartaq—: ¿viene como emisaria o como novia?

Todo intento de Nesryn por conservar esa apariencia serena, tranquila y calmada desapareció y volteó a ver a la chica con la boca abierta. Justo cuando Sartaq le decía con voz fuerte:

—*Borte*.

Borte sonrió, satisfecha de su maldad.

—Sartaq nunca trae chicas tan bonitas a casa: ni de Adarlan *ni* de Antica. Ten cuidado al caminar por los bordes del risco, capitana Faliq, o algunas chicas de aquí podrían considerar empujarte.

—¿Tú estás entre ellas? —preguntó Nesryn sin que su voz se alterara, pero sintió el rostro caliente.

Borte frunció el ceño.

—Por supuesto que no.

Otros de los presentes volvieron a reír.

—Como mi hermana-hogar —le explicó Sartaq y condujo a Nesryn hacia el conjunto de sillas de respaldo bajo cerca del borde de la hoguera—, yo considero a Borte como familia de sangre. Como mi propia hermana.

La sonrisa diabólica de Borte desapareció cuando los alcanzó para caminar al lado de Sartaq.

—¿Cómo está tu familia?

El rostro de Sartaq era ilegible, salvo por un leve aleteo en sus ojos oscuros.

—Ocupados —fue su única respuesta. Una no-respuesta.

Pero Borte asintió, como si conociera bien sus estados de ánimo y sus actitudes, y se mantuvo en silencio, mientras Sartaq llevaba a Nesryn a una silla de madera tallada y pintada. El calor que se desprendía del fuego intenso era delicioso y ella casi gimió cuando extendió sus pies congelados hacia él.

Borte siseó:

—¿No podías conseguirle a tu noviecita un buen par de botas, Sartaq?

Sartaq gruñó en advertencia, pero Nesryn frunció el ceño a sus botas de cuero suave. Eran mucho más caras que cualquier cosa que ella se hubiera atrevido a comprar, pero Dorian Havilliard había insistido. Son parte del uniforme, le dijo guiñando el ojo. Se preguntó si Dorian seguiría sonriendo con tanta frecuencia o si seguiría gastando con la misma generosidad, donde quiera que estuviera.

Luego, Nesryn miró las botas que traía Borte; eran de cuero, pero más gruesas, y forradas de lo que parecía ser una gruesa piel de borrego. Definitivamente, eran mejores para las alturas heladas.

—Estoy seguro de que puedes conseguirle un par —le dijo Sartaq a su hermana-hogar y Nesryn volteó en la silla para ver a los dos regresar al sitio donde esperaba Kadara.

La gente se reunió alrededor de Sartaq, hablando en voz baja, por lo que Nesryn no alcanzaba a escuchar lo que murmuraban desde el otro lado del salón. Pero el príncipe hablaba sonriendo con facilidad. Iba descargando sus paquetes y los entregaba a quien estuviera más cerca. Después, le quitó la silla a Kadara.

Acarició el cuello de la ruk dorada y le dio una palmada sólida en el costado. Entonces, Kadara se fue, aleteando en el aire abierto, alejándose de la entrada de la cueva.

Nesryn no sabía si debía ir con ellos y ofrecer su ayuda con los paquetes, los cuales estaban siendo transportados por el salón hacia el pasillo del fondo; lo único que en realidad sabía era que el calor que empezaba a llenarle el cuerpo le había robado la fuerza de las piernas.

Sartaq y Borte aparecieron, y los demás se dispersaron, justo cuando Nesryn se percató del hombre sentado cerca de un brasero al otro lado del salón. Sobre la mesa de madera al lado de su silla había una taza humeante y, aunque tenía un pergamino extendido en las piernas, la miraba fijamente a ella.

Nesryn no sabía qué era lo que más le llamaba la atención de ese hombre: que aunque tenía la piel bronceada, era obvio que no era originario del Continente del Sur; que su cabello corto color castaño era muy distinto a las trenzas largas y sedosas de los jinetes de ruk; o que su ropa se parecía más a las chaquetas y pantalones de Adarlan.

Y aunque sólo tenía una daga colgando a su lado, tenía hombros anchos y se veía en forma, no tenía ese porte confiado y altanero, esa seguridad despiadada de un guerrero. Tendría tal vez cuarenta y tantos años, cerca de cincuenta, y en las comisuras de sus ojos se formaban líneas blancas, el resultado de entrecerrar los ojos en el sol o el viento.

Borte llevó a Sartaq al otro lado del la concavidad de la hoguera, pasaron al lado de varias columnas, y llegaron con el hombre, que se puso de pie e hizo una reverencia. Era más o menos de la altura de Sartaq y, a pesar de que estaba del otro lado del salón, a pesar del crujido del fuego y el gemir del viento, Nesryn alcanzó a distinguir su limitado halha:

—Es un honor, príncipe.

Borte resopló.

Sartaq sólo asintió y le respondió en el lenguaje del norte:

—Me dicen que llevas unas cuantas semanas como huésped de nuestra madre-hogar.

—Ella tuvo la amabilidad de acogerme aquí, sí —respondió el hombre con tono ligeramente aliviado al hablar en su lengua nativa. Luego miró a Nesryn. Ella no se tomó la molestia de fingir que no estaba escuchando—. No pude evitar oír algo sobre una capitana de Adarlan.

—La capitana Faliq dirige la guardia real.

El hombre no le quitó los ojos de encima a Nesryn y murmuró:

—¿Ah, sí?

Nesryn le sostuvo la mirada desde el otro lado del salón. "Anda. Asómbrate todo lo que quieras."

—¿Y tu nombre? —preguntó Sartaq de forma un tanto brusca.

El hombre apartó la vista de Nesryn y se dirigió al príncipe:

—Falkan Ennar.

—Es comerciante —le dijo Borte a Sartaq en halha.

Y si provenía del Continente del Norte... Nesryn se puso de pie y se acercó con pasos casi silenciosos. Se aseguró de que así fuera porque Falkan la observó todo el camino y la recorrió de pies a cabeza con la mirada. Ella se quería asegurar de que él notara que la gracia de sus movimientos no era un don femenino, sino que era el resultado del entrenamiento que le había enseñado cómo acercarse a otros sin ser detectada.

Falkan se puso tenso, como si al fin se diera cuenta. Y supo que la daga que traía colgada no le serviría de mucho contra ella, si era tan estúpido como para intentar algo.

Bien. Eso lo hacía más inteligente que muchos hombres en Rifthold. Nesryn se detuvo a cierta distancia y le preguntó al comerciante:

—¿Tienes noticias?

De cerca, los ojos del hombre, que en principio le habían parecido oscuros, revelaron ser de color zafiro como la medianoche. Era probable que de joven hubiera sido moderadamente apuesto.

—¿Noticias de qué?

—De Adarlan... De... lo que sea.

Falkan no se inmutó: era un hombre tal vez acostumbrado a mantener su posición firme en los tratos comerciales.

—Me gustaría poder ofrecerte algo, capitana, pero ya llevo más de dos años en el Continente del Sur. Tal vez tú tengas más noticias que yo.

Una petición sutil.

Y una que ella no respondería. No iba a hablar de los asuntos de su reino frente a todos. Así que Nesryn se encogió de hombros y regresó a la hoguera del otro lado del salón.

—Antes de que yo saliera del Continente del Norte —dijo Falkan, mientras ella se alejaba—, un joven llamado Westfall era el capitán de la guardia real. ¿Tú lo sustituiste?

Cuidado. Tendría que ser cuidadosa, muy cuidadosa, para no revelar más de lo debido. Ni a él ni a nadie.

—Lord Westfall ahora es Mano del Rey, Dorian Havilliard.

La sorpresa modificó las facciones del comerciante. Ella lo registró, cada movimiento por ligero que fuera. No expresaban dicha ni alivio, pero tampoco enojo. Sólo... sorpresa. Sorpresa franca y pura.

—¿Dorian Havilliard es rey? —al ver las cejas arqueadas de Nesryn, Falkan explicó—: Llevo meses en territorios
salvajes. Las noticias no llegan pronto. Ni con frecuencia.

—Éste es un lugar extraño para estar comerciando
—murmuró Sartaq. Nesryn estuvo de acuerdo.

Falkan simplemente le ofreció al príncipe una sonrisa
de labios apretados. Él también tenía sus secretos, entonces.

—Hicieron un largo viaje—interrumpió Borte y tomó
del brazo a Nesryn para llevársela hacia el pasillo en penumbra—. La capitana Faliq necesita comer algo... y un baño.

Nesryn no sabía si agradecer a la joven o molestarse
por la interrupción, pero... En realidad, el estómago sí le
dolía de hambre y hacía un tiempo que no se bañaba.

Ni Sartaq ni Falkan las detuvieron, aunque empezaron
a murmurar de nuevo, mientras Borte avanzaba hacia el
pasillo que se adentraba en la montaña. Había puertas de
madera a ambos lados. Algunas estaban abiertas y dentro
se podían ver recámaras pequeñas... en otra había incluso
una pequeña biblioteca.

—Es un hombre extraño —dijo Borte en halha—.
Mi abuela se niega a decirnos de dónde vino... qué busca.

—¿Comercio, tal vez? —Nesryn arqueó la ceja.

Borte negó con la cabeza y abrió una puerta como a la
mitad del pasillo. La habitación era pequeña, con una cama
angosta a lo largo de una pared, un baúl y una silla del otro
lado. El muro restante tenía un lavabo y una jarra, además
de una pila de trapos de aspecto suave.

—Nosotros no tenemos nada que vender. *Nosotros* somos los comerciantes por lo general y transportamos bienes por todo el continente. Nuestro clan no tanto, pero
los demás... Sus nidos están llenos de tesoros de todos los
territorios —le dio una patada suave con la punta del pie a
la cama endeble y frunció el ceño—. No estas porquerías.

Nesryn rio.

—Tal vez quiere ayudarlos a ampliar sus horizontes,
entonces.

Borte volteó y sus trenzas se mecieron.

—No. No quiere conocer a nadie ni parece *interesado* en eso —se encogió de hombros—. Es igual, no importa mucho. Sólo que está *aquí*.

Nesryn se guardó los fragmentos de información. El hombre no parecía ser uno de los agentes de Morath, pero no había manera de saber qué tan lejos se extendía el brazo de Erawan ahora. Si había llegado a Antica, entonces cabía la posibilidad de que se hubiera adentrado al continente. Estaría alerta... Estaba segura de que Sartaq ya lo estaba.

Borte se enroscó la punta de la trenza alrededor del dedo.

—Vi cómo lo miraste. Tú tampoco piensas que esté aquí para hacer negocios.

Nesryn sopesó las ventajas de decir la verdad y optó por:

—Son días extraños para todos; he aprendido a no fiarme de todo lo que me digan los hombres. Tampoco me fío de las apariencias.

Borte dejó caer la trenza.

—No me sorprende que Sartaq te haya traído a casa. Suenas igual que él.

Nesryn ocultó su sonrisa y ni siquiera se molestó en mencionar que eso le parecía un cumplido. Borte inhaló y señaló la recámara:

—No es tan fino como el palacio del khagan, pero es mejor que dormir en las colchonetas de mierda de Sartaq.

—Cualquier cama es mejor que eso, supongo —Nesryn sonrió y Borte le devolvió la sonrisa.

—Lo dije en serio: necesitas un baño y un peine.

Nesryn por fin se llevó la mano a la cabeza y no pudo evitar hacer una mueca. Tenía nudos y nudos y más nudos. Solamente deshacer la trenza sería una pesadilla.

—Hasta Sartaq hace mejores trenzas que eso —bromeó Borte.

—A pesar de todos los esfuerzos que hizo mi hermana por enseñarme, soy una inútil en estas cosas —Nesryn suspiró y le guiñó a la chica—. ¿Por qué crees que traigo el cabello tan corto?

Era verdad, la hermana de Nesryn casi se desmayó cuando ella llegó a casa una tarde, tenía quince años, con el cabello cortado por arriba de los hombros. Desde entonces lo había conservado de ese largo, en parte para fastidiar a Delara, que seguía lamentándose de su decisión, y en parte porque era *mucho* más fácil de manejar. Usar espadas y flechas era una cosa, pero peinarse... no tenía ninguna habilidad para eso. Y presentarse en las barracas de los guardias con un lindo peinado *no* hubiera sido bien recibido.

Borte sólo le asintió a Nesryn, como si se diera cuenta de lo que pensaba.

—Antes de que vuelvas a volar, yo te lo trenzaré bien —luego señaló al fondo del pasillo, hacia unas escaleras angostas que se perdían en la oscuridad—. Los baños están hacia allá.

Nesryn se olió y no pudo evitar encogerse un poco.

—Oh, es horrible.

Borte rio y Nesryn salió al pasillo.

—Me sorprende que a Sartaq no le lloraran los ojos.

Nesryn rio y la siguió hacia el sitio donde esperaba encontrarse con una bañera de agua hirviente. De nuevo sintió la mirada sagaz y evaluadora de Borte y preguntó:

—¿Qué?

—Creciste en Adarlan, ¿verdad?

Nesryn consideró la pregunta, por qué podría estársela haciendo.

—Sí, nací y crecí en Rifthold, aunque la familia de mi padre es de Antica.

Borte se quedó en silencio un momento. Pero cuando llegaron a las escaleras y empezaron a avanzar en el interior oscuro, le sonrió a Nesryn por encima del hombro.

—Entonces, bienvenida a casa.

Nesryn se preguntó si acaso esas palabras habrían sido las más hermosas que había escuchado jamás.

Las bañeras eran antiguas y de cobre, y tenían que llenarlas poco a poco con teteras, pero Nesryn no se quejó cuando al fin se metió a una.

Una hora después, con el cabello al fin desenredado y peinado, estaba sentada ante la enorme mesa redonda del gran salón, comiendo todo el conejo asado que podía y vestida con ropa gruesa y caliente que le había donado la misma Borte. Los destellos de cobalto y narciso bordados en las mangas llamaban la atención de Nesryn tanto como los platones de carnes asadas que le ponían enfrente. Era una ropa hermosa, con varias capas y muy caliente para protegerse del frío del salón, a pesar de las fogatas. Y los dedos de sus pies... Borte sí le había conseguido un par de botas forradas de vellón.

Sartaq estaba sentado al lado de Nesryn en la mesa vacía, igual de silencioso y comiendo con el mismo entusiasmo. Él todavía no se bañaba, pero se había vuelto a trenzar el cabello y la trenza larga caía por el centro de su espalda musculosa.

Cuando Nesryn empezó a sentir el estómago lleno y sus dedos empezaron a moverse con más lentitud para tomar la comida, volteó a ver al príncipe. Vio que sonreía un poco.

—¿Es mejor que uvas y puerco salado? —le preguntó él.

Ella movió la barbilla hacia los huesos que quedaban en su plato como respuesta silenciosa y luego hacia la grasa de sus dedos. ¿Sería grosero lamérselos? La sazón era exquisita.

—Mi madre-hogar —dijo él y su sonrisa se desvaneció— no está aquí.

Nesryn dejó de comer por un momento. Habían venido hasta acá en busca del consejo de esta mujer...

—Según Borte, regresará mañana o pasado mañana.

Ella esperó que le dijera más. El silencio podía ser tan efectivo como las preguntas directas. Sartaq empujó su plato y apoyó los brazos en la mesa.

—Sé que tienes el tiempo limitado. Si pudiera, iría a buscarla yo mismo, pero ni siquiera Borte está segura de dónde fue. Houlun es... flotante. Cuando ve su *sulde* ondear en el viento, se monta en su ruk y sale a perseguirlo. Y nos golpeará con su propia *sulde* si intentamos detenerla —un gesto hacia la hilera de lanzas cerca de la entrada de la cueva, la *sulde* del mismo Sartaq entre ellas.

Nesryn sonrió.

—Suena como una mujer interesante.

—Lo es. En cierta forma, soy más cercano a ella que... —no terminó de decirlo y sacudió un poco la cabeza. *Que a su propia madre.* Nesryn ciertamente no lo había visto ser tan abierto, tan bromista con sus propios hermanos como con Borte.

—Puedo esperar —dijo Nesryn al fin, intentando no encogerse—. Lord Westfall todavía necesita tiempo para terminar de sanar y le dije que me ausentaría tres semanas. Puedo esperar unos días más.

"Y por favor, dioses, ni un instante más."

Sartaq asintió y dio unos golpes con el dedo en la antigua mesa de madera.

—Esta noche descansaremos, pero mañana... —un asomo de sonrisa—. ¿Quieres que te lleve a conocer todo mañana?

—Sería un honor.

La sonrisa de Sartaq creció.

—Tal vez podamos también practicar un poco de arquería —la miró con una franqueza que la hizo reacomodarse en su silla—. La verdad es que estoy ansioso por medirme contra la Flecha de Neith y estoy seguro de que los jóvenes guerreros también lo están.

Nesryn apartó su plato y arqueó las cejas.

—¿Ellos han oído hablar de mí?

Sartaq sonrió.

—Tal vez les conté una o dos historias la última vez que vine. ¿Por qué crees que se reunió tanta gente cuando llegamos? En realidad no suelen tomarse la molestia de salir cuando vengo *yo*.

—Pero parecía como si Borte nunca...

—¿Te da la impresión de que Borte es una persona que desperdicia la oportunidad de fastidiar a *cualquiera*?

Nesryn sintió que algo en sus profundidades se calentaba.

—No, pero ¿cómo sabían que vendría?

La sonrisa que él esbozó como respuesta era el vivo retrato de la arrogancia principesca.

—Porque un día antes mandé avisar que probablemente me acompañarías.

Nesryn se quedó boquiabierta, incapaz de conservar su máscara de serenidad. Sartaq se puso de pie y recogió sus platos.

—Te dije que estaba rezando para que me acompañaras, Nesryn Faliq. Si me hubiera presentado con las manos vacías, Borte me hubiera fastidiado hasta la eternidad.

CAPÍTULO 30

En su recámara, en el interior del recinto, Nesryn no podía distinguir cuánto tiempo había dormido ni qué hora de la mañana sería. Durmió inquieta y se despertó intentando filtrar los sonidos que se escuchaban al otro lado de su puerta, para detectar si alguien se había despertado. Dudaba de que Sartaq la reprendiera por dormir hasta tarde, pero si los rukhin lo fastidiaban tanto por su vida cortesana, entonces dormir toda la mañana quizá no sería la mejor manera de ganarse sus simpatías.

Así que dio vueltas y vueltas, y durmió a ratos hasta que por fin se dio por vencida cuando vio sombras moverse en la luz que se filtraba por debajo de su puerta. Alguien, por lo menos, ya estaba despierto en el Salón de Altun.

Se vistió y se lavó la cara. La recámara estaba tibia y el agua de la jarra no estaba tan fría, aunque tal vez le hubiera caído mejor echarse un poco de agua helada en los ojos irritados.

Treinta minutos después, sentada en la silla de montar delante de Sartaq, se arrepintió de haber deseado eso.

En efecto, él ya estaba despierto y ensillaba a Kadara cuando ella llegó al gran salón todavía silencioso. El fuego de la hoguera ardía vigorosamente, como si alguien lo hubiera estado cuidando toda la noche, pero aparte del príncipe y su ruk, el salón lleno de columnas estaba vacío. Seguía vacío cuando él la ayudó a subirse a la silla para salir de la cueva montados en Kadara.

El aire congelado le golpeó la cara y le azotó las mejillas mientras caían.

Había otros ruks volando. Probablemente habían salido por su desayuno, le dijo Sartaq. Su voz era suave en la aurora emergente. Se fueron en busca de la comida de Kadara. Salieron volando de los tres picos del nido de los eridun para adentrarse en las montañas salpicadas de abetos a la distancia.

Kadara pescó media docena de salmones gordos plateados de un río rápido color turquesa. Los lanzaba al aire antes de tragárselos de un bocado filoso. Luego, Sartaq los llevó hacia un conjunto de picos más pequeños.

—El campo de entrenamiento —señaló.

Las rocas eran menos escarpadas, las distancias entre picos menos pronunciadas, algo más similar a hondonadas lisas y redondeadas.

—Donde aprenden a montar los novatos.

Aunque, en efecto, eran menos brutales que los tres picos hermanos de los Dorgos, no parecía ser un lugar más seguro.

—Me contaste que tú criaste a Kadara desde que salió del huevo. ¿Es lo mismo para los demás jinetes?

—No cuando estamos aprendiendo a montar. Los niños montan en los ruks más experimentados y dóciles, los que ya son demasiado viejos para hacer viajes largos. Aprendemos en esos hasta que tenemos trece o catorce años, y luego encontramos nuestro polluelo, lo criamos y lo entrenamos personalmente.

—Trece...

—Salimos en nuestros primeros vuelos a los cuatro. O, bueno, eso hacen aquí. Yo, como sabes, llegué unos años más tarde.

Nesryn señaló la zona de entrenamiento.

—¿Permiten que los niños de cuatro años monten solos *ahí*?

—Por lo general, algún miembro de la familia o los hermanos-hogar los acompañan en sus primeras salidas.

Nesryn parpadeó mirando la pequeña cordillera, intentando sin éxito imaginar a sus sobrinos, quienes todavía corrían desnudos y gritando por toda la casa si acaso se susurraba la palabra *baño*, con la responsabilidad no sólo de dirigir una de las bestias como la que ella montaba, sino además de mantenerse *sobre* la montura.

—Los clanes de jinetes de las estepas entrenan de la misma manera —le explicó Sartaq—. La mayoría de sus niños se puede parar sobre el caballo a los seis años y empiezan a aprender a usar arcos y lanzas tan pronto como sus pies llegan a los estribos. Aparte de pararse —rio al imaginarlo—, nuestros niños pasan por un proceso idéntico —el sol se asomó y le calentó la piel que le quedaba expuesta al viento helado—. Así fue como el primer khagan conquistó el continente. Nuestra gente ya estaba bien entrenada en la caballería, eran disciplinados y estaban acostumbrados a cargar con sus propias provisiones. Los ejércitos que enfrentaron... Esos reinos no anticiparon que sus enemigos supieran cabalgar por el grueso hielo del invierno. Creían que sus ciudades estarían protegidas durante los meses fríos. Y tampoco anticiparon un ejército que viajara ligero, con ingenieros que podían construir armas a partir de cualquier material que encontraran al llegar a su destino. Al día de hoy, la Academia de Ingenieros de Balruhn sigue siendo la más prestigiada del khaganato.

Nesryn sabía eso. Su padre aún mencionaba la Academia de vez en cuando. Un primo lejano había estudiado ahí y adquirió algo de reconocimiento por inventar una especie de máquina cosechadora.

Sartaq dirigió a Kadara hacia el sur, volando por arriba de los picos nevados.

—Esos reinos tampoco anticiparon un ejército que los conquistara por la retaguardia y que tomara rutas que pocos se arriesgarían a tomar —señaló hacia el oeste, hacia una franja pálida a lo largo del horizonte—. El Desierto Kyzultum está hacia allá. Durante siglos, fue una barrera entre las estepas y las tierras más verdes. Para intentar conquistar los territorios al sur, todos habían intentado siempre hacerlo por el camino largo que rodea el desierto y eso siempre le daba suficiente tiempo al otro bando para reunir sus defensas. Así que, cuando esos reinos se enteraron de que el khagan y sus cien mil guerreros se estaban movilizando, colocaron sus tropas para interceptarlos —se podía escuchar el orgullo que mostraba cada una de sus palabras—. Pero descubrieron que el khagan y sus ejércitos habían cruzado el Kyzultum, y que además habían hecho amistad con los nómadas locales que los reinos del sur siempre habían despreciado y que ellos los habían guiado. Lo cual le permitió al khagan llegar justo por sus espaldas a saquear las ciudades desprotegidas.

Ella sintió cómo sonreía en su oreja y se acomodó un poco más cerca de él.

—¿Qué pasó entonces? —preguntó Nesryn. Ella sólo conocía fragmentos de las historias, nunca le habían contado todo y, en verdad, nunca había escuchado la historia de boca de uno de los miembros de esa gloriosa estirpe—. ¿Estalló la guerra?

—No —respondió Sartaq—. El khagan evitaba el combate directo siempre que era posible. De hecho, se concentró en atacar brutalmente a algunos de los líderes claves para que el terror se extendiera, y para cuando llegó a muchas de esas ciudades o con sus ejércitos, la mayoría ya había depuesto las armas y aceptado los términos de la rendición a cambio de protección. Usaba el miedo como arma, tanto como su *sulde*.

—Escuché que tenía dos... *suldes*, quiero decir.

—Sí, mi padre todavía las tiene. La Ébano y la Marfil, las llamamos. Una *sulde* con pelo de caballo blanco para portar en tiempos de paz y una con pelo de caballo negro para blandir en la guerra.

—Asumo que portaba a Ébano en esas campañas.

—Claro que sí. Y para cuando cruzó el Kyzultum y saqueó la primera ciudad, ya se había corrido la voz de lo que les sucedía a quienes oponían resistencia, ya se había corrido la voz de que llevaba su *sulde* Ébano, con tal velocidad y tan lejos, que cuando llegó al siguiente reino ni siquiera se molestaron en reunir a su ejército. Sólo se rindieron. El khagan los premió generosamente y se aseguró de que los demás territorios también se enteraran —se quedó callado un momento—. El rey de Adarlan no fue tan astuto ni tan piadoso, ¿verdad?

—No —respondió Nesryn y tragó saliva—. No lo fue.

El hombre había destruido, saqueado y esclavizado. Aunque no había sido el hombre, sino el demonio dentro de él. Ella agregó:

—El ejército que reunió Erawan... Empezó a reunirlo mucho antes de que Dorian y Aelin maduraran y asumieran los papeles que les correspondían por derecho de nacimiento. Chaol... Lord Westfall me contó de túneles y cuartos debajo del palacio en Rifthold que llevaban años de existir. Lugares donde se había experimentado con humanos y el Valg. Justo bajo los pies de los cortesanos ajenos a lo que sucedía.

—Lo cual nos lleva a preguntar por qué —dijo Sartaq—. Si él conquistó la mayor parte del Continente del Norte, ¿por qué reunir semejante ejército? Si pensaba que Aelin Galathynius estaba muerta y asumo que no anticipaba que Dorian Havilliard también se rebelaría.

Ella no le había contado sobre las llaves del wyrd... y todavía no se atrevía a divulgar esa información.

—Siempre hemos creído que Erawan estaba decidido a conquistar el mundo. Eso nos pareció motivo suficiente.

—Pero ahora no suenas tan convencida.

Nesryn lo pensó y dijo:

—Es que no entiendo por qué. ¿Por qué todo ese esfuerzo, por qué querer conquistar *más* cuando secretamente ya controlaba el Continente del Norte de cualquier manera? Erawan cometió muchos horrores y se salió con la suya. ¿Solamente desea hacer que el mundo se suma más en la oscuridad? ¿Desea coronarse como amo de la tierra?

—Tal vez los motivos y las razones no figuren en la mente de los demonios. Tal vez sólo tenga el deseo de destruir.

Nesryn negó con la cabeza, entrecerró los ojos frente al sol que iba subiendo por el cielo porque la luz la empezaba a cegar.

Sartaq regresó al nido de los eridun, dejó a Kadara en el gran salón y continuó el recorrido con Nesryn. Le ahorró la vergüenza de tener que suplicarle que no la obligara a usar las escaleras de cuerda para subir el acantilado y la llevó por las escaleras internas y pasajes dentro de la montaña. Para llegar a los otros dos picos, dijo, necesitarían cruzar volando o por alguno de los dos puentes colgantes que los unían. Nesryn dio un vistazo a la cuerda y la madera, y le dijo que no le importaría esperar para hacerlo otro día.

Montar en Kadara era una cosa. Nesryn confiaba en el ave y confiaba en su jinete. Pero ese puente que se mecía todo el tiempo, sin importar lo bien construido que estuviera... Necesitaría un par de copas antes de atreverse a cruzar.

Pero había bastante que ver en la montaña. Rokhal, el Susurrante, se llamaba. Los otros dos picos hermanos que conformaban los Dorgos eran Arik, el Cantante, y Torke, el Rugiente. Cada uno recibía su nombre según la manera en que el viento cantaba al pasar sobre y alrededor de los picos.

Rokhal era el pico más grande, el que tenía más construcciones. Su joya de la corona era el Salón de Altun cerca de la cima. Pero incluso en las cámaras debajo de Altun, Nesryn no sabía qué admirar primero, mientras el príncipe la guiaba por los corredores y espacios sinuosos.

Había varias cocinas y pequeñas salas de reunión; las casas de los jinetes de ruks y los talleres; los nidos de varios ruks, cuyos plumajes variaban en color desde el dorado de Kadara hasta un marrón oscuro; las herrerías donde se fraguaban las armaduras con metal extraído de una mena dentro de la montaña; las curtidurías, donde con gran meticulosidad se hacían las sillas de montar; los puestos de comercio donde se podía regatear para conseguir bienes para la casa y objetos pequeños; y, por último, en la cima del mismo Rokhal, las pistas de entrenamiento.

La cima ancha y plana no estaba rodeada por ninguna pared ni barda. Sólo había un edificio pequeño y redondo que proporcionaba refugio contra el viento y el frío, además del acceso a la escalera debajo.

Nesryn ya iba sin aliento cuando abrieron la puerta de madera hacia el viento agresivo. La vista que se extendía frente a ella le robó sin duda el resto del aire de los pulmones. Ni siquiera volar por encima y entre las montañas se asemejaba a esta sensación.

Estaban rodeados de picos imponentes cubiertos de nieve, tan antiguos como la misma tierra, vírgenes y durmientes. Cerca, había un largo lago que brillaba donde se conectaban la cadenas montañosas gemelas. Los ruks eran meras sombras sobre la superficie azul verdosa.

Ella nunca había visto algo así de grande y majestuoso, tan vasto y hermoso. Y a pesar de que ella era tan insignificante como una mosca comparada con el tamaño de las montañas a su alrededor, una parte de ella se sentía integrada al todo, nacida del todo.

Sartaq se paró a su lado, siguió su mirada hacia donde ella dirigía su atención, como si sus miradas estuvieran vinculadas. Y cuando la mirada de Nesryn aterrizó en una montaña solitaria y ancha del otro lado del lago, él tomó una bocanada de aire. En esas laderas oscuras no crecían los árboles, la nieve era la única capa que cubría las rocas escarpadas de su cumbre.

—Ésa es Arundin —dijo Sartaq con suavidad, como si temiera que incluso el viento lo escuchara—. El cuarto cantante de estos picos —el viento de hecho parecía salir de la montaña, frío y veloz—. El Silencioso, lo llamamos.

En verdad, una especie de silencio pesado parecía ondear alrededor de ese pico. En las aguas color turquesa del lago a sus pies se podía ver el reflejo perfecto de la imagen, tan nítido que Nesryn se preguntó si se podría sumergir debajo de la superficie y encontrar otro mundo, un mundo de sombras, debajo.

—¿Por qué?

Sartaq se dio la vuelta, como si ver hacia Arundin fuese algo que no se pudiera hacer por demasiado tiempo.

—Los rukhin enterramos a nuestros muertos en sus laderas. Si volamos más cerca, podrás ver las *suldes* que cubren el piso, los únicos marcadores de los caídos.

Era una pregunta completamente inapropiada y morbosa, pero Nesryn preguntó:

—¿Un día tú yacerás ahí o en la tierra sagrada de las estepas con el resto de tu familia?

Sartaq dio unos golpes con la punta del pie al suelo de roca.

—Esa decisión aún no la he tomado. Las dos partes de mi corazón probablemente libren una larga batalla al respecto.

Ella lo comprendía bien, ese tirón entre dos lugares.

Los gritos y el sonido de metales chocando hicieron que apartara su atención del silencio atrayente y eterno de Arundin, y que se fijara en el propósito real del espacio en la cima de Rokhal: las pistas de entrenamiento.

Hombres y mujeres vestidos con su ropa de cuero estaban distribuidos en varios círculos y estaciones. Algunos disparaban flechas a sus objetivos con puntería impresionante, algunos usaban lanzas, otros peleaban con espadas. Los jinetes de más edad ladraban órdenes y corregían puntería y postura, caminando entre los guerreros.

Unos cuantos voltearon a ver a Sartaq cuando él y Nesryn se acercaron a la pista de entrenamiento en un extremo del lugar. Era el circuito de arquería.

Con ese viento, el frío... Nesryn empezó a calcular esos factores. Admiró aún más la habilidad de los arqueros. Y de cierta manera no le sorprendió encontrar a Borte, con sus trenzas volando en el aire, entre los tres arqueros que apuntaban a unos muñecos rellenos.

—¿Vienes a que te dé otra paliza, hermano? —se regodeó Borte con una sonrisa malvada.

Sartaq dejó escapar otra de sus risas profundas y agradables. Tomó un arco largo y se echó al hombro una aljaba de las que había en un estante cercano. Le dio un empujón suave con la cadera a su hermana-hogar para que se moviera y sacó una flecha con destreza. Apuntó, disparó y Nesryn sonrió cuando vio que la flecha había dado en el blanco, justo en el cuello del muñeco.

—Impresionante para un principito —dijo Borte en voz lenta. Luego volteó a ver a Nesryn con las cejas oscuras muy arqueadas—. ¿Y tú?

—Bueno, pues... —Nesryn se tragó su sonrisa, se quitó el abrigo exterior de lana, inclinó la cabeza a Borte y se aproximó al estante con las flechas y los arcos. El viento de la montaña se sentía helado ahora que sólo vestía su ropa de cuero, pero ella bloqueó el susurro de Rokhal y recorrió con los dedos las maderas talladas. Tejo, fresno... Tomó uno de los arcos de tejo, juzgó su peso, su flexibilidad y su resistencia. Era un arma sólida y mortífera.

Asimismo, era familiar. Tan conocida como un viejo amigo. Ella no había sostenido una hasta después de la muerte de su madre y, durante esos años iniciales de dolor y entumecimiento, el entrenamiento físico, la concentración y la fuerza que requería, había sido un santuario, un respiro y una fragua.

Nesryn se preguntó si alguno de sus viejos maestros habría sobrevivido el ataque en Rifthold. Si alguna de sus flechas habría derribado guivernos o si los habrían frenado lo suficiente para salvar vidas.

Aplacó sus pensamientos antes de dirigirse a las aljabas y sacó unas flechas. Las puntas de metal eran más pesadas que lo que usaba en Adarlan y el cuerpo de la flecha era más grueso. Estaban diseñadas para surcar los vientos brutales a velocidades impresionantes. Tal vez, con suerte, podrían derribar un guiverno o dos.

Seleccionó flechas de varias aljabas y las metió a la suya. Luego se la echó al hombro y se acercó a la línea donde la observaban en silencio Borte, Sartaq y unos cuantos más.

—Escoge un blanco —le dijo Nesryn a Borte.

La mujer sonrió.

—Cuello, corazón, cabeza —dijo con una sonrisa maliciosa y señaló a cada uno de los muñecos. Un blanco distinto en cada uno. El viento agitaba los muñecos: la puntería y la fuerza necesarias para atinarle a cada uno eran completamente diferentes. Borte lo sabía. Todos los guerreros lo sabían.

Nesryn movió el brazo hacia la aljaba que le colgaba de la espalda y arrastró los dedos por las plumas que le acariciaron la piel. Luego miró los tres objetivos. Escuchó el murmullo de los vientos que corrían por Rokhal, ese llamado salvaje que hacía eco en su propio corazón. *Cazadora del viento* la había llamado su madre.

Una tras otra, Nesryn sacó las flechas y disparó.

Una y otra y otra vez.

Una y otra y otra vez.

Una y otra y otra vez.

Y cuando terminó, sólo le respondió el viento aullante, el viento de Torke, el Rugiente. La actividad en todas las demás pistas de entrenamiento se había detenido. Estaban viendo lo que había logrado.

En vez que disparar tres flechas entre los tres muñecos, había disparado nueve.

Tres hileras de tiros perfectamente alineados en cada uno: corazón, cuello y cabeza. No tenían ni dos centímetros de diferencia. A pesar de los vientos fuertes.

Sartaq sonreía ampliamente cuando ella lo volteó a ver y su trenza volaba a sus espaldas, como si fuera también una *sulde*.

Pero Borte pasó junto a él abriéndose paso con los codos y le dijo a Nesryn:

—Enséñame.

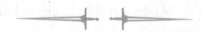

Nesryn pasó horas en el campo de entrenamiento de Rokhal explicando cómo lo había hecho, cómo calculaba el viento y el peso en el aire. Y al mismo tiempo que ella les enseñaba a todos los turnos que iban llegando, *ellos* también le demostraron sus propias técnicas. La manera en que giraban en sus sillas para disparar hacia atrás, cuáles arcos usaban para la cacería y cuáles para la guerra.

Nesryn tenía las mejillas enrojecidas por el viento y las manos entumidas, pero sonreía, amplia y abiertamente, cuando un mensajero sin aliento salió de las escaleras y se acercó a Sartaq.

Su madre-hogar al fin había regresado al nido.

El rostro de Sartaq no reveló nada, aunque con un movimiento de cabeza hizo que Borte le empezara a ordenar a todos los observadores que regresaran a sus diversos puestos. Lo hicieron con unas cuantas sonrisas de agradecimiento y bienvenida a Nesryn. Ella les respondió con una inclinación de la cabeza.

Sartaq puso su aljaba y su arco en los estantes de madera y extendió la mano a Nesryn. Ella le entregó ambos y empezó a abrir y cerrar los puños para aflojar sus músculos después de horas de sostener el arco y la flecha.

—Va a estar cansada —le advirtió Borte a Sartaq. Traía una espada corta en la mano. Aparentemente, no había terminado con su entrenamiento del día—. No la fastidies demasiado.

Sartaq miró a Borte con incredulidad.

—¿Crees que quiero que me vuelva a pegar con la cuchara?

Nesryn casi se ahogó intentando controlar la risa que le provocó ese comentario, pero se puso el abrigo de lana color cobalto y dorado, y se apretó el cinturón con fuerza. Siguió al príncipe que se dirigía al interior cálido y se acomodó el cabello despeinado por el viento, mientras descendían por la escalera en penumbras.

—Aunque Borte será quien gobierne a los eridun algún día, ¿entrena con los demás?

—Sí —respondió Sartaq sin voltear a verla—. Todas las madres-hogar saben pelear, cómo atacar y defender; pero el entrenamiento de Borte incluye otras cosas.

—Como aprender las distintas lenguas del mundo.

Su uso del idioma del norte era tan impecable como el de Sartaq.

—Sí, e historia y... más cosas que ni siquiera a mí me dicen, ni Borte ni su abuela.

Los ecos de las palabras rebotaron en las rocas a su alrededor. Nesryn se atrevió a preguntar:

—¿Dónde está la madre de Borte?

Los hombros de Sartaq se pusieron tensos.

—Su sulde está en las laderas de Arundin.

Por la manera en que lo dijo, el corte frío de su voz...

—Lo lamento.

—Yo también —fue lo único que respondió Sartaq.

—¿Su padre?

—Un hombre que su madre conoció en tierras lejanas y con quien no quiso quedarse más de una noche.

Nesryn consideró a la joven feroz y pícara que peleaba con considerable habilidad en las pistas de entrenamiento.

—Me alegra que te tenga, entonces. Y a su abuela.

Sartaq se encogió de hombros. Nesryn entendió que, sin darse cuenta, había entrado en territorio peligroso y desconocido, un lugar en el que no tenía ningún derecho a meterse.

—Eres buena maestra —dijo entonces Sartaq.

—Gracias —fue lo único que se le ocurrió responder.

Él se había mantenido cerca, mientras Nesryn les explicaba a los demás sus diferentes posiciones y técnicas, pero no intervino mucho. Era un líder que no necesitaba estar llenando el aire constantemente con plática y presunción.

Él exhaló y aflojó los hombros.

—Y me alivia ver que la realidad sí hace justicia a la leyenda.

Nesryn rio, agradeciendo que la conversación estuviera ya en territorio más seguro.

—¿Tenías dudas?

Llegaron al descanso que los conduciría al gran salón. Sartaq redujo la velocidad para que ella avanzara a su lado.

—Los informes no mencionaban cierta información clave; eso me hizo dudar sobre su precisión.

Un brillo astuto en su mirada hizo que Nesryn ladeara la cabeza.

—¿Qué, exactamente, fue lo que no mencionaron?

Llegaron al gran salón, que estaba vacío excepto por una persona con capucha apenas visible del otro lado de la concavidad de la hoguera... y alguien a su lado. Sin embargo, Sartaq volteó a verla, la examinó de pies a cabeza y de regreso. Pocas partes se libraron de su atención.

—No mencionaron que eres hermosa.

Nesryn abrió y cerró la boca. Estaba segura de que parecía una mala imitación de un pez fuera del agua.

Con un guiño, Sartaq avanzó y gritó "Ej". Esa mañana, le había dicho que era el término de los rukhin para *madre*. Nesryn se apresuró a seguirlo. Dieron la vuelta a la gran hoguera y la figura que estaba en el escalón superior del otro lado se quitó la capucha.

Nesryn esperaba ver una anciana, jorobada por la edad y sin dientes; pero, en cambio, se topó con una mujer de espalda recta y cabello color ónix con vetas plateadas, recogido en una trenza, que le sonreía con gravedad a Sartaq. Y aunque la edad sí había cambiado un poco sus facciones... era el rostro de Borte, o el rostro de Borte en cuarenta años.

La madre-hogar traía puesta su ropa de cuero para volar, pero su capa color azul marino, que de hecho era una chaqueta que traía colgada sobre los hombros, cubría gran parte de su atuendo.

Pero a su lado... Falkan. Él tenía la expresión igual de seria y sus ojos de zafiro los miraron. Sartaq frenó su paso al ver al comerciante. Podría ser un gesto de molestia por no ser el primero en recibir la atención de su madre o simplemente su reacción al ver que el comerciante estaría presente en la reunión.

Los modales, o instintos de supervivencia, entraron en acción y Sartaq continuó con su aproximación. Saltó al primer escalón hacia la hoguera y avanzó por ahí el resto del camino.

Houlun se levantó de su asiento cuando él llegó y lo envolvió en un abrazo rápido y fuerte. Le puso las manos sobre los hombros cuando terminó. La mujer, que era casi tan alta como Sartaq, con hombros y muslos musculosos, estudió a Sartaq con mirada astuta.

—El dolor sigue pesándote mucho... —comentó y le acarició el pómulo con la mano llena de cicatrices—, y la preocupación.

Sartaq cerró los ojos e inclinó la cabeza.

—Te he extrañado, *ej*.

—Adulador —protestó Houlun y le dio unas palmadas en la mejilla.

Para su deleite, Nesryn podría haber jurado que el príncipe se sonrojaba.

La luz del fuego se reflejaba en las escasas canas de Houlun y las hacía verse rojas y doradas. Entonces, la mujer miró detrás de los hombros anchos de Sartaq hacia donde estaba Nesryn en el escalón superior.

—Y la arquera del norte llega al fin —una inclinación de la cabeza—. Yo soy Houlun, hija de Dochin, pero puedes llamarme *ej*, como los demás.

Una mirada a los ojos color castaño de la mujer y Nesryn supo que a Houlun no le pasaban las cosas por alto. Nesryn inclinó la cabeza.

—Es un honor.

La madre-hogar la miró un momento. Nesryn le sostuvo la mirada y permaneció lo más quieta que pudo; dejaría que la mujer viera lo que quisiera. Luego, por fin, la mirada de Houlun se dirigió a Sartaq.

—Tenemos asuntos que discutir.

Ya sin esa mirada intensa encima, Nesryn exhaló, pero mantuvo la columna perfectamente derecha.

Sartaq asintió y también se podía notar algo de alivio en su rostro. Sin embargo, miró a Falkan, quien observaba todo desde su asiento.

—Son asuntos que deben decirse en privado, *ej*.

No fue grosero, pero ciertamente tampoco cálido. Nesryn se esforzó para no insistir en lo que estaba diciendo el príncipe.

Houlun sólo movió la mano en el aire.

—Entonces pueden esperar —señaló la banca de roca—. Siéntense.

—*Ej*...

Falkan se movió, como si fuera a hacerles un favor a todos e irse; pero Houlun lo señaló, como una advertencia de que debía quedarse.

—Quiero que todos escuchen.

Sartaq se sentó en la banca y la única señal de su descontento era el pie que no paraba de golpear en el piso. Nesryn se sentó a su lado y la mujer severa ocupó la posición entre ellos y Falkan.

—Un mal antiguo está despertando en las profundidades de estas montañas —dijo Houlun—. Por eso tuve que irme unos días: fui a buscarlo.

—*Ej* —la voz del príncipe estaba envuelta en advertencia y temor.

—No soy tan vieja como para no poder usar mi propia *sulde*, niño —lo miró furiosa. En realidad, nada de esta mujer parecía anciano.

Sartaq preguntó, con el ceño fruncido:

—¿Qué fuiste a perseguir?

Houlun miró alrededor del salón para confirmar que no hubiera alguien más.

—Saquearon los nidos de los ruks. Han robado huevos en la noche, han desaparecido pollos.

Sartaq empezó a maldecir, con palabras sucias y vulgares. Nesryn parpadeó al escucharlo, aunque se le hizo también un nudo en el estómago.

—Hace décadas que no se atrevían a entrar aquí los saqueadores de nidos —dijo el príncipe—, pero no debiste ir a perseguirlos *sola*, *ej*.

—No estaba buscando saqueadores; es algo peor.

El rostro de la mujer se ensombreció y Nesryn tragó saliva. Si el Valg había llegado aquí...

—Mi propia *ej* las llamaba las *kharankui*.

—Significa sombra, oscuridad —le murmuró Sartaq a Nesryn, con el rostro que empezaba a ponerse tenso por el temor.

A ella le latía el corazón a toda velocidad. Si el Valg ya estaba aquí...

—Pero en sus tierras —continuó Houlun mirando a Nesryn y Falkan—, las llaman de otra manera, ¿no es así?

Nesryn miró a Falkan y él tragó saliva. Ella se preguntó cómo podría mentir o desviar la conversación sin revelar nada sobre el Valg... Pero Falkan asintió. Y respondió, con voz casi inaudible por el crepitar de la hoguera:

—Las llamamos arañas estigias.

CAPÍTULO 31

—Las arañas estigias son poco más que un mito —logró decirle Nesryn a Houlun—. La seda de araña es tan rara que algunos dudan de su existencia. Es como perseguir fantasmas.

Pero Falkan fue quien le respondió, con una sonrisa resignada:

—Difiero de tu opinión, capitana Faliq.

Falkan metió la mano a la chaqueta y Nesryn se puso en alerta. Su mano salió volando hacia la daga que tenía en la cintura... Pero Falkan no sacó un arma. En cambio, una tela blanca brillaba, la iridiscencia era como luz de estrella cuando Falkan la movía en su mano. Incluso Sartaq silbó al ver el trozo de tela del tamaño de un pañuelo.

—Seda de araña —dijo Falkan y se metió el trozo de tela de nuevo a la chaqueta—. Directo de la fuente.

Nesryn se quedó boquiabierta y Sartaq dijo:

—Has visto esos terrores de cerca.

No lo planteó del todo como una pregunta.

—Negocié con sus parientes en el Continente del Norte —corrigió Falkan sin que desapareciera esa sonrisa triste. Tampoco esas sombras. Tantas sombras—. Hace casi tres años. Algunos pensarán que fue un intercambio desfavorable para mí, pero salí de ahí con cien metros de seda de araña.

Tan sólo el pañuelo que traía en el bolsillo valía una verdadera fortuna. Cien metros...

—Debes ser tan rico como el khagan —se le salió a Nesryn.

Él se encogió de hombros.

—He aprendido que la verdadera riqueza no es el oro resplandeciente o las joyas.

—¿Cuál fue el precio, entonces? —preguntó Sartaq en voz baja.

Porque las arañas estigias no comerciaban con bienes materiales, sino con sueños, deseos y...

—Veinte años. Veinte años de mi vida. Pero no me los quitaron del final de la vida, sino de la flor de la juventud.

Nesryn miró al hombre y su rostro que apenas empezaba a mostrar señales de la edad, el cabello todavía sin canas.

—Tengo veintisiete años —le dijo Falkan—. Y sin embargo ahora tengo el aspecto de un hombre de cincuenta.

Santos dioses.

—¿Qué estás haciendo en el nido, entonces? —exigió saber Nesryn—. ¿Las arañas de aquí también producen la seda?

—No son tan civilizadas como sus hermanas del norte —dijo Houlun y chasqueó la lengua—. Las *kharankui* no crean, sólo destruyen. Han vivido desde hace mucho en sus cuevas y en los pasos de los Páramos de Dagul, en el extremo sur de estas montañas. Y tenemos años de mantener una distancia respetuosa con ellas.

—¿Por qué piensan que ahora han venido a robar nuestros huevos? —preguntó Sartaq y miró a los ruks que seguían en la boca de la cueva, esperando a sus jinetes. Se inclinó al frente y apoyó los antebrazos en los muslos.

—¿Quién más? —le rebatió su madre-hogar—. No hemos visto saqueadores. ¿Quién más se acercaría a un nido de ruk, tan alto en el mundo? Sobrevolé sus dominios en días pasados. Las telas de araña ya bajaron de los picos y pasos de los Páramos hasta los bosques de pino en las cañadas y están matando toda la vida ahí —una mirada a Falkan—. No creo que sea una mera coincidencia que las *kharankui* estén atacando nuevamente el mundo justo en el momento en que un comerciante busca respuestas en nuestro nido acerca de sus parientes en el norte.

Falkan levantó las manos al ver la mirada molesta de Sartaq.

—Yo no las he buscado ni las provoqué. Escuché rumores sobre el vasto conocimiento de tu madre-hogar y pensé en buscar su consejo antes de atreverme a hacer cualquier cosa.

—¿Qué quieres con ellas? —le preguntó Nesryn ladeando la cabeza.

Falkan examinó sus manos, flexionó los dedos como si los sintiera rígidos.

—Quiero que me devuelvan mi juventud.

—Vendió sus cien metros, pero todavía piensa que puede recuperar el tiempo —le dijo Houlun a Sartaq.

—Lo *puedo* recuperar —insistió Falkan y se ganó una mirada de advertencia de Houlun por el tono de voz. Él rectificó su actitud y aclaró—: Tengo... cosas por hacer. Quisiera terminarlas antes de que la edad se interponga. Me dijeron que la única manera de lograr que la araña que se comió mis veinte años me los devolviera era matándola.

Nesryn arrugó el entrecejo.

—¿Por qué no fuiste a cazar esa araña en casa, entonces? ¿Por qué venir hasta acá?

Falkan no respondió.

—Porque también le dijeron que sólo un gran guerrero podía matar una *kharankui* —dijo Houlun—. El mejor guerrero del lugar. Él había escuchado lo cerca que vivíamos de estos terrores y pensó en probar suerte aquí primero, para averiguar lo que sabemos sobre las arañas; tal vez cómo matarlas —una mirada ligeramente divertida—. Tal vez podríamos encontrar una manera más fácil de recuperar sus años, una ruta alternativa *aquí* para ahorrarle la confrontación *allá*.

Era un plan sensato para un hombre tan desquiciado como para vender su vida en primer lugar.

—¿Qué tiene que ver todo esto con los huevos robados y los polluelos, *ej*? —preguntó Sartaq.

Al parecer él tampoco sentía simpatía por el comerciante que había vendido su juventud por riqueza de reyes. Falkan miró la hoguera, como si lo supiera bien.

—Quiero que los encuentres —dijo Houlun.

—Probablemente ya murieron, *ej*.

—Esos horrores pueden mantener a las presas vivas mucho tiempo en sus capullos; pero tienes razón, probablemente ya los consumieron —la rabia se abrió camino por el rostro de la mujer, un vistazo de la guerrera que había en el fondo, la guerrera en la que se estaba transformando su nieta también—. Por eso quiero que los encuentres la próxima vez que suceda. Y para que les recuerdes a esos malditos bultos de porquería que no nos agrada que roben a nuestras crías —movió la barbilla hacia Falkan—. Cuando ellos vayan, tú también irás. Busca ahí las respuestas que quieres.

—¿Por qué no vamos ahora? —preguntó Nesryn—. ¿Por qué no buscarlas y castigarlas?

—Porque todavía no tenemos ninguna prueba —respondió Sartaq—. Y si atacamos sin que nos hayan provocado...

—Las *kharankui* llevan mucho tiempo siendo enemigas de los ruks —terminó de decir Houlun—. Estuvieron en guerra, hace mucho tiempo. Antes de que los jinetes subieran desde las estepas —sacudió un poco la cabeza para ahuyentar la sombra de ese recuerdo. Le dijo a Sartaq—: Por eso quiero que esto se maneje discretamente. Lo último que necesitamos es que los jinetes y los ruks se lancen hacia allá enfurecidos o que llenen este lugar de pánico. Díganles que estén alertas en los nidos, pero no les digan por qué.

—Como sea tu voluntad, *ej* —asintió Sartaq.

La madre-hogar volteó a ver a Falkan.

—Me gustaría hablar con mi capitán.

Falkan entendió que debía irse y se puso de pie.

—Estoy a tu disposición, príncipe Sartaq.

Se despidió con una reverencia elegante y se alejó por el pasillo. Cuando se dejaron de escuchar los pasos de Falkan, Houlun murmuró:

—Está empezando de nuevo, ¿verdad? —los ojos oscuros se deslizaron hacia Nesryn y el fuego pintó de dorado la parte blanca—. El Que Duerme ya despertó.

—Erawan —exhaló Nesryn. Podría jurar que incluso el enorme fuego se apagó un poco en respuesta.

—¿Sabes de él, *ej*?

Sartaq se acercó y se sentó del otro lado de la mujer, así le permitió a Nesryn acercarse más en la banca de roca. Sin embargo, la madre-hoguera miró a Nesryn con dureza.

—Tú los has enfrentado. A sus bestias de sombras.

Nesryn intentó controlar los recuerdos que le afloraron en la mente.

—Así es. Reunió un ejército de horrores en el Continente del Norte. En Morath.

Houlun volteó a ver a Sartaq.

—¿Tú padre lo sabe?

—Algunos fragmentos... Su luto... —Sartaq miró hacia la hoguera. Houlun le colocó una mano al príncipe sobre la rodilla—. Hubo un ataque en Antica. A una sanadora de la Torre.

Houlun maldijo, con la misma vulgaridad que su hijo-hogar.

—Creemos que uno de los agentes de Erawan puede estar detrás de esto —continuó Sartaq—. Y en vez de perder el tiempo intentando convencer a mi padre de que escuche las teorías medio formadas, recordé tus historias, *ej*, y pensé en venir a ver si sabías algo.

—¿Y si sé algo? —una mirada inquisidora, astuta: feroz como la mirada de un ruk—. Si te digo lo que sé sobre la amenaza, ¿vaciarás todos los nidos? ¿Volarás al otro lado del Mar Angosto para enfrentarlos y... nunca regresar?

Sartaq tragó saliva. Nesryn se dio cuenta de que él no había venido por respuestas. Tal vez Sartaq ya sabía suficiente del Valg para decidir por él mismo cómo enfrentar la amenaza. Había venido a ganarse a su gente, a esta mujer. Tal vez, a los ojos de su padre, del imperio, él comandaba a los ruks; pero en estas montañas, la palabra de Houlun era ley.

Y en ese cuarto pico, en las laderas silenciosas de Arundin... La *sulde* de su hija se erguía en el viento. Una mujer que entendía, íntimamente, el costo que se debía pagar con vida. Que no estaría tan dispuesta a permitir que su nieta acompañara a la legión. Eso ni siquiera permitiría que los rukhin eridun se fueran.

—Si las *kharankui* están inquietas, si Erawan ya se alzó en el norte —dijo Sartaq con cuidado—, es una amenaza que todos tendremos que enfrentar —inclinó la cabeza—. Pero me gustaría saber lo que tú sabes, *ej*. Lo que quizás en los reinos del norte se haya perdido con el tiempo y la destrucción. Por qué nuestra gente, que está escondida en estas tierras lejanas, sabe de estas historias si las antiguas guerras de demonios nunca llegaron a estas costas.

Houlun los miró detenidamente y su trenza larga y gruesa se meció un poco. Luego apoyó la mano en la roca y se levantó con un gemido.

—Primero, debo comer y descansar un poco. Después les diré —frunció el ceño hacia la entrada de la cueva, hacia el brillo plateado de sol que manchaba las paredes—. Se acerca una tormenta. Logré ganarle en el vuelo de regreso. Dile a los demás que se preparen.

Con eso, la madre-hogar se alejó de la calidez de la hoguera y se fue hacia el pasillo del fondo. Su andar era rígido, pero llevaba la espalda recta. El caminar de una guerrera, rápido y seguro. Sin embargo, en vez de dirigirse a la mesa redonda o las cocinas, Houlun entró por la puerta que Nesryn había registrado como la pequeña biblioteca.

—Ella es nuestra Guardiana de las Historias —explicó Sartaq, siguiendo la atención de Nesryn—. Estar alrededor de los textos le ayuda a sumergirse en su memoria.

No sólo era una madre-hogar que conocía la historia de los rukhin, sino una sagrada Guardiana de las Historias, con ese don excepcional de recordar y contar las leyendas e historias del mundo.

Sartaq se puso de pie y gimió también al estirarse.

—Ella nunca se equivoca sobre las tormentas. Debemos correr la voz —señaló el pasillo a sus espaldas—. Tú toma el interior. Yo iré a los otros picos para avisarles.

Antes de que Nesryn pudiera preguntar a quién, exactamente, debería acercarse para avisarle, el príncipe ya iba caminando hacia Kadara.

Ella frunció el ceño. Bueno, al parecer se quedaría sola con sus propios pensamientos como compañía. Un comerciante cazando arañas que le podrían ayudar a recuperar su juventud, o al menos a averiguar cómo podría recuperarla de sus parientes del norte. Y las arañas... Nesryn tembló al pensar en esas cosas arrastrándose aquí, de todos los lugares, para alimentarse de los más vulnerables. Monstruos sacados de las leyendas.

Tal vez Erawan estaba convocando a todos los seres oscuros y malvados del mundo bajo su bandera.

Nesryn se frotó las manos, como si pudiera implantar el calor de la flama en su piel, y se dirigió al interior del nido. Se acercaba una tormenta y ella le debía advertir a todos los que se cruzaran en su camino.

Pero ella sabía que una tormenta ya estaba sobre ellos.

La tormenta llegó justo después de que cayó la noche. Las garras enormes de los relámpagos rasgaban el cielo y los truenos retumbaban por todos los pasillos y niveles.

Sentada frente a la hoguera, Nesryn miró hacia la entrada distante de la cueva, donde se habían colocado unas enormes cortinas. Se movían y se inflaban con el viento, pero permanecían ancladas en el piso y se abrían apenas un poco para mostrar vistazos de la noche rasgada por la lluvia.

Justo frente a las cortinas, había tres ruks acurrucados en lo que parecían ser nidos de paja y tela: Kadara, una ruk feroz color café, que le habían dicho a Nesryn que pertenecía a Houlun, y una ruk más pequeña color rojizo. La más pequeña pertenecía a Borte: era la débil de la camada, le contó Borte durante la cena con una sonrisa orgullosa.

Nesryn extendió las piernas adoloridas, agradeciendo el calor del fuego y la manta que Sartaq le había dejado en las piernas. Pasó horas subiendo y bajando escaleras, diciéndole a todo aquél que encontraba que Houlun les había advertido que se acercaba una tormenta.

Algunos asintieron agradecidos y se alejaron rápidamente. Otros le ofrecieron té caliente y algo de lo que estaban cocinando en sus hogares. Algunos más, le preguntaron a Nesryn de dónde venía y por qué estaba ahí. Y cuando ella les decía que venía de Adarlan, pero que su familia era del Continente del Sur, su respuesta siempre fue la misma: "Bienvenida a casa".

Subir y bajar tantas escaleras y pasillos inclinados ya había surtido efecto, junto con las horas de entrenamiento esa mañana. Falkan y Borte se habían ido a sus habitaciones después de la cena. Para cuando Houlun se sentó en la banca entre Nesryn y Sartaq, Nesryn ya casi se estaba quedando dormida.

Se escuchó un relámpago afuera y la luz llenó el salón de tonos plateados. Durante varios minutos, mientras Houlun miraba el fuego, lo único que se escuchó fue el retumbar del trueno, el aullar del viento y el repiquetear de la lluvia, así como el crepitar del fuego y el murmurar de las alas de los ruks.

—Las noches tormentosas son el dominio de los Guardianes de las Historias —dijo Houlun en halha—. Podemos escucharlas acercarse a cientos de kilómetros de distancia, oler la electricidad en el aire como un sabueso detecta un rastro. Nos avisan que nos preparemos, que estemos listos para ellas. Que reunamos a nuestra gente y escuchemos con atención.

Nesryn sintió cómo se le erizaba el vello de los brazos debajo de su cálido abrigo de lana.

—Hace mucho tiempo —continuó Houlun—, antes del khaganato, antes de los señores ecuestres en las estepas y de la Torre junto al mar, antes de que cualquier mortal gobernara en estas tierras... Apareció una rasgadura en el mundo, en estas mismas montañas.

Sartaq conservó una expresión indescifrable, mientras su madre-hogar hablaba, pero Nesryn tragó saliva.

Una rasgadura en el mundo: un portal del wyrd abierto. Aquí.

—Se abrió y se cerró rápidamente, duró lo mismo que un relámpago.

En aparente respuesta, un relámpago se dispersó dividido en varias venas que iluminaron todo el cielo.

—Pero eso bastó para que los horrores entraran, así como las *kharankuí* y otras bestias de las sombras.

Las palabras hicieron eco a través de Nesryn. Las *kharankuí*, las arañas estigias... y otros infiltradores. Ninguno era una bestia ordinaria.

Sino Valg.

Nesryn se sintió agradecida de estar sentada.

—¿El Valg estuvo *aquí*? —dijo con voz demasiado fuerte, demasiado ordinaria en el silencio lleno de sonidos de tormenta.

Sartaq miró a Nesryn como advertencia, pero Houlun sólo asintió, un movimiento de la barbilla.

—La mayor parte del Valg se fue, fueron llamados al norte cuando aparecieron más hordas allá. Pero este lugar... tal vez el Valg que llegó aquí era la vanguardia que evaluó estas tierras y no encontró lo que estaba buscando. Así que se fueron. Pero las *kharankuí* permanecieron en los pasos de las montañas, sirvientes de la corona oscura. No se fueron. Las arañas aprendieron los lenguajes de los hombres y se comieron a los tontos que creyeron que podían aventurarse a sus reinos estériles. Algunos de los que lograron escapar dijeron que las arañas se habían quedado porque los Páramos les recordaban su propio mundo destrozado. Otros relataron que las arañas se habían quedado para vigilar el camino de regreso, para esperar que la puerta se volviera a abrir, para regresar a casa.

"La guerra se libró en el este, en los antiguos reinos del pueblo de las hadas. Tres reyes demonios contra una reina hada y sus ejércitos. Demonios que pasaron por un portal entre mundos para conquistar el nuestro."

Y así continuó Houlun, describiendo la historia que Nesryn conocía bien. Ella permitió que la madre-hogar narrara mientras su mente divagaba.

Las arañas estigias: en realidad eran el Valg escondido a plena luz del día.

Houlun continuó y Nesryn empezó a recuperarse hasta que:

—... Y entonces, cuando el Valg fue expulsado a su propio reino, cuando el último rey demonio se deslizó a los lugares oscuros del mundo para ocultarse, las hadas vinieron acá, a estas montañas. Les enseñaron a los ruks cómo pelear contra las *kharankui*, les enseñaron a los ruks el idioma de las hadas y de los hombres. Construyeron torres de vigilancia en estas montañas, erigieron torres que servirían como señales de advertencia en todo el territorio. ¿Eran una protección distante contra las *kharankui*? ¿O las hadas, como las arañas, estaban esperando que esa rasgadura en el mundo volviera a abrirse? Cuando a alguien se le ocurrió preguntar por qué, las hadas ya habían dejado sus torres y se habían desvanecido de la memoria.

Houlun hizo una pausa y Sartaq preguntó:

—¿Hay... hay algo de información sobre cómo derrotar al Valg? ¿Algo aparte de pelear en batalla? ¿Algún poder para derrotar estas nuevas hordas que está reuniendo Erawan?

Houlun miró a Nesryn.

—Pregúntale a ella —le dijo al príncipe—. Ella ya lo sabe.

Sartaq apenas pudo ocultar su sorpresa cuando se inclinó al frente para verla.

Nesryn inhaló.

—No puedo decirles. A ninguno de ustedes. Si Morath escucha siquiera un susurro, la poca esperanza que aún albergamos se perderá.

Las llaves del wyrd... no podía arriesgarse a decirlo; ni siquiera a ellos.

—Entonces me trajiste acá a perder el tiempo —palabras frías y duras.

—No —insistió Nesryn—. Hay muchas cosas que todavía desconocemos. Que estas arañas provengan del mundo del Valg, que sean *parte* del ejército del Valg y tengan un puesto de avanzada aquí al igual que en las Montañas Ruhnn en el Continente del Norte... Tal vez esas cosas estén vinculadas de cierta forma. Tal vez haya algo que no hemos averiguado aún, una debilidad contra el Valg que podríamos explotar —ella miró alrededor del salón y trató de tranquilizar su corazón desbocado. El miedo no le ayudaba a nadie.

Houlun los miró a ambos.

—La mayoría de las torres de vigilancia de las hadas ya desaparecieron, pero quedan algunas en pie, aunque están casi en ruinas. La más cercana está como a medio día de vuelo de aquí. Empiecen por eso, vean si quedó algo. Tal vez encuentres un par de respuestas, Nesryn Faliq.

—¿Nadie ha buscado antes?

—Las hadas dejaron trampas para mantener alejadas a las arañas. Cuando abandonaron las torres, las dejaron intactas. Algunos intentaron entrar, para saquear, para aprender. Nadie regresó.

—¿Vale la pena el riesgo? —una pregunta fría del capitán a la madre-hogar de su nido.

Houlun apretó la mandíbula.

—Ya les dije lo que podía, e incluso esta información son apenas fragmentos de conocimiento que ha

desaparecido de la mayoría de las memorias de estas tierras. Pero si las *kharankui* están movilizándose de nuevo...
Alguien *debería* ir a esa torre. Tal vez descubran algo que se
pueda utilizar. Podrían averiguar cómo lucharon las hadas
contra estos terrores, cómo las mantenían alejadas —le
echó una mirada larga y evaluadora a Nesryn, mientras un
trueno sacudía las cuevas de nuevo—. Tal vez puedan hacer
que ese fragmento de esperanza crezca un poco.

—O podríamos terminar muertos —dijo Sartaq y
frunció el ceño hacia los ruks medio dormidos en sus nidos.

—Todo lo que vale tiene su precio, niño —replicó Houlun—. Pero no se queden en la torre de vigilancia después
de que oscurezca.

CAPÍTULO 32

—Bien —dijo Yrene con el peso sólido de la pierna de Chaol recargado en su hombro para poder hacer las rotaciones lentas.

Debajo de ella, extendido en el piso de una habitación dentro del complejo de los médicos en la Torre, varios días después, estaba Chaol observándola en silencio. Ya hacía tanto calor que Yrene estaba bañada en sudor, o lo estaría, si el clima árido no secara el sudor antes de que pudiera realmente mojarle la ropa. Pero ella podía sentirlo en la cara; podía verlo brillar en la cara de Chaol, quien se esforzaba mientras ella se inclinaba sobre él.

—Tus piernas están respondiendo bien al entrenamiento —le dijo ella con los dedos enterrados en el músculo poderoso de sus muslos.

Yrene no preguntó qué había cambiado. Por qué había empezado a ir al patio de los guardias en el palacio. Él tampoco le explicó.

—Así es —se limitó a responder Chaol y se frotó la mandíbula.

No se había afeitado esa mañana. Cuando ella llegó a la habitación, él ya había regresado de su práctica matutina con la guardia y le dijo que quería salir a montar a caballo y un cambio de rutina ese día.

Que estuviera tan entusiasmado, tan dispuesto a recorrer la ciudad, a adaptarse a su entorno... Yrene no le pudo decir que no. Así que habían venido acá después de un paseo por Antica, a trabajar en una de las habitaciones tranquilas en este pasillo. Todas las habitaciones eran iguales. Tenían un escritorio, un camastro y una pared con gabinetes. Y cada una tenía una ventana solitaria que daba hacia las filas ordenadas del enorme jardín de hierbas. Y a pesar del calor, los olores de romero, menta y salvia llenaban la habitación.

Chaol gruñó e Yrene le bajó la pierna izquierda y la puso en el piso fresco de piedra para empezar con la derecha. Su magia era un batir bajo y constante que fluía de ella a él, con cuidado de no tocar la mancha negra que lenta, muy, muy lentamente iba retrocediendo por su columna.

Luchaban contra ella todos los días. Los recuerdos lo devoraban, se alimentaban de él, e Yrene presionaba contra ellos, fragmentando poco a poco la oscuridad que se acercaba para atormentarlo.

A veces, ella alcanzaba a ver lo que él tenía que soportar en ese remolino de negrura. El dolor, la rabia, la culpa y el pesar. Pero sólo breves vistazos, como si fueran listones de humo que pasaban a su lado. Y aunque él no hablaba de lo que veía, Yrene se las arreglaba para hacer presión contra esa ola oscura. Así que avanzaba, poco a poco, como si le fuera desprendiendo pequeños fragmentos a una gran roca, pero era mejor que nada.

Yrene cerró los ojos y dejó que su poder entrara a las piernas de Chaol. Su magia era como un enjambre de luciérnagas blancas que buscaban las conexiones dañadas y se congregaban alrededor de las puntas rotas y desgastadas, las cuales permanecían en silencio durante los ejercicios cuando debían encenderse como el resto de las demás.

—He estado investigando —dijo y abrió los ojos mientras le rotaba la articulación de la cadera—. Cosas que las antiguas sanadoras hacían por la gente con lesiones de columna. Había una mujer, Linqin, que pudo hacer un arnés mágico de cuerpo completo. Una especie de exoesqueleto invisible que permitía que la persona caminara hasta que pudieran encontrar una sanadora o en caso de que la sanación no tuviera éxito.

Chaol arqueó la ceja.

—¿Asumo que no tienes uno?

Yrene negó con la cabeza, le bajó la pierna y levantó la otra para continuar con la siguiente serie de ejercicios.

—Linqin sólo hizo como diez, todos estaban conectados a talismanes que podía usar el paciente. Se perdieron en el tiempo junto con su método para crearlos. Y también había otra sanadora, Saanvi. La leyenda dice que se saltó la sanación por completo poniéndole al paciente una especie de astilla mágica diminuta en el cerebro...

Él se encogió un poco.

—No estaba sugiriendo experimentar en ti —dijo dándole un manotazo en el muslo—. Tampoco hace falta.

La boca de Chaol empezó a formar una media sonrisa.

—¿Cómo es que se perdió ese conocimiento? Pensé que la biblioteca tenía todos los registros.

Yrene frunció el ceño.

—Ambas fueron sanadoras que trabajaban en zonas remotas lejos de la Torre. Hay cuatro centros distribuidos por el continente, centros pequeños donde las sanadoras de la Torre pueden vivir y trabajar; son centros para ayudar a la gente que no puede hacer el viaje hasta acá. Linqin y Saanvi estaban tan aisladas que para cuando alguien recordó ir por sus registros, ya se habían perdido. Y ahora sólo nos quedan los rumores y los mitos.

—¿*Tú* conservas un registro? ¿De todo esto? —hizo un ademán para señalarlos a ambos.

Yrene sintió que su rostro se enrojecía.

—Parte. No cuando estás portándote terco como burro.

Nuevamente la sonrisa tiró de los músculos de su cara, pero Yrene le bajó la pierna y retrocedió, aunque se quedó arrodillada en el piso.

—Mi punto —dijo para cambiar el tema de conversación de sus diarios que estaban en su habitación muchos niveles arriba— es que se *ha* hecho. Sé que nos ha tomado mucho tiempo y sé que estás ansioso por regresar...

—Lo estoy, pero no te estoy apresurando, Yrene —dijo Chaol.

Se sentó con un movimiento fluido. En el piso, así como estaban, él era mucho más alto que ella y su tamaño casi le parecía intimidante. Él rotó el pie lentamente, luchando para lograr cada movimiento porque los músculos del resto de su pierna protestaban.

Chaol levantó la cabeza para mirar a Yrene a los ojos. Leyó lo que estaba pasando por su mente con facilidad.

—Quien sea que te esté cazando no podrá lastimarte, ya sea que terminemos mañana o en seis meses.

—Lo sé —exhaló ella.

Kashin y sus guardias no habían atrapado a nadie ni encontrado rastro de quien la había intentado atacar. Y aunque esas noches todo había estado tranquilo, apenas había dormido, ni siquiera en la seguridad de la Torre. Lo único que le daba cierta medida de alivio era el agotamiento que la invadía tras las sesiones de sanación con Chaol.

Yrene suspiró.

—Creo que deberíamos volver a ver a Nousha. Otra visita a la biblioteca.

La mirada de Chaol se tornó cautelosa.

—¿Por qué?

Yrene frunció el ceño hacia la ventana abierta a sus espaldas. Los jardines brillantes y los arbustos de lavanda se mecían con la brisa marina. Las abejas volaban entre las flores. No había señales de nadie escuchando cerca.

—Porque todavía no nos hemos preguntado *cómo* terminaron esos libros y pergaminos aquí.

—No hay registros de las adquisiciones de hace tanto tiempo —dijo Nousha en el lenguaje de Yrene y Chaol. Su boca formó una línea tensa de desaprobación cuando los miró desde el otro lado de su escritorio.

A su alrededor, la biblioteca era un hervidero de actividad: las sanadoras y ayudantes entraban y salían, algunas saludaban a Yrene y Nousha al pasar. Ese día, una gata baast color naranja descansaba junto a la enorme chimenea, echada sobre el brazo acolchado de un sofá. Desde ese lugar, los iba siguiendo con sus ojos de color berilo.

Yrene le ofreció a Nousha su mejor intento de sonrisa.

—¿Pero acaso habrá algún registro de por qué se *necesitaban* esos libros aquí?

Nousha apoyó los antebrazos oscuros en el escritorio.

—Algunas personas se cuidarían de qué conocimientos buscan si las están persiguiendo... cosa que *empezó* más o menos cuando tú comenzaste a preguntar sobre el tema.

Chaol se inclinó al frente en su silla y mostró los dientes.

—¿Eso es una amenaza?

Yrene hizo un ademán para restarle importancia al comentario. Hombre sobreprotector.

—Ya *sé* que es peligroso y que probablemente esté ligado a eso. Pero precisamente *por* eso, Nousha, toda información adicional sobre el material que haya aquí, de dónde provino, quién lo adquirió... podría ser vital.

—Para que él vuelva a caminar —un comentario adusto e incrédulo.

Yrene no se atrevió a voltear a ver a Chaol.

—Puedes ver que nuestro progreso es lento —dijo Chaol controlando su irritación—. Tal vez los antiguos tenían alguna especie de consejo sobre cómo hacer que esto avance más rápido.

Nousha los vio a ambos con una mirada que les comunicaba que no les estaba creyendo una sola palabra, pero suspiró hacia el techo.

—Como ya les dije, no hay registros tan antiguos. *Pero* —añadió cuando Chaol abrió la boca—, se rumora que en el desierto existen cuevas con esa información: cuevas de donde proviene esta información. La mayoría se perdieron, pero había una en el oasis Aksara... —Nousha notó que Yrene se encogía un poco y supo que había entendido—. Tal vez deberían empezar por ahí.

Yrene se iba mordiendo el labio cuando regresaban de la biblioteca. Chaol mantenía el ritmo a su lado.

Cuando iban acercándose al pasillo principal de la Torre, al patio y al caballo que lo llevaría a de regreso ese día, Chaol preguntó:

—¿Por qué te estás portando como si te hubieras asustado?

Yrene se cruzó de brazos y miró los pasillos a su alrededor. Estaban en silencio a esa hora del día, justo antes de la cena.

—Ese oasis, Aksara. No es exactamente... un sitio de fácil acceso.

—¿Está lejos?

—No, no es eso. Es propiedad de la familia real. *Nadie* tiene permitido entrar ahí. Es su refugio privado.

—Ah —dijo Chaol y se rascó la sombra de barba en su mandíbula—. Y solicitar acceso directamente motivaría demasiadas preguntas.

—Exactamente.

Él la miró con detenimiento, con los ojos entrecerrados.

—No te atrevas a sugerir que use a Kashin —le siseó.

Chaol levantó las manos, pero sus ojos bailaron divertidos.

—Nunca se me hubiera ocurrido. Aunque lo cierto es que él se puso en acción en el instante en que tronaste los dedos la otra noche. Es un buen hombre.

Yrene se puso las manos en la cadera.

—¿Por qué no lo invitas *tú* a un encuentro romántico en el desierto, entonces?

Chaol rio y la siguió cuando ella empezó a caminar por el patio otra vez.

—No estoy muy versado en las intrigas de la corte, pero tú *tienes* otro contacto en palacio.

Yrene hizo una mueca.

—Hasar —empezó a jugar con un rizo de la punta de su cabello—. No me ha pedido que la haga de espía recientemente. No estoy segura de querer... abrir esa puerta de nuevo.

—Tal vez podrías convencerla de que un viaje al desierto, una excursión, sería... ¿divertida?

—¿Quieres que la manipule de esa manera?

Él la miró sin inmutarse.

—Podemos encontrar otra forma, si te incomoda.

—No... no, podría funcionar. La cosa es que Hasar *nació* en este tipo de situaciones. Podría adivinar mis intenciones de inmediato. Y tiene el poder suficiente para ... ¿Vale la pena arriesgar su involucramiento, su furia, si sólo estamos siguiendo una sugerencia de Nousha?

Él consideró sus palabras. De una manera que sólo hacía Hafiza en realidad.

—Lo pensaremos. Con Hasar tenemos que proceder con precaución.

Yrene salió al patio y le hizo una seña a uno de los guardias de la Torre para comunicarle que el lord necesitaba que trajeran su caballo de los establos.

—No soy muy buena cómplice en las intrigas —le admitió a Chaol con una sonrisa de disculpa.

Él le rozó la mano.

—Me parece refrescante.

Y por la mirada en sus ojos... ella le creyó. Lo suficiente como para que sus mejillas se ruborizaran un poco.

Yrene volteó a la Torre que se elevaba sobre ellos, sólo para agenciarse un poco de espacio. Miró muy, muy alto, hacia el lugar donde su propia ventanita daba al mar. Hacia su hogar.

Bajó la mirada de la Torre y se topó con el gesto serio de Chaol.

—Lamento haberles traído mis problemas a todos y haber provocado esto —dijo Chaol en voz baja.

—No lo lamentes. Tal vez eso es lo que quiere esta cosa. Usar el miedo y la culpa para ponerle fin a esto, para detenernos —lo miró con cuidado, el orgullo de la posición de su barbilla, la fortaleza que irradiaba con cada respiración—. Aunque... sí me preocupa que el tiempo no esté de nuestro lado —dijo. Luego corrigió—: Tú puedes tomarte todo el tiempo necesario para sanar. Sin embargo... —se frotó el pecho—. Tengo la sensación de que nos toparemos de nuevo con el cazador.

Chaol asintió con la mandíbula tensa.

—Lo enfrentaremos.

Y eso fue todo. Juntos. Lo enfrentarían juntos.

Yrene le sonrió ligeramente. Se escuchó entonces el sonido del caballo de Chaol que se aproximaba sobre la grava clara.

Y al pensar en subir a su habitación, pensar en todas esas horas que pasaría ansiosa... Tal vez estaba siendo patética, pero Yrene dijo:

—¿Te gustaría quedarte a cenar? Cocinera se va a poner triste de que no hayas pasado a saludarla.

Sabía que no era sólo miedo lo que la impulsaba. Sabía que quería pasar unos cuantos minutos más con él. Platicar con él como podía hacer con muy pocas personas.

Chaol se quedó mirándola un momento. Como si ella fuera la única persona en el mundo. Ella se preparó para que la rechazara, para la distancia. Sabía que debería haberlo dejado irse hacia la noche.

—¿Qué te parece si mejor salimos a cenar?

—¿Te refieres... a la ciudad? —señaló las puertas abiertas.

—A menos que creas que la silla no puede moverse en las calles...

—Las aceras son planas —dijo ella y el corazón le latió con fuerza—. ¿Tienes alguna preferencia de comida?

Un límite... estaban cruzando una especie de límite extraño. Dejar sus territorios neutrales y salir al mundo exterior, no como sanadora y paciente, sino como mujer y hombre...

—Pruebo de todo —respondió Chaol y ella sabía que era verdad. Y por la manera en que vio hacia las puertas abiertas de la Torre, hacia la ciudad que apenas empezaba a encender sus luces al fondo... Supo que él *quería* probar lo que fuera, que estaba tan ansioso como ella por una distracción de la sombra que acechaba.

Así que Yrene hizo una señal a los guardias para indicarles que no necesitarían el caballo. Al menos no por un rato.

—Conozco el lugar perfecto.

Algunas personas los miraban con curiosidad. Otras estaban demasiado ocupadas con sus asuntos o su camino a casa para fijarse en Chaol, quien avanzaba en su silla al lado de Yrene.

Ella sólo tuvo que intervenir un par de veces para ayudarle a pasar sobre un obstáculo en una acera, o para bajar por una de las calles más empinadas. Lo llevó a un sitio a cinco cuadras de distancia. El lugar era distinto a todo lo que él había visto en Rifthold. Había visitado algunos comedores privados con Dorian, sí, pero eran para la élite, para los miembros y sus invitados.

Este lugar... era parecido a esos clubes privados en tanto que era *sólo* para comer. Se encontraba lleno de mesas y sillas de madera tallada, y estaba abierto a todo el mundo, como los salones públicos de una posada o una taberna. El frente del edificio tenía varias puertas que se abrían por la noche y llevaban a un patio lleno de más mesas y sillas bajo las estrellas. El espacio se extendía hacia la calle, para que los comensales pudieran ver lo que sucedía en la ciudad ajetreada e incluso ver por la calle hasta el mar oscuro que brillaba bajo la luna. Y los olores que provenían del interior invitaban a entrar: ajo, algo ácido, algo ahumado...

Yrene le murmuró unas palabras a la mujer que les dio la bienvenida. Le debió decir que quería una mesa para dos personas, pero sin una silla, porque en cuestión de un segundo lo estaban llevando al patio que daba a la calle, donde un sirviente discretamente quitó una de las sillas frente a la mesa pequeña para que él pudiera acercarse hasta el borde.

Yrene ocupó la silla frente a él y varias cabezas voltearon a verlos. No para verlo a él en la silla, sino en ella. La sanadora de la Torre. Ella no pareció darse cuenta. El sirviente regresó para decirles lo que tenían en el menú e Yrene ordenó con su halha pausado. Se mordió el labio inferior, miró hacia la mesa, hacia el comedor público.

—¿Está bien esto?

Chaol volteó a ver el cielo abierto sobre sus cabezas, el color que comenzaba a transformarse en un azul zafiro, las estrellas que empezaban a parpadear en la noche incipiente. ¿Cuándo había sido la última vez que se encontró relajado? ¿La última vez que había comido, no para mantener su cuerpo sano y vivo, sino para *disfrutar*?

Buscó las palabras. Buscó relajarse y disfrutar.

—Nunca había hecho algo así —admitió al fin.

En su cumpleaños, el invierno anterior, en aquel invernadero, incluso entonces, con Aelin, estaba ahí a medias, concentrado en el palacio que había dejado atrás, en recordar quién estaba a cargo y dónde se suponía que debía estar Dorian. Pero ahora...

—¿Qué... comer?

—Comer sin que... Comer siendo solamente... Chaol.

No estaba seguro de haberlo explicado bien, de poder articularlo...

Yrene ladeó la cabeza. Su cabellera abundante se le deslizó por encima del hombro.

—¿Por qué?

—Porque primero fui el hijo de un lord y su heredero, luego capitán de la guardia y después, ahora, Mano del Rey —ella se lo miró sin reaccionar y él buscó cómo explicar—. Pero nadie me reconoce aquí; nadie ha oído hablar siquiera de Anielle. Y eso es...

—¿Liberador?

—Refrescante —le dijo él y ella sonrió un poco al escuchar el eco de sus palabras anteriores.

Yrene se ruborizó de forma encantadora bajo la luz dorada de las linternas que iluminaban el comedor a sus espaldas.

—Bueno... muy bien.

—¿Y tú? ¿Sales frecuentemente con amigos, dejas atrás a la sanadora?

Yrene vio pasar a la gente por la calle.

—No tengo muchos amigos —admitió—. No porque no quiera —agregó rápidamente y él sonrió—. Es sólo que... en la Torre, todas estamos muy ocupadas. A veces salimos a comer o a tomar algo, pero es muy raro que nuestros horarios coincidan y es más fácil usar el comedor de la Torre, así que... en realidad, no somos un grupo muy animado. Por eso Kashin y Hasar se convirtieron en mis amigos, cuando estábamos en Antica. Pero nunca he tenido oportunidad de hacer esto con frecuencia.

Él estuvo a punto de preguntarle: "¿Salir a cenar con hombres?", sin embargo, dijo:

—Has estado concentrada en otras cosas.

Ella asintió.

—Y tal vez un día, tal vez, tenga el tiempo de salir y divertirme, pero... hay personas que necesitan mi ayuda.

Siento como si tomarme tiempo para mí fuera egoísta, incluso ahora.

—No deberías sentirte así.

—Como si tú fueras mejor.

Chaol rio. Se recargó en el respaldo de su silla cuando llegó un sirviente con una jarra de té de menta frío. Esperó a que el hombre se marchara y luego dijo:

—Tal vez tú y yo tengamos que aprender a vivir... si sobrevivimos a esta guerra.

Era como un cuchillo afilado y frío entre ellos. Pero Yrene enderezó los hombros y su sonrisa fue pequeña, pero desafiante cuando alzó su copa de peltre llena de té.

—Por la vida, lord Chaol.

Él chocó su copa con la de ella.

—Por ser Chaol e Yrene, aunque sea sólo por una noche.

Esa noche Chaol comió hasta que casi no pudo moverse. Con cada bocado, saboreaba las especias como pequeñas revelaciones.

Hablaron mientras cenaban. Yrene le contó sobre sus meses iniciales en la Torre, lo riguroso que había sido su entrenamiento. Luego le preguntó sobre su entrenamiento como capitán y él se distanció... No quería hablar de Brullo y los demás, sin embargo... no podía rechazarla al ver esa dicha, esa curiosidad.

Y no obstante, hablar de Brullo, el hombre que con él había sido un mejor padre que el verdadero... No dolió, no tanto. Fue un dolor menos intenso, más silencioso, pero tolerable. Fue un dolor que le dio gusto de soportar, como si contar su historia significara honrar el legado de un buen hombre.

Así que hablaron y comieron, y cuando terminaron él la acompañó hasta los muros blancos brillantes de la Torre. Yrene también parecía tener luz propia cuando sonrió al detenerse pasando las puertas, mientras los mozos alistaban el caballo.

—Gracias —dijo ella con las mejillas rojas y brillantes—. Por la cena y por la compañía.

—El placer fue mío —dijo Chaol y lo dijo en serio.

—Te veré mañana en la mañana... ¿en el palacio?

Una pregunta innecesaria, pero él asintió.

Yrene pasó su peso de un pie al otro, aún sonriendo, aún brillando. Como si ella fuera el último rayo vibrante de sol que manchaba el cielo mucho tiempo después de que hubiera desaparecido del horizonte.

—¿Qué? —preguntó y él se dio cuenta de que llevaba un rato viéndola.

—Gracias por esta noche —dijo Chaol, haciendo un esfuerzo por controlar lo que trataba de saltar de su lengua: "No te puedo quitar los ojos de encima".

Ella volvió a morderse el labio cuando se escuchó el sonido de los cascos del caballo sobre la grava.

—Buenas noches —murmuró y dio un paso para alejarse.

Chaol extendió la mano. Sólo para tocarle los dedos suavemente. Yrene se detuvo y enroscó los dedos, como si fueran los pétalos de una flor tímida.

—Buenas noches —dijo Chaol.

Y mientras iba en su caballo de regreso al palacio iluminado, al otro lado de la ciudad, podría haber jurado que desaparecía un peso de su pecho, de sus hombros. Como si hubiera vivido con eso toda su vida, sin saberlo, y ahora, a pesar de todo lo que se acumulaba a su alrededor, alrededor de Adarlan y de toda la gente que él quería... Era una sensación muy extraña.

Esa ligereza.

CAPÍTULO 33

La torre de observación de Eidolon salía entre los pinos rodeados de niebla como si fuera la astilla restante de una espada rota. La habían situado sobre un pico de poca altura con vista a un muro sólido de montañas enormes, de modo que, cuando Nesryn y Sartaq se iban acercando, volando a lo largo de esas colinas arboladas, ella sintió que se dirigía a toda velocidad hacia una ola gigante de roca dura.

Por un instante, la ola de vidrio letal se abalanzó hacia ella. Parpadeó y desapareció.

—Allá —susurró Sartaq, como si temiera que alguien pudiera escuchar, cuando señaló las enormes montañas al fondo—. Detrás de esa saliente, ahí es donde inicia el territorio *kharankui*, los Páramos de Dagul. Desde esta torre de observación habrían visto a cualquiera que saliera de esas montañas, en especial con su vista de hadas.

Aunque no tuviera vista de hadas, Nesryn buscó entre las laderas vacías de los Páramos: un muro de rocas y fragmentos de piedra. No había ni árboles ni arroyos; era como si toda la vida hubiera huido.

—¿Houlun voló por encima de *eso*?

—Créeme —gruñó Sartaq—, no me gusta. Borte también se enteró de mi opinión esta la mañana.

—Me sorprende que todavía tengas rótulas.

—¿No notaste hace rato que estaba cojeando?

A pesar de que se estaban acercando a la torre, a pesar del muro de montaña que se elevaba más allá, Nesryn rio. Podría haber jurado que Sartaq se acercaba un poco más a ella, que su pecho amplio empujaba contra la aljaba y el arco que ella traía atados a la espalda, además del par de cuchillos largos que le había dado Borte.

No le dijeron a nadie dónde iban ni qué buscaban, lo cual provocó varias miradas furiosas de Borte durante el desayuno y algunas miradas curiosas de Falkan del otro lado de la mesa redonda. Ellos habían acordado la noche anterior, cuando Sartaq dejó a Nesryn en la puerta de su recámara, que por el momento era vital guardar el secreto.

Así que se marcharon una hora después del amanecer, armados y con unos cuantos paquetes de provisiones. Aunque planeaban regresar antes de que se pusiera el sol, Nesryn insistió en llevar su equipo. Si sucedía lo peor, si *algo* sucedía, era mejor ir preparados.

Borte, a pesar de su rabia por no enterarse de lo que pasaba, le trenzó el cabello a Nesryn después del desayuno. Le hizo una trenza apretada y elegante que empezaba desde la parte superior de su cabeza y llegaba justo donde empezaba la capa que cubría su ropa de cuero. La trenza estaba tan apretada que Nesryn tuvo que resistir la tentación de aflojarla durante las horas de vuelo, pero en vista de que la torre ya estaba cerca y su cabello apenas se había movido, Nesryn decidió que la trenza podía quedarse.

Kadara dio dos vueltas sobre la torre de observación bajando más con cada vuelta.

—No se ven señales de telarañas —dijo Nesryn.

Los niveles superiores de la torre habían sido destruidos por estar expuestos a las inclemencias del clima o a manos de algún ejército antiguo. Sólo quedaban dos pisos sobre el suelo. Ambos estaban expuestos a la intemperie y la escalera de caracol al centro estaba cubierta de hojas de pino y tierra. También había vigas rotas y bloques de roca, pero ninguna señal de vida, ni de alguna biblioteca milagrosamente preservada.

Por el tamaño de Kadara, la ruk tuvo que encontrar un claro cercano para poder aterrizar, ya que Sartaq sospechaba que los muros de la torre no aguantarían su peso. El ave saltó de regreso al aire en cuanto ellos empezaron a subir la ligera pendiente hacia la torre. Aparentemente, había decidido circular en el cielo hasta que Sartaq le silbara.

Otro truco de los rukhin y los darghan en las estepas: silbar, junto con sus flechas silbantes. Les habían permitido a ambos grupos comunicarse de un modo que pocos notaban ni se molestaban en comprender. De ese modo intercambiaban mensajes en el territorio enemigo o en las filas del ejército. Los jinetes tenían entrenados a sus ruks para que también entendieran los silbidos y pudieran distinguir una llamada de ayuda de una advertencia para huir.

Nesryn rezó con cada uno de los pasos que daba, entre las hojas de pino y las rocas de granito, que el único silbido que necesitaran fuera para llamar al ave. Ella no era buena rastreadora, pero Sartaq, al parecer, estaba leyendo muy bien las señales a su alrededor.

El príncipe negó con la cabeza y eso le comunicó lo suficiente a Nesryn: no había rastro de una presencia, ni arácnida ni de otra índole. Ella intentó no lucir demasiado aliviada. A pesar de los árboles altos, los Páramos eran una presencia sólida e imponente a su derecha y atraían su vista al mismo tiempo que repelían todos sus instintos.

Lo primero que les dio la bienvenida fueron los bloques de roca; grandes trozos rectangulares semienterrados entre las hojas de pino y la tierra. El verano azotaba la tierra con toda su fuerza, pero el aire estaba fresco y la sombra debajo de los árboles era francamente helada.

—No los culpo por abandonar el lugar si está así de frío en el verano —murmuró Nesryn—. Imagínatelo en invierno.

Sartaq sonrió, pero se llevó un dedo a los labios cuando salieron de la última fila de árboles. Nesryn se sonrojó de que él tuviera que recordárselo y se quitó el arco de la espalda, preparó una flecha y la dejó colgando, mientras levantaban la vista hacia la torre.

Debió ser enorme hace miles de años, si tan sólo las ruinas bastaban para hacerla sentir diminuta. Las barracas o cuartos desde hacía mucho tiempo se habían derrumbado o podrido, pero el arco de piedra que marcaba la entrada de la torre permanecía intacto, flanqueado por dos estatuas gemelas desgastadas por el tiempo, las cuales representaban una especie de ave.

Sartaq se aproximó. Su cuchillo brillaba como mercurio bajo la luz tenue mientras estudiaba las estatuas.

—¿Ruks?

Su pregunta apenas fue una exhalación. Nesryn entrecerró los ojos.

—No, mira la cara. El pico. Son... búhos.

Búhos altos y delgados, con las alas muy pegadas al cuerpo. El símbolo de Silba, de la Torre.

Sartaq tragó saliva.

—Seamos rápidos. No creo que sea sabio quedarnos mucho tiempo.

Nesryn asintió y no dejó de vigilar sus espaldas tras entrar por el arco abierto. Era una posición que conocía, la retaguardia. En las alcantarillas de Rifthold, frecuentemente le permitía a Chaol adelantarse y ella cubría la parte de atrás con la flecha apuntada hacia la oscuridad a sus espaldas. Así que su cuerpo actuó por pura memoria muscular cuando Sartaq dio los primeros pasos hacia el arco y ella giró hacia atrás, con la flecha apuntando hacia el bosque de pinos, para inspeccionar los árboles.

Nada. No había ni un pájaro ni el murmullo del viento entre los pinos.

Volteó un instante después. Evaluó la situación con eficiencia, como siempre había hecho, incluso antes de su entrenamiento: registró las salidas, los posibles problemas, los refugios potenciales. Pero en esas ruinas no había mucho que registrar.

El piso de la torre estaba bien iluminado porque no había techo arriba. La escalera se desmoronaba en su ascenso al cielo gris. Las ranuras en la roca revelaron los lugares donde se podrían colocar los arqueros, o desde donde vigilaban en el calor de la torre en los días helados.

—Nada arriba —dijo Nesryn, tal vez sin que hiciera falta, y vio a Sartaq justo cuando él dio un paso hacia el arco abierto que conducía a una escalera oscura. Ella lo tomó del codo.

—No.

Él la miró incrédulo por encima del hombro.

Nesryn mantuvo la expresión seria.

—Tu *ej* dijo que estas torres estaban llenas de trampas. Sólo porque todavía no nos encontramos con una, eso no quiere decir que no las haya —señaló con su flecha hacia el arco abierto que daba a los niveles bajo tierra—. Nos mantendremos en silencio y caminaremos con cuidado. Yo iré primero.

Al demonio con ir siempre en la retaguardia si él solía avanzar ciegamente hacia el peligro.

El príncipe abrió los ojos sorprendido, pero ella no le permitió protestar.

—Me enfrenté a los horrores de Morath esta primavera y verano. Sé cómo localizarlos... y sé dónde atacar.

Sartaq volvió a mirarla.

—En verdad te merecías un ascenso.

Nesryn sonrió y le soltó el bíceps musculoso. En ese momento se dio cuenta de las libertades que se había tomado al cogerlo del brazo... Había tocado a un príncipe sin permiso...

—Somos dos capitanes, ¿recuerdas? —le dijo él al darse cuenta de lo que pasaba por su mente.

Era verdad. Nesryn inclinó la cabeza y dio un paso frente a él y hacia el arco de las escaleras que descendían.

Tensó la cuerda del arco y empezó a buscar en la oscuridad en cuanto entraron a la escalera. No saltó nada para atacarlos así que aflojó el arco, volvió a colocar la flecha en la aljaba y tomó un puñado de rocas del piso, astillas y trozos de los bloques que se habían caído a su alrededor.

Un paso detrás de ella, Sartaq hizo lo mismo y se llenó los bolsillos de rocas.

Con el oído atento, Nesryn hizo rodar una de las rocas por las escaleras de caracol, la dejó rebotar, crujir y...

Un *clic* ligero y luego Nesryn se lanzó hacia atrás, chocó con Sartaq y ambos cayeron extendidos en el suelo. En el interior de las escaleras, abajo, se escuchó un golpe seguido de otro.

En el silencio posterior, con su respiración agitada como el único sonido, Nesryn volvió a escuchar.

—Un mecanismo de pernos ocultos —dijo, pero se encogió un poco al ver que la cara de Sartaq estaba apenas a unos centímetros de distancia. Tenía la mirada en la escalera y una mano en la espalda de Nesryn. Con la otra sostenía su largo cuchillo hacia el arco de la entrada.

—Al parecer te debo la vida, capitana —dijo Sartaq y Nesryn rápidamente se apartó y le ofreció la mano para ayudarlo a levantarse. Él la tomó y ella pudo sentir su calidez envolviéndose alrededor de sus dedos cuando lo ayudó a ponerse de pie.

—No te preocupes —dijo Nesryn con sequedad—. No le diré a Borte.

Tomó otro puñado de rocas y las dejó caer rodando y saltando por la oscuridad de las escaleras. Otros cuantos *clics* y golpes... luego silencio.

—Avanzaremos lentamente —advirtió ella.

La diversión ya había desaparecido y no esperó a que él asintiera para apretar el primer escalón con la punta del arco.

Tocó y apretó más abajo en la escalera, con atención a los muros, al techo. Nada. Lo hizo en el segundo, tercero y cuarto escalón, tan lejos como llegaba su arco. No permitió que empezaran a bajar las escaleras hasta que estuvo satisfecha de que no había sorpresas esperando.

Nesryn repitió la misma rutina en los siguientes cuatro escalones sin encontrar nada. Pero cuando llegaron a la primera vuelta de las escaleras en espiral...

—*De verdad* te debo la vida —exhaló Sartaq cuando vieron lo que había salido disparado de una ranura en la pared junto al noveno escalón.

Eran estacas de hierro con púas. Diseñadas para enterrarse en la carne y quedarse ahí, a menos que la víctima quisiera arrancarse más trozos de piel y órganos al sacarse esos ganchos terribles. Las estacas habían salido disparadas con tal fuerza que se habían hundido bastante en el mortero entre las rocas.

—Recuerda que estas trampas no estaban pensadas para atacantes humanos —dijo ella.

Sino que fueron hechas para arañas del tamaño de caballos; la cuales podían hablar, planear y recordar.

Nesryn dio golpes en los siguientes escalones. La madera de su arco sonaba como un eco hueco en la habitación oscura. Metió el arco en la ranura por donde se había activado el mecanismo.

—Las hadas seguramente memorizaron cuáles escalones debían evitar cuando vivían aquí —dijo mientras avanzaban otro poco—. Pero no creo que hayan sido tan estúpidas como para que el patrón fuera simple.

En efecto, el siguiente perno salió tres escalones más abajo. El que seguía a ése, cinco. Pero después de eso... Sartaq metió la mano a su bolsillo y sacó otro puñado de piedras. En cuclillas, ambos miraron unas cuantas piedras rodar por las escaleras.

Clic.

Nesryn estaba tan concentrada en el muro frente a ella que no pensó de dónde había salido ese *clic*. No fue frente a ellos, sino debajo. En un momento estaba agachada sobre un escalón... Al siguiente, el piso había desaparecido bajo sus pies y un precipicio negro se abría debajo...

Las manos fuertes de Sartaq se envolvieron alrededor de su hombro, su cuello... una cuchilla cayó en la roca...

Nesryn se movió con rapidez para sostenerse del borde del escalón más cercano, mientras Sartaq la sostenía, gruñendo por el peso. Vio cómo su cuchillo largo caía hacia la negrura debajo. Escucharon cómo el metal chocaba con metal. Rebotó una y otra vez y el sonido llenó toda la escalera.

Estacas. Probablemente el espacio de abajo estaba lleno de estacas de metal...

Sartaq tiró de ella para sacarla. A Nesryn se le rompieron las uñas contra la roca mientras buscaba cómo sostenerse del escalón liso. Pero luego ya estaba fuera, extendida entre las piernas de Sartaq, y ambos jadeaban mirando hacia el agujero debajo.

—Creo que estamos a mano —dijo Nesryn, luchando sin éxito por hacer que su cuerpo dejara de temblar.

El príncipe la tomó del hombro y con la otra mano le acarició la parte de atrás de la cabeza. Un gesto de consuelo.

—Quien haya construido este lugar no tenía ninguna piedad por las *kharankui*.

Ella se tardó otro minuto en dejar de temblar. Sartaq esperó pacientemente, acariciándole el cabello, con los dedos moviéndose encima del trenzado de Borte. Ella lo dejó hacerlo, se recargó contra su mano sin dejar de mirar el abismo que ahora tendrían que saltar para llegar a las escaleras que continuaban el descenso.

Cuando al fin pudo volver a ponerse de pie sin que le temblaran las rodillas, saltaron con cuidado y avanzaron más escalones hasta llegar a otro que también activaba un perno. Pero siguieron avanzando y los minutos pasaron con lentitud, hasta que lograron llegar hasta el nivel inferior.

Ese nivel estaba iluminado porque tenía unas aberturas cuidadosamente escondidas que permitían la entrada de los rayos de luz del piso superior. O tal vez era un juego de espejos colocados en los pasillos de arriba. A ella no le importó, siempre y cuando la luz les permitiera ver.

Y vaya que vieron.

El nivel inferior era un calabozo.

Tenía cinco celdas abiertas. Las puertas estaban arrancadas de sus bisagras y los prisioneros y guardias hacía mucho que habían desaparecido. Al centro había una mesa rectangular de piedra.

—Quien considere que las hadas son criaturas danzarinas, con tendencias a la poesía y el canto, necesita una buena lección de historia —murmuró Sartaq, mientras esperaban en el último escalón porque no se habían atrevido a pisar el suelo—. Esa mesa de roca no era usada precisamente para escribir informes ni para cenar.

Era verdad. Las marcas oscuras todavía manchaban la superficie. Pero recargada contra la pared cercana había una mesa de trabajo con varias armas esparcidas en su superficie. Si alguna vez tuvo papel, hacía mucho que se había disuelto con la nieve y la lluvia, así como cualquier libro empastado con cuero.

—¿Nos arriesgamos o nos vamos? —pensó Sartaq.

—Ya llegamos hasta acá —dijo Nesryn. Entrecerró los ojos y miró en dirección del muro más lejano—. Allá, hay algo escrito allá.

Cerca del piso, con letras oscuras. Una maraña de escritura.

El príncipe metió la mano a sus bolsillos y lanzó más rocas hacia el espacio frente a ellos. No se escucharon *clics* ni movimiento. Lanzó otras al techo, a los muros. Nada.

—Eso me basta —dijo Nesryn.

Sartaq asintió, aunque ambos iban probando con cuidado cada bloque de roca con la punta del arco o con la espada fina y delgada del príncipe. Pasaron junto a la mesa de roca y Nesryn no se molestó en examinar los instrumentos descartados. Había visto los cuerpos de los hombres de Chaol colgando de la reja del castillo; había visto las marcas en sus cuerpos.

Sartaq se detuvo frente a la mesa de trabajo y miró las armas que habían quedado ahí.

—Algunas todavía tienen filo —comentó.

Nesryn se acercó cuando él estaba sacando una daga larga de su funda. La luz acuosa se reflejó en la cuchilla y tembló en unas marcas grabadas en su centro.

Nesryn tomó una espada corta. La funda de cuero casi se desmoronó cuando la tocó. Le quitó un poco de tierra añeja de la empuñadura y pudo ver el metal oscuro y brillante decorado con espirales de oro. La guarnición se curvaba ligeramente en sus extremos.

La funda era en verdad tan antigua que se deshizo cuando ella levantó la espada. A pesar de su tamaño, no era pesada. Estaba perfectamente balanceada. Tenía más marcas grabadas en la acanaladura de la cuchilla. Quizá un nombre o una plegaria.

—Sólo las espadas del pueblo de las hadas podrían permanecer afiladas después de mil años —dijo Sartaq y dejó el cuchillo que inspeccionaba—. Probablemente las forjaron herreros hada en Asterion, al este de Doranelle... Tal vez incluso antes de la primera guerra de los demonios.

Era un príncipe que había estudiado no sólo la historia de su imperio, sino la de varios más. En cambio, la historia no era el fuerte de Nesryn, así que preguntó:

—¿Asterion, como los caballos?

—El mismo. Grandes herreros y criadores de caballos. O eso fueron en el pasado, antes de que se cerraran las fronteras y el mundo se oscureciera.

Nesryn estudió la espada corta que tenía en la mano. El metal brillaba como si estuviera embebido en luz de estrellas, interrumpida tan sólo por el grabado en la acanaladura.

—Me pregunto qué dirá el grabado.

Sartaq examinó otro cuchillo y se pudieron ver los reflejos de luz rebotándole en el apuesto rostro.

—Probablemente son hechizos contra los enemigos. Tal vez incluso contra el... —no terminó de decir la palabra.

Nesryn asintió de todas maneras. El Valg.

—Tengo la esperanza de que nunca lo tengamos que averiguar —dijo.

Dejó que Sartaq escogiera una y ella se colgó la espada corta en el cinturón y se acercó a la pared con la escritura oscura en la parte inferior.

Tocó cada uno de los bloques de roca del piso, pero no encontró nada.

Al final, se acercó a la escritura de letras negras. La pintura estaba descarapelándose. Pero entonces vio que no era negra, sino...

—Sangre —dijo Sartaq al acercarse a ella con un cuchillo asterion ahora colgando a su lado.

No había señales de un cuerpo ni pertenencias de quien había escrito eso, probablemente mientras moría.

—Está escrito en idioma de hadas —dijo Nesryn—. ¿Supongo que tus tutores elegantes no te enseñaron el antiguo lenguaje en tus clases de historia?

Él negó con la cabeza. Nesryn suspiró.

—Tenemos que apuntarlo. A menos que tu memoria sea de ésas que...

—No —dijo él y luego maldijo al voltear hacia las escaleras—. Tengo papel y tinta en las alforjas de Kadara. Podría...

La interrupción de sus palabras no fue lo que hizo que Nesryn girara rápidamente, sino la manera en la que él se quedó perfectamente inmóvil. Nesryn sacó la espada de las hadas de donde la tenía colgada.

—No hace falta traducirlo —dijo una voz femenina en halha—. Quiere decir *Mira hacia arriba*. Lástima que no hicieron caso.

Nesryn miró hacia arriba, hacia lo que iba saliendo de las escaleras, caminando por el techo en dirección a ellos, y se tragó su grito.

CAPÍTULO 34

Era peor que la peor de las pesadillas de Nesryn. La *kharankui* que se deslizó del techo para aterrizar en el piso era mucho peor.

Más grande que un caballo. Su piel era negra y gris, con manchas blancas; sus múltiples ojos eran como estanques de obsidiana sin fondo. Y a pesar de su tamaño, era delgada y estilizada, más viuda negra que araña lobo.

—Esos bocadillos de hada olvidaron *mirar arriba* cuando construyeron este lugar —dijo la araña con voz hermosa a pesar de su monstruosidad. Sus largas patas delanteras sonaban al pisar la roca antigua—. Olvidaron pensar para quién eran esas trampas.

Nesryn buscó en el cubo de la escalera detrás de la araña, en los rayos de luz, para tratar de encontrar una salida. No encontró nada.

Y esta torre de observación se había convertido en una verdadera telaraña. Tontos... tan tontos por haberse tardado...

Las garras que tenía la araña en la parte superior de las patas raspaban la roca.

Nesryn volvió a enfundar la espada.

—Bien —ronroneó la araña—. Me alegra que sepas lo inútil que será esa basura de hada.

Nesryn sacó el arco y una flecha. La araña rio.

—Si los arqueros hada no me detuvieron hace tanto tiempo, humana, tú no lo lograrás.

A su lado, la espada de Sartaq se elevó ligeramente.

Morir ahí, en ese momento, no le había pasado por la cabeza a Nesryn cuando estaba desayunando y Borte le trenzaba el cabello. Sin embargo, no había nada que hacer mientras la araña avanzaba. Los colmillos salieron de su mandíbula.

—Cuando termine contigo, jinete, haré gritar a tu ave.

Unas gotas de líquido se derramaron de sus colmillos. Veneno.

Entonces la araña se abalanzó.

Nesryn disparó la flecha y ya tenía otra lista antes de que la primera encontrara su blanco. Pero la araña se movía con tal rapidez que el flechazo que quería darle en un ojo chocó contra el caparazón duro de su abdomen y casi no pudo enterrarse. La araña se trepó a la mesa de tortura, como si quisiera saltar de ahí para atacarlos...

Sartaq le dio un espadazo, un corte brutal en la pata que le quedaba más cerca. La araña gritó y le empezó a brotar sangre negra. Sartaq y Nesryn corrieron hacia la puerta más alejada.

La *kharankui* los interceptó. Puso las patas entre la pared y la mesa de piedra y les bloqueó el paso. A esa distancia, la peste a muerte que le escurría por los colmillos...

—Basura humana —escupió la araña y el veneno salpicó hacia las rocas que quedaban frente a sus pies.

Por el rabillo del ojo, Nesryn vio que Sartaq movió el brazo hacia ella, para empujarla y apartarla, para saltar frente a esas mandíbulas mortíferas... pero ya no supo qué sucedió primero. No supo qué era ese borrón de movimiento; qué había hecho chillar a la *kharankui*.

Ella ya estaba lista para apartar el brazo de Sartaq y su estúpido sacrificio y, al siguiente instante... la araña salió rodando por la habitación, dando vueltas y vueltas.

No era Kadara, sino algo más grande, con garras y colmillos...

Un lobo gris. Tan grande como un poni y absolutamente feroz.

Sartaq no perdió tiempo y Nesryn tampoco. Corrieron hacia el arco, subieron por las escaleras ya sin pensar si saldrían pernos o flechas disparados de las paredes mientras corrían más rápido que las trampas. Subieron las escaleras saltando los huecos, no se detuvieron al escuchar los choques y gritos que salían de abajo...

Oyeron un gañido canino y luego... silencio.

Nesryn y Sartaq llegaron a la parte superior de las escaleras y corrieron hacia los árboles que estaban más allá de la puerta abierta. El príncipe tenía una mano en la espalda de Nesryn y la iba empujando. Ambos iban volteando a ver hacia la torre.

La araña salió de la oscuridad en una explosión. No se dirigió hacia los árboles, sino hacia las escaleras superiores de la torre. Como si estuviera subiendo para emboscar al lobo cuando saliera a perseguirla.

Y, tal y como lo había planeado, el lobo salió corriendo de las escaleras, dirigiéndose hacia el arco abierto que daba al bosque sin siquiera mirar atrás.

La araña saltó. Algo dorado brilló en el cielo.

El grito de batalla de Kadara estremeció los pinos. Sus garras rasgaron el abdomen de la *kharankui* y la araña cayó de las escaleras.

El lobo huyó cuando se escuchó el rugido de advertencia de Sartaq a su ruk, el cual quedó opacado por los gritos del ave y la araña. La *kharankui* aterrizó de espaldas, precisamente donde la quería Kadara, con el vientre expuesto a las garras de la ruk y a su pico afilado.

Unos cuantos cortes despiadados, la sangre negra que salía disparada y las patas delgadas agitándose y luego... silencio.

El arco de Nesryn colgaba de sus manos temblorosas, mientras Kadara desmembraba a la araña, que seguía moviéndose un poco. Volteó a ver a Sartaq, pero él miraba en otra dirección. Hacia el lobo.

Lo reconoció. Justo cuando el lobo cojeó en dirección a ellos, con una lesión profunda en su costado, y Sartaq vio sus ojos oscuros color zafiro. Supo lo que era, *quién* era, cuando los bordes de su pelo gris fulguraron y todo su cuerpo se llenó de una luz que se encogía y fluía. En ese instante, Falkan quedó parado y tambaleante frente a ellos, con una mano presionada contra la herida llena de sangre en sus costillas, Nesryn exhaló:

—Eres un metamorfo.

CAPÍTULO 35

Falkan cayó de rodillas y a su alrededor se dispersaron las hojas de pino. La sangre escurría entre sus dedos bronceados. Nesryn empezó a moverse en su dirección, pero Sartaq le impidió el paso con el brazo.

—No —*le advirtió.*

Nesryn le empujó el brazo y salió corriendo hacia el hombre herido. Se arrodilló frente a él.

—Nos seguiste hasta acá.

Falkan levantó la cabeza. El dolor que le enmarcaba los ojos era visible.

—Escuché anoche... cuando estaban frente a la hoguera.

Sartaq gruñó.

—Sin duda en forma de rata o de insecto.

Algo similar a la vergüenza llenó del rostro de Falkan.

—Volé hasta acá en forma de halcón. Los vi entrar. Luego la vi a *ella* subir la colina detrás de ustedes.

Tembló al ver hacia el sitio donde Kadara ya había terminado de destrozar a la araña. Ahora estaba en la parte superior de la torre viéndolo a él como si fuera su siguiente platillo.

Nesryn hizo un gesto al ave para que bajara con sus alforjas. Kadara deliberadamente la ignoró.

—Necesita ayuda —le siseó ella a Sartaq—. Vendajes.

—¿Mi *ej* lo sabe? —exigió saber el príncipe.

Falkan intentó sin éxito quitar la mano empapada en sangre de su costado y jadeó entre dientes.

—Sí —logró decir—. Le dije todo.

—¿Y qué corte te pagó para que vinieras?

—*Sartaq* —dijo Nesryn. Nunca lo había escuchado hablar así, nunca lo había visto tan *furioso*. Lo tomó del brazo—. Nos salvó la vida. Ahora le devolveremos el favor —señaló a la ruk—. Vendas.

Sartaq volteó a mirarla con ojos rabiosos.

—Él y los de su especie son asesinos y espías —gruñó—. Será mejor dejarlo morir.

—Yo no soy ninguna de esas cosas —jadeó Falkan—. Soy lo que dije ser: un comerciante. Cuando era joven, en Adarlan, ni siquiera *sabía* que tenía ese don. Era algo... algo de la familia; pero para cuando desapareció la magia, asumí que yo no lo había heredado. Me sentí *contento* de no tenerlo. Pero creo que no había madurado lo suficiente entonces, porque en cuanto puse un pie en estas tierras, ya que era hombre, ya como *esto* —hizo un gesto hacia su cuerpo y hacia los veinte años que había regalado antes; pero el dolor del movimiento lo obligó a encogerse de nuevo—, lo pude empezar a usar. Pude cambiar. Mal y con poca frecuencia, pero lo puedo lograr si me concentro. No representa nada para mí, esta herencia —le dijo al príncipe—. Era el don de mi hermano, de mi padre... yo nunca lo quise. Sigo sin quererlo.

—Sin embargo, puedes cambiar de ave a lobo y de lobo a hombre con tanta facilidad como si hubieras entrenado.

—Créeme, es más de lo que he hecho en mi... —Falkan gimió y se tambaleó.

Nesryn lo detuvo antes de que pudiera caer al suelo y le dijo a Sartaq en tono golpeado:

—Si no vas por los vendajes y el material de curación en este instante, te haré una herida que haga juego.

El príncipe se quedó boquiabierto y parpadeó un par de veces. Después silbó entre los dientes, un silbido corto y rápido, mientras avanzaba con pasos veloces hacia Kadara.

La ruk saltó de la torre y aterrizó sobre una de las estatuas de búhos ancladas en los muros del arco. La roca tronó bajo su peso.

—No soy un asesino —insistió Falkan todavía temblando—. He conocido a varios, pero yo no soy uno de ellos.

—Te creo —le dijo Nesryn, y lo dijo sinceramente. Sartaq le quitó los paquetes del lomo a Kadara y empezó a buscar.

—*El de la izquierda* —le ladró Nesryn.

El príncipe volteó a verla de nuevo por encima del hombro, pero obedeció.

—Quería matarla yo mismo —jadeó Falkan. Los ojos empezaban a nublársele, sin duda por la pérdida de sangre—. Para ver si... eso me devolvía los años. Aunque... aunque ella no es la que se llevó mi juventud, pensé que tal vez había... una especie de sistema que las uniera, aun del otro lado del océano. Una red, por decirlo de una manera, que uniera todo lo que ellas habían robado —una risa amarga y forzada—. Pero al parecer el golpe mortal también me fue robado.

—Creo que podemos perdonar a Kadara por haberlo hecho —dijo Nesryn y miró la sangre negra salpicada sobre el pico y las plumas de la ruk.

Otra risa adolorida.

—No te da miedo... saber qué soy.

Sartaq se acercó con los vendajes, un ungüento y lo que parecía ser un frasco lleno de una sustancia similar a la miel, probablemente para sellar la herida hasta que pudieran llegar con una sanadora. Bien.

—Una de mis amigas es metamorfa —admitió Nesryn, justo cuando Falkan se desmayó en sus brazos.

Minutos después de que Nesryn limpiara la herida de las costillas de Falkan y de que Sartaq la cubriera con lo que parecía ser una especie de capa de miel y hojas, ya iban volando nuevamente de regreso. La curación de Sartaq era para evitar que se infectara la herida y para controlar la pérdida de sangre. Volaron muy rápido de regreso al nido.

Ella y el príncipe apenas cruzaron palabra, aunque con Falkan en medio de ambos, el vuelo no les dio muchas oportunidades de hablar. Fue un vuelo difícil y peligroso. El peso muerto de Falkan a veces se ladeaba tanto que Sartaq gruñía por el esfuerzo para mantenerlo en la silla. Sólo tenían dos conjuntos de arneses, le dijo a Nesryn cuando se subieron a la silla. No iba a desperdiciar ninguna de sus vidas por la de un metamorfo, los hubiera salvado o no.

Pero lograron llegar, justo antes de que el sol se pusiera y de que los tres picos de los Dorgos empezaran a brillar con sus fogatas, como si las montañas estuvieran cubiertas de luciérnagas.

Kadara soltó un grito agudo cuando se acercaron al Salón de Montaña de Altun. Era un tipo de señal, al parecer, porque cuando llegaron, Borte, Houlun y muchos más, ya se habían reunido ahí, preparados con lo necesario para ayudar.

Nadie preguntó qué le había sucedido a Falkan. Nadie preguntó cómo había llegado hasta allá. Tal vez Houlun había ordenado que no los molestaran o tal vez simplemente era por el caos de bajarlo de la ruk y llevarlo con una sanadora. Nadie, excepto Borte.

Sartaq seguía furioso; tanto que llevó a su *ej* a un rincón del salón para exigirle respuestas sobre el metamorfo. O eso parecía, a juzgar por su mandíbula apretada y sus brazos cruzados. Houlun lo enfrentó, con los pies bien apoyados en el piso y la mandíbula tan tensa como la del príncipe.

A solas con Kadara, Nesryn empezó a desabrochar los paquetes, mientras Borte la observaba a unos metros de distancia.

—Que tenga los cojones para sermonearla a *ella* me dice que algo salió *muy* mal. Y que ella le esté permitiendo hacerlo me indica que se siente un poquito culpable.

Nesryn no respondió y gruñó al bajar un paquete especialmente pesado. Borte caminó para darle la vuelta a Kadara y miró al ave. Con cuidado.

—Tiene sangre negra en las garras, el pico y el pecho. Mucha sangre negra.

Nesryn dejó caer el paquete contra la pared.

—Y *tu* espalda está llena de sangre roja.

Donde Falkan estuvo recargado contra ella en el camino.

—Y ésa es una espada nueva. Una espada *hada* —dijo Borte y se acercó a examinar la espada desnuda que le colgaba del cinturón a Nesryn, quien dio un paso atrás.

Borte apretó los labios.

—Lo que sepas, quiero saberlo también.

—Yo no puedo decidir eso.

Miraron a Sartaq, quien todavía estaba furioso y Houlun estaba dejando que se desahogara.

—*Ej* se escapa sola varios días —Borte empezó a contar con los dedos—. Luego se van ustedes y regresan con un hombre que no se fue con ustedes y que no se llevó un ruk. Y la pobre de Kadara regresa cubierta de esta... asquerosidad —olisqueó la sangre negra. La ruk hizo sonar el pico en respuesta.

—Es lodo —mintió Nesryn.

Borte rio.

—Y yo soy una princesa hada. Puedo empezar a hacerle preguntas a todos o...

Nesryn la jaló hacia el muro donde estaban los paquetes.

—Si te lo digo, tienes que jurar que *no* dirás ni una sola palabra de esto a nadie, ni involucrarte de ninguna manera.

Borte se puso una mano sobre el corazón.

—Lo juro.

Nesryn suspiró con la mirada hacia el techo rocoso en las alturas. Kadara la miró como advirtiéndole que reconsiderara su decisión, pero Nesryn le dijo todo a Borte.

Debía haberle hecho caso a Kadara. Borte, había que reconocerlo, no le dijo a nadie más. Sólo a Sartaq, quien al fin había terminado de hablar con Houlun y se acercó a ellas sólo para recibir un sermón y un golpe en el hombro por no haberle informado a su hermana-hogar adónde iba. Y peor por no haberla *invitado*.

Sartaq miró molesto a Nesryn cuando se dio cuenta de quién le había dicho a Borte, pero estaba demasiado agotada como para darle importancia. Sin más, se dirigió a su habitación abriéndose camino entre las columnas. Sabía que Sartaq iba detrás de ella porque escuchó a Borte gritar:

—¡Me vas a llevar la próxima vez, animal terco!

Y justo antes de que Nesryn llegara a su puerta, al santuario de una cama suave, el príncipe la tomó del codo.

—Me gustaría hablar contigo.

Nesryn se metió a la recámara y Sartaq entró tras ella. Luego cerró la puerta y se recargó contra ella. Se cruzó de brazos al mismo tiempo que Nesryn.

—Borte amenazó con empezar a hacerle preguntas reveladoras a todos en el nido si no le decía.

—No me importa.

Nesryn parpadeó.

—Entonces qué...

—¿Quién tiene las llaves del wyrd?

La pregunta hizo eco entre ellos. Nesryn tragó saliva.

—¿Qué es una llave del wyrd?

Sartaq se separó de la puerta.

—Mentirosa —exhaló—. Mientras estuvimos fuera, mi *ej* recordó algunas de las demás historias, las sacó de esa memoria colectiva que posee como Guardiana de las Historias. Historias sobre un portal del wyrd por el que pasaron el Valg y sus reyes... la cual podían abrir a voluntad con tres llaves que debían usarse al mismo tiempo. Recordó que esas llaves se *perdieron* cuando la misma Maeve las robó y las usó para mandar al Valg de regreso. Están ocultas, dice, en el mundo.

Nesryn sólo arqueó la ceja.

—¿Y qué con eso?

Un resoplido con frialdad.

—Así fue como Erawan consiguió su ejército tan rápido; ése fue el motivo por el cual ni siquiera Aelin del Fuego Salvaje puede derrotarlo sin ayuda. Él debe tener al menos una. No todas, o ya estaríamos todos bajo su yugo. Pero al menos una, tal vez dos. Así que, ¿dónde está la tercera?

Ella honestamente no lo sabía. Ni Aelin ni nadie más le había dicho si tenían alguna idea de dónde estaba. Sólo sabía que su finalidad última, más allá de la guerra y la muerte, era quitarle a Erawan las que tuviera. Pero no podía siquiera decirle eso...

—Tal vez ahora entiendas —dijo Nesryn con la misma frialdad—, por qué estamos tan desesperados por el apoyo de los ejércitos de tu padre.

—Para que los masacren.

—Cuando Erawan termine de masacrarnos a nosotros, vendrá a tu puerta.

Sartaq maldijo.

—Lo que vi hoy, esa *cosa*... —se talló la cara con manos temblorosas—. El Valg alguna vez usó esas arañas como soldados rasos. Legiones de ellas —bajó las manos—. Houlun averiguó sobre otras tres torres en ruinas, al sur. Iremos hacia allá en cuanto sane el metamorfo.

—¿Llevaremos a Falkan?

Sartaq abrió la puerta con brusquedad, tanta que a ella le sorprendió que no la arrancara de las bisagras.

—Aunque sea un pésimo metamorfo como dice, un hombre que puede cambiar y convertirse en un lobo de ese tamaño es un arma demasiado buena como para no llevarla cuando se va a un lugar tan peligroso —la miró con severidad—. Él irá conmigo.

—¿Y adónde iré yo?

Sartaq le sonrió sin humor antes de salir al pasillo.

—Tú volarás con Borte.

CAPÍTULO 36

Lo atrofiado de sus piernas... estaba desapareciendo.

Tres semanas después, Yrene estaba maravillada. Habían recuperado el movimiento hasta la rodilla, aunque no más arriba. Chaol ahora podía doblar las piernas, pero no podía mover los muslos. No podía sostenerse de pie.

Sin embargo, los entrenamientos matutinos con los guardias, las tardes que pasaba sanando, envuelto en la oscuridad del recuerdo y el dolor...

Sus piernas empezaban de nuevo a formar músculo. Los hombros ya de por sí anchos empezaban a llenarse más, al igual que el pecho impresionante. Gracias al entrenamiento bajo el sol de la mañana, su piel había adquirido un bronceado más oscuro. El color se veía bien cuando movía los brazos musculosos.

Trabajaron todos los días hasta establecer un ritmo, hasta tener una rutina que se convirtió en parte de Yrene, tanto como lavarse la cara, limpiarse los dientes o desear una taza de *kahve* al despertar.

Él volvió a ir a las clases de defensa. Las acólitas más jóvenes seguían con sus risitas irremediables cuando estaban alrededor de él, pero al menos ya nunca habían llegado tarde desde que él empezó a asistir. Él incluso le enseñó a Yrene nuevas maniobras para enfrentar atacantes más grandes. Y aunque nunca escaseaban las sonrisas en el patio de la Torre, él e Yrene tomaban muy en serio las explicaciones detalladas de estas maniobras porque estaban pensando en el momento en que ella pudiera necesitarlas.

No obstante, no se había escuchado ni un murmullo del atacante ni había confirmación de que en realidad hubiera sido Valg. Un ligero consuelo, supuso Yrene. Pero de todas maneras ella ponía atención en las clases de Chaol y él la entrenaba con esmero.

Los hijos del khagan habían ido y venido del palacio varias veces y ella no había visto a Kashin desde el día que lo buscó a la hora de la cena para agradecerle su ayuda y generosidad la noche del ataque. Él le dijo que era innecesario, pero ella de todas maneras le tocó el hombro en agradecimiento, antes de ir a tomar su lugar junto a Chaol, donde se sentía segura.

La causa de Chaol con el khagan... Chaol e Yrene no se arriesgaron a hablar sobre la guerra, sobre la necesidad de más ejércitos. Y el tema del oasis Aksara y el manantial de conocimiento, que podría estar oculto bajo esas palmeras, que podría explicar por qué ese lugar acaso *tenía* información sobre el Valg... Ninguno de los dos había encontrado una manera de manipular a Hasar para que los llevara sin despertar sospechas; sin arriesgarse a que la princesa se hiciera consciente de esos pergaminos que Yrene y Chaol todavía tenían ocultos en su recámara.

Yrene sabía que él tenía prisa. Podía ver cómo sus ojos se tornaban distantes a veces, como si estuviera mirando hacia una tierra lejana. Como si recordara a los amigos que peleaban allá, a su gente. Él siempre se exigía más después de esos episodios: y cada centímetro de movimiento que recuperaba en las piernas se debía tanto a sus esfuerzos como a la magia de ella.

Pero Yrene también se exigía. Se preguntaba si ya habría iniciado la batalla; se preguntaba si acaso llegaría a tiempo para ayudar; se preguntaba si quedaría algo a lo cual regresar.

La oscuridad que se encontraban cuando lo sanaba, proveniente del demonio que vivió dentro del hombre que había destruido tanto en el mundo... También trabajaron en eso. Ella no había sido arrastrada a los recuerdos de Chaol como antes, no había tenido que ser testigo de los horrores de Morath ni soportar la atención de esa *cosa* que quedaba en su interior; sin embargo, su magia seguía presionando contra la lesión, seguía arremolinándose a su alrededor como mil puntos de luz blanca, carcomiendo, consumiendo y rasguñando.

Él soportaba el dolor, avanzaba por lo que la oscuridad le mostraba. Nunca se alejó de eso, lo toleraba día tras día. Sólo se detenía cuando ella flaqueaba, entonces él insistía en que Yrene descansara para comer o para dormir una siesta en el sofá dorado o para conversar un rato tomando té helado.

Yrene suponía que ese progreso constante se toparía con un obstáculo en algún momento. Pensó que probablemente sucedería cuando discutieran por algo, no debido a noticias de lejos.

El khagan regresó a la cena formal de todas las noches, después de pasar dos semanas con su esposa, todavía de luto, en su casa de playa para escapar del calor del verano. Las cenas eran reuniones animadas o al menos eso parecían desde lejos. Sin otros ataques al palacio o a la Torre, la vigilancia silenciosa se había aligerado en las últimas semanas.

Sin embargo, cuando Yrene y Chaol entraron al gran salón esa noche, ella pudo percibir la tensión contenida en todos los que estaban en la mesa principal. Dudó si debía decirle a Chaol que se marcharan. Los visires se reacomodaron en sus lugares. Arghun, a quien ciertamente *no* habían extrañado mientras estuvo con sus padres en la playa, sonrió. Hasar le sonrió ampliamente a Yrene, con mirada conspiradora. Ésa no era buena señal.

Llevaban tal vez quince minutos cenando cuando la princesa saltó al ataque. Hasar se inclinó al frente y le dijo a Chaol:

—Debes estar complacido esta noche, lord Westfall.

Yrene se quedó perfectamente derecha en su silla. Su tenedor no titubeó cuando se llevó el bocado de mero con limón a la boca y se obligó a tragar.

Chaol bebió de su copa de agua y respondió con suavidad:

—¿Y por qué sería, Su Alteza?

Las sonrisas de Hasar podían ser terribles. Mortíferas. Y la que tenía en ese momento que habló hizo que Yrene se preguntara por qué se había molestado en responder al llamado de la princesa.

—Bueno, si hacemos cuentas, la capitana Faliq debe regresar mañana con mi hermano.

Yrene apretó la mano alrededor de su tenedor e hizo los cálculos.

Tres semanas. Ya habían pasado tres semanas desde la partida de Nesryn y Sartaq a las Montañas Tavan. Nesryn regresaría al día siguiente. Y aunque nada, *nada*, había pasado entre ella y Chaol... Yrene no pudo evitar sentir que el pecho se le colapsaba. No pudo evitar la sensación de que se le estaba cerrando la puerta permanentemente en la nariz.

No habían hablado de Nesryn. De lo que había entre ella y Chaol. Y él nunca había tocado a Yrene más de lo necesario, no la había vuelto a ver como la noche de la fiesta... porque por supuesto... por supuesto estaba esperando a Nesryn. La mujer a quien... a quien le era leal.

Yrene se obligó a comer otro bocado a pesar de que el pescado se le agrió en la boca.

Tonta. Era una *tonta* y...

—¿No te enteraste de la noticia? —dijo Chaol lentamente, con la misma irreverencia que la princesa. Dejó su copa en la mesa y sus nudillos rozaron los de Yrene.

Para cualquier otra persona podría pasar desapercibido, como un roce accidental, pero con Chaol... Todos y cada uno de sus movimientos eran controlados. Concentrados. El roce de su piel contra la de ella era un susurro tranquilizador, como si pudiera percibir que Yrene sentía que se le iban cerrando las paredes a su alrededor...

Hasar miró a Yrene molesta.

—¿Por qué no me informaste de esto?"

Yrene la miró fingiendo inocencia.

—No lo sabía —era la verdad.

—¿Supongo que nos dirás? —dijo Hasar con frialdad al lord.

Chaol se encogió de hombros.

—Hoy recibí comunicación de la capitana Faliq. Ella y tu hermano decidieron extender su viaje otras tres semanas. Al parecer su habilidad con el arco y la flecha fue muy solicitada entre sus rukhin. Le rogaron que se quedara más tiempo. Ella dijo que sí.

Yrene intentó que su rostro permaneciera neutral. Aunque el alivio y la vergüenza la invadían. Una buena mujer... una mujer valiente... que sintiera tanto alivio porque ella *no* regresara. Porque no... interrumpiera.

—Nuestro hermano hace bien —dijo Arghun desde su extremo de la mesa— al conservar a esa guerrera tan talentosa el mayor tiempo posible.

El aguijón estaba ahí, enterrado hasta el fondo.

Chaol volvió a encogerse de hombros.

—Sí, hace bien en reconocer lo especial que es ella.

Pronunció esas palabras con sinceridad, pero... Ella estaba inventando cosas, Estaba interpretando de más, asumiendo que su tono no implicaba sino orgullo.

Arghun se inclinó al frente para dirigirse a Hasar.

—Bueno, entonces nos queda el asunto de la *otra* noticia, hermana. La cual asumo también conoce lord Westfall.

A unos cuantos asientos de distancia, la conversación del khagan con sus visires más cercanos vaciló.

—Ah, sí —dijo Hasar. Hizo girar el vino en su copa y se extendió en su silla—. Se me había olvidado.

Yrene intentó ver a Renia a los ojos, para ver si la amante de la princesa le podía revelar *algo* sobre lo que parecía estar sucediendo, sobre la ola que presentía estaba a punto de romper sobre ellos; sobre el motivo por el cual se sentía tanta tensión en el cuarto. Pero Renia miraba a Hasar con una mano sobre su brazo como para decirle: *cuidado*. No por lo que Hasar estaba a punto de revelar, sino por *cómo* lo revelaría.

Chaol miró entre Arghun y Hasar. Por las sonrisas de ambos, le quedaba claro que ellos sabían que él no estaba enterado. Pero Chaol todavía parecía estar debatiéndose entre si merecía la pena aparentar que lo sabía o aceptar la verdad...

Yrene evitó que Chaol tuviera que decidir.

—No estoy enterada —dijo ella—. ¿Qué pasó?

Bajo la mesa, Chaol hizo que se tocaran sus rodillas como agradecimiento. Ella se dijo que era meramente el placer de que *pudiera* mover la rodilla lo que le recorría el cuerpo, a pesar de que el temor se arremolinaba en su estómago.

—Bueno —empezó a decir Hasar, los acordes de apertura de un baile que ella y Arghun habían coordinado antes de la cena—, ha habido ciertos... acontecimientos en el continente vecino, al parecer.

Yrene entonces presionó *su* rodilla contra la de Chaol, en solidaridad silenciosa. "Juntos", intentó decirle a través del puro tacto.

Arghun le dijo a Yrene, a Chaol y luego a su padre:

—Hay muchas novedades en el norte. Miembros desaparecidos de la realeza que han surgido nuevamente. Tanto Dorian Havilliard como la reina de Terrasen. La última lo hizo de manera muy dramática, además.

—Dónde —susurró Yrene porque Chaol no pudo. De hecho, el aliento se le había escapado al escuchar la mención de su propio rey.

Hasar le sonrió a Yrene; la misma sonrisa complacida que le esbozó cuando llegó.

—Bahía de la Calavera.

La mentira, la información inventada que Chaol le había dado para que ella se la proporcionara a la princesa... resultó ser cierta. Ella sintió que Chaol se ponía tenso aunque su rostro no revelaba nada salvo un leve interés.

—Un puerto pirata en el sur, Gran Khagan —le explicó Chaol a Urus que estaba sentado al otro lado de la mesa, como si él estuviera consciente de la noticia y fuera parte de la conversación—. En medio de un archipiélago grande.

El khagan volteó a ver a sus visires visiblemente molestos y frunció el ceño con ellos.

—¿Y por qué aparecerían en la Bahía de la Calavera?

Chaol no tenía la respuesta, pero Arghun la proporcionó con entusiasmo.

—Porque Aelin Galathynius decidió enfrentar al ejército de Perrington acampado en el borde de ese archipiélago.

Yrene quitó la mano de la mesa para ponerla sobre la rodilla de Chaol. La tensión irradiaba de cada una de las líneas severas de su cuerpo.

Duva preguntó con la mano en su creciente vientre:

—¿La victoria fue en su favor o en el de Perrington?

Como si fuera un encuentro deportivo. En efecto, su esposo veía con interés cómo giraban las cabezas de un lado al otro de la mesa.

—Oh, en favor de ella —dijo Hasar—. Ya teníamos ojos en el poblado, así que pudieron elaborarnos un reporte completo —esa sonrisa orgullosa y secreta en dirección a Yrene. Los espías que ella había enviado usando la información de la sanadora—. Su poder es considerable —agregó, dirigiéndose a su padre—. Nuestras fuentes dicen que quemó el mismo cielo y que luego arrasó con la mayor parte de la flota que se había reunido para atacarla. Con un solo golpe.

Santos dioses.

Los visires se movieron y el rostro del khagan se endureció.

—Los rumores sobre la destrucción del castillo de cristal no eran exageraciones, entonces.

—No —respondió Arghun con tranquilidad—. Y sus poderes han crecido desde entonces. Junto con los de sus aliados. Dorian Havilliard viaja con su corte. Y la Bahía de la Calavera y su lord Pirata ahora le responden a ella.

Conquistadora.

—Luchan *con* ella —interrumpió Chaol—. En contra de las fuerzas de Perrington.

—¿Sí? —preguntó Hasar y entró a la pelea verbal defendiendo su posición con facilidad—. No es Perrington el que viene navegando por la costa de Eyllwe, quemando poblados por placer.

—Eso es mentira —dijo Chaol con demasiada suavidad.

—¿Lo es? —dijo Arghun encogiéndose de hombros. Después miró a su padre, el vivo retrato del hijo preocupado—: Nadie la ha visto, por supuesto, pero poblados enteros han terminado en cenizas y ruinas. Dicen que se dirige a Banjali, con la intención de obligar a la familia Ytger a que le consiga un ejército.

—Eso es *mentira* —explotó Chaol. Se le alcanzaron a ver los dientes y los visires se inquietaron y ahogaron un grito, pero él se dirigió al khagan—. Yo conozco a Aelin Galathynius, Gran Khagan. No es su estilo, no está en su naturaleza. La familia Ytger... —hizo una pausa.

"Es importante para ella." Yrene sintió las palabras en la lengua de Chaol, como si fueran de ella. La princesa y Arghun se inclinaron al frente, esperando que él lo confirmara. Querían una prueba de la debilidad potencial de Aelin Galathynius.

No en su magia, sino en quién era vital para ella. Y Eyllwe, que quedaba entre las fuerzas de Perrington y el khaganato... Yrene podía ver cómo daban vuelta los engranes en sus mentes.

—La familia Ytger sería más útil como aliada del sur —corrigió Chaol con los hombros tensos—. Aelin es lista y lo sabe.

—Y supongo que tú lo sabes —dijo Hasar—, dado que fuiste su amante en algún momento. ¿O fue el rey Dorian? ¿O ambos? Los espías nunca pudieron decirme con claridad quién estuvo en su cama o cuándo.

Yrene se tragó su sorpresa. ¿Chaol... y Aelin Galathynius?

—La conozco bien, sí —dijo Chaol con hermetismo.

Él presionó más su rodilla contra la de ella, como diciendo: "Después; te lo explicaré después".

—Pero estamos hablando de la *guerra* —le dijo Arghun—. La guerra suele hacer que la gente actúe de manera atípica.

La condescendencia y la burla en su tono de voz bastaron para hacer que Yrene apretara los dientes. Este ataque había sido planeado, una alianza temporal entre los dos hermanos.

—¿Ella tiene las miras puestas en estas costas? —interrumpió Kashin.

Era la pregunta de un soldado. Con la intención de evaluar la amenaza a su tierra, a su rey.

Hasar se limpió las uñas.

—¿Quién sabe? Con esos poderes... Tal vez ella piense que puede disponer de nosotros.

—Aelin ya está peleando una guerra —gruñó Chaol—. Y no es ninguna conquistadora.

—La Bahía de la Calavera y Eyllwe parecieran sugerir lo contrario.

Un visir le susurró algo al oído al khagan. Otro se acercó para escuchar. Ya estaban maquinando.

—Gran Khagan —le dijo Chaol a Urus—, sé que algunas personas podrían hacer que estas noticias pinten una mala imagen de Aelin, pero le juro que la reina de Terrasen sólo busca liberar nuestras tierras. Mi rey no se aliaría con ella si no fuera así.

—¿Lo *jurarías*? —preguntó Hasar pensativa—. ¿Lo jurarías por la vida de Yrene?

Chaol se quedó parpadeando ante la pregunta de la princesa.

—De lo que has visto —continuó Hasar—, de todo lo que has observado de su carácter... ¿Jurarías por la vida de Yrene Towers que Aelin Galathynius no usaría esas tácticas? ¿Que no intentaría *tomar* ejércitos en vez de reunirlos? ¿Incluyendo el nuestro?

"Di que sí. Di que sí."

Chaol ni siquiera volteó a ver a Yrene. Miró fijamente a Hasar y luego a Arghun. El khagan y sus visires dejaron de hablar entre ellos.

Chaol no dijo nada. No juró nada.

La sonrisita de Hasar apenas ocultaba que se sentía victoriosa.

—Eso pensé.

A Yrene se le revolvió el estómago.

—Si Perrington y Aelin Galathynius están reuniendo ejércitos —el khagan se dirigió a Chaol—, tal vez se destruirán mutuamente y me ahorren la molestia.

Un músculo se movió en la mandíbula de Chaol.

—Tal vez es tan poderosa —dijo Arghun—, que puede derrotar a Perrington ella sola.

—No olviden al rey Dorian —intervino Hasar—. Vaya, apostaría a que entre ambos no necesitarían de más ayuda para encargarse de Perrington y de cualquier ejército que hayan reunido. Será mejor que dejemos que ellos se encarguen de ese asunto y no desperdiciar nuestra sangre en territorio extranjero.

Yrene temblaba. Temblaba con... con *rabia* por la cuidadosa selección de palabras, el jueguito que Hasar y su hermano habían armado para evitar ir a la guerra.

—Pero —intervino Kashin, quien pareció notar la expresión de Yrene—, también podría ser que si *sí* ayudamos a esos reyes tan poderosos, los beneficios en años de paz justifiquen los riesgos en el presente —miró al khagan—. Si los apoyáramos, padre, en el caso de que nosotros alguna vez nos enfrentáramos a algo similar, imagina el poder que tendríamos contra nuestros enemigos.

—O en contra de nosotros, si a la reina le parece fácil romper sus juramentos —interrumpió Arghun.

El khagan estudió a Arghun; su hijo mayor ahora fruncía el ceño con desagrado hacia Kashin. Duva, con la mano todavía en su vientre de embarazada, sólo observaba. Nadie la notaba ni preguntaba, ni siquiera su esposo.

—La magia de nuestra gente es mínima —Arghun de dirigió a su padre—. El Cielo Eterno y los treinta y seis dioses bendijeron principalmente a las sanadoras —frunció el ceño a Yrene—. Contra un poder así, ¿de qué sirven el acero y la madera? Aelin Galathynius tomó Rifthold, luego la Bahía de la Calavera, y ahora parece ser que va por Eyllwe. Un gobernante sabio hubiera ido al norte, a fortalecer su reino, y luego hubiera presionado hacia el sur desde la frontera. Pero ella eligió esparcir sus fuerzas por todas partes, dividirlas entre el norte y el sur. Si no es una tonta, entonces sus consejeros lo son.

—Son guerreros bien entrenados que han visto más guerras y batallas de las que tú verás en tu vida —respondió Chaol con frialdad.

El príncipe primogénito se quedó pasmado. Hasar rio en voz baja. El khagan volvió a sopesar las palabras que se habían pronunciado a su alrededor.

—Esto es algo que se debe discutir en salas de consejo, no durante la cena —dijo, aunque no se percibió nada tranquilizador en sus palabras. No para Chaol ni para Yrene—. Aunque tiendo a coincidir con lo que nos dicen los hechos.

Había que reconocerle a Chaol que no haya seguido insistiendo. No se notó alterado, ni frunció el ceño. Sólo asintió una vez.

—Le agradezco el honor de su consideración, Gran Khagan.

Arghun y Hasar intercambiaron miradas de burla. Pero el khagan simplemente regresó a su cena. Ni Yrene ni Chaol volvieron a tocar el resto de su comida.

Perra. La princesa era una perra y Arghun era un infeliz como pocos.

Su renuencia a la guerra no era del todo injustificada, el temor a los poderes de Aelin y la amenaza que ella podría representar. Pero Chaol podía discernir cuáles eran sus verdaderos motivos. Sabía que Hasar simplemente no *quería* dejar las comodidades de su hogar, los brazos de su amante, para navegar hacia la guerra. No quería ninguno de esos inconvenientes.

Y Arghun... Ese hombre comerciaba con el poder, con la información. No dudaba de que Arghun estuviera discutiendo contra él básicamente porque quería orillarlo a quedar en una posición desesperada. Más de la que ya estaba. Para que estuviera dispuesto a ofrecerles lo que fuera a cambio de su ayuda.

Kashin haría lo que le pidiera su padre. Y en cuanto al khagan...

Horas después, Chaol estaba recostado en su cama, viendo el techo, y seguía rumiando, furioso. Yrene lo dejó con un apretón en el hombro y le prometió que lo vería al día siguiente. Chaol apenas le había podido contestar.

Debía haber mentido. Debía haber jurado que le confiaría su propia vida a Aelin. Porque Hasar sabía que si le pedía que jurara por la vida de Yrene... Aunque sus treinta y seis dioses no se preocuparan por él, no podía arriesgarse. Él había visto a Aelin hacer cosas terribles.

Todavía soñaba con la vez que evisceró a Archer Finn a sangre fría. Todavía soñaba con lo que había dejado del cuerpo de Tumba en ese callejón. Todavía soñaba con los asesinatos de hombres como si fueran ganado, en Rifthold y en Endovier, y sabía lo insensible y brutal que Aelin se podía poner. Había discutido con ella ese mismo verano justo por esa razón: el control de su poder... La ausencia de él.

Rowan era un buen hombre. No le temía a Aelin para nada, no le temía a su magia. ¿Pero *ella* escucharía su consejo? Aedion y Aelin tenían tantas probabilidades de llegar a los golpes como de estar de acuerdo, y Lysandra... Chaol no conocía a la metamorfa tan bien como para saber si ella sería capaz de controlar el temperamento de Aelin.

Sin embargo, Aelin sí había cambiado, se había transformado en una reina. Seguía transformándose en una. Pero él sabía que para Aelin no existían límites, al menos internos, cuando se trataba de proteger a los que amaba. De proteger su reino. Y si alguien se interponía en su camino, si trataba de evitar que los protegiera... No había línea que Aelin no cruzara en ese caso. Ninguna.

Así que no había podido jurar por la vida de Yrene, no podía jurar que Aelin estaría por encima de ese tipo de métodos. Conociendo su historia complicada con Rolfe, probablemente había usado el poder de su magia para intimidarlo y obligarlo a que se uniera a su causa.

Pero en el caso de Eyllwe... ¿Habían mostrado alguna señal de oposición, como para que ella buscara aterrorizarlos? No podía imaginar eso, que Aelin *considerara* lastimar inocentes, mucho menos al pueblo de su amiga tan amada. Y sin embargo, ella sabía cuál era el riesgo que representaba Perrington... Erawan. Lo que les haría a todos si ella no lograba unirlos por el medio que fuera necesario.

Chaol se frotó la cara. Si Aelin hubiera conservado el control, si se presentara como la reina amenazada... Eso le hubiera facilitado mucho la misión.

Tal vez Aelin les había costado esta guerra. Esta única oportunidad de tener un futuro.

Al menos ya tenía noticias de Dorian; sin duda estaba tan seguro como podría esperarse de alguien que acompañaba a la corte de Aelin. Chaol lanzó una plegaria hacia la noche para agradecer ese pequeño consuelo.

Alguien tocó suavemente y él se sentó de golpe. El sonido no provenía de la sala, sino de la ventana.

A él se le movieron las piernas y se le doblaron un poco a la altura de la rodilla. Era más un reflejo que un movimiento controlado. Él e Yrene habían estado trabajando en la rutina pesada de ejercicios de piernas dos veces al día y las diversas terapias le estaban ayudando a recuperar movimiento centímetro a centímetro, junto con la magia que ella vertía en su cuerpo cuando tenía que soportar la horda de recuerdos de la oscuridad. Nunca le dijo a ella lo que veía, qué lo hacía gritar.

No tenía caso. Y decirle a Yrene lo grave de sus fracasos, lo equivocado de sus juicios... lo hacía sentir náuseas. Pero lo que estaba parado en el jardín bajo el velo de la noche... Eso no era un recuerdo.

Chaol entrecerró los ojos para ver mejor hacia la oscuridad y distinguió una figura masculina parada afuera con la mano levantada a modo de saludo silencioso. La mano de Chaol se fue discretamente hacia el cuchillo que tenía debajo de la almohada. Pero la figura avanzó más hacia la luz de la linterna, Chaol exhaló y le indicó al príncipe que entrara.

Con un movimiento rápido de su navaja, Kashin abrió el cerrojo de la puerta del jardín y entró.

—No sabía que una de las habilidades de los príncipes fuera abrir cerraduras —dijo Chaol a modo de saludo.

Kashin se quedó en la puerta. La lámpara del exterior alumbraba su rostro lo suficiente como para que Chaol alcanzara a distinguir una media sonrisa.

—Me temo que esto lo aprendí más para entrar y salir de las habitaciones de las damas que para robar.

—Pensé que aquí eran más abiertos a estos temas que en mi corte.

La sonrisa aumentó.

—Tal vez, pero los esposos gruñones son iguales en cualquier continente.

Chaol rio y sacudió la cabeza.

—¿Qué puedo hacer por ti, príncipe?

Kashin miró hacia la puerta de la habitación y Chaol lo imitó: ambos comprobaban que no se vieran sombras moviéndose del otro lado. Después de confirmar que no las había, Kashin dijo:

—Asumo que aún no has descubierto nada que nos señale quién podría estar atormentando a Yrene.

—Me gustaría poder decirte que sí.

Pero ahora que Nesryn no estaba, había tenido pocas oportunidades de buscar indicios de un agente del Valg en Antica. Y las cosas habían estado tan tranquilas esas tres semanas que él albergaba la esperanza de que simplemente se hubieran... marchado. La atmósfera de la Torre se había sentido mucho más apacible desde entonces, como si las sombras ya hubieran quedado atrás.

Kashin asintió.

—Sé que Sartaq salió con tu capitana a buscar respuestas sobre esta amenaza.

Chaol no se atrevió a confirmar ni a negar. No estaba del todo seguro de cómo habían quedado las cosas entre Sartaq y su familia, si había recibido la venia de su padre para marcharse.

—Tal vez por eso —continuó Kashin—, mis hermanos montaron un frente unido contra ti esta noche. Si Sartaq está tomando la amenaza en serio, ellos están conscientes de que tienen el tiempo contado para convencer a nuestro padre de no unirse a la causa.

—Pero si la amenaza es real —dijo Chaol—, si pudiera derramarse hacia estas tierras, ¿por qué no pelear? ¿Por qué no detenerla antes de que llegue a estas costas?

—Porque es guerra —dijo Kashin y, por la manera en que habló, la posición de su cuerpo, Chaol se sintió muy joven—. Y aunque la manera en que mis hermanos presentaron su argumento fue desagradable, sospecho que Arghun y Hasar están conscientes de los costos que implica unirse a tu causa. El poderío entero de los ejércitos del khaganato jamás ha salido a tierras extranjeras. Algunas legiones sí, de rukhin o la armada o mis propios jinetes. A veces dos van unidos, pero nunca todos, nunca lo que ustedes piden. El costo de vidas, el gasto que implicaría en nuestras arcas... sería enorme. No te equivoques pensando que mis hermanos no lo entienden muy, muy bien.

—¿Y su miedo a Aelin?

Kashin resopló.

—No puedo explicar eso. Tal vez tengan fundamentos. Tal vez no.

—Entonces, ¿te metiste a mi recámara para decírmelo?

Debía ser más respetuoso, pero...

—Vine a decirte otro fragmento de información que Arghun decidió no compartir.

Chaol esperó, deseando no estar recostado en una cama, desnudo de la cintura para arriba.

—Nuestro visir de comercio exterior —continuó Kashin— nos entregó un informe sobre un pedido grande y lucrativo de un arma relativamente nueva.

Chaol dejó de respirar un instante. Si Morath había encontrado una manera...

—Se llaman lanzas de fuego —dijo Kashin—. Nuestros mejores ingenieros las diseñaron combinando varias armas del continente.

Oh, dioses. Si Morath las tenía en su arsenal...

—El capitán Rolfe las ordenó para su flota, hace meses. Y cuando llegaron las noticias de que la Bahía de la Calavera había caído bajo Aelin Galathynius, también llegó una orden de más lanzas de fuego que debían enviarse al norte.

Chaol consideró la información.

—¿Por qué no lo mencionó Arghun en la cena?

—Porque las lanzas de fuego son muy, muy costosas.

—Seguramente eso es bueno para la economía del khaganato.

—Lo es.

Y *no* era bueno para los propósitos de Arghun de querer evitar la guerra.

Chaol se quedó un momento en silencio.

—¿Y tú, príncipe? ¿Tú quieres participar en esta guerra?

Kashin no respondió de inmediato. Miró la habitación, el techo, la cama y finalmente al propio Chaol.

—Ésta será la gran guerra de nuestra era —dijo Kashin en voz baja—. Cuando estemos muertos, cuando incluso los nietos de nuestros nietos hayan muerto, todavía seguirán hablando de esta guerra. Contarán las historias en voz baja alrededor de las fogatas, cantarán sobre ella en los grandes salones. Quién vivió y quién murió, quién peleó y quién se acobardó —tragó saliva—. Mi *sulde* vuela hacia el norte, día y noche, el pelo ondea al norte. Así que tal vez enfrente mi destino en las planicies de Fenharrow. O ante los muros blancos de Orynth. Pero yo iré al norte... si mi padre me lo ordena.

Chaol lo consideró. Miró los baúles contra la pared cercana al baño. Kashin se había dado ya la vuelta para marcharse cuando Chaol preguntó:

—¿Cuándo es la siguiente junta de tu padre con el visir de comercio exterior?

CAPÍTULO 37

Nesryn se había quedado sin tiempo, pues Falkan necesitó diez días para recuperarse; lo cual les dejó muy poco tiempo a ella y a Sartaq para visitar las otras ruinas de torres al sur. Intentó convencer al príncipe de que fueran sin el metamorfo, pero él se había negado. No correría ningún riesgo, menos ahora que Borte estaba decidida a acompañarlos.

Pero Sartaq encontró otras maneras de ocupar el tiempo. Llevó a Nesryn a otros nidos al norte y al oeste, donde se reunió con las madres-hogar y sus capitanes, tanto hombres como mujeres, al mando de sus fuerzas.

Algunos les dieron la bienvenida y recibieron a Sartaq con banquetes y festejos que duraban hasta bien entrada la noche.

Otros, como los berald, fueron más fríos y sus madreshogar y otros líderes no los invitaron a quedarse más tiempo del necesario. En realidad, no sacaron jarras de la leche de cabra fermentada que bebían y que era tan fuerte que hubiera podido hacer que a Nesryn le brotara pelo en el pecho, la cara y los dientes. Ella casi se ahogó la primera vez que la probó y se ganó varias palmadas fuertes en la espalda y un brindis en su honor.

La cálida bienvenida seguía sorprendiéndola. Las sonrisas de los rukhin, quienes le pedían, a veces con timidez, a veces descaradamente, que hiciera demostraciones con el arco y la flecha. Ella les enseñó todo lo que sabía, pero también aprendía en el proceso. Voló con Sartaq entre los pasos de las montañas. El príncipe le señalaba blancos y

Nesryn colocaba ahí sus flechas, aprendiendo cómo disparar hacia el viento, *como* el viento.

Sartaq incluso le permitió que volara sola sobre Kadara en una ocasión, sólo una, y eso fue suficiente para que ella volviera a preguntarse cómo era posible que le permitieran a niños de cuatro años hacerlo. Sin embargo... nunca se había sentido tan liberada. Tan ligera y sin ataduras, pero completamente firme en ella misma.

Así que fueron, de clan en clan, de hogar en hogar. Sartaq iba supervisando a los jinetes y su entrenamiento, se detenía a visitar a los bebés recién nacidos y a los ancianos enfermos. Nesryn permaneció como su sombra o eso intentó.

Cuando se quedaba un paso atrás, Sartaq la impulsaba al frente. Además, siempre que había algo que hacer con los demás él le pedía que lo hiciera: lavar después de una comida, ir por las flechas después de la práctica de tiro, limpiar las heces de los ruks de los salones y los nidos.

En esa última tarea, por lo menos, el príncipe también participaba. Sin importar su rango, sin importar su estatus como capitán, él realizaba todas las tareas sin una sola queja. Nadie estaba por encima del trabajo, le dijo cuando ella preguntó una noche.

Y ya fuera limpiar heces incrustadas en el piso o enseñarle a los jóvenes guerreros cómo poner la cuerda en el arco, toda esa actividad permitió que la inquietud interior de Nesryn se aplacara.

Ya no podía imaginar aquellas reuniones silenciosas en el palacio en Rifthold, cuando le daba órdenes a los guardias solemnes y ellos se marchaban entre pisos de mármol y objetos costosos. No podía recordar las barracas de la ciudad, donde ella se ocultaba al fondo de la habitación llena de gente, donde recibía sus órdenes y luego se quedaba vigilando una esquina en la calle durante horas, viendo a la gente pasar, comer, comprar y discutir. Era otra vida, otro mundo.

Aquí, en la profundidad de las montañas, con el aire fresco, sentada junto a la hoguera escuchando las historias de Houlun sobre los rukhin y los señores ecuestres, historias del primer khagan y su amada esposa, en honor a quien habían nombrado a Borte... Aquí, no podía recordar la vida que tenía antes. Y no quería regresar a ella.

En una de esas reuniones frente a la hoguera, mientras Nesryn se estaba deshaciendo la trenza apretada que Borte le había enseñado a hacer, hizo algo que nunca había hecho.

Houlun estaba instalada afilando su daga con una piedra, preparándose para trabajar, mientras platicaban en un grupo pequeño: Sartaq, Borte, Falkan —con el rostro grisáceo y cojeando— y otros seis, que Nesryn sabía eran algo así como primos de Borte. La madre-hogar miró sus rostros, dorados y ondulantes bajo la luz del fuego, y preguntó:

—¿Qué tal si escuchamos una historia de Adarlan esta vez?

Todos los ojos se posaron en Nesryn y Falkan. El metamorfo hizo una mueca.

—Me temo que las mías son aburridas —lo consideró—. En una ocasión visité el Desierto Rojo y fue interesante, pero... —hizo un ademán adolorido hacia Nesryn—. Me gustaría escuchar primero alguna de tus historias, capitana.

Nesryn intentó no mostrarse demasiado inquieta bajo el peso de tantas miradas.

—Las historias con las que yo crecí —admitió— eran principalmente sobre ustedes, sobre estas tierras.

Varios sonrieron ampliamente. Sartaq sólo le guiñó el ojo. Nesryn inclinó la cabeza y se ruborizó.

—Cuenta una historia de las hadas, si sabes una —sugirió Borte—. Sobre el príncipe hada que conociste.

Nesryn negó con la cabeza.

—No me sé ninguna de ésas y a él no lo conozco muy bien —dijo. Borte frunció el ceño y Nesryn agregó—: Pero puedo cantarles.

Silencio.

—Nos gustaría una canción —dijo Houlun dejando su piedra y frunciendo el ceño hacia Borte y Sartaq—. Ya que ninguno de mis hijos podría cantar aunque su vida dependiera de ello.

Borte miró a su madre-hogar y puso los ojos en blanco, pero Sartaq inclinó la cabeza como disculpa y esbozó una sonrisa torcida.

Nesryn también sonrió aunque el corazón le latía con fuerza por su oferta osada. Nunca le había cantado a nadie, pero esto... No era como presentarse ante un público, sino más parecido a compartir. Escuchó por un rato el viento que susurraba en la boca de la cueva y los demás guardaron silencio.

—Ésta es una canción de Adarlan —dijo al fin—. De las colinas al norte de Rifthold, donde nació mi madre —un dolor antiguo y familiar le llenó el pecho—. Solía cantármela antes de que muriera.

Un destello de compasión se mostró en la expresión férrea de Houlun. Nesryn miró a Borte mientras hablaba y se dio cuenta de que la cara de la joven estaba más suave que lo habitual y que la veía como si nunca antes la hubiera visto. Nesryn le asintió sutilmente. "Es una carga que ambas tenemos que sobrellevar." Borte esbozó una sonrisa pequeña y silenciosa en respuesta.

Nesryn escuchó el viento nuevamente. Se permitió viajar de regreso a su hermosa recámara en Rifthold, se permitió sentir las manos sedosas de su madre que le acariciaban el rostro, el cabello. Ella estaba tan concentrada con las historias de las tierras lejanas de su padre, sobre ruks y señores ecuestres, que rara vez pidió que le contaran algo sobre Adarlan, a pesar de ser hija de ambas tierras.

Y esta canción de su madre... Una de las pocas historias que conservaba, en la forma que más le gustaba, de su patria en mejores días. Y quería compartirla con ellos: ese vistazo a lo que su tierra podría volver a ser.

Nesryn se aclaró la garganta. Inhaló en preparación. Luego abrió la boca y cantó.

El crepitar del fuego fue su único tambor. La voz de Nesryn llenó el Salón de Montaña de Altun y se abrió paso entre las antiguas columnas, rebotando en la roca tallada.

Percibió que Sartaq se quedaba muy quieto, percibió que no había dureza ni risa en su rostro. Pero se concentró en la canción, en esas palabras antiguas, esa historia de inviernos distantes y manchas de sangre en la nieve; esa historia de madres e hijas, cómo amaban, peleaban y se cuidaban mutuamente.

Su voz se alzó y cayó, valiente y agraciada como un ruk, y Nesryn podría haber jurado que incluso el viento dejó de aullar para escucharla. Y cuando terminó, una nota dorada y alta del sol primaveral, que se abre paso en las tierras heladas, cuando el silencio y el fuego crujen, volvió a llenar el mundo...

Borte estaba llorando. Lágrimas silenciosas que escurrían por su cara hermosa. La mano de Houlun estaba envuelta alrededor de la de su nieta y la piedra de afilar se había quedado de lado. Era una herida que todavía estaba sanando, para ambas. Y tal vez también para Sartaq, porque el dolor llenaba su rostro. Dolor y asombro, y quizá algo infinitamente más suave, porque dijo:

—Otra historia que contar sobre la Flecha de Neith.

Ella inclinó la cabeza de nuevo y aceptó las palabras de alabanza de los demás con una sonrisa. Falkan aplaudió lo mejor que pudo y pidió otra canción.

Nesryn se sorprendió a sí misma y aceptó. Cantó una canción alegre y brillante de las montañas que su padre le había enseñado, de arroyos veloces en campos de flores silvestres.

La noche avanzó y Nesryn cantó en ese hermoso salón de montaña y sintió la mirada de Sartaq distinta a sus miradas anteriores.

Y aunque se dijo a sí misma que debería, Nesryn no apartó la mirada.

Unos días después, ya que Falkan al fin había sanado, se atrevieron a aventurarse a las otras tres torres que Houlun había descubierto.

No encontraron nada en las primeras dos, la cuales estaban bastante lejos una de la otra y requirieron viajes separados. Houlun les prohibió acampar afuera, así que en vez de arriesgarse a hacerla enfurecer, regresaron cada noche y se quedaron unos días para permitir que Kadara y Arcas, la ruk dulce de Borte, descansaran de tanto volar.

Sartaq suavizó su trato con el metamorfo, apenas un poco. Vigilaba a Falkan con la misma reserva que Kadara, pero al menos ya intentaba hacer conversación con él de vez en cuando.

Borte, por otro lado, no dejaba de hacerle preguntas a Falkan mientras recorrían las ruinas que eran poco más que montones de escombro: "¿Cómo se siente ser un pato, pataleando bajo el agua pero deslizándote suavemente sobre la superficie? ¿Cuándo comes como animal, la carne cabe en tu estómago humano? ¿Tienes que esperar para regresar a ser humano después de comer como animal por este motivo? ¿Defecas como animal?" La última le había ganado una risotada de Sartaq, por lo menos; pero Falkan se puso rojo y evadió la pregunta.

Sin embargo, después de recorrer las dos primeras torres, aún no habían encontrado nada sobre el motivo de su construcción y contra quiénes habían luchado esos antiguos guardianes, ni *cómo* los habían derrotado.

Sólo les quedaba una torre… Nesryn hizo cuentas de los días y se percató de que las tres semanas que le había prometido a Chaol ya habían pasado.

Sartaq también lo sabía. La buscó un día que ella estaba en los nidos de los ruks. Veía a los pájaros que descansaban, se acicalaban o volaban. Con frecuencia, ella iba a ese lugar en las tardes que no había mucho que hacer, sólo para observar a las aves: su inteligencia de ojos sagaces, sus vínculos afectivos.

Estaba recargada contra la pared junto a la puerta cuando él llegó. Se quedaron en silencio unos minutos, viendo una pareja hacerse cariños. Después, uno de los ruks saltó a la orilla de la enorme entrada de la cueva y se dejó caer al vacío.

—Ése de allá —dijo al fin el príncipe.

Señaló un ruk rojizo sentado en la pared frente a ellos. Ella había visto al ruk varias veces. Se había percatado de que estaba solo, que nunca lo visitaba un jinete, a diferencia de los demás. Sartaq continuó:

—Su jinete murió hace unos meses. Un día se llevó las manos al pecho durante la comida y cayó muerto. El jinete era anciano, pero el ruk... —Sartaq sonrió con tristeza al ver al ave—. Es joven... todavía no cumple cuatro.

—¿Qué les pasa a los ruks cuando mueren sus jinetes?

—Les ofrecemos su libertad. Algunos se van a tierras salvajes. Otros se quedan —Sartaq se cruzó de brazos—. Él se quedó.

—¿Pueden tener jinetes nuevos?

—Algunos. Si ellos aceptan. Es decisión del ruk.

Nesryn escuchó el tono de invitación en su voz. Lo leyó en los ojos del príncipe. Ella sintió que se le hacía un nudo en la garganta.

—Ya se terminaron nuestras tres semanas.

—Así es.

Ella volteó a ver al príncipe de frente e hizo la cabeza hacia atrás para mirarlo a la cara.

—Necesitamos más tiempo.

—¿Entonces qué le dijiste?

Una pregunta sencilla. No obstante, ella había tardado horas en decidir cómo redactar la carta para Chaol y luego se la dio al mensajero más rápido de Sartaq.

—Le pedí otras tres semanas.

Él ladeó la cabeza y la miró con esa intensidad implacable.

—Pueden suceder muchas cosas en tres semanas.

Nesryn se obligó a mantener los hombros rectos, la barbilla en alto.

—De todas maneras, al final, tengo que regresar a Antica.

Sartaq asintió, aunque se alcanzó a ver algo de decepción en su mirada.

—Entonces supongo que el ruk nido tendrá que esperar a que venga otro jinete.

Eso había sido el día anterior y esa conversación la había dejado incapacitada para ver demasiado tiempo en dirección hacia el príncipe. Pero a pesar de eso, durante las largas horas de vuelo de esa mañana se asomó un par de veces hacia el lugar donde volaba Kadara con Sartaq y Falkan en su lomo.

Kadara dio vuelta al localizar la última torre a la distancia. Estaba en una de las pocas planicies entre las colinas y picos de las Montañas Tavan. A esas alturas del verano, estaba llena de pastos color esmeralda y arroyos de zafiro: las ruinas eran poco más que un montón de rocas.

Borte le indicó a Arcas el rumbo con un silbido entre los dientes y un tirón de las riendas. La ruk se inclinó hacia la izquierda y luego se enderezó. Borte era buena jinete, más audaz que Sartaq, principalmente porque su ruk era más pequeña y ágil. Había ganado las últimas tres carreras entre todos los clanes: competencias de agilidad, velocidad e ingenio.

—¿Tú elegiste a Arcas —preguntó Nesryn intentando que Borte la escuchara a pesar del viento— o ella te escogió a ti?

Borte se inclinó al frente y le dio unas palmadas al cuello de la ruk.

—Fue mutuo. Cuando vi esa cabeza peluda salir del nido, fue mi perdición. Todos me decían que escogiera un polluelo más grande. Mi madre me llamó la atención —una sonrisa triste—. Pero yo sabía que Arcas era mía. La vi y lo supe.

Nesryn permaneció en silencio mientras descendían hacia la planicie hermosa y las ruinas. El sol bailaba en las alas de Kadara.

—Deberías sacar a ese ruk del nido a volar un día —le dijo Borte, mientras Arcas descendía y aterrizaba con suavidad—. Deberías probarlo.

—Me marcharé pronto. No sería justo para ninguno de los dos.

—Lo sé. Pero tal vez deberías hacerlo de todas maneras.

Borte amaba encontrar las trampas que habían dejado escondidas las hadas. Lo cual le parecía muy bien a Nesryn, ya que Borte era mucho más hábil para encontrarlas y desactivarlas.

Esta torre, para decepción de Borte, se había colapsado en algún momento y los niveles inferiores estaban bloqueados. Sobre ellos sólo había una cámara abierta a los cielos.

Ahí fue donde entró en acción Falkan. El metamorfo empezó a cambiar de forma y a encogerse, y Sartaq no se molestó en ocultar su estremecimiento. Y volvió a estremecerse aún más cuando vio que en el bloque de roca donde había estado sentado Falkan ahora había un milpiés, el cual de inmediato se puso de pie y los saludó con sus incontables patitas.

Nesryn se encogió un poco horrorizada, pero Borte rio y saludó de regreso.

Falkan se fue entonces, deslizándose entre las rocas caídas, para echar un vistazo a lo que podía quedar debajo.

—No sé por qué te molesta tanto —le dijo Borte a Sartaq con un chasquido de la lengua—. A mí me parece encantador.

—No es *lo* que es —admitió Sartaq que veía la pila de rocas en espera del regreso del milpiés—. Es la idea de los huesos que se derriten, la carne que se mueve como agua... —volvió a temblar un poco y volteó a ver a Nesryn—. Tu amiga, la metamorfa, ¿nunca te molestó?

—No —respondió Nesryn simplemente—. Nunca la vi transformarse hasta ese día del que te informaron tus enviados.

—El Tiro Imposible —murmuró Sartaq—. Entonces sí fue en verdad una metamorfa a quien salvaste.

Nesryn asintió.

—Se llama Lysandra.

Borte le dio un codazo a Sartaq.

—¿No quieres ir al norte, hermano? ¿A conocer a toda la gente de la que habla Nesryn? Metamorfos y reinas que echan fuego por la boca y príncipes hada...

—Estoy empezando a pensar que tu obsesión con lo que está relacionado con las hadas tal vez sea un poco enfermiza —gruñó Sartaq.

—Sólo me llevé un par de dagas —insistió Borte.

—Te llevaste tantas de la última torre, que la pobre de Arcas apenas pudo despegar.

—Son para mi negocio —resopló Borte—. Para cuando nuestra gente se despabile un poco y recuerde que *sí* podemos tener negocios lucrativos.

—Con razón te agrada Falkan —dijo Nesryn y Borte le dio un codazo en las costillas. Nesryn le dio un manotazo y rio. Borte se puso las manos en la cadera.

—Pues para que lo sepan...

Sus palabras fueron interrumpidas por un grito. No de Falkan bajo tierra, sino afuera... de Kadara.

Nesryn tenía ya la flecha lista y apuntada antes de salir corriendo hacia la planicie. Pero la planicie se encontraba llena de ruks y jinetes de rostro sombrío.

Sartaq suspiró y sus hombros se encorvaron un poco. Borte se abrió paso entre ellos, maldiciendo terriblemente, y con la espada desenvainada: era una espada forjada en Asterion, que se robó del arsenal de la última torre.

Un hombre, aproximadamente de la edad de Nesryn, desmontó de su ruk, un ave color marrón tan oscuro que era casi negra, y avanzó hacia ellos con una sonrisa en su apuesto rostro. Borte avanzó hacia él, casi dando pisotones furiosos en los pastos.

La unidad de rukhin los miró, altaneros y fríos. Ninguno le hizo una reverencia a Sartaq.

—¿Qué *demonios* están haciendo aquí? —exigió saber Borte, con una mano en la cadera. Se detuvo a una distancia prudente del joven.

Él vestía ropa de cuero igual que la de ella, pero los colores de la banda alrededor de su brazo... los berald. El nido que les había dado la bienvenida menos entusiasta y uno de los más poderosos. Sus jinetes estaban meticulosamente entrenados y sus cuevas inmaculadas.

El joven no le hizo caso a Borte y le gritó a Sartaq.

—Vimos sus ruks al pasar volando por encima de ustedes. Están muy lejos de su nido, capitán.

Preguntas cuidadosas. Borte siseó:

—Vete, Yeran. Nadie te invitó.

Yeran arqueó la ceja con frialdad.

—Sigues ladrando, por lo visto.

Borte le escupió a los pies. Los demás jinetes se tensaron, pero ella los miró furiosa. Todos bajaron la mirada.

Detrás de ellos, se escuchó un crujido sobre la roca y los ojos de Yeran se abrieron, dobló las rodillas como si estuviera a punto de abalanzarse sobre Borte... para ponerla detrás de él cuando vio a Falkan salir de entre las ruinas... en forma de lobo.

Pero Borte esquivó a Yeran y dijo con dulzura:

—Mi nueva mascota.

Yeran se quedó con la boca abierta viendo a la chica y al lobo. Falkan se sentó junto a Nesryn. Ella no pudo resistir la tentación de rascarle las orejas peludas. El metamorfo dejó que lo hiciera e incluso inclinó la cabeza hacia la palma de la mano de la capitana.

—Qué extraños compañeros tienes estos días, capitán —logró decirle Yeran a Sartaq.

Borte le tronó los dedos en la cara.

—¿No puedes dirigirte a mí?

Yeran la miró con una sonrisa perezosa.

—¿Por fin tienes algo que decir que valga la pena?

Borte se veía irritada, pero Sartaq, con una ligera sonrisa, se acercó a su hermana-hogar.

—Tenemos cosas que hacer en estas partes y nos detuvimos a comer algo. ¿Qué los trae a ustedes tan al sur?

Yeran cerró la mano alrededor de la empuñadura de un cuchillo largo que colgaba de su cintura.

—Nos faltan tres polluelos. Pensamos en salir a buscarlos, pero no hemos encontrado nada.

A Nesryn se le hizo un nudo en el estómago al imaginar a esas arañas caminando por los nidos, entre los ruks, llegando a esos polluelos esponjosos que cuidaban con tanta ferocidad. Pensó en las familias humanas que dormían cerca.

—¿Cuándo desaparecieron? —preguntó Sartaq con la expresión dura como piedra.

—Hace dos noches —respondió Yeran y se frotó la mandíbula—. Sospechamos que son ladrones de nidos, pero no había olores humanos, ni huellas, ni campamentos.

"Mira hacia arriba", la advertencia sangrienta de la torre de Eidolon resonó en la mente de Nesryn.

En la de Sartaq también, a juzgar por la tensión de su mandíbula.

—Regresa a tu nido, capitán —le dijo Sartaq a Yeran y señaló hacia el muro de montañas más allá de la planicie, la roca gris tan desnuda comparada con la vida que zumbaba a su alrededor. Siempre... los Páramos de Dagul siempre parecían estar observando. Esperando.

—No busquen más allá de este sitio —agregó Sartaq.

Una mirada de cautela llenó los ojos color marrón de Yeran y miró entre Borte y Sartaq, luego hacia Nesryn y Falkan.

—Las *kharankui*.

Los jinetes se inquietaron. Inclusive los ruks agitaron las alas al escuchar el nombre, como si ellos, también, lo supieran.

Pero Borte declaró, a un volumen que garantizaba que todos la escucharan:

—Ya oyeron a mi hermano. Regresen a sus nidos.

Yeran la miró con la ceja arqueada en gesto de burla.

—Tú regresa al tuyo y yo regresaré al mío, Borte.

Ella le mostró los dientes, pero Yeran montó su ruk con facilidad y gracia poderosa. Los demás salieron volando cuando les hizo una señal con la barbilla. Él esperó hasta que todos estuvieran en los aires para decirle a Sartaq:

—Si las *kharankui* están empezando a movilizarse, necesitamos reunir un ejército que las mande de regreso. Antes de que sea demasiado tarde.

Una ráfaga de viento tiró de la trenza de Sartaq y la hizo volar hacia las montañas. Nesryn deseó poder ver su rostro, qué había en él cuando le mencionaron un ejército.

—Lidiaremos con esto —dijo Sartaq—. Estén alertas. Mantengan a los niños y a los polluelos cerca.

Yeran asintió con seriedad; era un soldado que recibía órdenes de su comandante, un capitán que recibía las órdenes de su príncipe. Luego volteó a ver a Borte.

Ella le hizo una seña obscena. Yeran sólo le guiñó el ojo y luego le silbó a su ruk para salir disparados hacia los cielos. Detrás dejó una brisa poderosa que agitó las trenzas de Borte. Ella siguió viendo a Yeran, hasta que él se alejó volando hacia el resto del grupo, y luego escupió en el suelo donde había estado su ruk.

—Infeliz —siseó y se dio la vuelta para regresar furiosa con Nesryn y Falkan.

El metamorfo cambió y se tambaleó un poco al volver a su forma humana.

—No hay nada allá abajo que valga la pena ver —anunció, cuando Sartaq se acercó para ver qué había averiguado.

Nesryn frunció el ceño hacia los Páramos.

—Creo que es hora de que diseñemos una nueva estrategia, de cualquier forma.

Sartaq siguió su mirada y se acercó tanto, que ella podía sentir el calor que irradiaba su cuerpo. Juntos, miraron hacia el muro de roca de las montañas. Hacia lo que les aguardaba más allá.

—Ese joven capitán, Yeran... —le dijo Falkan con cautela a Borte—. Tú pareces conocerlo bien.

Borte frunció el ceño.

—Es mi prometido.

CAPÍTULO 38

Aunque Kashin no disfrutaba de presionar a su padre ni en público ni en privado, ciertamente tenía sus métodos. Y cuando Chaol se aproximó a las puertas cerradas tras las cuales se realizaba la junta de comercio del khagan, ocultó su sonrisa al descubrir que Hashim, Shen y otros dos guardias con los que entrenaba estaban apostados afuera. Shen le guiñó el ojo y su armadura brilló bajo el sol acuoso de la mañana. Tocó con rapidez con su mano artificial y luego abrió la puerta.

Chaol no se atrevió a asentir en agradecimiento ni a Shen, ni a Hashim, ni a ninguno de los otros guardias. Impulsó su silla hacia la sala de consejo bañada por la luz del sol y se encontró con el khagan y tres visires vestidos de dorado sentados ante una larga mesa de madera negra pulida.

Todos se quedaron viéndolo en silencio. Pero Chaol siguió avanzando hacia la mesa, con la cabeza en alto y con una sonrisa plácida y agradable en el rostro.

—Espero no interrumpirlos, pero tengo un asunto que me gustaría discutir con ustedes.

Los labios del khagan se apretaron hasta formar una línea recta. Estaba vestido con una túnica color verde claro y pantalones oscuros, de corte lo suficientemente ajustado para revelar el cuerpo del guerrero que todavía se ocultaba debajo del exterior de mayor edad.

—Le he dicho una y otra vez, lord Westfall, que debe dirigirse a mi primer visir —e hizo un gesto hacia el hombre de expresión agria frente a él— si quiere que organicemos una reunión.

Chaol se detuvo frente a la mesa y movió los pies. Ya había hecho todos los ejercicios de piernas que pudo esa mañana, después de sus ejercicios con los guardias, y aunque había recuperado movimiento hasta la rodilla, cargar peso, *pararse*...

Ahuyentó la idea de su mente. Pararse o sentarse en este momento no era relevante, no ahora. Podía hablar con dignidad y autoridad parado o acostado boca arriba. La silla no era una prisión, nada lo hacía menos hombre.

Así que Chaol inclinó la cabeza y sonrió ligeramente.

—Con el debido respeto, Gran Khagan, no vine a reunirme con usted.

Urus parpadeó, pero ésa fue la única señal de sorpresa al ver que Chaol inclinaba la cabeza hacia el hombre de túnica azul cielo que le había descrito Kashin.

—Vengo a hablar con su visir de comercio exterior.

El visir miró al khagan y luego a Chaol, como si estuviera listo para proclamar su inocencia, aunque se podía notar el interés que brillaba en su mirada. No obstante, no se atrevió a hablar.

Chaol sostuvo la mirada del khagan por unos segundos. En ese momento no pensó que había interrumpido una reunión privada de quien probablemente era el hombre más poderoso del mundo. No pensó que él era un huésped en una corte extranjera, ni que el destino de sus amigos y compatriotas dependía de lo que lograra en ese momento. Sólo se quedó mirando al khagan, hombre a hombre, guerrero a guerrero.

Había luchado contra un rey y había sobrevivido para contarlo.

El khagan al fin movió la barbilla hacia un lugar vacío en la mesa. No era una bienvenida muy entusiasta, pero era mejor que nada.

Chaol asintió en agradecimiento y se acercó, manteniendo la respiración tranquila. Miró a los cuatro hombres a los ojos y le dijo al visir de comercio exterior:

—Me enteré de que recibieron dos órdenes grandes de lanzas de fuego de parte de la flota del capitán Rolfe; una previa a la llegada de Aelin Galathynius a la Bahía de la Calavera y una más grande después.

Las cejas blancas del khagan se elevaron. El visir de comercio exterior se movió en su silla, pero asintió.

—Sí —respondió en la lengua de Chaol—. Es cierto.

—¿Cuánto cuesta, exactamente, cada una de las lanzas de fuego?

Los visires se miraron entre sí, y otro hombre, que Chaol asumió era el visir de comercio interior, les dio la cifra.

Chaol esperó. Kashin le había informado de la cifra astronómica la noche anterior. Y, tal y como esperaba, el khagan levantó la cabeza bruscamente en dirección al visir al enterarse del precio.

—¿Y cuántas le enviaron a Rolfe y, por tanto, a Terrasen? —preguntó Chaol.

Otra cifra. Chaol dejó que el khagan hiciera las cuentas. Observó al khagan de reojo y vio cómo sus cejas se arqueaban cada vez más.

El primer visir recargó los antebrazos en la mesa y dijo:

—¿Estás intentando convencernos de las buenas o de las malas intenciones de Aelin Galathynius, lord Westfall?

Chaol no hizo caso a la provocación. Simplemente le dijo al visir de comercio exterior:

—Quisiera hacer un pedido. De hecho, quiero el doble de lo que ordenó la reina de Terrasen.

Silencio.

El visir de comercio exterior casi se cayó de su silla, pero el primer visir se burló y preguntó:

—¿Con qué dinero?

Chaol miró al hombre con una sonrisa satisfecha.

—Yo llegué aquí con cuatro baúles de tesoros invaluables —una verdadera fortuna—. Y creo que eso es suficiente para cubrir el costo.

Silencio absoluto de nuevo... Hasta que el khagan le preguntó a su visir de comercio exterior:

—¿Eso cubrirá el costo?

—El tesoro tendría que valorarse y pesarse...

—Eso ya se está haciendo —interrumpió Chaol y se recargó en la silla—. Tendrán un monto esta tarde.

Otra pausa de silencio. Luego el khagan le murmuró algo en halha al visir de comercio exterior, quien tomó sus documentos y salió a toda prisa de la habitación con una mirada recelosa hacia Chaol. Con una palabra seria del khagan a su primer visir y al de comercio interior, ambos hombres salieron también del lugar. El primero miró a Chaol con otra sonrisa burlona antes de salir.

A solas con el khagan, Chaol esperó en silencio. Urus se levantó de la silla y caminó hacia la pared de ventanas con vista al jardín sombreado lleno de flores.

—Supongo que te sientes muy ingenioso, por valerte de esto para conseguir una audiencia.

—Hablé con la verdad —dijo Chaol—. Deseaba discutir el trato con su visir de comercio exterior. Aunque sus ejércitos no se unan a nosotros, no veo por qué podrían tener objeción de que compremos algunas de sus armas.

—Y sin duda, esto era para que yo me diera cuenta de lo lucrativa que puede ser la guerra, si tu lado está dispuesto a invertir en nuestros recursos.

Chaol permaneció en silencio. El khagan volteó y le dio la espalda a la vista del jardín. El sol hacía que su cabello blanco brillara.

—No me gusta que me manipulen para entrar a esta guerra, lord Westfall.

Chaol miró al hombre a los ojos y apretó los brazos de la silla con fuerza.

—¿Siquiera sabes qué *es* un conflicto armado? —preguntó el khagan en voz baja.

Chaol apretó la quijada.

—Supongo que estoy a punto de averiguarlo, no es así.

El khagan no sonrió.

—No son solamente las batallas, las provisiones y la estrategia. La guerra es la dedicación absoluta de un ejército contra sus enemigos —le brindo una mirada larga y cargada—. Eso es lo que van a enfrentar: el frente unido y sólido de Morath. La convicción que tienen ellos de diezmarlos hasta convertirlos en polvo.

—Eso lo sé bien.

—¿Lo sabes? ¿Entiendes lo que Morath ya les está haciendo? Ellos construyen, planean y atacan, y ustedes apenas pueden seguirles el paso. Están jugando con las reglas de Perrington y van a perder por esa razón.

Chaol sintió que el desayuno se le revolvía en el estómago.

—Pero también podríamos triunfar.

El khagan negó una vez con la cabeza.

—Para lograr eso, su triunfo debe ser completo. Absolutamente toda la resistencia deberá ser aplastada.

Él sintió que le picaban las piernas y movió sus pies un poco.

—Levántense —les dijo—. Levántense —empujó con los pies hacia abajo y le protestaron los músculos.

—Por eso —gruñó Chaol, porque sus piernas se negaban a obedecer— necesitamos que sus ejércitos nos ayuden.

El khagan miró los pies de Chaol que se esforzaban, como si pudiera ver la lucha que se libraba en el cuerpo del lord.

—No me gusta que me persigan como si fuera el venado que les dará el trofeo de cacería. Te pedí que esperaras; te dije que respetaras el duelo por mi hija...

—¿Y si le digo que es posible que su hija haya sido asesinada? —el silencio, horrendo y hueco, llenó el espacio que separaba a los dos hombres. Chaol explotó—: ¿Qué tal si le digo que es posible que los agentes de Perrington ya estén aquí y ya los estén empezando a *cazar*, a *manipular* para que entren o salgan de la guerra?

El rostro del khagan se puso tenso. Chaol se preparó para escuchar el rugido, para que Urus tal vez sacara el cuchillo largo lleno de joyas que traía en la cintura y se lo enterrara en el pecho. Pero el khagan se limitó a decir en voz baja:

—Puedes retirarte.

Como si los guardias hubieran escuchado cada palabra, las puertas se abrieron y Hashim, con expresión solemne, llamó a Chaol hacia el muro.

Chaol no se movió. Escuchó que unos pasos se acercaban desde atrás para sacarlo por la fuerza. Él clavó los pies en los reposapiés de la silla, empujando y esforzándose, apretando los dientes. Por supuesto que no lo iban a sacar de ahí; por supuesto que no les permitiría llevárselo arrastrando...

—No sólo vine a salvar a mi gente, sino a *toda* la gente en este mundo —le gruñó Chaol al khagan.

Alguien, Shen, tomó la silla de las empuñaduras y empezó a girarlo. Chaol volteó con gesto agresivo:

—*No la toques.*

Pero Shen no soltó la silla, aunque se disculpaba con la mirada. Él sabía, se dio cuenta Chaol. El guardia sabía exactamente cómo se sentía que alguien tocara o moviera la silla sin preguntar. Igual que Chaol sabía lo que significaría para Shen desafiar la orden del khagan de sacarlo de la habitación.

Así que Chaol volvió a fijar la vista en el khagan.

—Esta ciudad es la ciudad más impresionante que haya visto en la vida, este imperio es el estándar con el cual se deberían medir todos los demás. Cuando Morath venga por ustedes, ¿quién les ayudará si ya todos terminamos convertidos en carroña?

Los ojos del khagan brillaron como brasas. Shen siguió empujando la silla hacia la puerta.

Los brazos de Chaol le temblaban por el esfuerzo que tenía que hacer para no darle un empujón al guardia. Las piernas le temblaban porque estaba intentando una y otra vez ponerse de pie. Chaol miró por encima de su hombro y gruñó:

—Pasé demasiado tiempo del lado equivocado y me costó *todo*. No cometa el mismo error que yo...

—No creas que puedes decirle a un khagan qué hacer —dijo Urus y su mirada era como de astillas de hielo. Movió la barbilla hacia los guardias que estaban inquietos en la puerta—. Lleven a lord Westfall de regreso a sus habitaciones. No le permitan que vuelva a entrar a mis reuniones.

La amenaza quedaba implícita debajo de esas palabras tranquilas y frías. Urus no necesitaba levantar la voz, rugir para que su promesa de castigo fuera clara para los guardias.

Chaol empujó y empujó contra su silla, con los brazos, esforzándose, mientras intentaba levantarse, aunque fuera un poco. Pero entonces Shen empujó su silla por la puerta y empezaron a recorrer los pasillos brillantes. Su cuerpo seguía sin obedecer; seguía sin responder.

Las puertas de la sala de consejo del khagan se cerraron con un *clic* suave que vibró a lo largo de cada hueso y músculo de Chaol. Y ese sonido fue más insidioso que cualquier palabra que hubiera pronunciado el khagan.

Yrene había dejado a Chaol solo con sus pensamientos la noche anterior. Lo dejó, salió furiosa de regreso a la Torre y decidió que Hasar... Oh, ya no le importaba en lo más mínimo manipular a la princesa. Y supo exactamente cómo lograría que la invitara al maldito oasis.

Pero por lo visto, ni siquiera la mañana en la pista de entrenamiento con los guardias había servido para suavizar un poco las asperezas en el estado de ánimo de Chaol. Apenas lograba contener su furia, mientras esperaba en la sala a que Yrene enviara a Kadja por alguna cosa que no necesitaban, *cordel, leche de cabra y vinagre*, y al fin ella se preparó para empezar a trabajar.

El verano se acercaba a su hirviente final y los vientos salvajes del otoño empezaban a azotar las aguas de la bahía color turquesa. Siempre hacía calor en Antica, pero el Mar Angosto se volvía agitado y difícil de Yulemas a Beltane. Si la flota no salía del continente antes de eso... Bueno, en opinión de Yrene, después de lo sucedido la noche anterior, sería difícil que eso ocurriera.

Sentado en su sillón dorado de costumbre, Chaol no la saludó salvo por un vistazo rápido. Nada como su habitual sonrisa sombría. Y las sombras que tenía bajo los ojos... La idea que tenía de llegar a contarle su plan desapareció de su mente y, en cambio, le preguntó:

—¿Estuviste despierto toda la noche?

—A ratos —respondió él en voz baja.

Yrene se acercó al sillón, pero no se sentó. En vez de eso, lo observó y cruzó los brazos frente a su abdomen.

—Tal vez el khagan tome en cuenta lo que le dijimos antes de tomar una decisión. Está consciente de las maquinaciones de sus hijos. Es demasiado inteligente como para no sospechar al ver que Arghun y Hasar trabajaban en conjunto, por una vez en la vida.

—¿Lo dices porque conoces muy bien al khagan? —preguntó frío y mordaz.

—No, pero he vivido aquí mucho más tiempo que tú.

Un destello de irritación en esos ojos color marrón.

—No me puedo dar el lujo de estar aquí dos años. De quedarme a participar en sus juegos.

Pero ella sí, por lo visto. Yrene controló su irritación.

—Bueno, pues estar rumiándolo no va a solucionar nada tampoco.

A él se le ensancharon las fosas nasales.

—No me digas.

No lo había visto así en semanas. ¿Ya había pasado tanto tiempo? Su cumpleaños sería en dos semanas. Más pronto de lo que pensaba.

No era el momento de mencionar eso, ni el plan que se le había ocurrido. No tenía importancia, en realidad, dado todo lo que se arremolinaba a su alrededor. Todas las responsabilidades que pesaban sobre él; así como la frustración y desesperación que podía ver sobre sus hombros.

—Dime qué pasó.

Algo había pasado, algo había cambiado desde que se separaron la noche anterior. Él miró rápidamente en su dirección y ella se preparó para su rechazo, al ver que apretaba la mandíbula, pero entonces él dijo:

—Fui a ver al khagan en la mañana.

—¿Conseguiste una audiencia?

—En realidad, no —dijo él y apretó los labios.

—¿Qué pasó?

Yrene apoyó la mano en el brazo del sofá.

—Hizo que me sacaran de la habitación —palabras frías y sin emoción—. Ni siquiera pude intentar darle la vuelta a los guardias. Intentar que me escuchara.

—Si hubieras estado de pie de todas maneras te hubieran sacado.

Y probablemente lo hubieran lastimado al hacerlo. Él la miró furioso.

—No quería pelear con ellos. Quería *suplicarle*. Y ni siquiera pude ponerme de rodillas para hacerlo.

Ella sintió cómo se le estrujaba el corazón al ver cómo miraba hacia la ventana del jardín. Tenía el rostro marcado por la rabia, el pesar y el miedo.

—Tu progreso es admirable.

—Quiero poder pelear al lado de mis hombres otra vez —dijo Chaol en voz baja—. Morir a su lado.

Sus palabras le clavaron un miedo helado en el cuerpo, pero Yrene dijo con rigidez:

—Eso lo puedes hacer en un caballo.

—Lo quiero hacer hombro con hombro —gruñó él—. Quiero pelear en el lodo, en el campo de batalla.

—¿Así que vas a sanar aquí sólo para poder ir a morir a otra parte? —le preguntó sin ocultar su molestia.

—Sí.

Una respuesta fría y dura. Su expresión también.

Esa tormenta que se agitaba en su interior... Ella no permitiría que arruinara su progreso. Y era verdad que la guerra estaba estallando en su hogar. Independientemente de lo que él deseara hacer, no tenía, no *tenían* tiempo. La gente de ella, en Fenharrow, no tenía tiempo.

Así que Yrene se acercó a él, lo tomó por debajo del hombro y le dijo:

—Entonces levántate.

Chaol estaba de un humor de mierda y lo sabía.

Mientras más lo pensaba, más se daba cuenta de lo fácil que había sido para los príncipes engañarlo, hacer de él lo que quisieron la noche anterior... No importaba en realidad *qué* hiciera Aelin. Lo que fuera, ellos lo hubieran usado en su contra. En contra de él, también. Si Aelin hubiera asumido el papel de damisela en apuros, la habrían calificado de débil y de aliada precaria. No había manera de ganar.

La reunión con el khagan había sido una tontería. Tal vez Kashin también lo había usado. Porque si el khagan había estado dispuesto a escucharlo antes, era un hecho que ya no lo estaría ahora. E incluso si Nesryn regresara acompañada de los rukhin de Sartaq... La nota que había recibido el día anterior estaba redactada con cuidado:

"Los rukhin son arqueros hábiles. También les parecen interesantes mis habilidades. Me gustaría seguir instruyéndolos. Y aprendiendo. Aquí vuelan libres. Te veré en tres semanas."

No sabía cómo interpretar la nota; la penúltima oración. ¿Era un insulto a él o un mensaje en clave de que los rukhin y Sartaq podrían desobedecer las órdenes del khagan si se negaba a dejarlos ir? ¿De verdad Sartaq se arriesgaría a cometer traición para ayudarlos? Chaol no se atrevió a quemar el mensaje.

Volar libre. Él no conocía la sensación. Nunca lo podría descubrir. Estas semanas con Yrene, cenar en la ciudad bajo las estrellas, hablar con ella de todo y nada... Se había acercado a eso, tal vez; pero no cambiaba lo que estaba aguardándolo.

No, seguían estando solos en esta guerra. Y mientras más tiempo esperaran, ahora que sus amigos ya estaban en combate, en movimiento...

Él seguía ahí. En la silla. Sin ejército, ni aliados.

—Levántate.

Lentamente, volteó a ver a Yrene cuando repitió esa orden con una mano sosteniéndolo bajo el hombro y la expresión de desafío ardiendo en su cara.

Chaol parpadeó.

—Qué —dijo sin preguntar del todo.

—Le-ván-ta-te —respondió ella con la boca apretada—. Si tienes tantas ganas de morir en esta guerra, entonces *levántate.*

Ella también estaba de mal humor. Bien. Él tenía ganas de pelear: los enfrentamientos con los guardias seguían siendo poco satisfactorios desde la maldita silla. Pero Yrene...

Él no se había permitido tocarla en esas semanas. Se había obligado a mantener su distancia, a pesar de los momentos de contacto no intencional, cuando ella inclinaba la cabeza cerca de él y lo único que podía hacer era verle la boca.

Y había notado la tensión en ella la noche anterior, cuando Hasar le mencionó el regreso de Nesryn. La decepción que se esforzó por ocultar y luego el alivio cuando él reveló que el viaje de Nesryn se había prolongado.

Él era un verdadero infeliz. Aunque hubiera logrado convencer al khagan de que los ayudara en esta guerra... Él se iba a ir. Ya fuera con las manos vacías o con un ejército, él se iría. Y a pesar de los planes de Yrene por regresar al continente, él no tenía la certeza de volverla a ver. Jamás.

Era probable que ninguno sobreviviera, además.

Y esta misión, esta única misión que le habían encomendado sus amigos, que le había encomendado Dorian... Había fallado. A pesar de todo lo que había soportado, todo lo que había aprendido... No había sido suficiente.

Chaol se miró las piernas deliberadamente.

—¿*Cómo*?

Habían progresado más de lo que se había atrevido a imaginar, pero...

Ella apretó la mano que lo sostenía hasta provocarle dolor.

—Tú mismo lo dijiste: no tienes dos años. Yo ya reparé lo suficiente y tú *deberías* ya poder ponerte de pie. Así que levántate —le dijo y hasta tiró de él hacia arriba.

Él la miró con el ceño fruncido y perdió un poco el control sobre su temperamento.

—Suéltame.

—¿O *qué*?

Estaba muy enojada.

—Quién sabe qué le dirán los espías a la familia real —respondió él con palabras frías y duras.

Yrene apretó los labios.

—No tengo nada que temer de sus informes.

—¿No? No me pareció que te molestaran los privilegios que gozaste cuando tronaste los dedos y Kashin llegó corriendo. Tal vez se canse de que sigas dándole motivos para pensar algo más.

—Eso es una tontería y lo sabes —tiró de su brazo—. Levántate.

Él no hizo nada.

—¿Entonces un príncipe no es suficiente para ti, pero el hijo desheredado de un lord, sí?

Chaol nunca lo había dicho en voz alta. Ni siquiera se lo había dicho a sí mismo.

—Sólo porque estás enojado de que Hasar y Arghun fueran más hábiles, de que el khagan siga sin escucharte... eso no te da el derecho a buscar pelear *conmigo* —le dijo ella con expresión de rabia—. Ahora levántate, ya que estás tan ansioso por irte a luchar en la guerra.

Él le apartó el hombro con un tirón.

—No respondiste la pregunta.

—No voy a responderla.

Yrene no volvió a tomarlo del hombro, pero sí metió todo el brazo debajo de él y gruñó, como si lo fuera a levantar ella sola a pesar de que él casi le doblaba el peso.

Chaol apretó los dientes y, para evitar que ella se lastimara, volvió a sacudírsela de encima y puso los pies en el suelo. Apoyó las manos en los brazos de la silla y se impulsó hacia el frente lo más que pudo.

—¿Entonces?

Podía mover de las rodillas para abajo y los muslos le habían estado cosquilleando toda la semana, pero...

—Entonces, recuerdas cómo pararte, ¿verdad?

—¿Por qué parecías tan aliviada —le respondió él— cuando dije que Nesryn tardaría otras tres semanas en regresar?

El rubor floreció entre las pecas de su cara, pero ella volvió a acercarse y lo tomó de los brazos.

—No quería que te distrajera de nuestros avances.

—Mentirosa.

El olor de Yrene se envolvió a su alrededor, mientras ella tiraba de él. Los brazos de la silla crujían porque él se estaba apoyando en ellos con fuerza.

Y entonces Yrene esquivó y salió a la ofensiva, ágil como una serpiente.

—Pensé que el aliviado eras *tú* —le dijo furiosa entre dientes y él pudo sentir su aliento caliente contra el oído—. Creo que *tú* te sentiste contento de que siguiera lejos, para poder fingir que el honor te tiene atado a ella y usar eso como barrera. Para que cuando estés aquí, conmigo, no tengas que verla observándonos, no tengas que *pensar* en qué significa ella para ti. Si ella está lejos, es un recuerdo, un ideal distante, pero cuando está aquí y cuando la ves, ¿qué *ves*? ¿Qué *sientes*?

—Estuvo en mi cama, así que creo que eso dice suficiente sobre mis sentimientos.

Odió las palabras, pero su conducta, lo hiriente... también era un alivio. Yrene inhaló con fuerza, pero no retrocedió.

—Sí, la tuviste en tu cama, pero creo que la estabas usando como distracción y ella ya estaba harta. Tal vez estaba harta de ser el premio de consolación.

Él hizo más esfuerzo con los brazos, la silla se tambaleaba porque empujaba y empujaba para levantar su cuerpo, aunque sólo lograra pararse el tiempo necesario para verla a la cara y fulminarla con la mirada.

—No tienes idea de lo que hablas.

Ella no había mencionado a Aelin para nada, no le había preguntado nada después de la cena. Hasta que...

—¿Ella eligió a Dorian, entonces? La reina. Me sorprende que pudiera soportar a cualquiera de los dos, dada la historia de ambos. Con lo que el reino de ustedes le hizo al de ella.

Él escuchó un rugido en los oídos y empezó a transferir el peso a sus pies, a obligar a su columna a que lo sostuviera, y espetó:

—A ti no te pareció importar nada, esa noche en la fiesta. Prácticamente, me estabas rogando.

Él ya no tenía control de qué demonios estaba saliéndole de la boca. Ella le enterró las uñas en la espalda.

—Te sorprendería saber las cosas que te hace considerar ese opiáceo. Con quién estarías dispuesto a ensuciarte.

—Claro. Un hijo de Adarlan. Alguien que no cumple sus juramentos, un traidor sin fe. Eso es lo que soy, ¿no?

—No sabría... es raro incluso que intentes hablar de eso.

—¿Y supongo que tú eres muy buena para hablar?

—Esto no tiene que ver conmigo, sino contigo.

—Pero te asignaron mi caso porque tu Sanadora Mayor pensó lo contrario. Vio que no importaba cuánto ascendieras en esa Torre, seguías siendo esa niña en Fenharrow —una risa helada y amarga le brotó de los labios—. Yo conocí otra mujer que perdió tanto como tú. ¿Y sabes qué hizo con eso, con esa pérdida? —ya no podía detener las palabras que le salían de la boca, apenas podía pensar por el rugido que le llenaba la cabeza—. Cazó a los responsables y *arrasó* con ellos. ¿Qué demonios te has molestado *tú* en hacer estos años?

Chaol sintió cómo sus palabras dieron en el blanco. Sintió la quietud vibrar por el cuerpo de la sanadora. En ese momento, se impulsó hacia arriba, acomodó su peso, dobló las rodillas y logró ponerse de pie.

Demasiado. Había ido demasiado lejos. Jamás había creído eso que le dijo. Ni siquiera lo había pensado. No sobre Yrene.

El pecho de Yrene subía y bajaba por su respiración entrecortada que se mezclaba con la de él. Y entonces parpadeó un par de veces y cerró la boca. Y con ese movimiento, él pudo ver que levantaba un muro. Se cerraba.

Nunca más. Nunca más lo perdonaría ni le sonreiría después de esas palabras. Nunca las olvidaría, aunque se hubiera parado.

—Yrene —dijo él con voz áspera, pero ella le sacó los brazos de donde lo sostenía y dio un paso atrás, negando con la cabeza. Lo dejó parado, solo. Solo y expuesto porque ella retrocedió otro paso y él pudo ver que el sol empezaba a hacer brillar una línea plateada en el borde de sus ojos.

Eso le desgarró el pecho a Chaol.

Se llevó la mano ahí, como si pudiera sentir que se le abría un hueco desde adentro, a pesar de que las piernas le flaqueaban por el peso que sostenían.

—Yo no soy *nadie* para mencionar eso. No soy *nada* y me estaba refiriendo a mí *mismo*...

—Tal vez no haya peleado con reyes ni destrozado castillos —dijo ella con frialdad y voz temblorosa por la ira, mientras continuaba retrocediendo—, pero soy la heredera de la Sanadora Mayor gracias a mi propio trabajo, sufrimiento y sacrificio. Y tú estás aquí parado también gracias a eso. Hay gente que *vive* por eso. Así que tal vez no sea una guerrera ondeando la espada, tal vez no sea digna de tus historias gloriosas, pero al menos yo *salvo* vidas, no las termino.

—Lo sé —respondió él intentando resistir la necesidad de sostenerse de los brazos de la silla, que ahora le parecían muy lejanos porque empezaba a tambalearse—. Yrene, lo *sé*.

Demasiado lejos. Había ido demasiado lejos y nunca se había odiado tanto a sí mismo, por querer buscarle pleito a ella y ser tan *estúpido*, cuando en realidad se estaba refiriendo a él...

Yrene retrocedió otro paso.

—Por favor —dijo él.

Pero ella iba camino a la puerta. Y si se iba...

Él había dejado que todas se fueran. Él también se había ido, pero con Aelin, con Dorian, con Nesryn, él los había dejado irse y no había ido tras ellos.

Pero esa mujer que retrocedía hacia la puerta, que estaba intentando evitar que empezaran a fluir las lágrimas, lágrimas que él le había provocado al lastimarla, lágrimas de rabia que él se había buscado...

Ella extendió la mano hacia la manija de la puerta. La buscó a ciegas.

Y si se iba, si él le permitía irse...

Yrene presionó la manija.

Y Chaol dio un paso.

CAPÍTULO 39

Chaol no pensó. No se maravilló de la sensación de estar tan arriba. Del peso de su cuerpo, del movimiento que realizó cuando dio el primer paso titubeante.

Sólo estaba Yrene y su mano en la manija, y las lágrimas en sus ojos furiosos y bellos. Los más hermosos que él había visto jamás. Ojos que se abrieron de par en par cuando él dio ese primer paso hacia ella; cuando se inclinó hacia adelante y se tambaleó, pero logró dar otro.

Yrene avanzó hacia él, estudiándolo de pies a cabeza, y se cubrió la boca con una mano. Se detuvo a poco más de un metro de distancia.

Él no se había dado cuenta de lo pequeña que ella era... Lo delicada.

Cómo... cómo se veía, parecía y *sabía* el mundo desde ahí.

—No te vayas —exhaló él—. Perdón.

Yrene lo miró, de los pies a la cara. Las lágrimas escurrieron por sus mejillas cuando levantó su rostro.

—Perdón —repitió Chaol.

Ella seguía sin hablar. Las lágrimas sólo corrían y corrían por su cara.

—No dije nada de eso en serio —dijo él con voz ronca. Las rodillas empezaban a dolerle y se le doblaban, los muslos le temblaban—. Estaba buscando pleito y... y no dije nada de eso en serio, Yrene. Nada. Y lo lamento.

—Algo de eso debe haber estado en tu interior —susurró ella.

Chaol negó con la cabeza y el movimiento lo hizo tambalearse. Se detuvo del respaldo de un sillón para mantenerse erguido.

—Lo pienso de mí. Lo que tú has hecho, Yrene, lo que estás dispuesta a seguir haciendo... Tú hiciste esto... *todo* esto, pero no por ambición ni por gloria, sino porque tú crees que es lo correcto. Tu valentía, tu inteligencia, tu voluntad inquebrantable... No tengo palabras para eso, Yrene —el rostro de ella no cambió—. Por favor, Yrene.

Él extendió la mano hacia ella, se arriesgó a dar un paso tembloroso y vacilante.

Ella dio un paso atrás.

La mano de Chaol se cerró en el aire. Él apretó la mandíbula luchando para mantenerse de pie. Sentía el cuerpo inestable y extraño.

—Tal vez te hace sentir mejor contigo mismo asociarte con gente débil y patética como yo.

—Yo *no*... —apretó los dientes y avanzó otro paso hacia ella.

Necesitaba tocarla, tomarla de la mano y apretársela, sólo *demostrarle* que él no era así. Que no pensaba así. Se tambaleó hacia la izquierda, extendió la mano para equilibrarse y dijo:

—Sabes que no lo dije en serio.

Yrene dio un paso atrás y se mantuvo fuera de su alcance.

—¿Sí?

Él se obligó a dar otro paso. Otro más. Ella lo esquivó cada vez.

—Lo sabes, maldita sea —gruñó y forzó sus piernas para que dieran otro paso.

Yrene se escabulló de nuevo. Él parpadeó e hizo una pausa. Descifró la luz en los ojos de ella. El tono. Esa bruja lo estaba engañando para que caminara. Lo estaba instigando a moverse. A seguirla.

Ella se detuvo y lo vio a los ojos, sin rastro de dolor en su expresión, como diciendo: "Te tomó mucho tiempo darte cuenta". Una pequeña sonrisa afloró en sus labios.

Estaba parado. Estaba... caminando. Caminando. Y esta mujer frente a él...

Chaol logró dar otro paso. Yrene retrocedió. No era una cacería, sino un baile.

Él no le quitó los ojos de encima y dio otro paso vacilante, y luego otro. Le dolía el cuerpo y todo le temblaba; pero apretó los dientes y continuó. Luchó por recorrer cada uno de los centímetros que lo separaban de ella. Cada paso que la iba obligando a retroceder hacia la pared.

Ella respiraba jadeando y sus ojos dorados estaban muy abiertos, mientras él seguía por la habitación... Mientras ella lo hacía avanzar, un paso tras otro.

Hasta que la espalda de Yrene chocó contra la pared e hizo temblar el candelero, como si hubiera perdido la noción de dónde estaba. Chaol llegó hasta ella un instante después.

Apoyó una de las manos en la pared. Sintió la suavidad del papel tapiz bajo la palma de su mano cuando recargó ahí su peso. Necesitaba el soporte para mantener el cuerpo erguido porque le temblaban los muslos y se tensaba su espalda. Pero éstas eran cuestiones menores y secundarias.

Su otra mano...

Yrene todavía tenía los ojos brillantes por las lágrimas que él había provocado. Todavía tenía una en la mejilla. Chaol se la enjugó. Y luego otra que encontró cerca de su mandíbula.

No entendía... cómo ella podía ser tan delicada, tan pequeña, pero había volteado toda su vida de cabeza. Había hecho milagros con esas manos y esa alma, esta mujer que cruzó montañas y mares.

Ella estaba temblando. No de miedo, sino por lo que veía.

Y cuando ella le puso la mano en el pecho, no para empujarlo, sino para sentir el corazón feroz y poderoso que latía debajo, Chaol inclinó la cabeza y la besó.

Estaba parado. Estaba *caminando*.

Y la estaba besando.

Yrene apenas podía respirar, apenas podía controlar su emoción cuando la boca de Chaol se posó sobre la suya. Era como despertar o nacer o caer del cielo. Era una respuesta y una canción, y ella no podía ni pensar ni sentir con la rapidez necesaria.

Enroscó las manos en su camisa, envolvió los dedos alrededor de la tela y tiró de él para acercarlo. Los labios de Chaol acariciaron los suyos, con movimientos pacientes, sin prisas, como si estuviera memorizándola. Y cuando sus dientes le rozaron el labio inferior... Ella abrió la boca para él.

Él entró rápidamente y la presionó más contra la pared. Ella apenas alcanzaba a sentir las molduras que se le clavaban en la columna y la suavidad del papel tapiz contra su espalda, mientras sentía la lengua de Chaol deslizarse en su boca.

Yrene gimió sin importarle quién los escuchara, quién podría estar atento. Todos podían irse al infierno por ella. Ella estaba ardiendo, brillando...

Chaol le puso una mano contra la mandíbula y le movió la cara para poder tener mejor acceso a su boca. Ella se arqueó, rogándole en silencio que *tomara*...

Sabía que él no había dicho en serio esas palabras, sabía que estaba furioso con él mismo. Ella lo había provocado a seguir en esa pelea y aunque le había dolido... Ella supo en el momento que se puso de pie, cuando a ella se le paró el corazón un instante, que él no lo había dicho en serio.

Que se hubiera arrastrado... este hombre, este hombre noble y entregado y asombroso...

Yrene le recorrió los hombros con las manos, enredó su cabello sedoso entre sus dedos. *Más, más, más...*

Pero el beso de Chaol fue esmerado y minucioso. Como si quisiera memorizar cada sabor, cada ángulo de Yrene. Ella rozó la lengua contra la de él y el gruñido que le provocó hizo que a ella se le enroscaran los dedos de los pies dentro de sus zapatillas.

Sintió el temblor recorrerlo antes de darse cuenta de qué era. El esfuerzo. De todas maneras, la besó, decidido a hacerlo aunque terminara de bruces en el piso.

Pasos pequeños. Medidas pequeñas.

Yrene se separó y le puso una mano en el pecho cuando él intentó acercarse de nuevo a su boca.

—Deberías sentarte.

Él tenía las pupilas completamente dilatadas.

—Yo... déjame... *por favor*, Yrene.

Cada una de sus palabras se escuchó como una rasgadura. Como si él mismo se hubiera liberado de algo. Ella luchó por mantener la respiración tranquila. Por recuperar la razón. Si él pasaba demasiado tiempo de pie, podía lastimarse la espalda. Y antes de que ella pudiera animarlo a caminar y... *más*, tenía que entrar a su lesión y mirar. Tal vez había retrocedido lo suficiente por sí sola.

Chaol rozó su boca contra la de ella, el calor sedoso de sus labios era suficiente para que ella estuviera dispuesta a ignorar el sentido común. Pero se esforzó por controlarse. Se escapó con cuidado de su alcance.

—Ahora tengo maneras de recompensarte —dijo intentando algo de humor.

Él no sonrió. No hizo nada salvo verla con una mirada casi depredadora, mientras ella se alejaba un paso y le ofrecía el brazo para caminar de regreso a la silla.

Para *caminar*. Estaba *caminando*.

Lo hizo. Se apartó de la pared y se quedó meciéndose... Yrene lo sostuvo, lo estabilizó.

—Pensé que nunca intervenías para ayudarme —dijo él, con tono irónico y la ceja arqueada.

—En la silla, no. Ahora caerías de mucho más alto.

Chaol rio un poco y luego se acercó para susurrarle al oído.

—¿Iremos ahora a la cama o al sillón, Yrene?

Ella tragó saliva y se atrevió a mirarlo de soslayo. Él tenía los ojos todavía oscuros, la cara enrojecida y los labios hinchados. Por ella. Yrene sintió que la sangre se le calentaba, su entrepierna casi derretida. ¿Cómo demonios lo iba a tener casi desnudo frente a ella ahora?

—Sigues siendo mi paciente —logró decir con propiedad y lo llevó hasta la silla. Casi lo empujó para que se sentara y casi le saltó encima, también—. Y aunque no hay un juramento oficial sobre estas cosas, planeo mantener todo en el terreno profesional.

La sonrisa de Chaol fue todo menos profesional. Al igual que su gruñido.

—Ven acá.

El corazón de Yrene latió con fuerza recorriendo todo su cuerpo cuando ella cruzó los centímetros que los separaban, cuando lo miró a los ojos y se sentó en sus piernas.

Él le deslizó la mano debajo de su cabello para sostenerla de la parte trasera del cuello y acercar su cara a la de él. Le dio un beso en la comisura de los labios. Luego otro. Ella lo sostuvo del hombro y clavó los dedos en el músculo duro debajo. Su respiración empezó a entrecortarse cuando él le dio un mordisco en el labio inferior, cuando su otra mano empezó a explorar su torso...

Se abrió la puerta del pasillo e Yrene se puso de pie de inmediato y cruzó la sala hacia el escritorio, hacia los frascos de aceite del otro lado. Fue justo en el momento en que Kadja entró por la puerta con una bandeja en las manos.

La doncella había encontrado los *ingredientes* que Yrene necesitaba: cordel, leche de cabra y vinagre. Yrene apenas pudo recordar las palabras para agradecerle a la chica cuando puso la bandeja sobre el escritorio.

Si Kadja notó el aspecto de sus rostros, su cabello y su ropa, si podía percibir la tensión ardiente entre ellos, no dijo nada. Yrene no dudaba que sospechara y que sin duda le informaría a quien le estuviera pagando, pero... Yrene se dio cuenta de que no le importaba y se recargó contra el escritorio una vez que vio que Kadja iba saliendo, tan silenciosa como había llegado.

Se dio cuenta de que Chaol seguía viéndola con el pecho agitado.

—¿Qué hacemos ahora? —preguntó Yrene en voz baja. Porque no sabía... cómo *volver*...

Chaol no respondió. Sólo estiró una pierna completamente frente a él. Luego la otra. Lo volvió a hacer, maravillado.

—No miramos atrás —dijo él viéndola a los ojos—. Eso no le sirve a nadie ni a nada.

La manera en que lo dijo... Parecía como si significara algo más. Por lo menos para él. Pero su sonrisa aumentó y sus ojos se iluminaron cuando añadió:

—Sólo podemos seguir adelante.

Yrene se acercó a él, incapaz de contenerse, como si esa sonrisa fuera un faro en la oscuridad.

Y cuando Chaol avanzó hacia el sillón y se quitó la camisa, cuando se recostó boca abajo y ella le puso las manos en la espalda cálida y fuerte... Yrene también sonrió.

CAPÍTULO 40

Pararse y caminar unos pasos no era lo mismo que recuperar sus capacidades por completo.

Eso se pudo comprobar la semana siguiente. Yrene seguía luchando contra lo que se escondía en la columna de Chaol, lo que seguía ahí aferrado, en la parte más baja, le explicó a él. Luchaba contra aquello que seguía evitando que él recuperara el movimiento por completo. Correr, casi todos los saltos, patear: no podía hacer nada de eso. Sin embargo, gracias al bastón de madera sólida que ella le había conseguido, podía ponerse de pie y podía caminar.

Y era un maldito milagro.

Llevaba el bastón y la silla a sus entrenamientos matutinos con Hashim y los guardias, para cuando se exigía demasiado y no lograba regresar caminando a sus habitaciones. Yrene lo acompañó en las primeras sesiones para indicarle a Hashim en qué músculos de las piernas tenían que concentrarse para reconstruir más músculo y poder estabilizarlo más. Ella había hecho lo mismo por Shen, le confesó Hashim a Chaol una mañana. Yrene supervisó casi todas las sesiones iniciales de entrenamiento del guardia después de su lesión.

Así que Yrene estuvo ahí, observando desde lejos, ese primer día que Chaol tomó la espada para pelear contra Hashim. Lo hizo lo mejor que pudo con el bastón en la otra mano. Su equilibrio era pésimo, sus piernas no eran confiables, pero logró darle un par de buenos golpes Hashim. Y el bastón... no era malo como arma, si la pelea así lo requería.

Yrene tenía los ojos abiertos como platos cuando terminaron y Chaol se acercó a ella junto a la pared, apoyándose con fuerza en el bastón y con el cuerpo tembloroso. Él se dio cuenta, con satisfacción masculina, que el color del rostro de Yrene no se debía solamente al calor. Y cuando se marcharon al fin, caminando lentamente en las sombras frescas de los pasillos, Yrene lo llevó detrás de unas cortinas y lo besó.

Él estaba apoyado contra una repisa de provisiones y sus manos recorrieron todo el cuerpo de la sanadora, las curvas generosas y la cintura estrecha, para después enredarse en su cabello largo y pesado. Ella lo besó y lo besó, sin aliento y jadeando, y luego le lamió... en verdad *le lamió* el sudor del cuello.

Chaol gimió con tal fuerza que no les sorprendió que, instantes después, apareciera un sirviente que apartó la cortina de golpe, como si fuera a llamarle la atención a dos trabajadores por estar evadiendo sus responsabilidades.

Yrene palideció y se enderezó de inmediato. Además, le pidió al sirviente, que hacía reverencias y se disculpaba, que no dijera nada. Él le aseguró de que no lo haría, pero Yrene se quedó inquieta. Mantuvo su distancia el resto del recorrido de regreso.

Y la había mantenido desde entonces. Lo estaba volviendo loco, pero lo comprendía. Con su posición, tanto en la Torre como en el palacio, debían ser más inteligentes. Más cautelosos.

Y con Kadja que siempre estaba ahí...

Chaol no tocó a Yrene. Ni siquiera cuando ella le ponía las manos en la espalda para sanarlo, presionando una y otra vez para poder atravesar ese muro final de oscuridad.

Él quería decirle, dudó si decirle, que ya era suficiente; que viviría contento con el bastón el resto de su vida. Ella le había dado más de lo que se había atrevido a esperar. Porque veía a los guardias todas las mañanas; veía las armas y los escudos. Y pensaba en esa guerra que estaba desatándose al fin sobre sus amigos, sobre su patria. Y aunque no lograra llevar un ejército de regreso, encontraría la manera de pararse en esos campos de batalla. Por lo menos ahora cabalgar con sus hombres ya era una opción viable y podría pelear a su lado.

Pelearía por... ella.

En eso pensaba mientras iban caminando a cenar una noche, más de una semana después. Con el bastón le tomaba más tiempo, pero no le importaban esos momentos adicionales que pasaba con ella.

Yrene traía puesto su vestido morado, el favorito de él, y el cabello medio recogido y enroscándose suavemente por el día inusualmente húmedo. Pero estaba inquieta, intranquila.

—¿Qué pasa?

Nadie de la familia real se impresionó el día que llegó caminando a la cena. Era tan sólo otro milagro cotidiano de la Torre, aunque el khagan felicitó a Yrene personalmente. Ella se sintió muy halagada por sus palabras. El khagan ignoró a Chaol, como había hecho desde el día de la reunión que se atrevió a interrumpir.

Yrene se frotó la cicatriz del cuello como si le doliera. Él no le había preguntado... no quería saber. Porque si se enteraba... A pesar de la guerra que estaba por llegar, era capaz de tomarse el tiempo de ir a cazar a quien se la hubiera causado para enterrarlo.

—Convencí a Hasar de que me organizara una fiesta —le dijo Yrene en voz baja.

Él esperó hasta que pasaron un grupo de sirvientes y luego preguntó:

—¿Por qué razón?

Ella exhaló.

—Es mi cumpleaños. En tres días.

—¿Tu cumpleaños?

—Ya sabes, el día que se celebra el nacimiento...

Él le dio un codazo, pero su columna se deslizó y se movió cuando lo hizo. El bastón crujió cuando él apoyó más peso para sostenerse.

—No tenía idea de que las mujeres demonio tenían cumpleaños.

Ella le sacó la lengua.

—Sí, incluso nosotras tenemos cumpleaños.

Chaol sonrió.

—¿Así que le pediste que te organizara una fiesta?

Considerando lo que había sucedido la última *fiesta*... Probablemente, él terminaría siendo una de las personas que se escapaba hacia una recámara oscura. En especial si Yrene usaba ese vestido otra vez.

—No precisamente —dijo Yrene con ironía—. Mencioné que venía mi cumpleaños, y lo aburrido que eran *tus* planes...

—Vaya desfachatez —él rio.

Ella movió las pestañas con coquetería.

—Y *tal vez* le pude haber mencionado que en todos los años que tengo aquí, nunca he ido al desierto y que estaba pensando hacer un viaje sola, pero que me sentiría triste de que ella no celebrara conmigo...

—Déjame adivinar, ¿ella sugirió ir al oasis de su familia?

Yrene canturreó un poco.

—Una excursión para pasar la noche en Aksara, a medio día de distancia, a caballo, hacia el este, para festejar en su campamento permanente en el oasis.

Así que la sanadora sí era capaz de maquinar. Pero...

—Hará un calor infernal...

—La princesa quiere una fiesta en el desierto. Así que la tendrá —se mordió el labio y las sombras volvieron a asomarse—. También logré preguntarle sobre el lugar... sobre Aksara. La historia —Chaol se preparó para lo que diría—. Hasar se aburrió antes de poder decirme gran cosa, pero me dijo que una vez escuchó que el oasis había crecido sobre una ciudad de los muertos. Que las ruinas que había ahí eran simplemente la entrada. No les gusta molestar a los muertos, así que nunca se apartan del manantial para investigar lo que hay en la jungla alrededor.

Tenía motivos para estar preocupada.

—Entonces no sólo hay cuevas.

—Tal vez Nousha quiso decir algo distinto. Tal vez también hay cuevas con información —exhaló—. Supongo que lo veremos. Me aseguré de bostezar cuando Hasar me lo dijo, así que dudo que esté preguntándose por qué quería saber más.

Chaol le besó la sien, un roce suave de su boca que nadie pudo ver.

—Astuta, Yrene.

—Te iba a decir la otra semana, pero luego te pusiste de pie y se me olvidó. No soy buena para las maquinaciones de la corte.

Él le acarició la espalda con la mano libre. Un poco más abajo.

—Hemos estado ocupados en otras cosas —ella se sonrojó de una tonalidad rosada muy hermosa, pero entonces algo se le ocurrió a él—. ¿*Qué* quieres en realidad para tu cumpleaños? ¿Y cuántos cumples?

—Veintidós. Y no sé. Si no fuera por esto, ni siquiera lo habría mencionado.

—¿No me lo ibas a decir?

Ella lo miró con el ceño fruncido.

—Me imaginé que con todo lo que está presionándote, los cumpleaños no tenían relevancia —se llevó la mano al bolsillo para sostener ese objeto del cual él nunca preguntaba.

Se acercaron al escándalo de la cena en el gran salón. Él rozó sus dedos contra los de ella. Yrene se detuvo al sentir la petición silenciosa. El pasillo se extendía frente a ellos y a su lado pasaban sirvientes y visires. Chaol se apoyó en el bastón mientras descansaban y permitió que le ayudara a estabilizar su peso.

—¿Y por lo menos estoy invitado a esta fiesta en el desierto?

—Oh, sí. Tú y toda mi gente favorita: Arghun, Kashin y un puñado de visires encantadores.

—Me alegra haberme colado en la lista de invitados, considerando que Hasar me odia.

—No —dijo Yrene con la mirada más oscura—. Si Hasar te odiara, creo que ya no estarías vivo.

Dioses. Esa mujer era su amiga.

—Al menos estará Renia —continuó Yrene—, pero creo que será mejor que Duva no esté en el calor dada su condición y su esposo no se apartará de su lado. Estoy segura de que cuando lleguemos allá, encontremos o no información, probablemente querré tener una excusa similar.

—Aún quedan unos días. Técnicamente podríamos presentar la misma excusa si necesitamos irnos.

Las palabras que dijo se acomodaron en su mente. La invitación y la implicación. Yrene se puso deliciosamente roja y le dio un manotazo en el brazo.

—Sinvergüenza.

Chaol rio y miró el pasillo en busca de una esquina sombreada. Pero Yrene murmuró:

—No podemos.

No se refería a su broma, sino al deseo que sin duda podía notar aumentaba en su mirada. El deseo que él veía desbordándose de los ojos de ella.

Se acomodó la chaqueta.

—Bueno, pues intentaré encontrarte un regalo adecuado que pueda compararse con una *vacación* al desierto, pero no va a ser sencillo.

Yrene lo tomó del brazo libre, en su papel de sanadora que escolta a su paciente a la mesa.

—Tengo todo lo que necesito —le dijo.

CAPÍTULO 41

Les llevó más de una semana planearlo.

Fue necesaria una semana para que Sartaq y Houlun encontraran los mapas antiguos de los Páramos de Dagul. La mayor parte eran poco claros e inútiles. Sólo lo que los jinetes alcanzaron a ver desde los aires porque no se atrevieron a averiguar más detalles. El territorio de las *kharankui* era pequeño, pero había crecido y avanzaba con más osadía en los últimos años. Y ellos se dirigirían al corazón oscuro de su territorio.

La parte más difícil fue convencer a Borte de que se quedara, pero Nesryn y Sartaq le dejaron esa tarea a Houlun. Una palabra fuerte de la madre-hogar bastó para que la chica obedeciera. La mirada de Borte destilaba rabia, pero cedió a los deseos de su abuela. Como heredera, le dijo Houlun, la primera obligación de Borte era con su *gente*. La línea de sangre terminaba con ella. Si Borte se iba a las oscuridades de Dagul, sería el equivalente a que le escupiera a la *sulde* de su madre en las faldas de Arundin.

Borte insistió que si ella, como heredera de Houlun, se iba a quedar, entonces Sartaq, como el sucesor potencial del khagan, también debía quedarse.

Cuando dijo eso, Sartaq simplemente se dio la vuelta hacia los pasillos interiores de Altun y les dijo que, si ser el sucesor de su padre significaba quedarse sentado mientras otros peleaban por él, entonces sus hermanos podían quedarse con la maldita corona.

Así que sólo irían los tres: Nesryn y Sartaq en Kadara y Falkan guardado en el bolsillo de Nesryn en forma de ratón de campo.

Tuvieron un debate final la noche anterior sobre si debían llevar una legión. Borte apoyaba la decisión y Sartaq se oponía. No sabían cuántas *kharankui* vivían en los picos áridos y los valles boscosos entre ellos. No podían arriesgarse innecesariamente a perder tantas vidas y no podían perder más tiempo en hacer un reconocimiento cuidadoso del terreno. Tres personas podían entrar y salir rápidamente, pero un ejército de ruks sería obvio y lo detectarían mucho antes de que llegara.

La discusión frente a la hoguera fue intensa, pero al final Houlun decidió: iría el grupo pequeño. Y si no regresaban en cuatro días, los seguiría un ejército. Medio día para llegar, un día para reconocer el área, un día para entrar y luego otro para regresar con los polluelos robados. Tal vez, incluso, averiguarían qué temían las hadas de las arañas y cómo las habían combatido... Si tenían suerte.

Llevaban ya horas volando. Los muros altos de los Páramos se iban acercando más con cada movimiento de las alas de Kadara. Pronto cruzarían esa primera cordillera de montañas grises y entrarían al territorio de las arañas. Nesryn sentía el desayuno pesarle más en el estómago con cada kilómetro que se acercaban. Tenía la boca seca como un pergamino.

Detrás de ella, Sartaq voló en silencio casi todo el tiempo. Falkan dormitaba en el bolsillo de su pecho y sólo asomaba el hocico lleno de bigotes de vez en cuando para olisquear el aire y luego volverse a esconder. Estaba conservando sus fuerzas mientras fuera posible.

El metamorfo seguía dormido cuando Nesryn le dijo a Sartaq:

—¿Lo que dijiste anoche, sobre rechazar la corona si ésta significaba no luchar, era cierto?

El cuerpo de Sartaq era una pared cálida en su espalda.

—Mi padre fue a la guerra... todos los khagans han ido a la guerra. Él es dueño de las *suldes* Ébano y Marfil precisamente por eso. Pero si se diera el caso de que me negaran ir a la guerra a cambio de que sobreviviera la estirpe... Sí. Una vida encerrado en esa corte no es lo que yo quiero.

—Y sin embargo eres el favorito para convertirte en khagan algún día.

—Eso se rumora, pero mi padre nunca lo ha sugerido ni lo ha mencionado. Es posible que corone a Duva, hasta donde yo sé. Los dioses saben que ella sería una gobernante benévola. Y es la única de todos nosotros que ha producido herederos.

Nesryn se mordió el labio.

—¿Por qué... por qué no te has casado?

Nunca se había atrevido a preguntarle. Aunque sí lo había pensado durante esas semanas. Sartaq abrió y cerró los dedos alrededor de las riendas antes de responder:

—He estado ocupado. Y las mujeres que me han presentado como novias potenciales... no eran para mí.

—¿Por qué? —preguntó ella, aunque no tenía derecho a meterse.

—Porque cuando les mostraba a Kadara se acobardaban o fingían estar interesadas en ella o me preguntaban cuánto tiempo pasaría fuera.

—¿Con la esperanza de que tus ausencias fueran frecuentes o porque te extrañarían?

Sartaq rio.

—No lo sé. La pura pregunta ya se sentía como con un afán de control así que supe que ellas no eran las indicadas para mí.

—¿Así que tu padre te permitirá casarte con quien quieras?

Estaba metiéndose en territorio peligroso y desconocido. Esperaba que él bromeara al respecto, pero Sartaq se quedó en silencio.

—Sí. Incluso el matrimonio arreglado de Duva... ella estaba completamente a favor. Dijo que no quería tener que recorrer una corte de víboras para encontrar un buen hombre y de todas maneras tener que rezar para que no la engañara. Me pregunto si tiene algo de razón. De cualquier forma, ella corrió con suerte. Su esposo es callado, pero la adora. Lo pude ver en su rostro en el momento que se conocieron; también en el de ella. Alivio y... algo más.

¿Y qué sería de ellos, de su hijo, si otro heredero era elegido al trono? Nesryn preguntó con cautela:

—¿Por qué no terminar con esta tradición de competir unos contra otros?

Sartaq guardó silencio un minuto.

—Tal vez un día, quien asuma el trono terminará con eso. Tal vez ame más a sus hermanos en lugar de honrar la tradición. Quiero creer que ya evolucionamos de quienes éramos hace siglos, cuando el imperio estaba naciendo. Pero tal vez ahora, estos años de relativa paz, tal vez ahora sea un momento más peligroso —se encogió de hombros y ella sintió el movimiento en la espalda—. Tal vez la guerra solucionará esto de la sucesión.

Y tal vez porque volaban muy por arriba del mundo, porque esas tierras oscuras se iban acercando, Nesryn preguntó:

—Entonces, ¿nada te impediría ir a la guerra si ésta estallara?

—Suenas como si estuvieras reconsiderando tu meta de arrastrarnos a todos al norte.

Ella se puso tensa.

—Acepto que estas semanas aquí... Era más fácil pedirte ayuda antes. Cuando los rukhin eran una legión sin nombre, sin cara. Cuando no los conocía a ellos ni a sus familias. Cuando no conocía a Houlun ni a Borte. Cuando no sabía que Borte estaba *comprometida*.

Una risa grave. Borte se había negado, negado abiertamente, a responder las preguntas de Nesryn sobre Yeran. Dijo que ni siquiera valía la pena hablar de eso.

—Estoy seguro de que Borte iría gustosa a la guerra, aunque fuera sólo para competir contra Yeran por la gloria en el campo de batalla.

—Es amor verdadero, entonces.

Sartaq sonrió junto a su oreja.

—No tienes idea —suspiró—. Todo empezó hace tres años, esta competencia entre los dos. Justo después de que murió su madre.

La pausa que hizo se sintió tan cargada que Nesryn preguntó:

—¿Conocías bien a su madre?

Él tardó un poco en responder.

—Te mencioné una vez que me enviaron a otros reinos a arreglar disputas o atender los rumores de descontento. La última vez que me envió mi padre, me acompañó una pequeña unidad de rukhin. Entre ellos, la madre de Borte.

De nuevo, un silencio cargado. Gradualmente, con cautela, Nesryn puso la mano sobre el antebrazo que la abrazaba. Los músculos fuertes debajo del cuero se movieron y luego se quedaron quietos.

—Es una historia larga, y difícil, pero hubo violencia entre los rukhin y el grupo que quería derrotar a nuestro imperio. La madre de Borte... Uno de ellos le disparó cobardemente por la espalda. Una flecha envenenada le atravesó el cuello, justo cuando estábamos a punto de dejarlos rendirse —el viento sopló a su alrededor—. No permití que ninguno de ellos saliera vivo.

Las palabras frías y huecas decían suficiente.

—Yo personalmente cargué su cuerpo de regreso —dijo Sartaq, con palabras que le arrancaba el viento—. Todavía puedo escuchar los gritos de Borte cuando aterricé en Altun. Puedo verla arrodillada sola en las faldas de Arundin después del entierro, aferrada a la *sulde* de su madre, en el sitio donde está plantada en el suelo.

Nesryn le apretó el brazo. Sartaq colocó su mano enguantada sobre la de ella, la apretó un poco y dejó escapar el aire de sus pulmones.

—Seis meses después —continuó—, Borte compitió en la Convención, los tres días al año que hay competencias

SARAH J. MAAS

y carreras entre los clanes. Ella tenía diecisiete años y Yeran veinte, e iban empatados en la gran carrera final. Cuando se acercaban a la meta, Yeran hizo una maniobra que *podría* considerarse como una trampa, pero Borte sabía bien lo que iba a hacer y lo derrotó de todas maneras. Y luego lo golpeó cuando aterrizaron. Literalmente. Cuando él se bajó de su ruk, ella lo *derribó* al suelo y le golpeó la cara por la estupidez que había cometido y que casi mató a Arcas —rio un poco para sí mismo—. No sé con exactitud qué sucedió más tarde durante la celebración; pero, en cierto momento, lo vi intentar hablar con Borte y ella se rio en su cara y luego se alejó. Él se quedó con el ceño fruncido hasta que se fue a la mañana siguiente. Hasta donde sé, no se volvieron a ver en un año. Hasta la siguiente Convención.

—Que Borte volvió a ganar —adivinó Nesryn.

—Así es. Apenas. *Ella* hizo la maniobra cuestionable en esa ocasión y se golpeó bastante al hacerlo, pero técnicamente, ganó. Creo que en secreto, Yeran estaba más aterrado por lo cerca que vio a Borte de terminar con lesiones permanentes o de morir, así que la dejó ganar. Ella nunca me ha contado los detalles de *esa* celebración, pero quedó afectada durante varios días. Todos pensábamos que era por sus heridas, pero esas cosas no le afectaban antes.

—¿Y este año?

—Este año, una semana antes de la Convención, Yeran apareció en Altun. No vio a Houlun ni a mí. Fue directo al lugar donde estaba Borte en el salón. Nadie sabe qué sucedió, pero se quedó menos de treinta minutos desde que aterrizó hasta que se fue. Una semana después, Borte volvió a ganar la carrera. Y cuando la coronaron como ganadora, el padre de Yeran dio un paso al frente para anunciar que estaba comprometida con su hijo.

—¿Una sorpresa?

—Considerando que cada vez que Borte y Yeran están juntos se lanzan a la yugular del otro, sí. Pero también fue

548

una sorpresa para Borte. Ella fingió que no, pero los vi discutiendo en el salón más tarde. No sé si ella acaso *sabía* lo
que sucedería o si quería que se anunciara de esa manera.
Todavía no ha dicho nada al respecto. Sin embargo, no ha
disputado el compromiso; aunque tampoco lo ha aceptado
felizmente. Además, aún no hay fecha para la boda, pero
ciertamente ésta ayudaría a suavizar nuestras relaciones...
tensas con los berald.

Nesryn sonrió un poco.

—Espero que lo solucionen.

—Tal vez esta guerra también ayude a resolver eso.

Kadara se acercó más y más a las paredes de los Páramos. La luz empezó a sentirse más débil y fría por las nubes
que cubrieron el sol. Pasaron por arriba de los primeros picos enormes, volando con una corriente de aire por encima
de todo y Dagul se extendió frente a ellos.

—Santos dioses —susurró Nesryn.

Picos grises y oscuros de roca árida. Pinos delgados en
los valles abajo. No había lagos ni ríos; sólo uno que otro
arroyuelo apenas visibles debajo del manto de telarañas
que cubría todo. Algunas telarañas eran gruesas y blancas,
y ahogaban los árboles. Algunas eran redes brillantes entre los picos, como si quisieran capturar el mismo viento.

No había vida. No se podía escuchar el zumbido de los
insectos ni el grito de bestia alguna. No se oía el murmullo
de las hojas ni el aleteo de las aves.

Falkan sacó la cabeza del bolsillo mientras estudiaban
la tierra muerta bajo ellos y se le escapó un chillido. Nesryn
casi hizo lo mismo.

—Houlun no exageraba —murmuró Sartaq—. Se han
fortalecido.

—¿Dónde se puede aterrizar? —preguntó Nesryn—. Casi no se ve ningún sitio seguro. Podrían haberse llevado a los polluelos y los huevos a cualquier parte.

Miró los picos y valles en busca de alguna señal de movimiento, cualquier destello de esos cuerpos negros y brillantes corriendo abajo. Pero no vio nada.

—Sobrevolaremos el territorio —dijo Sartaq—. Nos daremos una idea de las cosas. Tal vez podamos averiguar algo sobre sus hábitos de alimentación.

Dioses.

—Que Kadara vuele alto. Despreocupada. Porque si parece que estamos cazando algo, podrían salir todas juntas.

Sartaq le silbó a Kadara con fuerza y la ruk voló más alto, más rápido que sus ascensos habituales. Como si estuviera contenta de elevarse un poco más para alejarse del territorio cubierto debajo.

—Mantente oculto, amigo —le dijo Nesryn a Falkan y le dio unas palmadas a su bolsillo con manos temblorosas—. Si nos ven desde abajo, será mejor que te mantengamos en secreto hasta el momento menos esperado.

Las pequeñas patitas de Falkan dieron unos golpecitos para comunicarle que había entendido y se volvió a meter a su bolsillo.

Volaron en círculos un rato. Kadara bajaba de vez en cuando, como si estuviera persiguiendo a un águila o un halcón. Cazando su almuerzo, tal vez.

—Ese grupo de picos —dijo Sartaq después de un rato y señaló al punto más alto de los Páramos. Como cuernos que estuvieran elevándose hacia el cielo, dos picos gemelos subían tan cerca uno de otro que probablemente habían sido alguna vez una misma montaña. Entre sus cimas como garras, había un paso lleno de grava que se perdía en un laberinto de roca—. Kadara no deja de mirar hacia allá.

—Demos una vuelta por arriba, pero mantengamos la distancia.

Antes de que Sartaq diera la orden, Kadara obedeció.

—Algo se mueve en el paso —dijo Nesryn con los ojos entrecerrados.

Kadara se acercó demasiado a los picos, más de lo prudente.

—Kadara —advirtió Sartaq.

Pero la ruk batió las alas, frenética. Se apresuró justo cuando alcanzaron a distinguir con claridad lo que se movía en el paso. Algo iba corriendo por la grava, rebotando y batiendo las alitas esponjosas... Un polluelo.

Sartaq maldijo.

—Más rápido, Kadara. *Más rápido*.

No tuvo que decírselo dos veces a la ruk.

El polluelo graznaba y sus alas demasiado pequeñas se batían inútilmente, mientras intentaba levantarse del piso. Había salido de la línea de pinos que llegaban justo al borde del paso y ahora se dirigía hacia el centro del laberinto de roca.

Nesryn se quitó el arco de la espalda y ensartó una flecha. Sartaq hizo lo mismo a sus espaldas.

—*Sin hacer un solo ruido* —le advirtió Sartaq justo cuando el ave abría el pico—. Las vas a alertar.

Pero el polluelo graznaba y gritaba. Su terror era evidente incluso desde las alturas. Kadara aprovechó una corriente de aire y *voló*.

—Vamos —exhaló Nesryn con la flecha apuntada hacia el bosque, hacia los horrores de los cuales había escapado el polluelo, y que sin duda venían corriendo detrás de él.

El bebé ruk se acercó a la parte más ancha del paso entre las montañas, intimidado por el muro de roca frente a él. Como si supiera qué le esperaba dentro.

Estaba atrapado.

—Entra rápidamente, corta por el paso y sal del otro lado —le ordenó Sartaq a su ruk que se inclinó hacia la derecha, tanto que Nesryn tuvo que hacer un esfuerzo con el abdomen para lograr mantenerse en la silla.

Kadara se enderezó y empezó a descender poco a poco hacia el polluelo que ahora se daba vueltas desorientado y gritaba hacia el cielo al ver a la ruk que se aproximaba a toda velocidad.

—Con cuidado —dijo Sartaq—. Con cuidado, Kadara.

Nesryn mantuvo la flecha apuntada hacia el laberinto de roca delante y Sartaq giró para cubrir el bosque detrás. Kadara voló más y más cerca del paso lleno de grava, hacia el polluelo esponjado que ahora esperaba muy quieto la salvación que se acercaba con las garras de Kadara.

Diez metros. Quince.

El brazo de Nesryn estaba tenso para mantener la flecha apuntada.

Una ráfaga de viento empujó a Kadara y la ladeó, el mundo se volteó y una luz brilló.

Justo en el momento en que Kadara se enderezó, en el instante que abrió las garras para recoger al polluelo, Nesryn comprendió qué había sido ese brillo. Lo que ese cambio de ángulo reveló frente a ellos.

—¡Cuidado!

El grito le desgarró la garganta, pero fue demasiado tarde.

Las garras de Kadara se cerraron alrededor del polluelo y lo levantaron del piso para elevarse de inmediato hacia el espacio entre los picos. Pero se topó de frente con la enorme telaraña extendida entre ellos.

CAPÍTULO 42

El polluelo era una trampa.

Eso fue lo último que pensó Nesryn cuando Kadara chocó contra la telaraña... la *red* que estaba tejida entre los dos picos. Construida no para capturar el viento, sino *ruks*.

Lo único que alcanzó a sentir fue el cuerpo de Sartaq que se abalanzó hacia ella para mantenerla sobre la silla y se sostuvo con fuerza, mientras Kadara gritaba.

Golpes, destellos y rocas; grava, cielo gris y plumas doradas. El viento que aullaba, el grito agudo del polluelo y el aullido de Sartaq.

Luego vueltas y el choque tan fuerte contra la roca que sintió la vibración del impacto en los dientes, en los huesos. Luego cayeron, rodaron, y el cuerpo atrapado de Kadara se curvaba, se curvaba al igual que Sartaq sobre Nesryn, para proteger al polluelo, que tenía entre las garras, contra el impacto final.

Y luego el *bum*... y el rebote; el rebote que rompió las correas de cuero de la silla. Seguía atada a ella, seguían atados juntos al salir volando del cuerpo de Kadara. El arco de Nesryn salió disparado de sus manos y ella cerró los dedos en el aire...

Sartaq los hizo girar, su cuerpo era como un muro sólido alrededor del de ella, y Nesryn al fin supo dónde estaba el cielo y dónde estaba el suelo del paso...

Él rugió cuando chocaron contra la grava, pero la mantuvo sobre su cuerpo y absorbió todo el impacto.

Por un instante, lo único que se escuchó fue el repiquetear crepitante de la grava que se reacomodaba y los golpes sordos de las rocas al desprenderse de los muros del paso. Por un instante, Nesryn no pudo recordar dónde estaba su cuerpo, dónde estaba su aliento...

Luego el roce de un ala sobre grava.

Nesryn abrió los ojos de golpe y entró en acción antes de tener palabras para nombrar sus movimientos.

Tenía una laceración en la muñeca, llena de pequeñas rocas y polvo. No la sentía, apenas notó la sangre mientras tanteaba a ciegas en busca de las correas de la silla. Las desabrochó y jadeó entre dientes cuando al fin logró levantar la cabeza, cuando se atrevió a ver...

Él estaba aturdido. Parpadeaba hacia el cielo gris. Pero estaba vivo, *respiraba*, tenía sangre en la sien, en la mejilla, en la boca...

Ella sollozó entre dientes y al fin logró liberar las piernas para poder levantarse y acercarse a las piernas de él, a los trozos de cuero retorcido y desgarrado entre ellas.

Sartaq estaba medio enterrado en la grava. Movió las manos hacia arriba, pero las piernas...

—No están rotas —dijo Sartaq con voz rasposa—. No están rotas.

Se lo decía más a sí mismo que a ella. Pero Nesryn logró mantener los dedos firmes mientras le desabrochaba las correas. La ropa gruesa de cuero le había salvado la vida, había salvado su piel de que se le desprendiera del hueso. Él había absorbido el golpe por ella, la había movido para caer él primero...

Ella rascó en la grava que le cubría los hombros y los brazos. La roca filosa le cortaba los dedos. La correa de cuero de su trenza se había soltado con el impacto y el cabello le volaba en la cara, impidiéndole ver bien el bosque detrás y la roca a su alrededor.

—Párate —jadeó—. Párate.

Él respiró y parpadeó con fuerza.

—*Párate* —le suplicó.

La grava se movió frente a ellos y Nesryn escuchó un gemido grave y adolorido que rebotó en las rocas. Sartaq se enderezó de golpe.

—*Kadara*...

Nesryn giró sobre las rodillas, buscando su arco, mientras también evaluaba la condición de la ruk. A unos diez metros frente a ellos, Kadara estaba cubierta de la seda casi invisible. Una red fantasma le sostenía las alas, le atrapaba la cabeza agachada...

Sartaq se paró rápidamente, se tambaleó, se resbaló en la grava suelta y sacó su cuchillo asterion. Nesryn también logró ponerse de pie, con las piernas temblorosas, y la cabeza le dio vueltas mientras se esforzaba por encontrar su arco en el paso...

Ahí. Cerca del muro del paso. Intacto.

Se lanzó hacia él mientras Sartaq corría con la ruk. Nesryn alcanzó su arma justo cuando él cortó la primera parte de la telaraña.

—Vas a estar bien —le estaba diciendo a Kadara. La sangre le cubría las manos, el cuello—. Te voy a liberar...

Nesryn se echó el arco al hombro y presionó una mano en su bolsillo. Falkan...

Una patita la empujó en respuesta. *Estaba vivo.*

Ella no desperdició tiempo y corrió hacia la ruk, sacó su propia espada hada de la funda que Borte le había encontrado y empezó a cortar los hilos gruesos. Se le pegaba a los dedos, le arrancaba la piel, pero siguió cortando y separando, avanzando a lo largo del ala, mientras Sartaq cortaba del otro lado.

Llegaron al mismo tiempo a las patas de Kadara. Vieron que no tenía nada en las garras. Nesryn levantó la cabeza de golpe, buscó en el paso, los montones de grava intacta...

El polluelo había salido volando en el choque, como si ni siquiera las garras de Kadara se hubieran podido mantener cerradas contra el dolor del impacto. El ruk bebé estaba en el suelo, cerca del borde del paso, luchando por ponerse de pie. El suave piar afligido rebotaba en las rocas.

—Arriba, Kadara —ordenó Sartaq con voz quebrada—. *Arriba.*

Las grandes alas se movieron y algo de grava cayó al piso cuando la ruk intentó obedecer. Nesryn avanzó tambaleante hacia el pollo que tenía sangre en la cabeza de plumas esponjosas y los ojos muy abiertos por el terror y la súplica...

Todo sucedió tan rápido que Nesryn no pudo ni siquiera gritar.

En un instante, el polluelo había abierto el pico para pedir ayuda. Al siguiente, un chillido y unos ojos muy dilatados cuando una pata larga de color ébano apareció detrás de la columna de roca y atravesó al ave por la espalda.

Se escuchó el crujido de huesos y la sangre salpicó. Nesryn se detuvo bruscamente, meciéndose con tanta violencia que cayó de sentón, y con un grito sin palabras en los labios al ver que el polluelo desaparecía detrás de la roca, sacudiéndose y gritando...

Luego se quedó en silencio.

Y aunque ella había visto cosas terribles, cosas que la hacían sentirse enferma y le quitaban el sueño, cuando ese bebé ruk, aterrado y suplicante, sufriendo, desapareció arrastrado, se quedó en *silencio*...

Nesryn giró y se resbaló en la grava al avanzar rápidamente hacia Kadara, hacia Sartaq, que veía cómo se llevaban al polluelo detrás de la roca y le gritaba a Kadara que volara...

La gran ruk intentó levantarse sin éxito.

—*VUELA* —aulló Sartaq.

Lentamente, muy lentamente, la ruk se paró sobre sus patas. Su pico raspado se arrastraba por las rocas sueltas.

No iba a lograrlo. No iba a poder despegar a tiempo. Porque justo detrás de la línea de los árboles cubiertos de telarañas... Se veían sombras retorcerse. Se acercaban.

Nesryn enfundó la espada y sacó el arco. La flecha temblaba cuando la apuntó hacia la roca donde había desaparecido el polluelo y luego hacia los árboles, a unos cien metros de distancia.

—*Vamos, Kadara* —le rogaba Sartaq—. ¡Levántate!

El ave apenas estaba en condiciones de volar, no podría llevar a nadie a cuestas... La roca detrás de ella tronó y se escuchó el crujido de la grava. El sonido provenía del laberinto de roca dentro del paso.

Atrapados. Estaban atrapados...

Falkan se movió en su bolsillo, intentando liberarse. Nesryn lo cubrió con el antebrazo y presionó con fuerza.

—Todavía no —exhaló—. Todavía no.

Sus poderes no eran los de Lysandra. Había intentado convertirse en un ruk en la semana, pero no lo logró. El lobo grande era lo más que podía lograr. Cualquier cosa más allá estaba fuera del alcance de su magia.

—*Kadara...*

La primera de las arañas salió de entre los árboles. Tan negra y brillante como su hermana muerta.

Nesryn soltó la flecha.

La araña retrocedió, gritando. El sonido sobrenatural hizo estremecer las rocas cuando la flecha se le hundió en el ojo. Al instante, Nesryn ya tenía otra flecha preparada. Iba retrocediendo hacia Kadara que apenas empezaba a batir las alas...

La ruk se tropezó. Sartaq le gritó:

—¡VUELA!

El viento despeinó a Nesryn y desprendió trozos de roca. El piso retumbó detrás de ellos, pero Nesryn no se atrevió a quitarle la vista de encima a la segunda araña que salía de entre los árboles. Volvió a disparar y el silbido de su flecha quedó ahogado bajo el sonido de las alas de Kadara. Un batir pesado y adolorido, pero constante...

Nesryn miró hacia atrás por un instante. Sólo uno, sólo para ver a Kadara subiendo y bajando, luchando para lograr ascender y salir del otro lado del paso estrecho. Iba derramando sangre y grava. Justo entonces, una *kharankui* salió de entre las sombras de las rocas en la parte superior del pico, con las patas dobladas como si quisiera saltar al lomo de la ruk...

Nesryn disparó una flecha. Otra salió volando tras la suya. Era de Sartaq. Ambas flechas dieron en el blanco. Una en el ojo y la otra en la boca abierta de la araña.

La bestia gritó y cayó de su percha. Kadara la esquivó y apenas logró librar la superficie escarpada del pico. Escucharon el sonido de la araña que se despanzurró contra las rocas del laberinto.

Pero entonces Kadara ya estaba volando, hacia el cielo gris, batiendo las alas como nunca. Sartaq giró a ver a Nesryn, justo cuando ella miraba de regreso hacia el bosque de pino, de donde estaban saliendo otras seis *kharankui*, siseando.

El príncipe estaba cubierto de sangre y respiraba con dificultad, pero logró tomar a Nesryn del brazo y dijo:

—*Corre*.

Así que ella lo hizo.

No corrieron hacia los pinos, sino hacia la oscuridad del laberinto de roca frente a ellos.

CAPÍTULO 43

Ya sin necesidad del arnés, a Chaol le dieron una yegua negra: Farasha. El nombre no le quedaba para nada. Quiere decir *mariposa*, le dijo Yrene cuando se reunieron en el patio del palacio tres días después. Pero Farasha era todo menos una mariposa.

Tiraba de la embocadura, azotaba los cascos en el piso y sacudía la cabeza. Farasha ya estaba poniendo a prueba la paciencia de Chaol mucho antes de que llegaran los demás miembros del grupo que viajaría al desierto. Un grupo de sirvientes había salido antes para preparar el campamento.

Él sabía que los miembros de la familia real le iban a dar el caballo más salvaje. No un semental, pero sí algo que tuviera un nivel semejante en su furia. Farasha había nacido furiosa, estaba seguro. Pero primero muerto que permitir que esos individuos lo obligaran a pedirles otro caballo. Uno que no requiriera que forzara tanto la espalda o las piernas.

Yrene fruncía el ceño a Farasha, a él, y acariciaba la crin de la yegua castaña que le habían dado a ella. Ambos eran caballos hermosos, aunque no se comparaban con el semental asterion que Dorian le había regalado a Chaol de cumpleaños el invierno anterior.

Otra celebración de cumpleaños. Otro tiempo... otra vida.

Se preguntó qué le habría pasado a ese hermoso caballo que no había llegado a nombrar. Como si hubiera sabido, en el fondo, lo fugaz de esas pocas semanas felices. Se preguntó si todavía estaría en los establos reales. O si las brujas lo habrían robado, o si habrían permitido que sus monturas terribles lo usaran para llenar sus estómagos.

Tal vez por eso Farasha resentía su mera presencia. Tal vez ella podía percibir que él había olvidado a ese semental de noble corazón en el norte. Y lo quería hacer pagar por eso.

La raza de estos caballos era una rama de los asterion, le dijo Hasar cuando pasó trotando sobre su semental blanco y le dio dos vueltas a Chaol. La cabeza refinada en forma de cuña y las colas altas eran indicadores de sus ancestros hada. Pero estos caballos, los muniqi, habían sido criados para los climas desérticos de estas tierras; para caminar sobre las arenas que recorrerían ese día y en las estepas que fueron el hogar de los ancestros del khagan. La princesa incluso le mostró el pequeño bulto entre los ojos de la yegua, la *jíbbah*, que indicaba la presencia de un seno frontal más grande que le permitía a los muniqi prosperar en los desiertos secos e inclementes de ese continente. Y luego estaba la velocidad de los muniqi. No eran tan rápidos, admitió Hasar, como un asterion, pero casi.

Yrene observó la pequeña *lección* de la princesa con expresión completamente neutral. Aprovechó ese tiempo para ajustar las correas que sostenían el bastón de Chaol detrás de su silla y luego se acomodó la ropa.

Chaol estaba vestido con su chaqueta tradicional color azul verdoso y pantalones color café. Yrene no se había puesto vestido.

La habían ataviado en blancos y dorados para soportar el sol. La túnica larga le llegaba a la rodilla y debajo se podían ver sus pantalones holgados y delgados que iban metidos en unas botas altas de color marrón. El cinturón resaltaba su cintura estrecha y traía una bandolera brillante de color dorado y plateado que bajaba por el espacio entre sus senos. El cabello lo tenía medio recogido, como de costumbre, pero alguien le había entretejido hilos de oro entre el cabello.

Estaba hermosa; tan hermosa como el amanecer.

El grupo era tal vez de unos treinta. Yrene en realidad no conocía a ninguno, ya que Hasar no se había molestado en invitar a ninguna sanadora de la Torre. Unos perros de piernas rápidas recorrían el patio metiéndose entre las piernas de los doce caballos de los guardias. Esos caballos definitivamente no eran muniqi. Eran animales finos para los guardias; sus hombres no recibían bestias ni remotamente de esa calidad, pero no tenían esa *conciencia* de los muniqi, que parecían escuchar cada palabra que se pronunciaba.

Hasar le hizo una señal a Shen, quien estaba orgulloso en la puerta, y él hizo sonar un corno... Y salieron.

Para ser comandante de una flota, Hasar parecía estar mucho más interesada en la herencia equina de los ancestros de su familia. Y parecía muy entusiasmada por poder dar rienda suelta a sus habilidades como jinete darghan. La princesa dijo varias malas palabras y frunció el ceño cuando las calles de la ciudad los hicieron avanzar con más lentitud. A pesar de que se había anunciado con anticipación que se debía dejar libre el paso en la ruta que salía de Antica, las calles angostas y empinadas hacían bastante más lento su avance.

Y luego estaba el calor brutal. Chaol ya iba sudando mientras avanzaba al lado de Yrene. Llevaba la rienda corta para controlar a Farasha, que trató de morder no a uno, sino a dos vendedores que los observaban desde la acera. Vaya *mariposa*.

Él tenía un ojo en la yegua y con el otro veía pasar la ciudad. Mientras avanzaban hacia las puertas del lado este, hacia las colinas áridas cubiertas de matorrales al fondo, Yrene le iba señalando los puntos de interés y le daba algo de información.

El agua corría por los acueductos que se abrían paso entre los edificios para alimentar las casas, las fuentes públicas y los incontables parques y jardines que había por todas partes. Tal vez la ciudad había sido ocupada por un conquistador tres siglos atrás, pero ese mismo conquistador también la amaba. La había tratado bien y la había nutrido.

Salieron por las puertas del este y luego avanzaron por un camino largo y polvoso entre las casas de las afueras de la ciudad. Hasar no se molestó en esperar: salió galopando en su semental y los dejó atrás envueltos en su polvo.

Kashin dijo que él no quería estar comiendo su polvo todo el camino hasta el oasis, así que la siguió y le sonrió un poco a Yrene cuando le silbó la orden a su caballo. Luego, la mayoría de los nobles y visires, que aparentemente habían apostado algo, se lanzaron en diversas carreras a gran velocidad por los poblados que ya estaban despejados con anticipación. Como si el reino fuera su patio de juegos.

Vaya celebración de cumpleaños. La princesa probablemente estaba aburrida y no quería parecer demasiado irresponsable a ojos de su padre. Aunque a Chaol le sorprendió saber que Arghun los acompañaría. Era seguro que, con la ausencia de la mayoría de sus hermanos, podría haber aprovechado la oportunidad para echar a andar algún plan. Pero ahí iba Arghun, galopando cerca de Kashin cuando ambos se perdieron en el horizonte.

Algunos de los nobles se quedaron con Chaol e Yrene, y permitieron que los demás se adelantaran unos cuantos kilómetros. Cuando salieron de los últimos poblados alrededor de la ciudad, los caballos ya iban empapados en sudor y jadeando. Empezaron a subir una colina grande y rocosa. Las dunas empezaban justo del otro lado, le había dicho Yrene. Ahí le darían agua a los caballos y luego harían el último trecho del recorrido en la arena.

Ella iba sonriéndole un poco a Chaol, mientras ascendían entre las rocas por una senda que habían hecho los ciervos entre el matorral. Los otros caballos habían pasado por aquí aplastando las plantas. Había algunos arbustos rotos y ramas desgajadas por el paso de los jinetes descuidados. Incluso, unos cuantos arbustos tenían manchas de sangre que ya se secaba bajo el sol brutal. Alguien debió darle latigazos al jinete que había sido tan descuidado con su caballo.

Algunos ya habían llegado a la cima del peñasco, ya le habían dado de beber a sus caballos y ya se habían adelantado. Lo único que se alcanzaba a ver de ellos eran los cuerpos y los caballos que desaparecían hacia el cielo, como si simplemente hubieran saltado del borde de un risco hacia el aire.

Farasha fue dando pisotones y tirones durante todo el ascenso, y Chaol tuvo que hacer un esfuerzo en la espalda y los muslos para mantenerse sobre la silla ahora que ya no usaba el arnés. Pero no se atrevió a dejar que ella siquiera sospechara de su incomodidad.

Yrene llegó a la cima primero. Su ropa blanca era como un faro en el azul del cielo sin nubes que la rodeaba. Su cabello brillaba como oro oscuro. Lo esperó en la cima. La yegua color castaño jadeaba bajo su peso y su pelaje brillaba con destellos del más profundo de los rubíes.

Ella desmontó, mientras él animaba a Farasha para que subiera el resto de la colina y entonces... Le quitó el aliento.

El desierto.

Era un mar árido y sibilante de arenas doradas. Colinas, olas y barrancos que ondeaban al infinito. Vacío, pero al mismo tiempo vibrante. No había ni un árbol ni un arbusto ni asomo de agua por ninguna parte.

La mano implacable de un dios le había dado forma a este lugar. Su aliento seguía atravesando el lugar, moviendo las dunas grano por grano. Nunca había visto algo así. Semejante maravilla. Era un mundo completamente nuevo.

Tal vez era un beneficio adicional que la información que buscaban se encontrara en este lugar. Chaol pasó su atención a Yrene, que estaba atenta a su rostro, a su reacción.

—Su belleza no es del gusto de todos —dijo ella—. Pero, de cierto modo, a mí me encanta.

Este mar donde nunca navegarían los barcos, algunos hombres lo verían y sólo encontrarían muerte ardiente. Él sólo veía silencio... y pureza. Y vida lenta y creciente. Belleza salvaje y sin domesticar.

—Entiendo a qué te refieres —dijo él y desmontó de Farasha con cuidado.

Yrene lo observó, pero no hizo nada por ayudarlo, salvo acercarle el bastón. Dejó que él encontrara la mejor manera de pasar la pierna del otro lado, con protestas y tambaleos de su espalda, para luego deslizarse hacia la roca arenosa. El bastón le llegó instantáneamente a su mano, aunque Yrene no hizo ningún movimiento para ayudarlo a estabilizarse cuando al fin soltó la silla y buscó las riendas de Farasha.

La yegua se tensó, como si estuviera considerando atacarlo, pero él la miró con severidad. El bastón crujió cuando lo clavó en la roca debajo de él. Los ojos de Farasha brillaban como si ella hubiera sido forjada en el reino ardiente de Hellas, pero Chaol se paró muy erguido, lo más alto que pudo. No apartó la mirada de los ojos del animal.

Al fin, el caballo resopló y se dignó a permitirle que la llevara hacia el abrevadero recubierto de arena. Ese abrevadero medio derruido llevaba ahí tal vez el mismo tiempo que el desierto y le había dado de beber a los caballos de cien conquistadores.

Farasha pareció entender que estaban por ingresar a ese mar de arena y bebió largamente. Yrene llevó a su yegua también, pero la mantuvo a una distancia prudente de Farasha.

—¿Cómo te sientes? —le preguntó a Chaol.

—Sólido —respondió él y lo dijo en serio—. Seguramente estaré adolorido cuando lleguemos allá, pero el esfuerzo no es para tanto.

Sin el bastón, no se atrevía a intentar caminar más de unos cuantos pasos; apenas podía lograrlo. De todas maneras, ella le puso una mano en la columna, luego en las piernas y dejó que su magia lo valorara. A pesar de la ropa y el calor, la sensación de presión de las manos de la sanadora lo hizo sentirse muy consciente de cada centímetro que los separaba.

Empezaban a reunirse otros alrededor del enorme abrevadero antiguo, así que él se apartó del contacto con Yrene y llevó a Farasha a una distancia segura. Volver a montar a la yegua...

—Tómate tu tiempo —le murmuró Yrene; ella permaneció a unos pasos de distancia.

En el palacio había usado el escalón para montar. Aquí, a menos que se subiera al borde del abrevadero... La distancia entre su pie y el estribo nunca le había parecido tan grande. Equilibrarse sobre un solo pie al levantar la pierna, presionar con el otro para impulsarse hacia arriba, pasar la pierna del otro lado de la silla... Chaol recorrió los pasos que debía dar, sintió los movimientos que había realizado mil veces antes. Había aprendido a montar antes de cumplir los seis años; llevaba casi toda su vida a caballo.

Por supuesto que le habían dado un caballo endemoniado para hacer esto. Pero Farasha se mantuvo quieta, mirando hacia el mar de arena, hacia la senda pisoteada que bajaba la colina... su entrada al desierto. A pesar de que los vientos cambiantes movían las arenas para crear nuevas formas y valles, las huellas de los demás seguían viéndose con claridad. Chaol incluso alcanzaba a ver a algunos cuando subían colinas y luego bajaban y desaparecían, apenas unos puntos blancos y negros.

Pero él seguía ahí. Viendo los estribos y la silla.

Yrene le ofreció despreocupada:

—Puedo buscar un escalón o un balde...

Chaol se movió. Tal vez no con la gracia que le hubiera gustado, tal vez con más dificultades de lo que le hubiera gustado, pero lo logró. El bastón crujió cuando lo usó para impulsarse hacia arriba y luego cayó en la roca cuando lo soltó para sostenerse del borrén de la silla, justo cuando su pie entró, apenas, en el estribo. Farasha se movió al sentir su peso y él se acomodó en la silla. La espalda y los muslos le protestaron cuando pasó la pierna del otro lado, pero ya se había montado.

Yrene recogió el bastón del suelo y lo sacudió.

—Nada mal, lord Westfall —volvió a atar el bastón a su silla y montó su yegua—. Nada mal.

Él ocultó la sonrisa. Tenía la cara todavía muy caliente. Le dio un golpecito a Farasha para que empezara al fin a descender por la colina arenosa. Lentamente, siguieron las huellas que habían dejado los demás y sintieron el calor que emitían las arenas.

Arriba y abajo... Los únicos sonidos eran los pasos amortiguados de sus caballos y el susurrar de las arenas. Su grupo iba avanzando en una fila larga y sinuosa. Había guardias apostados a lo largo de todo el trayecto. Sostenían postes altos con la bandera del khagan y su insignia de un caballo oscuro galopando. Eran marcadores de la dirección general hacia el oasis. Él sintió pena por los pobres hombres que debían quedarse parados bajo el sol por el capricho de una princesa, pero no dijo nada.

Las dunas se aplanaron después de un tiempo y el horizonte cambió y se convirtió en una planicie arenosa. Y a la distancia, ondeando y moviéndose por el calor...

—Allá haremos nuestro campamento —dijo Yrene, señalando hacia una zona verde y densa.

No había señal de la antigua ciudad de los muertos sobre la cual, según Hasar, había crecido el oasis. No esperaban poder ver gran cosa, de todas maneras, desde ahí.

Por la distancia, podrían faltar otros treinta minutos de viaje; sobre todo, al paso que iban. A pesar de que el sudor le empapaba la ropa blanca, Yrene iba sonriendo. Tal vez también necesitaba salir un día y respirar aire fresco. Ella se percató de su atención y volteó. El sol le había resaltado las pecas y le oscurecía la piel que ahora era de un tono marrón resplandeciente. Unos mechones de cabello se rizaban alrededor de su rostro sonriente.

Farasha tiró de las riendas, su cuerpo temblaba con impaciencia.

—Tengo un caballo asterion —dijo y la boca de Yrene se curvó con un gesto impresionado. Chaol se encogió de hombros—. Me gustaría ver cómo se compara con un muniqi.

Ella frunció el ceño.

—¿Quieres decir... —vio la extensión plana y sin obstáculos que los separaba del oasis; era perfecta para correr—. Ah, yo no puedo... ¿galopar?

Él esperó que le dijera algo sobre su espalda, sus piernas. Ella no dijo nada.

—¿Tienes miedo? —preguntó él arqueando la ceja.

—¿De estas cosas? *Sí* —respondió y miró a su yegua inquieta.

—Es tan dulce como una vaca lechera —dijo Chaol de la yegua castaña de Yrene.

Chaol se inclinó para darle unas palmadas al cuello de *Mariposa*. Ella intentó morderlo, pero él tiró de las riendas, lo suficiente para comunicarle que estaba muy consciente de sus groserías.

—Te reto a una carrera —dijo.

A Yrene le brillaron los ojos. Y, para sorpresa de Chaol, dijo:

—¿Cuál es el premio?

No podía recordar la última vez. La última vez que se había sentido tan consciente de cada respiración y de la sangre que se revolvía y latía en su cuerpo.

—Un beso. Donde y cuando yo quiera.

—¿A qué te refieres con *donde*?

Chaol sólo sonrió. Y dejó que Farasha corriera libre.

Yrene soltó una palabrota, peor que cualquier cosa que él le hubiera oído, pero no se atrevió a voltear. Farasha se había convertido en una tormenta negra sobre la arena.

Nunca había montado su asterion. Pero si era más rápido que *esto*...

Volando por la arena, Farasha era como un relámpago oscuro que se abría paso por el desierto dorado. Él apenas podía mantenerse sobre la silla. Iba con los dientes apretados por la protesta de sus músculos adoloridos.

Se olvidó de eso al ver el manchón café rojizo y negro que apareció en su visión periférica, y la jinete blanca que lo montaba.

El cabello de Yrene subía y bajaba detrás de ella, como un amasijo de rizos dorados que se elevaban con cada paso poderoso de las patas de su yegua sobre la arena dura. La ropa blanca iba ondeando en el viento, el dorado y el plateado brillaban como estrellas, y su cara... Chaol se quedó sin aliento al ver la dicha salvaje del rostro de Yrene, la emoción desenfrenada.

Farasha se dio cuenta de que la yegua los estaba alcanzando y empezó a correr más, intentando adelantarse, dejarlas perdidas en el polvo. Él trató de controlarla con las riendas y los pies, sorprendido de poder hacer eso. Sorprendido de que la mujer que se acercaba, que ya venía cabalgando a su lado, sonriéndole como si él fuera lo único en este mar árido y ardiente... que ella hubiera hecho esto. Que le hubiera dado esto.

Yrene sonreía y luego empezó a reír, como si ya no pudiera contener más su dicha. A Chaol le pareció el sonido más hermoso que había oído jamás.

Y le pareció que en ese momento, volando juntos sobre la arena, devorando el viento del desierto, el cabello de ella como una bandera dorada ondeando a sus espaldas...

Chaol sintió, tal vez por primera vez, que estaba despierto. Y estaba agradecido, agradecido hasta la médula, por eso.

CAPÍTULO 44

Yrene estaba empapada en sudor, aunque se le secaba tan rápido que sólo *sentía* que su esencia permanecía.

Afortunadamente, el oasis era sombreado y fresco, con un estanque grande y poco profundo al centro. Los caballos eran llevados a la zona más sombreada, donde les darían agua y los cepillarían. Los sirvientes y los guardias buscaron un lugar escondido donde lavarse y disfrutar también.

No había señales de la cueva que Nousha les había mencionado, ni de la ciudad de los muertos que Hasar aseguraba estaba en la selva. Pero el lugar era grande y en el gran estanque... Los miembros de la familia real ya estaban disfrutando del agua fresca.

Yrene se dio cuenta, de inmediato, que Renia sólo vestía un atuendo delgado que hacía poco por ocultar sus dones considerables cuando salió del agua riendo por algo que había dicho Hasar.

—Bueno, vaya —dijo Chaol y carraspeó al lado de Yrene.

—Yo te dije sobre las fiestas —murmuró ella y se dirigió hacia las carpas distribuidas entre las grandes palmeras y matorrales. Eran blancas y doradas, y cada una tenía la bandera del príncipe o princesa correspondiente. Pero como Sartaq y Duva no los habían acompañado, Chaol e Yrene usarían las de ellos, respectivamente.

Por fortuna, las dos estaban cerca. Yrene vio la entrada de la carpa abierta, el interior tan amplio como la cabaña que ella compartía con su madre, y luego miró la espalda de Chaol que se alejaba. Su cojeo, inclusive con el bastón, era más pronunciado que en la mañana. Y ella había visto su rigidez al bajarse de ese caballo infernal.

—Sé que quieres ir a lavarte —le dijo Yrene—. Pero tengo que echarte un vistazo. A tu espalda y tus piernas, digo. Después de cabalgar tanto.

Tal vez no debía haber corrido con él. Ni siquiera recordaba quién había llegado primero al borde del oasis. Estaba demasiado ocupada riendo, con la sensación de salirse de su cuerpo y de la fugacidad del momento. Estaba demasiado ocupada viendo el rostro de Chaol, lleno de luz.

Chaol se detuvo en la entrada de su carpa. El bastón se tambaleaba, como si estuviera apoyando en él un peso mayor de lo que quería confesar.

—¿Tu carpa o la mía? —le preguntó él, pero el alivio que notó en su rostro la hizo preocuparse un poco.

—La mía —respondió ella, consciente de los sirvientes y la nobleza que quizá no tenían idea de que ella era el motivo de la excursión, pero que alegremente le informarían a los demás de sus actividades. Él asintió y ella prestó atención al movimiento y posición de sus piernas, el movimiento de su torso, la manera en que se apoyaba en el bastón.

Cuando Chaol pasó a su lado y se metió a la carpa, le murmuró al oído:

—Y yo gané, por cierto.

Yrene miró al sol que empezaba a bajar y sintió que su entrepierna respondía tensándose.

Estaba adolorido, pero podía caminar todavía cuando Yrene terminó su revisión exhaustiva, así como una serie de estiramientos para relajar las piernas y la espalda, y un masaje.

Chaol tenía la sensación de que ella estaba provocándolo aunque sus manos permanecían castas. Desinteresadas. Ella incluso tuvo el atrevimiento de llamar a un sirviente para pedirle una jarra de agua.

La carpa era propia de la princesa que solía ocuparla. Tenía una gran cama al centro sobre una plataforma elevada. Los pisos estaban cubiertos de alfombras ornamentadas. Había espacios para sentarse por toda la carpa, un lugar para lavarse, separado por cortinas, y donde también estaba la letrina, y oro *por todas partes*.

No sabía si los sirvientes habían traído todo el día anterior o si las personas que vivían en la zona tenían tanto temor al khaganato que no se atrevían a robar este lugar. O quizá estaban tan bien remuneradas que no necesitaban hacerlo.

Los demás ya estaban reunidos en el estanque del oasis para cuando él se puso la ropa seca y salieron para buscar su objetivo. Habían intercambiado susurros en la carpa. Ninguno de ellos había visto nada de interés al llegar. Y en el estanque del oasis definitivamente no había indicación de una cueva ni ruinas cerca de la realeza bañista y sus amigos. Se veían cómodos, relajados. Libres de una manera que Adarlan nunca había sido, para su desgracia. Él no era tan ingenuo como para pensar que no había intrigas y maquinaciones en las aguas frescas, pero nunca había escuchado que los nobles de Adarlan fueran a nadar y se divirtieran.

Aunque en verdad se preguntó qué diablos estaba pensando Hasar al organizarle una fiesta así a Yrene, manipulada o no, ya que la princesa sabía muy bien que Yrene casi no conocía a los invitados.

Yrene titubeó en el borde del claro y lo miró entre las pestañas, una mirada que se podría interpretar como tímida. La mirada de una mujer que tal vez titubeaba para desvestirse y quedarse sólo con la ropa ligera que se usaba en el agua. No obstante, dejaría que los demás olvidaran que era una sanadora y que estaba acostumbrada a ver mucha más piel.

—Creo que no voy a meterme al agua —murmuró Yrene, entre las risas y el chapoteo de los que estaban en el agua—. ¿Quieres caminar un poco?

Palabras agradables y amables. Ella inclinó la cabeza hacia la izquierda, donde había unos cuantos acres de jungla salvaje. Yrene no se consideraba una cortesana, pero ciertamente podía mentir bien. Chaol supuso que, como sanadora, era un talento que resultaba útil.

—Será un placer —le respondió Chaol y le ofreció el brazo.

Yrene volvió a titubear, el ejemplo vivo de la modestia, y miró por encima del hombro a los que estaban en el estanque, a los miembros de la familia real que los observaban, incluido Kashin.

Chaol esperaría a que ella eligiera cuándo y cómo le dejaría claro al príncipe, *de nuevo*, que no estaba interesada. Aunque él no pudo evitar sentir un poco de culpa cuando ella lo tomó del brazo y se adentraron en la oscuridad de la jungla del oasis.

Kashin era buen hombre. Chaol dudaba de que sus palabras sobre estar dispuesto a ir a la guerra fueran mentiras. Y arriesgarse a molestarlo por presumir de su relación con Yrene... Chaol la miró de soslayo y enterró el bastón en las raíces y la tierra suave. Ella le sonrió levemente. Tenía las mejillas todavía sonrojadas por el sol.

Al diablo con preocuparse de contrariar a Kashin.

Se internaron entre la fauna; el sonido del manantial que borboteaba se mezclaba con el susurro de las palmeras arriba. Iban caminando sin rumbo, sin un destino en mente.

—En Anielle —dijo él—, hay docenas de manantiales de aguas termales en el valle, cerca del Lago de Plata. Se mantienen calientes por las aberturas en la tierra. Cuando era niño, solíamos bañarnos ahí después de un día de entrenamiento.

Ella preguntó con cuidado, como si se hubiera dado cuenta de que él le había ofrecido un fragmento de su vida:

—¿Ese entrenamiento te inspiró a unirte a la guardia?

Después de un rato, él contestó al fin con voz pesada:

—En parte. Yo era... bueno para eso. Luchar y pelear con la espada, usar el arco y todo eso. El entrenamiento digno del heredero del lord de un pueblo de montaña que lleva toda la vida defendiendo la zona de los salvajes de las Montañas Colmillos Blancos. Pero mi entrenamiento verdadero empezó cuando llegué a Rifthold y me uní a la guardia real.

Ella avanzó con más lentitud cuando vio que él tenía que pasar por un lugar con muchas raíces y le permitió pensar bien dónde debía poner los pies y el bastón.

—Supongo que ser muy necio y aferrado te convirtió en buen alumno por el aspecto de la disciplina.

Chaol rio y le dio un codazo con suavidad.

—Pues sí. Yo era el primero en el área de entrenamiento todos los días y el último en irme. A pesar de que me daban una golpiza todos y cada uno de los días.

Él sintió cómo se le apretaba algo en el pecho al recordar sus rostros, esos hombres que lo entrenaron, que lo empujaron y lo presionaron, que lo dejaban cojeando y sangrando, pero luego se aseguraban de que lo curaran en las barracas esa noche. Por lo general, demostraban su afecto con una buena comida y unas palmadas en la espalda.

Y en honor de esos hombres, de esos hermanos, dijo con voz ronca:

—No todos eran malos hombres, Yrene. Los que... con los que yo crecí, los que yo comandaba... Eran buenos hombres.

Recordó el rostro sonriente de Ress, el rubor en su rostro que nunca podía ocultar cuando estaba Aelin. Chaol sintió que los ojos le empezaban a picar.

Yrene se detuvo. Los sonidos del oasis vibraban a su alrededor. La espalda y las piernas de Chaol agradecieron mucho el descanso cuando ella lo soltó del brazo. Le tocó la mejilla.

—Si ellos son parcialmente responsables de que tú seas... tú —dijo y se levantó un poco para poner su boca contra la de él—, entonces creo que sí lo son.

—Eran —dijo él con el aliento que le quedaba.

Y ahí estaba. Esa palabra solitaria que se tragaba el suelo húmedo y la sombra del oasis, esa palabra que casi no podía soportar. *Eran*.

Todavía podía alejarse, alejarse de ese precipicio invisible que tenían delante. Yrene permaneció cerca, con la mano sobre su corazón, esperando que él decidiera volver a hablar.

Y tal vez era sólo porque ella tenía la mano sobre su corazón, pero él susurró:

—Los torturaron durante semanas en la primavera. Luego los masacraron y los dejaron colgando de las rejas del castillo.

El dolor y el horror se reflejaron en la mirada de Yrene. Él apenas podía soportar el dolor, pero logró continuar:

—Ninguno de ellos habló. Cuando el rey y... otros... —no pudo pronunciar las palabras. Todavía no. Tal vez nunca podría enfrentar sus sospechas y la probable verdad—. Cuando los cuestionaron sobre mí. Ninguno de ellos habló.

No tenía palabras para describirlo: la valentía, el sacrificio.

Yrene tragó saliva y le puso la palma de la mano en la mejilla. Y por fin Chaol exhaló y dijo:

—Fue mi culpa. El rey... lo hizo para castigarme. Por haberme ido, por ayudar a los rebeldes en Rifthold. Él... todo fue por mí.

—No puedes culparte.

Palabras simples y honestas, y absolutamente falsas, lo devolvieron a su actitud habitual más pronto que un balde de agua fría. Chaol se apartó de ella.

No debía haberle dicho nada, no debía haber sacado el tema. El día de su cumpleaños, además. Cuando se suponía que debían estar concentrados en encontrar cualquier fragmento de información que los pudiera ayudar.

Llevaba su espada y su daga y, mientras se adelantaba hacia las palmeras y helechos, dejando a Yrene para que lo siguiera, se aseguró de todavía traerlos colgados a la cintura. Los revisó porque tenía que hacer *algo* con sus manos temblorosas, con sus entrañas en carne viva.

Dobló las palabras, los recuerdos, para que se reacomodaran en su interior. Más profundamente. Los guardó y selló, mientras contaba sus armas, una tras otra.

Yrene iba detrás de él, sin decir nada mientras continuaban adentrándose en la selva. El sitio era más grande que algunos poblados, pero pocas de las partes verdes estaban domesticadas. Ciertamente no había caminos ni ninguna indicación de que hubiera una ciudad de los muertos debajo.

Sin embargo, luego de un rato empezaron a aparecer columnas de roca clara entre las raíces y los arbustos. Él supuso que era buena señal. Si hubiera una cueva, tal vez estaría cerca, tal vez una especie de morada antigua.

Pero el nivel de la arquitectura que escalaron y rodearon, las ruinas que lo obligaban a pensar sus pasos con cuidado...

—Estas personas no eran habitantes de cuevas que enterraran a sus muertos en agujeros —comentó, mientras raspaba el bastón sobre la piedra antigua.

—Hasar dijo que era una *ciudad* de los muertos —dijo Yrene con el ceño fruncido al ver las columnas ornamentadas y las losas de roca tallada, cubiertas de vida vegetal—. Una necrópolis enorme justo bajo nuestros pies.

Él estudió el suelo de la jungla.

—Pero pensé que la gente del khagan dejaba a sus muertos bajo el cielo abierto en el corazón de su territorio.

—Así es —dijo Yrene y recorrió una de las columnas talladas con figuras de animales y criaturas extrañas—. Pero... este sitio es previo al khaganato. Es previo a la Torre y a Antica, también. Quien sea que haya estado aquí antes —un conjunto de escalones derruidos llevaban a una plataforma donde los árboles habían crecido a través de la roca misma tirando las columnas talladas a su paso—. Hasar dijo que los túneles son trampas ingeniosas. Diseñadas para mantener a los saqueadores fuera... o a los muertos dentro.

A pesar del calor, él sintió que el vello de sus brazos se erizaba.

—¿Y me dices esto ahora?

—Asumí que Nousha quería decir algo distinto. Que sería una *cueva*, y que si estaba conectada con estas ruinas, nos lo hubiera mencionado —Yrene subió a la plataforma y a Chaol le protestaron las piernas al seguirla—. Pero no veo ninguna especie de formación rocosa por aquí, ninguna del tamaño suficiente para ser una cueva. La única roca... es esto.

La entrada a la necrópolis debajo, según Hasar.

Estudiaron el complejo maltratado, las columnas enormes que yacían rotas o cubiertas de raíces o enredaderas. El silencio era tan pesado como el calor sombreado. Como si ninguna de las aves cantoras ni los insectos zumbantes del oasis se atrevieran a aventurarse a esta zona.

—Es inquietante —murmuró ella.

Había veinte guardias en los alrededores, pero de todas maneras él sintió que su mano se iba naturalmente hacia la espada. Si había una ciudad de los muertos dormida bajo sus pies, tal vez Hasar tenía razón. Debían dejarlos dormir.

Yrene se dio la vuelta y estudió las columnas, los grabados. No había cuevas. Ninguna.

—Nousha sabía del lugar —dijo pensativa—. Debe haber sido importante... este sitio, para la Torre.

—Pero su importancia se olvidó, o se deformó, con el tiempo. Así que sólo quedaron el nombre y la conciencia de su importancia.

—Las sanadoras siempre se han sentido atraídas a este reino, sabes —dijo Yrene distante y pasó la mano por una columna—. La tierra simplemente... las bendijo con la magia. Más que otras. Como si éste fuera el lugar donde se generara la sanación.

—¿Por qué?

Ella trazó el grabado en una columna más larga que muchos barcos.

—¿Por qué prosperan las cosas? Las plantas crecen mejor bajo ciertas condiciones, las que son más ventajosas para ellas.

—¿Y el Continente del Sur es el sitio para que prosperen las sanadoras?

Algo había capturado el interés de Yrene y murmuró:

—Tal vez era un santuario.

Él se aproximó, pero hizo una mueca por el dolor que sentía que le partía la espalda. Sin embargo, lo olvidó cuando empezó a examinar el grabado debajo de la mano de Yrene.

Dos fuerzas opuestas se enfrentaban en el grabado de la columna. A la izquierda: guerreros altos y de hombros anchos, armados con espadas y escudos, con flamas ardientes y chorros de agua; animales de todo tipo en el aire o junto a sus rodillas. Tenían las orejas puntiagudas: esas orejas en las cabezas de las figuras eran puntiagudas.

Y frente a ellos...

—Decías que nada es coincidencia —dijo Yrene y señaló el ejército que enfrentaban las hadas.

Eran más pequeños que las hadas, pero más anchos de cuerpo. Tenían garras y colmillos, y espadas de aspecto maligno. Ella sólo movió los labios para no pronunciar la palabra.

Valg.

Santos dioses.

Yrene se apresuró a ver las otras columnas. Arrancó las enredaderas y retiró la tierra. Más rostros de hadas. Figuras. Algunas estaban representadas en batalla uno a uno con los comandantes del Valg. Algunos de éstos habían sido derrotados. Otros estaban triunfantes.

Chaol se movió con ella todo lo que le fue posible. Buscando, buscando...

SARAH J. MAAS

Ahí, enterrado en las densas sombras de las palmeras bajas y gruesas, hallaron una estructura cuadrada que se desmoronaba. Un mausoleo.

—Una cueva —susurró Yrene. O algo que podría interpretarse como una cueva con el paso del tiempo que fue alterando la información.

Chaol le ayudó a arrancar las enredaderas con su mano libre, aunque la espalda le reclamaba. Las arrancó y las tiró para ver qué estaba tallado en las puertas de la necrópolis.

—Nousha dijo que según la leyenda algunos de esos pergaminos provenían de aquí —dijo Chaol—. De un sitio lleno de marcas del wyrd, de grabados de las hadas y del Valg. Pero ésta no era una ciudad viviente. Así que debieron sacarlos de las tumbas o archivos bajo nuestros pies.

De la puerta que quedaba justo frente a ellos.

—No enterraron humanos aquí —susurró Yrene.

Porque las marcas de las puertas cerradas de piedra... El Antiguo Lenguaje. Lo había visto tatuado en la cara y en el brazo de Rowan. Era un cementerio de hadas; de *hadas* no de humanos.

—Pensaba —dijo Chaol— que el único grupo de hadas que había salido de Doranelle se había instalado en Terrasen con Brannon.

—Tal vez otro grupo se instaló aquí durante esa guerra que vimos representada en las columnas.

La primera guerra. La primera guerra con los demonios, antes de que nacieran Elena y Gavin, antes de Terrasen.

Chaol estudió a Yrene. Su rostro sin sangre.

—O tal vez querían esconder algo.

—¿Un tesoro? —Yrene frunció el ceño hacia el piso, como si pudiera ver las tumbas debajo.

—De otro tipo.

Ella lo volteó a ver a los ojos al escuchar el tono de su voz, su inmovilidad. Y un miedo, frío y cortante, se deslizó al corazón de Chaol.

—No entiendo —dijo Yrene con suavidad.

—La magia del pueblo de las hadas se transmite a través de la sangre. No aparece al azar. Tal vez las hadas vinieron aquí y luego quedaron olvidadas por el mundo, por las fuerzas del bien y el mal. Tal vez sabían que este sitio estaba lo suficientemente apartado como para permanecer intacto. Que las guerras podían librarse en otras partes. Que las pelearían ellos —movió la barbilla hacia el grabado de un soldado del Valg—, mientras el continente del sur seguía con frecuencia en manos de los mortales. Mientras las semillas que plantaron las hadas aquí se integraban a las estirpes de los humanos que crecieron para convertirse en gente con dones de magia sanadora.

—Es una teoría interesante —dijo ella con voz ronca—, pero no sabes si en realidad fue así.

—¿Si tú quisieras ocultar algo muy valioso, no lo esconderías a plena luz del día? ¿En un lugar donde estuvieras segura de que una fuerza poderosa saldría a defenderlo? Como un imperio o varios, cuyos muros no habían sido violados por conquistadores externos en toda su historia. Un imperio que vería el valor de sus sanadoras y pensaría que su don era para una cosa, pero nunca sabría que podría haber un tesoro esperando ser usado en otro momento. Un arma.

—Nosotras no matamos.

—No —dijo Chaol y sintió que se le helaba la sangre—, pero tú y todas las sanadoras de este lugar... Sólo hay otro lugar así en el mundo. Igual de cuidado y protegido por un poder así de grande.

—Doranelle, las sanadoras hadas de Doranelle.

Custodiadas por Maeve. Con ferocidad.

Ella había peleado en esa primera guerra. Había peleado contra el Valg.

—¿Qué significa eso? —exhaló ella.

Chaol tuvo la sensación de que el piso se movía bajo sus pies.

—A mí me enviaron aquí para conseguir un ejército. Pero me pregunto... me pregunto si alguna otra fuerza me trajo acá para obtener algo más.

Ella le dio la mano, una promesa silenciosa. Pensaría en eso después.

—Tal vez por eso esa cosa de la Torre me estaba cazando —susurró Yrene—. Si en verdad son enviados de Morath... No quieren que nos enteremos de nada de esto... A través de tu sanación.

Él le apretó los dedos.

—Y esos pergaminos de la biblioteca... o bien los robaron o se los llevaron de aquí, y quedaron olvidados salvo por la leyenda de su origen. Del sitio donde podrían haberse originado las sanadoras de estas tierras.

No en la necrópolis, sino que eran descendientes de las hadas que la habían construido.

—Los pergaminos —dijo ella—. Si regresamos y encontramos a alguien que... que los traduzca.

—Tal vez expliquen esto. Lo que las sanadoras pueden hacer contra el Valg.

Ella tragó saliva.

—Hafiza. Me pregunto si ella sabe qué son esos pergaminos. La Sanadora Mayor no sólo es una posición de poder, sino de aprendizaje. Ella misma es una biblioteca ambulante; aprendió cosas de su predecesora que nadie más sabe en la Torre —se enredó un rizo alrededor del dedo—. Valdría la pena enseñarle algunos de los textos para ver si ella sabe qué son.

Era un riesgo compartir la información con alguien más, pero valdría la pena. Chaol asintió.

Unas risas perforaron el silencio pesado del oasis. Yrene le soltó la mano.

—Tendremos que sonreír, divertirnos con ellos. Y luego irnos en cuanto amanezca.

—Le enviaré un mensaje a Nesryn para que regrese. En cuanto volvamos. No estoy seguro de que podamos perder más tiempo esperando la ayuda del khagan.

—Trataremos de convencerlo de todas maneras —prometió ella; él inclinó la cabeza—. De todas formas tendrán que ganar esta guerra, Chaol —le dijo en voz baja—. No importa el rol que nosotros tengamos en ella.

Él le acarició la mejilla con el pulgar.

—No tengo ninguna intención de perderla.

No fue sencillo fingir que no se habían topado con algo de enorme importancia. Que no habían encontrado algo que los había sacudido hasta los huesos.

Hasar se aburrió de estar en el agua y pidió música y baile a la hora del almuerzo. Almuerzo que se convirtió en horas de estar echados en la sombra, escuchando a los músicos, comiendo toda una serie de delicias que Yrene no sabía cómo habían logrado traer hasta acá.

En cuanto se puso el sol, todos desaparecieron dentro de sus carpas y se alistaron para la cena. Después de lo que había averiguado con Chaol, estar sola aunque fuera un momento la ponía nerviosa, pero Yrene se lavó y se cambió para ponerse el vestido morado de tela transparente que le había dado Hasar.

Chaol la esperaba afuera de la carpa.

Hasar también había traído ropa para él. Ropa de un hermoso azul intenso que resaltaba los tonos dorados de sus ojos y su piel bronceada por el sol del verano.

Yrene se sonrojó al ver que la mirada de Chaol bajaba por el escote de su vestido, hacia la piel que quedaba expuesta entre los pliegues holgados de la prenda a la altura de la cintura y sus muslos. El vestido tenía cuentas transparentes y plateadas bordadas en todas partes, y brillaba como las estrellas que empezaban a aparecer en el cielo nocturno.

Alrededor del estanque del oasis había antorchas y linternas encendidas. También había sillones y cojines. Sonaba la música y la gente ya empezaba a consumir el banquete que estaba distribuido en diversas mesas. Hasar estaba dirigiendo todo, regia como verdadera soberana, desde su lugar en la mesa principal, junto al estanque que reflejaba la luz dorada.

Vio a Yrene y le hizo señas para que se acercara. A Chaol también.

Había dos lugares a la derecha de la princesa. Yrene podría haber jurado que Chaol los estaba observando con cada paso que daban, como si estuviera estudiando las sillas, los que estaban alrededor, el oasis mismo, en busca de trampas o amenazas. Él le rozó con la mano la franja de piel expuesta en su espalda, como para confirmarle que todo estaba bien.

—¿No creíste que había olvidado a mi invitada de honor, o sí? —preguntó Hasar y le dio un beso en ambas mejillas.

Chaol hizo una reverencia a la princesa como mejor pudo y ocupó su lugar al otro lado de Yrene. Dejó el bastón apoyado junto a la mesa.

—Hoy ha sido un día maravilloso —dijo Yrene y no mentía—. Muchas gracias.

Hasar se quedó callada un momento y miró a Yrene con suavidad excepcional.

—Sé que no soy fácil de cuidar y que no soy tampoco una amiga fácil —dijo y miró a Yrene al fin con esos ojos oscuros—. Pero tú nunca me has hecho sentir así.

Yrene sintió que se le hacía un nudo en la garganta al escuchar esas palabras francas. Hasar ladeó la cabeza e hizo un ademán en dirección a la fiesta a su alrededor.

—Esto es lo menos que puedo hacer para honrar a mi amiga.

Renia le dio unas palmadas suaves a Hasar en el brazo, como si estuviera de acuerdo y entendiera.

Así que Yrene inclinó la cabeza y le dijo a la princesa:

—No me interesan los amigos fáciles, la gente fácil. Creo que confío menos en ellos que en los difíciles, además de que me parecen mucho menos interesantes.

Eso hizo sonreír a Hasar. Se inclinó al frente para mirar a Chaol y dijo con voz lenta:

—Te ves bastante guapo, lord Westfall.

—Y tú te ves hermosa, princesa.

Hasar, aunque estaba bien vestida, nunca recibiría ese calificativo. Pero aceptó las palabras de Chaol con una sonrisa felina que, de cierta manera, le recordó a Yrene a esa desconocida de Innish: esa conciencia de que la belleza es efímera, pero el poder... el poder era una moneda mucho más valiosa.

El festín siguió adelante e Yrene tuvo que soportar un brindis no tan franco de Hasar a su *amiga querida, leal e inteligente*; pero brindó con ellos y Chaol también. Bebieron vino y cerveza de miel que un grupo de sirvientes casi mudos servía constantemente sin que Yrene se diera cuenta.

Tardaron treinta minutos antes de empezar a hablar de la guerra. Arghun empezó. Un brindis venenoso por la seguridad y la serenidad en tiempos agitados.

Yrene bebió, pero intentó ocultar su sorpresa cuando vio que Chaol también bebía y que tenía una sonrisa vaga en la cara.

Luego Hasar empezó a pensar si los Yermos Occidentales, ahora que todo el mundo estaba tan atento a lo que sucedía en la zona oriental del continente, estarían disponibles para las partes interesadas. Chaol sólo se encogió de hombros, como si hubiera llegado a una conclusión esa misma tarde; como si supiera algo sobre esta guerra y el papel que esta familia real desempeñaría en ella.

Hasar pareció notarlo también. Y a pesar de que esto era una fiesta de cumpleaños, la princesa pensó en voz alta, sin dirigirse a nadie en particular:

—Tal vez Aelin Galathynius debería viajar hasta acá para seleccionar a uno de mis hermanos y casarse con él. Tal vez si esa influencia permaneciera dentro de la familia, podríamos considerar ayudarle.

SARAH J. MAAS

Se refería a toda esa flama, todo ese poder bruto... que entonces quedaría atado a este continente, integrado en su sangre, para nunca convertirse en una amenaza.

—Mis hermanos tendrían que soportar estar con alguien así, por supuesto —continuó Hasar—, pero no son hombres tan débiles como podrían parecer.

Una mirada a Kashin, quien fingía no escuchar a pesar de la risotada de Arghun. Yrene se preguntó si los otros sabían lo hábil que era Kashin para ignorar sus burlas; él nunca caía en sus provocaciones porque simplemente no le importaban en lo más mínimo.

Chaol le respondió a Hasar con la misma suavidad:

—A pesar de que sería interesante ver a Aelin Galathynius lidiar con ustedes... —una sonrisa secreta de complicidad, como si Chaol en verdad pensara que sería algo divertido de presenciar, como si pensara que Aelin arrasaría con todos—. El matrimonio no es una opción para ella.

Hasar arqueó las cejas.

—¿No con un hombre?

Renia la volteó a ver rápidamente, pero Hasar no le hizo caso. Chaol rió.

—Con nadie. Más allá de su amado.

—El rey Dorian —dijo Arghun, mientras daba vueltas a su vino—. Me sorprende que pueda tolerarlo a él.

Chaol se puso tenso, pero negó con la cabeza.

—No, otro príncipe. Nacido en el extranjero y poderoso.

Todos los miembros de la familia real se quedaron inmóviles. Incluso Kashin los volteó a ver.

—¿Y quién, me gustaría saber, es ese individuo? —preguntó Hasar y le dio unos sorbos al vino. Sus ojos astutos se oscurecieron.

—El príncipe Rowan Whitethorn de Doranelle. Era el comandante junto con la reina Maeve y miembro de su casa real.

Yrene podría jurar que toda la sangre se había escapado del rostro de Arghun.

—¿Aelin Galathynius se va a casar con Rowan Whitethorn?

Por la manera en que el príncipe pronunció el nombre... era obvio que había escuchado hablar de Rowan. Chaol lo había mencionado más de una vez: Rowan había logrado sanar buena parte del daño en su columna. Un príncipe hada. Y el amado de Aelin.

Chaol se encogió de hombros.

—Son *carranam* y él le hizo el juramento de sangre a ella.

—Lo hizo a Maeve —lo contradijo Arghun.

Chaol se recargó en su silla.

—Así es. Y Aelin logró que Maeve lo liberara de ese juramento para que pudiera jurárselo a ella. Justo en las narices de Maeve.

Arghun y Hasar intercambiaron miradas.

—Cómo —quiso saber el primero.

La boca de Chaol empezó a formar una sonrisa.

—A través del mismo método que usa Aelin para lograr lo que quiere —dijo y arqueó las cejas—. Rodeó la ciudad de Maeve con fuego. Y cuando Maeve le dijo que Doranelle estaba hecha de roca, Aelin simplemente respondió que sus habitantes no.

Un escalofrío le recorrió la espalda a Yrene.

—Así que es una bruta y una loca —dijo Hasar soplando por la nariz.

—¿Lo es? ¿Quién más ha enfrentado a Maeve y ha salido caminando? Es más, ¿quién le ha sacado lo que quiere a Maeve?

—Ella podría haber destruido toda una ciudad por un hombre —dijo Hasar bruscamente.

—El macho hada de sangre pura más poderoso del mundo —dijo Chaol simplemente—. Es un bien considerable para cualquier corte. En especial porque ya se habían enamorado.

Aunque sus ojos bailaban mientras hablaba, un temblor de tensión se podía percibir en las últimas palabras. Pero Arghun se concentró en las palabras.

—Si están enamorados, entonces se arriesgan a que sus enemigos vayan tras él para castigarla a ella.

Arghun sonrió, como si dijera que él ya estaba pensando en hacerlo.

Chaol rio con un resoplido y el príncipe se enderezó.

—Buena suerte a quien intente ir detrás de Rowan Whitethorn.

—¿Porque Aelin lo convertirá en cenizas? —preguntó Hasar con dulzura envenenada.

Pero Kashin fue quien contestó con suavidad:

—Porque Rowan Whitethorn siempre será quien salga caminando de una pelea. No el atacante.

Una pausa de silencio. Luego, Hasar dijo:

—Bueno, si Aelin no puede representar su continente, tal vez debamos buscar en otra parte —le sonrió burlona a Kashin—. Tal vez Yrene Towers podría ofrecerse en lugar de la reina.

—Yo no soy de cuna noble —dijo Yrene—. Ni real.

Hasar había perdido la cabeza y se encogió de hombros.

—Estoy segura de que lord Westfall, como Mano, puede conseguirte un título. Hacerte condesa o duquesa, o como sea que les digan. Por supuesto, nosotros sabríamos que eres apenas poco más que una lechera ataviada con joyas, pero si eso quedara entre nosotros... Estoy segura de que a algunos no les importarían tus orígenes humildes.

Ella había hecho lo equivalente con Renia... por Renia.

La diversión desapareció del rostro de Chaol.

—Suenas como si ahora quisieras participar en esta guerra, princesa.

Hasar ondeó la mano.

—Simplemente estoy considerando las posibilidades —miró a Yrene y a Kashin, y la comida en el estómago de Yrene se convirtió en plomo—. Siempre me ha parecido que tendrían hijos hermosos.

—Si el futuro khagan les permitiera vivir.

—Una consideración pequeña con la que se lidiaría después.

—El vino se te sube a la cabeza, hermana —dijo Kashin, inclinándose al frente con la mandíbula tensa.

Hasar puso los ojos en blanco.

—¿Por qué no? Yrene es la heredera no oficial de la Torre. Es una posición de poder y si lord Westfall le diera un título nobiliario... digamos, si inventara una pequeña historia sobre su linaje real recién descubierto, podría casarse contigo Ka...

—No lo hará —las palabras de Chaol fueron directas, duras.

—¿Y por qué es eso, lord Westfall? —preguntó Kashin en voz baja ruborizándose.

Chaol le sostuvo la mirada al hombre.

—No se casará contigo.

Hasar sonrió.

—Creo que la dama puede hablar por ella misma.

Yrene quería echarse al estanque con todo y silla, y hundirse hasta el fondo. Vivir ahí, bajo la superficie, para siempre. En lugar de enfrentar al príncipe que esperaba una respuesta, a la princesa que sonreía como un demonio o al lord con la cara endurecida por la rabia. Pero si la oferta fuera real, si hacer algo así pudiera lograr que todo el poderío de los ejércitos del Continente del Sur los ayudaran, los salvaran...

—Ni siquiera lo consideres —dijo Chaol en voz muy baja—. Ella está hablando pura mierda.

Los invitados ahogaron un grito. Hasar soltó una carcajada.

—Te dirigirás a mi hermana con respeto —dijo Arghun con agresividad— o te vas a dar cuenta de que otra vez no te funcionan las piernas.

Chaol no les hizo caso. A Yrene le temblaban tanto las manos que las metió debajo de la mesa. ¿La princesa la había traído acá para acorralarla y hacer que accediera a esta idea absurda o simplemente había sido un capricho, una idea que le pasó por la cabeza para molestar y fastidiar a lord Westfall?

Chaol parecía estar a punto de abrir la boca para decir otra cosa y alejar esa idea ridícula de su mente, pero titubeó. No porque estuviera de acuerdo, se dio cuenta Yrene, sino porque quería darle el espacio para tomar sus propias decisiones. Un hombre acostumbrado a dar órdenes, a ser obedecido. Sin embargo, Yrene tenía la sensación de que esto, también, era nuevo para él. La paciencia, la confianza.

Y ella confiaba en él para hacer lo que tenía que hacer. Para encontrar una manera de sobrevivir a la guerra, ya fuera con este ejército o con otro. Si no sucedía aquí, con esta gente, navegaría a otra parte.

Yrene miró a Hasar, a Kashin y a los demás. Algunos sonreían con sorna, otros intercambiaban miradas asqueadas. Arghun más que los demás. Asqueado ante la idea de ensuciar la sangre de su familia.

Ella confiaba en Chaol. No confiaba en la familia real. Yrene le sonrió a Hasar y luego a Kashin.

—Esta plática es demasiado seria para mi cumpleaños. ¿Por qué elegiría a un hombre esta noche si estoy rodeada de tantos hombres apuestos en este momento?

Podría jurar que sintió cómo se estremeció Chaol por el alivio.

—Es verdad —canturreó Hasar con una sonrisa más cortante. Yrene intentó no retroceder al imaginar los colmillos invisibles que revelaba esa sonrisa—. Los matrimonios arreglados son algo odiosos. Miren a la pobre de Duva, atrapada con ese principito meditabundo y de ojos tristes.

Y la conversación siguió adelante. Yrene no miró a Kashin ni a los demás. Sólo se quedó mirando su copa que seguía llenándose constantemente y bebió. O miró a Chaol, quien parecía estar considerando si debía acercarse a Hasar y voltear su silla hacia el estanque.

Así que el banquete continuó e Yrene siguió bebiendo, lo suficiente como para que al ponerse de pie después del postre no supiera cuánto había bebido. El mundo se le movió y se tambaleó. Chaol la sostuvo con una mano en su codo, aunque él no estaba tampoco tan firme sobre sus piernas.

—Al parecer en el norte no saben tomar —dijo Arghun con un resoplido.

Chaol rio.

—Te aconsejo que nunca digas eso frente a alguien de Terrasen.

—Supongo que cuando se vive entre nieve y ovejas no hay otra cosa que hacer salvo beber —dijo Arghun desparramado en su silla.

—Puede ser —respondió Chaol y puso un brazo en la espalda de Yrene para guiarla hacia los árboles y las carpas—, pero eso no impediría que Aelin Galathynius o Aedion Ashryver te emborracharan hasta que termines debajo de la mesa.

—¿O debajo de una silla? —se burló Hasar viendo a Chaol.

Tal vez era el vino. Tal vez era el calor o la mano en su espalda, o el hecho de que este hombre a su lado había luchado tanto sin quejarse. Pero en ese instante, Yrene se abalanzó sobre la princesa. Y aunque Chaol tal vez había decidido no empujar a Hasar al estanque, Yrene no tuvo la misma prudencia y lo hizo ella misma.

En un momento, Hasar le estaba sonriendo; al siguiente, sus piernas, faldas y joyas salieron volando, su grito perforó las dunas e Yrene empujó a la princesa, con todo y silla, hacia el agua.

CAPÍTULO 45

Yrene sabía que estaba muerta. Lo supo desde el momento en que Hasar chocó contra el agua oscura y todos se pusieron de pie de un salto, gritando y sacando sus armas.

Chaol llegó detrás de Yrene en un instante, con la espada a medio desenvainar, una espada que ella ni siquiera lo había visto buscar antes de que estuviera en su mano.

El estanque no era profundo y Hasar se puso de pie de inmediato, empapada y furiosa, mostrando los dientes y con el cabello completamente lacio. Apuntó un dedo a Yrene.

Nadie habló.

Hasar apuntó y apuntó e Yrene se preparó para la orden de que la mataran. La matarían y luego matarían a Chaol por intentar salvarla.

Ella sintió cómo él estudiaba a todos los guardias, los príncipes, los visires. Cada persona que podría interferir en el camino hacia los caballos, cada persona que podría oponer resistencia. Sin embargo, un sonido bajo y burbujeante empezó a sonar a espaldas de Yrene. Volteó a ver a Renia que se sostenía el estómago y tenía la otra mano sobre la boca, mientras veía a su amante y entonces *aulló* de risa.

Hasar volteó rápidamente a ver a Renia, quien apuntaba con el dedo, apuntaba y se carcajeaba. Las lágrimas escurrían de los ojos de la mujer. Luego Kashin echó la cabeza hacia atrás y también soltó una gran risotada.

Yrene y Chaol no se atrevieron a moverse. No, hasta que Hasar empujó al sirviente que se había lanzado al estanque para ayudarla, hasta que salió en cuatro patas por el borde pavimentado y miró a Yrene directo a los ojos con la furia total de todos los khagans poderosos que la precedieron.

Silencio de nuevo... Pero entonces la princesa resopló.

—Me estaba preguntando cuándo te brotarían las agallas.

Se empezó a alejar, dejando tras de sí un camino de agua. Renia empezó a carcajearse otra vez.

Yrene miró a Chaol a los ojos, lo vio soltar lentamente la empuñadura de su espada. Vio cómo sus pupilas regresaban a su tamaño original. Lo vio darse cuenta...

No iban a morir.

—Y con eso —dijo Yrene en voz baja—. Creo que es hora de irnos a dormir.

Renia dejó de reír el tiempo suficiente para decir:

—Yo me marcharía antes de que ella regrese.

Yrene asintió y se llevó a Chaol de la muñeca hacia los árboles, la oscuridad y las antorchas.

No pudo evitar preguntarse si las risas de Renia y de Kashin habían sido en parte por diversión, pero también un regalo. Un regalo de cumpleaños para evitar que ellos terminaran en la horca; un regalo de las dos personas que comprendían muy bien lo mortífero de los humores de Hasar.

Yrene decidió que conservar la cabeza era un muy buen regalo de cumpleaños.

Hubiera sido fácil para Chaol gritarle a Yrene. Exigir que le dijera cómo podía haber *pensado* en arriesgar así su vida. Hacía unos meses, lo hubiera hecho. Demonios, lo seguía considerando.

Cuando entraron a su carpa espaciosa, él continuó tranquilizando los instintos que habían salido bramando a la superficie en el instante mismo en que los guardias se cerraron a su alrededor y sacaron las espadas. Una pequeña parte de él se sentía profunda e increíblemente agradecida de que ninguno de esos guardias fuera de los que habían estado entrenando con él esas últimas semanas; agradecía que no se hubiera visto obligado a tomar esa decisión, a cruzar esa línea entre ellos.

No obstante, había visto el terror en la mirada de Yrene. El momento en que se dio cuenta de lo que estaba a punto de suceder; lo que hubiera pasado si la amante de la princesa y Kashin no hubieran intervenido para tranquilizar la situación.

Chaol sabía que Yrene lo había hecho por él. Por el insulto sarcástico y lleno de odio. Y por la manera en que ella caminaba dentro de la carpa, avanzando entre los muebles, mesas y cojines... Chaol sabía también que ella estaba muy consciente de lo demás.

Se sentó en el brazo de una silla, recargó el bastón a su lado y esperó.

Yrene giró hacia él, despampanante con su vestido morado, el cual casi había hecho que se le doblaran las rodillas cuando salió por primera vez de la carpa. No sólo por lo bien que le quedaba, sino por los espacios donde se veía su piel. Las curvas. La luz y el color de ella.

—Antes de que empieces a gritar —dijo Yrene— debo decirte que lo que acaba de suceder es prueba de que *no* debo casarme con un príncipe.

Chaol se cruzó de brazos.

—Yo he vivido con un príncipe casi toda mi vida y diría justo lo contrario.

Ella movió la mano y empezó a caminar otra vez.

—Ya sé que fue una estupidez.

—Enorme.

Yrene siseó, pero no a él. Al recuerdo. A su temperamento.

—No me arrepiento de haberlo hecho.

Él empezó a esbozar una sonrisa.

—Es una imagen que probablemente recordaré el resto de mi vida.

Y así sería. La manera en que los pies de Hasar habían salido volando por encima de su cabeza, su cara que gritaba justo antes de caer al agua...

—¿Cómo puedes estar tan divertido?

—Oh, no lo estoy —sus labios se curvaron en una sonrisa—. Pero la verdad, es entretenido ver tu temperamento desquitarse con alguien que no sea yo.

—No tengo un mal temperamento.

Él arqueó la ceja.

—He conocido a varias personas con temperamento y el tuyo, Yrene Towers, está entre los más destacados.

—Como Aelin Galathynius.

Una sombra pasó por el rostro de Chaol.

—Ella hubiera disfrutado mucho ver a Hasar cayendo al estanque.

—¿Realmente se va a casar con ese príncipe hada?

—Tal vez. Es probable.

—¿Y a ti... te molesta eso?

Y aunque ella se lo preguntó como si no le importara, aunque el rostro de la sanadora era el vivo retrato de la curiosidad serena, él seleccionó sus palabras con cuidado.

—Aelin fue muy importante para mí. Sigue siéndolo, aunque de manera distinta. Y durante un tiempo... no fue sencillo cambiar los sueños que tenía planeados para mi futuro. En especial los sueños con ella.

Yrene ladeó la cabeza. La luz de la linterna bailaba en sus rizos suaves.

—¿Por qué?

—Porque cuando conocí a Aelin, cuando me enamoré de ella, no era... Ella usaba otro nombre; otro título y otra identidad. Y las cosas entre nosotros se desmoronaron antes de que yo supiera la verdad, pero... creo que ya lo sabía. Cuando supe que ella en realidad era Aelin y supe que yo debía elegir entre ella y Dorian, yo...

—Nunca dejarías Adarlan. Ni a él.

SARAH J. MAAS

Chaol se puso a jugar con el bastón a su lado y recorrió la madera suave con las manos.

—Ella también lo sabía, creo. Mucho antes que yo. Pero de todas maneras... Ella se fue, en cierto momento. Es una historia larga, pero se fue sola a Wendlyn. Y allá conoció al príncipe Rowan. Y por respeto a mí, porque no habíamos terminado en realidad, ella esperó. Lo esperó a él. Ambos lo hicieron. Y cuando regresó a Rifthold terminó las cosas. Lo que había entre nosotros, quiero decir. Oficialmente. Y mal. Yo lo tomé mal y ella también, y simplemente... Hicimos las paces hace unos meses, antes de separarnos. Y ellos se fueron juntos. Como debía ser. Ellos... Si algún día los conoces, lo entenderás. Al igual que Hasar, ella no es una persona fácil, no es fácil de entender. Aelin asusta a *todos* —rio con un resoplido—. Pero a él no. Creo que por eso ella se enamoró de él a pesar de sus intenciones. Rowan podía ver todo lo que era Aelin y no sentir temor.

Yrene se quedó en silencio un momento.

—¿Pero tú sí?

—Fue... un periodo difícil para mí. Todo mi mundo había sido destrozado. Todo. Y ella... Creo que yo la culpé por muchas de las cosas que sucedieron. La empecé a ver como un monstruo.

—¿Lo es?

—Depende de quién esté contando la historia, supongo —dijo Chaol y estudió el patrón intrincado en rojo y verde de la alfombra bajo sus botas—. Pero no lo creo. No le confiaría a nadie más hacerse cargo de esta guerra, no le confiaría a nadie más enfrentarse contra Morath, salvo a Aelin. Ni siquiera a Dorian. Si existe la manera de ganar, ella la encontrará. Los costos tal vez serán altos, pero ella lo hará —sacudió un poco la cabeza—. Y además es tu cumpleaños. Tal vez sería mejor hablar de cosas más agradables.

Yrene no sonrió.

—Tú la esperaste mientras ella no estuvo. ¿No es así? A pesar de que sabías qué y quién era ella en realidad.

Él no lo había aceptado, ni siquiera a él mismo. Se le hizo un nudo en la garganta.

—Sí.

Yrene entonces se puso a estudiar el tejido de la alfombra bajo sus pies.

—Pero tú... ¿tú la sigues amando?

—No —respondió y nunca había dicho algo tan en serio; luego agregó con suavidad—: Ni a Nesryn.

Ella arqueó las cejas el escucharlo, pero él tomó el bastón con una mano y gimió suavemente al ponerse de pie y avanzar hacia ella. Ella se fijó en cada uno de los movimientos, incapaz de hacer a un lado su faceta de sanadora. Sus ojos pasaron sobre sus piernas, su torso y la manera en que sostenía el bastón.

Chaol se detuvo, a un paso de distancia, y sacó algo pequeño de su bolsillo. En silencio, se lo ofreció. El terciopelo negro se veía como las dunas ondulantes que los rodeaban.

—¿Qué es esto?

Él se limitó a ofrecerle el trozo de tela doblada.

—No tenían una caja que me gustara, así que sólo lo envolví en la tela...

Yrene tomó la tela de su mano. Los dedos le temblaban ligeramente cuando desenvolvió lo que él llevaba cargando todo el día.

Bajo la luz de la linterna, el relicario de plata brilló y bailó cuando lo alzó entre sus dedos con los ojos muy abiertos.

—No puedo aceptar esto.

—Más te vale que sí —dijo él, mientras ella colocaba el dije ovalado en la palma de su mano para examinarlo—. Pedí que le grabaran tus iniciales.

Ella ya estaba recorriendo las letras caligráficas que un joyero de Antica le había grabado en la parte delantera. Luego le dio la vuelta para ver la parte de atrás...

Yrene se llevó la mano a la garganta, justo sobre la cicatriz.

—Montañas y mares —susurró.

—Para que nunca olvides que las escalaste y los cruzaste. Que tú, tú sola, lograste llegar hasta acá.

Ella rio, una risa corta y suave, un sonido de dicha pura. Él no se permitió identificar el otro sonido que había en el fondo.

—Lo compré —aclaró Chaol— para que pudieras guardar ahí eso que siempre traes en tu bolsillo. Para que no tengas que estarlo pasando de vestido en vestido. Lo que sea que lleves contigo.

La sorpresa le iluminó la mirada.

—¿Lo sabías?

—No sé *qué* es, pero veo que siempre estás sosteniendo algo ahí.

Él había calculado que era algo pequeño y basó el tamaño del relicario en sus cálculos. Él nunca había visto que sus bolsillos se deformaran ni notó nada pesado dentro que le diera idea de su tamaño; había comparado otros objetos que ella guardaba en sus bolsillos mientras trabajaban juntos, papeles, frascos, contra lo plano del objeto. Tal vez era un mechón de cabello, tal vez una roca pequeña...

—No es nada tan fino como una fiesta en el desierto...

—Nadie me había dado un regalo desde que tenía once años.

Desde su madre.

—Un regalo de cumpleaños —aclaró—. Yo...

Ella se pasó la cadena delgada de plata sobre la cabeza. Los eslabones capturaron sus rizos sueltos y sedosos. La vio levantar la masa de su cabello por encima de la cadena y luego vio cómo colgaba hasta el borde de sus senos. Contra su piel color miel quemada, el relicario parecía de mercurio. Ella trazó la superficie grabada con sus dedos delgados.

Chaol sintió un nudo en el pecho cuando ella levantó la cabeza y él notó que los ojos empezaban a delineársele de plata por las lágrimas.

—Gracias —dijo ella con suavidad.

Él se encogió de hombros, incapaz de pensar en una respuesta. Yrene se acercó y él se preparó, se alistó, cuando sus manos le tocaron la cara. Cuando lo miró a los ojos.

—Me alegra —susurró ella— que no ames a esa reina. Ni a Nesryn.

El corazón le latía desbocado por todo el cuerpo. Yrene se puso de puntas y le presionó un beso en la boca, suave como una caricia, sin dejar de verlo a los ojos. Él leyó las palabras que no se habían pronunciado. Se preguntó si ella habría leído las que él tampoco había pronunciado.

—Siempre lo atesoraré —dijo Yrene.

Él supo que ella no se refería el relicario. Lo supo cuando vio que ella bajaba la mano de su rostro a su pecho. Sobre su corazón desbocado.

—Sin importar lo que suceda en el mundo —lo besó de nuevo, un beso suave como una pluma—. Sin importar los océanos, las montañas o los bosques que se interpongan.

Todas las ataduras que aún lo controlaban se rompieron. Dejó caer el bastón al suelo y le pasó la mano alrededor de la cintura, acariciando con el pulgar la franja de piel desnuda que el vestido dejaba a la vista. La otra la clavó en ese cabello sedoso y pesado, sostuvo la parte trasera de su cabeza e inclinó su rostro hacia arriba. Y escudriñó esos ojos color castaño-dorado, la emoción que se desbordaba en ellos.

—A mí me alegra también que no las ame, Yrene Towers —le susurró a los labios.

Luego su boca se posó sobre la de ella y ella la abrió para él. Sintió el calor y la sedosidad que le arrancó a Yrene un gemido de las profundidades de la garganta. Las manos de ella se fueron hacia su cabello, luego a sus hombros, bajaron por su pecho y subieron por el cuello. Como si no pudiera dejar de tocarlo.

Chaol disfrutó sentir los dedos que ella enredó en su ropa, como si fueran garras que buscaran un punto de apoyo. Deslizó su lengua contra la de ella y el gemido que provocó en Yrene cuando la presionó contra su cuerpo…

Chaol retrocedió y los llevó a ambos hacia la cama, cuyas sábanas blancas casi brillaban bajo la luz de la linterna, sin importarle que sus pasos fueran irregulares, vacilantes. No le importó porque ese vestido era apenas telarañas y niebla, no le importó porque su boca seguía pegada a la de ella, *incapaz* de separar su boca de la de ella.

Las rodillas de Yrene chocaron contra el colchón detrás de ellos y ella retiró los labios el tiempo necesario para protestar:

—Tu espalda...

—Me las arreglaré.

Él volvió a colocar su boca sobre la de ella. El beso se le grabó con fuego en el alma.

Suya. Ella era suya y él nunca había tenido nada que pudiera llamar suyo. Que quisiera llamar suyo. Chaol no podía separar su boca de la de Yrene, ni siquiera el tiempo necesario para preguntarle si ella consideraba que él era suyo. Para explicarle que él ya sabía su propia respuesta. Que tal vez la supo desde el momento en que ella entró a la sala y no lo miró con ninguna lástima ni tristeza.

Él la empujó un poco con la cadera y ella le permitió recostarla en la cama con suavidad, con reverencia. Cuando ella extendió el brazo y tiró de él para recostarlo sobre ella, no lo hizo con ninguna suavidad.

Chaol ahogó una risa contra el cuello tibio de Yrene, su piel más suave que la seda, mientras ella luchaba por desabotonarle, por desabrocharle la ropa. Se restregaba contra él y cuando él acomodó su peso sobre ella, cuando cada parte dura de su cuerpo se alineó con todas las partes suaves del suyo...

Se iba a salir de su cuerpo.

El aliento de Yrene era fuerte y entrecortado contra su oído, sus manos tiraban con desesperación de su camisa, intentando meterse hacia su espalda debajo de la tela.

—Pensaría que ya estabas harta de tocarme la espalda.

Ella lo silenció con un beso ansioso que lo hizo olvidar el lenguaje por un rato. Olvidar su nombre, su título y todo, salvo ella.

Yrene.

Yrene.

Yrene.

Ella gimió cuando él le deslizó una mano por el muslo y dejó a la vista su piel debajo de los pliegues del vestido. También cuando lo hizo con su otra pierna. Cuando le mordió la boca y trazó círculos lentos con sus dedos sobre esos muslos hermosos, empezando por el borde exterior y luego acercándose...

Yrene no disfrutaba que jugaran con ella.

Así que envolvió una mano alrededor de él y todo el cuerpo de Chaol reaccionó a su toque, a la sensación que le provocaba. No era sólo una mano que lo acariciaba, sino *Yrene* quien lo estaba haciendo...

Él no podía pensar, no podía hacer nada salvo saborear, tocar y ceder. Y sin embargo... Encontró las palabras. Encontró de nuevo el lenguaje. El tiempo necesario para preguntar:

—¿Alguna vez has...?

—Sí —la palabra salió como un jadeo ronco—. Una vez.

Chaol intentó alejar esa onda de oscuridad, la línea en esa garganta. Sólo la besó. La lamió. Luego le preguntó pegado contra su piel, con la boca subiendo por su mandíbula...

—¿Quieres... ?

—*Sigue.*

Pero él se obligó a detenerse. Se obligó a levantarse para verla a la cara, con las manos en sus muslos suaves y la mano que todavía lo sostenía, acariciándolo.

—¿Entonces sí?

Los ojos de Yrene eran como fuego dorado.

—Sí —jadeó ella. Se levantó un poco y lo besó con suavidad. No ligeramente, pero con dulzura. Abiertamente—. Sí.

Un estremecimiento lo recorrió al escuchar las palabras y él la sostuvo del muslo justo en el punto en que se unía a su cadera. Yrene lo soltó para subir la cadera y se restregó contra él. Para sentirlo, separados solamente por la tela delgada de su vestido. No tenía nada más debajo.

Chaol apartó la tela a un lado y hacia arriba, amontonando el material en su cintura. Inclinó la cabeza, ansioso por ver, y luego por tocar, probar y averiguar qué hacía que Yrene Tower perdiera por completo el control...

—Después —le suplicó Yrene con voz ronca—. Después.

Él no podía negarle nada. Esta mujer que tenía todo lo que él era, todo lo que le quedaba, entre sus manos hermosas.

Así que Chaol se quitó la camisa y luego los pantalones, con un par de maniobras muy complicadas. Luego le quitó a ella el vestido y lo dejó tirado en el piso junto a la cama. Lo único que ella traía puesto era el relicario y Chaol pudo ver cada centímetro de su cuerpo y se dio cuenta de que no podía respirar.

—Siempre lo atesoraré —le susurró Chaol al oído al entrar en ella, lenta y profundamente. El placer le recorrió la columna—. Sin importar lo que suceda en el mundo —Yrene le besó el cuello, el hombro, la mandíbula—. Sin importar los océanos o montañas o bosques que se interpongan.

Chaol miró a Yrene a los ojos y se detuvo, permitiéndole que se acostumbrara. *Permitiéndose* acostumbrarse a la sensación de que el eje de su mundo se hubiera movido. La miró a los ojos que nadaban con luz y se preguntó si ella también lo sentía.

Pero Yrene lo volvió a besar en respuesta y exigencia silenciosa. Y cuando Chaol empezó a moverse dentro de ella, se dio cuenta de que ahí, entre las dunas y las estrellas... Ahí, en el corazón de una tierra extranjera... Ahí, con ella, estaba en casa.

CAPÍTULO 46

La deshizo, la desarmó y la hizo renacer.

Recostada sobre el pecho de Chaol, horas después, escuchando el latido de su corazón, Yrene seguía sin tener palabras para expresar lo que había sucedido entre ellos. No la unión física, no las múltiples veces que lo hicieron, sino simplemente la sensación de él, la sensación de pertenencia.

Ella no sabía que así *podían* ser las cosas. Su único contacto con el sexo había sido el otoño pasado y había sido rápido, olvidable y no la dejó con prisa de buscarlo de nuevo. Pero esto...

Él se aseguró de que ella tuviera placer. Varias veces. Antes de buscar el propio. Y más allá de eso, estaban las *cosas* que la hacía sentir... No sólo como resultado de su cuerpo, sino de quien era...

Yrene presionó un beso distraído en los músculos esculpidos de su pecho, saboreando los dedos con los que él recorría su columna, una y otra vez.

Era la seguridad, la dicha, la comodidad y saber que, sin importar lo que sucediera... Él no se arrepentiría. No se rompería. Yrene acercó su rostro a él.

Era peligroso, lo sabía, sentir estas cosas. Sabía lo que había en sus ojos cuando él la miraba. El corazón que ella le había ofrecido sin decirlo con esas palabras. Pero al ver el relicario que él le había regalado y que había sido tan considerado... Con sus iniciales grabadas con letras hermosas, y las montañas y las olas... Era un trabajo impactante, hecho por un maestro joyero en Antica.

—No lo hice yo sola —murmuró Yrene contra su piel.

—¿Hmm?

Ella recorrió los músculos del abdomen de Chaol con los dedos y se apoyó en el codo para estudiar su cara en la oscuridad. Las linternas se habían apagado hacía mucho tiempo y el silencio se había apoderado del campamento, reemplazado por el zumbido y la canción de los escarabajos en las palmeras.

—Llegar aquí. Las montañas sí, pero los mares... Alguien me ayudó.

Los ojos satisfechos de Chaol se pusieron alertas.

—¿Ah, sí?

Yrene tomó el relicario. En un momento entre las veces que hicieron el amor, cuando ella fue por el bastón para que quedara cerca de la cama, metió la nota dentro. El relicario era del tamaño perfecto.

—Estaba atrapada en Innish. No tenía manera de irme. Y una noche, apareció una desconocida en la posada. Era... todo lo que yo no. Todo lo que yo había olvidado. Ella estaba esperando un barco y durante esas tres noches que pasó ahí, creo que *quería* que los malvivientes intentaran robarla, estaba buscando pleitos. Pero mantuvo su distancia. Yo me quedé a limpiar sola esa noche...

La mano de Chaol se tensó en su espalda, pero no dijo nada.

—Y unos mercenarios que me habían estado molestando esa noche me encontraron en el callejón.

Él se quedó perfectamente inmóvil.

—Creo... *sé* que querían... —se sacudió el horror helado que amenazaba apoderarse de ella, a pesar de los años que habían pasado—. Esta mujer, esta chica, lo que fuera, los interrumpió antes de que pudieran siquiera intentar algo. Ella... lidió con ellos. Y cuando terminó, me enseñó a defenderme.

Él empezó a acariciarla otra vez.

—Así que ahí fue donde aprendiste.

Ella se llevó la mano al cuello y sintió su cicatriz.

—Pero otros mercenarios, amigos de los primeros, regresaron. Uno me puso un cuchillo en la garganta para que ella soltara sus armas. Ella se negó. Así que yo usé lo que ella me había enseñado para desarmar e inhabilitar al hombre.

Él exhaló impresionado y su aliento le movió el cabello.

—Para ella fue una prueba. Estaba consciente del segundo grupo que daba vueltas a nuestro alrededor y me dijo que quería que yo tuviera una experiencia *controlada*. Nunca había escuchado algo más ridículo —la mujer era brillante o estaba loca; probablemente, ambas—. Pero me dijo... me dijo que era mejor estar sufriendo en las calles de Antica que en Innish. Y que si yo quería venir acá, que debería hacerlo. Que si quería algo, debía *tomarlo*. Ella me enseñó a luchar por mi miserable vida.

Yrene se apartó de los ojos el cabello húmedo por el sudor.

—La sané y ella se fue. Y cuando regresé a mi habitación... ella me había dejado una bolsa de oro y un broche de oro con un rubí del tamaño de un huevo de petirrojo. Para pagar mi pasaje y mi colegiatura en la Torre.

Él parpadeó, sorprendido. Yrene susurró con la voz quebrada:

—Creo que era una diosa. No... No sé quién *haría* algo así. Me queda algo de oro, pero el broche... Nunca lo vendí. Todavía lo tengo.

Él frunció el ceño hacia el collar, como si hubiera calculado mal su tamaño. Yrene agregó:

—Eso no es lo que conservo en mi bolsillo —él arqueó las cejas—. Me fui de Innish a la mañana siguiente. Tomé el oro y el broche, y me subí al primer barco que me trajo hasta acá. Así que, sí, crucé las montañas sola, pero el Mar Angosto... —Yrene trazó las olas del relicario con la punta del dedo— lo crucé gracias a ella. Yo le enseño a esas mujeres en la Torre a defenderse porque ella me dijo que compartiera el conocimiento con todas las mujeres dispuestas a escucharme. Lo enseño porque me hace sentir como si le estuviera pagando, a mi manera.

Yrene pasó el pulgar por las iniciales frente al relicario.

—Nunca supe cómo se llamaba. Sólo me dejó una nota con dos líneas. "Para donde tengas que ir... y todo lo demás. El mundo necesita más sanadoras." Eso es lo que conservo en mi bolsillo, ese trozo de papel. Lo que ahora está aquí dentro —dijo Yrene y le dio unos golpecitos al relicario—. Sé que es una tontería, pero me daba valor. Cuando las cosas se ponían difíciles, me daba valor. Sigue dándomelo.

Chaol le quitó el cabello de la frente y la besó.

—No es ninguna tontería. Y quien sea ella... le estaré por siempre agradecido.

—Yo también —susurró Yrene, mientras él pasaba la boca por la mandíbula y hacía que se le enroscaran los dedos de los pies—. Yo también.

CAPÍTULO 47

El paso entre los picos gemelos de Dagul era más grande de lo que aparentaba. Seguía y seguía; era un laberinto de enormes rocas escarpadas. Nesryn y Sartaq no se atrevieron a detenerse.

A veces las telarañas les impedían el paso, o flotaban sobre ellos, pero siguieron avanzando, buscando la manera de subir hacia donde pudiera estar Kadara, para que se los llevara volando por el cielo. Desde abajo, entre los muros angostos del paso, la ruk no podía alcanzarlos. Si querían que los rescatara, tenían que encontrar una manera de subir.

Nesryn no se había atrevido todavía a dejar salir a Falkan, todavía no. No en ese momento en que tantas cosas podían salir mal. No le revelaría aún a las arañas qué carta tenían bajo la manga... No, todavía no se arriesgaría a usarlo.

Sin embargo, la tentación la carcomía. Los muros eran suaves y no se prestaban para escalar, y mientras avanzaban por el paso, hora tras hora, la respiración húmeda y laboriosa de Sartaq hacía eco en las rocas. Él no estaba en ninguna condición para escalar; apenas podía mantenerse erguido o sostener su espada.

Nesryn mantuvo la flecha preparada, lista para salir volando cada vez que daban la vuelta en una esquina y la apuntaba también hacia arriba de vez en cuando.

El paso era muy estrecho en ciertas partes y apenas lograban pasar. El cielo se veía como una cinta acuosa muy arriba. No hablaron, no se atrevían a hacer nada salvo respirar y mantener sus pasos silenciosos.

No haría ninguna diferencia. Nesryn sabía que no haría ninguna diferencia.

Les habían tendido una trampa y ellos habían caído. Las *kharankui* sabían dónde estaban. Probablemente los estaban siguiendo con calma, los estaban arreando.

Habían pasado horas desde la última vez que escucharon las alas de Kadara. Y la luz... empezaba a desaparecer. Cuando cayera la oscuridad, cuando estuviera tan oscuro que no pudieran seguir avanzando... Nesryn presionó la mano sobre Falkan que seguía en su bolsillo. Cuando llegara la noche al paso, decidió, lo usaría.

Siguieron avanzando por una parte especialmente estrecha entre dos rocas que casi se besaban y Sartaq gruñó detrás de ella.

—Ya tendríamos que estar saliendo del otro lado —dijo.

Ella no le dijo que dudaba de que las arañas fueran tan estúpidas como para permitirles cruzar al otro lado del paso y llegar a la seguridad de las garras de Kadara. Eso si la ruk herida siquiera podía cargarlos.

Nesryn sólo siguió avanzando. El paso se ensanchó un poco y ella iba contando sus respiraciones. Probablemente eran de sus últimas... Pensar así no le servía a nadie ni para nada. Ella había enfrentado la muerte en el verano, cuando esa ola de vidrio avanzó hacia ella. La había visto y la habían salvado. Tal vez en esta ocasión también tendría suerte.

Sartaq se tambaleó a sus espaldas. Respiraba con dificultad. Agua. Necesitaban agua desesperadamente y vendajes para sus heridas. Si las arañas no los encontraban, entonces era probable que la falta de agua en el paso árido los matara antes. Mucho antes de que llegara la ayuda de los rukhin eridun.

Nesryn se obligó a poner un pie frente al otro. El camino volvió a estrecharse y la roca estaba tan apretada como una pinza. Ella giró de lado, pasó apenas con las espadas raspando la roca.

Sartaq gruñó y dejó escapar una mala palabra con voz adolorida.

—Me atoré.

Ella lo encontró atorado a la altura del pecho amplio y los hombros. Él se movió hacia delante, pero la sangre le brotaba de las heridas mientras empujaba y jalaba.

—Alto —le ordenó ella—. Alto. Trata de salir hacia el otro lado.

No había manera de pasar por ahí y no podía escalar, pero si se quitaba las armas...

Sus ojos oscuros miraron los de ella. Ella pudo ver cómo iba formando las palabras, "Tú sigue adelante."

—Sartaq —jadeó ella.

Entonces lo escucharon. Garras sonando en la roca. Unos pasos que avanzaban. Muchos. Demasiados. Que venían desde atrás y se acercaban.

Nesryn tomó la mano del príncipe y tiró de ella.

—Empuja —jadeó—. *Empuja.*

Él gruñó por el dolor y las venas de su cuello se hincharon mientras intentaba pasar por el espacio estrecho. Sus botas raspaban contra la roca suelta...

Nesryn apoyó los pies con firmeza en el suelo, apretó los dientes y tiró de él.

Clic, clic, clic...

—Más fuerte —dijo ahogando un grito.

Sartaq ladeó la cabeza y presionó contra la roca que le impedía el paso.

—Qué bocado tan delicioso, nuestro visitante —dijo una suave voz femenina—. Tan grande que ni siquiera cabe por el pasaje. Qué banquete nos daremos.

Nesryn jaló y jaló. Tenía las manos demasiado resbalosas por el sudor y la sangre de ambos, pero le apretó la muñeca con tanta fuerza que sintió cómo se movían los huesos debajo...

—Ve —susurró él esforzándose por pasar—. Tú escapa.

Falkan se movía en el bolsillo, intentando salir. Pero con la roca presionada contra su pecho, el pasaje era demasiado estrecho para que siquiera pudiera asomar la cabeza...

—Son una bonita pareja —continuó la voz—. Cómo brilla su cabello como una noche sin luna. Los llevaremos a ambos a nuestra casa, como nuestros huéspedes de honor.

Un sollozo subió por la garganta de Nesryn.

—Por favor —suplicó y miró la roca sobre ellos, el borde que llegaba a la parte superior del paso angosto, los cuernos curvados de los picos, y siguió jalando y tirando de los brazos de Sartaq—. *Por favor* —les suplicó, le suplicó a *quien fuera*.

Pero el rostro de Sartaq se tranquilizó. Tan tranquilo. Dejó de empujar, dejó de intentar avanzar. Nesryn negó con la cabeza y *tiró* de su brazo. Él no se movió ni un centímetro. Sus ojos oscuros la miraron; no había miedo en ellos. Sartaq le dijo, con claridad y firmeza:

—Escuché las historias que contaban los espías sobre ti. La valiente mujer balruhni en el imperio de Adarlan. La Flecha de Neith. Y lo supe...

Nesryn sollozó, tirando y tirando.

Sartaq le sonrió, suavemente, con dulzura. De una manera que ella no había visto.

—Te amé desde antes de verte —dijo él.

—Por favor —lloró Nesryn.

La mano de Sartaq se apretó sobre la de ella.

—Desearía que hubiéramos tenido tiempo.

Un siseo detrás de él, un bulto creciente de negrura brillante...

Luego el príncipe desapareció. Se lo arrancaron de las manos. Como si nunca hubiera existido.

Nesryn apenas podía ver a través de las lágrimas, mientras seguía avanzando por el paso. Mientras subía por las rocas, haciendo un esfuerzo en los brazos, los pies seguros.

Avanzando. Las palabras eran una canción en su sangre, en sus huesos mientras seguía adelante. Seguir avanzando y salir; encontrar *ayuda*...

Pero el pasaje al fin se abrió hacia un área más amplia. Nesryn salió del espacio estrecho que la tenía prensada, jadeando. La sangre de Sartaq todavía le cubría las palmas de las manos, todavía veía su rostro moviéndose.

El camino se curvaba delante y ella avanzó tambaleándose. Su mano voló hacia el lugar donde se asomaba la cabeza de Falkan. Sollozó al verlo, sollozó al escuchar el ruido de pasos y el siseo que volvían a sonar detrás de ella, cerrándose sobre ellos otra vez.

Todo había terminado. Era el fin y ella prácticamente lo había matado. Nunca debería haberse ido, no debería haber hecho *nada* de esto...

Corrió hacia la curva en el paso, la grava se deslizó bajo sus botas.

"Llevarlos a los dos de regreso a nuestro hogar..."

Vivo. La araña hablaba como si se lo hubieran llevado *vivo* a su guarida. Por un momento, antes de que empezara el *banquete*. Y si había dicho la verdad...

Nesryn se llevó la mano hacia Falkan que no dejaba de moverse y escuchó un chillido de indignación. Pero ella le dijo, suave como el viento que sopla entre los pastos:

—Todavía no. Todavía no, mi amigo.

Y Nesryn empezó a avanzar con más lentitud, y luego se detuvo por completo y le susurró el plan.

Las *kharankui* no intentaron disimular su llegada. Siseando y riendo, corrieron para dar la última vuelta en el paso.

Y se detuvieron cuando vieron a Nesryn jadeando de rodillas, ensangrentada por las laceraciones en sus brazos, en su clavícula, las cuales llenaban el aire denso con su olor. Ella las vio observar la grava esparcida a su alrededor, las manchas de sangre que tenía. Como si se hubiera caído; como si ya no pudiera seguir adelante.

Haciendo sonidos y platicando unas con otras, la rodearon. Un muro de patas antiguas y malolientes, de colmillos y abdómenes redondos e hinchados. Y ojos. Más ojos de los que podía contar. Veía su reflejo en todos.

Su temblor no era fingido.

—Es una pena que no hubiera una buena persecución —dijo una de ellas con tono triste.

—La tendremos después —respondió otra.

Nesryn empezó a temblar más. Una suspiró.

—Qué fresca huele su sangre. Qué limpia.

—P-por favor —suplicó.

Las *kharankui* sólo rieron. Luego, la que estaba detrás de ella, se abalanzó. La presionó contra la grava. La roca le cortaba la cara, las manos. Nesryn gritó contra las garras que se le enterraban en la espalda. Gritó cuando logró ver por encima de su hombro hacia las glándulas hiladoras que vibraban encima de sus piernas.

Cuando vio la seda que salía de ellas, lista para tejerse. Para envolverla con fuerza.

CAPÍTULO 48

Nesryn despertó con un mordisco doloroso. Se levantó de golpe con un grito en los labios. El grito se desvaneció cuando sintió los pequeños dientes que le mordían el cuello, la oreja. Que la mordisqueaban para que despertara.

Falkan. Ella hizo una mueca de dolor, la cabeza le punzaba. Sintió la bilis que le subía por la garganta. Falkan no la estaba mordiendo a ella. Estaba mordiendo la seda que ataba su cuerpo. Los hilos gruesos apestaban. Y la cueva en la que estaba... No, no era una cueva; era una sección cubierta del paso, iluminada apenas por la luz de la luna.

Ella buscó en la oscuridad a ambos lados, en el arco de roca sobre ellos, que no era de más de diez metros de ancho, y se esforzó para mantener la respiración tranquila...

Ahí. Tirado en el piso cerca de ella, cubierto de los pies hasta el cuello con seda. Su rostro cubierto de sangre, los ojos cerrados... El pecho de Sartaq se elevaba y descendía.

Nesryn se estremeció por el esfuerzo al intentar mantener su sollozo contenido, mientras Falkan continuaba deslizándose por su cuerpo, masticando los hilos con sus dientes feroces.

No hacía falta que le dijera que se apresurara. Ella miró el pasaje vacío, buscó en las estrellas débiles en el cielo. Donde quiera que estuvieran... Era distinto. La roca era lisa, pulida y tallada. Había incontables grabados en el espacio, antiguos y primitivos.

Falkan seguía masticando y masticando, rompiendo la telaraña hilo por hilo.

—Sartaq —se atrevió a decir Nesryn—. Sartaq.

El príncipe no se movió. Escuchó unos *clics* del otro lado del arco.

—Detente —le murmuró a Falkan—. *Detente.*

El metamorfo se detuvo en su recorrido por la espalda de Nesryn. Se sostuvo de su ropa de cuero cuando una sombra más oscura que la noche salió por la esquina detrás de ellos. O delante. No tenía idea de dónde estaba el norte. Si estaban todavía en el paso o en otro pico.

La araña era un poco más grande que las otras. Su negrura era más profunda. Como si la luz de las mismas estrellas se resistiera a tocarla. La *kharankui* se detuvo al ver que la chica la observaba. Nesryn controló su respiración, se obligó a pensar en *algo* que les pudiera comprar tiempo, que pudiera comprarles algo de tiempo a Sartaq y a Falkan...

—Ustedes son los que han estado metiendo sus narices en sitios olvidados —dijo la araña en halha, con su voz hermosa y lírica.

Nesryn tragó saliva, una, dos veces, intentando sin éxito humedecer su lengua seca como papel. Logró pronunciar un *sí* rasposo.

—¿Qué es lo que buscan?

Falkan le pellizcó la espalda como advertencia, como una orden. Tenía que mantener a la araña distraída. Mientras él seguía masticando.

—Nos pagó un comerciante —dijo Nesryn— que negoció con sus hermanas en el norte, con las arañas estigias...

—¡Hermanas! —siseó la araña—. Tal vez sean nuestras parientes, pero no son verdaderas hermanas del alma. Son de corazón amable, comercian con mortales... *comercian*, cuando nosotras nacimos para *devorarlos*.

A Nesryn le temblaban las manos en la espalda.

—P-por eso nos envió. No estaba muy impresionado con ellas. D-dijo que no hacían justicia a la leyenda... —Nesryn no sabía qué diablos estaba diciendo—. Así que quiso verlas, ver si ustedes podrían c-comerciar.

Falkan se acomodó junto a su brazo para tranquilizarla en silencio.

—¿Comerciar? No tenemos nada con qué comerciar aparte de los huesos de tus semejantes.

—¿No hay seda de araña aquí?

—No, aunque nos encanta comernos sus sueños, sus años, antes de terminar con ustedes.

¿Ya le habían hecho eso a Sartaq? ¿Por qué no se movía? Nesryn se obligó a preguntar, mientras los hilos en su espalda iban reventándose muy poco a poco.

—Entonces, ¿qué hacen aquí?

La araña dio un paso al frente y Nesryn se preparó para lo que viniera. Pero la araña sólo levantó una pata delgada y con garras, y señaló una de las paredes con grabados.

—Esperamos.

Y cuando sus ojos al fin se acostumbraron a la oscuridad, Nesryn pudo ver qué era lo que señalaba la araña. El grabado de un arco, un portal, y una figura con capa parada en él. Entrecerró los ojos y se esforzó por ver quién estaba ahí parado.

—¿A q-quién esperan?

Houlun había dicho que el Valg había pasado por ahí alguna vez...

La araña apartó un poco de la tierra que se había acumulado sobre la figura. Y se alcanzó a ver el cabello largo y suelto en el grabado. Y lo que ella pensaba que era una capa... era un vestido.

—Nuestra reina —dijo la araña—. Esperamos que su Oscura Majestad regrese por fin.

—¿No... no es Erawan?

Sirvientes de la corona oscura, había dicho Houlun...

La araña escupió y el veneno aterrizó cerca de los pies envueltos de Sartaq.

—No él. Nunca él.

—Entonces quién...

—Esperamos a la Reina del Valg —ronroneó la araña y se frotó contra el grabado—, que en este mundo se hace llamar Maeve.

CAPÍTULO 49

Reina del Valg.

—Maeve es reina de las *hadas* —contradijo Nesryn con cautela.

La araña rio con una risa grave y malvada.

—Eso es lo que los ha hecho creer.

Piensa, piensa, piensa.

—Qué... qué reina tan poderosa debe ser —tartamudeó Nesryn—, para gobernar en ambos mundos —Falkan seguía masticando con furia; cada hilo iba cediendo, lenta, muy lentamente—. ¿Me contarás... me contarías la historia?

La araña la estudió. Sus ojos sin fondo eran como pozos del infierno.

—Eso no te comprará tu vida, mortal.

—Lo-lo sé —dijo y siguió estremeciéndose, pero se le salieron todas las palabras de la boca—. Pero las historias... siempre me han gustado las historias, en especial las de estas tierras. *Cazadora del viento* me llamaba mi madre, porque siempre me iba donde me llevara el viento, siempre estaba soñando con estas historias. Y aquí... aquí es donde el viento me trajo. Así que me gustaría escuchar una última historia, si tú lo permites. Antes de que llegue la hora de mi fin.

La araña permaneció en silencio un momento. Luego otro. Después se acomodó debajo del grabado en el arco, el portal del wyrd.

—Considéralo un regalo, por tu atrevimiento de siquiera pedirlo.

Nesryn no dijo nada. El corazón casi se le salía del cuerpo.

—Hace mucho tiempo —empezó a decir la araña con su voz hermosa—, en otro mundo, en otra vida, existía una tierra de oscuridad, frío y viento. Era gobernada por tres reyes, amos de las sombras y el dolor. Eran hermanos. El mundo no siempre había sido así, no había nacido así. Pero ellos pelearon en una gran guerra. Una guerra para terminar con todas las guerras. Y esos tres reyes conquistaron ese mundo. Lo convirtieron en un páramo, en un paraíso para los que viven en la oscuridad. Durante mil años gobernaron, iguales en poder, con sus hijos repartidos por la tierra para asegurarse de conservar el dominio. Hasta que apareció una reina. Su poder era nuevo, una canción oscura en el mundo. Ella podía hacer cosas maravillosas con su poder, cosas horribles y sorprendentes...

La araña suspiró.

—Los tres reyes la deseaban. La persiguieron, la cortejaron. Pero ella sólo se dignó a aliarse con uno, con el más fuerte.

—Erawan —murmuró Nesryn.

—No. Orcus, el mayor de los reyes del Valg. Se casaron, pero Maeve no estaba satisfecha. Se sentía inquieta y nuestra reina pasó muchas horas pensando en los acertijos del mundo, de otros mundos. Y con sus dones encontró la manera de buscar, de perforar el velo entre mundos. Para asomarse a reinos verdes, de luz y de canción —la araña escupió como si eso fuera detestable—. Y un día, cuando Orcus se fue a ver a sus hermanos, ella pasó entre los reinos. Salió de su reino y entró al siguiente.

La sangre se le heló a Nesryn.

—¿C-cómo?

—Ella observó. Había aprendido sobre esas rasgaduras entre mundos. Una puerta que se podía abrir y cerrar al azar o si uno conocía las palabras correctas —los ojos de la araña brillaron—. Nosotras vinimos con ella, sus amadas doncellas. Entramos con ella a este... lugar. A este punto en particular.

Nesryn miró la roca pulida. Incluso Falkan pareció detenerse para hacer lo mismo.

—Ella nos ordenó que nos quedáramos, que vigiláramos el portal, por si alguien intentaba perseguirla. Porque había decidido que no quería regresar. No quería regresar con su esposo, a su mundo. Así que se fue y nosotros ya sólo escuchamos algunos rumores a través de nuestras hermanas y nuestros parientes más pequeños que viajan con el viento.

La araña se quedó en silencio. Nesryn la presionó.

—¿Qué fue lo que escucharon?

—Que Orcus había regresado con sus hermanos. Que Orcus se enteró de que su esposa se había ido y descubrió cómo lo había hecho. Él fue más allá que ella y encontró la manera de *controlar* el portal entre los mundos. Hizo llaves para lograrlo y las compartió con sus hermanos. Tres llaves para tres reyes.

—Ellos fueron de mundo en mundo, abriendo puertas a voluntad, entrando con sus ejércitos y destrozando todos los reinos por los que pasaban en su búsqueda. Hasta que llegaron a este mundo.

Nesryn apenas logró inhalar para hacer su siguiente pregunta.

—¿Y la encontraron?

—No —respondió la araña, con algo similar a una sonrisa en la voz—. Porque su Oscura Majestad ya no estaba en estas montañas, había encontrado otras tierras y se había preparado bien. Sabía que algún día la encontrarían. Y planeaba esconderse a plena luz del día. Así que eso hizo. Encontró un pueblo de personas hermosas y longevas, casi inmortales, gobernado por dos reinas hermanas.

Mab y Mora. Santos dioses...

—Y valiéndose de sus poderes, ella se metió a sus mentes. Las hizo creer que tenían una hermana, una hermana mayor que gobernaba con ellas. Tres reinas para los tres reyes que algún día podrían llegar. Cuando regresaron a su palacio, ella se metió en la mente de todos los que ahí vivían y de todos los que llegaran después. Plantó la idea de que siempre había existido una tercera reina y que siempre había gobernado. Así, si alguien oponía resistencia a su poder, la reina encontraba maneras de terminar con ellos —terminó diciendo con una risa malévola.

Nesryn había escuchado las leyendas sobre el poder oscuro y sin nombre de Maeve, una oscuridad que podía devorar estrellas. Que Maeve nunca había revelado su forma de hada, sino solamente esa oscuridad mortífera; y que había vivido mucho más de lo que se sabía que podían vivir las hadas. Vivió tanto tiempo que el único que podía compararse a ella era... Erawan.

Una vida tan larga como la vida del Valg; para una reina del Valg.

La araña hizo otra pausa. Falkan casi había llegado a sus manos, pero no había roto suficientes hilos como para liberárselas.

—¿Entonces los reyes del Valg llegaron —preguntó Nesryn—, pero no sabían quién los enfrentaba en la guerra?

—Precisamente —un ronroneo deleitado—. Disfrazada en su cuerpo de hada, los tontos no la reconocieron, pero ella lo usó en su contra. Sabía cómo derrotarlos, cómo funcionaban sus ejércitos. Y cuando se dio cuenta de lo que habían hecho para llegar aquí, las llaves que poseían... ella las quiso. Para exiliarlos a todos, para matarlos, y para usar las llaves a su voluntad en este mundo. Y en otros.

"Así que se las llevó. Se metió a escondidas y se las llevó, rodeada de guerreros hada para que los demás no se preguntaran cómo *sabía* ella tantas cosas. Oh, la reina ingeniosa decía que era porque podía comunicarse con el mundo de los espíritus, pero... ella sabía. Ella había dirigido esos campos de batalla. Ella sabía cómo funcionaban los reyes. Así que se robó las llaves. Logró enviar a dos de esos reyes de regreso. Orcus fue uno de ellos. Y antes de que pudiera ir en busca del último rey, el más joven que amaba tanto a sus hermanos, le quitaron las llaves."

Siseó.

—Brannon —exhaló Nesryn.

—Así es, el rey del fuego. Él vio la oscuridad en ella, pero no la reconoció. Dudaba, sospechaba, pero todo lo que él conocía del Valg, de nuestra gente, eran los soldados *hombres*. Sus soldados, sus príncipes y sus reyes. No sabía que una mujer... Lo distinto, lo extraordinario que es una hembra del Valg. Hasta él terminó engañado cuando ella encontró caminos hacia su mente para evitar que se diera cuenta de todo —otra risa baja y hermosa—. Ni siquiera ahora, cuando todo debería quedarle claro a ese espíritu entrometido... Ni siquiera ahora sabe que viene su fin, sí, su condena y la de la otra.

Ella sintió que la náusea se le revolvía en el estómago. *Aelin*. Era la condena de Aelin.

—Pero aunque Brannon no adivinó cuál era el origen de nuestra reina, de todas maneras sabía que su fuego... Que ella le temía mucho a su fuego. Como todos los auténticos Valg.

Nesryn se guardó ese fragmento de información.

—Él se fue, construyó su reino muy lejos y ella también reunió sus defensas. Muchas defensas ingeniosas, en caso de que Erawan volviera a levantarse y se diera cuenta de que la reina que buscaba de parte de su hermano, por quien había conquistado mundos, había estado aquí todo el tiempo. Que había reunido ejércitos de hadas y que los enfrentaría a él.

Una araña en su tela. Eso era Maeve.

Falkan llegó al fin a las manos de Nesryn y rompió con los dientes las últimas hebras de seda. Sartaq seguía inconsciente, peligrosamente cerca de la araña.

—¿Así que han esperado miles de años para que ella regrese a estas montañas?

—Ella nos ordenó que cuidáramos el paso, que vigiláramos la rasgadura en el mundo. Así que eso hicimos. Y eso haremos hasta que nos llame de nuevo a su lado.

A Nesryn le daba vueltas la cabeza. Maeve... pensaría en eso después. Si sobrevivían a todo esto.

Movió los dedos para hacerle la señal a Falkan. En silencio, entre las sombras, el metamorfo se volvió a esconder en la oscuridad.

—Y ahora ya lo sabes, cómo llegó a vivir aquí la Guardia Negra —dijo la araña y se levantó con un movimiento poderoso—. Espero que haya sido buena tu última historia, Cazadora del viento.

Nesryn abrió la boca y vio que la araña avanzaba. Empezó a rotar sus muñecas detrás de la espalda.

—Hermana —se escuchó una voz femenina sisear desde la oscuridad—. Hermana, una palabra.

La araña se detuvo. Giró su cuerpo redondo hacia la entrada del arco.

—Qué.

Una pausa de temor.

—Hay un problema, hermana. Una amenaza.

La araña se apresuró hacia su pariente y le dijo con brusquedad:

—Dime.

—Hay ruks en el horizonte del norte. Al menos veinte...

La araña siseó.

—Vigila a los mortales. Yo me encargo de las aves.

La araña salió. Sus patas hicieron ruido en el piso y la grava salió volando por todas partes a su alrededor. A Nesryn le latía sin control el corazón, pero ya comenzaba a mover sus dedos adoloridos.

—Sartaq —exhaló.

Él abrió los ojos del otro lado. Alerta. Tranquilo.

La otra araña entró. Era menor que su líder. Sartaq se tensó y sus hombros se esforzaron, como si estuviera intentando escaparse de la telaraña que lo sostenía. Pero la araña sólo susurró:

—*Apúrense*.

CAPÍTULO 50

Sartaq se relajó al escuchar la voz de Falkan, la cual salía de la horrenda boca de la *kharankui*. Nesryn liberó sus manos de la telaraña y ahogó un gemido de dolor cuando las fibras le rasgaron la piel. La boca y la lengua de Falkan tenían que estar adoloridas...

Miró hacia la araña que estaba sobre Sartaq, cortando la telaraña que envolvía al príncipe con movimientos de sus garras afiladas. Y en efecto, de sus mandíbulas brotaba sangre.

—Rápido —susurró el metamorfo—. Sus armas están en la esquina de allá.

Ella apenas alcanzaba a distinguir el brillo tenue de las estrellas en la curva de su arco y a lo largo de la plata desnuda de su espada corta asterion.

Falkan cortó el resto de las ataduras de Sartaq y el príncipe se liberó y se sacudió los restos de la telaraña de encima. Se tambaleó un poco al ponerse de pie y apoyó la mano en la roca. Sangre, tenía mucha sangre por todo el cuerpo. No obstante, se apresuró hacia ella y le arrancó toda la telaraña que todavía le cubría los pies.

—¿Estás herida?

—Más rápido —dijo Falkan que venía hacia la entrada del arco a sus espaldas—. No tardará en darse cuenta de que no viene nadie.

Nesryn liberó sus pies y Sartaq la ayudó a ponerse de pie.

—Escuchaste lo que dijo sobre Maeve —preguntó ella.

—Oh, vaya que si lo escuché —exhaló Sartaq y se apresuraron a recoger sus armas. Le entregó a Nesryn el arco y la aljaba, junto con la espada de las hadas. Él tomó sus dagas asterion y le siseó a Falkan—: ¿Hacia dónde?

El metamorfo avanzó un poco, más allá del grabado de Maeve.

—Vengan, aquí hay una pendiente que sube. Estamos justo del otro lado del paso. Si podemos subir más alto...

—¿Has visto a Kadara?

—No —respondió el metamorfo—. Pero...

No esperaron a oír el resto porque empezaron a alejarse del arco con pasos silenciosos y salieron al paso bañado por la luz de las estrellas. Y como había dicho Falkan, encontraron una pendiente de rocas sueltas que se elevaba como si fuera un camino hacia las estrellas.

Lograron subir media pendiente peligrosa, con Falkan a sus espaldas como una sombra oscura, cuando escucharon un grito que salía de la montaña siguiente. Pero los cielos estaban vacíos, no había señales de Kadara...

—Fuego —dijo Nesryn, mientras se apresuraban hacia la punta del pico—. Dijo que todos los seres del Valg odian el fuego. *Ellas* odian el fuego —porque esas arañas que devoraban vidas, que devoraban almas... eran tan Valg como Erawan. Provenían del mismo infierno oscuro—. Saca el pedernal de tu bolsillo —le ordenó ella al príncipe.

—¿Y *qué* voy a encender? —le respondió él y su mirada se fue hacia las flechas que ella traía en la espalda cuando llegaron al fin al punto más alto del pico, el cuerno curvado—. Estamos atrapados aquí arriba —miró al cielo—. Esto tal vez no ayude para nada.

Nesryn sacó una flecha, se puso el arco al hombro y se arrancó una tira de la camisa que traía debajo de la chaqueta de cuero. Arrancó la parte de abajo, rasgó la tira en dos, y envolvió una de las mitades alrededor del cuerpo de la flecha.

—Necesitamos yesca —dijo, mientras Sartaq sacaba el pedernal del bolsillo de su pecho.

El destello de un cuchillo y luego la mano extendida de Sartaq con un pedazo de su trenza.

Ella no titubeó. Envolvió la trenza alrededor de la tela y extendió la flecha hacia él, quien golpeaba el pedernal una y otra vez. Las chispas volaban, flotaban...

Una de las chispas empezó a arder. El fuego se encendió. Justo cuando la oscuridad se derramó hacia el paso debajo. Hombro con hombro, las arañas se abalanzaron contra ellos. Eran al menos veinticinco.

Nesryn colocó la flecha, estiró la cuerda del arco y apuntó hacia arriba.

No directamente a ellas, sino que disparó hacia el cielo, tan alto como para perforar las estrellas escarchadas.

Las arañas se detuvieron y vieron que la flecha alcanzaba su cenit y luego empezaba a bajar y bajar...

—Otra —dijo Nesryn y tomó la segunda tira de tela y la envolvió alrededor de la punta de su siguiente flecha. Sólo le quedaban tres en la aljaba. Sartaq se cortó otro trozo de trenza y lo enredó en la punta. El pedernal empezó a golpear la roca, las chispas brillaron y cuando la primera flecha caía hacia las arañas que se alejaban de su paso, ella disparó la segunda flecha.

Las arañas estaban tan distraídas mirando hacia arriba que no miraron al frente. La más grande, la que había hablado con ella tanto tiempo, fue la que menos se fijó. Y cuando la flecha ardiente de Nesryn se le clavó profundamente en el abdomen, el grito de la araña hizo temblar las rocas en las que estaban parados.

—Otra —exhaló Nesryn mientras buscaba su siguiente flecha y Sartaq se arrancaba un trozo de tela de la camisa—. Rápido.

No tenían adónde ir, no podían mantenerlas alejadas.

—Cambia de forma —le dijo Nesryn a Falkan, quien estaba monitoreando a las arañas asustadas, quienes no se atrevían a obedecer las órdenes de su líder que les pedía que apagaran el fuego de su abdomen—. Si vas a convertirte en algo, hazlo *ahora*.

El metamorfo volteó a verlos con su horrible cara de araña. Sartaq se cortó otro pedazo de trenza y lo colocó sobre la punta de la tercera flecha.

—Yo las detendré —dijo Falkan.

Las chispas salieron volando, la flama envolvió esa tercera flecha.

—Un favor, capitana —le dijo el metamorfo.

Tiempo. No tenían *tiempo*...

—Cuando tenía siete años, mi hermano mayor tuvo una hija bastarda con una pobre mujer de Rifthold. Las abandonó a ambas. Han pasado veinte años y desde entonces, desde que tuve edad para recorrer la ciudad, para empezar mi negocio, la he buscado. Encontré a la madre varios años después, en su lecho de muerte. Apenas podía hablar y me dijo que había corrido a la chica. No sabía qué había sido de mi sobrina. Ni le importaba. Murió antes de poder darme un nombre.

Las manos de Nesryn temblaban al apuntar la flecha hacia la araña que trataba de pasar junto a su hermana en llamas. Sartaq le advirtió:

—Rápido.

—Si ella sobrevivió —Falkan dijo—, si es adulta, tal vez también tenga el don de los metamorfos. Pero no importa si lo tiene o no. Lo que importa es que... es mi familia. Es lo único que me queda. Y la he estado buscando por mucho tiempo.

Nesryn disparó la tercera flecha. Una de las arañas gritó cuando la flecha llegó a su blanco. Las otras retrocedieron.

—Encuéntrala —dijo Falkan y dio un paso hacia los horrores que se movían debajo—. Mi fortuna, todo es para ella. Tal vez le fallé en esta vida, pero no le fallaré en la muerte.

Nesryn abrió la boca, incrédula, y las palabras empezaron a subir por su garganta... Pero Falkan bajó corriendo por el camino y saltó directamente contra la fila de arañas en llamas.

Sartaq la tomó del codo y señaló la pendiente empinada que bajaba del pico diminuto.

—Esto...

En un momento estaba parada y al siguiente Sartaq la había empujado hacia atrás y sacaba su espada con un silbido. Ella se tropezó, agitaba los brazos intentando mantenerse de pie y entonces vio lo que subía por el otro lado. La araña les siseaba y sus enormes colmillos chorreaban veneno que caía en la roca.

La araña atacó a Sartaq con las dos patas delanteras. Él esquivó una y blandió la espada que encontró su objetivo. La sangre negra salió disparada, la araña gritó, pero con la garra logró hacer una laceración profunda en la pierna del príncipe.

Nesryn se movió y su cuarta flecha salió volando, justo hacia uno de esos ojos. La quinta y última flecha salió disparada un instante después, hacia la boca abierta de la araña que gritaba. La araña la mordió y la rompió a la mitad.

Nesryn soltó el arco y sacó su espada hada. La araña siseó.

Nesryn se paró entre Sartaq y la araña. Abajo, las *kharankui* gritaban y chillaban. Ella no se atrevió a ver qué hacía Falkan; si seguía luchando.

La espada era una franja de luz de luna entre ella y la araña. La *kharankui* avanzó un paso. Nesryn retrocedió uno. Sartaq seguía intentando ponerse de pie a su lado.

—*Te voy a hacer rogar por la muerte* —le dijo la araña furiosa y empezó a avanzar otra vez.

Se agazapó, lista para saltar.

"Haz que cuente; haz que el golpe cuente..."

La araña saltó y cayó rodando del risco cuando una ruk oscura chocó contra ella, rugiendo con furia.

No era Kadara, sino Arcas.

Borte.

CAPÍTULO 51

Arcas, convertida en un remolino de furia, se elevó y volvió a descender en picada. El grito de batalla de Borte hacía eco en las rocas, mientras ella y su ruk se dirigieron a las *kharankui* del paso. A la araña que las estaba deteniendo y de la cual brotaba sangre, sangre roja.

Otro grito rasgó la noche, uno que ella ya conocía tan bien como su propia voz. Era Kadara volando rápidamente hacia ellos, seguida de otros dos ruks.

Sartaq emitió un sonido que podría haber sido un sollozo cuando los otros ruks se separaron y se dirigieron hacia donde estaba Borte para atacar y romper las filas de las *kharankui*.

Un ruk de plumas muy oscuras... y un joven montado en él.

Yeran.

Nesryn no reconoció al otro jinete que iba detrás de Kadara. Kadara tenía las plumas manchadas de sangre, pero volaba bien y se quedó flotando en lo alto, mientras el otro ruk se acercaba.

—No te muevas y no temas a la altura —exhaló Sartaq y le pasó la mano a Nesryn por la mejilla. En la luz de la luna, ella pudo ver que él tenía la cara cubierta de tierra y sangre, los ojos llenos de dolor, y sin embargo...

Entonces apareció un muro de alas y unas enormes garras extendidas Las garras se envolvieron alrededor de su cintura y bajo sus muslos para elevarla en posición sentada. El ruk se llevó a Sartaq en la otra pata y salió disparado hacia la noche.

El viento rugía, pero el ruk los elevaba más y más alto. Kadara volaba atrás para vigilar la retaguardia. A través del cabello que le azotaba la cara, Nesryn miró de regreso hacia el paso bordeado de fuego.

Vio a Borte y a Yeran subir rápidamente con una figura oscura entre las garras del ruk de Yeran. Completamente inmóvil.

Pero Borte no había terminado. Una luz se encendió sobre su ruk. Una flecha en llamas. Borte la disparó a las alturas. Era una señal, Nesryn se dio cuenta cuando vio que incontables alas llenaban el aire a su alrededor. Y cuando la flecha de Borte cayó sobre una telaraña que estalló en flamas, cientos de luces iluminaron el cielo.

Jinetes de ruk. Cada uno tenía su flecha en llamas. Y cada uno apuntaba ahora hacia abajo. Como una lluvia de estrellas fugaces, las flechas cayeron en la oscuridad de Dagul. Cayeron en las telarañas y en los árboles. Y todo comenzó a arder. Hasta que la noche se iluminó, hasta que el humo fluyó y se mezcló con los gritos que ascendían desde los picos y el bosque.

Los ruks se dirigieron al norte. Nesryn iba temblando y sosteniéndose de la garra que la cargaba. Del otro lado, Sartaq la miró a los ojos. Su cabello, que ahora le llegaba al hombro, flotaba en el viento.

Las flamas de abajo le permitieron ver con más claridad las heridas en su cara, de sus manos; su cuello era lo más lastimado. Sartaq estaba pálido, tenía los labios sin color y los ojos pesados con agotamiento y alivio. Y sin embargo...

Sartaq sonrió. Apenas una curva pequeña en su boca. Y las palabras que el príncipe había confesado flotaron en el viento entre ellos. Ella no podía quitarle la vista de encima. No podía apartar la mirada.

Así que Nesryn sonrió de vuelta. Y debajo de ellos, y detrás, hasta muy entrada la noche, los Páramos Dagul ardieron.

CAPÍTULO 52

Chaol e Yrene galoparon de regreso a Antica al amanecer.

Dejaron una nota para Hasar que decía que Yrene tenía un paciente muy grave que debía revisar y se apresuraron para cruzar las dunas bajo el sol que se elevaba. No habían dormido mucho, pero si lo que pensaban sobre las sanadoras era verdad, no podían arriesgarse a perder más tiempo.

A Chaol le dolía la espalda por la cabalgata del día anterior y por... la otra cabalgata de la noche. Múltiples cabalgatas. Para cuando vieron aparecer los minaretes y los muros blancos de Antica, él estaba siseando entre dientes por el dolor.

Yrene frunció el ceño todo el camino de regreso por las calles repletas hasta llegar al palacio. No habían discutido cómo dormirían, pero a él no le importaba si tenía que subir todos los escalones de la Torre. En la cama de ella o en la de él. La noción de dejarla, aunque fuera un instante...

Chaol hizo una mueca de dolor al bajar de Farasha. La yegua negra se estaba comportando sospechosamente bien. Tomó el bastón que el mozo más cercano había desatado de la yegua de Yrene. Logró dar unos cuantos pasos hacia ella, con un cojeo profundo y doloroso, pero Yrene extendió la mano en advertencia.

—*Ni* te atrevas a pensar que me vas a cargar para bajarme de este caballo, ni cargarme, ni *nada*.

Él la vio con mirada irónica, pero obedeció.

—¿Nada?

Ella se puso de una hermosa tonalidad escarlata al bajarse de la yegua. Le dio las riendas al mozo que esperaba.

El hombre descansó aliviado, totalmente agradecido de no tener que lidiar con la impetuosa Farasha, que ya estaba midiendo al pobre hombre que intentaba llevarla de regreso a los establos, como si quisiera almorzarlo. Un caballo de Hellas, de verdad.

—Sí, *nada* —dijo Yrene y se arregló la ropa arrugada—. Probablemente es *nada* lo que te tiene cojeando peor que antes.

Chaol esperó a que llegara a su lado y se recargó en el bastón el tiempo necesario para besarle la sien. No le importó quién los pudiera estar viendo. Quién pudiera informar sobre lo que había entre ellos. Se podían ir todos al infierno. Pero a sus espaldas, podría jurar que Shen y los demás guardias sonreían de oreja a oreja.

—Entonces será mejor que me cures, Yrene Towers, porque planeo hacer *nada* muchas veces contigo hoy en la noche —Chaol le guiñó.

Ella se sonrojó aún más, pero levantó la barbilla, muy propia.

—Enfoquémonos primero en esos pergaminos, sinvergüenza.

Chaol sonrió, una sonrisa amplia e incontenible, y la sintió en cada centímetro de su cuerpo adolorido, mientras iban de regreso al interior del palacio.

Fue una dicha de vida muy corta.

Chaol se dio cuenta de que algo estaba mal en el instante en que entraron al ala silenciosa donde estaba su habitación. En el momento en que vio a los guardias murmurando, a los sirvientes apresurándose. Yrene sólo volteó a verlo y avanzaron lo más rápido que él pudo caminar. Él sentía hilos de fuego que se disparaban en su espalda, por sus muslos, pero si había sucedido algo...

Las puertas de su habitación estaban entreabiertas. Había dos guardias afuera que lo vieron con lástima y miedo. A él se le revolvió el estómago.

Nesryn. Si había regresado, si algo le había pasado por ese Valg que los cazaba... Entró rápidamente. Su cuerpo adolorido se sentía distante, su cabeza estaba llena de un silencio ensordecedor. La puerta de Nesryn estaba abierta, pero no había nadie sobre la cama. No había sangre en la alfombra ni había salpicaduras en las paredes.

Su recámara estaba igual. Pero ambas recámaras... Estaban destrozadas. Hechas pedazos, como si un gran viento hubiera quebrado las ventanas y hubiera arrasado con todo. La sala estaba en peores condiciones. Su sillón dorado estaba hecho pedazos. Las pinturas, las obras de arte caídas o rotas o rasgadas. El escritorio estaba saqueado, las alfombras volteadas...

Kadja estaba arrodillada en una esquina, recogiendo los pedazos de un florero roto.

—Cuidado —le siseó Yrene y caminó hacia la chica que recogía los pedazos con las manos desnudas—. Ve por una escoba y un recogedor en vez de usar tus propias manos.

—¿Quién hizo esto? —preguntó Chaol en voz baja.

El miedo brilló en la mirada de Kadja cuando se levantó.

—Así estaba cuando llegué en la mañana.

—¿No escuchaste nada? —Yrene exigió saber.

Lo enfático de la desconfianza de las palabras de Yrene lo hizo tensarse. Yrene nunca había confiado en la doncella, ni por un instante. Siempre inventaba que fuera por algo para mantenerla alejada, pero que Kadja *hiciera* esto...

—Como se fueron, mi lord, yo... yo me tomé la noche para visitar a mis padres.

Él trató de no encogerse. Una familia. Ella tenía familia aquí y él nunca había pensado en preguntarle...

—¿Tus padres están dispuestos a jurar que estuviste con ellos toda la noche? —le preguntó Yrene.

Chaol giró a verla.

—Yrene.

Ella ni siquiera lo volteó a ver mientras estudiaba a Kadja. La doncella se achicó bajo su mirada feroz.

—Aunque supongo que dejar la puerta abierta para que pudiera entrar alguien más es más inteligente.

Kadja se encogió un poco y sus hombros se curvaron hacia el interior.

—Yrene... esto pudo haber sido por otro motivo. Lo pudo hacer cualquiera.

—Sí, cualquiera. En especial alguien que estuviera buscando algo.

Comprendió las palabras en el mismo momento que comprendió el desorden de la habitación. Chaol miró a la doncella.

—No limpies más. Todo lo que hay aquí nos podría dar información sobre quién lo hizo —frunció el ceño—. ¿Cuánto has limpiado ya?

A juzgar por el estado de la habitación, no mucho.

—Acabo de empezar. Pensé que no regresarían hasta la noche, así que no...

—Está bien —al verla encogerse de nuevo, agregó—. Ve con tus padres. Tómate el día libre, Kadja. Me alegra que no hayas estado aquí cuando sucedió esto.

Yrene le frunció el ceño de una manera que le decía que la chica podría ser la causante, pero mantuvo la boca cerrada. En un minuto, Kadja se levantó y cerró las puertas del pasillo con un *clic* suave.

Yrene se pasó las manos por la cara.

—Se llevaron todo. *Todo*.

—¿Sí?

Él cojeó hacia el escritorio y se asomó a los cajones con una mano apoyada en su superficie. La espalda le dolía y se le retorcía...

Yrene se apresuró al sillón dorado y levantó los cojines arruinados.

—Todos los libros, los pergaminos...

—Todo el mundo sabía que nos iríamos —dijo él recargado completamente sobre el escritorio. Casi se le escapó un suspiro de alivio por el peso que le quitó de la espalda.

Yrene se abrió paso por la habitación e inspeccionó todos los lugares donde había escondido los libros y los pergaminos.

—Se llevaron todo. Hasta la *Canción del príncipe*.

—¿Y en la recámara?

Ella desapareció al instante. Chaol se frotó la espalda y siseó suavemente. Más movimiento en su recámara y luego:

—¡Ajá!

Yrene salió con una de sus botas en el aire.

—Al menos no encontraron esto.

Ese primer pergamino. Él intentó sonreír.

—Al menos quedó eso.

Yrene sostenía la bota contra su pecho, como si fuera un bebé.

—Están desesperados. Eso hace que la gente sea peligrosa. No deberíamos quedarnos aquí.

Él miró los daños.

—Tienes razón.

—Entonces iremos directamente a la Torre.

Él miró por las puertas abiertas de la sala. Hacia la recámara de Nesryn.

Regresaría pronto. Y cuando regresara y viera que él se había ido, con Yrene... La había tratado de forma abominable. Se había permitido olvidar sus promesas, lo que había implicado, en Rifthold. En el barco de camino a este lugar. Y aunque Nesryn no le pensara exigir que cumpliera sus promesas, él había roto demasiadas.

—¿Qué pasa? —preguntó Yrene, en voz apenas superior a un susurro.

Chaol cerró los ojos. Era un infeliz. Había arrastrado a Nesryn hasta acá y así la trataba. Mientras ella había ido en busca de respuestas, arriesgando su vida, mientras ella buscaba cualquier rastro de esperanza para reunir un ejército... Le enviaría ese mensaje, de inmediato. Para que regresara lo antes posible.

—No es nada —dijo Chaol al fin—. Tal vez debas quedarte en la Torre esta noche. Hay suficientes guardias allá para que cualquiera lo piense dos veces —dijo. Pero al ver la tristeza en sus ojos, añadió—: No puede parecer que estoy huyendo. En especial ahora que la familia real empieza a pensar que yo puedo ser de su interés. Que Aelin siga siendo una fuente de preocupación e intriga... Tal vez debería aprovechar eso —se puso a jugar con el bastón, lanzándolo de una mano a la otra—. Pero debo quedarme aquí. Y tú, Yrene, deberías irte.

Ella abrió la boca para protestar, pero se detuvo y se enderezó. Un brillo de acero destelló en su mirada.

—Entonces le llevaré el pergamino personalmente a Hafiza.

Él odió el tono de su voz, cómo se ensombrecieron sus ojos, pero asintió. A ella también le había quedado mal. Por no terminar las cosas antes con Nesryn, por no dejarlas claras. Había hecho un desastre con todo.

Era un tonto. Había sido un tonto por pensar que había logrado ser mejor. Dejar de ser la el hombre que había sido, dejar atrás los errores que había cometido.

Un tonto.

CAPÍTULO 53

Yrene subió furiosa las escaleras de la Torre, con cuidado de no aplastar el pergamino que traía en la mano.

La destrucción de la habitación lo había alterado. A ella también, pero... No era miedo de que le hicieran daño ni miedo a la muerte. Algo más lo había alterado.

En la otra mano traía el relicario, sentía el metal cálido contra su piel.

Alguien sabía que estaban cerca de descubrir algo y quería que se mantuviera en secreto. O al menos *sospechaba* que podrían averiguar algo y había destruido todas las posibles fuentes de información. Y después de lo que habían empezado a comprender en las ruinas en Aksara...

Yrene controló su temperamento cuando llegó al último descanso de la Torre. El calor era asfixiante. Hafiza estaba en su taller privado, hablando sola porque tenía un tónico del que emanaba humo espeso.

—Ah, Yrene —dijo sin levantar la vista, mientras le agregaba una gota de algún líquido. Su escritorio estaba lleno de frascos y tazones, desperdigados entre sus libros abiertos y un conjunto de relojes de arena de bronce con varias medidas de tiempo—. ¿Cómo estuvo tu fiesta?

Reveladora.

—Linda.

—Asumo que el joven lord finalmente te entregó su corazón.

Yrene tosió. Hafiza sonrió y al fin levantó la cabeza.

—Oh, yo lo sabía.

—No somos... quiero decir, no es nada oficial.

—Ese relicario sugiere lo contrario.

Yrene lo cubrió con la mano y se sonrojó.

—Él no... es un *lord*.

Al ver las cejas arqueadas de Hafiza, el temperamento de Yrene se encendió. ¿Quién más sabía? ¿Quién más lo había notado, lo había comentado y apostado?

—Es un lord de Adarlan —aclaró ella.

—¿Y?

—*Adarlan*.

—Pensé que ya lo habías superado.

Tal vez sí. Tal vez no.

—No es nada de qué preocuparse.

Una sonrisa comprensiva.

—Bien.

Yrene respiró hondo por la nariz.

—Pero desafortunadamente no vienes a compartirme todos los detalles divertidos.

—Ay —respondió Yrene con una mueca—. No.

Hafiza le puso otras gotas a su tónico y la sustancia en el interior empezó a enturbiarse. Tomó un reloj de arena de diez minutos y lo volteó. La arena blanca empezó a caer en la base antigua. Antes de decir algo, con ese movimiento, Hafiza declaró iniciada la junta.

—¿Asumo que esto tiene que ver con el pergamino que traes en la mano?

Yrene miró la puerta abierta hacia el pasillo y se apresuró a cerrarla. Luego las ventanas. Para cuando terminó, Hafiza ya había dejado el tónico y su rostro se veía más serio de lo normal.

Yrene le explicó sobre el saqueo de la recámara. Los libros y los pergaminos que se habían robado. Las ruinas del oasis y su teoría loca de que tal vez las sanadoras no sólo habían surgido en este lugar, sino que habían sido *plantadas* aquí, en secreto. Contra el Valg y sus reyes.

Y por primera vez desde que Yrene la conocía, el rostro moreno de la mujer perdió su color. Sus ojos brillantes y oscuros se abrieron como platos.

—¿Estás segura... de que ésas son las fuerzas que se están reuniendo en tu continente? —se acomodó en la silla pequeña detrás de la mesa de trabajo.

—Sí. Lord Westfall las vio personalmente allá. Luchó contra ellos. Por eso vino. No quiere un ejército para luchar solamente contra hombres leales al imperio de Adarlan, sino un ejército para pelear contra demonios que usan los cuerpos de los hombres, demonios que crían monstruos. El poder es tan vasto y terrible que ni siquiera es suficiente contar con todo el poderío de Aelin Galathynius y Dorian Havilliard.

Hafiza negó con la cabeza y su cabellera de nimbo blanco se movió.

—¿Y ahora ustedes piensan que las sanadoras tienen un papel en esto?

Yrene caminó un poco.

—Tal vez. Nos han cazado implacablemente en nuestro propio continente y, aunque sé que suena como si no fuera nada, si un asentamiento de hadas con tendencia a la sanación sí empezó una civilización aquí hace años... ¿Por qué? ¿Por qué irse de Doranelle, por qué venir tan lejos y dejar tan pocos rastros, pero asegurarse de que sobreviviera el linaje?

—Por eso vienes... y por eso traes el pergamino.

Yrene colocó el pergamino frente a la Sanadora Mayor.

—Como Nousha sólo tiene conocimiento de leyendas ambiguas y no sabía bien cómo leer el lenguaje que está escrito aquí, pensé que tal vez tú sabrías la verdad. O que me podrías decir de qué trata este pergamino.

Hafiza desenrolló el pergamino con cuidado y colocó pesos en sus esquinas con varios frascos. El pergamino tenía letras extrañas y oscuras. La Sanadora Mayor recorrió las letras con el dedo arrugado.

—No sé cómo leer este idioma.

Pasó la mano por el pergamino de nuevo. Yrene encorvó los hombros.

—Pero me recuerda... —dijo Hafiza y miró hacia los libreros de su taller, algunos con puertas de vidrio. Se puso de pie y avanzó cojeando hacia un estante cerrado con llave en el rincón sombreado de la habitación. Las puertas de ahí no eran de vidrio, sino de metal. Hierro.

Sacó una llave que traía colgada al cuello y abrió las puertas. Le indicó a Yrene que se acercara. Medio tropezándose en la habitación por la prisa, Yrene llegó al lado de Hafiza. En los lomos de los libros casi podridos por la edad había...

—Marcas del wyrd —murmuró Yrene.

—Me dijeron que estos libros no eran para ojos humanos, que era preferible que este conocimiento se guardara bajo llave y se olvidara, para que no encontrara su camino de vuelta al mundo.

—¿Por qué?

Hafiza se encogió de hombros y miró, sin tocar, los textos antiguos guardados frente a ellas.

—Eso me dijo mi predecesora: "No son para ojos humanos". Un par de veces me emborraché lo suficiente como para considerar abrir los libros, pero cada vez que saco esta llave... —jugueteó con el largo collar, la llave de hierro negro colgando de él. El gabinete era del mismo material—. Lo pienso mejor.

Hafiza pesó la llave en la palma de su mano.

—No sé cómo leer estos libros, ni qué idioma será, pero si esos pergaminos y libros estaban en la biblioteca, entonces el hecho de que *éstos* estén aquí encerrados... Tal vez ésta sea el tipo de información por la cual vale la pena matar.

Yrene sintió que el hielo le recorría la columna.

—Chaol... lord Westfall conoce a alguien que puede leer estas marcas —le había dicho que Aelin Galathynius—. Tal vez deberíamos llevárselos. El pergamino y estos libros.

Hafiza apretó los labios y cerró las puertas de hierro del gabinete. Luego lo cerró con un *clic* pesado.

—Tendré que pensarlo, Yrene. Los riesgos. Decidir si estos libros deberían salir de aquí.

Yrene asintió.

—Sí, por supuesto. Pero me temo que no tenemos mucho tiempo.

Hafiza metió la llave de hierro nuevamente bajo su túnica y regresó a la mesa de trabajo con Yrene a sus espaldas.

—Conozco un poco de la historia —admitió Hafiza—. Pensé que era un mito, pero... mi predecesora me la contó cuando llegué aquí. Durante el festival de la Luna de Invierno. Ella estaba borracha porque yo la llené de alcohol para que me confesara sus secretos. Pero en vez de hacer eso, me dio una clase larguísima de historia —Hafiza resopló y negó con la cabeza—. Nunca la olvidé, principalmente porque me sentía muy decepcionada de haber conseguido tan poco, a pesar de las tres botellas de vino costoso en las que me había gastado todo mi dinero.

Yrene se recargó contra la antigua mesa de trabajo y Hafiza se sentó y entrelazó los dedos en su regazo.

—Me dijo que hace mucho tiempo, antes de que los hombres recorrieran este lugar, antes de los jinetes y de los ruks en las estepas, esta tierra sí perteneció a las hadas. Un reino pequeño y hermoso con su capital aquí. Antica se construyó sobre sus ruinas, pero erigieron templos a sus dioses en las afueras de la ciudad: en las montañas, en las tierras de los ríos, en las dunas.

—Como la necrópolis en Aksara.

—Sí. Y me dijo que ellos no quemaban sus cuerpos, sino que los sepultaban en sarcófagos tan gruesos que ningún martillo ni artefacto podía abrirlos. Sellados con hechizos y candados ingeniosos. Para nunca ser abiertos.

—¿Por qué?

—La vieja borracha me dijo que era porque vivían con el temor de que alguien se *metiera*. Para llevarse sus cuerpos.

Yrene agradeció estar recargada en la mesa.

—Así como el Valg ahora usa a los humanos para poseerlos.

Hafiza asintió.

—Habló y habló sobre cómo habían dejado el conocimiento de la sanación para que nosotras lo halláramos. Que lo habían robado de otra parte y que sus enseñanzas eran el fundamento de la Torre. Que la misma Kamala estaba entrenada en sus artes y que sus registros habían sido descubiertos en tumbas y catacumbas que hace mucho tiempo dejaron de existir. Ella fundó la Torre con base en lo que ella y su pequeña orden aprendieron. Adoraban a Silba porque era también su diosa de la sanación —Hafiza hizo una señal hacia los búhos grabados por todo el taller, en toda la Torre, y se frotó la sien—. Así que tu teoría podría ser viable. Nunca supe cómo llegaron las hadas, adónde fueron y por qué desaparecieron. Pero estuvieron aquí, y según mi predecesora, dejaron atrás una especie de conocimiento o poder.

Frunció el ceño hacia el librero cerrado.

—Que ahora alguien está intentando borrar —dijo Yrene y tragó saliva—. Nousha me va a matar cuando se entere de que alguien se llevó esos libros y pergaminos.

—Es capaz, sí. Pero probablemente primero vaya en busca de quien los robó.

—¿Pero qué *significa* todo esto? ¿Por qué tomarse la molestia?

Hafiza regresó a su tónico, el reloj de arena estaba casi vacío.

—Tal vez eso sea algo que tú tengas que averiguar —agregó más gotas de líquido a su tónico, tomó el reloj de un minuto y le dio la vuelta—. Yo pensaré en lo de los libros, Yrene.

Ella regresó a su habitación y abrió la ventana de par en par para que la brisa entrara a la habitación asfixiante. Se sentó sobre la cama apenas un minuto y luego se levantó otra vez.

Había dejado el pergamino con Hafiza. Le pareció que el librero cerrado con llave era más seguro que cualquier otro lugar, pero lo que tenía en la mente cuando se dirigió a las escaleras no eran pergaminos ni libros antiguos.

Progreso. Habían progresado en la lesión de Chaol, significativamente, y cuando regresaron encontraron su habitación destrozada. La habitación de él, porque no era de ambos. Eso se lo había dejado muy claro en la mañana.

Yrene avanzó con pasos seguros, a pesar de que le dolían las piernas por los dos días casi enteros de cabalgata. Tenía que haber una conexión entre su progreso y los ataques. No podría ponerse a pensar en su habitación silenciosa y caliente. Ni en la biblioteca, porque estaría nerviosa y cualquier pisada o maullido de una gata baast curiosa la haría brincar.

Pero había un sitio, silencioso y seguro. Un lugar donde podría ponerse a desenmarañar los hilos enredados que los habían conducido a esta posición.

El Claustro estaba vacío.

Después de lavarse y ponerse la bata color lavanda claro, caminó hacia la habitación llena de vapor, incapaz de no fijarse en la bañera junto a la pared del fondo. Ésa fue la bañera donde la sanadora había llorado apenas unas horas antes de su muerte. Yrene se talló la cara con las manos y respiró para tranquilizarse.

Las bañeras a ambos lados la llamaban, las aguas burbujeantes eran tentadoras y prometían darle alivio a sus extremidades adoloridas. Pero Yrene se quedó en el centro de la habitación, entre todas las campanas que sonaban suavemente y miró hacia la oscuridad en las alturas. Desde una estalactita demasiado alta para ser visible, cayó una gota de agua que aterrizó en su frente. Yrene cerró los ojos al sentir el golpe duro y fresco, pero no hizo nada por limpiarse el agua.

Las campanas cantaban y murmuraban, eran las voces de sus hermanas muertas hacía mucho tiempo. Se preguntó si esa sanadora que había muerto... Si su voz ahora cantaba ahí. Yrene se asomó hacia el hilo más cercano de campanas colgantes, de varios tamaños y estilos. Su propia campana.

Con los pies descalzos y silenciosos, Yrene avanzó a la pequeña estalagmita que sobresalía del piso cerca de una pared, vio la cadena que colgaba entre ella y otra columna a poco más de un metro de distancia. De esa cadena colgaban siete campanas más, pero Yrene no necesitaba que le recordaran cuál era la suya.

Yrene sonrió al ver la pequeña campana de plata que había comprado con el oro de esa desconocida. Ahí estaba su nombre, grabado en el lado, tal vez la había grabado el mismo joyero que Chaol contrató para que grabara el amuleto que colgaba de su cuello. Ni siquiera ahí dentro había querido separarse de su relicario.

Con suavidad, pasó el dedo sobre la campana, sobre su nombre y la fecha en que había ingresado a la Torre. Un tañido suave y dulce saltó de la campana después de que la tocó. Éste hizo eco en las paredes de piedra, en las otras campanas. Hizo que otras contestaran con sus propios tañidos.

El sonido de su campana bailaba dando vueltas y vueltas e Yrene giró como si pudiera seguirlo. Y cuando se desvaneció... Yrene volvió a tocar la campana, pero esta vez le dio un garnucho. El sonido fue más fuerte y más claro. El tañido recorrió la habitación y ella lo observó, lo rastreó. Luego volvió a desvanecerse, pero esta vez su poder parpadeó en respuesta.

Con manos que no le pertenecían del todo a ella, Yrene hizo sonar su campana una tercera vez. Y cuando su canto llenó la habitación, Yrene empezó a caminar. Donde iba el sonido, Yrene lo seguía. Con los pies descalzos chocando contra la roca húmeda, siguió el camino del sonido por todo el Claustro, como si fuera un conejo corriendo delante de ella.

Alrededor de las estalagmitas que se levantaban del suelo. Debajo de las estalactitas que bajaban desde el techo. Cruzando la habitación, deslizándose por las paredes, haciendo parpadear las velas. Más y más siguió el sonido.

Pasó junto a las campanas de generaciones de sanadoras, todas cantando a su paso. Yrene también iba pasando los dedos por las otras campanas. Le respondió una oleada de sonido.

"Debes adentrarte por donde temes caminar."

Yrene siguió caminando y las campanas tañían, tañían, tañían. Ella continuó siguiendo el sonido de su propia campana, esa canción dulce y nítida que la llamaba para que siguiera avanzando. Tiraba de ella.

Esa oscuridad todavía vivía en Chaol, en su herida. La habían hecho retroceder, pero seguía. Ayer le había dicho cosas que le habían roto el corazón, pero no le había contado la historia completa.

No obstante, si la clave para derrotar ese resto de negrura Valg no dependía solamente de enfrentar los recuerdos, si los estallidos ciegos de su magia no servían de nada...

Yrene siguió el sonido de la campana de plata hasta el sitio donde se detuvo. Una esquina antigua de la habitación, donde las cadenas estaban muy oxidadas por la edad y algunas campanas verdes por la oxidación. Ahí fue donde guardó silencio el sonido. No, no era silencio. Esperaba. Estaba vibrando contra una esquina de roca.

Ahí había una campana pequeña, colgada en el extremo de la cadena. Estaba tan oxidada que la escritura era casi imposible de leer. Pero Yrene alcanzó a ver el nombre.

Yafa Towers.

No sintió el golpe de la roca cuando cayó de rodillas. Cuando leyó el nombre, la fecha, la fecha de hacía doscientos años. Una mujer Towers. Una sanadora Towers. Aquí, con ella. Una mujer Towers había cantado en esta habitación durante los años que Yrene llevaba viviendo ahí. A pesar de todo, tan alejada de su hogar, supo que nunca había estado sola.

Yafa. Yrene movió la boca para pronunciar el nombre sin emitir sonido. Se puso la mano sobre el corazón.

"Donde te da miedo caminar..."

Yrene miró hacia arriba, hacia la oscuridad del Claustro. Alimentándose. El poder del Valg se había estado alimentando de él... "Sí", pareció responderle la oscuridad. No sonó ni una gota, ni una sola campana.

Yrene miró sus manos, que caían inmóviles a sus costados. Convocó la débil luz blanca de su poder. Permitió que llenara la habitación, que hiciera eco contra la roca en un canto silencioso. Que rebotara en esas campanas, las voces de miles de sus hermanas, la voz Towers frente a ella.

"Debes adentrarte por donde temes caminar."

No era el vacío que estaba en el interior de Chaol; sino el vacío dentro de ella misma. El que se formó el día que esos soldados se reunieron alrededor de su cabaña, el día que la sacaron del cabello para dejarla en los pastos brillantes.

¿Yafa sabría, aquí en esta cámara muy por debajo de la tierra, lo que había ocurrido ese día del otro lado del mar? ¿Había observado los últimos dos meses y había enviado su canción antigua y oxidada para ayudarla en silencio?

"No eran hombres malos, Yrene."

No, no lo eran. Los hombres que él comandaba, con quienes entrenaba, que habían utilizado el mismo uniforme y que respondían al mismo rey que los soldados que habían ido ese día...

No eran hombres malos. Existía gente en Adarlan que valía la pena salvar, por la cual valía la pena pelear. No eran sus enemigos, nunca lo habían sido. Tal vez ella ya lo sabía, mucho antes de que él se lo revelara en el oasis. Tal vez ella no había querido luchar por salvarlos.

Pero eso que seguía estando dentro de él, ese resto de demonio que lo había ordenado todo...

"Yo sé lo que eres", dijo Yrene en voz baja.

Porque era la misma cosa que llevaba años viviendo dentro de ella, quitándole cosas, al mismo tiempo que la sustentaba. Una criatura distinta, pero de todas maneras la misma. Yrene enrolló su magia de nuevo en su interior y el brillo se desvaneció. Sonrió a la oscuridad dulce de arriba. "Ahora entiendo." Otra gota de agua le besó la frente en respuesta.

Sonriendo, Yrene extendió el brazo hacia la campana de su antepasada. Y la tocó.

CAPÍTULO 54

Chaol despertó a la mañana siguiente y apenas podía moverse.

Habían arreglado ya su habitación, añadieron más guardias, y para cuando regresaron por fin los miembros de la familia real de su estancia en las dunas, cuando caía la noche, todo estaba nuevamente en orden.

No vio a Yrene el resto del día y se preguntó si ella y la Sanadora Mayor habrían encontrado algo de valor en ese pergamino. Para cuando llegó la hora de la cena Yrene aún no regresaba, así que envió a Kadja para que le pidiera un informe a Shen.

Shen regresó en persona, un poco ruborizado, probablemente por la belleza de la doncella que lo acompañaba, y le dijo que había pedido que le avisaran de la Torre si Yrene había regresado a salvo. Y que le informaron que ella no había vuelto a salir de la Torre desde entonces.

De todas maneras, Chaol dudó si debía mandar llamar a Yrene porque le empezó a doler la espalda hasta el punto de ser casi insoportable. Ni siquiera el bastón le podía ayudar a cruzar la habitación. Pero ese lugar no era seguro. Y si ella empezaba a quedarse, y Nesryn regresaba antes de que él pudiera explicarle... No podía sacarse esa idea de la cabeza. Lo que había hecho, la confianza que había violado.

Así que se las arregló para tomar un baño con la esperanza de que eso le aliviara los músculos doloridos y casi tuvo que arrastrarse para meterse a la cama.

Chaol despertó al amanecer, intentó tomar el bastón junto a la cama y tuvo que morderse el labio para no gritar de dolor. Empezó a sentir pánico, salvaje y afilado. Apretó los dientes e intentó luchar contra el dolor.

Los dedos de los pies. Podía mover los dedos de los pies, los tobillos y las rodillas... Pero el cuello se le arqueó al sentir la agonía punzante que le provocó mover las rodillas, los muslos, la cadera.

Oh, dioses. Se había excedido, había...

La puerta se abrió de par en par y ahí estaba ella con su vestido morado. Yrene abrió los ojos y luego se tranquilizó, como si hubiera estado a punto de decirle algo. Pero en vez de eso, la máscara de tranquilidad se reacomodó en su rostro mientras se recogía el cabello en la media coleta que siempre usaba y se acercó a él con pasos seguros.

—¿Te puedes mover?

—Sí, pero el dolor —dijo él. Apenas podía hablar.

Ella dejó caer su bolso en la alfombra y se arremangó.

—¿Puedes darte la vuelta?

No. Había intentado y... Ella no esperó su respuesta.

—Descríbeme exactamente qué hiciste ayer, desde el momento que me fui hasta ahora.

Chaol lo hizo. Todo, hasta el momento del baño...

Yrene dijo varias malas palabras.

—Hielo. *Hielo* para ayudar a los músculos cansados, *no* calor —exhaló—. Necesito que te des la vuelta. Te va a doler muchísimo, pero es mejor si lo haces con un solo movimiento.

Él no esperó. Apretó los dientes y lo hizo. Un grito le brotó de la garganta pero Yrene llegó a su lado de inmediato y le puso la mano en la mejilla, en el cabello, puso la boca junto a su sien.

—Bien —le dijo en la piel—. Hombre valiente.

Él no se había molestado con ponerse nada salvo los calzoncillos para dormir, así que ella tuvo poco que hacer para prepararlo antes de ponerle las manos sobre la espalda, haciendo giros en el aire sobre su piel.

—Volvió... volvió a subir —dijo ella con una exhalación.

—No me sorprende —respondió él entre dientes. No le sorprendía nada.

Ella dejó caer las manos.

—¿Por qué?

Él recorrió el bordado de la funda con el dedo.

—Sólo... sólo haz lo que tengas que hacer.

Yrene se detuvo un poco ante su evasión y luego buscó en su bolso la mordedera. Pero en vez de dársela en la boca, se la quedó en las manos.

—Voy a entrar —dijo en voz baja.

—Muy bien.

—No... voy a entrar y terminaré con esto. Hoy. En este momento.

A él le tomó un instante comprender sus palabras, todo lo que implicaban. Se atrevió a preguntar:

—¿Y qué pasa si yo no puedo?

¿Enfrentarlo, soportarlo?

No había miedo ni titubeo en la mirada de Yrene.

—Eso no es algo que yo pueda responder.

No, nunca lo había sido. Chaol miró la luz del sol bailar en el relicario, sobre esas montañas y mares. Lo que ahora podría ver en su interior, lo mucho que había fallado, una y otra vez... Pero ya habían recorrido un gran trecho. Juntos. Ella no se había alejado. No se había asustado ante nada.

Y él tampoco lo haría. Con la garganta cerrada, Chaol logró decir:

—Podrías lastimarte si te quedas demasiado tiempo.

Nuevamente, no hubo ninguna señal de titubeo ni terror.

—Tengo una teoría y quiero ponerla a prueba —dijo Yrene y le dio la mordedera. Él la mordió—. Y tú, tú eres el único en quien puedo probarla.

Chaol pensó, justo cuando ella le puso las manos en la columna desnuda, por qué él sería el único en quien ella lo podía probar. Pero ya no pudo hacer nada cuando sintió el dolor y la negrura chocar contra él.

No pudo detener a Yrene cuando ella se lanzó hacia su cuerpo con su magia como una luz blanca arremolinándose alrededor de ellos, dentro de ellos.

El Valg. Su cuerpo estaba corrompido por su poder e Yrene... no titubeó.

Voló por su cuerpo, bajó por la escalinata de su columna, recorrió los pasillos de sus huesos y su sangre. Era una lanza de luz, disparada directamente a la oscuridad, apuntando hacia esa sombra flotante que se había extendido otra vez. Que había intentado reclamarlo.

Yrene chocó contra la oscuridad y gritó. La oscuridad le rugió de regreso y se enredaron, forcejeando. Era algo desconocido, frío y hueco. Estaba lleno de podredumbre, viento y odio.

Yrene se lanzó a su interior. Hasta el fondo. Y arriba, como si la superficie de un mar oscuro los separara, Chaol aulló de agonía.

Hoy. Todo terminaría hoy.

Sé qué eres.

Así que Yrene luchó y la oscuridad le respondió.

CAPÍTULO 55

La agonía le desgarraba todo el cuerpo, interminable y sin fondo. Él perdió la conciencia en cuestión de un minuto. Y se fue en caída libre hacia ese sitio. Ese pozo.

El fondo del descenso. El infierno hueco bajo las raíces de una montaña. Ahí, donde todo estaba encerrado y enterrado. Ahí, donde todo había echado raíces.

Los cimientos vacíos, minados y destrozados, se desmoronaban para convertirse en nada salvo ese agujero.

Nada.

Nada.

Nada.

Sin valor y nada.

Lo primero que vio fue a su padre. Su madre y su hermano, y esa fortaleza fría en la montaña. Vio las escaleras cubiertas de hielo y nieve, manchadas de sangre. Vio al hombre a quien se vendió pensando que eso haría que Aelin estuviera segura. Que *Celaena* estuviera segura.

Él había enviado a la mujer que amaba a la seguridad de otro asesinato. La había enviado a Wendlyn, pensando que era mejor que Adarlan. Para *matar* a la familia real.

Su padre salió de la oscuridad, el espejo del hombre que podría haber sido, que algún día podría ser. La repulsión y la decepción grabadas en las facciones de su padre cuando lo miró, el hijo que pudo haber sido.

El precio de su padre... él lo consideraba como una sentencia a prisión. Pero tal vez era una oportunidad de alcanzar la libertad, de salvar a su hijo inútil y perdido

SARAH J. MAAS

de la maldad que él seguramente sospechaba estaba a punto de desatarse.

Él había roto esa promesa a su padre. Lo odiaba y, sin embargo, su padre, ese infeliz horrendo, había sido fiel a su palabra.

Él... no. Él rompía juramentos. Era un traidor.

Todo lo que había hecho, Aelin lo había destrozado. Empezando con su honor. Ella, con su fluidez, esa área gris que habitaba... Él había roto promesas. Había roto todo lo que él era por ella.

Podía verla, en la oscuridad. El cabello dorado, los ojos turquesa que fueron la última pista, la pieza final del rompecabezas.

Mentirosa. Asesina. Ladrona.

Ella estaba asoleándose en un diván en el balcón de esa habitación que ocupaba en el palacio, con un libro en las piernas. Tenía la cabeza ladeada y lo miró de arriba abajo con esa media sonrisa perezosa. Un gato que despertaron de su reposo.

La odiaba. Odiaba esa cara, la diversión y la agudeza. El temperamento y la agresividad que podían dejar a alguien hecho garras con sólo una palabra, una mirada. Un momento de silencio.

Ella *disfrutaba* esas cosas. Las saboreaba. Y él se había sentido tan embrujado por todo eso, por esa mujer que había sido una llama viviente. Estuvo dispuesto a dejarlo todo por ella. Su honor. Los juramentos que había hecho. Por esa mujer altanera, presuntuosa y santurrona, él había destrozado partes de su ser.

Y después, ella se marchó, como si él no fuera más que un juguete roto. Y se fue directo a los brazos de ese príncipe hada que salió de la oscuridad y que se acercó a ese diván en el balcón y se sentó en la orilla.

La media sonrisa de ella cambió. Le brillaron los ojos.

El interés letal, depredador, se enfocó en el príncipe. Ella parecía brillar con más fuerza. Volverse más consciente. Más centrada. Más... viva.

Fuego y hielo. Un final y un principio.

No se tocaron. Estaban sentados en ese diván y conversaban sin palabras. Como si al fin hubieran encontrado el reflejo de ellos mismos en el mundo. Los odiaba. Los *odiaba* por esa facilidad, esa intensidad, esa sensación de plenitud.

Ella lo había destrozado, había destrozado su vida y luego se fue directamente a los brazos de ese príncipe, como si pasara de una habitación a la otra.

Y cuando todo se fue al infierno, cuando él le dio la espalda a todo lo que conocía, cuando le mintió al que le importaba más para guardar sus secretos, ella no estuvo ahí para pelear. Para ayudar.

Ella regresó, meses después, y se lo echó en cara. Su inutilidad. Su insignificancia.

"Tú me ayudas a comprender cómo debería ser el mundo, lo que puede llegar a ser." Mentiras. Eran las palabras de una niña que estaba agradecida con él por darle su libertad, por presionarla y presionarla hasta que volvió a rugirle al mundo.

Una chica que dejó de existir la noche que encontraron el cuerpo sobre la cama. Cuando ella le abrió la cara de un rasguño. Cuando intentó clavarle esa daga en el corazón.

La depredadora que había visto en esos ojos... estaba libre. No había correas que la pudieran mantener controlada. Y las palabras como *honor*, *deber* y *confianza* desaparecieron.

Ella había eviscerado al cortesano en los túneles. Ella dejó caer el cuerpo del hombre, cerró los ojos, y se vio exactamente igual que como se vio en la cúspide de la pasión. Y cuando abrió los ojos de nuevo.

Asesina. Mentirosa. Ladrona.

Ella seguía en el diván, el príncipe hada junto a ella, ambos viendo esa escena en el túnel, como si fueran espectadores de un deporte. Veían a Archer Finn caer hacia las rocas, la sangre escurriéndole, la cara tensa por el choque y el dolor. Viendo a Chaol ahí parado, incapaz de moverse o hablar, mientras ella respiraba la muerte que tenía delante, la venganza.

Así terminó Celaena Sardothien, fragmentándose por completo.

De todas maneras, él quiso protegerla. Sacarla. Redimirla.

"Siempre serás mi enemigo." Ella le rugió esas palabras por los diez años de rabia acumulada. Y lo dijo en serio. Lo dijo como lo diría cualquier niño que ha perdido y ha sufrido a manos de Adarlan. Como lo diría Yrene.

El jardín apareció en otro espacio dentro de la oscuridad. El jardín, la cabaña, la madre y la niña que reía. Yrene. Lo que él no había visto venir. La persona que él no esperaba encontrar. Aquí en la oscuridad... aquí estaba ella.

Sin embargo, él le había fallado de todas maneras. No había hecho lo correcto ni con ella ni con Nesryn.

Debía haber esperado, debía haberlas respetado a las dos lo suficiente como para terminar con una y luego empezar con la otra, pero por lo visto también había fallado en eso.

Aelin y Rowan seguían en su diván bajo el sol. Él vio al príncipe hada que tomaba la mano de Aelin con cuidado, con reverencia, y la volteaba. Exponía su muñeca al sol. Exponía las marcas tenues de los grilletes.

Vio a Rowan pasar el pulgar por esas cicatrices. Vio cómo el fuego en la mirada de Aelin se apagaba. Una y otra vez, Rowan le pasó el pulgar por encima de las cicatrices. Y a Aelin se le deslizó la máscara de la cara.

Había fuego en ese rostro. Y rabia. Y astucia. Pero también pesar. Miedo. Desesperanza. Culpa.

Vergüenza. Orgullo, esperanza y amor. El peso de una carga de la que tuvo que huir, pero ahora...

"Te amo."

"Lo siento."

Ella intentó explicar. Lo dijo lo más claramente que pudo. Le había dado la verdad a él para que pudiera reconstruirla cuando se fuera y que comprendiera. Dijo esas palabras en serio. "Lo siento."

Lamentaba haber mentido. Lamentaba lo que le había hecho a él y a su vida. Por jurar que ella lo elegiría, que lo escogería, sin importar nada más. "Siempre."

Él quería odiarla por esa mentira. Esa promesa falsa que ella había descartado en los bosques nebulosos de Wendlyn. Y sin embargo...

Allá, con ese príncipe, sin la máscara... Eso fue el fondo de su infierno.

Ella se había acercado a Rowan con el alma desvalida. Se había acercado a él como era, como nunca había sido con nadie. Y regresó entera. De todas maneras esperó... esperó para estar con él.

Chaol había deseado a Yrene, la había llevado a su cama sin pensar en Nesryn y sin embargo, Aelin... Ella y Rowan lo voltearon a ver en ese momento. Inmóviles ambos, como animales en el bosque. Pero sus ojos estaban llenos de comprensión. De entendimiento.

Ella se había enamorado de alguien más, quería a alguien más, tanto como él quería a Yrene. Y sin embargo, Aelin, impía e irreverente, lo había honrado. Más de lo que él había honrado a Nesryn.

Aelin inclinó la barbilla como para decir "sí". Y Rowan... El príncipe tuvo que dejarla regresar a Adarlan. Para hacer lo correcto por su reino, pero también para que decidiera por sí misma qué quería. A quién quería. Y si Aelin hubiera elegido a Chaol... Él sabía, en el fondo, que Rowan se hubiera hecho a un lado. Si eso hacía feliz a Aelin, Rowan se hubiera alejado sin decirle a ella cómo se sentía.

La vergüenza lo aplastaba, nauseabunda y aceitosa. Él la había llamado un monstruo. Por su poder y sus acciones, y sin embargo...

No la culpaba. Ahora entendía que tal vez ella había prometido cosas, pero... había cambiado. El camino había cambiado. Él entendió.

Él le había prometido a Nesryn... o lo había supuesto. Y cuando cambió, cuando el camino se alteró; cuando apareció Yrene en él...

Él entendió.

Aelin le sonrió con suavidad, y ella y Rowan se desvanecieron en un rayo de sol y desaparecieron. Dejaron atrás un piso de mármol rojo, atravesado por un charco de sangre.

Una cabeza rebotando vulgarmente sobre la baldosa pulida.

Un príncipe gritando de agonía, con rabia y desesperación.

"Te amo."

"Vete."

Eso... si hubo un momento en el que se separaron, fue entonces. Cuando él se dio la vuelta y corrió. Y dejó a su amigo, a su hermano, en esa habitación. Cuando él salió corriendo de esa pelea, de esa muerte.

Dorian lo había perdonado. No se lo reprochaba.

Pero él había corrido. Se había ido. Todo lo que había planeado, todo lo que había trabajado por salvar, todo se derrumbó.

Dorian estaba parado frente a él, con las manos en los bolsillos y una leve sonrisa en la cara. No merecía servirle a ese hombre. A ese rey

La oscuridad empujó más. Reveló esa sala de consejo sangrienta. Reveló al príncipe y al rey a quienes sirvió. Reveló lo que ellos le habían hecho a sus hombres.

En esa habitación debajo del castillo.

Cómo había sonreído Dorian. Cómo sonreía, mientras Ress gritaba, cuando Brullo le escupió en la cara.

Su culpa... todo. Cada momento de dolor, esas muertes...

Le mostró las manos de Dorian cuando utilizaban esos instrumentos debajo del castillo. Cuando la sangre brotaba y el hueso se desgajaba. Manos limpias e implacables. Y esa sonrisa.

Él sabía. Él lo había sabido, lo había adivinado. Nada lo podría arreglar. Para sus hombres, para Dorian, que tuvo que vivir con eso. Para Dorian, a quien él había abandonado en ese castillo.

Ese momento, una y otra vez, la oscuridad se lo mostraba.

Cuando Dorian se mantuvo firme. Cuando reveló su magia, algo que era equivalente a una sentencia de muerte, y le consiguió tiempo para correr.

Él había sentido tanto miedo, tanto miedo de la magia, de la pérdida, de *todo*. Y ese temor... lo había llevado a eso de todas maneras. Lo había impulsado por este camino. Se había aferrado con tanta fuerza, había luchado contra ello, y le había costado todo. Demasiado tarde. Había llegado demasiado tarde para ver con claridad.

Y cuando sucedió lo peor; cuando vio ese collar; cuando vio a sus hombres colgando de las rejas, con los cuerpos rotos que picoteaban los cuervos... Lo había resquebrajado hasta sus cimientos. Hasta este agujero debajo de la montaña que él había sido.

Él se había derrumbado. Se había permitido perderlo de vista. Y luego encontró un destello de paz en Rifthold, incluso después de la lesión, y sin embargo... Era como colocar un parche sobre una cuchillada en el vientre.

No había sanado. Estaba desatado y furioso, no *quería* sanar. En realidad no. Su cuerpo, sí, pero incluso eso... Una parte de él le susurraba que se lo merecía.

Y la herida del alma... Él la había dejado pudrirse.

Era un fracaso, un mentiroso y rompía sus juramentos.

La oscuridad se arremolinaba a su alrededor, un viento la agitaba. Podría quedarse ahí para siempre. En la oscuridad sin edad.

"Sí", le susurró la oscuridad.

Podría quedarse, y ponerse iracundo, odiar y enroscarse hasta no ser nada salvo sombra.

Pero Dorian seguía frente a él, todavía con una ligera sonrisa. Esperando.

Esperando.

Esperándolo.

Él le había hecho una promesa. Todavía no la rompía.

De salvarlos. A su amigo, a su reino. Todavía tenía eso.

Incluso ahí, en el fondo de ese infierno oscuro, todavía tenía eso.

Y el camino que había recorrido era muy largo... No, no vería atrás.

"¿Qué tal si seguimos adelante y sólo nos topamos con más dolor y desesperanza?"

Aelin le había sonreído cuando él le hizo esta pregunta, parados en esa azotea en Rifthold. Como si ella hubiera sabido, mucho antes que él, que encontraría este agujero. Y que llegaría a la respuesta por su cuenta.

"Entonces no es el final."

Esto... Esto no era el final. Esta cuarteadura en él, este fondo, no era el final.

Le quedaba una promesa. Ésa la cumpliría.

"No es el final."

Le sonrió a Dorian, cuyos ojos color zafiro brillaron con dicha, con amor.

—Voy a casa —le susurró a su hermano, a su rey.

Dorian sólo inclinó la cabeza y desapareció en la oscuridad.

Yrene quedó parada detrás de él. Brillaba con una luz blanca, brillante como estrella recién nacida. Entonces ella dijo en voz baja:

—La oscuridad te pertenece. Para que le des la forma que quieras. Para darle poder o volverla inofensiva.

—¿Alguna vez fue del Valg?

Sus palabras hicieron eco en la nada.

—Sí, pero ahora es tuya. Este lugar, este último pedazo. Eso permanecería en él, una cicatriz, un recordatorio.

—¿Volverá a crecer?

—Sólo si se lo permites. Sólo si no la llenas de otras cosas mejores. Sólo si no perdonas —él sabía que ella no sólo se refería a los demás—. Pero si eres amable contigo mismo, si te... si te amas... —a Yrene le tembló la boca—. Si te amas a ti mismo tanto como yo te amo...

Algo empezó a golpearle el pecho. El batir de un tambor que llevaba mucho tiempo en silencio aquí abajo. Yrene extendió la mano hacia él y su iridiscencia ondeó hacia la oscuridad.

"No es el fin."

—¿Va a doler? —preguntó con voz ronca—. ¿El regreso... la salida?

El camino de regreso a la vida, a él mismo.

—Sí —susurró Yrene—, pero es la última vez. La oscuridad no quiere perderte.

—Me temo que yo no puedo decir lo mismo.

La sonrisa de Yrene era más brillante que la luz que le brotaba del cuerpo. Una estrella. Era una estrella en la tierra. Ella volvió a extender la mano. Una promesa silenciosa... de lo que les aguardaba del otro lado de la oscuridad.

Él todavía tenía mucho que hacer. Juramentos que cumplir. Y al verla a ella, esa sonrisa... Vida. Tenía una *vida* que saborear, por la cual pelear.

Y la rotura que había empezado y terminado aquí... Sí, le pertenecía a él. Tenía *permiso* de romperse para poder empezar a forjarse otra vez.

Para que él pudiera volver a empezar. Se lo debía a su rey, a su país. Y se lo debía a él mismo.

Yrene asintió como para decir que sí. Así que Chaol se paró.

Miró la oscuridad, esta parte de él. No retrocedió.

Y con una sonrisa a Yrene, la tomó de la mano.

CAPÍTULO 56

Fue agonía, desesperación y miedo. Fue dicha, risas y descanso. Fue vida, toda, y cuando la oscuridad se abalanzó sobre Chaol e Yrene, él no sintió miedo.

Sólo miró hacia la oscuridad y sonrió. No estaba roto. Estaba renacido.

Y cuando la oscuridad lo miró... Chaol deslizó una mano contra su mejilla. Le besó la frente. La oscuridad se soltó y volvió a caer en el agujero. Enroscada en el piso de roca lo miró en silencio, cautelosa.

Él sintió que se elevaba, como si lo estuvieran succionando por una puerta demasiado angosta. Yrene lo sostuvo y tiró de él. No lo soltó. No titubeó. Ella los dirigió hacia arriba, una estrella que corre hacia la noche.

La luz blanca chocó contra ellos. No. Era luz de día. Él apretó los ojos, deslumbrado. Lo primero que sintió fue nada. Ningún dolor. Ningún adormecimiento. No estaba adolorido ni exhausto. Se había ido.

Sus piernas estaban... Movió una. Fluyó y se movió sin un rastro de dolor o tensión. Suave como mantequilla

Miró a la derecha, donde siempre se sentaba Yrene. Ella simplemente le estaba sonriendo.

—¿Cómo? —preguntó con voz ronca.

La dicha iluminaba sus ojos hermosos.

—Mi teoría... te la explicaré después.

—¿La marca... ?

Ella apretó la boca.

—Es más pequeña, pero... sigue ahí —le tocó un punto en la columna—. Aunque ya no siento nada cuando la toco. Nada de nada.

Se había convertido en un mero recordatorio. Como si un dios quisiera que lo recordara, que recordara lo que había ocurrido. Él se sentó, maravillado de lo fácil que fue, de la falta de rigidez.

—Me curaste.

—Creo que ambos nos merecemos bastante crédito en esta ocasión —dijo Yrene.

Sus labios estaban demasiado pálidos, su piel demacrada. Chaol le acarició la mejilla con los nudillos.

—¿Te sientes bien?

—Estoy cansada, pero estoy bien. ¿*Tú* te sientes bien?

Él la sentó en sus piernas y apoyó la cabeza en su cuello.

—Sí —exhaló Chaol—. Mil veces sí.

El pecho... lo sentía ligero. También los hombros.

Ella lo apartó.

—Tienes que ser cuidadoso. Estás recién curado y todavía puedes lastimarte. Dale tiempo a tu cuerpo de descansar, para que la sanación se afiance.

Él arqueó la ceja.

—¿Qué implica descansar, exactamente?

La sonrisa de Yrene fue pícara.

—Algunas cosas que sólo averiguan los pacientes especiales.

Él sintió que la piel se le restiraba sobre los huesos, pero Yrene se bajó de su regazo.

—Tal vez quieras bañarte.

Él parpadeó y se miró. Miró la cama. Y se encogió un poco. Era vómito. En las sábanas, en su brazo izquierdo.

—Cuándo...

—No estoy segura.

El sol se ponía y el jardín se veía como cubierto de oro. La habitación estaba llena de sombras largas.

Horas. Llevaban todo el día ahí.

Chaol se levantó de la cama. Se maravilló al sentir que se podía deslizar por el mundo como un cuchillo en seda. Sintió que ella lo observaba de camino al baño.

—¿Ya es seguro usar agua caliente?—preguntó por encima del hombro. Se quitó la ropa interior y se metió a la bañera deliciosamente tibia.

—Sí —gritó ella—. No estás lleno de músculos cansados.

Él se metió bajo el agua y se lavó. Cada movimiento... santos dioses.

Cuando salió a la superficie y se limpió el agua de la cara, ella estaba parada en el arco de la puerta. Él se quedó inmóvil al notar el humo de sus ojos.

Lentamente, Yrene se desamarró el listón del frente de su vestido morado claro. Dejó que cayera al piso junto con su ropa interior. A Chaol se le secó la boca cuando ella avanzó hacia él, sin quitarle los ojos de encima y con la cadera meciéndose con cada paso que daba hacia la bañera. Hacia las escaleras.

Yrene entró al agua y la sangre empezó a rugirle en los oídos.

Chaol ya estaba sobre ella antes de que llegara al último escalón.

No llegaron a la cena. Ni al postre. Ni al *kahve* de media noche.

Kadja se metió a la recámara durante el baño para cambiar las sábanas. A Yrene no le preocupó lo que la doncella probablemente escuchó. Ciertamente no habían sido silenciosos en el agua. Y tampoco no lo fueron las siguientes horas.

Yrene estaba completamente agotada cuando se separaron, tan sudorosos que necesitarían otro baño muy pronto. El pecho de Chaol subía y bajaba con sus grandes bocanadas de aire.

En el desierto él había sido increíble. Pero ahora, sanado, más allá de la columna, las piernas... sanado en ese sitio oscuro y putrefacto de su alma...

Él le besó la frente pegajosa por el sudor y sus labios se quedaron pegados a unos rizos que habían aparecido gracias al baño. Con la otra mano le trazaba círculos en la espalda baja.

—Dijiste algo... en ese agujero —murmuró él.

Yrene estaba demasiado cansada como para formar una palabra que fuera más allá de un "Mmm" silencioso.

—Dijiste que me amabas.

Eso la despertó. Ella sintió que el estómago se le anudaba.

—No te sientas obligado a...

Chaol la silenció con esa mirada tranquila y serena.

—¿Es verdad?

Ella le pasó el dedo por la cicatriz de la mejilla. No había visto mucho al principio; entró a sus recuerdos a tiempo para ver a ese hombre hermoso de cabello oscuro, Dorian, sonriéndole a Chaol. Pero lo percibió, supo quién le había provocado esa cicatriz reciente.

—Sí.

Y aunque su voz sonó suave, ella lo sentía con cada centímetro de su alma. Las comisuras de los labios de Chaol se movieron hacia arriba.

—Entonces es buena noticia, Yrene Towers, que yo te ame también.

Ella sintió que se le apretaba el pecho. Se sintió demasiado plena para su cuerpo, para lo que la invadía.

—Desde el momento en que entraste a la sala ese primer día —dijo Chaol—. Creo que lo supe, desde entonces.

—Era una desconocida.

—Me viste sin una brizna de lástima. Me viste a *mí*. No la silla ni la lesión. Me viste a mí. Fue la primera vez que me sentí... visto. La primera vez que me sentí *despierto* en mucho tiempo.

Ella le besó el pecho, justo sobre el corazón.

—¿Cómo podría resistirme a estos músculos?

La risa de Chaol le resonó en la boca, en los huesos.

—La profesional consumada.

Yrene le sonrió hacia la piel.

—Las sanadoras nunca me perdonarán esto. Hafiza ya está que no cabe de contenta.

Pero Yrene se tensó, considerando lo que aún les faltaba por recorrer. Las decisiones.

—Cuando regrese Nesryn —dijo Chaol, después de un momento—, planeo aclararlo todo. Aunque creo que ella lo supo antes que yo.

Yrene asintió intentando sacudirse la inquietud que la invadía.

—Y más allá de eso... la decisión es tuya, Yrene. Cuándo te vayas. Cómo te vayas. Si es que quieres irte en realidad —ella se preparó—. Pero, si me aceptas... hay un lugar para ti en mi barco. Junto a mí.

Ella dejó escapar un sonido delicado y le trazó un círculo alrededor del pezón.

—¿Qué tipo de lugar?

Chaol se estiró como gato, se puso los brazos detrás de la cabeza y dijo con descaro:

—Las posiciones habituales: ayudante de cocina, cocinera, lavaplatos...

Ella le hincó el dedo en las costillas y él se rio. Era un sonido hermoso, rico y profundo. Pero sus ojos color marrón se suavizaron cuando le tomó la cara entre las manos.

—¿Qué posición te gustaría, Yrene?

A ella se le enloqueció el corazón al escuchar la pregunta, el timbre de su voz. Pero sonrió y le dijo:

—La que me dé derecho a gritarte si te exiges demasiado.

Le recorrió las piernas y la espalda con la mano. Cuidadoso... tendría que ser tan, tan cuidadoso durante un tiempo. A Chaol se le formó una media sonrisa y la acercó a él de un tirón:

—Creo que conozco exactamente la posición.

CAPÍTULO 57

El nido Eridun estaba enloquecido cuando regresaron.

Falkan estaba vivo, apenas, y causó tal pánico cuando regresaron los ruks a Altun que Houlun tuvo que saltar frente a la araña desfallecida para evitar que los otros ruks la hicieran pedazos.

Sartaq había logrado quedarse de pie el tiempo suficiente para abrazar a Kadara, para pedir que una sanadora la atendiera de inmediato, y luego abrazar a Borte, que estaba cubierta de salpicaduras de sangre negra, pero sonreía de oreja a oreja. Luego Sartaq le dio unas palmadas en el brazo a Yeran, a quien Borte ignoraba. Nesryn supuso que eso era una mejoría comparada con la hostilidad abierta.

—¿Cómo? —le preguntó Sartaq a Borte, mientras Nesryn cuidaba la figura inconsciente de Falkan porque todavía no confiaban que los ruks pudieran contenerse.

La compañía de ruks berald de Yeran ya había regresado a su propio nido, y él se apartó del ruk que lo aguardaba y respondió en vez de Borte:

—Borte vino por mí. Dijo que iría en una misión estúpidamente peligrosa y que yo podía dejarla morir sola o podía acompañarla.

Sartaq rio con voz ronca.

—Tenías prohibido —le dijo a Borte y miró hacia el sitio donde Houlun se arrodillaba junto a Falkan. En efecto, la madre-hogar parecía no poder decidir si sentía alivio o franca rabia.

Borte sorbió la nariz.

—Me lo prohibió mi madre-hogar *aquí*. Pero como actualmente estoy comprometida con un capitán de los berald —énfasis en el *actualmente* para irritación de Yeran, por lo visto— también puedo declarar mi lealtad parcial a la madre-hogar de *allá*. Quien no tuvo ninguna objeción en permitirme pasar *tiempo de calidad* con mi prometido.

—Hablaremos, ella y yo —dijo Houlun furiosa al ponerse de pie y pasó a su lado para ordenarle a varias personas que metieran más a Falkan en el salón. Con muecas por el peso de la araña, los ayudantes obedecieron.

Borte se encogió de hombros y se dio la vuelta para seguir a Houlun al sitio donde curarían al metamorfo como mejor pudieran, mientras estuviera en ese cuerpo de araña.

—Al menos la interpretación de tiempo de calidad de su madre-hogar es similar a la mía —dijo Borte y se alejó.

Pero cuando se marchaba, Nesryn podría haber jurado que la vio esbozarle a Yeran una pequeña sonrisa secreta. Yeran se quedó mirándola un rato y luego volteó a verlos a ellos. Esbozó una sonrisa chueca.

—Prometió poner una fecha. Así fue como consiguió que mi madre-hogar aprobara —le guiñó el ojo a Sartaq—. Qué pena que no le dije que yo no estaba de acuerdo con esa fecha para nada.

Y con eso, salió caminando detrás de Borte y corrió un poco para alcanzarla. Ella se dio la vuelta rápidamente y las palabras bruscas ya le brotaban de los labios, pero le permitió seguirla hacia el pasillo.

Cuando Nesryn enfrentó a Sartaq, lo vio tambalearse. Ella se abalanzó sobre él. El cuerpo adolorido le protestó cuando sostuvo al príncipe de la cintura. Alguien pidió una sanadora, pero Sartaq se mantuvo de pie aunque ella no lo soltó.

Nesryn se dio cuenta de que no tenía ganas de quitarle los brazos de la cintura. Sartaq la miró, con esa sonrisa suave y dulce nuevamente en sus labios.

—Me salvaste.

—Parecía un muy mal final para las historias del Príncipe Alado —respondió ella y frunció el ceño al verle la herida en la pierna—. Deberías sentarte...

Del otro lado del salón, se podían ver luces, la gente gritaba... Y luego la araña desapareció. Quedó en su lugar un hombre cubierto de laceraciones y sangre.

Cuando Nesryn volvió a voltear, la mirada de Sartaq estaba en su cara.

Ella sintió que se le cerraba la garganta. Su boca formó una línea temblorosa cuando se hizo consciente de que estaban ahí. Que estaban ahí, y vivos, y ella nunca había conocido tal terror y desesperación como lo que vivió en los momentos que se lo habían llevado.

—No llores —murmuró él y se acercó para pasar su boca sobre las lágrimas que se escapaban. Le dijo hacia la piel—: ¿Qué diría la gente sobre la Flecha de Neith?

Nesryn rio a pesar de todo, a pesar de lo sucedido, y lo envolvió con los brazos, lo apretó con toda la fuerza que se atrevía para no lastimarlo y recargó la cabeza en su pecho. Sartaq sólo le acarició el cabello y la abrazó de regreso.

El Consejo de Clanes se reunió dos días después al amanecer. Las madres-hogar y los capitanes de todos los nidos se reunieron en el salón. Eran tantos que estaba completamente lleno.

Nesryn había dormido todo el día anterior. No en su recámara, sino acurrucada en la cama junto al príncipe que ahora estaba parado con ella frente al grupo reunido.

Después de que los curaron y se bañaron, y aunque Sartaq ni siquiera la había besado... él la tomó de la mano y la llevó cojeando hacia su recámara. Nesryn no objetó. Y durmieron. Y cuando despertaron, después de que les limpiaran las curaciones, salieron y encontraron el salón lleno de jinetes.

Falkan estaba recargado en la pared del lado opuesto. Tenía el brazo en un cabestrillo, pero la mirada despejada. Nesryn le sonrió cuando entró, pero no era el momento de esa reunión. Ni de comunicarle las posibles verdades que ella conocía.

Cuando Houlun terminó de darle la bienvenida a todos, cuando el silencio se posó en el salón, Nesryn se paró hombro con hombro junto a Sartaq. Era extraño verlo con el cabello más corto. Extraño pero no terrible. Le volvería a crecer, dijo él cuando ella lo vio y frunció el ceño en la mañana.

Todos los ojos se fijaban en ellos. Algunas miradas eran cálidas y de aceptación, otras lucían preocupadas y otras eran más eran duras.

Sartaq le dijo al grupo reunido:

—Las *kharankui* despertaron nuevamente —un murmullo inquieto recorrió todo el salón—. Y aunque el clan Berald lidió con la amenaza con valentía y ferocidad, lo más probable es que las arañas regresen. Ellas escucharon un llamado oscuro que sonó por todo el mundo. Y están listas para responder.

Nesryn dio un paso al frente. Levantó la barbilla. Y aunque las palabras la llenaban de temor, hablar en este lugar se sentía tan natural como respirar.

—Averiguamos varias cosas en el paso de Dagul —dijo Nesryn y su voz resonó entre las columnas y rocas del salón—. Cosas que cambiarán el rumbo de la guerra en el norte. Y cambiarán este mundo.

Ahora todas las miradas estaban en ella. Houlun asintió desde donde estaba sentada cerca de Borte, quien le sonrió para apoyarla. Yeran estaba cerca, mirando de reojo a su prometida. Los dedos de Sartaq le rozaron la mano. Una vez... para animarla. Y como promesa.

—Lo que estamos enfrentando en el Continente del Norte no es un ejército de hombres —continuó Nesryn—, sino de demonios. Y si no nos oponemos a esta amenaza, si no la enfrentamos unidos como un solo pueblo, un pueblo de *todas* las tierras... Entonces será nuestro final.

Luego de esas palabras les contó toda la historia sobre Erawan y Maeve. No mencionó la misión de búsqueda de las llaves, pero para cuando terminó de hablar, el salón estaba inquieto y los clanes hablaban entre sí en voz baja.

—Les dejaré la decisión a ustedes —dijo Sartaq con voz firme—. Los horrores de los Páramos de Dagul son sólo el comienzo. No juzgaré a quienes decidan quedarse. Pero los que vuelen conmigo, volaremos bajo la bandera del khagan. Les permitiremos que lo discutan.

Y dicho esto, tomó a Nesryn de la mano y salieron del salón. Falkan salió detrás de ellos. Borte y Houlun permanecieron como las líderes del clan. Nesryn sabía qué lado tomarían ellas, que volarían al norte, pero los demás...

Para cuando llegaron a uno de los espacios de reunión privados de la familia, se escuchaba ya cómo los susurros se habían convertido en un debate acalorado. Pero Sartaq sólo permaneció en la pequeña habitación un momento y luego se fue a las cocinas. Dejó a Nesryn y a Falkan juntos, les guiñó el ojo y les prometió regresar con comida.

Cuando se quedó a solas con el metamorfo, Nesryn caminó hacia la fogata para calentarse las manos.

—¿Cómo te sientes? —le preguntó y miró por encima de su hombro hacia Falkan, que se estaba acomodando en una silla de madera de respaldo bajo.

—Me duele todo —dijo Falkan con una mueca y se frotó la pierna—. Recuérdame no hacer nada así de heroico nunca más.

Ella rio y su risa se mezcló con el crujir de la fogata.

—Gracias por lo que hiciste.

—No tengo a nadie en la vida que me vaya a extrañar, de todas maneras.

A ella se le hizo un nudo en la garganta. Pero le preguntó:

—Si volamos hacia el norte, a Antica, y luego al Continente del Norte... —no podía decir la palabra: *casa*—. ¿Vendrás con nosotros?

El metamorfo se quedó en silencio un rato.

—¿Quieren que vaya? ¿Alguno de ustedes?

Nesryn al fin apartó la mirada de la fogata para voltear a verlo. Le ardían los ojos.

—Tengo algo que decirte...

Falkan lloró.

Puso la cabeza entre sus manos y lloró cuando Nesryn le contó lo que sospechaba. No conocía mucho sobre la historia personal de Lysandra, pero las edades y los lugares coincidían. La descripción no. La madre había descrito a una chica promedio de cabello color castaño. No una chica hermosa de cabello negro y ojos verdes.

Pero sí, sí los acompañaría. A la guerra y para encontrarla. A su sobrina. El último resto de familia que le quedaba en el mundo, alguien a quien nunca dejó de buscar.

Sartaq regresó con comida y treinta minutos después, los mandaron llamar del salón. Los clanes habían decidido.

Con las manos temblorosas, Nesryn caminó hacia la puerta, al sitio donde Sartaq la esperaba con la mano extendida. Entrelazaron sus dedos y él la llevó hacia el salón que ahora estaba en silencio. Falkan se puso de pie trabajosamente. Gimió, mientras se enjugaba las lágrimas y cojeó detrás de ellos.

Apenas habían avanzado unos cuantos pasos cuando llegó corriendo una mensajera por el pasillo. Nesryn se apartó de Sartaq y le permitió hablar con la chica de mirada salvaje. Pero la chica le dio el mensaje a Nesryn.

Le temblaron las manos cuando reconoció la letra de la nota que le entregaban. También sintió que Sartaq se tensaba al darse cuenta de que la letra era de Chaol. Dio un paso atrás y cerró los ojos para que ella pudiera ver la nota. Ella leyó el mensaje dos veces. Tuvo que respirar para tranquilizarse y no vomitar.

—Él... solicita mi presencia en Antica. La *necesita* —dijo con la nota revoloteándole en la mano temblorosa—. Nos ruega que regresemos de inmediato. Tan rápido como nos pueda llevar el viento.

Sartaq tomó la carta y la leyó él mismo. Falkan permaneció en silencio y observó al príncipe leerla. Maldijo.

—Algo está mal —dijo Sartaq y Nesryn asintió.

Si Chaol, que nunca pedía ayuda, nunca *quería* ayuda, les pedía que se apresuraran... Miró hacia el consejo que seguía esperando para anunciar su decisión, pero Nesryn sólo le preguntó al príncipe:

—¿Qué tan rápido podemos salir?

CAPÍTULO 58

La mañana llegó y se fue. Yrene no tenía prisa por levantarse de la cama. Chaol tampoco. Almorzaron tranquilamente en la sala y ni siquiera se molestaron en vestirse.

Hafiza decidiría sobre esos libros cuando lo considerara indicado. Así que tendrían que esperar. Y luego esperar para encontrarse con Aelin Galathynius de nuevo, o con alguien más que les ayudara a descifrar su contenido, le dijo Chaol cuando Yrene le contó lo que le había confirmado Hafiza.

—Debe haber bastante información en esos libros —dijo Chaol, mientras comía unas semillas de granada, echándose los pequeños rubíes a la boca.

—Si datan de la época que creemos —dijo Yrene—, si muchos de esos textos vinieron de la necrópolis o de sitios similares, podría ser un verdadero tesoro. Sobre el Valg. Nuestra conexión con ellos.

—Aelin corrió con suerte en Rifthold, cuando se topó con esos libros.

La noche anterior, él le había contado sobre la asesina llamada Celaena que resultó ser la reina llamada Aelin. Le dijo toda la historia, con total honestidad. Era una historia larga y triste. La voz de Chaol se puso ronca cuando habló de Dorian. Del collar y del príncipe del Valg. De las personas que habían perdido. De su propio papel, los sacrificios que había hecho, las promesas que había roto. Todo.

Y si Yrene no lo amaba antes, lo hubiera amado entonces, al enterarse de esa verdad. Al ver al hombre en el que se estaba convirtiendo, en quién se transformaba después de todo eso.

—El rey debió haberlos pasado por alto en su búsqueda y eliminación iniciales.

—O tal vez algún dios se aseguró de que no los viera —pensó Yrene en voz alta y luego arqueó la ceja—. Supongo que no hay gatas baast en esa biblioteca.

Chaol negó con la cabeza y dejó en la mesa el cadáver saqueado de la granada.

—Aelin siempre tenía uno o dos dioses posados en su hombro. Nada me sorprendería a estas alturas.

Yrene lo consideró.

—¿Qué le sucedió al rey? Si tenía ese demonio del Valg...

El rostro de Chaol se oscureció y se recargó en el sillón que reemplazaba el anterior; no era tan cómodo como el dorado que había quedado hecho trizas.

—Aelin lo sanó.

—¿Cómo? —Yrene se enderezó.

—Lo quemó para sacarlo. Bueno, lo hicieron ella y Dorian.

—Y el hombre, el verdadero rey, ¿sobrevivió?

—No. Inicialmente, sí. Pero ni Aelin ni Dorian quisieron hablar mucho sobre lo sucedido en ese puente. Sé que sobrevivió el tiempo necesario para explicar lo que se había hecho, pero creo que duró poco tiempo. Luego Aelin destruyó el castillo. Y a él de paso.

—¿Pero el fuego le sacó al demonio del Valg de adentro?

—Sí. Y creo que también ayudó a salvar a Dorian. O al menos le consiguió suficiente libertad para poder luchar solo contra él —ladeó la cabeza—. ¿Por qué preguntas?

—Por la teoría que tenía... —dijo Yrene.

La sanadora movía la rodilla de arriba a abajo y escudriñó la habitación, las puertas. No había nadie cerca.

—Creo... —se acercó a él y le apretó la rodilla con la mano—. Creo que el Valg es como un parásito. Como una infección —él abrió la boca, pero Yrene continuó hablando—. Hafiza y yo le sacamos una lombriz a Hasar cuando yo acababa de llegar aquí. Las lombrices se alimentan de su huésped, de manera similar a los demonios del Valg. Se adueñan de sus necesidades básicas, como el hambre. Y eventualmente matan a sus huéspedes, cuando ya se terminaron los recursos.

Chaol estaba completamente inmóvil.

—Pero éstos no son gusanos sin inteligencia.

—Sí, y eso era lo que yo quería que notaras ayer. Cuánta conciencia tenía esa oscuridad. La extensión de su poder. Si había dejado una especie de parásito en tu sangre. No lo hizo, pero... Estaba el otro parásito, alimentándose de ti, dándole el control.

Él permaneció en silencio. Yrene se aclaró la garganta y acarició la muñeca de Chaol con el pulgar.

—La otra noche me di cuenta de que yo tenía uno también. Mi odio, mi rabia, mi miedo y mi dolor —se quitó un rizo de la cara—. Todos eran parásitos que se alimentaron de mí durante estos años. Me nutrían, pero a la vez se alimentaban de mí.

Y cuando entendió eso, que el sitio que más temía estaba *dentro* de ella misma, pudo obligarse a reconocer qué era, exactamente, eso que vivía dentro de *ella*...

—Cuando me di cuenta de lo que *yo* estaba haciendo, entendí lo que es el Valg en el fondo. Lo que son tus propias sombras. *Parásitos.* Y soportarlos estas semanas no era lo mismo que *enfrentarlos.* Así que lo ataqué como haría con cualquier otro parásito; lo envolví con un enjambre. Lo hice acercarse a ti, atacarte a *ti* con toda su fuerza para alejarse de *mí.* Para que *tú* pudieras enfrentarlo, derrotarlo. Para que pudieras adentrarte por donde más temías, para que pudieras decidir si, al fin, estabas listo para pelear.

Él tenía los ojos despejados, brillantes.

—Eso es una gran revelación.

—Ciertamente lo fue —pensó en lo que él le había relatado, sobre Aelin y el demonio dentro del rey muerto—. El fuego limpia. Purifica. Pero no se usa con frecuencia en las artes de la sanación. Es demasiado difícil de manejar. El agua es más adecuada para sanar. Pero también hay dones de sanación en bruto. Como el mío.

—Luz —dijo Chaol—. Parecía un enjambre de luces que se movía contra la oscuridad.

Ella asintió.

—Aelin logró liberar a Dorian y a su padre. De manera tosca y burda, y uno de ellos no sobrevivió. ¿Pero qué sucedería si una *sanadora* con mi don tratara a alguien poseído, *infectado* por el Valg? El anillo, el collar, son instrumentos de implantación. Como el agua contaminada o la comida en mal estado. Simplemente un portador de algo pequeño, la semilla de esos demonios que luego crecen en sus huéspedes. Eliminarlos es el primer paso, pero tú dijiste que el demonio puede permanecer incluso después.

Él empezó a sentir que su pecho se hinchaba con un ritmo irregular, pero asintió.

—Creo que los puedo sanar —susurró Yrene—. Creo que el Valg... creo que son parásitos. Y yo puedo *tratar* a la gente que infectan.

—Entonces todos los que han sido capturados por Erawan, los que están bajo su yugo con los anillos y los collares...

—Podríamos liberarlos, potencialmente.

Él le apretó la mano.

—Pero tienes que acercarte a ellos. Y su poder, Yrene...

—Asumo que ahí sería donde intervendrían Aelin y Dorian, para sostenerlos.

—Pero no hay manera de poner esta teoría a prueba. No sin correr un riesgo considerable —él apretó la mandíbula—. Por eso te debe estar cazando el agente de Erawan. Para borrar ese conocimiento. Para evitar que tú lo averiguaras al sanarme. Y para que no se lo comunicaras a las demás sanadoras.

—Pero, si es así... ¿Por qué hasta ahora? ¿Por qué esperar tanto?

—Tal vez Erawan ni siquiera lo había considerado. Hasta que Aelin le sacó al Valg a Dorian y al rey —se frotó el pecho—. Pero hay un anillo. Le perteneció a Athril, amigo del rey Brannon y Maeve. Le daba inmunidad a Athril contra el Valg. Se había perdido, es el único de su tipo. Aelin lo encontró. Y Maeve tenía tantos deseos de poseerlo que lo intercambió por Rowan. La leyenda dice que lo forjó la misma Mala para Athril, pero... Mala amaba a Brannon, no a Athril.

Chaol se levantó de un salto del sillón e Yrene lo vio caminar por la habitación.

—Había un tapiz. En la antigua recámara de Aelin. Un tapiz que mostraba a un ciervo y que ocultaba la entrada que llevaba a la tumba donde Brannon escondió la llave del wyrd. Fue la primera pista que llevó a Aelin por este camino.

—¿Y? —dijo ella con una exhalación.

—Y entre los animales del bosque en ese tapiz, había un búho. Era la forma de Athril. No la de Brannon. Todo estaba codificado... el tapiz, la tumba. Símbolos sobre símbolos. Pero el búho... Nunca lo pensamos. Nunca lo consideramos.

—¿Considerar qué?

Chaol se detuvo en medio de la habitación.

—Que el búho tal vez no era sólo la forma animal de Athril, sino su insignia por su lealtad a alguien más.

Y a pesar del día cálido, Yrene sintió que se le helaba la sangre cuando dijo:

—Silba.

—La diosa de la sanación —completó Chaol lentamente.

—Mala no hizo ese anillo de inmunidad —susurró Yrene.

—No, no lo hizo.

Lo había hecho Silba.

—Necesitamos ir con Hafiza —dijo Yrene con suavidad—. Aunque ella no nos permita llevarnos los libros, debemos pedirle que nos deje verlos, ver con nuestros propios ojos lo que haya sobrevivido después de todo este tiempo. Lo que los sanadores hada puedan haber aprendido en la guerra.

Él le indicó que se pusiera de pie.

—Iremos ahora mismo.

Pero en ese momento se abrieron las puertas de la habitación y Hasar entró rápidamente. Su vestido dorado y verde ondeaba detrás de ella.

—Bueno —dijo sonriendo al ver su falta de ropa, su cabello desordenado—. Al menos ustedes dos están cómodos.

Yrene sintió como si el mundo hubiera desaparecido debajo de sus pies cuando la princesa le sonrió a Chaol.

—Tenemos noticias. De tus tierras.

—Qué noticias —dijo él con dificultad.

Hasar se empezó a limpiar las uñas.

—Oh, solamente que la flota de la reina Maeve logró encontrar el grupo que Aelin Galathynius ha estado reuniendo en secreto. Que hubo una *gran* batalla.

CAPÍTULO 59

Chaol consideró estrangular a la princesa sonriente; pero logró mantener las manos quietas y la barbilla en alto a pesar de que sólo traía puestos los pantalones. Dijo:

—Qué sucedió.

Una batalla naval. Aelin contra *Maeve*. Él esperó a que cayera la espada colgante. Si ya era demasiado tarde...

Hasar levantó la vista de sus uñas.

—Al parecer, fue un gran espectáculo. Un ejército hada contra un contingente humano hecho de retazos...

—Hasar, por favor —murmuró Yrene.

La princesa suspiró hacia el techo.

—Bueno. Maeve fue derrotada.

Chaol se dejó caer al sofá. Aelin... gracias a los dioses Aelin había encontrado la manera...

—Aunque hay otros detalles interesantes.

Entonces la princesa empezó a contarles los hechos. Las cifras. Una tercera parte de la flota de Maeve, con banderas Whitethorn, se había cambiado de bando y se había unido a la flota de Terrasen. Dorian había peleado, había luchado en la línea de batalla con Rowan. Luego, de la nada, llegó volando una manada de guivernos, para pelear junto a Aelin.

Manon Picos Negros. Chaol estaría dispuesto a apostar su vida a que, de alguna manera, a través de Aelin o Dorian, esa bruja les había hecho un favor y posiblemente había alterado el curso de esta guerra.

—La magia, dicen, fue impresionante —continuó Hasar—. Hielo, viento y agua —Dorian y Rowan—. Incluso el rumor de una metamorfa —Lysandra—. Pero nada de oscuridad, o lo que use Maeve para pelear. Y nada de fuego.

Chaol recargó los antebrazos en las rodillas.

—Aunque algunos de los informes decían que se vieron flamas y sombras en la costa, a la distancia. Unos parpadeos de ambas cosas, los cuales desaparecieron rápido. Y nadie vio a Aelin ni a la Reina Oscura en la flota.

Podría ser el estilo de Aelin, llevarse la batalla entre ella y Maeve a la costa. Para minimizar las víctimas, para poder dar rienda suelta a su poder sin titubear.

—Como dije —continuó Hasar y se acomodó la falda del vestido—, salieron victoriosos. Aelin fue vista cuando regresaba con su flota horas después. Navegarán al norte, por lo visto.

Él murmuró una oración de agradecimiento a Mala; y una de agradecimiento a quien estuviera cuidando a Dorian también.

—¿Hubo muchas víctimas?

—Entre sus hombres, sí; pero ninguno de los jugadores interesantes —dijo Hasar y Chaol la odió—. Pero Maeve... llegó y desapareció, no quedó rastro de ella —frunció el ceño hacia las ventanas—. Tal vez vendrá hacia acá a lamerse las heridas.

Chaol rezó para que eso no sucediera. Pero si la flota de Maeve seguía en el Mar Angosto cuando ellos cruzaran...

—¿Pero los demás van al norte ahora, hacia dónde?

"¿Dónde puedo encontrar a mi rey, a mi hermano?"

—Yo asumo que a Terrasen, ahora que Aelin tiene su flota. Ah, y otra.

Hasar le sonrió. Estaba esperando la pregunta, la súplica.

—¿Cuál otra flota? —se obligó Chaol a preguntar.

Hasar se encogió de hombros y salió de la habitación.

—Resulta que Aelin cobró una deuda con los Asesinos Silencioso del Desierto Rojo —a Chaol le ardieron los ojos—, y con Wendlyn.

Le empezaron a temblar las manos.

—¿Cuántos barcos? —preguntó con una exhalación.

—Todos —dijo Hasar con la mano en la puerta—. Toda la armada de Wendlyn llegó comandada por el príncipe heredero Galan en persona.

Aelin... A Chaol se le encendió la sangre y miró a Yrene. Tenía los ojos muy abiertos, brillantes. Brillantes con esperanza, una esperanza ardiente y preciosa.

—Resulta —dijo Hasar pensativa, como si se le estuviera ocurriendo en ese momento— que hay bastantes personas que la tienen en buen concepto. Y que creen en lo que ella vende.

—¿Qué es eso? —preguntó Yrene.

Hasar se encogió de hombros.

—Asumo que es lo mismo que me quiso vender a mí, cuando me envió un mensaje hace semanas, solicitando mi ayuda. De una princesa a otra.

Chaol respiró tembloroso.

—¿Qué te prometió Aelin?

Hasar sonrió para sí misma.

—Un mundo mejor.

CAPÍTULO 60

Chaol se veía irritado mientras recorrían apresurados las calles angostas de Antica que estaban llenas de gente que regresaba a sus casas a dormir. Yrene sabía que su irritación no se debía a la rabia, sino a la determinación.

Aelin había reunido un ejército y si ellos podían unirse, reunir un contingente del khaganato... Yrene le podía notar la esperanza en su mirada. La concentración. Tenía una posibilidad entre muchas para esta guerra; pero eso sólo pasaría si lograban convencer a la familia real.

Un último esfuerzo, le dijo a ella cuando ingresaron a la frescura de la Torre y empezaron a subir las escaleras a toda velocidad. A él no le importaría tener que arrastrarse frente al khagan. Haría un último intento por convencerlo... Pero primero: Hafiza y los libros que podrían contener un arma mucho más valiosa que las espadas o las flechas: el conocimiento.

Sus pasos no flaquearon al subir por las interminables escaleras interiores de la Torre. A pesar de todo el peso que cargaban sobre sus hombros, Chaol le murmuró al oído:

—Con razón tus piernas son tan lindas.

Yrene le dio un manotazo y sintió que se ruborizaba.

—Sinvergüenza.

A esa hora, la mayoría de las acólitas ya iban bajando a cenar. Varias le sonrieron a Chaol cuando pasaron a su lado en las escaleras. Las más jóvenes rieron un poco. Él les sonrió amable y cálidamente a todas, lo cual les provocó más risas.

Suyo. Él era suyo, Yrene quería decirles a todas. Este hombre hermoso, valiente y desinteresado... era de ella. E iría a casa con él.

Esa idea la intimidaba un poco. Esa conciencia de que las subidas interminables por el interior de la Torre podrían estar llegando a su fin. Que tal vez no volvería a oler la lavanda o el pan recién horneado en mucho tiempo; o que no volvería a escuchar esas risas.

Chaol le rozó la mano como si quisiera decir que lo entendía. Yrene le apretó los dedos. Sí, dejaría una parte de ella en este lugar. Pero se llevaría algo al marcharse... Yrene sonreía cuando llegaron a la parte superior de la Torre.

Chaol iba jadeando. Recargó una mano en la pared del descanso. La puerta de la oficina de Hafiza estaba entreabierta y dejaba pasar los últimos rayos de la puesta de sol.

—No sé quién construyó esto, pero era un sádico.

Yrene rio y tocó a la puerta de la oficina de Hafiza. La empujó para abrirla.

—Fue Kamala. Y se dice que...

Yrene se detuvo porque la oficina de la Sanadora Mayor estaba vacía. Se adelantó a Chaol y pasó a su lado en el descanso para dirigirse al taller... que también tenía la puerta entreabierta.

—¿Hafiza?

No hubo respuesta, pero no le importó y empujó la puerta para abrirla. Vacío. El librero, afortunadamente, continuaba cerrado.

Probablemente estaría haciendo sus rondas o cenando, entonces. Aunque habían visto pasar a todas las que respondían al llamado a la cena y Hafiza no iba entre ellas.

—Espera aquí —dijo Yrene y bajó corriendo las escaleras al siguiente descanso, un nivel por arriba de su recámara.

—Eretia —dijo y entró a la pequeña habitación.

La sanadora gruñó como respuesta.

—Vi pasar un trasero agradable hace un momento.

Chaol tosió desde el piso de arriba. Yrene resopló, pero dijo:

—¿Sabes dónde está Hafiza?

—En su taller —dijo la mujer que no se molestó siquiera en voltear—. Ha estado ahí todo el día.

—¿Estás... segura?

—Sí, la vi entrar y cerrar la puerta. No ha salido.

—La puerta estaba abierta.

—Entonces seguramente salió sin que me diera cuenta.

¿Sin decir palabra? No era la naturaleza de Hafiza.

Yrene se rascó la cabeza y buscó en el descanso detrás de ella. Las pocas puertas que había. No se molestó en despedirse de Eretia y empezó a tocar las otras puertas. Una estaba vacía; la otra sanadora le dijo lo mismo: Hafiza estaba en su taller.

Chaol esperaba en la escalera y le preguntó a Yrene cuando subió otra vez:

—¿No tuviste suerte?

Yrene le daba golpecitos al piso con el pie. Tal vez estaba siendo paranoica, pero...

—Vayamos al comedor —fue lo único que dijo.

Ella alcanzó a notar el destello en la mirada de Chaol. La preocupación... y la advertencia. Bajaron dos niveles y entonces Yrene se detuvo en el descanso de su propia habitación. Su puerta estaba cerrada, pero había algo debajo de ella. Como si el pie de alguien lo hubiera empujado al pasar.

—¿Qué es eso?

Chaol sacó la espada tan rápido que ella ni siquiera lo vio moverse. Cada movimiento de su cuerpo, su espada, era un baile. Ella se agachó para sacar el objeto metido debajo de la puerta. Escuchó el metal que raspaba en la roca.

Y ahí, colgando de su cadena... La llave de hierro de Hafiza.

Chaol estudió la puerta, las escaleras, mientras Yrene se ponía el collar con dedos temblorosos.

—No la metió ahí por accidente —dijo Chaol.

Y si pensó en esconder la llave ahí...

—Sabía que algo venía por ella.

—No había señas de que forzaran la puerta ni de un ataque en el piso de arriba —dijo él.

—Podría ser que sólo se haya asustado, pero... Hafiza no hace nada sin pensar.

Chaol le puso la mano en la espalda baja y le indicó que empezaran a bajar las escaleras.

—Necesitamos avisarle a los guardias, empezar la búsqueda.

Ella iba a vomitar. Iba a vomitar por esas escaleras. Si ella era la culpable de que le ocurriera algo a Hafiza... El pánico no le ayudaba a nadie. Nada. Se obligó a respirar profundamente. Otra vez.

—Tenemos que ser rápidos. ¿Tu espalda...?

—Puedo hacerlo. Está bien.

Yrene miró su postura, su equilibrio.

—Entonces apresúrate.

Vueltas y vueltas... Bajaron volando los escalones de la Torre. Preguntaron a todas las sanadoras que veían a su paso si habían visto a Hafiza. En su taller, respondían todas.

Como si simplemente se hubiera desvanecido en la nada. En las sombras.

Chaol había visto suficiente, había soportado suficiente, como para saber confiar en su instinto. Y su instinto le decía que algo había sucedido o estaba sucediendo.

El rostro de Yrene estaba blanco por el temor. La llave de hierro rebotaba contra su pecho con cada paso que daban. Llegaron a la base de la Torre e Yrene puso a la guardia en alerta con unas cuantas palabras. Les explicó tranquilamente que la Sanadora Mayor había desaparecido. Pero era demasiado tardado organizar grupos de búsqueda. Podía pasar cualquier cosa en cuestión de minutos. Segundos.

En el pasillo lleno de gente del nivel principal de la Torre, Yrene preguntó a algunas sanadoras sobre la ubicación de Hafiza. No, no estaba en el comedor. No, no estaba en los jardines de hierbas. Acababan de estar ahí y no la habían visto.

El complejo era enorme.

—Cubriríamos más terreno si nos dividimos —jadeó Yrene y miró hacia el pasillo.

—No, tal vez estén esperando eso. Nos mantendremos juntos.

Yrene se restregó las manos sobre el rostro.

—La histeria generalizada podría hacer que la... persona actúe más rápidamente. Con más imprudencia. Mantengamos la discreción —bajó las manos—. ¿Por dónde empezamos? Podría estar en la ciudad, podría estar *m...*

—¿Cuántas salidas tiene la Torre hacia las calles?

—Sólo la puerta principal y una que está al lado para las entregas. Ambas están muy vigiladas.

Visitaron ambas entradas en cuestión de minutos. Nada. Los guardias estaban bien entrenados y tenían registro de todos los que entraban y salían. Hafiza no había pasado por ahí. Y no habían entrado ni salido carretas desde la mañana. Desde la última vez que la había visto Eretia.

—Tiene que estar en el complejo —dijo Chaol y miró hacia la Torre que ascendía al cielo, hacia el complejo de los médicos—. A menos que se te ocurra otra entrada o salida. Tal vez algo que ya se haya olvidado.

Yrene se quedó muy quieta. Sus ojos brillaban como flamas en la penumbra creciente.

—La biblioteca —exhaló y salió corriendo.

Rápida, era rápida. Él apenas podía seguirle el paso. *Correr.* Santos dioses, estaba *corriendo* y...

—Hay rumores sobre túneles en la biblioteca —jadeó Yrene y lo llevó por un pasillo conocido—. En la parte más profunda. Que dan al exterior. No se sabe adónde conducen. Se rumora que están sellados, pero...

Él sintió que el corazón le latía con fuerza.

—Eso explicaría cómo lograron ir y venir sin que nadie los viera.

Y si la anciana estaba allá abajo...

—¿Pero cómo lograron que bajara? ¿Sin que nadie la viera?

Él no quería contestar. El Valg podía convocar sombras si lo deseaba. Y esconderse en ellas. Y esas sombras se podían volver mortíferas en un instante.

Yrene se deslizó hasta detenerse frente al escritorio principal de la biblioteca. Nousha alzó la cabeza de golpe. El mármol era tan liso que Yrene tuvo que sostenerse de los bordes del escritorio para no caerse.

—¿Has visto a Hafiza? —exclamó.

Nousha los miró a ambos. Notó que él traía la espada desenvainada.

—Qué pasa.

—¿Dónde están los túneles? —exigió saber Yrene—. Los que están sellados, ¿dónde *están*?

Detrás de ella, una gata baast color gris tormenta saltó de su sitio junto a la chimenea y corrió hacia la biblioteca. Nousha miró una campana antigua del tamaño de un melón que estaba sobre su escritorio. Tenía un martillo al lado. Yrene de inmediato puso la mano sobre el martillo.

—No lo hagas. Eso les avisará que... que ya sabemos.

La piel morena de la mujer palideció.

—Vayan al nivel inferior. Avancen hasta la pared. Giren a la izquierda. Caminen hasta el muro más lejano, hasta el fondo. Donde la roca se ve áspera y sin pulir. Giren a la derecha. Los verán.

Yrene sentía cómo le subía y bajaba el pecho con la respiración agitada, pero asintió y repitió las instrucciones. Chaol las memorizó y las plantó en su mente. Nousha se puso de pie.

—¿Llamo a la guardia?

—Sí —dijo Chaol—, pero discretamente. Que nos sigan lo más rápido posible.

A Nousha le temblaban las manos cuando las alejó de su cuerpo.

—Esos túneles no han sido tocados en mucho tiempo. Estén alertas. Ni siquiera nosotras sabemos qué hay allá abajo.

Chaol dudó si debía mencionar lo útil de las advertencias crípticas antes de lanzarse a la batalla, pero simplemente entrelazó sus dedos con los de Yrene y salieron corriendo por el pasillo.

CAPÍTULO 61

Yrene contó cada escalón. No le servía, pero su cerebro iba produciendo la cifra en una cuenta interminable.

Uno, dos, tres... Cuarenta.

Trescientos.

Cuatrocientos veinticuatro.

Setecientos veintiuno.

Bajaban y bajaban, buscando en cada sombra y pasillo, cada nicho, cuarto de lectura y rincón. Nada.

Sólo acólitas trabajando en silencio, muchas ya empacando para irse a dormir. No había gatas baast. Ni una sola.

Ochocientos treinta.

Mil tres.

Llegaron al fondo de la biblioteca. Las luces eran más tenues. Más adormiladas. Las sombras eran más alertas. Yrene veía rostros en todas las sombras.

Chaol se adelantó. Su espada parecía de mercurio, mientras iban siguiendo las direcciones de Nousha.

La temperatura bajó. Las luces se fueron haciendo menos frecuentes.

Los libros empastados en cuero empezaron a ser menos y empezaron a aparecer más pergaminos viejos. Luego los pergaminos fueron sustituidos por tabletas grabadas. Los estantes de madera se convirtieron en nichos de roca. El piso de mármol dejó de estar pulido, lo mismo que las paredes.

—Aquí —jadeó Chaol y la detuvo. Levantó la espada.

El pasillo frente a ellos estaba iluminado por una sola vela. Colocada sobre el piso. Y al fondo: cuatro puertas.

Tres selladas con roca pesada, pero la cuarta... Abierta. La roca estaba hecha a un lado. Y frente a ella había otra vela que iluminaba la oscuridad al fondo. Un túnel. Más profundo que el Claustro Materno... más profundo que cualquier nivel de la Torre.

Chaol señaló la tierra removida en el pasaje frente a ellos.

—Huellas. Son dos, lado a lado.

Y sí, el polvo del piso estaba movido. Dio la vuelta hacia ella.

—Tú quédate aquí, yo...

—No —dijo ella. Él sopesó la palabra, la postura de Yrene, quien añadió—: Juntos. Haremos esto juntos.

Chaol se tomó otro momento para considerarlo y luego asintió. Con cuidado, la guio por el pasillo, mostrándole dónde pisar para evitar cualquier ruido fuerte en las rocas sueltas.

La vela parecía llamarlos junto a la puerta abierta del túnel. Un faro. Una invitación. La luz bailó en la superficie de la espada cuando él la inclinó frente a la entrada del túnel. No había nada salvo bloques de roca caídos y un pasaje oscuro e interminable.

Yrene respiró por la nariz y dejó salir el aire por la boca. Hafiza. Hafiza estaba ahí dentro. Herida o peor, y...

Chaol la tomó de la mano y la condujo hacia la oscuridad.

Avanzaron lentamente durante varios minutos. Hasta que la luz de la única vela se desvaneció a sus espaldas, pero apareció otra luz. Brillaba débilmente, a lo lejos. Como si estuviera tras una esquina distante. Como si alguien los estuviera esperando.

Chaol sabía que era una trampa. Sabía que la Sanadora Mayor no era el objetivo, sino la carnada. Pero si llegaban demasiado tarde... No permitiría que eso sucediera.

Avanzaron lentamente hacia la segunda vela. La luz era el equivalente al tañido de una campana que anuncia la cena. Pero él siguió avanzando de todas maneras. Yrene venía a su lado. La vela empezó a brillar con más fuerza. Pero no era una vela. Era una luz dorada del pasaje frente a ellos, la cual hacía que la pared de roca detrás brillara con tonalidades doradas.

Yrene intentó apresurarse, pero él mantuvo el paso lento. Silencioso como la muerte. Aunque no dudaba que quien estuviera allá ya sabía que iban en camino.

Llegaron a la esquina del túnel y él estudió la luz en el muro más lejano intentando descifrar si había sombras o movimiento. Sólo luz.

Se asomó por la esquina. Yrene también. Ella se quedó sin aliento. Él había visto cosas impresionantes en el último año, pero esto...

Era una cámara, tan enorme como toda la sala del trono en el palacio de Rifthold, tal vez más grande. El techo se sostenía sobre pilares grabados que se perdían en la oscuridad y unas escaleras bajaban del túnel hacia el piso principal. Entendió entonces por qué la luz era dorada en las paredes: porque brillaba iluminado por las antorchas que ardían a su alrededor... *Oro*.

La riqueza de un imperio antiguo llenaba la cámara. Baúles, estatuas y figuras de oro puro. Armaduras. Espadas. Y, distribuidos por todo el espacio había sarcófagos, los cuales no eran de oro, sino de roca impenetrable.

Una tumba... un tesoro. Y al fondo, elevándose sobre una gran plataforma...

Yrene dejó escapar un sonido al ver a la Sanadora Mayor amordazada y atada en el trono dorado. Había una mujer parada junto a ella con un cuchillo sobre su vientre redondo, lo que hizo que Chaol se quedara helado.

Duva. La que ahora era la hija menor del khagan.

Les sonrió cuando se acercaban y su expresión no era humana.

Era Valg.

CAPÍTULO 62

—Bueno —dijo la cosa dentro de la princesa—, les tomó bastante tiempo.

Las palabras hicieron eco en la cámara enorme, rebotaron en las rocas y en el oro. Chaol miró cada sombra, cada objeto que pasaban. Todas las posibles armas. Todas las posibles rutas de escape.

Hafiza no se movió mientras se acercaban caminando por la amplia avenida entre el interminable oro brillante y los sarcófagos. Una necrópolis. Tal vez una enorme ciudad subterránea que se extendía desde el desierto hasta acá.

Cuando fueron a Aksara, Duva no los acompañó. Alegó que era por su embarazo...

El siseo de Yrene le comunicó que ella se había dado cuenta de lo mismo. Duva estaba embarazada y el Valg la controlaba. Chaol consideró las probabilidades. Una princesa infestada por el Valg, armada con un cuchillo y probablemente magia oscura, la Sanadora Mayor atada al trono... E Yrene.

—Me doy cuenta de lo que estás pensando, lord Westfall, así que te ahorraré la molestia y te daré tus opciones —dijo Duva, mientras trazaba líneas suaves y ociosas con el cuchillo sobre su vientre lleno, sin apenas mover la tela de su vestido—. Verás, tienes que elegir. Yo, la Sanadora Mayor o Yrene Towers.

La princesa sonrió y volvió a susurrar:

—Yrene.

Y esa voz... Yrene se estremeció a su lado. Era la voz de aquella noche. No obstante, la sanadora levantó la barbilla cuando se detuvieron en la base de la plataforma, frente a sus escalones, y le dijo a la princesa, con la misma firmeza que una reina:

—¿Qué quieres?

Duva ladeó la cabeza. Sus ojos eran completamente negros. El ébano del Valg.

—¿No quieres saber *cómo*?

—Estoy seguro de que nos lo dirás de todas maneras —dijo Chaol.

Duva entrecerró los ojos, molesta, pero rio un poco.

—Estos túneles corren directamente entre el palacio y la Torre. Esas hadas inmortales e insufribles enterraron aquí a sus reyes. Renegados de la línea noble de Mora —movió un brazo para abarcar toda la habitación—. Estoy segura de que el khagan se alegraría mucho de enterarse cuánto oro hay bajo sus pies. Otra carta que podré utilizar cuando llegue el momento.

Yrene no dejaba de mirar a Hafiza, quien los veía con ojos tranquilos. Era una mujer lista para enfrentar su fin y que ahora sólo quería asegurarse de que Yrene no pensara que sentía temor.

—Estaba esperando que averiguaran que era yo —dijo Duva—. Cuando destruí todos esos invaluables libros y pergaminos pensé que se iban a dar cuenta porque yo fui la única que no asistió a la fiesta. Pero entonces me di cuenta: ¿cómo *podrían* sospechar de mí? —se puso la mano en el abdomen redondeado—. Por eso la elegí a ella para empezar. La hermosa y gentil Duva. Demasiado amable para competir jamás por el trono —la sonrisa de una serpiente—. ¿Saben que Hasar intentó quedarse primero con el anillo? Lo vio en el baúl de bodas que envió *Perrington* y lo quiso. Pero Duva lo tomó antes que ella.

Levantó el dedo y dejó a la vista la banda ancha de plata. No tenía ni un destello de roca del wyrd.

—Está debajo —susurró—. Es un pequeño truquito para ocultarla. Y en el momento que pronunció sus votos a ese príncipe humano, dulce y enamorado, este anillo llegó a su mano —sonrió Duva—. Y nadie se dio cuenta —enseñó sus dientes blancos—. Excepto por la astuta hermanita —chasqueó la lengua—. Tumelun sospechaba que algo andaba mal. Me atrapó investigando en sitios olvidados. Así que yo también la atrapé —rio Duva—. O mejor dicho, no la atrapé, sino todo lo contrario. Porque la empujé desde el balcón.

Yrene ahogó un grito.

—Era una princesa salvaje e impetuosa —continuó diciendo Duva lentamente—. Propensa a unos cambios de *humor*. No podía permitirme que fuera con sus amados padres a quejarse de mí, ¿o sí?

—*Perra* maldita —dijo Yrene.

—Así me llamó ella —respondió Duva—. Me dijo que yo no parecía estar *bien* —se acarició el vientre y luego se llevó el dedo a la sien—. La hubieran escuchado gritar. Duva... cómo *gritó* Duva cuando empujé a esa engreída desde el balcón. Eso la silenció muy pronto, ¿no creen? —nuevamente acercó el cuchillo a su vientre y lo deslizó sobre la seda.

—¿Por qué estás *aquí*? —exhaló Yrene—. ¿Qué *quieres*?

—A ti.

El corazón de Chaol se detuvo un instante al escuchar esa palabra. Duva se paró más erguida.

—El Rey Oscuro escuchó rumores. Rumores de una sanadora con los dones de Silba que había entrado a estudiar a la Torre. Y eso lo hizo sentir muy, muy cauteloso.

—¿Porque puedo arrasar con todos ustedes como los parásitos que son?

Chaol miró a Yrene en advertencia, pero Duva apartó la daga de su vientre y estudió la cuchilla.

—¿Por qué creen que Maeve tiene acaparadas a todas sus sanadoras y nunca les permite salir de sus fronteras patrulladas? Sabía que volveríamos. Quería estar lista... para protegerse. Sus favoritas, las sanadoras de Doranelle. Su ejército secreto —Duva tarareó y señaló la necrópolis con la daga—. Qué ingeniosas fueron esas hadas que se escaparon de sus garras después de la última guerra. Huyeron hasta acá, las sanadoras que sabían que su reina las mantendría encerradas como animales. Y luego introdujeron la magia entre esta gente, en estas tierras. Promovieron que los poderes correctos aparecieran, para asegurarse de que esta tierra siempre permaneciera fuerte, defendida. Y luego desaparecieron y se llevaron sus tesoros y sus historias bajo la tierra. Se aseguraron de ser olvidadas debajo, mientras su pequeño *jardín* crecía arriba.

—¿Por qué? —fue lo único que dijo Chaol.

—Para darle a aquéllos que Maeve no consideraba importantes una posibilidad de sobrevivir si Erawan regresaba —Duva chasqueó la lengua—. Tan nobles, esas hadas renegadas. Y así creció la Torre y su Oscura Majestad en verdad se levantó de nuevo, y luego cayó y luego durmió. E incluso él olvidó lo que alguien con los dones adecuados podría hacer. Pero entonces volvió a despertar. Y recordó a las sanadoras. Así que nos hizo asegurarnos de eliminar a todas las que tenían esos dones en las tierras del norte —una sonrisa a Yrene, odiosa y fría—. Pero parece ser que una pequeña sanadora se escapó del carnicero y llegó hasta esta ciudad donde la protegía un imperio.

Yrene tenía la respiración entrecortada. Él vio la culpa y el temor echar raíz; pues ella pensaba que al venir aquí, les había traído esto a todos. A Tumelun, a Duva, a la Torre, al khaganato.

Sin embargo, Yrene no se dio cuenta de algo que Chaol vio por ella. Lo vio con el peso de un continente, un mundo, sobre sus hombros. Vio lo que aterraba a Erawan, tanto como para enviar a uno de sus agentes. Porque Yrene, llena de poder y enfrentando a ese engreído demonio del Valg... tenía esperanza.

La esperanza estaba parada a su lado, oculta y protegida durante los últimos años en esta ciudad; y antes de llegar, los dioses personalmente ayudaron a enviarla al otro lado del mundo, para ocultarla de las fuerzas que se aprestaban a destruirla.

Una brizna de esperanza.

El arma más peligrosa de todas en contra de Erawan, en contra de la oscuridad antigua del Valg. Por lo que él había venido hasta aquí para llevarla de regreso a su patria, con su gente. Lo que había venido aquí a *proteger*. Más valiosa que cualquier soldado o cualquier arma. Su única oportunidad de salvación.

La esperanza.

—¿Por qué no matarme, entonces? —exigió saber Yrene—. ¿Por qué no simplemente matarme?

Chaol no se había atrevido a formular ni a pensar esa pregunta. Duva descansó la daga de nuevo en su abdomen.

—Porque le eres mucho más útil a Erawan viva, Yrene Towers.

Yrene temblaba. En los huesos, temblaba.

—Yo no soy nadie —exhaló.

Ese cuchillo, ese cuchillo sobre el vientre. Y Hafiza permanecía quieta y observante, muy tranquila, junto a Duva.

—¿Tú crees? —preguntó la princesa con voz cantarina—. Dos años es un ritmo *anormalmente* rápido para llegar tan alto en la Torre. ¿No es así Sanadora?

Yrene quiso vomitar cuando el demonio dentro de Duva vio a Hafiza. Hafiza la miró a los ojos sin amedrentarse. Duva rio en voz baja.

—Ella lo sabía. Lo sabía y me lo dijo cuando la saqué a escondidas de su habitación hace rato. Sabía que venía por ti. La heredera de Silba.

Yrene se llevó la mano al relicario. A la nota que llevaba dentro.

"El mundo necesita más sanadoras."

¿Había sido la misma Silba quien había llegado esa noche a Innish, la que la había enviado hacia acá, con un mensaje que entendería después?

El mundo necesitaba más sanadoras... para luchar contra Erawan.

—Por eso me envió Erawan —dijo Duva con voz lenta—. Para ser su espía. Para ver si una sanadora con esos dones, *los* dones, podría surgir de la Torre. Y para evitar que averiguaras demasiado —se encogió ligeramente de hombros—. Por supuesto, matar a la princesa engreída y a la otra sanadora fueron... errores, pero estoy segura de que su Oscura Majestad me perdonará cuando te lleve conmigo de regreso.

Un rugido le llenó la cabeza a Yrene. Era tan fuerte que ella apenas podía escucharse a sí misma cuando soltó con brusquedad:

—Si me pretendes llevar con él, ¿por qué matar a la sanadora que confundiste conmigo? ¿Y por qué no matar a todas las sanadoras de la ciudad y ahorrarse el problema?

Duva resopló y agitó la daga.

—Porque *eso* haría que surgieran demasiadas preguntas. *¿Por qué* estaba matando Erawan a las sanadoras? Ciertos jugadores claves podrían empezar a preguntarse eso. Así que la Torre debía dejarse en paz, en la ignorancia. Viviendo aquí, separadas del norte, sin salir de estas costas. Hasta que llegara el momento para que mi señor lidiara con *este* imperio —hizo una sonrisa que le heló la sangre a Yrene—. Y en cuanto a la sanadora... No tuvo nada que ver con su parecido a ti. Estaba en el lugar equivocado en el momento equivocado. Bueno, fue el lugar correcto para *mí*, porque yo tenía mucha hambre y no podía alimentarme y pasar desapercibida. De eso modo, también podía provocarte miedo, hacer que te dieras cuenta del peligro y dejaras de trabajar en ese tonto de Adarlan, hacer que dejaras de meterte demasiado en los asuntos de la antigüedad. Pero no hiciste caso, ¿verdad?

Las manos de Yrene se curvaron hasta formar garras. Duva continuó:

—Qué pena, Yrene Towers. Qué pena. Porque cada día que tú trabajaste en él, cada día que lo sanaste, sólo iba quedando más y más claro que tú, en verdad, eras la indicada. La que mi Rey Oscuro desea. Y cuando los espías de palacio de Duva le informaron que tú lo habías sanado por completo, cuando empezó a caminar otra vez y demostraste sin lugar a dudas que me habían mandado a encontrarte... —se rio de Hafiza e Yrene sintió ganas de arrancarle la expresión de la cara—. Sabía que un ataque directo sería complicado. Pero atraerte acá abajo... Fue demasiado fácil. Estoy algo decepcionada. Así que... —declaró y le dio una vuelta al cuchillo que traía en la mano— vendrás conmigo, Yrene Towers. A Morath.

Chaol dio un paso frente a Yrene.

—Estás olvidando una cosa.

Duva arqueó su ceja depilada.

—¿Ah sí?

—Que aún no ganas.

"Vete" quería decirle Yrene. "Vete."

Porque alrededor de los dedos de Duva, alrededor de la empuñadura de su daga, empezaba a acumularse un poder oscuro.

—Lo divertido, lord Westfall —dijo Duva mirándolos hacia abajo desde la plataforma— es que pienses que puedes comprar tiempo hasta que lleguen los guardias. Pero para entonces, tú estarás muerto y nadie se *atreverá* a cuestionar mi palabra cuando les diga que intentaste matarnos aquí abajo para llevarte este oro de regreso a tu pobre reinito, después de haber desperdiciado el tuyo en el pedido de esas armas al visir de mi padre. Digo, podrías comprar mil ejércitos con esto.

Yrene siseó.

—Todavía tienes que vencernos a *nosotros*.

—Supongo —dijo Duva y sacó algo de su bolsillo. Otro anillo, hecho de roca tan oscura que se tragaba la luz. Sin duda enviado directamente de Morath—. Pero cuando te pongas esto... harás lo que yo te diga.

—¿Y por qué haría yo eso, *jamás...* ?

Duva recargó el cuchillo en la garganta de Hafiza.
—Por esto.

Yrene miró a Chaol, pero él estaba calculando el tamaño de la habitación, las escaleras y la ubicación de las salidas. Veía el poder oscuro que se retorcía alrededor de los dedos de Duva.

—Entonces... —dijo Duva y dio un paso para bajarse de la plataforma—. Empecemos.

Logró bajar otro escalón antes de que sucediera. Chaol no se movió; pero Hafiza, sí. Lanzó su cuerpo, con todo y silla, todo el peso de ese trono dorado por las escaleras. Justo encima de Duva.

Yrene gritó, corrió hacia ellas y Chaol se puso en movimiento. Hafiza y el bebé, el bebé y Hafiza.

La anciana y la princesa cayeron por esas escaleras empinadas. Se oía el crujido de la madera que se rompía. Madera, no metal. El trono estaba pintado de dorado y se iba rompiendo mientras rodaban. Duva gritaba y Hafiza guardaba silencio, a pesar de que la mordaza se le había aflojado... Chocaron contra el piso de piedra con un crujido que Yrene sintió en el corazón.

Chaol llegó ahí instantáneamente, pero no se dirigió a Duva, tirada en el suelo, sino a Hafiza, que estaba inmóvil y desfallecida. La levantó. De su cuerpo colgaban astillas y cuerdas, tenía la boca abierta... Abrió los ojos, una rendija...

Yrene sollozó, tomó a Hafiza del otro brazo y le ayudó a Chaol a quitarla del camino. La llevó cerca de donde había una estatua de soldado hada enorme. Justo en ese momento, Duva se levantó recargada en los codos, con el cabello suelto alrededor de la cara y dijo furiosa:

—Infeliz montón de *mierda*...

Chaol se enderezó y situó la espada frente a ellos, mientras Yrene buscaba su magia para sanar ese cuerpo antiguo y frágil. La anciana logró levantar el brazo para tomar a Yrene de la muñeca. "Vete", parecía decir.

Duva se puso de pie. Tenía astillas largas clavadas en el cuello y le brotaba sangre de la boca. Sangre negra.

Chaol miró a Yrene por encima del hombro. Parecía pedirle que corriera y que se llevara a Hafiza. Yrene abrió la boca para decir que *no*, pero él ya veía de nuevo al frente, hacia la princesa que avanzó un paso.

Tenía el vestido desgarrado y se le podía ver el vientre firme y redondeado debajo. Una caída como esa con un bebé...

Un bebé.

Yrene tomó a Hafiza bajo los hombros y empezó a arrastrarla por el piso.

Chaol no la mataría. A Duva.

Yrene sollozaba con los dientes apretados, mientras arrastraba a Hafiza más y más atrás por la avenida de oro, bajo la mirada insensible de las estatuas. Chaol ni siquiera lastimaría a Duva, no mientras tuviera ese bebé en el vientre. Yrene sintió que el pecho se le desmoronaba con las vibraciones de poder que llenaban esa habitación. Él no se defendería. Sólo le conseguiría algo de tiempo a Yrene para que sacara a Hafiza y huyera.

Duva ronroneó:

—Esto probablemente duela mucho.

Yrene se dio la vuelta justo cuando las sombras brotaron de la princesa, dirigidas justo hacia Chaol. Él giró a un lado y las sombras pasaron de largo y golpearon la estatua que usó para esconderse.

—Qué dramatismo —dijo Duva.

Yrene se apresuró y llevó arrastrando a Hafiza hasta esas escaleras distantes. Lo dejaría... lo dejaría atrás. Pero entonces algo le llamó la atención y... Una estatua cayó en el camino de la princesa. Duva la hizo a un lado con su poder. El oro empezó a llover en la habitación, los trozos caían sobre los sarcófagos y el tronido que provocaban hacía eco en todo el recinto.

—Harás esto aburrido —dijo Duva, chasqueando la lengua y lanzó un puñado de oscuridad hacia el sitio donde había estado él. Yrene se tropezó cuando la habitación tembló, pero logró mantenerse en pie.

Otro golpe.

Otro.

Duva siseó, le dio la vuelta al sarcófago donde creía que se escondía Chaol. Lanzó su poder a ciegas.

Chaol apareció con un escudo en la mano, pero no era un escudo, sino un espejo antiguo. El poder rebotó en el metal, rompió el vidrio y regresó hacia la princesa.

Yrene vio la sangre primero. En ambos. Luego vio el temor en la cara de Chaol cuando Duva salió disparada hacia atrás y chocó con el sarcófago de piedra con tanta fuerza que le tronaron los huesos. Duva cayó al piso y no se movió.

Yrene esperó un momento. Dos.

Dejó a Hafiza en el piso y corrió. Corrió hacia Chaol y lo encontró jadeando y boquiabierto, viendo el cuerpo de la mujer en el piso.

—¿Qué hice? —dijo y no podía quitarle los ojos de encima a la princesa demasiado quieta. A Chaol la sangre le escurría por la cara debido a las astillas del espejo, pero nada importante, nada letal.

Duva, sin embargo...

Yrene pasó a su lado, junto a su espada y se dirigió a la princesa en el suelo. Si ella estaba inconsciente, podría tal vez sacar al demonio del Valg y podría potencialmente arreglar su cuerpo...

Volteó a ver a Duva y vio que la princesa le estaba sonriendo. Sucedió tan rápido. Demasiado rápido.

Duva se abalanzó hacia su cara y su garganta, con lazos negros de poder saliendo de las palmas de sus manos. Y luego Yrene ya no estaba ahí, sino sobre las rocas, porque Chaol la había empujado al abalanzarse entre ella y la princesa.

Sin escudo, sin arma.

Sólo su espalda, completamente expuesta, cuando empujó a Yrene para quitarla del camino y recibió de lleno el ataque del Valg.

CAPÍTULO 63

La agonía rugió por su columna, por sus piernas. En los brazos. Hasta las puntas de los dedos. Peor que el dolor que había sentido en el castillo de cristal. Peor que en esas sesiones de sanación.

Pero lo único que pudo ver, lo único que había visto, era a Yrene y ese poder que apuntaba hacia su corazón...

Chaol cayó al piso y el grito de Yrene atravesó el dolor.

Levántate levántate levántate

—Es una pena que todo ese trabajo tan arduo terminara desperdiciado —dijo Duva y apuntó hacia la espalda de Chaol—. Tu pobre, pobre espalda.

Ese poder oscuro chocó de nuevo contra su espalda. Algo tronó. Otra vez. Otra vez.

Lo primero que desapareció fue la sensibilidad en sus piernas.

—*Detente* —sollozó Yrene, de rodillas—. ¡Detente!

—Corre —le dijo él y plantó las palmas de las manos en las rocas para forzar sus brazos a empujar, para levantarse.

Duva metió la mano a su bolsillo y sacó el anillo negro.

—Tú sabes cómo se detiene esto.

—*No* —gruñó él y su espalda aulló cuando él intentó e intentó pararse sobre sus piernas.

Yrene se alejó un paso. Otro. Sus ojos iban de uno a la otra.

No de nuevo. Él no podría soportar ver esto, soportar *vivir* esto otra vez. Pero entonces él vio lo que Yrene tenía en la mano derecha. Hacia lo que había estado avanzando.

Su espada.

Duva rio y pasó por encima de sus piernas extendidas e inmóviles, y se acercó a Yrene. Yrene se puso de pie y levantó la espada entre ellas.

La espada temblaba y a Yrene se le sacudían los hombros por los sollozos.

—¿Qué piensas que puedes hacer —dijo Duva— contra esto?

Unos látigos de poder oscuro se desenrollaron de las palmas de la princesa.

—*No* —gruñó él, le gritó a su cuerpo, a las heridas que avanzaban, a la agonía que lo arrastraba con ella hasta el fondo. Duva levantó los brazos para atacar...

Yrene lanzó la espada. Un lanzamiento recto, sin habilidad y salvaje. Pero Duva la esquivó. Yrene corrió.

Rápida como cierva, se dio la vuelta y corrió, internándose en el laberinto de cadáveres y tesoros. Y como sabueso tras un rastro, Duva gruñó y salió a perseguirla.

No tenía plan. No tenía nada.

Ninguna opción. Nada de nada.

La columna de Chaol... Perdido. Todo ese trabajo... destrozado.

Yrene corrió entre los montones de oro, buscando, buscando...

Las sombras de Duva estallaban a su alrededor. Las astillas de oro salían volando por el aire. Agregaban oro a cada respiración de Yrene.

Pasó junto a un baúl lleno de tesoros y tomó una espada corta e hizo sonar la cuchilla por el aire. Si podía atraparla, si pudiera mantener a Duva controlada suficiente tiempo...

Un latigazo de poder rompió el sarcófago de roca frente a ella. Salieron volando trozos de piedra. Yrene escuchó el golpe antes de sentir el impacto. Entonces la cabeza le gritó de dolor y sintió que el mundo se ladeaba.

Intentó mantenerse de pie con cada latido de su corazón, con todas las técnicas de concentración que había

SARAH J. MAAS

aprendido a dominar. Yrene no permitió que los pies le fallaran. Siguió caminando para conseguir un poco más de tiempo. Le dio la vuelta a una estatua y...

Duva estaba frente a ella.

Yrene chocó contra ella. La espada corta estaba tan cerca del vientre de la princesa, de esa matriz...

Ella abrió las manos y dejó caer el arma. Duva permaneció firme y tomó a Yrene por el cuello y por la cintura. La detuvo. La princesa siseó y la arrastró de regreso a esa avenida.

—A este cuerpo no le gusta correr tanto.

Yrene se sacudió, pero Duva la sostenía con firmeza. Demasiado fuerte, para alguien de su tamaño, era demasiado fuerte.

—Quiero que veas esto. Quiero que lo vean los dos —se burló Duva en su oreja.

Chaol se había arrastrado hasta la mitad del camino. Se arrastraba e iba dejando un rastro de sangre; las piernas no le respondían. Iba a ayudarla.

La sangre le escurría de la boca, pero se quedó inmóvil cuando vio a Duva aparecer en el camino con Yrene sostenida contra su cuerpo.

—¿Te obligaré a que me veas matarlo o lo obligaré a él a ver cómo te pongo el anillo?

Y a pesar de ese brazo enterrado en la garganta, Yrene gruñó:

—*No lo toques.*

Con sangre en los dientes apretados, Chaol se esforzó con los brazos para intentar pararse, pero no lo logró.

—Es una pena que no tenga dos anillos —le dijo Duva a Chaol—. Estoy segura de que tus amigos pagarían bien por ti —un gruñido—. Pero supongo que tu muerte será igualmente devastadora.

Duva soltó el brazo con el que sostenía la cintura de Yrene para señalarlo...

Yrene se movió. Le dio un pisotón a la princesa. Justo en el empeine. Y cuando la princesa se agachó, Yrene le

702

azotó la palma de la mano en el codo y se liberó del brazo que tenía en la garganta.

Entonces Yrene pudo girar y le clavó el codo a Duva directamente en la cara. Duva cayó como piedra con la sangre brotándole.

Yrene se lanzó por la daga que traía Chaol. La cuchilla silbó cuando la sacó de su funda. Se lanzó sobre la princesa aturdida y se montó sobre ella.

Apuntó la cuchilla alto, para clavarla en el cuello de la mujer, para cortarle la cabeza. Poco a poco.

—No —dijo Chaol, la palabra llena de sangre.

Duva lo había destruido... había destruido *todo*.

Por la sangre que le salía por la boca, la que subía por su garganta... Yrene lloró y colocó la daga sobre el cuello de la princesa.

Él estaba muriendo. Duva le había desgarrado algo en su interior. Duva empezó a mover las cejas, a fruncir el ceño y a despertar.

Ahora. Tenía que hacerlo ahora. Enterrar esa daga. Terminar todo. Terminarlo y tal vez podría salvarlo. Detener ese sangrado interno letal. Pero su columna, su *columna*...

Una vida. Había hecho un juramento de nunca tomar una vida. Y con la mujer que estaba frente a ella, con una segunda vida en el vientre...

Bajó la daga. Lo haría. Lo *haría* y...

—Yrene —dijo Chaol con una exhalación y la palabra estaba tan llena de dolor, tan silenciosa.

Era demasiado tarde. Su magia podía sentirla. Su muerte. Ella nunca le había contado de ese don terrible... que las sanadoras *sabían* cuando la muerte estaba cerca. Silba, la dama de las muertes tranquilas.

La muerte que le daría a Duva y a su bebé no sería ese tipo de muerte. La muerte de Chaol no sería ese tipo de muerte.

Pero ella...

Pero ella...

La princesa se veía tan joven. Empezaba a moverse. Y la vida que tenía en el vientre... La vida que ella tenía delante... Yrene dejó caer el cuchillo al suelo. Éste chocó contra el piso y su sonido hizo eco en oro, roca y hueso.

Chaol cerró los ojos y ella juraría que lo había hecho con alivio.

Una mano suave le tocó el hombro. Ella conocía esa mano. Era Hafiza. Pero cuando Yrene se dio la vuelta, cuando volteó y empezó a sollozar...

Había otras dos personas detrás de la Sanadora Mayor que la sostenían de pie. Le permitieron a Hafiza inclinarse sobre Duva y soplar en la cara de la princesa para que se perdiera en un sueño tranquilo.

Eran Nesryn, con el cabello despeinado, las mejillas rosadas y maltratadas... Y Sartaq, con el cabello mucho más corto. El rostro del príncipe estaba tenso y tenía los ojos muy abiertos al ver a su hermana inconsciente y ensangrentada. Y Nesryn dijo:

—Llegamos demasiado tarde.

Yrene se abalanzó por las rocas hacia Chaol. Se raspó las rodillas contra la roca, pero casi no lo sintió, no sentía tampoco la sangre que le escurría por la sien cuando puso la cabeza de Chaol en su regazo y cerró los ojos, reuniendo todo su poder.

El blanco se encendió, pero había rojo y negro por todas partes. Era demasiado. Demasiadas partes rotas, desgarradas y destrozadas.

El pecho de Chaol apenas se movía. No abrió los ojos.

—*Despierta* —le ordenó con la voz quebrada. Se lanzó hacia su poder, pero el daño... Era como intentar arreglar agujeros en un barco que se hunde.

Era demasiado. Era demasiado y... Gritos y pasos a todo su alrededor.

La vida empezó a escapársele a Chaol y a convertirse en niebla alrededor de su magia. La muerte circulaba, un águila con el ojo en ellos.

—*Lucha* —sollozó Yrene y lo sacudió—. Necio infeliz, *lucha*.

Cuál era el sentido, cuál era el sentido de todo si ahora, cuando importaba...

—Por favor —susurró.

El pecho de Chaol se elevó, una nota alta antes de la última caída... No podía soportarlo. No lo soportaría...

Una luz parpadeó dentro de esa masa agitada de rojo y negro.

Una vela se encendió. Un florecimiento blanco.

Luego otro.

Otro.

Luces que florecían en ese interior destrozado. Y donde brillaban... la carne se entretejía y el hueso soldaba.

Luz tras luz tras luz.

El pecho de Chaol siguió subiendo y bajando. Subiendo y bajando.

Pero en el dolor, la oscuridad y la luz...

La voz de una mujer que era al mismo tiempo conocida y desconocida. Una voz que era de Hafiza y... otra. Alguien que no era humano, que nunca lo había sido. Hablando a través de Hafiza, sus voces mezcladas en la negrura.

—El daño es demasiado. Si se va a reparar tendrá un costo.

Todas esas luces parecieron titubear ante la voz del otro mundo. Yrene avanzó entre las luces, como si se moviera en un campo de flores blancas. Las luces subían y bajaban, y se mecían en ese sitio silencioso del dolor.

No eran luces... eran sanadoras. Ella conocía sus luces, sus esencias. Eretia... Eretia era la más cercana a ella.

La voz que era tanto de Hafiza como de Otra, quien dijo de nuevo:

—Debe haber un costo.

Porque después de lo que la princesa le había hecho... No era posible regresar de ahí.

—Yo lo pagaré —dijo Yrene hacia el dolor, la oscuridad y la luz.

—¿Una hija de Fenharrow pagará la deuda de un hijo de Adarlan?

—Sí.

Podría jurar que una mano gentil y cálida le rozó la cara. Yrene supo que no era de Hafiza ni de la Otra. No le pertenecía a ninguna sanadora viva, sino a una que nunca la había abandonado, ni siquiera cuando se convirtió en cenizas en el viento.

—¿Ofreces esto por tu propia voluntad? —dijo la Otra.

—Sí, con todo mi corazón.

Le había pertenecido a Chaol desde el principio de todas maneras. Esas manos amorosas y fantasmas le acariciaron la mejilla otra vez y luego desaparecieron.

—Elegí bien —dijo la Otra—. Tú pagarás la deuda, Yrene Towers. Y yo espero que lo veas por lo que verdaderamente es.

Yrene intentó hablar. Pero la luz brilló, suave y tranquilizadora.

La cegó, dentro y fuera. La dejó encogida sobre la cabeza de Chaol, con los dedos aferrados a su camisa. Sintiendo cómo latía su corazón fuerte bajo sus palmas. El movimiento de su aliento contra su oreja.

Había manos sobre sus hombros. Eran de dos sanadoras, que la apretaron; era un comando silencioso para que levantara la cabeza. Yrene la levantó. Hafiza estaba detrás de ella, Eretia a su lado. Cada una con una mano en su hombro.

Detrás de cada una de ellas había otras dos sanadoras, con las manos en sus hombros. Y detrás de ellas, otras dos. Y más. Y más.

Una cadena viva de poder. Todas las sanadoras de la Torre, jóvenes y viejas, se pararon en esa habitación de oro y hueso. Todas conectadas. Todas canalizando hacia Yrene, hacia el control que todavía tenía sobre Chaol.

Nesryn y Sartaq estaban a poco menos de un metro de distancia. La primera tenía la mano sobre la boca, porque Chaol...

Las sanadoras de la Torre bajaron las manos, rompieron ese puente de contacto cuando se movieron los pies de Chaol... Luego sus rodillas. Y después abrió los ojos y miró a Yrene. Las lágrimas le caían en la cara cubierta de sangre seca. Él levantó la mano para tocarle los labios.

—¿Muerto?

—Vivo —exhaló ella y se acercó a su cara—. Muy vivo.

Chaol sonrió contra su boca, suspirando profundamente y dijo:

—Bien.

Yrene levantó la cabeza y él volvió a sonreírle. La sangre cuarteada se le cayó de la cara con el movimiento. Y en el lugar donde había tenido una cicatriz en la mejilla... sólo quedaba piel sin marcas.

CAPÍTULO 64

A Chaol le dolía el cuerpo, pero era el dolor de lo nuevo. De músculos adoloridos, pero no rotos.

Y el aire en sus pulmones... respirar no le quemaba. Yrene lo ayudó a sentarse. La cabeza le daba vueltas.

Parpadeó y vio que Nesryn y Sartaq estaban frente a ellos y que las sanadoras empezaban a alejarse con rostros sombríos. El príncipe ya no tenía la trenza larga y tenía el cabello suelto y a la altura de los hombros. Nesryn... traía puesta ropa de cuero para montar ruks y sus ojos oscuros brillaban más que nunca, a pesar de la seriedad de su expresión.

—¿Qué...? —dijo Chaol con voz ronca.

—Enviaste una nota para que regresáramos —le dijo Nesryn que estaba pálida como la muerte—. Volamos lo más rápido que pudimos. Nos informaron que habías venido a la Torre esta noche. Los guardias venían detrás de nosotros, pero avanzamos más rápido. Nos perdimos un poco acá abajo, pero luego... las gatas nos guiaron.

Nesryn miró con expresión confundida por encima de su hombro, donde media docena de gatas con ojos color berilo estaban sentadas en los escalones del túnel, lavándose. Cuando se percataron de la atención de los humanos, salieron disparadas con las colas en alto.

—También pensamos que —agregó Sartaq, con una leve sonrisa— tal vez necesitarían sanadoras y les pedimos a varias que nos acompañaran. Pero aparentemente muchas más quisieron venir.

Considerando el número de mujeres que iban saliendo detrás de las gatas desaparecidas... Todas. Todas habían venido.

Detrás de Chaol y de Yrene, Eretia atendía a Hafiza. Viva, con los ojos despejados, pero... frágil. Eretia le chasqueaba la lengua a la anciana, mientras la atendía, llamándole la atención por sus actos de heroísmo. Pero al tiempo que lo hacía, los ojos se le llenaban de lágrimas. Tal vez más cuando Hafiza le pasó el pulgar por la mejilla.

—¿Ella está... ? —empezó a decir Sartaq y movió la barbilla hacia Duva que seguía extendida en el piso.

—Está inconsciente —dijo Hafiza con voz rasposa—. Dormirá hasta que la despierten.

—¿A pesar del anillo del Valg que trae puesto? —preguntó Nesryn, cuando Sartaq intentó acercarse a su hermana para levantarla del piso de roca. Ella le impidió el paso con un brazo y el príncipe la miró incrédulo. Ambos tenían laceraciones y costras, notó Chaol. Y el príncipe se movía... cojeaba. Algo había sucedido...

—A pesar del anillo, permanecerá dormida —dijo Hafiza.

Yrene sólo miraba a la princesa, la daga en el piso junto a ella. Sartaq la vio también. Y le dijo en voz baja a Yrene:

—Gracias, por perdonarle la vida.

Yrene presionó su cara contra el pecho de Chaol. Él le acarició el cabello con la mano y notó que lo tenía mojado.

—Estás sangrando...

—Estoy bien —dijo ella hacia su camisa.

Chaol retrocedió un poco y buscó en su cara. La sien ensangrentada.

—Esto no está bien para nada —dijo y volteó de inmediato hacia Eretia—. Está herida...

Eretia puso los ojos en blanco.

—Me alegra saber que nada de esto cambió tu personalidad habitual.

Chaol miró a la mujer con un gesto inexpresivo. Hafiza miró por encima del hombro de Eretia y le preguntó sarcásticamente a Yrene:

—¿Estás segura de que valió la pena el costo por este hombre mandón?

Antes de que Yrene pudiera responder, Chaol exigió saber:

—¿Cuál costo?

Una quietud las invadió e incluso Yrene volteó a ver a Hafiza cuando la mujer se separó de las atenciones de Eretia. La Sanadora Mayor dijo en voz baja:

—El daño era demasiado. A pesar de todas nosotras... la muerte te tenía de la mano.

Él volteó a ver a Yrene y un temor se le enroscó en el estómago.

—Qué hiciste —preguntó.

Ella no lo miró a los ojos.

—Probablemente hizo un mal intercambio —dijo Eretia molesta—. Ofreció pagar el precio sin que le aclararan cuál era. Para salvarte el cuello. Todas la escuchamos.

Eretia estaba acercándose a perder la movilidad en el cuello también, pero Chaol dijo lo más tranquilamente que pudo:

—¿Pagar el precio a *quién*?

—No es un pago —lo corrigió Hafiza y le puso la mano a Eretia en el hombro para silenciarla—, sino una restauración del equilibrio para quien prefiere que éste permanezca intacto. Esa fuerza habló a través de mí cuando todas nos reunimos en ti.

—Cuál fue el costo —dijo Chaol con voz ronca.

Si ella había renunciado a algo, él encontraría la manera de recuperarlo. No le importaba lo que tuviera que pagar, él...

—Para mantener tu vida atada a este mundo, teníamos que atarla a otra. A la de ella. Dos vidas —aclaró Hafiza— que ahora comparten un hilo. Pero incluso con eso... —hizo un ademán hacia sus piernas, el pie que movió para apoyarse en el piso—. El demonio rompió muchas, muchas partes en ti. Demasiadas. Y para salvar la mayor parte de ti, también hubo un costo.

Yrene se quedó inmóvil.

—¿Qué quieres decir?

Hafiza volvió a mirarlos.

—Su columna quedó con un daño que afecta la parte inferior de las piernas, la cual ni siquiera nosotras pudimos reparar.

Chaol miró entre la Sanadora Mayor y sus piernas que en ese momento se movían. Él incluso apoyó peso en ellas. Lo sostenían.

—Con el vínculo vital entre ustedes —Hafiza continuó—, el poder de Yrene que fluye en ti... eso actuará como arnés. Estabilizará el área y te dará la habilidad de usar las piernas cuando la magia de Yrene esté en su nivel máximo —él se preparó para escuchar el *pero*. Hafiza sonrió con seriedad—. Sin embargo, cuando el poder de Yrene se debilite, cuando esté cansada o agotada, tu lesión volverá a asumir el control y tu capacidad de caminar volverá a estar limitada. Tendrás que usar un bastón, como mínimo... En los días difíciles, tal vez muchos días, la silla. Pero la lesión en tu columna permanecerá.

Las palabras se asentaron en él. Flotaron y se asentaron. Yrene estaba completamente callada. Tan quieta que él la volteó a ver.

—¿No puedo volver a sanarlo? —se inclinó hacia él como si quisiera hacer justo eso.

Hafiza negó con la cabeza.

—Es parte del equilibrio, del costo. No tientes a la compasión de la fuerza que te concedió esto.

Chaol le tocó la mano a Yrene.

—No es una carga, Yrene —dijo con suavidad—. Tener esto no es una carga para nada.

El rostro de Yrene estaba lleno de agonía.

—Pero yo...

SARAH J. MAAS

—Usar la silla no es un castigo. No es una prisión —dijo él—. Nunca lo fue. Y soy tan hombre en esa silla o con ese bastón, como soy cuando estoy parado sobre mis pies.

Le enjugó la lágrima que escurría por su mejilla.

—Quería sanarte —dijo ella.

—Lo hiciste —respondió él sonriendo—. Yrene, de todas las maneras realmente importantes... lo hiciste.

Chaol le enjugó las otras lágrimas que cayeron y le besó ligeramente la mejilla caliente.

—Hay otra parte de este vínculo de vida, de esta negociación —agregó Hafiza con suavidad. Voltearon a verla—. Cuando llegue el momento, ya sea que la muerte sea amable o cruel... se los llevará a ambos.

Los ojos dorados de Yrene seguían bordeados de plata, pero no había temor en su cara, no había más pesar... nada.

—Juntos —dijo Chaol en voz baja y entrelazaron las manos.

La fuerza de ella sería la de él. Y cuando Yrene se fuera, él se iría. Pero si él se iba antes que ella...

El temor se asentó en su estómago.

—El verdadero precio de todo esto —dijo Hafiza percibiendo el pánico—, no es el temor por tu propia vida, sino lo que perder tu vida le hará al otro.

—Sugiero que no vayas a la guerra —gruñó Eretia.

Pero Yrene sacudió la cabeza y enderezó los hombros para decir:

—Iremos a la guerra —señaló a Duva y vio a Sartaq. Como si no acabara de ofrecer su *vida* para salvar la de él—. *Eso* es lo que Erawan hará. A todos. Si no vamos.

—Lo sé —dijo Sartaq en voz baja. El príncipe volteó a ver a Nesryn y ella le sostuvo la mirada... Chaol lo vio. El brillo entre ambos. Un vínculo, nuevo y tembloroso. Pero ahí estaba, junto con las cortadas y lesiones que ambos tenían—. Lo sé —repitió Sartaq y le rozó a Nesryn los dedos.

Las miradas de Nesryn y Chaol se cruzaron, entonces. Ella le sonrió con suavidad y miró hacia donde estaba Yrene preguntándole a Hafiza si él podía ponerse de pie. Él nunca había visto a Nesryn tan... serena. Tan silenciosamente feliz.

Chaol tragó saliva. "Lo lamento", dijo en silencio.

Nesryn negó con la cabeza. Sartaq estaba levantando a su hermana en brazos con un gruñido. El príncipe equilibró su peso en la pierna buena. "Creo que me fue bien."

Chaol sonrió. "Entonces estoy contento por ti."

Los ojos de Nesryn se abrieron como platos cuando Chaol al fin se puso de pie y levantó también a Yrene. Sus movimientos eran tan fluidos como cualquier maniobra que podría haber hecho sin el arnés invisible de la magia de Yrene que circulaba entre ambos.

Nesryn se enjuagó las lágrimas cuando Chaol cerró la distancia que los separaba y la abrazó con fuerza.

—Gracias —le dijo a Nesryn al oído.

Ella lo abrazó de regreso.

—Gracias a *ti*, por traerme acá. A todo esto —Al príncipe, que ahora veía a Nesryn con una emoción silenciosa y ardiente. Ella agregó—: Tenemos muchas cosas que contarles.

Chaol asintió.

—Y nosotros a ustedes.

Se separaron y entonces Yrene se acercó también para abrazar a Nesryn.

—¿Qué vamos a hacer con todo este oro? —exigió saber Eretia que llevaba a Hafiza por el camino bordeado de guardias hacia la salida de la tumba—. Son cosas de tan mal gusto —espetó y le frunció el ceño a una estatua gigante de un guerrero hada.

Chaol rio e Yrene también, mientras le pasaba el brazo por la cintura y salían detrás de las sanadoras.

Vivo, le había dicho Yrene. Cuando iban saliendo de la oscuridad, Chaol al fin sintió que era verdad.

Sartaq llevó a Duva con el khagan. Llamó a sus hermanos y a su hermana. Porque Yrene insistió en que debían estar ahí. Chaol y Hafiza también insistieron en que estuvieran ahí.

El khagan, con el primer asomo de emoción que Yrene le había visto, se abalanzó sobre el cuerpo inconsciente y ensangrentado de Duva, cuando Sartaq entró cojeando al salón donde estaban esperando. Los visires se amontonaban para ver. Hasar ahogó un grito que, a juicio de Yrene, fue de dolor verdadero.

Sartaq no le permitió a su padre que la tocara. No dejó que nadie, salvo Nesryn, se acercara cuando recostó a Duva en un sillón. Yrene se mantuvo unos pasos atrás, en silencio y observando, con Chaol a su lado.

El vínculo entre ellos... Casi lo podía sentir. Como una banda viviente de luz fresca y sedosa que fluía de ella hacia él. Y a él verdaderamente no parecía importarle que un tramo de su columna, sus nervios, tuviera daño permanente mientras estuvieran juntos.

Sí, ahora podría mover las piernas con movimientos limitados incluso cuando la magia de Yrene estuviera agotada. Pero pararse... ya no sería una posibilidad durante esos momentos. Ella supuso que pronto aprenderían cómo y cuándo el nivel de su poder se relacionaría con la necesidad de que él usara el bastón, la silla o ninguno de los dos.

Pero Chaol tenía razón. Ya fuera que estuviera de pie, o que cojeara, o que estuviera sentado... eso no lo cambiaba a él. No cambiaba quién era. Ella se había enamorado de él mucho antes de que él se parara. Lo amaría sin importar cómo se moviera por el mundo.

—¿Qué pasará si peleamos? —le preguntó Yrene, de camino hacia allá—. ¿Qué sucederá entonces?

Chaol le besó la sien.

—Ya peleamos todo el tiempo. No será nada nuevo —dijo y luego agregó—: ¿Crees que quiero estar con alguien que no me desafíe con regularidad? —ella frunció el ceño, pero él continuó—: Y este vínculo entre nosotros, Yrene... no cambia nada. Ni contigo ni conmigo. Tú necesitarás tu espacio, yo el mío. Así que si crees por un momento que vas a poder usar excusas patéticas para nunca separarte de mi lado...

Ella le dio un codazo en las costillas.

—¡Como si quisiera estar junto a ti todo el día como niña enamorada!

Chaol rio y la abrazó con más fuerza. Pero Yrene le dio unas palmadas en el brazo y dijo:

—Creo que puedes cuidar de ti mismo perfectamente bien.

Él le besó la frente de nuevo. Y eso fue todo.

Ahora, Yrene le rozó los dedos y Chaol le tomó la mano. Sartaq se aclaró la garganta y levantó la mano inerte de Duva. Para mostrar la argolla de matrimonio que traía.

—Nuestra hermana fue esclavizada por un demonio que envió Perrington en este anillo.

Murmullos y movimiento. Arghun espetó:

—Tonterías.

—Perrington no es un hombre. Es Erawan —declaró Sartaq sin hacer caso a su hermano mayor e Yrene se dio cuenta de que Nesryn le debía haber contado todo—. El rey del Valg.

Sin soltarle la mano a Yrene, Chaol agregó dirigiéndose a todos:

—Erawan envió este anillo como regalo de bodas porque sabía que Duva se lo pondría. Sabía que un demonio la atraparía. El día de su boda.

Dejaron el otro anillo en la Torre, guardado bajo llave en uno de los baúles antiguos y se desharían de él más tarde.

—El bebé —exigió saber el khagan con la mirada en el vientre maltratado, en los rasguños que tenía en el cuello, donde Hafiza le había quitado las peores astillas.

—Son mentiras —dijo Arghun furibundo—. De gente desesperada y maquinadora.

—No son mentiras —interrumpió Hafiza con la cabeza en alto—. Y tenemos testigos que te lo confirmarán. Guardias, sanadoras y tu propio hermano, príncipe, si no nos crees a nosotros.

Desafiar la palabra de la Sanadora Mayor... Arghun cerró la boca.

Kashin se adelantó hacia el frente de la multitud. Hasar lo vio molesta cuando se abrió paso a su lado.

—Eso explica... —miró a su hermana dormida—. No ha sido la misma.

—Era la misma —dijo molesto Arghun.

Kashin miró fijamente a su hermano mayor.

—Si alguna vez te hubieras dignado a pasar tiempo con ella, hubieras reconocido la diferencia —negó con la cabeza—. Yo pensaba que estaba taciturna por el matrimonio arreglado y luego por el embarazo —el dolor le invadió los ojos cuando enfrentó a Chaol—. Ella lo hizo, ¿verdad? Ella mató a Tumelun.

Una onda de sorpresa recorrió toda la habitación y todos los ojos se fijaron en él. Pero Chaol volteó a ver al khagan, que tenía el rostro pálido y devastado de una manera que Yrene nunca había visto y no podía imaginar. Perder una hija, soportar esto...

—Sí —dijo Chaol e inclinó la cabeza hacia el khagan—. El demonio lo confesó, pero no fue Duva. El demonio dio a entender que Duva se resistió en todo momento, que se rebeló contra la muerte de su hija, Gran Khagan.

El khagan cerró los ojos por un momento.

Kashin levantó las palmas hacia Yrene en el silencio denso.

—¿Puedes curarla? ¿Ella sigue ahí dentro de alguna manera?

Era una súplica desesperada. No de un príncipe a una sanadora, sino de un amigo a otra. Como habían sido alguna vez, como ella esperaba que volvieran a ser.

Entonces, el grupo centró la atención en Yrene. Ella no permitió que la inseguridad le encorvara la espalda ni un ápice y respondió:

—Lo intentaré.

—Hay cosas que debe saber, Gran Khagan. Sobre Erawan —agregó Chaol—. La amenaza que representa. Lo que usted y estas tierras pueden ofrecer para luchar en su contra. Y lo que pueden ganar en el proceso.

—¿Crees que éste es el momento de hacer este tipo de intrigas? —soltó Arghun.

—No —respondió Chaol con claridad y sin titubeos—. Pero considera que Morath ya llegó a estas costas. Ya mató y lastimó a tus seres queridos. Y si no nos alzamos para enfrentar esta amenaza... —le apretó los dedos a Yrene—. La princesa Duva será sólo la primera. Y la princesa Tumelun no será la última víctima de Erawan y el Valg.

Nesryn dio un paso al frente.

—Nosotros traemos noticias graves del sur, Gran Khagan. Las *kharankui* están movilizándose de nuevo, han sido llamadas por su... amo oscuro.

Muchos se inquietaron por el término que ella utilizó y algunos voltearon a verse con miradas confusas. Nesryn explicó:

—Son criaturas de la oscuridad del reino del Valg. La guerra ya entró a estas tierras.

Murmullos en el silencio y movimiento de telas. Pero el khagan no apartó la vista de su hija inconsciente.

—Sálvenla —dijo, dirigiendo esas palabras a Yrene.

Hafiza le asintió sutilmente a Yrene y le indicó que diera un paso al frente. El mensaje fue claro: una prueba.

La última. No entre Yrene y la Sanadora Mayor, sino algo mucho más grande.

Tal vez era lo que realmente había atraído a Yrene a estas costas. Lo que la había guiado a través de dos imperios, por montañas y mares. Una infección. Un parásito. Yrene los había enfrentado antes.

Pero este demonio dentro de la princesa... Yrene se acercó a la princesa dormida.

Y empezó.

CAPÍTULO 65

A Yrene no le temblaron las manos cuando las sostuvo frente a ella.

La luz blanca brillaba alrededor de sus dedos, los encapsulaba y los protegía cuando tomó la mano de la princesa durmiente. Era tan delgada... una mano tan delicada comparada con los horrores que había cometido con ella.

La magia de Yrene ondeaba y se doblaba, mientras ella intentaba coger el anillo de bodas. Como si fuera una especie de calamita, deformando el mundo a su alrededor.

Chaol le puso la mano en la espalda en apoyo silencioso.

Ella se preparó, inhaló rápidamente y sus dedos se envolvieron alrededor del anillo.

Era peor. Mucho peor que lo que había dentro de Chaol.

Lo de él era solamente una sombra, esto era un estanque negro como tinta. Corrupción. Lo opuesto a todo lo de este mundo. Yrene jadeó entre dientes, su magia se encendió más alrededor de su mano, la luz era una barrera, un guante entre ella y ese anillo, y *tiró de él*.

El anillo salió fácilmente. Y Duva empezó a gritar.

Su cuerpo empezó a arquearse en el sillón. Sartaq y Kashin se abalanzaron hacia sus piernas y hombros, respectivamente. Con los dientes apretados, los príncipes sostuvieron a su hermana que se azotaba contra ellos, gritando sin pronunciar palabras, mientras el hechizo de Hafiza la mantenía inconsciente.

—*La estás lastimando* —exclamó el khagan.

Yrene no se molestó en mirarlo y se concentró en Duva. El cuerpo de la princesa se azotaba hacia arriba y hacia abajo, una y otra vez.

—*Silencio*—le siseó Hasar a su padre—. Déjala trabajar. Que alguien traiga un herrero para que abra ese maldito anillo.

El mundo exterior se desvaneció en una niebla borrosa de imágenes y sonidos. Yrene estaba muy consciente de un joven, el esposo de Duva, que corrió hacia ellos. Se cubrió la boca para ahogar su grito. Nesryn lo estaba deteniendo.

Chaol continuaba arrodillado junto a Yrene. Entonces, le quitó la mano de la espalda con una caricia final y tranquilizadora, y ella se quedó viendo fijamente a Duva que se retorcía.

—Se va a *lastimar*—dijo Arghun furioso—. Detengan esto...

Era un verdadero parásito; una sombra viviente en la princesa, la cual le llenaba la sangre, plantado en su mente. Ella podía sentir al demonio del Valg en su interior, que aullaba furioso y gritaba.

Yrene levantó las manos. La luz blanca le llenó la piel. Se *convirtió* en esa luz, contenida en los bordes ahora tenues de su cuerpo. Alguien ahogó un grito cuando Yrene acercó sus manos brillantes y cegadoras hacia el pecho de la princesa, como si la guiara un tirón invisible. El demonio empezó a sentir pánico al percibir que Yrene se acercaba.

Ella logró escuchar claramente cuando Sartaq dijo una palabrota. Escuchó el crujido de la madera cuando Duva pateó el brazo del sillón. Sólo existía el Valg que se sacudía, que luchaba por conservar el poder. Sólo las manos incandescentes de Yrene que buscaban a la princesa.

Yrene le puso las manos brillantes a Duva en el pecho. La luz brilló con fuerza, como un sol. La gente gritó. Pero así como apareció, la luz se desvaneció, regresó al interior de Yrene, en el lugar donde ella sostenía sus manos sobre el pecho de Duva. La luz entró a la princesa, junto con Yrene.

Dentro había una tormenta oscura. Fría, violenta y antigua. Yrene sintió que algo estaba ahí. Estaba *en todas partes*. Un verdadero gusano.

—*Todos van a morir* —empezó a sisear el demonio.

Yrene liberó su poder. Un torrente de luz blanca inundó cada vena, hueso y nervio.

No era un río, sino como una banda de luz hecha de todos los incontables fragmentos de su poder, tantos que formaban una legión. Todos en busca de cada rincón oscuro y putrefacto, cada ranura de malicia que gritaba.

A lo lejos, en otra parte, llegó el herrero. Un martillo chocó con el metal. Hasar gruñó y Chaol repitió el sonido, justo en la oreja de Yrene. Ella estaba semiconsciente, pero vio la roca negra y brillante contenida dentro del metal cuando lo pasaron con cuidado entre todos en el pañuelo de un visir.

El demonio del Valg rugió cuando la magia de Yrene lo sofocó, lo ahogó. Yrene jadeaba contra su ataque que la empujaba de regreso. La empujaba a ella.

La mano de Chaol empezó a frotarle la espalda nuevamente en líneas tranquilizadoras. Otra parte del mundo desapareció.

—*No te tengo miedo* —le dijo Yrene a la oscuridad—. *Y no tienes adónde ir.*

Duva seguía azotándose, intentando liberarse de las manos de Yrene. Yrene presionó con más fuerza en su pecho.

El tiempo se hizo más lento y se dobló. Ella estaba ligeramente consciente del dolor en sus rodillas, su espalda contraída. Ligeramente consciente de Sartaq y Kashin, quienes se negaban a cederle sus posiciones a alguien más.

Yrene siguió haciendo que su magia fluyera hacia Duva. La llenó con esa luz devoradora.

El demonio gritó todo el tiempo; pero poco a poco, fue ahuyentándolo, alejándolo hacia las profundidades. Hasta que lo vio, enroscado en el centro de ella. Ésa era su

SARAH J. MAAS

verdadera forma... Era tan horrenda como ella se la había imaginado.

Tenía humo girando a su alrededor, enroscado sobre él, y se alcanzaban a ver fragmentos de extremidades largas y garras, piel grisácea casi sin pelo y ojos anormalmente grandes y furiosos cuando ella lo veía.

Cuando verdaderamente lo *vio*.

Le siseó y ella pudo ver sus dientes puntiagudos y afilados, como de pez. "Tu mundo va a caer. Como han caído otros. Como todos caerán."

El demonio enterró las garras profundamente en la oscuridad. Duva gritó.

—Patético —le dijo Yrene.

Tal vez había dicho la palabra en voz alta porque se hizo un silencio. A la distancia, el vínculo empezaba a alejarse, a adelgazarse. La mano en su espalda se desvaneció.

—Completamente patético —repitió Yrene y su magia se reunió detrás de ella en una ola poderosa a punto de reventar— que un príncipe ataque a una mujer indefensa.

El demonio se apresuró para evadir la ola, rascando la oscuridad como si pudiera hacer un túnel *a través* de Duva.

Yrene siguió avanzando. Dejó que su ola reventara. Y cuando su poder chocó contra ese último remanente del demonio, el ser se rio.

"No soy un príncipe, niña. Soy una princesa. Y mis hermanas pronto te van a encontrar."

La luz de Yrene hizo erupción, rasgando y rompiendo, devorando hasta el último rastro de oscuridad... Yrene regresó de golpe a su cuerpo y se colapsó en el piso. Chaol gritó su nombre. Pero Hasar estaba a su lado, ayudándola a enderezarse. Yrene se lanzó hacia Duva con las manos encendidas...

Sin embargo, Duva tosió, se ahogó un poco y trató de recostarse de lado.

—Voltéenla —dijo Yrene, con voz ronca hacia los príncipes, quienes obedecieron justo en el momento que Duva empezó a tener una arcada y luego vomitó al lado del sillón. Salpicó las rodillas de Yrene. Apestaba como el infierno más profundo. Pero ella miró lo que había vomitado. Comida, principalmente comida y unas manchas de sangre.

Duva tuvo otra arcada, un sonido profundo y ahogado. Lo único que salió de su boca fue humo negro. Tuvo una arcada tras otra. Hasta que un último listón de humo se escurrió hacia el piso color esmeralda. Y cuando las sombras terminaron de salir de los labios de Duva... Yrene lo sintió. Aunque su magia se esforzaba y se retorcía, pudo sentir lo último de ese demonio del Valg que se desvanecía en la nada, como un poco de rocío evaporado por el sol.

Su cuerpo se puso frío y empezó a dolerle. Estaba vacía. Su magia drenada hasta el fondo. Parpadeó hacia el muro de personas que rodeaban el sillón.

Los hijos del khagan estaban al lado de su padre, con las manos en las espadas y los rostros sombríos. Se veían letales, con rabia; pero no contra Yrene ni contra Duva, sino contra el hombre que había enviado eso a su casa. A su familia.

El rostro de Duva se relajó al exhalar y el color regresó a sus mejillas. El esposo de Duva intentó acercarse nuevamente, pero Yrene alzó una mano para detenerlo. Pesada... sentía la mano tan pesada. Pero miró al joven aterrado a los ojos. No tenía la vista en el rostro de su esposa, sino en su vientre. Yrene le asintió como diciéndole: "Lo revisaré".

Luego le puso las manos en ese vientre redondeado y alto. Envió su magia a investigar, a danzar a su alrededor, a la vida que había dentro. Algo nuevo y dichoso le respondió con fuerza. Su patada despertó a Duva con un "¡Uf!" y sus párpados empezaron a moverse. Duva los miró a todos y parpadeó. Parpadeó al ver a Yrene, la mano que todavía tenía sobre su vientre.

—¿Está...? —preguntó con voz entrecortada y rasposa.

Yrene sonrió. Jadeaba un poco, pero podía sentir el alivio que ocupaba todo su pecho.

—Sano y humano.

Duva no dejaba de mirar a Yrene, hasta que las lágrimas le llenaron los ojos oscuros y empezaron a fluir. Su esposo se sentó en una silla y se cubrió el rostro, los hombros le temblaban. Hubo un momento de mucho movimiento y luego llegó el khagan. El hombre más poderoso del mundo cayó de rodillas frente a ese sillón y extendió la mano hacia su hija. La abrazó contra su cuerpo.

—¿Es verdad, Duva? —exigió saber Arghun desde el extremo del sillón.

Yrene controló su deseo de gritarle que le diera espacio a la mujer para entender todo lo que había sucedido y lo que había soportado. Sartaq no fue tan reservado. Le gruñó a su hermano mayor:

—*Cállate la boca*.

Pero antes de que Arghun pudiera sisearle algo de regreso, Duva levantó la cabeza del khagan. Las lágrimas le corrían por las mejillas, mientras veía a Sartaq y a Arghun. Luego a Hasar. Luego a Kashin. Y por último a su esposo que levantó la cabeza de sus manos. Las sombras seguían manchando su rostro hermoso, pero eran sombras humanas.

—Es verdad —susurró Duva y su voz se quebró cuando vio a sus hermanos—. Todo.

Y al comprender todo lo que esa confesión implicaba, el khagan la acercó a su cuerpo nuevamente y empezó a acunarla mientras ella lloraba. Hasar se quedó al pie del sillón, mientras sus hermanos se acercaban a abrazar a Duva. Tenía algo parecido a la añoranza en el rostro.

Hasar notó que Yrene la miraba y movió la boca para decirle: "Gracias". Yrene inclinó la cabeza y se dirigió al lugar donde Chaol la esperaba. No estaba a su lado, sino sentado en su silla junto a una columna cercana. Seguramente le había pedido a algún sirviente que se la trajera de la habitación cuando el lazo que los unía empezó a debilitarse mientras ella luchaba dentro de Duva.

Chaol avanzó hacia ella, escudriñando sus facciones; pero su propio rostro no guardaba nada de dolor ni frustración. Sólo admiración, admiración y adoración tales que le robaron el aliento a Yrene. Ella se sentó en las piernas de Chaol y él la envolvió con los brazos y le besó la mejilla.

Una puerta se azotó al abrirse del otro lado de la sala; unos pies rápidos y el sonido de faldas llenaron el aire... y sollozos. La gran emperatriz lloraba cuando se lanzó hacia su hija.

Logró llegar a treinta centímetros de distancia antes de que Kashin interviniera y tomara a su madre de la cintura. El vestido blanco quedó meciéndose por la fuerza con que él detuvo su carrera. Habló en halha, demasiado rápido para que Yrene pudiera entender. Su piel se veía ceniza en contraste con el negro absoluto de su cabello largo y lacio. No pareció notar la presencia de nadie más, salvo de la hija frente a ella, mientras Kashin le murmuraba una explicación y le acariciaba la espalda delgada haciendo líneas suaves.

La gran emperatriz cayó de rodillas y acunó a Duva en sus brazos. Un dolor antiguo se agitó en Yrene al ver a esa madre e hija, la imagen de ambas llorando con dolor y alegría. Chaol le apretó el hombro como señal de que comprendía e Yrene se bajó de sus piernas para salir de ahí.

—Lo que sea —le dijo el khagan a Yrene por encima del hombro. Seguía arrodillado junto a Duva y su esposa cuando Hasar al fin se acercó para abrazar a su hermana. La emperatriz abrazó a ambas princesas y les besó las mejillas, la frente y el cabello mientras se abrazaban con fuerza—. Lo que sea que desees —insistió el khagan—. Pídelo y será tuyo.

Yrene no titubeó. Las palabras le brotaron de los labios.

—Un favor, Gran Khagan. Le pediría un favor.

El palacio estaba muy agitado, pero Chaol e Yrene de todas maneras lograron estar a solas con Nesryn y Sartaq, de todos los lugares, en su habitación.

El príncipe y Nesryn empezaron a caminar con ellos cuando iban de regreso a su habitación. Chaol iba moviendo su silla cerca de Yrene. Ella iba tambaleándose, pero era demasiado necia como para mencionarlo. Incluso quiso revisarlo a él con sus ojos atentos de sanadora. Le preguntó sobre su espalda, sus piernas. Como si él fuera el que hubiera drenado su poder hasta el fondo.

Chaol lo sintió, el cambio en su cuerpo, cuando las grandes oleadas de poder fluyeron hacia Duva. La tensión creciente en ciertas partes de su espalda y piernas. Sólo entonces se apartó de Yrene durante la sanación. Sus pasos fueron irregulares, pero llegó a recargarse contra el brazo de madera de un sillón cercano y le pidió discretamente al sirviente más cercano que le llevara su silla. Para cuando regresó, ya la necesitaba. Sus piernas todavía conservaban algo de movimiento, pero no podía pararse.

Pero eso no lo frustraba, no lo avergonzaba. Si esa sería la reacción natural de su cuerpo por el resto de su vida... no era un castigo, para nada. Seguía pensando eso al llegar a la habitación; meditando cómo podrían diseñar un horario para que él participara en la batalla con su sanación. Porque pelearía. Y si su poder estaba drenado, de todas maneras pelearía. A caballo o desde la misma silla.

Y cuando Yrene necesitara sanar, cuando la magia de sus venas la llamara a los campos de batalla y su vínculo se adelgazara... entonces se las arreglaría con el bastón o con la silla. No le rehuiría a eso.

Si sobrevivía a la batalla, a la guerra. Si *sobrevivían*.

Él e Yrene encontraron su lugar en el sillón que era un mal reemplazo del dorado; el cual honestamente él estaba considerando llevarse de regreso a Adarlan, con las partes rotas y todo. Nesryn y el príncipe se sentaron, con cuidado, en sillas separadas. Chaol intentó no parecer demasiado consciente de eso ni divertido.

—¿Cómo supieron que estábamos en tantos problemas? —preguntó Yrene al fin—. Antes de que llegaran con los guardias, quiero decir.

Sartaq parpadeó y salió de sus pensamientos. Una comisura de su boca se elevó.

—Kadja —dijo él con un movimiento de la barbilla hacia la doncella que estaba colocando el servicio del té frente a ellos—. Ella vio a Duva irse... bajar a los túneles. Ella es mi... empleada.

Chaol miró a la doncella que no dio ninguna señal de haber escuchado.

—Gracias —dijo con voz ronca.

Pero Yrene fue un paso más allá y le tomó la mano a la mujer para apretarla.

—Tenemos una deuda de vida contigo —dijo—. ¿Cómo podemos pagártela?

Kadja sólo negó con la cabeza y retrocedió de la habitación. Durante un momento, se quedaron mirando el sitio donde había desaparecido.

—Arghun sin duda está considerando castigarla por eso —dijo Sartaq—. Por un lado, salvó a Duva. Por el otro... no le dijo nada a él.

Nesryn frunció el ceño.

—Necesitamos encontrar una manera de protegerla, entonces. Si él es así de malagradecido.

—Oh, lo es —dijo Sartaq y Chaol intentó no parpadear al notar el trato familiar entre ellos, el uso del *necesitamos*—. Pero lo voy a pensar.

Chaol se abstuvo de comentar que, si le decían a Shen, Kadja tendría un fiel protector por el resto de su vida.

—¿Ahora qué? —preguntó Yrene.

Nesryn se pasó la mano por el cabello oscuro. Estaba distinta. Sí, tenía algo completamente distinto. Ella miró a Sartaq, no para buscar su permiso, sino... como si estuviera confirmando que él estuviera ahí. Luego dijo las palabras que hicieron que Chaol agradeciera estar sentado.

—Maeve es una reina del Valg.

Entonces todo salió. Todo lo que ella y Sartaq habían averiguado esas últimas semanas: las arañas estigias, que en realidad eran soldados del Valg; el metamorfo que podría ser el tío de Lysandra; y una reina del Valg que se había hecho pasar por hada durante miles de años, escondida de los reyes demonios que había atraído a ese mundo en su intento por escapar de ellos.

—Eso también explica por qué las sanadoras hada podrían haber huido —murmuró Yrene cuando Nesryn dejó de hablar—. Por qué el complejo de los sanadores de Maeve está en la frontera con el mundo mortal. Tal vez no para que tengan acceso a los humanos que necesitan atención... sino como una patrulla fronteriza contra el Valg si es que en algún momento intentan avanzar sobre su territorio.

Qué cerca habían estado los demonios del Valg, sin que se dieran cuenta, justo cuando Aelin peleó con esos príncipes en Wendlyn.

—Eso también explica por qué Aelin dijo que había un búho al lado de Maeve cuando se conocieron por primera vez —dijo Nesryn e hizo un gesto hacia Yrene que tenía el ceño fruncido.

—El búho debe ser la forma hada de una sanadora —dijo entonces Yrene—. De alguna de sus sanadoras que se mantiene cerca, como guardaespaldas. Ha hecho pensar a todos que es una especie de mascota...

Chaol sintió que la cabeza le daba vueltas. Sartaq lo volteó a ver como diciendo que entendía bien la sensación.

—¿Qué sucedió antes de que llegáramos? —preguntó Nesryn—. Cuando los encontramos...

La mano de Yrene se apretó sobre la de Chaol. Y fue su turno de contarles lo que habían averiguado, lo que habían soportado; pues, independientemente, de los planes de Maeve... Debían enfrentar todavía a Erawan.

Hasta que Yrene murmuró:

—Cuando estaba sanando a Duva, el demonio... —se restregó el pecho.

Chaol nunca había visto algo tan sorprendente como esa sanación: el brillo cegador de sus manos, la expresión casi sagrada en su rostro. Como si ella fuera la misma Silba.

—El demonio —continuó Yrene— me dijo que no era un príncipe del Valg... sino una princesa.

Silencio. Hasta que Nesryn dijo:

—La araña. Dijo que los reyes del Valg tenían hijos e hijas. Príncipes y princesas.

Chaol maldijo. No, sus piernas no volverían a funcionar pronto, con o sin el pozo de poder de Yrene que se rellenaba lentamente.

—Vamos a necesitar una Portadora de Fuego, por lo visto —dijo Chaol. Y otra también para traducir los libros que Hafiza dijo que donaría gustosa para la causa.

Nesryn se mordió el labio.

—Aelin ahora va hacia el norte, a Terrasen. Va con una armada. Con las brujas también.

—O sólo las Trece —comentó Chaol—. Los informes no fueron muy específicos. Tal vez ni siquiera sea el aquelarre de Manon Picos Negros.

—Lo es —dijo Nesryn—. Apostaría lo que fuera —dirigió su atención a Sartaq, quien asintió para darle la autorización en silencio. Nesryn recargó los antebrazos en las rodillas—. No regresamos solos al volar a toda velocidad de vuelta.

Chaol los miró a los dos.

—¿Cuántos?

El rostro de Sartaq se puso tenso.

—Los rukhin son tan vitales en el interior que sólo pude arriesgarme a traer la mitad —Chaol esperó—. Así que traje mil.

Él se alegró de estar sentado. Mil jinetes de ruk... Chaol se rascó la mandíbula.

—Si podemos unirnos al ejército de Aelin, junto con las Trece y cualquier otra bruja Dientes de Hierro que Manon Picos Negros pueda convencer de unirse a nosotros...

—Tendremos una legión aérea para combatir la de Morath —terminó de decir Nesryn con los ojos brillantes. Con esperanza, sí, pero también con algo de temor. Como si tal vez se diera cuenta de los combates que resultarían. Las vidas que estaban en juego. Pero volteó a ver a Yrene—. Y si tú puedes sanar a los que estén infectados por el Valg...

—Necesitaremos encontrar una manera de mantener quietos a los huéspedes —dijo Sartaq—. El tiempo necesario para que Yrene y otras sanadoras los puedan atender.

Sí, también tenían que tomar eso en cuenta. Yrene interrumpió:

—Bueno, como dijeron, tenemos a Aelin la Portadora de Fuego de nuestro lado, ¿no? Si ella produce flama, seguramente puede producir humo —sonrió con un lado de la boca—. Creo que tengo algunas ideas.

Yrene abrió la boca como si fuera a decir algo más, pero las puertas de la habitación se abrieron de par en par y Hasar entró rápidamente; sin embargo, pareció frenar un poco al ver a Sartaq.

—Parece que llegué tarde al consejo de guerra.

Sartaq cruzó la pierna con el tobillo sobre la rodilla.

—¿Quién dice que eso es lo que estamos discutiendo?

Hasar se sentó y se acomodó el cabello sobre un hombro.

—¿Me estás diciendo que los ruks que están llenando de mierda las azoteas vinieron sólo para hacerte parecer importante?

Sartaq ahogó una risa.

—¿Sí, hermana?

La princesa sólo miró a Yrene y luego a Chaol.

—Iré con ustedes.

Chaol no se atrevió a moverse. Yrene preguntó:

—¿Sola?

—No sola —la diversión burlona desapareció de su rostro—. Ustedes le salvaron la vida a Duva, y a nosotros, si ella se hubiera puesto más valiente —una mirada a Sartaq, quien la veía con ligera sorpresa—. Duva es la mejor de nosotros. Es lo mejor de mí —Hasar tragó saliva—. Así que iré contigo, con los barcos que pueda llevar, para que mi hermana nunca más tenga que ver por encima de su hombro con temor.

Excepto el miedo de sus hermanos, pensó Chaol, pero no lo dijo en voz alta. No obstante, Hasar alcanzó a distinguir las palabras en sus ojos.

—Ella no —dijo en voz baja—. Todos los demás —agregó con una mirada dura a Sartaq, quien asintió con seriedad—. Pero nunca Duva.

Una promesa tácita, notó Chaol, entre los demás hermanos.

—Así que tendrán que soportar mi compañía un rato más, lord Westfall —dijo Hasar, pero la sonrisa ya no era tan irónica—. Porque por mis hermanas, vivas y muertas, marcharé con mi *sulde* a las puertas de Morath y haré pagar a ese demonio bastardo —miró a Yrene a los ojos—. Y por ti, Yrene Towers; por lo que hiciste por Duva, te ayudaré a salvar tu tierra.

Yrene se puso de pie. Le temblaban las manos. Y ninguno habló cuando ella llegó hasta donde estaba sentada Hasar y la abrazó del cuello con fuerza.

CAPÍTULO 66

Nesryn estaba completamente agotada. Quería dormir una semana. Un mes. Pero por alguna razón se encontraba caminando por los pasillos, dirigiéndose al minarete de Kadara. Sola.

Sartaq se había ido a ver a su padre con Hasar. Y aunque ciertamente la situación no era incómoda con Chaol e Yrene... Nesryn decidió darles su espacio. Él había estado en el umbral de la muerte, después de todo. Ella no se engañaba sobre lo que era probable que estuviera a punto de ocurrir en esa habitación.

Y sabía que tendría que encontrar una habitación propia. De cualquier manera, Nersryn supuso que tendría que encontrar habitaciones para varias personas esa noche. Empezando por Borte, quien se maravilló al ver Antica y el mar, a pesar de que pasaron tan rápido como los pudo traer el viento. Otra para Falkan que había venido con ellos en forma de ratón de campo en el bolsillo de Borte. Aunque Yeran no estaba muy contento con esto o así parecía la última vez que lo vio en el nido Eridun, cuando Sartaq estaba animando a las diversas madreshogar y a los capitanes para que reunieran a sus rukhin y volaran a Antica.

Nesryn llegó a la escalera que llevaba al minarete cuando un paje la encontró. El chico se había quedado sin aliento, pero logró hacer una reverencia agraciada cuando le entregó la carta.

Tenía fecha de dos semanas atrás y en el sobre encontró la letra de su tío. A ella le temblaron los dedos al romper el sello. Un minuto después, subía corriendo las escaleras del minarete.

La gente gritó, maravillada y sorprendida, cuando el ruk color café rojizo salió volando por encima de los edificios y hogares de Antica.

Nesryn le murmuró al ave, para que se dirigiera hacia el barrio Runni. Volaban en la brisa besada por la sal lo más rápido que la podían transportar las alas del ruk.

Ella lo había pedido al salir del nido eridun. Había ido directo a los nidos, donde él seguía esperando al jinete que no regresaría y miró profundamente sus ojos dorados. Le dijo que ella era Nesryn Faliq, que era hija de Sayed y Cybele Faliq, y que le gustaría ser su jinete, si él la aceptaba.

Se preguntó si el ruk, que había recibido el nombre de Salkhi de su jinete anterior, había notado que le picaban los ojos y que no era debido al viento fuerte, cuando inclinó la cabeza hacia la de ella. Luego voló con él. Salkhi mantenía el paso con Kadara frente al grupo de rukhin que volaban al norte, a toda velocidad hacia Antica.

Y ahora, cuando Salkhi aterrizó en la calle fuera de la casa de su tío, algunos vendedores abandonaron sus carretas con mercancía por puro terror. Unos niños dejaron de jugar para mirar al pájaro con admiración. Luego sonrieron. Nesryn le dio unas palmadas a su ruk en el cuello y desmontó.

Las puertas principales de la casa de su tío se abrieron de golpe. Y ella vio ahí parado a su padre, su hermana se abrió paso y sus hijos salieron corriendo en un grupo escandaloso... Nesryn cayó de rodillas y lloró.

Ella no sabía cómo la había encontrado Sartaq dos horas después. Aunque supuso que un ruk sentado en la calle en medio de un barrio elegante de Antica ciertamente causaría revuelo y sería fácil de localizar.

Ella lloró, rio y abrazó a su familia incontables minutos, en medio de la calle. Salkhi los miraba. Y cuando sus tíos los llamaron para que entraran, y al menos lloraran con una buena taza de té, su familia le contó sobre sus aventuras. El viaje por mares salvajes, los enemigos que su barco había evadido en el viaje hacia acá. Pero lo habían logrado y aquí estarían mientras se librara la guerra, dijo su padre. Sus tíos asintieron.

Cuando salió por las puertas de la casa al fin, su padre se llevó el honor de acompañarla de regreso con Salkhi. Sayed corrió a la hermana de Nesryn y le dijo que fuera a controlar ese circo de niños. Nesryn se detuvo tan rápidamente que su padre casi chocó con ella... Porque junto a Salkhi estaba Sartaq. Tenía una media sonrisa en la cara. Y al otro lado de Salkhi... Kadara esperaba pacientemente. Los dos ruks eran una pareja orgullosa en verdad.

Los ojos de su padre se abrieron como platos, como si reconociera primero a la ruk antes que al príncipe. Pero luego su padre hizo una reverencia. Pronunciada.

Nesryn le había dicho a su familia, con pocos detalles, lo que le había sucedido entre los rukhin. Su hermana y su tía la miraron furiosas cuando varios de los niños empezaron a decir que ellos también serían jinetes de ruk. Y luego salieron por toda la casa, gritando y aleteando con los brazos, saltando de los muebles con abandono salvaje.

Ella creyó que Sartaq esperaría a que se acercaran a él, pero el príncipe vio al padre de Nesryn y avanzó hacia él. Luego extendió la mano y lo saludó.

—Escuché que la familia de la capitana Faliq había llegado al fin, sanos y salvos —dijo Sartaq como saludo—. Pensé en venir a darles la bienvenida en persona.

Algo se hinchó en el pecho de Nesryn, al punto de que casi sintió dolor cuando Sartaq inclinó la cabeza frente a su padre. Sayed Faliq parecía que se iba a caer muerto, ya fuera por el gesto de respeto o por la mera presencia de Kadara a sus espaldas. De hecho, varias cabezas pequeñas se asomaban detrás de sus piernas, mirando al príncipe, luego a los ruks y luego...

—¡KADARA!

El hijo menor de sus tíos, de no más de cuatro años, gritó el nombre de la ruk con tanta fuerza que cualquiera que todavía no supiera que el ave estaba en la calle se enteraría en ese momento.

Sartaq rio cuando los niños corrieron junto al padre de Nesryn hacia el ave dorada. Su hermana iba detrás de ellos, con las advertencias brotándole de los labios. Kadara se sentó en el piso y Salkhi la siguió; los niños se detuvieron y la miraron llenos de admiración, luego extendieron los brazos con cautela hacia los dos ruks y los acariciaron con cuidado.

La hermana de Nesryn suspiró con alivio, pero después se dio cuenta de quién era el que estaba frente a Nesryn y su padre. Delara se puso roja y le dio unas palmadas a su vestido, como si de alguna manera pudiera cubrir las manchas de comida que le había provocado su hijo más joven. Luego retrocedió lentamente hacia la casa, haciendo reverencias.

Sartaq rio. Pero mientras Delara se marchaba, miró a Nesryn como diciendo: "Oh, estás tan enamorada que ni siquiera es gracioso."

Nesryn le hizo una señal vulgar a su hermana por la espalda, la cual su padre eligió no notar, mientras él le decía a Sartaq:

—Le pido una disculpa si mis nietos, sobrinos y sobrinas se toman algunas libertades con su ruk, príncipe.

Pero Sartaq sonrió ampliamente, una sonrisa más brillante que todas las que ella le había visto antes.

—Kadara finge ser una montura noble, pero más que nada es una mamá gallina.

Kadara esponjó sus plumas y se ganó gritos de deleite de los niños. El padre de Nesryn le apretó el hombro y luego se dirigió al príncipe:

—Creo que iré a ver que no se la vayan a llevar volando.

Y entonces se quedaron solos en la calle. Fuera de la casa de su tío y todo Antica los veía con la boca abierta. Sartaq no pareció darse cuenta o no le importaba porque dijo:

—¿Caminamos?

Nesryn asintió y tragó saliva. Miró hacia donde estaba ahora su padre y el grupo de niños intentando subirse a Salkhi y a Kadara. Se dirigieron a un callejón silencioso y ordenado detrás de la casa de su tío y avanzaron unos pasos en silencio. Hasta que Sartaq dijo:

—Hablé con mi padre.

Ella se preguntó, entonces, si esta reunión sería de las malas. Si el ejército que habían traído de vuelta tendría que regresar a sus nidos. O si el príncipe, la vida que ella veía en su futuro en esas hermosas montañas... Si tal vez esa realidad también ya los había alcanzado.

Porque él era un príncipe. Y aunque ella amaba a su familia, aunque la hacían sentir muy orgullosa, no había una sola gota de sangre noble en su linaje. El momento en que su padre le dio la mano a Sartaq fue lo más cerca que había estado cualquier Faliq a la realeza.

—¿Ah, sí? —logró decir Nesryn.

—Discutimos... cosas.

Ella sintió que el pecho se le desmoronaba al escuchar esas palabras cuidadosas.

—Ya veo.

Sartaq se detuvo. El callejón arenoso vibraba con el zumbido de las abejas en el jazmín que trepaba por los muros de los patios contiguos. El que estaba detrás de ellos, era el patio trasero privado de la familia de Nesryn. Ella deseó poder deslizarse sobre la pared y ocultarse dentro, en vez de escuchar esto.

Pero Nesryn se obligó a mirar al príncipe a los ojos. Lo vio escudriñando su rostro.

—Le dije —continúo al fin Sartaq— que planeaba llevar a los rukhin contra Erawan, con o sin su autorización.

Peor. Esto se ponía peor y peor. Ella deseó que su cara no fuera tan transparente. Sartaq inhaló.

—Me preguntó por qué.

—Espero que le hayas respondido que el destino del mundo podría depender de eso.

Sartaq rio.

—Lo hice. Pero también le dije que la mujer que amo planeaba ir a la guerra. Y que yo tenía la intención de seguirla.

Ella no permitió que las palabras se instalaran. No se permitió creer nada hasta que él terminara de hablar.

—Me dijo que tú eres de cuna plebeya. Que un posible heredero al trono del khagan tiene que casarse con una princesa o una dama, o alguien con tierras y alianzas que ofrecer.

Ella sintió que se le cerraba la garganta. Intentó bloquear el sonido, las palabras. No quería escuchar el resto, pero Sartaq le tomó la mano:

—Le respondí que si eso era lo que se tenía que hacer para ser elegido heredero, entonces no lo quería. Y me salí.

Nesryn ahogó un grito.

—¿Estás *loco*?

Sartaq sonrió ligeramente.

—Espero que no, por el bien del imperio —la acercó a él hasta que sus cuerpos estaban casi tocándose—. Porque mi padre me nombró heredero antes de que yo pudiera salir de la habitación.

Nesryn sintió que el corazón se salía de su cuerpo y apenas pudo seguir respirando. Así que cuando ella intentó hacer una reverencia, Sartaq la sostuvo de los hombros, la detuvo antes de que ella pudiera inclinar más la cabeza.

—Tú nunca —le dijo en voz baja.

Heredero... lo habían nombrado *heredero*. De todo esto. De estas tierras que ella amaba; de esta tierra que ella todavía tenía tantas ganas de explorar y que le provocaba dolor.

Sartaq levantó la mano para tocarle la mejilla. Sus callos le raspaban la piel.

—Volaremos a la guerra. El futuro guarda mucha incertidumbre. Salvo por esto —rozó su boca con la de ella—. Salvo por lo que siento por ti. Ningún ejército de demonios, ninguna reina ni rey oscuro podrán cambiar eso.

Nesryn se estremeció y empezó a entender el peso de sus palabras.

—Yo... Sartaq, tú eres el heredero...

Él se apartó un poco para poder verla bien.

—Iremos a la guerra, Nesryn Faliq. Y cuando destrocemos a Erawan y sus ejércitos, cuando la oscuridad al fin sea eliminada de este mundo... Entonces tú y yo volaremos de regreso acá. Juntos —la volvió a besar, apenas una caricia con la boca—. Y así permaneceremos el resto de nuestros días.

Ella escuchó la oferta, la promesa. El mundo que estaba poniendo a sus pies. Tembló al escucharlo. Todo lo que le daba con tanta generosidad. No el imperio y la corona, sino... la vida. Su corazón.

Nesryn se preguntó si él sabría que su corazón le pertenecía desde la primera vez que volaron en Kadara. Sartaq sonrió como para decir que sí, que sí lo sabía. Así que ella lo abrazó del cuello y lo besó. Fue un beso cauteloso y suave, lleno de asombro. Él sabía como el viento, como un manantial de primavera. Sabía a hogar.

Nesryn le tomó la cara entre sus manos al separarse un poco.

—A la guerra, Sartaq —exhaló y memorizó cada línea de su rostro—. Y ya veremos qué sucede después.

Sartaq la miró con una sonrisa altanera de comprensión. Como si él ya hubiera decidido todo lo que sucedería después y nada que ella pudiera decir lo convencería de lo contrario.

Y del patio justo detrás de la barda, su hermana gritó, como para que todo el barrio la escuchara:

—¡Te lo dije, papá!

CAPÍTULO 67

Dos semanas después, apenas amanecía e Yrene estaba en la cubierta de un barco elegante y enorme viendo el amanecer sobre Antica por última vez.

El barco estaba lleno de actividad, pero ella estaba parada frente al barandal contando los minaretes del palacio. Recorrió con la mirada cada barrio brillante de la ciudad que empezaba a desperezarse con la nueva luz. Los vientos de otoño ya estaban agitando los mares y el barco se movía y se mecía debajo de sus pies.

A casa. Zarparían rumbo a casa ese día.

Ella no se despidió de casi nadie, no fue necesario. Pero Kashin de todas formas la encontró, justo cuando iba de camino a los muelles. Chaol le asintió al príncipe y se llevó a la yegua de Yrene al barco.

Por un momento, Kashin se quedó mirando el barco, los otros buques que se reunían en el puerto. Luego dijo en voz baja:

—Desearía nunca haberte dicho nada en las estepas aquella noche —Yrene empezó a negar con la cabeza, sin saber qué decir—. He extrañado tenerte... como mi amiga —continuó Kashin—. No tengo muchas.

—Lo sé —logró decir ella. Y luego agregó—: Yo también te he extrañado como amigo.

Porque era verdad. Y lo que ahora él estaba dispuesto a hacer por ella, por su gente...

Ella tomó la mano de Kashin. La apretó. Todavía había dolor en su mirada, envolviéndole el rostro apuesto, pero...

entendía. Además de un brillo claro y sin temor al mirar el horizonte del norte.

El príncipe le apretó la mano de regreso.

—Gracias de nuevo, por lo de Duva —le dijo con una pequeña sonrisa hacia el cielo del norte—. Volveremos a encontrarnos, Yrene Towers. Estoy seguro.

Ella le sonrió de regreso, no tenía palabras. Pero Kashin le guiñó el ojo y retiró la mano.

—Mi *sulde* vuela hacia el norte todavía. Quién sabe qué encontraré en el camino. En especial ahora que Sartaq tiene la carga de ser el heredero, yo soy libre de hacer lo que me plazca.

La ciudad enloqueció con la noticia. Celebraron, debatieron... lo seguían haciendo todavía. Yrene no sabía qué pensaban los demás hermanos, pero... la mirada de Kashin transmitía paz. Y también los ojos de los demás, cuando Yrene los vio. Y una parte de ella se preguntó si Sartaq habría llegado a un acuerdo tácito que iba más allá de *Nunca Duva*. Que tal vez incluso llegaba a ser *Nunca nosotros*.

Yrene le volvió a sonreír al príncipe, a su amigo.

—Gracias, por toda tu amabilidad.

Kashin sólo le hizo una reverencia y se alejó hacia la luz gris.

Y durante la hora que había pasado desde ese momento, Yrene estuvo en la cubierta de este barco, mirando en silencio la ciudad que despertaba, mientras los demás preparaban las cosas alrededor y debajo.

Durante varios minutos, respiró el mar, las especias y los sonidos de Antica bajo el sol que se elevaba en el horizonte. Dio bocanadas profundas para recordarlos, para que se asentaran en sus pulmones. Dejó que sus ojos bebieran hasta saciarse de las rocas color crema de la Torre Cesme, que se elevaba por encima de todo.

Incluso tan temprano en la mañana, la Torre era un símbolo, una lanza de esperanza y calma que se elevaba hacia el cielo.

Se preguntó si la vería otra vez. Porque lo que les aguardaba...

Yrene se recargó en el barandal cuando otra ráfaga de viento movió el barco. Un viento del interior, como si los treinta y seis dioses de Antica hubieran soplado de manera colectiva para enviarlos a casa deslizándose a toda velocidad por el Mar Angosto... hacia la guerra.

El barco empezó a moverse al fin. El mundo era un caos de acción, color y sonido, pero Yrene se quedó en el barandal. Vio cómo la ciudad iba haciéndose más y más pequeña. E incluso cuando la costa era apenas poco más que una sombra, Yrene podría haber jurado que seguía viendo la Torre elevándose sobre ella, brillando blanca bajo el sol, como si fuera un brazo levantado en gesto de despedida.

CAPÍTULO 68

Chaol Westfall no daba por sentado ninguno de sus pasos. Ni siquiera los que lo llevaron a toda prisa al balde para vomitar todo lo que traía en el estómago durante los primeros días en altamar.

Pero una de las ventajas de viajar con una sanadora era que Yrene le podía ayudar a calmar su estómago con facilidad. Y después de dos semanas navegando, esquivando las tormentas feroces que el capitán denominaba Destroza Barcos... su estómago al fin lo perdonó.

Encontró a Yrene en el barandal de la proa, mirando hacia la costa. O hacia donde estaría tierra firme si se atrevieran a acercarse lo suficiente. Estaban avanzando bastante lejos de la costa de su continente y, en la reunión con el capitán unos momentos antes, se había enterado de que estaban en alguna parte cerca del norte de Eyllwe. Cerca de la frontera de Fenharrow.

No había señales de Aelin ni de su flota, pero eso era de esperarse, considerando cuánto se habían retrasado para salir de Antica.

Pero Chaol apartó eso de su mente, abrazó a Yrene de la cintura y le besó el cuello. Ella no se sobresaltó cuando él la tocó por la espalda. Como si se hubiera aprendido la cadencia de sus pasos. Como si ella tampoco los diera por sentados. Yrene se recargó contra él, se relajó con un suspiro y cubrió las manos de Chaol, que descansaban en su abdomen, con las suyas.

Después de la sanación de Duva, les había llevado todo un día lograr que él pudiera volver a caminar con el bastón, aunque un poco rígido e inestable. Como había estado los primeros días luego de recuperarse: con la espalda tan tensa que le dolía y teniendo que dedicar toda su atención a cada uno de sus pasos. Pero apretó los dientes y lo soportó. Yrene le murmuró palabras de aliento cuando él tuvo que descifrar algunos movimientos. Un día después de eso, casi todo el cojeo había cedido, aunque conservó el bastón, y al siguiente día ya podía caminar con molestias mínimas.

Pero incluso en este momento, cuando ya llevaban dos semanas navegando e Yrene no había tenido que usar su poder para sanar más que estómagos revueltos y quemaduras de sol, Chaol tenía todavía el bastón en su camarote y la silla almacenada en el compartimento de carga bajo la cubierta, para cuando los necesitara nuevamente.

Chaol miró por encima del hombro de Yrene, hacia sus dedos entrelazados. Hacia los anillos gemelos que ahora traían en ambas manos.

—Ver hacia el horizonte no hará que lleguemos más rápido —le murmuró en el cuello.

—Tampoco molestar a tu esposa.

Chaol sonrió con los labios pegados a la piel de Yrene.

—¿De qué otra manera me puedo divertir en estas horas largas si no es molestándola, lady Westfall?

Yrene resopló, como siempre hacía cuando él usaba ese título. Pero Chaol nunca había escuchado palabras más elegantes, aparte de los votos que habían hecho en el templo de Silba en la Torre hacía dos semanas y media. La ceremonia fue pequeña, pero Hasar insistió en hacer un banquete después, el cual opacó todos los demás que habían celebrado en el palacio. La princesa tal vez sería muchas cosas, pero ciertamente sabía organizar una fiesta... y cómo dirigir su armada.

Que los dioses lo ayudaran cuando Hasar y Aedion se conocieran.

—Para alguien que odia que lo llamen lord Westfall —dijo Yrene—, en verdad disfrutas usar el título conmigo.

—A ti te queda bien —le dijo él, besándole el cuello otra vez.

—Sí, tan bien que Eretia no deja de burlarse y me hace reverencias todo el tiempo.

—Eretia es una de las personas que con gusto hubiera dejado en Antica.

Yrene rio, pero le dio un pellizco en la muñeca y se separó del abrazo.

—Te alegrará cuando lleguemos a tierra.

—Eso espero.

Yrene lo volvió a pellizcar, pero Chaol le tomó la mano y le besó los dedos.

Esposa... su esposa. Chaol nunca había visto con tanta claridad el camino delante de él como aquella tarde tres semanas atrás, cuando la vio sentada en el jardín y simplemente... lo supo. Supo lo que quería, así que se acercó a su silla, se arrodilló frente a ella y simplemente le pidió matrimonio.

—¿Te casarías conmigo, Yrene? ¿Serías mi esposa?

Ella le lanzó los brazos alrededor del cuello y ambos cayeron a la fuente. Y ahí se quedaron, para molestia de los peces, besándose hasta que un sirviente carraspeó de forma deliberada al pasar junto a ellos.

Y ahora que la veía, con esos mechones de cabello rizados por el aire marino, el sol que hacía resaltar esas pecas en su nariz y mejillas... Chaol sonrió. La sonrisa con la que le respondió Yrene fue más brillante que el sol sobre las olas a su alrededor.

Él decidió subir ese maldito sillón dorado al barco. Con todo y sus cojines destrozados. Se ganó muchos comentarios de parte de Hasar cuando vio que lo metían a la bodega del barco, pero no le importó. Si sobrevivían a esta guerra, él le construiría una casa a Yrene alrededor del maldito mueble. Junto con un establo para Farasha, que en ese momento iba aterrorizando a los pobres soldados encargados de limpiar su establo en el barco.

Fue un regalo de bodas de Hasar, junto con el caballo muniqi de Yrene.

Él casi le dijo a la princesa que se podía quedar con su caballo de Hellas, pero tenía su atractivo eso de cargar contra los soldados de Morath en el campo de batalla montado en un caballo llamado Mariposa.

Yrene se recargó en él y apretó el relicario que nunca se quitaba más que para bañarse. Él se preguntó si podría cambiarlo para que tuviera sus nuevas iniciales. Ya no Yrene Towers, sino Yrene Westfall.

Ella sonrió al relicario, la plata casi la cegaba bajo el sol del mediodía.

—Supongo que ya no necesito mi nota.

—¿Por qué?

—Porque ya no estoy sola —dijo y recorrió el metal con los dedos—. Y porque encontré mi valentía.

Él le besó la mejilla, pero no dijo nada cuando ella abrió el relicario y sacó con cuidado el trozo de papel amarillento. El viento intentó arrancárselo de los dedos, pero Yrene lo sostuvo con fuerza y lo desdobló.

Miró el texto que había leído miles de veces.

—Me pregunto si ella regresará a esta guerra. Quien haya sido. Hablaba sobre el imperio como...

—Yrene negó con la cabeza, para sí misma principalmente, y volvió a doblar la nota—. Tal vez venga a casa a pelear, de donde sea que se haya ido —le dio el trozo de papel a Chaol y miró hacia el mar frente a ella.

Chaol tomó el trozo de papel de Yrene. El papel se sentía suave como el terciopelo de tantas lecturas y dobleces, y de cómo lo sostuvo en su bolsillo, entre los dedos, todos esos años. Desdobló la nota y leyó las palabras que ya sabía que estaban escritas ahí:

"Para donde tengas que ir... y todo lo demás. El mundo necesita más sanadoras."

Las olas se calmaron; el mismo barco pareció hacer una pausa. Chaol miró a Yrene, quien sonreía plácidamente hacia el mar, y luego vio la nota. La letra que él conocía tan bien como la suya propia. Yrene se quedó inmóvil cuando se dio cuenta de las lágrimas que él no pudo evitar que le rodaran por la cara.

—¿Qué pasa?

Ella debía haber tenido dieciséis, casi diecisiete, entonces. Y si había estado en Innish... Habría sido de camino al Desierto Rojo, a entrenar con los Asesinos Silenciosos. Los moretones que describió Yrene... Fue la paliza que le dio Arobynn Hamel como castigo por haber liberado a los esclavos de Rolfe y haber destrozado la Bahía de la Calavera.

—¿Chaol?

"Para donde tengas que ir... y todo lo demás. El mundo necesita más sanadoras."

Ahí, en su letra...

Al fin, Chaol levantó la vista. Parpadeó para alejar las lágrimas y miró a su esposa a la cara. Cada línea hermosa, esos ojos dorados.

Un regalo.

Un regalo de una reina que vio a otra mujer en el infierno y decidió tenderle la mano. Sin pensar en que el favor le fuera devuelto jamás. Un momento de amabilidad, un tirón del hilo...

Y aunque Aelin en aquel momento no podía haber sabido que al salvar a una camarera de esos mercenarios, al enseñarle a defenderse, al darle ese oro y esta nota... Ni siquiera Aelin podría haber sabido, siquiera soñado o adivinado cuál sería la respuesta de ese momento de amabilidad.

No sólo con una sanadora bendecida por la misma Silba y con la capacidad de eliminar al Valg. Sino con las trescientas sanadoras que la acompañaban. Las trescientas sanadoras de la Torre que venían distribuidas en los mil barcos del mismo khagan.

"Un favor", fue lo que Yrene le pidió al hombre por haber salvado a su hija más amada.

"Lo que sea", le había prometido el khagan.

Yrene se arrodilló frente al khagan.

"Salve a mi gente."

Era todo lo que pedía. Todo lo que suplicaba.

"Salve a mi gente."

Así que el khagan respondió con mil buques de la armada de Hasar y de la suya, llenos con los soldados de Kashin y la caballería darghan. Y sobre ellos, cubriendo el horizonte detrás del buque insignia en el que iban Chaol e Yrene... Sobre ellos iban volando mil rukhin liderados por Sartaq y Nesryn, provenientes de todos los nidos y hogares.

Un ejército para enfrentar al de Morath. Y serían más, porque todavía se estaban reuniendo en Antica bajo el mando de Kashin. Chaol le dio dos semanas al khagan y a Kashin, pero con las tormentas de otoño... él no quiso arriesgarse a esperar más. Así que este primer contingente... Era sólo la mitad. Sólo la mitad y ya la dimensión de lo que volaba detrás de él...

Chaol dobló el papel de la nota a lo largo de los pliegues desgastados y lo colocó de nuevo con cuidado en el relicario de Yrene.

—Quédatela un poco más —dijo con suavidad—. Creo que hay alguien que la va a querer ver.

Los ojos de Yrene se llenaron de sorpresa y curiosidad, pero no preguntó nada y Chaol volvió a envolverla con los brazos y la sostuvo con fuerza.

Cada paso, todos y cada uno, habían llevado a este momento.

Desde la fortaleza en las montañas nevadas, donde un hombre con el rostro tan duro como la roca que lo rodeaba lo había echado a la intemperie, hasta esa mina de sal en Endovier, donde la asesina de ojos de fuego salvaje se rio de él, indemne a pesar de haber pasado un año en el infierno.

Una asesina que se había encontrado con su esposa, o se habían encontrado mutuamente, dos mujeres bendecidas por los dioses recorriendo las ruinas sombreadas del mundo. Y que ahora sostenían el destino del mundo entre ambas.

Cada paso. Cada vuelta en la oscuridad. Cada momento de desesperanza, ira y dolor. Todo lo había llevado precisamente al sitio donde tenía que estar.

Donde *quería* estar.

Un momento de amabilidad de una mujer que terminaba con vidas hacia una mujer que las salvaba.

El pequeño resto de oscuridad en su interior se encogió más. Se encogió y se fracturó para convertirse en polvo que salió volando con la brisa marina. Pasó más allá de los mil barcos que navegaban orgullosos detrás de él. Más allá a las sanadoras repartidas entre los soldados y los caballos, con Hafiza al frente, las cuales se habían unido a ellos cuando Yrene también les pidió que salvaran a su gente. Pasó también más allá de los ruks que volaban entre las nubes, vigilando que no hubiera amenazas delante.

Yrene lo veía con cautela. Él la besó una vez... dos.

No se arrepentía. No miraba atrás. No con Yrene en sus brazos, a su lado. No con la nota que llevaba, esa prueba... esa pequeña prueba de que él estaba exactamente donde debía estar. Que él siempre se había dirigido a ese lugar. *A este lugar.*

—¿Algún día escucharé la explicación de esta reacción tan dramática —preguntó Yrene al fin y chasqueó la lengua— o simplemente me vas a besar el resto del día?

Chaol soltó una carcajada.

—Es una historia larga —la abrazó por la cintura y miró hacia el horizonte con ella—. Y tal vez quieras sentarte primero.

—Ése es mi tipo favorito de historia —dijo ella y le guiñó un ojo.

Chaol volvió a reír. Sintió el sonido en todo su cuerpo, lo dejó sonar claro y fuerte como una campana. Un tañido final y dichoso antes de que entrara la tormenta de la guerra.

—Vamos —le dijo a Yrene y les hizo un gesto de asentimiento a los soldados que trabajaban junto a los hombres de Hasar para que los barcos navegaran rápidamente al norte, a la batalla y al derramamiento de sangre—. Te la contaré mientras almorzamos.

Yrene se paró de puntitas para besarlo y luego él la llevó al espacioso camarote.

—Más te vale que esta historia valga la pena —dijo ella con una sonrisa pícara.

Chaol le sonrió a su esposa, a la luz hacia la que se había dirigido toda su vida, aunque a veces no la pudiera ver.

—Lo es —le dijo en voz baja a Yrene—. Lo es.

CORAZÓN DE FUEGO

La habían encerrado en esa tumba de oscuridad y hierro.

Ella durmió, porque la habían obligado... un humo dulzón se filtraba en espirales hacia su tumba, a través de respiraderos ocultos ingeniosamente en la plancha de hierro que servía de tapa. Alrededor. Debajo.

Era un ataúd construido por una reina antigua para atrapar el sol dentro.

Cubierta de hierro, encapsulada en él, durmió. Soñó.

Flotó sobre los mares, atravesó la oscuridad, atravesó el fuego. Una princesa de nada. Sin nombre. La princesa le cantó a la oscuridad, a la flama. Y ellas le respondieron a su canción.

No había ni principio ni final ni intermedio. Sólo la canción, el mar y el sarcófago de hierro que se había convertido en su aposento. Hasta que ya no estuvieron. Hasta que una luz cegadora inundó la oscuridad cálida y dormida. Hasta que entró el viento, fresco y con olor a lluvia.

No lo pudo sentir en la cara. No pudo porque traía la máscara de la muerte todavía encadenada a su rostro.

Abrió los ojos una rendija. La luz calcinaba todas las formas y colores después de tanto tiempo en las profundidades oscuras. Pero apareció un rostro frente a ella... sobre ella. Asomado por encima de la tapa que acababan de hacer a un lado.

Cabello oscuro y sedoso. Piel pálida como la luna. Labios tan rojos como la sangre.

La boca de la reina antigua se abrió para formar una sonrisa de dientes blancos como hueso.

—Estás despierta. Bien.

Hermosa y fría, era una voz que podía devorar las estrellas.

Desde alguna parte, desde la luz cegadora, unas manos ásperas y llenas de cicatrices entraron al ataúd. Tomaron las cadenas a su espalda. El cazador de la reina; la espada de la reina.

Levantó a la princesa. Su cuerpo era una cosa distante y adolorida. No quería volver a deslizarse dentro de ese cuerpo. Se opuso, arañando para regresar a la flama y la oscuridad que ahora se alejaban de ella como la marea matutina.

Pero el cazador la acercó más a ese rostro cruel y hermoso que la miraba con una sonrisa de araña.

Y él la sostuvo inmóvil cuando la reina antigua ronroneó:

—Empecemos.

AGRADECIMIENTOS

Nuevamente, me enfrento al prospecto intimidante de comunicar mi gratitud por tantas personas maravillosas en mi vida que hicieron realidad este libro. Pero mi amor infinito y mi agradecimiento son para:

Mi esposo, Josh: eres mi luz, mi roca, mi mejor amigo, mi puerto seguro... básicamente, mi *todo*. Gracias por cuidarme tan bien, por amarme, por acompañarme en este viaje increíble. Tu risa es mi sonido favorito en todo el mundo.

A Annie: te sentaste a mi lado los meses que me tomó escribir y editar este libro, así que parte de mí siente que tu nombre debería estar también en la portada; pero, hasta que empiecen a darle crédito de autor a los compañeros caninos, esto tendrá que bastar. Te amo, cachorrita. Tu cola rizada, tus orejas de murciélago, tu personalidad descarada y el ánimo infaltable en tus pasos... Todo. Que escribamos muchos más libros juntas y que tengamos muchos momentos más para acurrucarnos.

A mi agente, Tamar: llevamos diez libros y todavía no puedo transmitirte lo agradecida que estoy por todo lo que haces. Gracias, gracias, gracias por estar de mi lado, por trabajar tan arduamente y por ser una cabrona hecha y derecha.

A Laura Bernier: tu guía, sabiduría y emoción por este libro hizo que trabajar en él fuera un deleite. *Muchas* gracias por todo tu trabajo y ediciones, y por ayudarme a transformar este libro.

Al equipo global de Bloomsbury, por ser el mejor equipo de publicación del planeta: Bethany Buck, Cindy Loh,

Cristina Gilbert, Kathleen Farrar, Nigel Newton, Rebecca McNally, Sonia Palmisano, Emma Hopkin, Ian Lamb, Emma Bradshaw, Lizzy Mason, Courtney Griffin, Erica Barmash, Emily Ritter, Grace Whooley, Eshani Agrawal, Alice Grigg, Elise Burns, Jenny Collins, Beth Eller, Kerry Johnson, Kelly de Groot, Ashley Poston, Lucy Mackay-Sim, Hali Baumstein, Melissa Kavonic, Oona Patrick, Diane Aronson, Donna Mark, John Candell, Nicholas Church, Anna Bernard, Charlotte Davis y todo el equipo de derechos extranjeros. Gracias, como siempre, por todo lo que hacen por mí y mis libros. Me siento honrada de trabajar con cada uno de ustedes.

A Jon Cassir, Kira Snyder, Anna Foerster y el equipo de Mark Gordon: son los mejores. Me siento extasiada de que estos libros estén en sus manos.

A Cassie Homer: gracias hasta el infinito por todo lo que haces. Eres absolutamente fantástica.

A Lynette Noni: me siento tan, tan feliz de que nos hayamos conocido mejor desde aquella Supanova hace unos años. Gracias hasta la luna y de regreso por toda tu ayuda con este libro, por ser una compañera genial para tener tormentas de ideas y por ser simplemente *tú*.

A Roshani Chokshi: para empezar, eres exactamente de mi estilo. Gracias por las risas, los consejos sabios y por ser un verdadero rayo de sol. Me siento orgullosa de tenerte como amiga.

A Steph Brown: eres mi compañera *fangirl*. Gracias por todo tu apoyo y por tu amistad. Significa más para mí de lo que puedo expresar. No puedo esperar a nuestro siguiente maratón de *El señor de los anillos* (#FellowshipoftheDrink).

A Jennifer Armentrout por ser una de las personas más abiertas, cálidas y generosas que jamás haya conocido; a Renée Ahdieh por las cenas que nunca fallan para hacerme sonreír y reír; a Alice Fanchiang por ser *fangirl* como yo y, en general, por ser un placer estar contigo; y a Christina Hobbs y Lauren Billings por ser dos de mis personas favoritas.

A Charlie Bowater: ¿dónde empiezo? Gracias por los mapas espectaculares, gracias por el arte que sigue sorprendiéndome e inspirándome, gracias por *todo*. No puedo siquiera decirte qué honor es trabajar contigo y cuánto significa tu arte para mí.

A Kati Gardner y Avery Olmstead: gracias desde el fondo de mi corazón por su retroalimentación e ideas. No tengo palabras para decirles lo valiosas que fueron y cuánta forma le dieron a este libro. Además, fue un gran deleite conocerlos a ambos.

A Jack Weatherford, cuyo *Genghis Khan y la creación del mundo moderno* cambió para siempre mi punto de vista sobre la historia del mundo y fue una gran fuente de inspiración para la historia y el reino del khaganato. Y gracias a Paul Kahn por su brillante adaptación de *La historia secreta de los mongoles* y a Caroline Humphrey, por su artículo: "Los rituales de la muerte en Mongolia".

A mis padres y mi familia: gracias por toda la dicha, el amor y el apoyo que le brindan a mi mundo. A la más reciente adición a mi familia, mi sobrina: mi vida ya es más brillante porque tú estás en ella; que crezcas para convertirte en una dama feroz.

Un agradecimiento masivo a mis increíbles amigas: Jennifer Kelly, Alexa Santiago, Kelly Grabowski, Vilma Gonzalez, Rachel Domingo, Jessica Reigle, Laura Ashforth, Sasha Alsberg y Diyana Wan.

A Louisse Ang: en este momento, ya me siento como disco rayado cuando te agradezco por todo lo que haces, pero *muchas gracias* por ser tan solidaria y maravillosa.

Y a *ti*, querido lector: gracias por hacer que todo mi arduo trabajo valga la pena; por ser el mejor grupo de personas que jamás he conocido. Los adoro a todos.